〔明〕臧晋叔 编
隋樹森 補編

元曲選（附外編）

第一册

中華書局

圖書在版編目(CIP)數據

元曲選:附外編/(明)臧晋叔編;隋樹森補編. —北京:
中華書局,2021.2 (2025.1重印)
ISBN 978-7-101-12765-2

Ⅰ.元… Ⅱ.①臧…②隋… Ⅲ.元曲-選集
Ⅳ.I222.9

中國版本圖書館 CIP 數據核字(2017)第 202883 號

責任編輯: 許慶江
責任印製: 陳麗娜

元曲選(附外編)
(全七册)
〔明〕臧晋叔 編
隋樹森 補編
*
中 華 書 局 出 版 發 行
(北京市豐臺區太平橋西里 38 號 100073)
http://www.zhbc.com.cn
E-mail:zhbc@zhbc.com.cn
三河市中晟雅豪印務有限公司印刷
*
850×1168 毫米 1/32 · 126⅛印張 · 14 插頁 · 2660 千字
2021 年 2 月第 1 版 2025 年 1 月第 2 次印刷
印數:3001-3500 册 定價:498.00 元

ISBN 978-7-101-12765-2

出版説明

隋樹森先生《元曲選外編》於一九五八年在中華書局出版，一九六一年第二次印刷。至一九八〇年第三次印刷時，作者有所補正，製作了《勘誤表》，附於書後。

《元曲選外編》出版之後，中華書局又請隋樹森先生校訂世界書局鉛印本《元曲選》，於一九六一年重新出版。一九七七年《元曲選》再版，又與涵芬樓影印本對校一過，附《勘誤表》於書後。一九八九年中華書局重新製版，將《勘誤表》内容併入正文。

《元曲選》收録雜劇一百種，其中元人作品九十四種，明初人作品六種；《元曲選外編》在此基礎上又彙集現存元人雜劇及部分明初人雜劇六十二種。兩書所收，已大抵與一部「全元雜劇」相當。

此次合併出版，我們覆核了涵芬樓影印本《元曲選》，將《元曲選外編》的《勘誤表》内容也改入正文，並在文字、斷句方面做了校訂，版式方面做了改進。

中華書局編輯部

二〇二〇年十二月

總　目

元曲選重印説明

元人雜劇是我國豐富的戲曲遺産中的重要組成部分，在文學史上佔有一定地位。許多著名作家和書會才人利用這種通俗易懂的體裁，創作了許多爲廣大人民羣衆喜聞樂見的作品，爲我們提供了研究歷史和文化的寶貴資料。

遺憾的是：元朝距今不過六七百年，而元人雜劇保存至今的只有一百六十餘種，僅僅是現存劇目的四分之一；没有劇目流傳的更無法統計。這主要是由於過去對它不予重視造成的。就是這一百六十餘種，其中還有十三種僅見於《元刊古今雜劇三十種》，只存曲文，並非完帙。還有數十種僅見於脈望館舊藏本，直到一九三八年方才發現。在過去數百年間人們能够對元人雜劇有所瞭解，到今天還能得到一百六十多種作爲研究資料，這主要應歸功於臧懋循，若不是他把這一百種元人雜劇編入了《元曲選》，恐怕我們今天研究元人雜劇也要像研究宋元南戲一樣，會深感材料不够用了。可是，在過去，許多人在稱道臧懋循是保存元人雜劇的「功魁」的同時，又指責他是任意改動作品的「禍首」。這種指責未免過分，因爲戲曲本是流傳在口頭的文藝作品，演員上臺演唱時，有意的增删和無心的改動是很平常的事情。當我們以其他版本校勘元人雜劇時，也經常會遇到這種情況。因此《元曲選》仍是我們批判繼承文化遺産時的一部重要的文學總集。

中華書局編輯部
一九七七年九月

元曲選校訂説明

《元曲選》是明代臧懋循編選的一部雜劇選集。其中收録了九十四種元人的作品和六種明初人的作品。現存的元人雜劇不過一百五六十種，而絶大部分就是依靠《元曲選》得到廣泛流傳的。因此，這部書一向被認爲是收羅最富、影響最大的元人雜劇選集。

臧懋循，字晋叔，浙江長興人，明萬曆八年（一五八〇）進士，曾任南京國子監博士。由於他不屑恪遵封建禮法，爲世俗所不容，後來被劾罷官。他在故鄉閒居時，編印了一些文學書籍。《元曲選》是其中最重要的一種，此外還編印過《古詩所》《唐詩所》，删訂過《玉茗堂傳奇》，校刻過《彈詞》（即《仙游録》《夢游録》）《俠游録》等。自著有《負苞堂集》。

臧懋循對戲曲很有研究，不但精通音律，而且也有相當進步的文學主張。他稱贊元人雜劇的「妙在不工而工」，就是肯定它那自然質樸、不假雕琢的本色；他認爲「曲上乘首曰當行」，就是注重舞台實踐和表現真實生活的戲劇藝術，而否定明代戲曲家的形式主義傾向。他編選《元曲選》的目的，是在彙集元劇傑作——「盡元曲之妙」，使當時的南曲作家能「知有所取則」。

臧懋循編這部《元曲選》，不僅利用自己家藏的許多祕本，還向各地收藏家訪求了很多善本。他用這些本子參互校訂，選出了一百種，分前後兩集，分别於萬曆四十三年（一六一五）、四十四年（一六一六）刊行。經過他的校訂，收到這部選集中的雜劇，都是文字通順，科白齊全的；而且每折雜劇之後，還附有「音釋」；讀者讀起來方便得多了。但是對於這部《元曲選》的評價，曾經有過一些不同的看法。這裏提出主要的兩點來談一談。

首先，關於臧懋循所採用的底本問題：據《元曲選序》中説：「頃過黄從劉延伯借得二百五十種，云録之御戲監，與今坊本不同，因爲校訂。……」有人對這幾句話表示懷疑，認爲不可靠；也有人以這幾句話爲根據，説是《元曲選》所收的雜劇都出於内府本，從而貶低它的價值。事實是，臧懋循的確採用過御戲監本作爲校訂的資料，可是並没有把它作爲唯一的依據。他在《寄謝在杭書》中説：「……還從麻城，於錦衣劉延伯家得抄本雜劇三百餘種，世所稱元人詞盡是矣。其去取出湯義仍手。然止二十餘種稍佳，餘甚鄙俚不足觀，反不如坊間諸刻皆其最工者也。比來衰懶日甚，戲取諸雜劇爲删抹繁蕪，其不合作者，即以己意改之。」（《負苞堂集·文選》卷三）可見他對内府本是有所依據、又有所選擇删改的。我們對他的編選工作應該給予充分的估價。

其次，關於臧懋循校訂删改元劇的問題：有人説，原作經過他改竄以後，失去了本來的面目；還有人以元刊《古今雜劇》和《元曲選》作比較，發現兩種本子出入很大，便認爲臧懋循編《元曲選》是「盲删瞎改」（吴梅《元劇研究ABC》）。從臧懋循自己在《寄謝在杭書》中所説的話來看，再證以他曾删改過《玉茗堂傳奇》，他對元雜劇應該是作過一些删改的。不過元雜劇的各種版本，向來就有很多出入；對劇本作過删改的，決不止他一個人。明初人編的《太和正音譜》和早於《元曲選》的《古名家雜劇》（陳與郊編）、《雜劇選》（息機子編）等書中的曲文，也是和元刊本有所不同的。而且，臧懋循所改的，也不一定就是改壞了。例如《元曲選》本《竇娥冤》第三折《滚綉毬》中有兩句曲文是：「地也你不分好歹何爲地，天也你錯勘賢愚枉做天！」在《古名家雜劇》本中作：「地也你不分好歹難爲地，天也我今日負屈銜冤哀告天。」把這兩句曲文加以比較，顯然《元曲選》本的反抗性更爲强烈。如果這是臧懋循所改的，那麽應該説他還是改得好的。我們對他的校訂工作，也應該採取實事求是的態度。

因此，從明代以來，研究元雜劇的人，對臧懋循的工作大多數都給予基本肯定的評價，這並不是偶然的。根據我們今天所掌握的資料，已經有可能在不久的將來編訂出一部更爲完善的元人雜劇全集來，並且也有人正在進行這樣的工作。但是臧懋循所編訂的《元曲選》，目前仍不失爲研究元人雜劇的重要參考資料。中華書局利用過去世界書局的舊版本，囑我作一次校勘，改正了不少斷句和排版上的錯誤，重印以應讀者需要。這部書和我所編的《元曲選外編》合在一起，就等於現存元人雜劇的彙編了，這可能對廣大讀者在運用資料方面有一些方便的。

隋樹森　一九六一年六月

元曲選外編編校説明

元人雜劇是中國古典戲劇的一個高峰。根據極不完備的統計，在元代不到一百年的時期中，有姓名可考的雜劇作家，就有一百餘人，見於書面記載的雜劇名目，也有六七百種。應該説，這些數目還遠遠不能説明當時雜劇繁榮的實際情況。如果包括姓名不可考的「書會才人」以及數量衆多的民間藝人在内，當時的雜劇作家比現在知道的當在兩倍、三倍以上，而作品的數量，少説也在千種以上。非常可惜的是，這些植根於民間的文學瓌寶，在長期的歷史時期中，由於受到統治者和封建文人的歧視，没有得到及時的記録和妥善的保存，大部分已經散失了。

明朝萬曆四十四年（公元一六一六）收藏家臧懋循用他自己所藏的許多雜劇秘本，與從宫廷中抄出的内府本參互校訂，編集了一百種元人雜劇（其中有少量明初人的作品），名之爲《元曲選》。這一百種雜劇，他們的曲文賓白可能與原作略有出入，但是經過臧懋循這次的校訂，各劇的科白完全了；文字經過修飾整理，讀起來容易了；某些較生的和特異的字也有音釋了；這不能不説是一部較好的元雜劇選本。事實也證明，在此後三百多年中，《元曲選》幾乎是元劇唯一普及流行的選本，有許多人就是通過這部書認識了元雜劇的面貌。

但是《元曲選》究竟是一個選本，它只收集了一百種作品。近幾十年來，陸陸續續發現了不少元劇的刻本和抄本，如元刊《古今雜劇》、明刊《古名家雜劇》以及也是園舊藏明脈望館抄校本《元明雜劇》等等都是比較著名的。這些劇本的發現，大大補充了《元曲選》的不足，豐富了元劇研究的資料。現在我把《元曲選》中没有收入的元人雜劇搜羅在一起，對文字略作校訂，并加斷句，按照作者時代先後的次序，彙編成書，就是這部《元曲選外編》。這樣，使分散的元劇得以集中，使比較不易見到的元劇能够普及流通，對《元曲選》具有拾遺補缺的作用。編印這部書的企圖，是想使讀者得到《元曲選》和本書，就等於擁有現存全部整本的元人雜劇。這對研究者在資料的運用上是有一定的方便的。我并把這兩部書中的作品，另編了一個全目，附在本書末後，以供讀者參考。

隋樹森

一九五八年十二月

元曲選外編編例

一、本書彙集《元曲選》以外現存所有元代雜劇及一部分明初雜劇，供一般讀者研究者閲讀參考。

一、明初作家凡臧晋叔《元曲選》及王季烈《孤本元明雜劇》視爲元人者，本書輯録其作品。並時作家而兩書未收其作品者，則不復增益。

一、本書編次，以作家爲經，雜劇爲緯。元代作家先後次序，概據曹楝亭刻本鍾嗣成《録鬼簿》排列；個别作家不見《録鬼簿》者，則斟酌插入相當位置。明初作家先後次序，略據朱權《太和正音譜》及天一閣鈔本無名氏《録鬼簿續編》排列。

一、現存元人雜劇，其中有頗難確定撰人者。根據今所見文獻考證某劇爲某人作，僅可聊備一説，未必盡確。本書於撰人有異説之雜劇，絶大部分以存本所題者爲準，然亦非謂此即足資徵信。

一、各家雜劇先後次序，首列見於曹本《録鬼簿》者；曹本不著録者，則先列天一閣鈔本《録鬼簿》著録者，次列《太和正音譜》著録者，終列不見著録者。無名氏雜劇，首列見於元刊《古今雜劇》者，次列劇目見於元孫季昌正宫端正好《集雜劇名詠情》套數者，次列著録於《太和正音譜》或《録鬼簿續編》無名氏項下者，終列《古名家雜劇》《元人雜劇選》《脈望館鈔校本古今雜劇》諸書所輯而不見於著録者。

一、本書中各劇，原有未分楔子與折數或未注宫調者，編者皆爲增補。個别雜劇如關漢卿《緋衣夢》現存各本分折皆不恰當則爲改正。各劇原有斷句不盡正確，今皆重行校訂；原無斷句者，則增加斷句。各劇所據版本，詳載附録。

一、舊本雜劇文字顯然訛誤者，編者逕爲改正，然此類情形絶少。文字似有訛誤而不能確定者，則概不改動。元刊《古今雜劇》訛别字較多，擇其顯明者改易之，然爲數已夥。盧前編《元人雜劇全集》輯入元刊《古今雜劇》中一部分元劇孤本，於不易讀通之處，或以己意改之。本書偶有依其字者。凡此皆不作校語。

一、本書僅收現存整本元人雜劇，明清曲選、曲譜中尚有若干種元劇殘文，趙景深已編爲《元人雜劇鈎沈》，本書不復輯録。

編者隋樹森識

一九五八年十二月

元曲選外編編者附言

本書第一版印行於一九五九年。一九六一年第二次印刷。這兩種版本文字相同。後來《古本戲曲叢刊》第四集出版，編者又參考四集所收的影印《元刊雜劇三十種》校正了外編的一些錯誤，於一九八〇年印了第三次印刷本。現在又參考徐沁君先生的《新校元刊雜劇三十種》，補正了《外編》許多失校處。特誌於此，以示不敢掠美。

隋樹森

一九八一年一月

目録

元曲選

第一册

第二册

第三册

第四册

第五册

第六册

第七册

元曲選序

若下里人臧晋叔撰

序一

世稱宋詞元曲。夫詞。在唐李白陳後主皆已優爲之。何必稱宋。惟曲自元始有。南北各十七宮調。而北西廂諸雜劇亡慮數百種。南則幽閨琵琶二記已耳。或謂元取士有填詞科。若今帖括然。取給風簷寸晷之下。故一時名士。雖馬致遠喬孟符輩。至第四折往往彊弩之末矣。或又謂主司所定題目外。止曲名及韻耳。其賓白則演劇時伶人自爲之。故多鄙俚蹈襲之語。或又謂西廂亦五雜劇。皆出詞人手裁。不可增減一字。故爲諸曲之冠。此皆予所不辯。獨怪今之爲曲者。南與北聲調雖異。而過宮下韻一也。自高則誠琵琶首爲不尋宮數調之説。以掩覆其短。今遂藉口謂曲嚴於北而疎於南。豈不謬乎。大抵元曲妙在不工而工。其精者採之樂府。而粗者雜以方言。至鄭若庸玉玦。始用類書爲之。而張伯起之徒。轉相祖述爲紅拂等記。則濫觴極矣。曲白不欲多。唯雜劇以四折寫傳奇故事。其白有累千言者。觀西廂二十一折。則白少可見。尤不欲多駢偶。如琵琶黄門諸篇。業且厭之。而屠長卿曇花白終折無一曲。梁伯龍浣紗梅禹金玉盒白終本無一散語。其謬彌甚。湯義仍紫釵四記。中間北曲。駸駸乎涉其藩矣。獨音韻少諧。不無鐵綽板唱大江東去之病。南曲絶無才情。若出兩手。何也。何元朗評施君美幽閨遠出琵琶上。而王元美目爲好奇之過。夫幽閨大半已雜贋本。不知元朗能辨此否。元美千秋士也。予嘗於酒次論及琵琶梁州序念奴嬌序二曲。不類永嘉口吻。當是後人竄入。元美尚津津稱許不置。又惡知所謂幽閨者哉。予家藏雜劇多祕本。頃過黄從劉延伯借得二百種。云録之御戲監。與今坊本不同。因爲參伍校訂。摘其佳者若干。以甲乙釐成十集。藏之名山而傳之通邑大都。必有賞音如元朗氏者。若曰妄加筆削。自附元人功臣。則吾豈敢。萬曆旃蒙單閼之歲春上巳日書于西湖僧舍

序二

今南曲盛行於世。無不人人自謂作者。而不知其去元人遠也。元以曲取士。設十有二科。而關漢卿輩争挾長技自見。至躬踐排場。面傅粉墨。以爲我家生活偶倡優而不辭者。或西晉竹林諸賢託杯酒自放之意。予不敢知。所論詩變而詞。詞變而曲。其源本出于一。而變益下。工益難。何也。詞本詩而亦取材於詩。大都妙在奪胎而止矣。曲本詞而不盡取材焉。如六經語。子史語。二藏語。稗官野乘語。無所不供其採掇。而要歸斷章取義。

雅俗兼收。串合無痕。乃悦人耳。此則情詞穩稱之難。宇内貴賤妍媸幽明離合之故。奚啻千百其狀。而塡詞者必須人習其方言。事肖其本色。境無旁溢。語無外假。此則關目緊湊之難。北曲有十七宮調。而南止九宮。已少其半。至于一曲中有突增數十句者。一句中有襯貼數十字者。尤南所絶無而北多以是見才。自非精審於字之陰陽。韻之平仄。鮮不劣調。而況以吴儂强效傖父喉吻。焉得不至河漢。此則音律諧叶之難。總之曲有名家。有行家。名家者出入樂府。文彩爛然。在淹通閎博之士。皆優爲之。行家者隨所粧演。無不摹擬曲盡。宛若身當其處。而幾忘其事之烏有。能使人快者掀髯。憤者扼腕。悲者掩泣。羨者色飛。是惟優孟衣冠。然後可與於此。故稱曲上乘首曰當行。不然。元何必以十二科限天下士。而天下士亦何必各占一科以應之。豈非兼才之難得而行家之不易工哉。予嘗見王元美藝苑巵言之論曲。有曰。北曲字多而聲調緩。其筋在弦。南曲字少而聲調繁。其力在板。夫北之被絃索。猶南之合簫管。摧藏掩抑。頗足動人。而音亦嫋嫋與之俱流。反使歌者不能自主。是曲之别調。非其正也。若板以節曲。則南北皆有力焉。如謂北筋在弦。亦謂南力在管可乎。惜哉元美之未知曲也。繇斯以評。新安汪伯玉高唐洛川四南曲。非不藻麗矣。然純作綺語。其失也靡。山陰徐文長禰衡玉通四北曲。非不伉俠矣。然雜出鄉語。其失也鄙。豫章湯義仍。庶幾近之。而識乏通方之見。學罕協律之功。所下句字。往往乖謬。其失也疎。他雖窮極才情。而面目愈離。按拍者既無繞梁遏雲之奇。顧曲者復無輟味忘倦之好。此乃元人所唾棄而戾家畜之者也。予故選雜劇百種。以盡元曲之妙。且使今之爲南者。知有所取則云爾。

萬曆丙辰春上巳日若下里人臧晉叔書

天台陶九成論曲

唐有傳奇。宋有戲曲。金有院本雜劇。而元因之。然院本雜劇釐而爲二矣。院本則五人。一曰副浄。古謂之參軍。一曰副末。古謂之蒼鶻。鶻能擊衆禽。末可打副浄故也。一曰引戲。一曰末泥。一曰孤裝。又謂之五花爨弄。或云宋徽宗見爨國人來朝。其衣裝鞵履巾裹傅粉墨。舉動可笑。使優人效之以爲戲。又有餤段。亦院本之意。但差簡耳。取其如火餤易明而易滅也。其間副浄有道念。有筋斗。有科汎。教坊色長魏武劉三人最著。魏長於念誦。武長於筋斗。劉長於科汎。至今樂人皆宗之。院本名目多不具載。然金章宗時有董解元所編西厢記。世代未遠。尚罕解者。况今雜劇中曲調之冗乎。因取諸曲名。分調類編。以備好事稽古者之一覽云。

黄鍾宮三十三章

醉花陰	四門子	抛毬樂一作綵樓春
喜遷鶯	節節高節一作接	塞雁兒
出隊子	者刺古	紅錦袍一作紅衲襖
刮地風	興龍引龍一作隆	晝夜樂
	願成雙	人月圓

傾杯序
文如錦
九條龍
古神仗兒
古水仙子
古寨兒令寨一作賽
降黃龍滚
金殿樂三重
三煞
二煞
柳葉兒與仙吕出入
賀聖朝與中吕商調出入
山坡羊一作蘇武持節與中吕出入
掛金索以下二章與商調出入
侍香金童

女冠子一作雙鳳翅與大石出入
尾聲
隨尾南吕通用
隨煞仙吕雙調越調大石通用

正宫五十四章

端正好與仙吕不同
滚繡毬
倘秀才
呆骨朵一作靈壽杖
叨叨令
笑和尚一作笑歌賞
黄梅雨
芙蓉花
錦庭芳
黑漆弩一作學士吟又作鸚鵡曲

月照庭
最高樓
甘草子
靈壽歌
番馬舞西風
攤破滿庭芳
三錯煞
二錯煞
塞鴻秋以下三章與仙吕中吕出入
滿庭芳
醉太平
貨郎兒以下五章與仙吕出入
怕春歸
六幺遍一作柳稍青
金殿喜重重

四換頭
伴讀書以下二十二章與中吕出入
窮河西
菩薩蠻
脱布衫
紅繡鞋一作朱履曲
小梁州
上小樓
普天樂
白鶴子
快活三
朝天子一作謁金門
四邊静
喜春來一作陽春曲
剔銀燈
蔓菁菜
鮑老兒
柳青娘
道和和一作合
十二月
堯民歌
蠻姑兒
雙鴛鴦
耍孩兒本般涉調與中吕雙調出入
轉調貨郎兒與南吕出入
隨煞尾
啄木兒煞與中吕出入
煞尾與中吕南吕大石出入
收尾與南吕雙調越調出入

仙吕宫六十一章

點絳唇
八聲甘州
混江龍
油葫蘆
天下樂
那吒令
鵲踏枝
金盞兒一作醉金盞
醉扶歸
一半兒
翠裙腰
緑紗窗
憶帝京
春歸犯
瑞鶴仙

醉雁兒
大安樂
穿窗月
憶王孫
玉花秋
錦橙梅
太常引
柳外樓
雙雁子子一作兒
端正好與正宮不同楔子多用之
祆神急與雙調不同
上京馬上一作尚與商調不同
低過金盞兒
六幺遍以下四章與正宮中吕出入
醉太平

賽鴻秋
滿庭芳
怕春歸以下三章與正宮出入
貨郎兒
金殿喜重重
六幺序以下二章與中吕出入
六幺令
村裏迓古以下十二章與商調出入
元和令
上馬嬌
游四門
勝葫蘆
賞花時
後庭花
柳葉兒

青哥兒
鳳鸞吟
雁兒
四季花
寄生草以下四章與雙調出入
清江引
醉中天
得勝樂得一作德
三番玉樓人與越調出入
好觀音以下三章與大石出入
歸塞北一作望江南
青杏兒兒一作子
賺煞
後庭花煞
賺尾與南吕出入

隨煞 與黃鍾雙調大石出入

中呂宮七十三章

粉蝶兒
醉春風 與雙調不同
叫聲
石榴花
迎仙客
醉高歌
古鮑老
酥棗兒
齊天樂
紅衫兒
鴛鴦兒
喬捉蛇
鶻打兔

賣花聲 一作昇平樂
鬭鵪鶉 與越調不同
紅芍藥 與中呂不同
貨郎兒犯
古調石榴花
鮑老三臺滚
三轉小梁州
攤破喜春來
哨遍 以下五章本般涉調
墻頭花
麻婆子 一作臉兒紅
急曲子 一作促板令
瑶臺月
賀聖朝 與黃鍾商調出入
山坡羊 與黃鍾出入

滿庭芳 以下三章與正宮仙呂出入
賽鴻秋
醉太平
耍孩兒 一作魔合羅與正宮雙調出入
紅繡鞋 以下廿三章與正宮出入
上小樓
小梁州
脱布衫
普天樂
快活三
四邊静
朝天子
剔銀燈
蔓菁菜
鮑老兒

十二月
堯民歌
柳青娘
道和
喜春來
伴讀書
白鶴子
雙鴛鴦
蠻姑兒
菩薩蠻
窮河西
四換頭
六幺遍 以下三章與仙呂出入
六幺序
六幺令

乾荷葉 一作翠盤秋與南呂出入
水仙子 以下五章與雙調出入
亂柳葉
鎮江迴
風流體
播海令
古竹馬 以下二章與越調出入
鬼三台 台一作臺
尾聲 以下二章本般涉調
煞
賣花聲煞
啄木兒煞 與正宮出入
隔尾 與南呂出入
净瓶兒煞 與大石出入
煞尾 與正宮南呂大石出入

南呂宮三十九章

一枝花 一作占春魁
梁州第七
罵玉郎 一作瑶華令
感皇恩
採茶歌 一作楚江秋
牧羊關
賀新郎
哭皇天 一作玄鶴鳴
烏夜啼
四塊玉
神仗兒
絮蝦蟆 一作草池春又作鬪蝦蟆
楚天秋
鵪鶉兒

蝦蟆序
醉鄉春
紅芍藥與中吕不同
菩薩梁州
攤破採茶歌
三煞
二煞
幺煞
轉調貨郎兒與正宫出入
乾荷葉與中吕出入
側磚兒以下七章與反調出入
竹枝歌
金字經一作閲金經
一機錦
梧桐樹

水仙子一作凌波仙又湘妃怨又馮夷曲
玉嬌枝嬌一作交
黄鍾尾
神仗兒煞
隔尾隨煞
隔尾黄鍾煞
隨尾與黄鍾出入
隔尾與中吕出入
收尾與正宫雙調越調出入
煞尾與正宫中吕大石出入

雙調一百三十三章

新水令
五供養
駐馬聽
步步嬌一作潘妃曲

喬木查一作銀漢浮槎
喬牌兒
攪箏琶
掛玉鈎一作掛搭沽
落梅風一作壽陽曲
甜水令一作滴滴金
川撥棹
折桂令即秋風第一枝又天香引又蟾宫曲
七兄弟
梅花酒
收江南收一作喜
醉春風與中吕不同
江兒水
沽美酒一作瓊林宴
太平令

對玉環
錦上花
碧玉簫
豆葉黄
慶東原原一作園
風入松
撥不斷一作續斷弦
青玉案
殿前歡一作小婦孩兒又作鳳將雛
殿前喜
搗練子一作胡搗練
夜行船
快活年
胡十八
一錠銀

早鄉詞
石竹子
天仙子
山石榴
相公愛一作駙馬還朝
阿納忽納一作那
不拜門不一作小
大拜門
慢金盞一作金盞子
也不囉一作野落索
忽都白忽一作古
倘兀歹倘一作唐
慶宣和
十棒鼓
醉娘子一作醉也摩挲

月兒彎
真個醉
動相思
朝元樂
海天晴
好精神
鳳引雛
豆葉兒
荆湘怨一作漢江秋
行香子
掛打燈
蝶戀花
山丹花
雕刺鵠
棗卿調

珍珠馬
太清歌
太平歌
祅神急與仙呂不同
阿忽令
慶豐年
天仙令
新時令
小陽關
秋蓮曲
華嚴讚
神曲纏
大德樂
楚天遥
秋江送

枳郎兒
皂旗兒
沉醉東風
月上海棠
掛玉鈎序一作掛搭序
魚遊春水
小喜人心
大喜人心
一緺兒麻
金娥神曲
三犯白苧歌
万花方三臺
河西六娘子
驟雨打新荷
間金四塊玉

減字木蘭花
高過金盞兒
河西水仙子
農樂歌兼破雁兒落
沙子兒攤破清江引
三煞
二煞
四邊静以下三章與正宫中吕出入
朝天子
耍孩兒
青哥兒與仙吕商調出入
寄生草以下四章與仙吕出入
小將軍
得勝樂
清江引

亂柳葉以下四章與中呂出入
風流體
鎮江迴
播海令
側磚兒一作荆山玉以下七章與南呂出入
竹枝歌
玉嬌枝
金字經
一機錦
梧桐樹
水仙子
雁兒落以下六章與商調出入
得勝令一作凱歌迴又作陣陣嬴
春閨怨
牡丹春

大德歌
玉胞肚
水調煞
轉調煞
鴛鴦煞
離亭宴煞
離亭宴帶歇指煞
隨煞與黄鍾仙吕越調大石出入
收尾與正宫南吕越調出入
商調五十章
集賢賓
逍遥樂
八寶粧
梧葉兒一作知秋令
金菊香

醋葫蘆
水紅花
賢聖吉
望遠行
滿堂春
秦樓月
桃花浪
凉亭樂
浪來里
滿堂紅
上京馬與仙吕不同
芭蕉延壽
魚遊春水
高過浪來里
應天長以下五章本商角調

黃鶯兒
垂絲釣
蓋天旗
踏莎行
賀聖朝與黃鍾中呂出入
掛金索以下二章與黃鍾出入
侍香金童
小梁州與正宮中呂出入
青哥兒與仙呂雙調出入
村裏迓古以下十一章與仙呂出入
元和令
上馬嬌
游四門
勝葫蘆
後庭花

柳葉兒
賞花時
雙雁兒
鳳鸞吟
四季花
春閨怨以下五章與雙調出入
雁兒落一作平沙落雁
得勝令
大德歌
玉胞肚
酒旗兒與越調出入
尾聲本商角調
高平煞
浪來里煞
高平隨調煞

越調三十八章

鬬鵪鶉與中呂不同
耍三台台一作臺
紫花兒序
小桃紅
調笑令一作含笑花
天净紗
禿厮兒一作耍厮兒又作小沙門
金蕉葉
聖藥王
麻郎兒
絡絲娘
綿搭絮
拙魯速
東原樂

凭欄人
青山口
黄薔薇
慶元貞
踏陣馬
雪裏梅
寨兒令一作柳營曲
眉兒彎
送遠行
鄆州春
梅花引
看花迴
南鄉子
糖多令
雪中梅

小絡絲娘
醉中天以下二章與仙吕出入
三番玉樓人
鬼三台一作三臺印與中吕出入
古竹馬與南吕出入
酒旗兒與商調出入
尾聲
隨煞與黄鍾仙吕雙調大石出入
收尾與正宫南吕雙調出入

大石調三十五章

六國朝
念奴嬌
催拍子
喜梧桐
初問口一作卜金錢

喜秋風
怨别離
净瓶兒
玉翼蟬
常相會
催花樂一作擂鼓體
百字令
憨郭郎一作蒙童兒
還京樂
荼蘼香
驀山溪
鷓鴣天
燈月交輝
雁過南樓
初生月兒

林裏雞近
陽關三疊
天上謠以下三章本小石調
惱殺人
伊州遍

女冠子與黃鍾出入
好觀音以下三章與仙吕出入
青杏兒本小石調
歸塞北
尾聲本小石調

觀音煞
帶賺煞
玉翼蟬煞
浄瓶兒煞與中吕出入
隨煞與黃鍾仙吕雙調越調出入

燕南芝庵論曲

古云。絲不如竹。竹不如肉。以其近之也。又云。取來歌裏唱。勝向笛中吹。

詞山曲海。千生萬熟。三千小令。四十大曲。

成文章曰樂府。有尾聲曰套數。時行小令曰葉兒。套數當有樂府氣味。樂府不可似套數。

古善唱者五人。秦青薛譚韓秦娥沈古之李存符。帝王知音者五人。唐玄宗後唐莊宗南唐後主宋徽宗金章宗。

近世所謂大曲。蘇小小蝶戀花。鄧千江望海潮。蘇東坡念奴嬌。辛稼軒摸魚兒。晏叔原鷓鴣天。柳耆卿雨霖鈴。吴彦高春草碧。朱淑真生查子。蔡伯堅石州慢。張子野天仙子。

三教所尚。道家唱情。釋家唱性。儒家唱理。

凡唱曲有地所。東平唱木蘭花慢。大名唱摸魚兒。南京唱生查子。彰德唱木斛沙。陝西唱陽關三疊黑漆弩。

凡聲音各應律呂。分六宫十一調。唱仙吕宫宜清新緜邈。南吕宫宜感歎傷悲。中吕宫宜高下閃賺。黄鍾宫宜富貴纏綿。正宫宜惆悵雄壯。道宫宜飄逸清幽。大石調宜風流醖藉。小石調宜旖旎嫵媚。高平調宜條物滉漾。般涉調宜拾掇坑塹。歇指調宜急併虚歇。商角調宜悲傷婉轉。雙調宜健捷激裊。商調宜悽愴怨慕。角調宜嗚咽悠揚。宫調宜典雅沉重。越調宜淘寫冷笑。

凡唱所忌。子弟不唱作家歌。浪子不唱及時曲。男不唱豔詞。女不唱雄曲。南人不唱。北人不歌。

凡歌之格調。有抑揚頓挫。有頂疊垛换。有縈紆牽結。有敦拖嗚咽。有推題九轉。有搖欠遏透。

凡歌之節奏。有停聲。有待拍。有偷吹。有拽棒。有字真。有句篤。有依腔。有貼調。

凡歌一聲。聲有四節。曰起末。曰過度。曰搵簪。曰攧落。

凡歌一句。句有聲韻。一聲平。一聲背。一聲圓。聲要圓熟。腔要徹滿。

凡一曲中各有其聲。曰變聲。曰敦聲。曰杌聲。曰啀聲。曰困聲。

凡歌有三過聲。曰偷氣。曰取氣。曰换氣。曰歇氣。曰就氣。又愛者有一口氣。

凡歌聲變件有三臺。有破子。有遍子。有攧落。有實催。有全篇。有尾聲。有賺煞。有隨煞。有隔煞。有羯煞。有本調煞。有拐子煞。有三煞。有十煞。

凡調有子母。有姑舅兄弟。有字多聲少。有聲少字多。所謂一串驪珠也。如仙吕點絳唇大石調青杏子。世稱爲殺唱劊子。

有愛唱者。有學唱者。有能唱者。有會唱者。有高不揭。低不咽。有排字兒。打截兒。放掯兒。唱意兒。明掯兒。暗掯兒。長掯兒。短掯兒。碎掯兒。

凡人聲音不等。各有所長。有川嗓。有堂聲。皆合破簫管。大抵唱得雄壯者。失之村沙。唱得蘊拽者。失之乜斜。唱得輕巧者。失之寒賤。唱得本分者。失之老實。唱得用意者。失之穿鑿。唱得打搯者。失之本調。

凡唱節病有困的。灰的。涎的。叫的。大的。有樂官聲。撒錢聲。拽鋸聲。猫叫聲。不入耳。不着人。不徹腔。不合調。工夫少。遍數少。步力少。官場少。字樣訛。文理差。無叢林。無傳授。嗓拗劣調。落架漏氣。

凡唱聲病散散焦焦。乾乾洌洌。啞啞嗄嗄。尖尖低低。雌雌雄雄。短短憨憨。濁濁赸赸。格嗓囊鼻。摇頭歪口。合眼張口。撮唇撇口。昂頭咳嗽。

凡添字病如則他。兀那。是他家。俺子道。我不見。兀的不呢。一條了。唇撒了。一片了。團圞了。破孩了。茄子了之類是也。

高安周挺齋論曲

凡作樂府。切忌有傷於音律。如女真風流體等樂章。皆以女真人音聲歌之。雖字有差訛。不傷音律。不爲害也。大抵先要明腔。後要識譜。審其音而爲之。庶不忝於先輩。至如詞中字多難唱處。横放傑出。皆是才人拴縛不住之氣。自非老於文學者。即爲劣調矣。

凡經史語。樂府語。天下通語。可入雜劇。如俗語。蠻語。謔語。嗑語。市語。譏誚語。各處鄉語。書生語。构肆語。張打油語。皆不可入如雙聲疊韻語不可專意作之。然亦不可無此體。總之造語必儁。用字必熟。太文則迂。不文則俗。文而不文。俗而不俗。要聳觀又聳聽。格調高。音律好。襯字無。平仄穩。

凡樂府最忌者有四。一曰語病。如達不着主母機。或對曰。燒公鴨。舉坐大笑是也。二曰語澁。謂句生硬而平仄不叶是也。三曰語粗。謂無細膩儁美之詞是也。四曰語嫩。謂詞句太弱。且庸腐又不切當。專務鄙猥小家。全無大氣象是也。

凡用事要明事隱使。隱事明使。

凡作樂府。要知某調某句。某是務頭。可施儁語於其上。其餘宜自立一家言。不可多用全語。

凡對偶如逢雙必對。自然之理也。又扇面對。如調笑令第四句對第六句。第五句對第七句。駐馬聽起四句是也。又重疊對。如鬼三臺第一句對第二句。第四句對第五句。第一第二第三句對第四第五第六句是也。又救尾對。如紅繡鞋第四第五第六句爲三對。寨兒令第九第十第十一句爲三對是也。

有六字三韻。詞家以爲難。如西厢麻郎兒幺云。忽聽一聲猛驚。太平令云。自古相女配夫是也。

吳興趙子昂論曲

良家子弟所扮雜劇。謂之行家生活。娼優所扮。謂之戾家把戲。蓋以雜劇出於鴻儒碩士騷人墨客所作。皆良家也。彼娼優豈能辦此。故關漢卿以爲非是他當行本事。我家生活。他不過爲奴隸之役。供笑獻勤。以奉我輩耳。子弟所扮。是我一家風月。雖復戲言。甚合於理。

院本中有娼夫之詞。名曰綠巾詞。雖有絶佳者。不得並稱樂府。如黄番綽鏡新磨雷海青輩。皆古名娼。止以樂名呼之。亘世無字。今趙明鏡訛傳趙文敬。張酷貧訛傳張國賓。皆非也。

丹丘先生論曲

雜劇有正末。副末。狚。狐。靚。鴇。猱。捷譏。引戲。九色之名。正末者。當場男子能指事者也。俗謂之末泥。副末執磕瓜以扑靚。即古所謂蒼鶻是也。當場之妓曰狚。狚狷之雌者也。其性好淫。今俗訛爲旦。狐當場粧官者是也。今俗訛爲孤。靚傅粉墨。獻笑供諂者也。粉白黛緑。古稱靚粧。故謂之粧靚色。今俗訛爲浄。妓女之老者曰鴇。鴇似雁而大。無後趾。虎文。喜淫而無厭。諸鳥求之即就。世呼獨豹者是也。凡妓女總稱曰猱。猱亦狷屬。喜食虎肝腦。虎見而愛之。輒負於背。猱乃取蝨遺虎首。虎即死。取其肝腦食焉。以喻少年愛色者。亦如遇猱然。不至喪身不止也。捷譏古謂之滑稽。雜劇中取其便捷譏謔。故云引戲即院本中之狚也。

构肆中戲房出入之所。謂之鬼門道。言其所扮者皆已往昔人。出入於此。故云鬼門。愚俗無知。以置鼓於門。改爲鼓門道。後又訛而爲古。皆非也。蘇東坡詩有云。搬演古人事。出入鬼門道。

諸曲調中句字不拘。可以增損者。一十四章。正宫則端正好。貨郎兒煞尾。仙吕則混江龍。後庭花。青哥兒。南吕則草池春。鵪鶉兒。黄鍾尾。中吕則道和。雙調則新水令。折桂令。川撥棹。梅花酒是也。

曲名同音律不同者。一十六章。黄鍾雙調皆有水仙子。黄鍾越調皆有寨兒令。仙吕正宫皆有端正好。仙吕雙調皆有祆神急。仙吕商調皆有上京馬。中吕越調皆有鬭鵪鶉。中吕南吕皆有紅芍藥。中吕雙調皆有醉春風是也。

涵虚子論曲

戲曲至隋始盛。在隋謂之康衢戲。唐謂之梨園樂。宋謂之華林戲。元謂之昇平樂。

雜劇有十二科。一曰神仙道化。二曰林泉丘壑。三曰披袍秉笏。四曰忠臣烈士。五曰孝義廉節。六曰叱姦罵讒。七曰逐臣孤子。八曰鏺刀趕棒。九曰風花雪月。十曰悲歡離合。十一曰煙花粉黛。十二曰神頭鬼面。

古今羣英樂府。各有其目。馬東籬如朝陽鳴鳳。張小山如瑶天笙鶴。白仁甫如鵬摶九霄。李壽卿如洞天春曉。喬孟符如神鰲鼓浪。費唐臣如三峽波濤。宫大用如西風鵰鶚。王實甫如花間美人。張鳴善如彩鳳刷羽。關漢卿如瓊筵醉客。鄭德輝如九天珠玉。白無咎如太華孤峯。貫酸齋如天馬脱羈。鄧玉賓如幽谷芳蘭。滕玉霄如碧漢閒雲。鮮于去矜如奎璧騰輝。商政叔如朝霞散彩。范子安如竹裏鳴泉。徐甜齋如桂林秋月。楊淡齋如碧海珊瑚。李致遠如玉匣昆吾。鄭廷玉如佩玉鳴鑾。劉庭信如摩雲老鶻。吴西逸如空谷流泉。秦竹村如孤雲野鶴。馬九皋如松陰鳴鶴。石子章如清風爽籟。朱庭玉如百卉争芳。庾吉甫如奇峯散綺。楊立齋如風煙花柳。楊西菴如花柳芳妍。胡紫山如秋潭孤月。張雲莊如玉樹臨風。元遺山如窮崖孤松。高文秀如金瓶牡丹。阿魯威如鶴唳青霄。吕止菴如晴霞結綺。荆幹臣如珠簾鸚鵡。薩天錫如天風環珮。薛昂夫如雪窗翠竹。顧均澤如雪中喬木。周德清如玉笛横秋。不忽麻如閒雲出岫。杜善夫如鳳池春色。鍾繼先如騰空寶氣。王仲文如劍氣騰空。李文蔚如雪壓蒼松。楊顯之如瑶臺夜月。顧仲清如鵰鶚冲霄。趙文寶如藍田美玉。趙明遠如太華晴雲。李子中如清廟朱瑟。李取進如壯士舞劍。吴昌齡如庭草交翠。武漢臣如遠山疊翠。李直夫如梅邊月影。馬昂夫如秋蘭獨茂。梁進之如花裹啼鶯。紀君祥如雪裹梅花。于伯淵如翠柳黄鸝。王廷秀如月印寒潭。姚守中如秋月揚輝。金志甫如西山爽氣。沈和甫如翠屏孔雀。睢景臣如鳳管秋聲。周仲彬如平原孤隼。吴仁卿如山間明月。秦簡夫如峭壁孤松。石君寶如羅浮梅雪。趙公輔如空山清嘯。孫仲章如秋風鐵笛。岳伯川如雲林樵響。趙子祥如馬嘶芳草。李好古如孤松掛月。陳存甫如湘江雪竹。鮑吉甫如老蛟泣珠。戴善甫如荷花映水。張時起如雁陣驚寒。趙天錫如秋水芙蓉。尚仲賢如山花獻笑。王伯成如紅鴛戲波。王子一如長鯨飲海。王文昌如滄海明珠。谷子敬如崐山片玉。藍楚芳如秋風桂子。陳克明如九畹芳蘭。李唐賓如孤鶴鳴皋。穆仲義如洛神凌波。湯舜民如錦屏春風。賈仲名如錦帷瓊筵。楊景言如雨中之花。蘇復之如雲林文豹。楊彦華如春風飛花。楊文奎如匡廬疊翠。夏均政如南山秋色。唐以初如仙女散花。前九十八人。已經題目。此外一百五人。並稱傑作。未可以優劣論也。其姓名列如左。董解元。盧疎齋。鮮于伯機。馬海粟。趙子昂。李溉之。曾褐夫。班彥功。童童學士。孛羅御史。郝新齋。陳叙實。劉時中。徐子方。馬彥良。闞志學。孫子羽。曹以齋。王繼學。康進之。張子益。陳子厚。孫叔順。呂元禮。李茂之。亢文苑。曹子真。左山。孟漢卿。徐容齋。嚴忠齋。董君瑞。任則明。呂濟民。查德卿。武林隱。王元鼎。里西瑛。衛立中。李伯瞻。趙顯宏。劉通齋。呆元啓。唐毅夫。孫周卿。高則誠。李愛山。宋方壺。姚牧庵。景元啓。曾瑞卿。李伯瑜。吴克齋。李德載。王和卿。杜遵禮。程景初。趙彥暉。王敬甫。鄧學可。沙正卿。趙明道。王仲誠。夢蘭。李邦基。呂天用。睢玄明。王仲元。高安道。張子友。侯正卿。史九敬先。李寬甫。彭伯成。李行道。趙君祥。汪澤民。陸顯之。孔文卿。秋君厚。張壽卿。費君祥。陳定甫。劉唐卿。阿里耀卿。王愛山。奥敦周卿渚。察善長。范冰壺。施君美。黃德潤。沈珙之。劉聰。張九。廖弘道。陳彥實。吴中立。錢子雲。高敬臣。曹明善。張子堅。王日華。王舉之。陳德和。丘士元。

元曲論

音律宮調

五音

宮屬土。性圓。爲君。其色黃。在天符土星。於人曰信。分旺四季。

商屬金。性方。爲臣。其色白。在天符金星。於人曰義。應秋之節。

角屬木。性直。爲民。其色青。在天符木星。於人曰仁。應春之節。

徵屬火。性明。爲事。其色赤。在天符火星。於人曰禮。應夏之節。

羽屬水。性潤。爲物。其色黑。在天符水星。於人曰智。應冬之節。

六律

太簇

姑洗

蕤賓

夷則

無射

黃鍾

六呂

大呂

應鍾

南呂

林鍾

仲呂

夾鍾

六宮

仙呂宮

南呂宮

黃鍾宮

中呂宮
正宮
道宮
十一調
大石調
小石調
高平調
般涉調
宮調
商調
角調
越調
雙調
商角調
歇指調

元羣英所撰雜劇。共五百四十九本。蓋雜劇者。太平之勝事。非太平則不出。今以耳聞目擊者。收録譜中。天下才子非一人。管見不能備知。望後之賞音者增入焉。以下俱見涵虛子

馬致遠共十三本

漢宮秋
任風子
薦福碑
岳陽樓第三折花李郎折紅字李二
青衫泪
黃粱夢
陳摶高卧
誤入桃源源一作園
酒德頌
齋後鍾
歲寒亭
戚夫人
踏雪尋梅

王實甫共二十二本

西廂記五本
芙蓉亭
麗春堂
破窰記二本
多月亭
販茶船二本
明達賣子
陸績懷橘
七步成章

麗春園二本
于公高門二本
進梅諫二本
雙題怨
關漢卿共六十本
救風塵
玉鏡臺
謝天香
望江亭一作切鱠旦
蝴蝶夢
竇娥冤
金線池
緋衣夢
對玉梳一云對玉釧
哭魏徵

裴度還帶
哭存孝
復落娼
黄花峪一云萬花堂
哭香囊
三負心
鬼團圓
進西施
春衫記
立宣帝
拜月亭
劉夫人
鷓鴣天
汴河冤
勘龍衣

雙駕車
宣華妃
三撇嵌
牽龍舟
瘸馬記
救啞子
哭昭君
雙赴夢
酹江月
調風月
江梅怨
認先皇
三嚇赦
鬧邢州
狄梁公

柳絲亭
王皇后
玉簪記
破窑記二本
錢大尹一作鬼報錢大尹
救周勃
姻緣簿
銅瓦記
鑿壁偷光
緑珠墜樓
管寧割席
敬德歸唐
織錦迴文
孫康映雪
高鳳漂麥

陳母教子
擔水澆花旦二本
降生趙太祖
金銀交鈔三告狀
單刀會
白仁甫共十七本
梧桐雨
墻頭馬上
流紅葉
錢塘夢
銀箏怨
崔護謁漿二本
祝英臺
斬白蛇
幸月宫

東墻記
高祖歸莊
蕭翼賺蘭亭
燈月鳳凰船
絶纓會
閻師道趕江二本
喬孟符共八本
金錢記
揚州夢
兩世姻緣
黄金臺
認玉釵
勘風情
節婦碑
荆公遣妾

費唐臣共三本
斬鄧通
貶黄州
韋賢籯金
宫大用共六本
范張雞黍
托公書
釣魚臺
汲黯開倉
越王嘗膽
御賞鳳凰樓
尚仲賢共十本
柳毅傳書
單鞭奪槊一作三奪槊
張生煮海

崔護謁漿
秉燭旦
王魁負桂英
越娘背燈
歸去來兮
諸葛論功
庾吉甫共十六本
薦馬周
凌波夢
蘭昌宫
青陵臺
華清宫
霓裳怨
蘂珠宫
駡上元

麗春園二本
買臣負薪
雞鳴度關
周處三害
琵琶怨
江月錦帆舟
裴航遇雲英
高文秀共三十五本
誶范叔
黑旋風雙獻功一云雙獻頭
謁魯肅
打瓦罐
鬭雞會
論杜康
問啞禪

並頭蓮
打呂胥
鎖水母
牡丹園
潘安擲果
廉頗負荆
趙堯辭金
張敞畫眉
班超投筆二本
霸王舉鼎
子胥走樊城
門神訴冤
風月害夫人二本
趙元遇上皇
養子不及父

敷演劉要和
黑旋風喬教學
麗春園二本
窮秀才雙棄瓢
劉先主襄陽會
豹子秀才不當差
豹子令史乾請俸
謊秀才
黑旋風借屍還魂
窮風月

鄭德輝共二十本

傷梅香一作翰林風月
倩女離魂
王粲登樓
細柳營二本

紫雲娘
秦樓月
採蓮舟
哭晏嬰
伊尹扶湯
無鹽破壞
月夜聞箏
梨園樂府
周公攝政
太后捧印
指鹿道馬
三戰呂布二本
玉樹後庭花
哭孫子

李文蔚共十本

燕青博魚
圯橋進履
金水題紅怨
燕青射雁
魚雁傳情
謝玄破苻堅
漢武帝哭李夫人
蔡蕭宗醉寫石州慢
盧亭亭擔水澆花旦
侯正卿一本
燕子樓
史九敬先一本
莊周夢
孟漢卿一本
魔合羅

戴善夫共五本
風光好
紫雲亭
翫江樓
紅衣怪
伯瑜泣杖
張時起共三本
別虞姬
鞦韆怨
昭君出塞
李寬甫一本
問牛喘
彭伯城一本
京娘怨
趙公輔四本

倩女離魂二本
東山高卧二本
李行道一本
灰闌記
趙君祥一本
春夜梨花雨
費君祥一本
菊花會
紀君祥共八本
趙氏孤兒
韓退之
松陰夢
錯勘贓二本
販茶船二本
驢皮記

趙天錫共二本
何郎傅粉
金釵翦燭
梁進之共四本
于公高門二本
進梅諫二本
汪澤民一本
糊突包待制
楊顯之共十本
瀟湘夜雨
酷寒亭旦末二本
師婆旦
黑旋風喬斷案
劉泉進瓜
小劉屠
蒲魯忽劉屠大拜門
陳定甫一本
兩無功
李壽卿共十一本
伍員吹簫
斬韓信
歎骷髏
臨岐柳
鑑湖亭
祭滻水
復奪受禪臺二本
辜負呂無雙
遠波亭
船子和尚秋蓮夢
王伯成共二本有天寶遺事行於世
貶夜郎
張鶱浮槎
孫仲辛共三本
張鼎勘頭巾
白頭吟
遺留文書
趙明遠共二本
韓湘子
范蠡歸湖
劉唐卿一本
麻地傍印
李子中共二本
韓壽偷香
崔子弒齊君
武漢臣共十二本

老生兒
生金閣一云提頭鬼
玉壺春一云玉堂春
魯義姑
錯勘贓二本
天子班
關山怨
三戰呂布二本
韓信築壇
掛甲朝天
王仲文共十一本
救孝子一作不認屍
五丈原
錦香亭
石守信二本

王孫賈
諸葛祭風
董宣强項
張良辭朝
韓信乞食
王祥卧冰
陸顯之一本
宋上皇碎冬凌
李取進共三本
欒巴噀酒
復奪受禪臺
窮解子破雨傘
于伯淵共六本
小秦王
武三思

珍珠旗
斬呂布
鬼風月
餓劉友
鐵拐李
岳伯川共二本
夢斷楊貴妃
李逵負荊
康進之共二本
黑旋風老收心
王廷秀共四本
細柳營
焚典坑儒
鹽客雙告狀
石頭和尚草庵歌

石子章共二本
竹塢聽琴
竹窗雨
趙子祥共三本
石守信二本
崔和擔生
范子安共三本
竹葉舟
曲江池
杜甫遊春
李好古共四本
張生煮海二本
鎮凶宅
巨靈神劈華山
曾瑞卿一本

留鞋記一作才子佳人悞元宵
狄君厚一本
火燒介子推
張壽卿一本
紅梨花
孔文卿共二本
東窗事犯二本
姚守中共三本
逢萌掛冠
扯詔立中宗
郝廉留錢
李直夫共十三本
虎頭牌
水渰藍橋
孝諫鄭莊公

反闘娘子勸丈夫
伯道棄子
火燒祆廟
夕陽樓
占斷風光
念奴教樂
錯立身二本
壞盡風光
風月郎君怕媳婦
吴昌齡共十五本
張天師一作辰勾月
東坡夢
西天取經六本
賞黃花一作黄花峪
搜胡洞

眼睛記
抱石投江
狄青博馬
夜月走昭君
貨郎末尼
石君寶共十本
曲江池
秋胡戲妻
哭周瑜
雪香亭
紫雲亭
歲寒三友
柳眉兒金錢記
士女秋香怨
呂太后醢彭越

窮解子紅綃傘
金志甫共八本
西湖夢
追韓信
蔡琰還漢
東窗事犯二本
韓太師
鼎鑊諫
抱子設朝
陳存甫一作孝甫共二本
誤入長安
錦堂風月
睢景臣共三本
屈原投江
千里投人

牡丹記
周仲彬共五本
蘇武持節
孫武教女兵二本
杜韋娘
戲諫唐莊宗
吳仁卿共三本
子房貨劍
手卷記
火燒正陽門
顧仲清共二本
火燒紀信
陵母伏劍
沈和甫共六本
樂昌分鏡

燕山逢故人
朱蛇記
郭興阿楊
歡喜冤家
瀟湘八景
鮑吉甫 共八本
史魚尸諫 一作衛靈公
曹娥泣江
宋弘不諧
班超投筆
哭秦少遊
比干剖腹
楊震畏金
爲富不仁
趙文寶 共六本

孫武教女兵 二本
姜肱共被
糜竺收資
七德舞
執笏諫
孫子羽 一本
月夜紫鸞簫
秦簡夫 四本
東堂老 一作破家子弟
趙禮讓肥
翦髮待賓
玉溪館
張鳴善 共二本
煙花鬼
夜月瑶琴怨

鄭廷玉 共二十一本
忍字記
楚昭公 一作疎者下船
冤家債主
智勘後庭花
雙教化
王公綽
打李渙
送寒衣
金鳳釵
鳳凰兒
復勘贓
四馬投唐 一作駟馬奔陣
貶揚州
欒城驛

哭韓信
漁父辭劍
孫恪遇猿
劉斌料到底
風月七真堂
因禍致福
貧兒乍富
范冰壺一本
鷫鸘裘第二折施君美三折黄德潤四折沈拱之
柯丹丘共十二本
私奔相如
九合諸侯
豫章三害
勘妬婦
瑶天松鶴

白日飛昇
獨步太羅
肅清瀚海
辯三教
煙花判
客窗夜話
楊娭復落娼
王子一共四本
誤入桃源一作劉阮天台
海棠風
楚岫雲
花間四友一作鶯燕蜂蝶
劉東生共二本
嬌紅記二本
月下老世間配偶

谷子敬共三本
城南柳
枕中記
雪恨鬧陰司
楊舜民共二本
嬌紅記
風月瑞仙亭
楊景言共二本
風月海亭
史教坊斷生死夫妻
賈仲名一本
金安壽
楊文奎共四本
兒女團圓
玉盒記

王魁不負心
封陟遇上元
羅貫中一本
龍虎風雲會
李致遠一本
還牢末
楊景賢一本
劉行首
張國瑶一本
羅李郎一作大鬧相國寺
無名氏共一百五本
馬陵道
氣英布
賺蒯通
凍蘇秦

連環計
謝金吾一云私下三關
朱砂擔一作朱砂記
貨郎旦
陳琳抱粧盒
殺狗勸夫
桃花女一云智賺桃花女
盆兒鬼
鴛鴦被
昊天塔一作孟良盗骨
舉案齊眉
神奴兒一作大鬧開封府
飛刀對箭一作跨海東征
存孝打虎
醉寫赤壁賦

敬德不伏老
病打獨角牛
劉弘嫁婢
醉走黄鶴樓
霍光鬼諫
拂塵子
夢天台
望思臺
邢臺記
燕山夢
博望燒屯
彩扇題詩
火燒阿房宫
蘇秦還鄉
豫讓吞炭

田單火牛
託妻寄子
袁覺托笆
收心猿意馬
趙宗讓肥
月夜杜鵑啼
秋夜雲窗夢
留鞋記
張千贊殺妻
智賺三件寶
詈詈旦
滴水浮漚記
敬德撾怨鼓
四國旦
張順水裏報怨

京娘盜果
任貴五顆頭
繼母大賢
紙扇記
還牢旦
一丈青鬧元宵
智賺鬼擘口
錢神論
搥碎黄鶴樓
章臺柳
馮驩焚券
蟠桃會
包待制雙勘丁
詐遊雲夢
斬陳餘

盧仝七碗茶
千里獨行
賢孝牌
夜月荆娘墓
卓文君駕車
昇仙會
白蓮池
復奪衣襖車
打毬會
刀劈史鴉霞
楊香跨虎
打陳平
田真泣樹
祭三王
策立陰皇后

螺螄末尼
魯元公主
聖姑姑
黄魯直打到底
三賢婦
明皇村院會佳期
搬運太湖石
雙鬬醫
任千四顆頭
化胡成佛
風流娘子兩相宜
桂花精
柳成錯背妻
雪裏報冤

黄花寨
蔡順分椹
佳人寫恨
水簾寨
銷金帳
陶侃拿蘇峻
風雪待制
望香亭
才子留情
郭桓盜官糧
哀哀怨怨後庭花
危太僕衣錦還鄉
趙明鏡共三本以下四人俱係娼夫不得與名士並列

啞觀音
錯立身
武王伐紂
張酷貧共三本
合汗衫
薛仁貴
高祖還鄉
紅字李二共三本
板沓兒
病楊雄
武松打虎
花李郎共二本
相府院一云勘吉平
釘一釘

元知音善歌之士三十六人

盧綱。咸陽人。其音屬宮而雜商。如神虎之嘯風。雄而且壯。又若腰鼓百面。以破蒼蠅蟋蟀之鳴。萬無一敵。

李良辰。塗陽人。其音屬角。如蒼龍之吟秋水。予初入關寓昌化。聞於軍中。其時三軍喧轟。萬騎雜遝。歌聲一發。壯士莫不傾耳。默然無聲。信當時之傑也。

蔣康之。金陵人。其音屬宮。如玉磬之擊明堂。温潤可愛。癸未春。渡南康。夜泊彭蠡之南。其夜將半。江風吞波。山月銜岫。四無人語。水聲淙淙。康之扣船而歌江水澄澄江月明之詞。湖上之民。啓户出聽者。雜遝於岸。少焉滿江。如有長歎之聲。自此名譽益遠矣。

李通。宛平人。其音屬羽。如玉笙之吹璚管。清而且潤。名冠薊北。

華士良杭州人知臨洮府	甘平仲鎮江人	傅秉文永平人
李伯舉鎮江人	秦梧葉陝西人	李時敬通州人
王子敬臨清人	吴友執汴梁人	俞允中宛平人
九敬之色目人	史九皋杭州人	湯執平沛縣人
幞頭王杭州匠人	劉彦達通州人	張仲實塗陽人
張仲文揚州人	王善甫宛平人	李弘遠塗陽人

劉庭簡塗陽人　李彥中汴梁人　胡惟中濟寧人
梅景初宛平人　俞景中宛平人　王均佐遵化人
李秉質塗陽人　靳士名宛平醫人　楊景輝鳳陽人
馮彥皋台州人　賀從善杭州醫人　徐士傑杭州人
郝璉宛平人一名郝國器　蔣原佐宜興人

凡唱最忌做作。如咂唇搖頭。彈指頓足之態。高低輕重。添減太過字面。此皆市井狂放輩輕薄淫蕩之聲。徒能亂人耳目。所貴者若遊雲之飛太虛。上下無礙。悠悠揚揚。出其自然。使人聽之。可以消釋煩悶。和悅性情。通暢血氣。斯爲天地正音。故曰一聲唱到融神處。毛骨蕭然六月寒。

破幽夢孤雁漢宮秋雜劇

馬致遠　撰

楔子

〔冲末扮番王引部落上詩云〕氈帳秋風迷宿草。穹廬夜月聽悲笳。控弦百萬爲君長。款塞稱藩屬漢家。某乃呼韓耶單于是也。久居朔漠。獨霸北方。以射獵爲生。攻伐爲事。文王曾避俺東徙。魏絳曾怕俺講和。獯鬻玁狁。逐代易名。單于可汗。隨時稱號。當秦漢交兵之時。中原有事。俺國强盛。有控弦甲士百萬。俺祖公公冒頓單于。圍漢高帝于白登七日。用婁敬之謀。兩國講和。以公主嫁俺國中。至惠帝呂后以來。每代必循故事。以宗女歸俺番家。宣帝之世。我衆兄弟争立不定。國勢稍弱。今衆部落立我爲呼韓耶單于。實是漢朝外甥。我有甲士十萬。南移近塞。稱藩漢室。昨曾遣使進貢。欲請公主。未知漢帝肯尋盟約否。今日天高氣爽。衆頭目每向沙堤射獵一番。多少是好。正是番家無産業。弓矢是生涯。〔下〕〔净扮毛延壽上詩云〕爲人鵰心雁爪。做事欺大壓小。全憑諂佞姦貪。一生受用不了。某非别人。毛延壽的便是。見在漢朝駕下。爲中大夫之職。因我百般巧詐。一味諂諛。哄的皇帝老頭兒十分歡喜。言聽計從。朝裏朝外。那一個不敬我。那一個不怕我。我又學的一個法兒。只是教皇帝少見儒臣。多昵女色。我這寵幸。纔得牢固。道尤未了。聖駕早上。〔正末扮漢元帝引内官宮女上詩云〕嗣傳十葉繼炎劉。獨掌乾坤四百州。邊塞久盟和議策。從今高枕已無憂。某漢元帝是也。俺祖高皇帝。奮布衣。起豐沛。滅秦屠項。挣下這等基業。傳到朕躬。已是十代。自朕嗣位以來。四海晏然。八方寧静。非朕躬有德。皆賴衆文武扶持。自先帝晏駕之後。宫女盡放出宫去了。今後宫寂寞。如何是好。〔毛延壽云〕陛下。田舍翁多收十斛麥。尚欲易婦。况陛下貴爲天子。富有四海。合無遣官徧行天下。選擇室女。不分王侯宰相軍民人家。但要十五以上。二十以下者。容貌端正。盡選將來。以充後宫。有何不可。〔駕云〕卿説的是。就加卿爲選擇使。賫領詔書一通。徧行天下刷選。將選中者各圖形一軸送來。朕按圖臨幸。待卿成功回時。别有區處。〔唱〕

【仙吕賞花時】四海平安絶士馬。五穀豐登没戰伐。寡人待刷室女選宫娃。你避不的驅馳困乏。看那一個合屬俺帝王家。〔下〕

〔音釋〕穹區容切　塞音賽　單音廛　獯音薰　鬻音育　玁音險　狁音允　可音克　冒音墨　頓音突　昵音匿　伐扶加切　娃音蛙　乏扶加切

第一折

〔毛延壽上詩云〕大塊黄金任意撾。血海王條全不怕。生前只要有錢財。死後那管人唾駡。某毛延壽。領着大漢皇帝聖旨。徧行天下。刷選室女。已選勾九十九名。各家儘肯餽送。所得金銀。却也不少。昨日來到成都秭歸縣。選得一人。乃是王長者之女。名唤王嬙。字昭君。生得光彩射人。十分豔麗。真乃天下絕色。爭奈他本是莊農人家。無大錢財。我問他要百兩黃金。選爲第一。他一則説家道貧窮。二則倚着他容貌出衆。全然不肯。我本待退了他。〔做忖科云〕不要倒好了他。眉頭一縱。計上心來。只把美人圖點上些破綻。到京師必定發入冷宮。教他苦受一世。正是恨小非君子。無毒不丈夫。〔下〕〔正旦扮王嬙引二宮女上詩云〕一日承宣入上陽。十年未得見君王。良宵寂寂誰來伴。惟有琵琶引興長。妾身王嬙。小字昭君。成都秭歸人也。父親王長者。平生務農爲業。母親生妾時。夢月光入懷。復墜于地。後來生下妾身。年長一十八歲。蒙恩選充後宮。不想使臣毛延壽問妾身索要金銀。不曾與他。將妾影圖點破。不曾得見君王。現今退居永巷。妾身在家頗通絲竹。彈得幾曲琵琶。當此夜深孤悶之時。我試理一曲消遣咱。〔做彈科〕〔駕引内官提燈上云〕某漢元帝。自從刷選室女入宮。多有不曾寵幸。煞是怨望。咱今日萬幾稍暇。不免巡宮走一遭。看那個有緣的。得遇朕躬也呵。〔唱〕

【仙呂點絳唇】車碾殘花。玉人月下。吹簫罷。未遇宮娃。是幾度添白髮。

【混江龍】料必他珠簾不掛。望昭陽一步一天涯。疑了些無風竹影。恨了些有月窗紗。他每見絃管聲中巡玉輦。恰便似斗牛星畔盼浮槎。〔旦做彈科〕〔駕云〕是那裏彈的琵琶響。〔内官云〕是〔正末唱〕是誰人偷彈一曲。寫出嗟呀。〔内官云〕快報去接駕。〔駕云〕不要。〔唱〕莫便要忙傳聖旨。報與他家。我則怕乍蒙恩把不定心兒怕。驚起宮槐宿鳥。庭樹栖鴉。

〔云〕小黄門。你看是那一宫的宫女彈琵琶。傳旨去教他來接駕。不要驚諕着他。〔内官報科云〕兀那彈琵琶的是那位娘娘。聖駕到來。急忙迎接者。〔旦趨接科〕〔駕唱〕

【油葫蘆】恕無罪吾當親問咱這裏屬那位下。休怪我不曾來往乍行踏。我特來塡還你這淚揾濕鮫鮹帕。温和你露冷透凌波襪。天生下這豔姿。合是我寵幸他。今宵畫燭銀臺下。剥地管喜信爆燈花。

〔云〕小黄門。你看那紗籠内燭光越亮了。你與我挑起來看咱。〔唱〕

【天下樂】和他也弄着精神射絳紗。卿家你覰咱。則他那瘦岩岩影兒可喜殺。〔旦云〕妾身早知陛下駕臨。只合遠接。接駕不早。妾該萬死。〔駕唱〕迎頭兒稱妾身。滿口兒呼陛下。必不是尋常百姓家。

〔云〕看了他容貌端正。是好女子也呵。〔唱〕

【醉中天】將兩葉賽宫樣眉兒畫。把一個宜梳裏臉兒搽。額角香鈿貼翠花。一笑有傾城價。若是越勾踐姑蘇臺上見他。那西施半籌也不納。更敢早十年敗國亡家。

〔云〕你這等模樣出衆。誰家女子。〔旦云〕妾姓王名嬙。字昭君。成都秭歸縣人。父親王長者。祖父以來。務農爲業。閭閻百姓。不知帝王家禮度。〔駕唱〕

【金盞兒】我看你眉掃黛。鬢堆鴉。腰弄柳。臉舒霞。那昭陽到處難安插。誰問你一犁雨壩做生涯。也是你君恩留枕簟。天教雨露潤桑麻。既不沙俺江山千萬里。直尋到茅舍兩三家。

〔云〕看卿這等體態。如何不得近幸。〔旦云〕妾父王長者。當初選時。使臣毛延壽索要金銀。妾家貧寒無湊。故將妾眼下點成破綻。因此發入冷宮。〔駕云〕小黃門。你取那影圖來看。〔黃門取圖看科〕〔駕唱〕

【醉扶歸】我則問那待詔别無話。却怎麼這顏色不加搽。點得這一寸秋波玉有瑕。端的是卿眇目他雙瞎。便宜的八百姻嬌比並他。也未必强如俺娘娘帶破賺丹青畫。

〔云〕小黃門。傳旨説與金吾衛。便拏毛延壽斬首報來。〔旦云〕陛下。妾父母在成都。見隸民籍。望陛下恩典寬免。量與些恩榮咱。〔駕云〕這個煞容易。〔唱〕

【金盞兒】你便晨挑菜。夜看瓜。春種穀夏澆麻。情取棘針門粉壁上除了差法。你向正陽門改嫁的倒榮華。俺官職頗高如村社長。這宅院剛大似。縣官衙。謝天地可憐窮女婿。再誰敢欺負俺丈人家。

〔云〕近前來聽寡人旨。封你做明妃者。〔旦云〕量妾身怎生消受的陛下恩寵。〔做謝恩科〕〔駕唱〕

【賺煞】且盡此宵情。休問明朝話。〔旦云〕陛下明朝早早駕臨。妾這裏候駕。〔駕唱〕到明日多管是醉卧在昭陽御榻。〔旦云〕妾身賤微。雖蒙恩寵。怎敢望與陛下同榻。〔駕唱〕休煩惱吾當且是耍。鬭卿來便當真假。恰纔家輦路兒熟滑。怎下的真個長門再不踏。明夜裏西宮閣下。你是必悄聲兒接駕。我則怕六宮人攀例撥琵琶。〔下〕

〔旦云〕駕回了也。左右且掩上宮門。我睡些去。〔下〕

〔音釋〕秭音子　碾奴典切　髮方雅切　輦連上聲　槎音茶　踏當加切　襪忘罵切　爆音報　殺雙鮓切　納囊亞切　插抽鮓切　簟音店　瞎香賈切　法方雅切　榻湯打切　滑呼佳切

第二折

〔番王引部落上云〕某呼韓單于。昨遣使臣款漢。請嫁公主與俺。漢皇帝以公主尚幼爲辭。我心中好不自在。想漢家宮中無邊宮女。就與俺一個。打甚不緊。直將使臣趕回。我欲待起兵南侵。又恐怕失了數年和好。且看事勢如何。別做道理。〔毛延壽上云〕某毛延壽。只因刷選宮女。索要金銀。將王昭君美人圖點破。送入冷宮。不想皇帝親幸。問出端的。要將我加刑。我得空逃走了。無處投奔。左右是左右。將着這一軸美人圖獻與單于王。着他按圖索要。不怕漢朝不與他。走了數日。來到這裏。遠遠的望見人馬浩大。敢是穹廬也。〔做問科云〕頭目。你啓報單于王知道。說漢朝大臣來投見哩。〔卒報科〕〔番王云〕着他過來。〔見科云〕你是甚麼人。〔毛延壽云〕某是漢朝中大夫毛延壽。有我漢朝西宮閣下美人王昭君。生得絕色。前者大王遣使求公主時。那昭君情願請行。漢主捨不的。不肯放來。某再三苦諫。說豈可重女色失兩國之好。漢主倒要殺我。某因此帶了這美人圖獻與大王。可遣使按圖索要。必然得了也。這就是圖樣。〔進上看科〕〔番王云〕世間那有如此女人。若得他做閼氏。我願足矣。如今就差一番官。率領部從。寫書與漢天子。求索王昭君與俺和親。若不肯與。不日南侵。江山難保。就一壁廂引控甲士隨地打獵。延入塞内。偵候動静。多少是好。〔下〕〔旦引宫女上云〕妾身王嬙。自前日蒙恩臨幸。不覺又旬月。主上昵愛過甚。久不設朝。聞的升殿去了。我且向妝臺邊梳妝一會。收拾齊整。只怕駕來好伏侍。〔做對鏡科〕〔駕上云〕自從西宫閣下。得見了王昭君。使朕如癡似醉。久不臨朝。今日方才升殿。等不的散了。只索再到西宫看一看去。〔唱〕

【南吕一枝花】四時雨露匀。萬里江山秀。忠臣皆有用。高枕已無憂。守着那皓齒星眸。争忍的虚白晝。近新來染得些證候。一半兒爲國憂民。一半兒愁花病酒。

【梁州第七】我雖是見宰相似文王施禮。一頭地離明妃早宋玉悲秋。怎禁他帶天香着莫定龍衣袖。他諸餘可愛。所事兒相投。消磨人幽悶。陪伴我閒游。偏宜向梨花月底登樓。芙蓉燭下藏鬮。體態是二十年挑剔就的温柔。姻緣是五百載該撥下的配偶。臉兒有一千般説不盡的風流。寡人乞求他左右。他比那落伽山觀自在無楊柳。見一面得長壽。情繫人心早晚休。則除是雨歇雲收。

〔做望見科云〕且不要驚着他。待朕悄地看咱。〔唱〕

【隔尾】恁的般長門前抱怨的宫娥舊。怎知我西宫下偏心兒夢境熟。愛他晚妝罷描不成畫不就。尚對菱花自羞。〔做到旦背後看科〕〔唱〕我來到這粧臺背後。元來廣寒殿嫦娥在這月明裏有。

〔旦做見接駕科〕〔外扮尚書丑扮常侍上詩云〕調和鼎鼐理陰陽。秉軸持鈞政事堂。只會中書陪伴食。何曾一日爲君王。某尚書令五鹿充宗是也。這個是内常侍石顯。今日朝罷。有番國遣使來索王嬙和番。不免奏駕。來到西宫閣下。只索進去。〔做見科云〕奏的我主得知。如今北番呼韓單于差一使臣前來。説毛延壽將美人圖獻與他。索要昭君娘娘和番。以息刀兵。不然。他大勢南侵。江山不可保矣。〔駕云〕我養軍千日。用軍一時。空有滿朝文武。那一個與我退的番兵。都是些畏刀避箭的。恁不去出力。怎生教娘娘和番。〔唱〕

【牧羊關】興廢從來有。干戈不肯休。可不食君祿命懸君口。太平時賣你宰相功勞。有事處把俺佳人遞流。你們乾請了皇家俸。着甚的分破帝王憂。那壁廂鎖樹的怕彎着手。這壁廂攀欄的怕攧破了頭。

〔尚書云〕他外國説陛下寵昵王嬙。朝綱盡廢。壞了國家。若不與他。興兵弔伐。臣想紂王只爲寵妲己。國破身亡。是其鑒也。〔駕唱〕

【賀新郎】俺又不曾徹青霄高蓋起摘星樓。不説他伊尹扶湯。則説那武王伐紂。有一朝身到黄泉後。若和他留侯留侯厮遘。你可也羞那不羞。您卧重裀食列鼎。乘肥馬衣輕裘。您須見舞春風嫩柳宫腰瘦。怎下的教他環珮影摇青塚月。琵琶聲斷黑江秋。

〔尚書云〕陛下。咱這裏兵甲不利。又無猛將與他相持。倘或疎失。如之奈何。望陛下割恩與他。以救一國生靈之命。〔駕唱〕

【鬬蝦䗫】當日個誰展英雄手。能梟項羽頭。把江山屬俺炎劉。全虧韓元帥九里山前戰鬬。十大功勞成就。恁也丹墀裏頭。枉被金章紫綬。恁也朱門裏頭。都寵着歌衫舞袖。恐怕邊關透漏。央及家人奔驟。似箭穿着雁口没個人敢咳嗽。吾當僝僽。他也他也紅妝年幼。無人搭救。昭君共你每有甚麼殺父母寃讎。休。休。少不的滿朝中都做了毛延壽。我呵空掌着文武三千隊。中原四百州。只待要割鴻溝。陡恁的千軍易得。一將難求。

〔常侍云〕見今番使朝外等宣。〔駕云〕罷罷罷。教番使臨朝來。〔番使入見科云〕呼韓耶單于差臣南來奏大漢皇帝。北國與南朝自來結親和好。曾兩次差人求公主不與。今有毛延壽將一美人圖獻與俺單于。特差臣來單索昭君爲閼氏。以息兩國刀兵。陛下若不從。俺有百萬雄兵。刻日南侵。以決勝負。伏望聖鑒不錯。〔駕云〕且教使臣館驛中安歇去。〔番使下〕〔駕云〕您衆文武商量。有策獻來。可退番兵。免教昭君和番。大抵是欺娘娘軟善。若當時呂后在日。一言之出。誰敢違拗。若如此。久已後也不用文武。只憑佳人平定天下便了。〔唱〕

【哭皇天】你有甚事疾忙奏。俺無那鼎鑊邊滚熱油。我道您文臣安社稷。武將定戈矛。

您只會文武班頭。山呼萬歲。舞蹈揚塵。道那聲誠惶頓首。如今陽關路上。昭君出塞。當日未央宮裏。女主垂旒。文武每我不信你敢差排呂太后。枉以後龍争虎鬬。都是俺鸞交鳳友。

〔旦云〕妾既蒙陛下厚恩。當效一死。以報陛下。妾情願和番。得息刀兵。亦可留名青史。但妾與陛下闈房之情。怎生抛捨也。〔駕云〕我可知捨不的卿哩。〔尚書云〕陛下割恩斷愛。以社稷爲念。早早發送娘娘去罷。〔駕唱〕

【烏夜啼】今日嫁單于宰相休生受。早則俺漢明妃有國難投。它那裏黄雲不出青山岫。投至兩處凝眸。盼得一雁横秋。單注着寡人今歲攬閒愁。王嬙這運添憔瘦。翠羽冠。香羅綬。都做了錦蒙頭煖帽。珠絡縫貂裘。

〔云〕卿等今日先送明妃到驛中交付番使。待明日朕親出灞陵橋送餞一盃去。〔尚書云〕只怕使不的。惹外夷恥笑。〔駕云〕卿等所言。我都依着。我的意思。如何不依。好歹去送一送。我一會家只恨毛延壽那廝。〔唱〕

【三煞】我則恨那忘恩咬主賊禽獸。怎生不畫在淩煙閣上頭。紫臺行都是俺手裏的衆公侯。有那樁兒不共卿謀。那件兒不依卿奏。争忍教第一夜夢迤逗。從今後不見長安望北斗。生扭做織女牽牛。

〔尚書云〕不是臣等强逼娘娘和番。奈番使定名索取。况自古以來。多有因女色敗國者。〔駕唱〕

【二煞】雖然似昭君般成敗都皆有。誰似這做天子的官差不自由。情知他怎收那臙滿的紫驊騮。往常時翠轎香兜。兀自倦朱簾揭繡。上下處要成就。誰承望月自空明水自流。恨思悠悠。

〔旦云〕妾身這一去雖爲國家大計。争奈捨不的陛下。〔駕唱〕

【黄鍾尾】怕娘娘覺饑時吃一塊淡淡鹽燒肉。害渴時喝一杓兒酪和粥。我索折一枝斷腸柳。餞一盃送路酒。眼見得趕程途趁宿頭。痛傷心重回首。則怕他望不見鳳閣龍樓。今夜且則向灞陵橋畔宿。〔下〕

〔音釋〕閼音煙　氏音支　偵音稱　鬮音鳩　伽音茄　熟裳由切　鼐音奈　攧與跌同　妲音達　溝音垢　僝鋤山切　僽音驟　拗音要　鑊音和　岫音袖　餞音賤　行音杭　迤音移　逗音豆　僬音標　肉柔去聲　酪音澇　粥音肘　宿羞上聲

第三折

〔番使擁旦上奏胡樂科旦云〕妾身王昭君。自從選入宮中。被毛延壽將美人圖點破。送入冷宮。甫能得蒙恩幸。又被他獻與番王形像。今擁兵來索。待不去又怕江山有失。没奈何將妾身出塞和番。這一去胡地風霜。怎生消受也。自古道紅顏勝人多薄命。莫怨春風當自嗟。〔駕引文武內官上云〕今日灞橋餞送明妃。却早來到也。〔唱〕

【雙調新水令】錦貂裘生改盡漢宮妝。我則索看昭君畫圖模樣。舊恩金勒短。新恨玉鞭長。本是對金殿鴛鴦。分飛翼怎承望。

〔云〕您文武百官。計議怎生退了番兵。免明妃和番者。〔唱〕

【駐馬聽】宰相每商量。大國使還朝多賜賞。早是俺夫妻悒怏。小家兒出外也搖裝。尚兀自渭城衰柳助凄涼。共那灞橋流水添惆悵。偏您不斷腸。想娘娘那一天愁都撮在琵琶上。

〔做下馬科〕〔與旦打悲科〕〔駕云〕左右慢慢唱者。我與明妃餞一盃酒。〔唱〕

【步步嬌】您將那一曲陽關休輕放。俺咫尺如天樣。慢慢的捧玉觴。朕本意待尊前捱些時光。且休問劣了宮商。您則與我半句兒俄延着唱。

〔番使云〕請娘娘早行。天色晚了也。〔駕唱〕

【落梅風】可憐俺別離重。你好是歸去的忙。寡人心先到他李陵臺上。回頭兒却纔魂夢裏想。便休題貴人多忘。

〔旦云〕妾這一去。再何時得見陛下。把我漢家衣服都留下者。〔詩云〕正是今日漢宮人。明朝胡

地妾。忍着主衣裳。爲人作春色。〔留衣服科〕〔駕唱〕

【殿前歡】則甚麽留下舞衣裳。被西風吹散舊時香。我委實怕宫車再過青苔巷。猛到椒房。那一會想菱花鏡裏妝。風流相。兜的又横心上。看今日昭君出塞。幾時似蘇武還鄉。

〔番使云〕請娘娘行罷。臣等來多時了也。〔駕云〕罷罷罷。明妃。你這一去休怨朕躬也。〔做別科駕云〕我那裏是大漢皇帝。〔唱〕

【雁兒落】我做了别虞姬楚霸王。全不見守玉關征西將。那裏取保親的李左車。送女客的蕭丞相。

〔尚書云〕陛下不必掛念。〔駕唱〕

【得勝令】他去也不沙架海紫金梁。枉養着那邊庭上鐵衣郎。您也要左右人扶侍。俺可甚糟糠妻下堂。您但提起刀鎗。却早小鹿兒心頭撞。今日央及煞娘娘。怎做的男兒當自强。

〔尚書云〕陛下。咱回朝去罷。〔駕唱〕

【川撥棹】怕不待放絲韁。咱可甚鞭敲金鐙响。你管燮理陰陽。掌握朝綱。治國安邦。展土開疆。假若俺高皇差你個梅香。背井離鄉。卧雪眠霜。若是他不戀恁春風畫堂。

我便官封你一字王。

〔尚書云〕陛下。不必苦死留他。着他去了罷。〔駕唱〕

【七弟兄】説甚麼大王。不當。戀王嬙。兀良怎禁他臨去也回頭望。那堪這散風雪旌節影悠揚。動關山鼓角聲悲壯。

【梅花酒】呀。俺向着這迥野悲凉。草已添黄。色早迎霜。犬褪得毛蒼。人搠起纓鎗。馬負着行裝。車運着餱糧。打獵起圍場。他他他傷心辭漢主。我我我攜手上河梁。他部從入窮荒。我鑾輿返咸陽。返咸陽。過宫墻。過宫墻。遶迴廊。遶迴廊。近椒房。近椒房。月昏黄。月昏黄。夜生凉。夜生凉。泣寒螿。泣寒螿。緑紗窗。緑紗窗。不思量。

【收江南】呀。不思量。除是鐵心腸。鐵心腸也愁淚滴千行。美人圖今夜掛昭陽。我那裏供養。便是我高燒銀燭照紅妝。

〔尚書云〕陛下。回鑾罷。娘娘去遠了也。〔駕唱〕

【鴛鴦煞】我煞大臣行説一個推辭謊。又則怕筆尖兒那火編修講。不見他花朵兒精神。怎趁那草地裏風光。唱道竚立多時。徘徊半晌。猛聽的塞雁南翔。呀呀的聲嘹喨。却原來滿目牛羊。是兀那載離恨的氈車半坡裏響。〔下〕

〔番王引部落擁昭君上云〕今日漢朝不棄舊盟。將王昭君與俺番家和親。我將昭君封爲寧胡閼氏。坐我正宫。兩國息兵。多少是好。衆將士傳下號令。大衆起行。望北而去。〔做行科〕〔旦問云〕這裏甚地面了。〔番使云〕這是黑龍江。番漢交界去處。南邊屬漢家。北邊屬我番國。〔旦云〕大王。借一盃酒望南澆奠。辭了漢家。長行去罷。〔做奠酒科云〕漢朝皇帝。妾身今生已矣。尚待來生也。〔做跳江科〕〔番王驚救不及歎科云〕嗨。可惜可惜。昭君不肯入番。投江而死。罷罷罷。就葬在此江邊。號爲青塚者。我想來。人也死了。枉與漢朝結下這般讎隙。都是毛延壽那厮搬弄出來的。把都兒。將毛延壽拿下。解送漢朝處治。我依舊與漢朝結和。永爲甥舅。却不是好。〔詩云〕則爲他丹青畫誤了昭君。背漢主暗地私奔。將美人圖又來哄我。要索取出塞和親。豈知道投江而死。空落的一見消魂。似這等姦邪逆賊。留着他終是禍根。不如送他去漢朝哈喇。依還的甥舅禮兩國長存。〔下〕

〔音釋〕忘去聲　燮音屑　搠音朔　餱音侯　蜚音漿　推退平聲　嘹音僚　喨音亮

第四折

〔駕引内官上云〕自家漢元帝。自從明妃和番。寡人一百日不曾設朝。今當此夜景蕭索。好生煩惱。且將這美人圖掛起。少解悶懷也呵。〔唱〕

【中吕粉蝶兒】寶殿凉生。夜迢迢六宫人静。對銀臺一點寒燈。枕席間。臨寢處。越

顯的吾身薄倖。萬里龍廷。知他宿誰家一靈真性。

〔云〕小黄門。你看罏香盡了。再添上些香。〔唱〕

【醉春風】燒盡御罏香。再添黄串餅。想娘娘似竹林寺不見半分形。則留下這個影。影。未死之時。在生之日。我可也一般恭敬。

〔云〕一時困倦。我且睡些兒。〔唱〕

【叫聲】高唐夢苦難成。那裏也愛卿。愛卿。却怎生無些靈聖。偏不許楚襄王枕上雨雲情。

〔做睡科〕〔旦上云〕妾身王嬙。和番到北地。私自逃回。兀的不是我主人。陛下。妾身來了也。〔番兵上云〕恰纔我打了個盹。王昭君就偷走回去了。我急急趕來進的漢宫。兀的不是昭君。〔做拏旦下〕〔駕醒科云〕恰纔見明妃回來。這些兒如何就不見了。〔唱〕

【剔銀燈】恰纔這搭兒單于王使命。呼唤俺那昭君名姓。偏寡人唤娘娘不肯燈前應。却原來是畫上的丹青。猛聽得仙音院。鳳管鳴。更説甚簫韶九成。

【蔓青菜】白日裏無承應。教寡人不曾一覺到天明。做的個團圓夢境。〔雁叫科唱〕却原來雁叫長門兩三聲。怎知道更有箇人孤另。

〔雁叫科〕〔唱〕

【白鶴子】多管是春秋高觔力短。莫不是食水少骨毛輕。待去後愁江南網羅寬。待向前怕塞北雕弓硬。

【幺篇】傷感似替昭君思漢主。哀怨似作薤露哭田横。凄愴似和半夜楚歌聲。悲切似唱三疊陽關令。

〔雁叫科〕〔云〕則被那潑毛團叫的悽楚人也。〔唱〕

【上小樓】早是我神思不寧。又添個寃家纏定。他叫得慢一會兒。緊一聲兒。和盡寒更。不争你打盤旋。這搭裏同聲相應。可不差訛了四時節令。

【幺篇】你却待尋子卿。覓李陵。對着銀臺。叫醒咱家。對影生情。則俺那遠鄉的漢明妃。雖然得命。不見你個潑毛團也耳根清浄。

〔雁叫科〕〔云〕這雁兒呵。〔唱〕

【滿庭芳】又不是心中愛聽。大古似林風瑟瑟。嵓溜泠泠。我只見山長水遠天如鏡。又生怕誤了你途程。見被你冷落了瀟湘暮景。更打動我邊塞離情。還説甚過留聲。那堪更瑶堦夜永。嫌殺月兒明。

〔黄門云〕陛下省煩惱。龍體爲重。〔駕云〕不由我不煩惱也。〔唱〕

【十二月】休道是咱家動情。你宰相每也生憎。不比那雕梁燕語。不比那錦樹鶯鳴。

漢昭君離鄉背井。知他在何處愁聽。

〔雁叫科〕〔唱〕

【堯民歌】呀呀的飛過蓼花汀。孤雁兒不離了鳳凰城。畫簷間鐵馬响丁丁。寶殿中御榻冷清清。寒也波更。蕭蕭落葉聲。燭暗長門静。

【隨煞】一聲兒遶漢宫。一聲兒寄渭城。暗添人白髮成衰病。直恁的吾家可也勸不省。

〔尚書上云〕今日早朝散後。有番國差使命綁送毛延壽來。説因毛延壽叛國敗盟。致此禍釁。今昭君已死。情願兩國講和。伏候聖旨。〔駕云〕既如此便將毛延壽斬首祭獻明妃。着光禄寺大排筵席。犒賞來使回去。〔詩云〕葉落深宫雁叫時。夢回孤枕夜相思。雖然青塚人何在。還爲蛾眉斬畫師。

〔音釋〕盹敦上聲　覺音叫　薤音械　和去聲　訛音娥　聽平聲　嵓音巖　泠音凌　永于景切　丁音争　釁欣去聲　犒音靠

題目　沉黑江明妃青塚恨

正名　破幽夢孤雁漢宫秋

李太白匹配金錢記雜劇

喬孟符　撰

第一折

〔冲末扮王府尹領張千上〕〔詩云〕束髮隨朝三十年。官居京兆有威權。可憐清操如秋水。不受人間枉法錢。老夫姓王名輔。字公弼。祖貫在京人氏。自中甲第以來。累蒙擢用。隨朝數載。因老夫廉能清正。口無惡言。心無妄慮。常孜孜於忠孝。不數數於功名。謝聖恩可憐。所除長安府尹之職。不幸夫人早亡。止有一女。小字柳眉兒。年長一十八歲。未曾許聘。聖人賜俺開元通寶金錢五十文。永爲家寶。老夫將金錢與女孩兒隨身懸帶。教他避邪驅惡。今奉聖人的命。明日三月初三。但是在京城裏外官員。市户軍民。百姓人家。或妻或妾或女。都要赴九龍池賞楊家一捻紅。那九龍池。週圍捧紅繩爲界。紅繩裏是文武官員家妻妾女孩兒。紅繩外是軍民百姓家妻妾女孩兒。係是聖語。非同小可。老夫叫將女孩兒出來。分付他明日去九龍池賞楊家一捻紅。孩兒那裏。〔旦同梅香上云〕妾身是王府尹的女兒。小字柳眉。正在綉房中做女工。父親呼喚。不知有甚事。〔梅香云〕老相公在前廳呼唤哩。〔旦云〕咱見父親去來。〔見科云〕父親。叫你女孩兒。有何分付。〔王府尹云〕孩兒。叫你出來。不爲别事。明日是三月三日。但是官員市户軍民百姓妻妾女孩兒都要到九龍池上。賞楊家一捻紅。我叫你來收拾細車兒須索前去。〔旦云〕父親。我是未出嫁的女孩兒。怎生去的。〔王府尹云〕孩兒。此事非同小可。乃是聖人的特旨。並不敢隱一人。你須索走一遭去。〔旦云〕女孩兒從幼未曾出着閨門。我又不知路徑。教我怎生去的。〔王府尹云〕孩兒。此事容易。明日駕起一輛細車兒着梅香相伴。叫兩個老成伴當伏侍你去。〔旦云〕既然如此。即當領命。〔同梅香下〕〔王府尹云〕張千另着兩個老成些的伴當。同小姐九龍池上賞楊家一捻紅。疾去早來者。〔同下〕〔外扮賀知章引從人上云〕小官姓賀名知章。字季真。四明人也。幼與李太白韓飛卿爲友。自別之後。小官任至禮部侍郎。兼集賢院學士之職。今因小弟韓飛卿攛過卷子。未曾除授。此人則是貪戀酒色。無如奈何。今日小官在於私宅。聊備蔬酌與飛卿拂塵。此人酒至半酣。不知何往。小官問家人每。説道他九龍池上去了。此人帶酒也。若到九龍池上。見了那貴家妻妾美女。必然惹事。左右將馬來。小官直至九龍池上。尋韓飛卿走一遭去。〔下〕〔正末扮韓飛卿上云〕小生姓韓名翃。字飛卿。乃洛陽人也。學成滿腹文章。攛過卷子。未審功名若何。小生有幾個同志的故友。李太白賀知章。此二人乃天下之大儒也。皆在朝爲翰林院官職。小生自到京師。每日與知章學士。則是樽酒論文。今日正與學士飲酒之間。聽的九龍池上。不論官員市户軍民百姓人家妻女。都賞楊家一捻紅。小生逃了席。往九龍池上賞翫走一遭去。想俺這秀才每至一官半職。非同容易也呵。〔唱〕

【仙吕點絳唇】則我這書劍生涯。幾年窗下。學班馬。吾豈匏瓜。指望待一舉登科甲。

【混江龍】博得個名揚天下。纔能勾宴瓊林飲御酒插宫花。〔帶云〕如今有一等人。他也是秀才。〔唱〕恰便似珷玞石待價。斗筲器矜誇。現如今洞庭湖撑翻了范蠡船。東陵門鋤荒了邵平瓜。想當日楚屈原假惺惺醉倒步兵厨。晋謝安黑嘍嘍盹睡在葫蘆架。〔帶云〕似這等秀才呵。〔唱〕没福消軒車駟馬。大纛高牙。

〔云〕可早來到九龍池。是好景致也。你看那佳人才子。翠擁紅遮。歌舞吹彈。是好受用也呵。〔唱〕

【油葫蘆】我則見翠擁紅遮似錦繡榻。六宫人忙併殺。誰不知開元宫裏好奢華。眼見的翠盤香冷霓裳罷。可又早紅牙聲歇在梧桐下。投至得華清宫初出池。花萼樓扶上馬。則他那殢風流天寶君王駕。簇擁着個嬌滴滴海棠花。

【天下樂】不甫能鳳舞鸞飛也那出翠華。則這喧也波譁。端的是景物佳。更和那蕩春風禁城百萬家。似神仙下碧霄。聽簫韶隔綵霞。人都道蓬萊山則是假。

〔云〕我來到九龍池上。被那風吹的我酒上面來。且去這池上週圍看咱。〔唱〕

【那吒令】俺則見香車載楚娃。各刺刺雕輪碾落花。王孫乘駿馬。撲騰騰金鞭裊落花。遊人指酒家。虚飄飄青旗颺落花。寬綽綽翠亭邊蹴蹋場。笑呷呷粉墻外鞦韆架。香馥馥麝蘭薰羅綺交加。

【鵲踏枝】鬧炒炒嫩緑草聒鳴蛙。輕絲絲淡黄柳帶栖鴉。碧茸茸杜若芳洲。煖溶溶流水人家。子規聲好教人恨。他只待送春歸幾樹鉛華。〔旦同梅香上云〕妾身領父親嚴命。今日是三月三日。着梅香引俺到九龍池上。玩賞楊家一捻紅。來到此間。是好景致也呵。〔正末見旦科云〕一個好女子也。生得十分大有顏色。使小生魂不附體。〔唱〕

【寄生草】他是一片生香玉。他是一枝解語花。則見他整雲鬟掩映在荼蘼架。蕩湘裙微顯出凌波襪。露春纖笑撚香羅帕。那姐姐怕不待厖兒俊俏可人憎。知他那眉兒淡了教誰畫。〔旦云〕你看那邊一個好秀才也。〔正末云〕你看此女非凡。真乃九天仙女也。〔唱〕

【金盞兒】這嬌娃是誰家。尋包彈覓破綻敢則無纖掐。似軸美人圖畫畫出來怎如他。這嬌娘恰便似嫦娥離月殿。神女出巫峽。〔帶云〕韓飛卿也。〔唱〕我雖不能勾朝雲和暮雨。也强似流水可兀的泛桃花。〔旦云〕我見了這秀才。不由我不動心也。〔正末云〕小生看了此女子容貌。乃天上人間第一的俊俏。再無其比。〔唱〕

【後庭花】你看那指纖長鋪玉甲。鬐嵯峨堆紺髮。可便似舞困三眠柳。端的是這春風恰破瓜。我見他簇雙鴉。將眼梢兒斜抹。美姿姿可喜煞。

【醉扶歸】兀的不粧點殺錦繡香風榻。風流殺花月小窗紗。且休説共枕同衾覷當咱。若得來説幾句兒多情話。則您那嬌臉兒咱根前一時半霎。便死也甘心罷。

〔云〕這小姐與小生四目相視。頗有春心之意。怎得個信息相通。可也好也。哦。我想從來這花間四友。鶯燕蜂蝶。與人做美。我試央及你這四友記者。小生姓韓名翃。字飛卿。煩你與小生在那嬌娘根前道個上覆咱。〔唱〕

【金盞兒】紫燕兒畫簷外謾嘈雜。黄鶯兒柳梢上日呱𠯗。蜜蜂兒只恁的你可也無閒暇。蝴蝶兒少罪我把你厮央咱。黄鶯兒怕你尋友處迷了伴侣。紫燕兒怕你啣泥處老了生涯。蝴蝶兒我怕你怯春寒花内宿。蜜蜂兒又則怕遲了你日暮樹邊衙。

〔旦云〕有心與那秀才説一句話。争奈有梅香在此。〔梅香云〕姐姐。天色晚了也。咱回去罷。若遲了。則怕老相公見怪。〔旦云〕梅香。老相公教我來。便回去得遲也不妨事。我見了那秀才。不由人心中牽掛。待要與他些甚東西爲信物。身邊諸事皆無。只有開元通寶金錢五十文。與他爲表記。〔梅香云〕姐姐。我和你回去罷。〔旦云〕梅香。俺略再玩一會去。〔梅香云〕姐姐。你怎生眼不轉睛看那秀才則甚。〔旦云〕我是個閨門中的女孩兒。豈有此事。梅香。咱回去來。〔遺錢科〕〔正末云〕你看那小姐到有顧盼小生之意。被那梅香逼着去了。好生可憐人也。〔唱〕

【醉中天】他送春情便把金釵插。傳芳信款把繡鞋踏。這搭兒恰便似阻隔着雲山天一涯。則見他猛探身漾在車兒下。〔帶云〕我欲待低頭拾去來。〔唱〕我則怕人瞧見做風流話

㜸。〔做拾帕科〕**我這裏推拾手帕。**〔帶云〕我道是甚麼。原來是幾文金錢。〔唱〕**這姐姐也不是尋常百姓家。**

〔旦云〕我心間萬般哀苦事。盡在回頭一望中。梅香。俺回去來。〔下〕〔正末云〕小娘子去了也。不方纔説道。心間萬般哀苦事。盡在回頭一望中。又與我這五十文金錢爲信物。我也不顧生死。不問那裏趕將去。〔下〕〔賀知章上云〕左右。兀那前頭走的不是韓飛卿。〔從人云〕可知是哩。〔叫科云〕韓秀才。相公叫你哩。〔正末云〕相公叫我怎的。〔賀知章云〕韓飛卿。你是何道理。你輕呵輕君子。重呵重小人。我和你正飲酒中間。你逃席來了。這九龍池上不是耍處。這裏都是官宦人家小姐。你又有三分酒。也則怕酒後疎狂。惹下事玷辱斯文。跟我回家吃酒去來。〔正末云〕哥哥。休道是酒。便是玉液瓊漿。我咽不下。小生有些緊要的勾當。〔走科〕〔賀知章扯云〕你走那裏去。有甚麼勾當。〔正末云〕哥哥不知。小弟逃席至於九龍池上。見一小姐生的如嫦娥離洛浦。仙子下瑶堦。我和他眉眼傳情。臨行説道心間萬般哀苦事。盡在回頭一望中。〔賀知章云〕兄弟。這的是口頭之言。不可深信。〔正末云〕他又與小弟一信物。我如今故此趕將去。〔賀知章云〕是甚的信物。你休瞞我。〔正末唱〕

【賺煞尾】這信物斷送了客多愁。這信物欲買春無價。〔賀知章云〕我是猜咱。〔正末云〕哥哥試猜。〔賀知章云〕敢是羅帕藤箱玉納子。〔正末唱〕**也不是那羅帕藤箱玉納。**〔賀知章云〕既不是。可是甚的信物。〔正末云〕哥哥。小弟實不相瞞。是五十文開元通寶金錢。〔賀知章云〕這金錢小可人家怎能勾有。必然是官宦人家纔有。那小姐爲甚的與你來。〔正末唱〕這一場没誠實的姻緣天賜下。〔賀知章云〕這開元通寶非同小可。你要仔細。〔正末唱〕則他坐車兒傍掛着勢劍銅鍘。〔賀知章云〕兄弟。你看天色晚了也。〔正末唱〕你道是抹殘霞。淡煙籠鸂鶒汀沙。落日平林噪晚鴉。〔賀知章云〕兄弟。你帶酒也。你若要趕他。必然是宰相人家女子。不是耍處。〔正末唱〕遮莫是王侯世家。直趕到香閨繡闥。〔賀知章云〕我也不知情是人間何物。有這等事。〔正末唱〕我只待要倩宮鶯銜出上陽花。〔下〕

〔賀知章云〕兄弟去了也。想飛卿學成滿腹文章。不肯求進。仕途不中。此一去恐有疎虞。小官引着左右。不問那裏趕將去。〔詩云〕能爲君子儒。莫爲小人儒。酷貪酒和色。枉讀聖人書。〔下〕

〔音釋〕數音朔　捻音聶　翃音横　匏音袍　甲江雅切　碔音武　砆音孚　筲音稍　蠡音里　櫜音毒　榻湯打切　蕚音鄂　殢音膩　颺音樣　綽超上聲　踘音菊　呷香假切　馥房夫切　茸音戎　鉛音延　纖西尖切　撚尼蹇切　厖音忙　綻雖訕切　掐强雅切　峽奚佳切　紺甘去聲　髮方雅切　抹音罵　殺雙鮓切　霎雙鮓切　雜音咱　呱音姑　吒莊洒切　插抽鮓切　踏當加切　欛把去聲　納囊亞切　鍘音茶　鸂音溪　鶒音尺　倩青去聲

第二折

〔張千上云〕自家張千是也。從幼在這裏伏侍王府尹的。昨日相公在官家飲酒去了。着我在後花園中等候。這早晚敢待來也。〔正末慌上云〕小生韓飛卿。因在九龍池上翫賞楊家一捻紅。陡遇一小姐。眉眼傳情。實有顧盼小生之意。又留下五十文金錢。以作表記。誰想那不做美的梅香。將那小姐催逼將去也。我待要趕時。不想撞着哥哥賀知章。纏住說話。不知小姐往那裏去了。俺只索沿路兒尋將來也呵。〔唱〕

【正宮端正好】武陵溪可兀的韓王殿韓王殿將着這五十文金錢。若金錢買的俺姻眷。抵多少家流出桃花片。

【滾繡毬】俺兩個厮顧戀。相離的不甚遠。轉過這粉墻東哎喲可早則波玉人兒不見。恰便似隔蓬萊弱水三千。空着這流相思畫橋水。鎖春愁楊柳煙。對着的都是些嘴骨都乳鶯嬌燕。我這裏問春風桃李無言。空着我烘烘醉眼迷芳草。〔帶云〕若尋不見小姐呵〔唱〕好着我惱亂春心恨杜鵑。無計留連。

〔云〕我恰纔見小姐入角門兒裏去了。我與你尋將去。〔張千云〕這厮是甚麼人。怎敢走入這裏來〔正末云〕這裏是那裏。你就敢阻住的我那。〔唱〕

【倘秀才】莫不是醉撞入深宅也那大院。莫不是夢迷入瑤臺也那閬苑。〔張千云〕你看這厮走的慌慌張張的。你是甚麼人。〔正末唱〕則我尋不見天台漢劉阮。〔張千云〕這厮好大膽也。直來到這裏。豈不曉得侯門深似海哩。〔正末唱〕你道是侯門深似海。我正是色膽大如天。

問哥哥這裏到太學中近遠。

〔張千云〕這厮是個秀才。你快出去。則怕老相公來。〔王府尹上云〕老夫王府尹。筵席已散。回我那私宅中去。〔張千慌科云〕兀那秀才。你躲在一邊。老相公回來了也。〔正末云〕似此怎了也。

〔唱〕

【滚繡毬】你着我怎動轉。怎脱免。空着我静巉巉的緑愁紅怨。〔張千云〕那秀才你好大膽也。老相公若見了你。可不肯輕輕的放了你也。〔正末唱〕則被你送了我也花裏神仙。〔王府尹云〕左右。擺開頭踏。慢慢的行。〔正末唱〕則見他氣昂昂裊玉鞭。〔王府尹云〕左右。接了馬者。〔正末唱〕醉醺醺下駿駒。〔帶云〕韓飛卿也。〔唱〕這一場尋仙子可敢是非不善。暢好是受驚怕悮入桃源。〔王府尹做見科云〕這厮是甚麽人。〔正末唱〕我是個詩壇酒社文章士。不比那狗黨狐朋惡少年。可着我急急煎煎。

〔王府尹云〕兀那厮。休説我這宰相府大院深宅。便是那小家兒。也有個門禁。這厮直走到我這後花園中來。老夫在這亭子上坐着。張千准備大棒子者。〔正末唱〕

【醉太平】誰不知官人每有權。則俺這窮秀才難言。〔王府尹云〕你不見我擺列着手下人。〔正末唱〕你擺列着玉簪珠履客三千。〔王府尹云〕你便飛也飛不出去。〔正末唱〕我如今飛不上九天。我不合擅入你這梨花院。大古來布衣走上金鑾殿。可甚麽笙歌引至畫堂前。

也是我時乖命蹇。〔王府尹〕兀那厮。你那裏人氏。姓甚名誰。有甚麽父母妻子兄弟親眷。你細細的從實供來。〔正末唱〕

【呆骨朵】小生便無爺娘無兄弟無親眷。〔王府尹云〕你做甚麽生涯活計。〔正末唱〕生涯是斷簡殘篇。〔王府尹云〕你那裏人氏。〔正末唱〕小生本貫河南。〔王府尹云〕住在那裏。〔正末唱〕寄居在帝輦。〔王府尹云〕你既然是秀才。曾科舉來麽。〔正末唱〕曾向貢院中攛了卷。金榜上將名顯。〔王府尹云〕你既然攛了卷子。可怎生不曾除授。帶酒踏踐大臣衙舍。其罪非輕〔正末唱〕我怎敢踏踐這金谷園。〔王府尹云〕我且問你。因何進入府堂中來。〔正末唱〕我今日錯迷入那個玉洞天。

〔王府尹云〕這厮説也説不過。夤夜入人家。非姦即盜。必定是個賊。〔正末云〕老相公是何言語。秀才家怎做的賊。〔王府尹云〕既然你不做賊。你潛入我後花園中。〔正末云〕老相公聽小生説。有幾個做賊的古人。〔王府尹云〕你看這厮説先前那幾個做賊的。你説。老夫試聽咱。〔正末唱〕

【滚繡毬】那裏有刺了臂的王仲宣。黥了額的司馬遷。那裏有警跡人賈生子建。那裏有老而不死爲盜的顔淵。〔王府尹云〕再有那幾個古人做賊的來。〔正末唱〕有一個直不疑同舍郎。有一個畢吏部在酒甕邊。有一個晉韓壽偷香在賈充宅院。有一個匡衡將鄰家牆壁鑿穿。那裏有偷瓜盜粟韓元帥。那裏有鑽穴踰墻閔子騫。小生委實的負屈銜冤。

〔王府尹云〕這廝帶酒了也。據他欺我太甚。擅入園中。非姦即盜。難以恕饒。張千與我吊將起來。等他酒醒呵。慢慢的問他。也未遲哩。〔做吊科〕〔賀知章上云〕小官賀知章。我趕兄弟韓飛卿。有人說道見一個秀才帶酒入這角門裏去了。這府堂乃是王府尹的後園門。我試往那裏看咱。〔見科〕苦也苦也。可怎生將兄弟吊在那裏。我索過去救兄弟。張千。報復去。道有賀知章學士在於門首。〔張千報科云〕理會的。有賀知章學士在於門首。〔王府尹云〕道有請。〔張千云〕有請。〔做見科〕〔王府尹云〕早知學士到來。則合遠接。接待不及。勿令見罪。〔賀知章云〕老相公恕罪。小官數日不曾相訪。今日特來拜問。勿得見責。〔王府尹云〕知章學士。此一往何來。〔正末云〕哥哥。救您兄弟咱。〔賀知章云〕老相公。這秀才爲何吊在此處。〔王府尹云〕學士不知這秀才好生無禮。擅入老夫後花園中。非姦即盜。我見他有酒也。將他吊在這裏。等他酒醒了呵。我到底不饒了他哩。〔賀知章云〕老相公認得此人來麼。〔王府尹云〕老夫不認的。〔賀知章云〕聖人也多曾與老相公說。則此人便是攛過卷子韓飛卿。〔王府尹云〕誰是韓飛卿。〔賀知章云〕則此人便是韓飛卿。〔王府尹云〕則他便是韓飛卿。張千。快放他下來。〔做放下科〕〔王府尹云〕老夫久聞先生高才雄筆。文華富麗。錦繡珠璣。今日得見尊顏。實乃老夫之萬幸也。〔正末云〕老相公。小生適間多飲了幾盃酒。誤入潭府園中。萬望老相公恕罪。〔王府尹云〕老夫適間不認得先生。多有衝瀆。望勿見責。〔正末云〕此乃小生之過。惶恐惶恐。〔王府尹云〕哎。好一個有道理的人也。知章學士。老夫有句話。可是敢說麼。〔賀知章云〕老相公有話但說不妨。〔王府尹云〕學士。聞知此人雖然應過舉。未蒙除授。老夫有心待請他在家安歇。不敢說做門館。則是早晚與老夫討論經典。未知飛卿允與不允。知章學士替老夫問他一聲。看飛卿意下如何。〔賀知章云〕老相公所言之事。不必去問。此人比衆不同。腹隱司馬之才。心似禰衡之傲。內心剛烈。外貌欠恭。今歲攛過卷子。早晚除授。怎肯與人做門館。老相公請勿開言。〔王府尹云〕學士。或允或不允。只在飛卿根前說一聲。可也好也。〔賀知章云〕好波。小官說則說。則怕他不肯。飛卿。我有一句話與你說知。〔正末云〕哥哥。於禮所當者言之。〔賀知章云〕我說。你允不允可干我事。老相公說來。我料兄弟你也不肯。老相公着兄弟在他府中做個門館先生。未知兄弟意下如何。〔正末云〕恁兄弟愿隨鞭鐙。〔賀知章云〕好也。我道他不肯。兄弟。你攛過卷子。早晚聽命。便除授官職。可怎生與人家做門館那。〔正末云〕您兄弟曾算命來。說我命裏也無那官分。只有分做門館先生。〔唱〕

【倘秀才】謝你個賀知章舉賢的這薦賢。便是這韓飛卿榮遷也那驟遷。你着我在桃源洞收拾些學課錢。着宋玉爲師範。巫娥女做生員。小生也樂然。

〔賀知章云〕老相公。飛卿兄弟不肯做門館。小官磨了半截舌頭。纔得依允。〔王府尹云〕多謝了學士。先生房中用的物件。老夫盡皆准備。〔正末云〕小生不用別物。〔唱〕

【叨叨令】也不用龍蛇影動端溪硯。我則待燕鶯期稱于飛願。誰待要頑涎醉倒瓊林宴。

我則怕鴛鴦不鎖黄金殿。則被你稱了心也麽哥。則被你稱了心也麽哥。煞强似占鰲頭穩步瀛洲選。

〔王府尹云〕張千。打掃書房。就着先生安歇。〔賀知章云〕老相公。着兄弟且到店肆中收拾行李。明日早到府中來。〔王府尹云〕也説的是。〔正末云〕老相公。小生收拾行李。明日早來。〔賀知章云〕飛卿好大膽。却怎生做這等勾當。你帶酒直走到他府中。不是我呵久後怎見你那同堂故友。〔正末云〕哥哥。不妨事。你那裏知道。〔唱〕

【煞尾】我本是個花一攢錦一簇芙蓉亭有情有意雙飛燕。却做了山一帶水一派竹林寺無影無形的並蒂蓮。愁如絲淚似泉。心忙殺眼望穿。只願的花有重開月再圓。山也有相逢石也有穿。須覓鸞膠續斷絃。對撫瑶琴寫幽怨。閒傍粧臺整鬢蟬。同品鸞簫並玉肩。學畫娥眉點麝煙。幾時得春日尋芳鬬草軒。夏簟紗厨枕臂眠。秋乞巧穿針會玉仙。冬賞雪觀梅到玳筵。指淡月疎星銀漢邊。説海誓山盟曲檻前。唾手也似前程結姻眷。縮角兒夫妻稱心願。藕絲兒將咱腸肚牽。石碑丕將咱肺腑鐫。笋條兒也似長安美少年。不能勾花朵兒似春風玉人面。干賺的相如走偌遠。空着我趕上文君則落的這一聲喘。〔下〕

〔賀知章云〕老相公。小官多有深擾。異日必當酬答。飛卿兄弟明日早來。老相公當以重待。無相輕也。〔下〕〔王府尹云〕張千。便與我打掃書舍。明日那韓先生來時。着此人在書房中安下。早晚茶飯衣食。好生管待。老夫要與此人講論經史。〔詩云〕肯學之人如禾稻。不學之人如蒿草。懶學之人不足稱。勤學之人國之寶。〔下〕

〔音釋〕陡音斗　宅池齋切　閬音浪　阮音遠　巉初銜切　駹音免　輦連上聲　夤音寅　黥音擎　甓音彼　騫音牽　璣音肌　禰寧已切　涎徐煎切　鐫玆宣切　賺音湛　喘穿上聲

第三折

〔净扮王正上丑扮馬求上〕〔净云〕自家王府尹的孩兒。叫做王正。這個馬推官的孩兒。叫做馬求。一月前我父親領一個門館先生。姓韓字飛卿。在家。我今年十五歲也。則我六歲上讀書。到如今九歲光陰。念了一本百家姓。顛倒爛熟的。俺父親説我心坌哩。〔丑云〕自家馬求。今年十四歲也。我上學讀了八年光景。一本蒙求還有五板不曾記得。今日送我在你家讀書。你家這門館先生。自從我在學堂中一個月。不曾教我一句書。終日只是長吁短氣的。不知爲何。〔净云〕蹺蹊。自從師父到我家書堂裏教書。也不作詩寫字。鎮日在我家後廳啼哭。口裏念道。小姐小姐。不知怎生。〔丑云〕便是這等。我與師父做了幾句口號。〔净云〕你念與我聽。〔丑云〕我念你聽。這個先生實不中。九經三史幾曾通。自從到你書房內。字又不寫書懶攻。日日要了束脩禮。我看他獨言獨語似魔風。每日看着你家後廳哭。他敢要入你姐姐黑窟籠。〔净云〕你做的不好。等我做一首長篇。〔丑云〕你做你做。也要念與我聽。〔净云〕你聽。上古天子重英豪。好把文章教爾曹。〔丑云〕這是舊的。不好。〔净云〕如今就是新的了。因咱年少失教訓。請個門館就家學。當日請到書房裏。四書經典並不教。每日看着後廳哭。口題小姐女多嬌。他是無饑無飽吃酒肉。嘻着賊臉前後瞧。若還看見我家柳眉姐。哭得他眼淚似尿澆。〔丑云〕師父敢待來也。咱家去罷。〔同下〕〔正末上云〕小生自到老相公府堂中安下。一月有餘。難得老相公待小生非輕。茶飯管待甚厚。終不稱其心願。不能勾得見小姐一面。小生有甚心情看書寫字。朝夕只是想念小姐。幾時得見也呵。〔唱〕

【中吕粉蝶兒】心緒悠悠。不明白這場迤逗。迤逗的遲和疾命掩黄坵。休道是接連枝。諧比翼。甚時得天緣輻輳。但能勾及早承頭。害則害甘心兒爲他僝僽。

【醉春風】這些時遣興不成詩。每日間消愁只對酒。夢魂中無處覓行雲。俺那人這宅院裏敢有。有。即漸的病患將成。飲食少進。剗的似水泄般不漏。

〔云〕小生想念。但合眼便見小姐。我這一會身子有些困倦。我且歇息咱。〔做睡科〕〔旦上云〕妾身柳眉兒。聞知的那個秀才在俺家書房中。我看他去。〔做見科云〕秀才。間别無恙。〔正末云〕好女子也呵。〔唱〕

【迎仙客】穩稱身玉壓腰。高梳髻玉搔頭。則見他背東風佯不瞅。美也飽看取襪如鈎。受用了那腰似柳。〔旦笑科〕〔正末唱〕我見他欲語含羞。則見他半掩着泥金袖。

〔旦云〕我回去也。〔下〕〔正末醒科云〕我恰纔夢寐之中。看見小姐。覺來可怎生不見了也。〔唱〕

【白鶴子】這搭兒裏厮撞着。俺兩個便意相投。我見他恰行過這牡丹亭。又轉過芍藥圃薔薇後。

【幺篇】風月心何日遂。雲雨意幾時休。怪的是這花梢上乳鶯啼。恨的是這簷馬兒東風驟。

〔帶云〕小姐。我這等想你。知他心裏可是如何。〔唱〕

【普天樂】悶倚遍這翠屏山。香爇在泥金獸。粧鏡裏青鸞腸斷。銀箏上寶雁橫秋。斗帳掩篆煙濃。深被擁紅雲皺。雨打梨花黄昏後。不信到他不念這個儒流。題詩呵閒吟在緑窗。回詩呵羞臨粉墻。待月呵獨坐南樓。

〔云〕我手占一卦。看今日得見小姐麽。〔做禱祝科〕〔云〕至靈至聖。至誠感應。聖人作易。幽贊神明。包羅萬象。道合乾坤。與天地合其德。日月合其明。四時合其序。鬼神合其吉凶。謹請袁天罡先生。李淳風先生。卦内先賢先聖。抛卦童子。擲卦仙郎。八八六十四卦内占一卦。三百八十四爻内占一爻。來意至誠。無不感應。單單單。拆拆拆。占得天地否卦。否者閉塞也。其事不通。内有發生之意。先凶後吉。金錢你在這裏。知他小姐在那裏也。〔唱〕

【紅繡鞋】錢也我自道你有姻緣成就。錢也誰承望你無倒斷阻隔綢繆。錢也我不曾將那十萬貫腰纏着上揚州。我還不了那風流債。乾買下些個斷腸愁。錢也則俺這眼中人何處有。

〔王府尹上云〕老夫王府尹。自從韓飛卿秀才在我家中安下一月。老夫事忙。不曾與此人攀話。今日早間聖人見喜。賜與老夫十瓶御酒。老夫不敢自用。將着酒餚到書房中與韓飛卿樽酒論文。可早來到也。張千報復去。說老夫在於門首。〔張千報科云〕老爺來看相公哩。〔正末云〕老相公來了也。不中。我將這金錢且藏在書册中。〔藏科〕道有請。〔見科云〕老相公。小生多蒙厚意。在此府上深擾。〔王府尹云〕先生。老夫這幾日家事忙。不曾探望先生。勿罪勿罪。〔正末云〕小生不敢。〔王府尹云〕今日早間。聖人見喜。賜與老夫十瓶御酒。不敢自用。將來與先生同飲一杯。張千。將酒來。飛卿滿飲此杯。〔正末云〕小生有何德能。着老相公這等重意管待也。〔唱〕

【石榴花】這的是葡萄新釀出凉州。〔王府尹云〕先生滿飲此杯。〔正末唱〕他那裏滿捧着紫金甌。〔王府尹云〕飛卿。此酒勝甘露醍醐。〔正末唱〕端的濃如春色酒如油。〔王府尹云〕飛卿。今日拚了沉醉方歸。〔正末唱〕小生我則怕你醉後。又迷入畫閣重樓。〔王府尹云〕此酒香味各別。〔正末唱〕端的是錦封未拆香先透。方知道汝陽王口角涎流。那裏有翰林風月三千首。〔王府尹云〕想古人云。掃愁箒。釣詩鈎。信不虛也。〔正末唱〕枉了也這掃愁箒釣詩鈎。

【鬬鵪鶉】掃愁箒掃不了我鬱悶情懷。釣詩鈎釣不了我這風流的癥候。〔王府尹云〕飛卿。

省可裏推辭。且飲一杯咱。〔正末唱〕小生也不敢推辭。〔王府尹云〕先生。好共歹再飲一杯。〔正末唱〕我則索勉强勉强的到口。〔王府尹云〕此酒能消心間鬱悶。解散客旅春愁。〔正末唱〕怕不待酒醉春風散客愁。〔帶云〕你怎知我這愁呵。〔唱〕似長江淹淹的不斷流。〔王府尹云〕先生不飲酒。敢思鄉麼。〔正末唱〕小生也不爲思鄉。〔王府尹云〕既不爲思鄉。你莫不害酒麼。〔正末唱〕小生也非干的這病酒。

〔王府尹云〕先生一向清減了。是老夫家中物用不中麼。〔正末云〕非也。〔唱〕

【上小樓】看了他這簾垂玉鈎。更那香添金獸。〔王府尹云〕敢酒食餚饌不應口麼。〔正末唱〕每日家滿卓杯盤。諸般餚饌。百味珍羞。〔王府尹云〕先生爲何清減了也。〔正末唱〕知他是怎生來。寬掩過春衫羅袖。正不知爲何的恁般消瘦。

〔王府尹云〕據先生有經綸濟世之才。補完天地之手。應過舉。早晚除授。何故深思遠慮如此。

〔正末唱〕

【幺篇】我怕没經天緯地才。拿雲握霧手。穩情取步入蟾宫。跳過龍門。占了鰲頭。〔王府尹云〕先生既有如此般手段。爲何憂形於色。〔正末唱〕我愁的是花發東墻。月暗西廂。雲迷楚岫。〔背科云〕我若見小姐一面呵。〔唱〕便不做那狀元郎我可也不曾眉皺。

〔王府尹云〕先生數日作甚麼功課。〔正末云〕小生常習周易。〔王府尹云〕先生既看周易。必然有甚心得去處。老夫隨喜觀看咱。〔做取書看吊金錢科云〕書中吊下金錢來了也。〔正末做慌科〕〔王府尹云〕將這錢我看咱。這開元通寶金錢是我的。怎生得到這秀才手裏來。好奇怪也。我試問這個秀才咱。先生。這開元通寶金錢。是聖人賜我的來。怎生得到你手裏。你試說咱。〔正末唱〕

【滿庭芳】好着我便趨前哎退後。這的是俺先人遺念。〔王府尹云〕誰遺與你來。〔正末唱〕**是俺那祖上傳留。**〔王府尹云〕這開元通寶金錢。是聖人賜與我的。有誰人能勾。〔正末唱〕**他道是開元通寶誰能勾。奉皇宣賜與公侯。都只爲掉罨子鸞交鳳友。到做了個脱稍兒燕侶鶯儔。**〔王府尹云〕可怎生這金錢落在你手裏。其中必有暗昧也。〔正末唱〕**相公你便休窮究。**〔王府尹云〕兀那秀才。你從實的說。〔正末唱〕**說着呵出乖弄醜。**〔王府尹云〕你不說此事乾罷了那。〔正末唱〕**題起來風雨替花愁。**

〔王府尹云〕這金錢正是我的。我把與女孩兒帶着。怎生能勾到這廝根前。必然是俺那妮子與這廝來。張千。喚出小姐來。〔正末做跽科〕〔王府尹云〕好也。可早招了也。〔旦上云〕父親。喚你孩兒有何事。〔王府尹云〕兀那潑賤人。你做的好勾當。這金錢我與你懸帶着來。怎生到這廝手裏。〔旦云〕您孩兒在九龍池上掉了來。〔王府尹云〕噤聲。俺家三世無犯法之男。五世無再婚之女。你是閨中女子。不習那針指女工。倒去學那辱門敗户。你豈不聞女子無事不出閨門。夜行以燭。無燭則止。行不動塵。笑不露齒。席不正不坐。割不正不食。不啓偏門。不有私語。在家習禮法。學針指。若嫁與人。和六親。孝父母。使宗族稱羡。鄰里矜誇。聖人云。男子生而願爲之有室。女子生而願爲之有家。父母之心。人皆有之。你不待父母之命。媒妁之言。鑽穴相窺。踰垣相從。國人皆賤之。你不學上古烈女。却做下這等勾當。小賤人。呸。你羞也不羞。〔詩云〕當日個襄王窈窕思賢才。趙貞女包土築墳臺。我則道你是個三貞九烈閨中女。呸。原來你是個辱門敗户小奴胎。兀那小賤人還不回繡房中去。〔旦下〕〔指末科云〕好秀才也。你謙謙君子。看的好周易。韓飛卿。老夫待你非薄。你在我家中住了個月之期。吃用衣食。都是老夫的。你却這般報答我。你是個讀書人。檢書册與聖人對面。便好道君子不重則不威。枉了你窮九經三史諸子百家。不學上古賢人囊螢積雪。鑿壁偷光。則學亂作胡爲。這等無上下。無廉恥。我道你爲何撞入後花園中。元來正懷着此事。〔詩云〕你本是尋芳誤見女嬋娟。推向花園拾翠鈿。將這開元通寶傳心事。你可是麽一春常費買花錢。張千。與我將這廝高高吊將起來。我慢慢的問他。〔做吊科〕〔賀知章上云〕小官賀知章。爲因韓飛卿攛過卷子。此人文章不在李太白之下。聖人的命。則今日便宣入朝。自有加官賜賞。張千報復去。道有賀知章學士在於門首。〔報科〕〔王府尹云〕道有請。〔見科〕〔王府尹云〕學士此來有何事。〔賀知章云〕今日聖人見了韓飛卿卷子。説此人文章不在李太白之下。宣他入朝加官去哩。〔王府尹云〕住住。學士不知。這廝欺吾太甚。有罪在身。難以恕饒。〔賀知章云〕老相公。這是聖語。非同小可。不得遲慢。〔王府尹云〕既是聖人的命。且饒他罪過。張千。放他下來。〔賀知章云〕老相公。飛卿他是君子儒。有何罪將他吊起來。〔王府尹做打耳喑科〕〔賀知章云〕小官盡知此事。都在小官身上。飛卿兄弟你可早兩遭兒也。聖人宣你便須

入朝。〔正末云〕不妨事。〔唱〕

【耍孩兒】幾曾見偷香庭院裏拏了韓壽。擲果的雲陽内斬首。香車私走的卓文君。就昇仙橋上剮做骷髏。哎險也漢相如滌器臨邛市。秦弄玉吹簫跨鳳樓。動不動君王行奏。本是些風花雪月。都做了笞杖徒流。

〔賀知章云〕我與你成合秦晋之緣何如。〔正末云〕我若得官呵。〔唱〕

【煞尾】准備着迎親慶喜筵。安排着攔門慶賀酒。〔帶云〕我折桂枝回來呵。〔唱〕我來折你這曉風春日觀音柳。道不的錯分付了風流畫眉的手。〔下〕

〔王府尹云〕韓飛卿去了也。本待成親來。交他應舉去。恐此人功名心懶墮。等他爲了官。纔招爲壻。學士。這樁事全在你身上。〔賀知章云〕相公放心。小姐這親事都在小官身上。老相公不必遲慢。便結綵樓。選日成親。〔詩云〕也不須媒證結婚姻。指日佳人就此親。〔王府尹詩云〕莫言一世儒冠誤。方顯文章可立身。〔同下〕

〔音釋〕坌滂悶切　學奚交切　迤音移　逗音豆　輳倉救切　僝鋤山切　僽音驟　剗音産　瞅音揪　綢音紬　繆麻彪切　釀泥降切　醍音提　醐音胡　握音杳　岫音袖　罨音掩　妮音泥　妁音酌　窈音杳　窕音調　擲音直　骷音枯　髏音婁　滌音笛　行音杭　笞音癡

第四折

〔冲末李太白上詩云〕長安市上酒爲狂。沉香亭畔作文章。供奉翰林名學士。萬古千年姓字香。老夫姓李。雙名太白。生時母夢長庚星入懷。因以名之。天寶初年。召見金鑾殿。論當世之事。天子賜食。親手調羹。初號竹溪六逸。後爲飲中八仙。小官有一同堂故友。乃是韓飛卿。此人文章不在小官之下。自到京師。攛過卷子。在知章學士府第安下。此人在於九龍池上。帶酒惹下是非。知章盡知詳細。對小官分訴的明白。在聖人根前奏過。就奉聖命着小官與他加官賜賞。二來就着小官與他成此一門親事。小官不敢久停久住。同賀知章走一遭去來。〔詩云〕聖天子選用賢良。文章士盡赴科場。韓飛卿狀元及第。我與他成秦晉花燭洞房。〔下〕〔王府尹同旦兒梅香上云〕歡來不似今朝。喜來那逢今日。老夫王府尹是也。誰想韓飛卿得了頭名狀元。我着知章學士保親爲媒。招狀元爲婿。今日結起彩樓。准備鼓樂。那新狀元敢待來也。〔正末同賀知章上賀云〕兒弟也一舉狀元及第。可賀可賀。〔正末云〕哥哥。我韓飛卿誰想有今日也呵。〔唱〕

【雙調新水令】步蟾宫平地上青霄。脚平登禹門一躍。簪花宫帽側。挽轡玉驄驕。可知道金榜名標。誰請受五花誥。

〔云〕哥哥。兀那樓上爲甚麼動着樂聲。〔賀知章云〕這個是彩樓。要招女婿的。〔正末云〕張千。說與那樓上的人去。〔唱〕

【沉醉東風】也不索頻頻的樓前動樂。誰和恁臺上吹簫。〔賀知章云〕貴公子家女孩兒抛繡毬哩。〔正末唱〕紫絲鞭手內擎。繡毬兒身邊落。〔云〕哥哥。敢不是繡毬兒。〔賀知章云〕兄弟。不是繡毬是甚麽。〔正末唱〕我覷的亂下風雹。〔賀知章云〕飛卿。這抛繡毬兒的是王府尹的女孩兒。〔正末唱〕寄與他多情女豔嬌。你着他別尋一個前程倒好。

〔賀知章云〕兄弟也。你當初爲他這小姐。怎生般狂蕩。今日我與保親。你怎生這般古憋。〔正末唱〕

【喬牌兒】你個賀知章狂落保。〔賀知章云〕兄弟元來性格不一哩。〔正末唱〕不是這韓飛卿性格拗。〔賀知章云〕小姐爲你也曾恥辱來。〔正末唱〕想着那俏人兒曾受爺操暴。〔賀知章云〕你知他爲你受苦。你怎生不肯成親。〔正末唱〕休將漢相如錯送了。

〔賀知章云〕你當初爲這門親事。將性命也不顧。今日老相公肯了。你還不去參拜丈人哩。〔正末云〕哥哥。恁兄弟平生不折腰於人。〔唱〕

【水仙子】他待生拆開碧桃花下鳳鸞交。火燒了俺白玉樓頭翡翠巢。〔賀知章云〕他今日倒賠緣房。招你爲婿。〔正末唱〕他見我春風得意長安道。因此上迎頭兒將女婿招。〔賀知章云〕你休無禮。他是你太山丈人。你是他門下女婿。他敢打你哩。〔正末唱〕一恁他官人每棒有千條。〔梅香上云〕學士。飛卿既然不肯成親呵。放他馬頭過去罷。〔正末唱〕小姐你便權休怪。

〔梅香云〕當日個不得第呵。怎生般模樣。剛則做了官。便別了姐姐不肯時。也由得你。〔正末唱〕**梅香你便且莫焦。**〔賀知章云〕兄弟也。一門好親事。成就了罷。〔正末云〕小官欲要不成這門親事。則怕破了丈人體面。〔唱〕**今日可便輪到我粧幺。**

〔李太白上云〕小官李太白是也。奉聖人的命。着新狀元韓飛卿則今日去王府尹家爲婿。可早來到也。接了馬者。〔張千云〕牢墜鐙。〔見科〕〔李太白云〕韓飛卿。聽聖人的命。着你與王府尹女孩兒柳眉兒爲婿。休得推辭。望闕謝了恩者。〔正末云〕小官並不敢推辭與王府尹爲婿。〔李太白云〕狀元過去拜你丈人。〔正末云〕既是聖人的命。成了這門親事。丈人受你女婿幾拜。則被你弔殺我也。丈人。〔王府尹云〕則被你傲殺我也。女婿。〔賀知章云〕兄弟。你說平生不折腰於人。今日早一遭兒也。〔李太白云〕就請小姐出來行禮成了親事。等我好回聖人話去。〔梅香擁旦上行禮交杯科〕〔正末云〕兀的不歡喜殺我也。〔唱〕

【雁兒落】今日個畫堂中設酒餚。花燭下同諠笑。高擎着合卺杯。齊動着合歡樂。

【得勝令】呀。若不是前世宿緣招。焉能勾玉杵會藍橋。〔旦云〕將酒來。妾身與狀元同奉父親一杯。〔正末同旦跪科〕〔賀知章云〕兄弟。你恰纔說平生不折腰於人。可早兩遭兒也。〔正末唱〕**哎。你個賀學士休譏誚。我如今爲新人當拜倒。**〔王府尹云〕咱也回奉狀元一杯。〔做把盞科〕〔正末唱〕**你也恃不得官高。動不動將咱弔。我也賭不得心高。早兩遭兒折了腰。**

〔李太白云〕韓飛卿。你夫妻二人望闕跪着。聽聖人的命。因你對策稱旨。加授翰林學士別賜黃金五十斤。與夫人柳眉兒添粧。〔詩云〕則爲你十年辛苦困寒窗。一舉成名天下揚。金錢自可成姻眷。玉杵無煩問渺茫。京兆堂中添貴客。翰林院裏擢仙郎。嵩呼萬歲齊天喜。拜舞丹墀謝聖皇。

〔正末同旦謝恩科〕〔唱〕

【沽美酒】你道我韓飛卿意氣豪。柳夫人緣分巧。誰承望恩賜黄金偏不少。越顯得風流京兆。將眉黛好重描。

【太平令】這都是五十文開元通寶。成就了美夫妻三月桃夭。從今後一生榮耀。雙雙的齊眉到老。想草茅遇遭這聖朝。呀。知甚日把隆恩補報。

〔音釋〕轡音配　躍音耀　樂音耀　落音澇　雹巴毛切　㩻音鱉　格皆上聲　拗音要　操平聲　翡肥去聲　巢鋤昭切　巹音謹　黛音代

題目　韓飛卿醉趕柳眉兒

正名　李太白匹配金錢記

包待制陳州糶米雜劇

楔子

〔冲末扮范學士領祗候上詩云〕博覽羣書貫九經。鳳凰池上顯峥嶸。殿前曾獻昇平策。獨占鰲頭第一名。老夫姓范名仲淹。字希文。祖貫汾州人氏。自幼習儒。精通經史。一舉進士及第。隨朝數十載。謝聖恩可憐。官拜户部尚書。加授天章閣大學士之職。今有陳州官員申上文書來。説陳州亢旱三年。六料不收。黎民苦楚。幾至相食。是老夫入朝奏過。奉聖人的命。着老夫到中書省召集公卿商議。差兩員清廉的官。直至陳州開倉糶米。欽定五兩白銀一石細米。老夫早間已曾遣人將衆公卿都請過了。令人。你在門外覷者。看有那一位老爺下馬。便來報咱知道。〔祗候云〕理會的。〔外扮韓魏公上云〕老夫姓韓名琦。字稚圭。乃相州人也。自嘉祐中。某方二十一歲。舉進士及第。當有太史官奏曰。日下五色雲現。是以朝廷將老夫重任。官拜平章政事。加封魏國公。今日早朝而回。正在私宅中少坐。有范學士令人來請。不知有甚事。須索走一遭去。可早來到也。令人。報復去。道有韓魏公在于門首。〔祗候做報科云〕報的相公得知。有韓魏公來了也。〔范學士云〕道有請。〔見科〕〔范學士云〕老丞相請坐。〔韓魏公云〕學士請老夫來。有何公事。〔范學士云〕老丞相等衆大人來了時。有事商量。令人。門首再覷者。〔祗候云〕理會的。〔外扮吕夷簡上云〕老夫姓吕名夷簡。自登甲第以來。累蒙遷用。謝聖恩可憐。官拜中書同平章事之職。今早有范天章學士。令人來請。不知有甚事。須索走一遭去。可早來到也。令人。報復去。道有吕夷簡下馬也。〔祗候報科云〕報的相公得知。有吕平章來了也。〔范學士云〕道有請。〔見科〕〔吕夷簡云〕呀。老丞相先在此了。學士今日請小官來。有何事商議。〔范學士云〕老丞相請坐。待衆大人來全了呵。有事計議。〔浄扮劉衙内上詩云〕花花太歲爲第一。浪子喪門世無對。聞着名兒腦也疼。則我是有權有勢劉衙内。小官劉衙内是也。我是那權豪勢要之家。累代簪纓之子。打死人不要償命。如同房簷上揭一箇瓦。我正在私宅中閒坐。有范天章學士令人來請。不知有甚事。須索走一遭去。説話中間。可早來到也。令人。報復去。説小官來了也。〔祗候報科云〕報的相公得知。有劉衙内在于門首。〔范學士云〕道有請。〔見科〕〔劉衙内云〕衆老丞相都在此。學士。喚俺衆官人每來。有何事商議。〔范學士云〕衙内請坐。小官請衆位大人。别無甚事。今有陳州官員申將文書來。説陳州亢旱不收。黎民苦楚。老夫入朝奏過。奉聖人的命。着差兩員清廉的官。直至陳州開倉糶米。欽定五兩白銀一石細米。老夫請衆大人來商議。可着誰人去陳州爲倉官糶米者。〔韓魏公云〕學士。此乃國家緊急濟民之事。須選那清忠廉幹之人。方纔去的。〔吕夷簡云〕老丞相道的極是。〔范學士云〕衙内。你可如何主意。〔劉衙内云〕衆大人在上。據小官舉兩箇最是清忠廉幹的人。就是小官家中兩個孩兒。一個是女婿楊金吾。一個是小衙内劉得中。着他兩個去。並無疎失。大人意下如何。〔范學士云〕老丞相。衙内保舉他兩個孩兒。一個是小衙内。一個是女婿楊金吾。到陳州糶米去。老夫不曾見衙内那兩個孩兒。就煩你喚將那兩個來。老夫試看咱。〔劉衙内云〕令人。與我喚將兩個孩兒來者。〔祗候云〕理會的。兩個舍人安在。〔净扮小衙内丑扮楊金吾上〕〔小衙内詩云〕湛湛青天則俺識。三十六丈零七尺。踏着梯子打一看。原來是塊青白石。俺是劉衙内的孩兒。叫做劉得中。這個是我妹夫楊金吾。俺兩個全仗俺父親的虎威。拿粗挾細。揣歪捏怪。幫閒鑽懶。放刁撒潑。那一個不知我的名兒。見了人家的好玩器好古董。不論金銀寶貝。但是值錢的。我和俺父親的性兒一般。就白拿白要。白搶白奪。若不與我呵。就踢就打。就挦毛。一交別番倒。剁上幾脚。揀着好東西揣着就跑。隨他在那衙門内興詞告狀。我若怕他。我就是癩蝦蟆養的。今有父親呼喚。不知有甚事。須索走一遭去。〔楊金吾云〕哥哥。今日父親呼喚。要着俺兩個那裏辦事去。管請就做下了。可早來到也。令人。報復去。道有我劉大公子同妹夫楊金吾下馬也。〔祗候報科云〕報的相公得知。有二位舍人來了也。〔范學士云〕着他過來。〔祗候云〕着過去。〔小衙内同楊金吾做見科云〕父親喚我二人來有何事。〔劉衙内云〕您兩個來了也。把體面見衆大人去咱。〔范學士云〕衙内。這兩個便是你的孩兒。老夫看了這兩個模樣動静。敢不中去麽。〔劉衙内云〕衆大人和學士聽我説。難道我的孩兒我不知道。小官保舉的這兩個孩兒。清忠廉幹。可以糶米去的。〔韓魏公云〕學士。這兩個定去不的。〔劉衙内云〕老丞相。豈不聞知子莫若父。他兩個去的。〔吕夷簡云〕此事只憑天章學士主張。〔劉衙内云〕學士。小官就立下一紙保狀。保我這兩個孩兒糶米去。若有差遲。連着小官坐罪便了。〔范學士云〕既然衙内保舉。您二人望闕跪者。聽聖人的命。因爲陳州亢旱不收。黎民苦楚。差您二人去陳州開倉糶米。欽定五兩白銀一石細米。則要你奉公守法。束杖理民。今日是吉日良辰。便索長行。望闕謝了天恩者。〔小衙内同楊金吾做拜科云〕多謝了衆位大老爺擡舉。我這一去冰清玉潔。幹事回還。管着你們喝采也。〔做出門科〕〔劉衙内背云〕孩兒也。您近前來。論咱的官位可也勾了。止有家財略略少些。如今你兩個到陳州去。因公幹私。將那學士定下的官價。五兩白銀一石細米。私下改做十兩銀子一石。米裏面再插上些泥土糠粃。則還他個數兒罷。斗是八升的斗。秤是加三的秤。隨他有什麼議論到學士根前。現放着我哩。你兩個放心的去。〔小衙内云〕父親。我兩個知道。你何須說。我還比你乖哩。則一件。假似那陳州百姓每不伏我呵。我可怎麼整治他。〔劉衙内云〕孩兒。你也說的是。我再和學士說去。〔做見學士科云〕學士。則一件兩個孩兒陳州糶米去。那裏百姓刁頑。假若不伏我這兩個孩兒。却怎生整治他。〔范學士云〕衙内。投至你說時。老夫先在聖人根前奏過了也。若陳州百姓刁頑呵。有敕賜紫金鎚。打死勿論。令人快捧過來。衙内。兀的便是紫金鎚。你將去交付那個孩兒。着他小心在意者。〔小衙内云〕則今日領着大人的言語。便往陳州開倉。跑一遭去來。〔詩云〕議定五兩糶一石。改做十兩落他些。父親保舉無差謬。則我兩人原是惡贓皮。〔同楊金吾下〕〔劉衙内云〕學士。兩個孩兒去了也。〔范學士云〕劉衙内。你兩個孩兒去了也。〔唱〕

【仙吕賞花時】只爲那連歲災荒料不收。致使的一郡蒼生强半流。因此上糶米去陳州。

你將着孩兒保奏。不知他可也分得帝王憂。

〔云〕令人將馬來。老夫回聖人的話去也。〔同劉下〕〔韓魏公云〕老丞相。看這兩個到的陳州。那裏是濟民。必然害民去也。異日若本州具奏將來。老夫另有個主意。〔呂夷簡云〕全仗老丞相爲國救民。〔韓魏公云〕范學士已入朝回聖人的話去了。咱和你且歸私宅中去來。〔詩云〕賑濟饑荒事不輕。須憑廉幹救蒼生。〔呂夷簡詩云〕他時若有風聞入。我和你一一還當奏聖明。〔同下〕

【音釋】汾音焚　琦音奇　撏慈纖切　剁朵去聲　粃音妣

第一折

〔小衙内同楊金吾引左右捧紫金鎚上詩云〕我做衙内真個俏。不依公道則愛鈔。有朝事發丢下頭。拚着帖箇大膏藥。小官劉衙内的孩兒小衙内。同着這妹夫楊金吾兩個。來到這陳州開倉糶米。父親的言語。着俺二人糶米。本是五兩銀子一石。改做十兩銀子一石。斗裏插上泥土糠粃。則還他個數兒。斗是八升小斗。秤是加三大秤。如若百姓們不服。可也不怕。放着有那欽賜的紫金鎚哩。左右。與我喚將斗子來者。〔左右云〕本處斗子安在。〔二丑斗子上詩云〕我做斗子十多羅。覓些倉米養老婆。也非成擔偷將去。只在斛裏打雞窩。俺兩個是本處倉裏的斗子。上司見我們本分老實。一顆米也不愛。所以積年只用俺兩個。如今新除將兩個倉官來。說道十分利害。不知叫我們做甚麽。須索見他走一遭去。〔做見科云〕相公。喚小人有何事。〔小衙内云〕你是斗子。我分付你。現有欽定價。是十兩銀子一石米。這箇數内我們再剋落一毫不得的。只除非把那斗秤私下换過了。斗是八升的小斗。秤是加三的大秤。我若得多的。你也得少的。我和你四六家分。〔大斗子云〕理會的。正是這等。大人也總成俺兩個斗子。圖一個小富貴。如今開了這倉。看有甚麽人來。〔雜扮糴米百姓三人同上云〕我每是這陳州的百姓。因爲我這裏亢旱了三年。六料不收。俺這百姓每好生的艱難。幸的天恩特地差兩員官來這裏開倉賣米。聽的上司説道。欽定米價是五兩白銀糴一石細米。如今又改做了十兩一石。米裏又插上泥土糠粃。出的是八升的小斗。入的又是加三的大秤。我們明知這個買賣難和他做。只是除了倉米又没處糴米。教我們怎生餓得過。没奈何。只得各家凑了些銀子。且買些米去救命。可早來到了也。〔大斗子云〕你是那裏的百姓。〔百姓云〕我每是這陳州百姓。特來買米的。〔小衙内云〕你兩個仔細看銀子。别樣假的也還好看。單要防那四堵墻。休要着他哄了。〔二斗子云〕兀那百姓。你凑了多少銀子來糴米。〔百姓云〕我衆人則凑得二十兩銀子。〔大斗子云〕拿來上天平彈着。少少少。你這銀子則十四兩。〔百姓云〕我這銀子還重着五錢哩。〔小衙内云〕這百姓每刁潑。拏那金鎚來打他娘。〔百姓云〕老爺不要打。我每再添上些便了。〔大斗子云〕你趁早兒添上。我要和官四六家分哩。〔百姓做添銀科云〕又添上這六兩。〔二斗子云〕這也還少些兒。將就他罷。〔小衙内云〕既然銀子足了。打與他米去。〔二斗子云〕一斛。兩斛。三斛。四斛。〔小衙内云〕休要量滿了。把斛放趄着。打些雞窩兒與他。〔大斗子云〕小人知道。手裏趄着哩。〔百姓云〕這米則有一石六斗。内中又有泥土糠皮。春將來則勾一石多米。罷罷罷。也是俺這百姓的命該受這般磨滅。正是醫的眼前瘡。剜却心頭肉。〔同下〕〔正末扮張撇古同孩兒小撇古上詩云〕窮民百補破衣裳。污吏春衫拂地長。稼穡不知誰壞却。可教風雨損農桑。老漢陳州人氏。姓張。人見我性兒不好。都喚我做張撇古。我有個孩兒張仁。爲因這陳州缺少米糧。近日差的兩個倉官來。傳聞欽定的價是五兩白銀一石細米。着賑濟俺一郡百姓。如今兩個倉官改做十兩銀子一石細米。又使八升小斗。加三大秤。莊院裏攢零合整。收拾的這幾兩銀子糶米。走一遭去來。〔小撇古云〕父親。則一件。你平日間是個性兒古撇的人。倘若到的那買米處。你休言語則便了也。〔正末云〕這是朝廷救民的德意。他假公濟私。我怎肯和他干罷了也呵。〔唱〕

【仙吕點絳唇】則這官吏知情。外合裏應。將窮民併。點紙連名。我可便直告到中書省。

〔小撇古云〕父親。喒遇着這等官府也説些甚麽。〔正末唱〕

【混江龍】做的個上梁不正。只待要損人利己惹人憎。他若是將喒刁蹬。休道我不敢掀騰。柔軟莫過溪澗水。到了不平地上也高聲。他也故違了皇宣命。都是些吃倉廒的鼠耗。咂膿血的蒼蠅。

〔云〕可早來到也。〔做見斗子科〕〔大斗子云〕兀那老子。你來糶米。將銀子來我秤。〔正末做遞銀子科云〕兀的不是銀子。〔大斗子做秤銀子科云〕兀那老的。你這銀子則八兩。〔正末云〕十二兩銀子。則秤的八兩。怎麼少偌多。〔小𢶍古云〕哥。我這銀子是十二兩來。怎麼則秤八兩。你也放些心平着。〔二斗子云〕這廝放屁。秤上現秤八兩。我吃了你一塊兒那。〔正末云〕嗨。本是十二兩銀子。怎生秤做八兩。〔唱〕

【油葫蘆】則這攢典哥哥休强挺。你可敢教我親自秤。〔大斗子云〕這老的好無分曉。你的銀子本少。我怎好多秤了你的。只頭上有天哩。〔正末唱〕今世人那個不聰明。我這裏轉一轉如上思鄉嶺。我這裏步一步似入琉璃井。〔大斗子云〕則這般秤。八兩也還低哩。〔正末唱〕秤銀子秤得高。〔做量米科〕〔二斗子云〕我量與你米。打個雞窩。再掞了些。〔小𢶍古云〕父親。他那邊又掞了些米去了。〔正末唱〕哎量米又量的不平。元來是八升㗇小斗兒加三秤。只俺這銀子短二兩。怎不和他爭。

〔大斗子云〕我這兩個開倉的官。清耿耿不受民財。乾剥剥則要生鈔。與民做主哩。〔正末云〕你這官人是甚麽官人。〔二斗子云〕你不認的。那兩個便是倉官。〔正末唱〕

【天下樂】你比那開封府包龍圖少四星。〔大斗子云〕兀那老子休要胡説。他兩個是權豪勢要的人。休要惹他。〔正末唱〕賣弄你那官清。法正行。多要些也不到的擔罪名。〔二斗子云〕這米還尖。再掞了些者。〔小𢶍古云〕父親。他又掞了些去了。〔正末唱〕這壁厢去了半斗。那壁厢掞了幾升。做的一個輕人來還自輕。

〔二斗子云〕你挣着口袋。我量與你麽。〔正末云〕你怎麽量米哩。俺不是私自來糴米的。〔大斗子云〕你不是私自來糴米。我也是奉官差。不是私自來糴米的。〔正末唱〕

【金盞兒】你道你奉官行。我道你奉私行。俺看承的一合米關着八九個人的命。又不比山麋野鹿衆人争。你正是餓狼口裏奪脆骨。乞兒碗底覓殘羹。我能可折升不折斗。你怎也圖利不圖名。

〔大斗子云〕這老子也無分曉。你怎麽駡倉官。我告訴他去來。〔大斗子做禀科〕〔小衙内云〕你兩箇斗子。有甚麽話説。〔大斗子云〕告的相公得知。一個老子來糴米。他的銀子又少。他倒駡相公哩。〔小衙内云〕拏過那老子來。〔正末做見科〕〔小衙内云〕你這個虎刺孩作死也。你的銀子又少。怎敢駡我。〔正末云〕你這兩個害民的賊。於民有損。爲國無益。〔大斗子云〕相公。你看小人不説謊。他是駡你來麽。〔小衙内云〕這老匹夫無禮。將紫金鎚來打那老匹夫。〔做打正末科〕〔小懒古做拴頭科云〕父親精細者。我説甚麽來。我着你休言語。你吃了這一金鎚。父親。眼見的無那活的人也。〔楊金吾云〕打的還輕。依着我性。則一下打出腦漿來。且着他包不成綱兒。〔正末做漸醒科〕〔唱〕

【村裏迓鼓】只見他金鎚落處。恰便似轟雷着頂。打的來滿身血迸。教我呵怎生扎挣。也不知打着的是脊梁。是腦袋。是肩井。但覺的刺牙般酸。剜心般痛。剔骨般疼。哎喲天那兀的不送了我也這條老命。

〔云〕我來買米。如何打我。〔小衙内云〕把你那性命則當根草。打甚麼不緊。是我打你來。隨你那裏告我去。〔小㢠古云〕父親也。似此怎了。〔正末唱〕

【元和令】則俺個糴米的有甚罪名。和你這糶米的也不乾净。〔小衙内云〕是我打你來。没事没事。由你在那裏告我。〔正末唱〕現放着徒流笞杖做下嚴刑。却不道家家門外千丈坑。則他這得填平處且填平。你可也被人推更不輕。

〔楊金吾云〕俺兩個清似水。白如麵。在朝文武。誰不稱讚我的。〔正末唱〕

【上馬嬌】哎。你個蘿蔔精。頭上青。〔小衙内云〕看起來我是野菜。你怎麼罵我做蘿蔔精。〔正末唱〕坐着個愛鈔的壽官廳。麵糊盆裏專磨鏡。〔楊金吾云〕俺兩個至一清廉有名的。〔正末唱〕哎。還道你清。清賽玉壺冰。

〔小衙内云〕怕不是皆因我二人至清。滿朝中臣宰舉保將我來的。〔正末唱〕

【勝葫蘆】都只待遥指空中雁做羹。那個肯爲朝廷。〔楊金吾云〕你那老匹夫。把朝廷來壓我哩。我不怕。我不怕。〔正末唱〕有一日受法餐刀正典刑。恁時節錢財使罄。人亡家破。方悔道不廉能。

〔小衙内云〕我見了那窮漢似眼中疔。肉中刺。我要害他。只當捏爛柿一般。值個甚的。〔正末云〕噤聲。〔唱〕

【後庭花】你道窮民是眼内疔。佳人是頦下癭。〔帶云〕難道你家没王法的。〔唱〕便容你酒肉攤場吃。誰許你金銀上秤秤。〔云〕孩兒。你也與我告去。〔小㦒古云〕父親。你看他這般權勢。只怕告他不得麽。〔正末唱〕兒也你快去告不須驚。〔小㦒古云〕父親要告他。指誰做證見。〔正末唱〕只指着紫金鎚專爲照證。〔小㦒古云〕父親。證見便有了。却往那裏告他去。〔正末唱〕投詞院直至省。將冤屈叫幾聲。訴出咱這實情。怕没有公與卿。必然的要准行。〔小㦒古云〕若是不准。再往那裏告他。〔正末唱〕任從他賊醜生。百般家着智能。遍衙門告不成。也還要上登聞將怨鼓鳴。

【青哥兒】雖然是輸贏輸贏無定。也須知報應報應分明。難道紫金鎚就好活打殺人性命。我便死在幽冥。决不忘情。待告神靈。拏到堦庭。取下招承。償俺殘生。苦恨纔平。若不沙則我這雙兒鶻鴒也似眼中睛。應不瞑。

〔云〕孩兒。眼見得我死了也。你與我告去。〔小㦒古云〕您孩兒知道。〔正末云〕這兩個害民的賊。請了官家大俸大禄。不曾與天子分憂。倒來苦害俺這裏百姓。天那。〔唱〕

【賺煞尾】做官的要了錢便糊突。不要錢方清正。多似你這貪污的枉把皇家禄請。〔帶云〕你這害民的賊。也想一想差你開倉糶米。是爲着何來。〔唱〕兀的賑濟饑荒你也該自省。怎倒將我一鎚兒打壞天靈。〔小㦒古云〕父親。我幾時告去。〔正末唱〕則今日便登程。直到王京。常言道斷殺無如父子兵。揀一個清耿耿明朗朗官人每告整。和那害民的賊徒折證。〔小㦬古云〕父親。可是那一位大衙門告他去。〔正末嘆云〕若要與我陳州百姓除了這害呵。〔唱〕則除是包龍圖那個鐵面没人情。〔下〕

〔小㦬古哭科云〕父親亡逝已過。更待干罷。我料着陳州近不的他。我如今直至京師。揀那大大的衙門裏告他去。〔詩云〕盡説開倉爲救荒。反教老父一身亡。此生不是空桑出。不報冤讎不姓張。〔下〕〔小衙内云〕斗子。那老子要告俺去。我算着就告到京師。放着我老子在哩。况那范學士是我老子的好朋友。休説打死一個。就打死十個。也則當五雙。俺兩個別無甚事。都去狗腿灣王粉頭家裏喝酒去來。一了説。倉廒府庫。抹着便富。王粉頭家。不悮主顧。〔下〕

〔音釋〕趄且去聲　剜碗平聲　㦬音鱉　蹬音鄧　廒音敖　咂音匝　搲音蛙　㗇音呀　轟音薨　迸音柄　頦音孩　鶻紅姑切　鴒音零

第二折

〔范學士領祗候上云〕老夫范仲淹。自從劉衙内保舉他兩個孩兒去陳州開倉糶米。誰想那兩個到的陳州。貪贓壞法。飲酒非爲。奉聖人的命。着老夫再差一員正直的去陳州。結斷此一樁公事。就敕賜勢劍金牌。先斬後聞。今日在此議事堂中。與衆公卿聚議。怎麼這早晚還不見來。令人。門首覰着。若來時報復我知道。〔祗候云〕理會的。〔韓魏公上云〕老夫韓魏公。今有范天章學士在於議事堂。令人來請。不知有甚事。須索去走一遭。可早來到這門首也。〔祗候報云〕韓魏公到。〔范學士云〕道有請。〔韓魏公做見科〕〔范學士云〕老丞相來了也。請坐。〔呂夷簡上云〕老夫呂夷簡。正在私宅閒坐。有范學士在于議事堂。令人來請。須索去走一遭。不覺早來到了也。〔祗候報云〕呂平章到。〔范學士云〕道有請。〔呂夷簡見科云〕老丞相在此。學士。今日請老夫來有何事。〔范學士云〕二位老丞相。則因爲前者陳州糶米一事。劉衙内舉保他那兩個孩兒做倉官去。如今在那裏貪贓壞法。飲酒非爲。奉聖人的命。教老夫在此聚會衆多臣宰。舉一個正直的官員前去陳州。結斷此事。只等衆大人來全了時。同舉一位咱。〔韓魏公云〕想學士必已得人。某等便當舉薦。〔小㦬古上云〕自家小㦬古。俺和父親同去糶米。不想被兩個倉官將俺父親打死了。俺父親臨死之時。着我告包待制去。見説是個白髭鬚的老兒。我來到這大街上等着。看有甚麽人來。〔劉衙内上云〕小官劉衙内。自從兩個孩兒去陳州糶米。至今音信皆無。早間有范學士着人來請我。不知又是甚麽事。須索走一遭去者。〔小㦬古云〕這個白髭鬚的老兒。敢是包待制。我試迎着告咱。〔做跪科〕〔劉衙内云〕兀那小的。你有甚麽冤枉的事。我與你做主。〔小㦬古云〕我是陳州人氏。俺爺兒兩個將着十二兩銀子糶米去。被那倉官將俺父親則一金鎚打死了。那裏無人敢近他。爺爺敢是包待制麽。與小的每做主咱。〔劉衙内云〕兀那小的。則我便是包待制。你休去别處告。我與你做主。你且一壁有者。〔小㦬古起科云〕理會的。〔劉衙内背云〕嗨。我那兩個小醜生。敢做下來也。令人報復去。道有劉衙内在於門首。〔祗候云〕劉衙内到。〔劉衙内做見科〕〔范學士云〕衙内。你保舉的兩個好清官也。〔劉衙内云〕學士。我那兩個孩兒果然是好清官。實不敢欺。〔范學士云〕衙内。老夫打聽的。你兩個孩兒到的陳州。則是飲酒非爲。不理正事。貪贓壞法。苦害百姓。你知麼。〔衙内云〕老丞相休聽人的言語。我保舉的人。並無這等勾當。〔范學士云〕二位老丞相。他還不信哩。〔小懒古問祇候云〕哥哥。恰纔那進去的。敢是包待制爺爺麼。〔祇候云〕則他是劉衙内。你要問包待制還不曾來哩。〔小懒古云〕天那。我要告這劉衙内。誰想正投在老虎口裏。可不我死也。〔正末扮包待制領張千上云〕老夫姓包名拯。字希文。本貫金斗郡四望鄉老兒村人氏。官拜龍圖閣待制。正授南衙開封府尹之職。奉聖人的命。上五南採訪已回。須索到議事堂中。見衆公卿。走一遭去來。〔張千云〕想老相公爲官。多早晚陞廳。多早晚退衙。老相公試説一遍。與您孩兒聽咱。〔正末唱〕

【正宫端正好】自從那雲滚滚卯時初。直至日淹淹的申牌後。剛則是無倒斷簿領埋頭。更被那紫襴袍拘束的我難擡手。我把那爲官事都參透。

【滚繡毬】待不要錢呵怕違了衆情。待要錢呵又不是咱本謀。只這月俸錢做咱每人情不彀。〔張千云〕老相公平日是箇不避權豪勢要之人也。〔正末唱〕我和那權豪每結下些山海也似冤讎。曾把個魯齋郎斬市曹。曾把個葛監軍下獄囚。勝吃了些衆人每毒咒。〔張千云〕老相公。如今雖然年老。志氣還在哩。〔正末唱〕到今日一筆都勾。從今後不干己事休開口。我則索會盡人間只點頭。倒大來優游。

〔云〕可早來到議事堂門首也。張千接下馬者。〔小懺古云〕我問人來説這個便是包待制。〔做跪叫科云〕冤屈也。爺爺與孩兒每做主咱。〔正末云〕兀那小的。你那裏人氏。有甚麽冤枉事。你實説來。老夫與你做主。〔小懺古云〕孩兒每陳州人氏。嫡親的父子二人。父親是張懺古。今有兩個官人在陳州開倉糶米。欽定五兩銀子一石。他改做十兩一石。俺一家兒苦凑得十二兩銀子買米。他則秤的八兩。俺父親向前分辨去。他着那紫金鎚一鎚打死。孩兒要去聲冤告狀。盡道他是權豪勢要之家。人都近不的他。俺父親臨死之時。曾説道。孩兒等我命終。你直至京師尋着包待制爺爺那裏告去。我投至的見了爺爺。就是撥雲見日。昏鏡重磨。須與孩兒每做主咱。〔詩云〕本待將衷情細數。奈哽咽吞聲莫吐。紫金鎚打死親爺。委實是含冤受苦。〔正末云〕你且一壁有者。〔小懺古扯正末科云〕爺爺不與孩兒做主。誰做主咱。〔正末云〕我知道了也。〔三科了〕〔正末云〕令人。報復去。道有包待制在於門首。〔祗候報云〕有包待制來了也〔范學士云〕好好。包龍圖來了。快有請。〔正末做見科〕〔韓魏公云〕待制五南採訪初回。鞍馬上勞神也。〔正末云〕二位老丞相和學士治事不易。〔劉衙内云〕老府尹遠路風塵。〔正末云〕衙内恕罪。〔衙内背云〕這老子怎麽瞅我那一眼。敢是見那個告狀的人來。我則做不知道。〔正末云〕老夫上五南採訪回來。昨日見了聖人。今日特特的拜見二位老丞相和學士來。〔范學士云〕不知待制多大年紀爲官。如今可多大年紀。請慢慢的説一遍。某等敬聽。〔正末云〕學士問老夫多大年紀爲官。如今有多大年紀。學士不嫌絮煩。聽老夫慢慢的説來。〔唱〕

【倘秀才】我從那及第時三十五六。我如今做官到七十也那八九。豈不聞人到中年萬事休。我也曾觀唐漢看春秋。都是俺爲官的上手。

〔范學士云〕待制做許多年官也。歷事多矣。〔吕夷簡云〕待制爲官。盡忠報國。激濁揚清。如今朝裏朝外權豪勢要之家。聞待制大名。誰不驚懼。誠哉所謂古之直臣也。〔正末云〕量老夫何足掛齒。想前朝有幾個賢臣。都皆屈死。似老夫這等粗直。終非保身之道。〔范學士云〕請待制試説一遍咱。〔正末唱〕

【滚繡毬】有一個楚屈原在江上死。有一個關龍逢刀下休。有一個紂比干曾將心剖。有一個未央宫屈斬了韓侯。〔吕夷簡云〕待制。我想張良坐籌帷幄之中。决勝千里之外。輔佐高祖。定了天下。見韓信遭誅。彭越被醢。遂辭去侯爵。願從赤松子遊。真有先見之明也。〔正末唱〕那張良呵若不是疾歸去。〔韓魏公云〕那越國范蠡。扁舟五湖。却也不弱。〔正末唱〕那范蠡呵若不是暗奔走。這兩個都落不的完全屍首。我是個漏網魚怎再敢吞鈎。不如及早歸山去。我則怕爲官不到頭。枉了也干求。

〔云〕二位老丞相和學士。老夫年邁。不能爲官。到來日見了聖人。就告致仕閒居也。〔范學士云〕待制。你差了也。如今朝中似待制這等清正的。能有幾人。况年紀尚未衰邁。正好爲官。因何便告致仕那。〔正末云〕學士。老夫自有説的事。〔劉衙内云〕老府尹説的是年紀老了。如今棄了官告致仕閒居倒快活也。〔范學士云〕老相公有甚麽事要説老夫聽咱。〔正末唱〕

【呆骨朵】老夫有件事向君王陳奏。只説那權豪每是俺敵頭。〔范學士云〕那權豪的老相公待要怎麽。〔正末唱〕他便似打家的强賊。俺便似看家的惡狗。他待要些錢和物。怎當的這狗兒緊追逐。只願俺今日死明日亡。慣的他千自在百自由。

〔范學士云〕待制。你且回私宅中去者。老夫在此。别有商議。〔正末做辭科云〕二位老丞相和學士恕罪。老夫告回也。〔做出門科〕〔小懺古在門首跪叫科云〕爺爺與孩兒做主咱。〔正末云〕我險些兒忘了這一件事。兀那小的。你先回去。我隨後便來也。〔小懺古謝科云〕既然今日見了包待制。必然與我做主。他教我先回去。則今日不敢久停久住。便索先上陳州等他去來。〔詩云〕我今日得見龍圖。告父親屈死無辜。轉陳州等他來到。也把紫金鎚打那囚徒。〔下〕〔正末做回身再入科〕〔范學士云〕待制去了。爲何又回來也。〔正末云〕老夫欲要回去。聽的陳州一郡濫官污吏。甚是害民。不知老相公曾差甚麽能事官員陳州去也不曾。〔韓魏公云〕學士先曾委了兩員官去了。〔正末云〕可是那兩員官去來。〔范學士云〕待制不知。自你上五南採訪去了。朝中一時乏人。差着劉衙内的兒子劉得中。女婿楊金吾。到陳州糶米去。好久不見來回話哩。〔正末云〕見説陳州一郡官吏貪污。黎民頑魯。須再差一員去陳州考察官吏。安撫黎民。可不好也。〔韓魏公云〕待制不知。今日聚集俺多官。正爲此事。〔范學士云〕奉聖人的命。着老夫再差一員清正的官去陳州。一來糶米。二來就勘斷這樁事。老夫想别人去。可也幹不的事。就煩待制一行。意下如何。〔正末云〕老夫去不的。〔吕夷簡云〕待制去不的。可着誰去。〔范學士云〕待制堅意不肯去。劉衙内。你讓待制這一遭。他若不去你便去。〔衙内云〕小官理會的。老府尹到陳州走一遭去。打甚麽不緊。〔正末云〕既然衙内着老夫去。我看衙内的面皮。張千。准備馬便往陳州走一遭去來。〔劉衙内做驚科背云〕哎喲。若是這老子去呵。那兩個小的怎了也。〔正末唱〕

【脱布衫】我從來不劣方頭。恰便似火上澆油。我偏和那有勢力的官人每卯酉。謝大人向朝中保奏。

〔劉衙内云〕我並不曾保奏你哩。〔正末唱〕

【小梁州】我一點心懷社稷愁。〔云〕張千將馬來。〔張千云〕理會的。〔正末唱〕則今日便上陳州。既然心去意難留。他每都穿連透。我則怕關節兒枉生受。

〔云〕二位老丞相和學士聽者。老夫去則去。倘有權豪勢要之徒。難以處治。着老夫怎處。〔范學士云〕待制再也不必過慮。聖人的命敕賜與你勢劍金牌。先斬後聞。請待制受了勢劍金牌。便往陳州去。〔正末唱〕

【幺篇】謝聖人肯把黎民救。這劍也到陳州怎肯干休。敢着你吃一會家生人肉。哎。看那個無知禽獸。我只待先斬了逆臣頭。

〔劉衙内云〕老府尹若到陳州。那兩個倉官。可是我家裏小的。看我分上看覷咱。〔正末做看劍云〕我知道我這上頭看覷他。〔做三科〕〔衙内云〕老府尹好没面情。我兩次三番與你陪話。你看着這勢劍説這上頭看覷他。你敢殺了我兩個小的。論官職我也不怕你。論家財我也受用似你。〔正

末云〕我老夫怎比得你來。〔唱〕

【耍孩兒】你積攢的金銀過北斗。你指望待天長地久。看你那於家爲國下場頭。出言語不識娘羞。我須是筆尖上掙閫來的千鍾禄。你可甚劍鋒頭博换來的萬户侯。〔衙内云〕老府尹。我也不怕你。〔正末唱〕你那裏休誇口。你雖是一人爲害。我與那陳州百姓每分憂。

〔劉衙内云〕老府尹。你不知這倉官也不好做。〔正末云〕倉官的弊病。老夫盡知。〔衙内云〕你知道時。你説倉官的弊病咱。〔正末呵〕

【煞尾】河涯邊趲運下些糧。倉廒中囤塌下些籌。只要肥了你私囊也不管民間瘦。〔帶云〕我如今到那裏呵。〔唱〕敢着他收了蒲籃罷了斗。〔同張千下〕

〔劉衙内云〕列位老相公。這樁事不好了。這老子到那裏時。將俺這兩個小的肯干罷了也。〔韓魏公云〕衙内。不妨事。你只與學士計較。老夫和吕丞相先回去也。〔詩云〕衙内心中莫要慌。天章學士慢商量。〔吕夷簡詩云〕鳳凰飛上梧桐樹。自有傍人道短長。〔同下〕〔范學士云〕劉衙内。你放心。老夫就到聖人根前説過。着你親身爲使命告一紙文書。則赦活的不赦死的。包你没事便了。〔衙内云〕既如此。多謝了學士。〔范學士云〕你跟着老夫見聖人走一遭去來。〔詩云〕莫愁包待制。先請赦書來。〔劉衙内詩云〕全憑半張紙。救我一家災。〔同下〕

〔音釋〕賸音剩　瞅音揪　醢音海　蠡音里　逐音紬　辜音孤　勘堪去聲　肉柔去聲　閫音僨　囤

音頓

第三折

〔小衙内同楊金吾上〕〔小衙内詩云〕日間不做虧心事。半夜敲門不吃驚。自家劉衙内孩兒。俺二人自從到陳州開倉糶米。依着父親改了價錢。插上糠土。尅落了許多錢鈔到家怎用得了。這幾日只是吃酒耍子。聽知聖人差包待制來了。兄弟。這老兒不好惹。動不動先斬後聞。這一來則怕我們露出馬脚來了。我們如今去十里長亭。接老包走一遭去。〔詩云〕老包姓兒㑳。蕩他活的少。若是不容咱。我每則一跑。〔同下〕〔張千背劍上〕〔正末騎馬做聽科〕〔張千云〕自家張千的便是。我跟着這包待制大人。上五南路採訪回來。如今又與了勢劍金牌。往陳州糶米去。他在這後面。我可在前面。離的較遠。你不知這位大人清廉正直。不愛民財。雖然錢物不要。你可吃些東西也好。他但是到的府州縣道。下馬陞廳。那官人里老安排的東西。他看也不看。一日三頓。則吃那落解粥。你便老了吃不得。我是個後生家。我兩隻脚伴着四個馬蹄子走。馬走五十里。我也跟着走五十里。馬走一百里。我也走一百里。我這一頓落解粥。走不到五里地面。早肚裏饑了。我如今先在前面。到的那人家裏。我則説我是跟包待制大人的。如今往陳州糶米去。我背着的是勢劍金牌。先斬後聞。你快些安排下馬飯我吃。肥草雞兒。茶渾酒兒。我吃了那酒。吃了那肉。飽飽兒的了。休説五十里。我咬着牙直走二百里。則有多哩嗨。我也是個傻弟子孩兒。又不曾吃個怎麽兩片口裏劈溜撲刺的。猛可裏包待制大人後面聽見。可怎了也。〔正末云〕張千。你説甚麽哩。〔張千做怕科云〕孩兒每不曾説甚麽。〔正末云〕是甚麽肥草雞兒。〔張千云〕爺。孩兒每不曾説甚麽肥草雞兒。我纔則走哩。遇着個人。我問他陳州有多少路。他説道還早哩。幾曾説甚麽肥草雞兒。〔正末云〕是甚麽茶渾酒兒。〔張千云〕爺。孩兒每不曾説甚麽茶渾酒兒。我走着哩。見一個人。問他陳州那裏去。他説道線也似一條直路。你則故走。孩兒每不曾説甚麽茶渾酒兒。〔正末云〕張千。是我老了。都差聽了也。我老人家也吃不的茶飯則吃些稀粥湯兒。如今在前頭有的儘你吃。儘你用。我與你那一件厭飫的東西。〔張千云〕爺。可是甚麽厭飫的東西。〔正末云〕你試猜咱。〔張千云〕爺説道前頭有的儘你吃。儘你用。又與我一件兒厭飫的東西。敢是苦茶兒。〔正末云〕不是。〔張千云〕蘿蔔簡子兒。〔正末云〕不是。〔張千云〕哦。敢是落解粥兒。〔正末云〕也不是。〔張千云〕爺。都不是。可是甚麽。〔正末云〕你脊梁上背着的是甚麽。〔張千云〕背着的是劍。〔正末云〕我着你吃那一口劍。〔張千怕科云〕爺。孩兒則吃些落解粥兒倒好。〔正末云〕張千。如今那普天下有司官吏。軍民百姓。聽的老夫私行。也有那歡喜的。也有那煩惱的。〔張千云〕爺不問。孩兒也不敢説。如今百姓每聽的包待制大人到陳州糶米去。那個不頂禮。都説俺有做主的來了。這般歡喜。可是爲何。〔正末云〕張千也。你那裏知道。聽我説與你咱。〔唱〕

【南吕一枝花】如今那當差的民户喜。也有那乾請俸的官人每怨。急切裏稱不了包某的心。百般的納不下帝王宣。我如今暮景衰年。鞍馬上實勞倦。如今那普天下人盡言。道一個包龍圖暗暗的私行。諕得些官吏每兢兢打戰。

【梁州第七】請俸祿五六的這萬貫。殺人到三二十年。隨京隨府隨州縣。自從俺仁君治世。老漢當權。經了這幾番刷卷。備細的究出根原。都只是莊農每争競桑田。弟兄每分另家緣。俺俺俺宋朝中大小官員。他他他臢與你財主每追徵了些利錢。您您您怎知道窮百姓苦懨懨叫屈聲冤。如今的離陳州不遠。便有人將咱相凌賤。你也則詐眼兒不看見。騎着馬揣着牌自向前。休得要攞袖揎拳。

〔云〕張千。離陳州近也。你轉着馬揣着牌。先進城去。不要作踐人家。〔張千云〕理會的。爺。我騎着馬去也。〔正末云〕張千。你轉來。我再分付你。我在後面。如有人欺負我。打我。你也不要來勸。緊記者。〔張千云〕理會的。〔張千做去科〕〔正末云〕張千。你轉來。〔張千云〕爺。有的就馬上說了罷。〔正末云〕我分付的緊記者。〔張千云〕爺。我先進城去也。〔下〕〔搽旦王粉蓮趕驢上云〕自家王粉蓮的便是。在這南關裏狗腿灣兒住。不會別的營生買賣。全憑着賣笑求食。俺這此處有上司差兩個開倉糶米官人來。一個是楊金吾。一個是劉小衙內。他兩個在俺家裏使錢。我要一奉十。好生撒鏝。他是權豪勢要。一應閒雜人等。再也不敢上門來。俺家儘意的奉承他。他的金銀錢鈔可也都使盡俺家裏。數日前將一箇紫金鎚當在俺家。若是他沒錢取贖。等我打些釵兒戒指兒。可不受用。恰纔幾個姊妹請我吃了幾杯酒。他兩個差人捧着個驢子來取我三不知我騎上那驢子。忽然的叫了一聲丟了箇撅子。把我直跌下來。傷了我這楊柳細。好不疼哩。又沒個人扶我。自家掙得起來。驢子又走了。我趕不上。怎麽得人來替我拏一拏住也好那。〔正末云〕這個婦人不像個良人家的婦女。我如今且替他籠住那頭口兒。問他個詳細。看是怎麽。〔旦兒做見正末科云〕兀那個老兒。你與我拏住那驢兒者。〔正末做拏住驢子科〕。〔旦兒做謝科云〕多生受你老人家也。〔正末云〕姐姐。你是那裏人家。〔旦兒云〕正是個莊家老兒他還不認的我哩。我在狗腿灣兒裏住。〔正末云〕你家裏做甚麽買賣。〔旦兒云〕老兒你試猜咱。〔正末云〕我是猜咱。〔旦兒云〕你猜。〔正末云〕莫不是油磨房。〔旦兒云〕不是。〔正末云〕解典庫。〔旦兒云〕不是。〔正末云〕賣布絹段疋。〔旦兒云〕也不是。〔正末云〕都不是。可是甚麽買賣。〔旦兒云〕俺家裏賣皮鵪鶉兒。老兒你在那裏住。〔正末云〕姐姐。老漢止有一個婆婆。早已亡過。孩兒又没。隨處討些飯兒吃。〔旦兒云〕老兒。你跟我去。我也用的你着。你只在我家裏。有的好酒好肉。儘你吃哩。〔正末云〕好波好波。我跟將姐姐去。那裏使唤老漢。〔旦兒云〕好老兒。你跟我家去我打扮你起來。與你做一領硬掙掙的上蓋。再與你做一頂新帽兒。一條茶褐縧兒。一對乾净凉皮靴兒。一張欖兒。你坐着在門首。與我家照管門户。好不自在哩。〔正末云〕姐姐。如今你根前可有什麽人走動。姐姐。你是説與老漢聽咱。〔旦兒云〕老兒。别的郎君子弟。經商客旅。都不打緊。我有兩個人。都是倉官。又有權勢。又有錢鈔。他老子在京師現做着大大的官。他在這裏糶米是十兩一石的好價錢。斗又是八升的小斗。秤是加三大秤。儘有東西。我並不曾要他的。〔正末云〕姐姐不曾要他錢。也曾要他些東西麽。〔旦兒云〕老兒。他不曾與我甚麽錢。他則與了我個紫金鎚。你若見了。

就謊殺你。〔正末云〕老漢活偌大年紀。幾曾看見什麽紫金鎚。姐姐若與我見一見兒。消災滅罪。可也好麽。〔旦兒云〕老兒。你若見了。好消災滅罪。你跟我家去來。我與你看。〔正末云〕我跟姐姐去。〔旦兒云〕老兒。你吃飯也不曾。〔正末云〕我不曾吃飯哩。〔旦兒云〕老兒。你跟將我去來。只在那前面。他兩個安排酒席等我哩。到的那裏。酒肉儘你吃。扶我上驢兒去。〔正末做扶旦兒上驢子科〕〔正末背云〕普天下誰不知個包待制。正授南衙開封府尹之職。今日到這陳州。倒與這婦人籠驢也。可笑哩。〔唱〕

【牧羊關】當日離豹尾班多時分。今日在狗腿灣行近遠。避甚的馬後驢前。我則怕按察司迎着。御史臺撞見。本是個顯要龍圖職。怎伴着煙月鬼狐纏。可不先犯了個風流罪。落的價葫蘆提罷俸錢。

〔旦兒云〕老兒你跟將我去來。我把那紫金鎚與你看者。〔正末云〕好好。我跟將姐姐去。則與老漢紫金鎚看一看。消災滅罪咱。〔唱〕

【隔尾】聽説罷氣的我心頭顫。好着我半晌家氣堵住口内言。直將那倉庫裏皇糧痛作踐。他便也不憐。我須爲百姓每可憐。似肥漢相博我着他只落的一聲兒喘。〔同旦兒下〕

〔小衙内楊金吾領斗子上〕〔小衙内詩云〕兩眼梭梭跳。必定悔氣到。若有清官來。一准屋梁吊。俺兩個在此接待老包。不知怎麽。則是眼跳。纔則喝了幾碗投腦酒。壓一壓膽。慢慢的等他。

〔正末同旦兒上正末云〕姐姐。兀的不是接官廳。我這裏等着姐姐。〔旦兒云〕來到這接官廳。老兒。你扶下我這驢兒來。你則在這裏等着我。我如今到了裏面。我將些酒肉來與你吃。你則與我帶着這驢兒者。〔做見小衙内楊金吾科〕〔小衙内笑科云〕姐姐。你來了也。〔楊金吾云〕我的乖。你偌遠的到這裏來。〔旦兒云〕該殺的短命。你怎麽不來接我。一路上把我掉下驢來。險不跌殺了我。那驢子又走了。早是撞見個老兒。與我籠着驢子。嗨。我争些兒可忘了。那老兒他還不曾吃飯。先與他些酒肉吃咱。〔楊金吾云〕兀那斗子。與我拏些酒肉與那牽驢的老兒吃。〔大斗子做拏酒肉與正末科云〕兀那牽驢的老兒。你來。與你些酒肉吃。〔正末云〕説與你那倉官去。這酒肉我不吃。都與這驢子吃了。〔大斗子做怒科云〕嗯。這個村老子好無禮。〔做見小衙内科云〕官人。恰纔拏將酒肉賞那牽驢的老兒。那老兒一些不吃。都請了這驢兒也。〔小衙内云〕斗子。你與我將那老兒吊在那槐樹上。等我接了老包慢慢的打他。〔大斗子云〕理會的。〔做吊起正末科〕〔正末唱〕

【哭皇天】那劉衙内把孩兒薦。范學士怎也就將敕命宣。只今個賊倉官享富貴。全不管窮百姓受熬煎。一剗的在青樓纏戀。那廝每不依欽定。私自加添。盗糶了倉米。乾没了官錢。都送與潑煙花。潑煙花王粉蓮。早被俺親身兒撞見。可便肯將他來輕輕的放免。

【烏夜啼】爲頭兒先吃俺開荒劍。則他那性命不在皇天。劉衙内也可怎生着我行方便。

這公事體察完全。不是流傳。那怕你天章學士有夤緣。就待乞天恩走上金鑾殿。只我個包龍圖元鐵面。也少不得着您名登紫禁。身喪黃泉。〔張千云〕受人之託。必當終人之事。大人的分付。着我先進城去。尋那楊金吾劉衙内。直到倉裏尋他。尋不着一個。如今大人也不知在那裏。我且到這接官廳試看咱。〔做看見小衙内楊金吾科云〕我正要尋他兩個。原來都在這裏吃酒。我過去諕他一諕。吃他幾鍾酒。討些草鞋錢兒。〔見科云〕好也你還在這裏吃酒哩。如今包待制爺要來拏你兩個。有的話都在我肚裏。〔小衙内云〕哥。你怎生方便。救我一救。我打酒請你。〔張千云〕你兩個真傻廝。豈不曉得求竈頭不如求竈尾。〔小衙内云〕哥說的是。〔張千云〕你家的事。我滿耳朵兒都打聽着。你則放心。我與你周旋便了。包待制是坐的包待制。我是立的包待制。都在我身上。〔正末云〕你好個立的包待制張千也。〔唱〕

【牧羊關】這廝馬頭前無多說。今日在驛亭中誇大言。信人生不可無權。哎。則你個祗候王喬詐仙也那得仙。〔張千奠酒科云〕我若不救你兩個呵。這酒就是我的命。〔做見正末怕科云〕兀的不諕殺我也。〔正末唱〕諕的來面色如金紙。手脚似風顛。老鼠終無膽。獼猴怎坐禪。

〔張千云〕您兩個傻廝。到陳州來糶米。本是欽定的五兩官價。怎麼改做十兩。那張懺古道了幾句。怎麼就將他打死了。又要買酒請張千吃。又擅吊了牽驢子的老兒。如今包待制私行從東門進城也。你還不去迎接哩。〔小衙内云〕怎了怎了。既是包待制進了城。咱兩個便迎接去來。〔同楊金吾斗子下〕〔張千做解正末科〕〔旦兒云〕他兩個都走了也。我也家去。兀那老兒。你將我那驢兒來。〔張千罵旦兒科云〕賊弟子。你死也還要老爺替你牽驢兒哩。〔正末云〕哏。休言語。姐姐。我扶上你驢兒去。〔正末做扶旦兒上驢科〕〔旦兒云〕老兒生受你。你若忙便罷。你若得那閒時。到我家來看紫金鎚咱。〔下〕〔正末云〕這害民賊好大膽也呵。〔唱〕

【黄鍾煞尾】不憂君怨和民怨。只愛花錢共酒錢。今日個家破人亡立時見。我將你這害民的賊鷹鸇。一個個拏到前。勢劍上性命捐。莫怪咱不矜憐。你只問王家的那潑賤。也不該着我籠驢兒步行了偌地遠。〔同張千下〕

〔音釋〕傻音耍　飫音謂　攞羅上聲　揎音宣　鏝音慢　撅音掘　鵪音庵　鶉音淳　顫音戰　喘川上聲　剗音産　夤音寅　鸇音氈

第四折

〔淨扮州官同外郎上〕〔州官詩云〕我做個州官不歹。斷事處摇摇擺擺。只好吃兩件東西。酒煮的團魚螃蟹。小官姓蓼名花。叨任陳州知州之職。今日包待制大人陞廳坐衙。外郎。你與我將各項文卷打點停當。等僉押者。〔外郎云〕你與我這文卷。教我打點停當。我又不識字。我那裏曉的。〔州官云〕好打這廝。你不識字。可怎麽做外郎那。〔外郎云〕你不知道。我是僱將來的頂缸外郎。〔州官云〕唓。快把公案打掃的乾净。大人敢待來也。〔張千排衙上云〕喏。在衙人馬平安。〔正末

上云〕老夫包拯。因爲陳州一郡濫官污吏。損害黎民。奉聖人的命。着老夫考察官吏。安撫黎民。非輕易也呵。〔唱〕

【雙調新水令】叩金鑾親奉帝王差。到陳州與民除害。威名連地震。殺氣和霜來。手執着勢劍金牌。哎。你個劉衙内且休怪。

〔云〕張千。將那劉得中一行人都與我拏將過來。〔張千云〕理會的。〔做拏劉衙内楊金吾并二斗子跪見科云〕當面。〔正末云〕您知罪麽。〔小衙内云〕俺不知罪。〔正末云〕兀那廝。欽定的米價是多少銀子糶一石來。〔小衙内云〕父親説道欽定的價是十兩一石。〔正末云〕欽定的價元是五兩一石。你私自改做十兩。又使八升小斗。加三大秤。你怎做的不知罪那。〔唱〕

【駐馬聽】你只要錢財。全不顧百姓每貧窮一味的刻。今遭杻械。也是你五行福謝做了半生災。只見他向前呵如上嚇魂臺。往後呵似入東洋海。投至的分屍在市街。我着你一靈兒先飛在青霄外。

〔云〕張千。南關去拏將那王粉蓮。就連着紫金鎚一齊解來。〔張千云〕理會的。〔做拏王粉蓮跪科云〕王粉蓮當面。〔正末云〕兀那王粉蓮。你認的我麽。〔王粉蓮云〕我不認的你。〔正末唱〕

【雁兒落】難道你王粉頭直恁騃。偏不知包待制多謀策。你道是接倉官有大錢。怎麽的見府尹無嬌態。

〔云〕兀那王粉蓮。這金鎚是誰與你來。〔王粉蓮云〕是楊金吾與我來。〔正末云〕張千。選大棒子將王粉蓮去裩。決打三十者。〔打科〕〔正末云〕打了搶出去。〔搶出科〕〔王粉蓮下〕〔正末云〕張千。將楊金吾採上前來。〔做採楊金吾上科〕〔正末云〕這金鎚上有御書圖號。你怎生與了王粉蓮。〔楊金吾云〕大人可憐見。我不曾與他。我則當的幾個燒餅兒吃哩。〔正末云〕張千。先拏出楊金吾去在市曹中梟首報來。〔張千云〕理會的。〔正末唱〕

【得勝令】呀。你只待錢眼裏狠差排。今日個刀口上送屍骸。你犯了蕭何律難寬縱便自有蒯通謀怎救解。你死也休捱。則俺那勢劍如風快。你死也應該。誰着你金鎚當酒來。

〔張千拏楊金吾殺科〕〔正末云〕張千。拏過那小憋古來。〔張千云〕小憋古當面。〔做拏小憋古跪科〕〔正末云〕兀那廝你父親被那個打死了。〔小憋古云〕是這小衙內把紫金鎚打死我父親來。〔正末云〕張千。拏過劉得中來。就着小憋古也將那金鎚將這廝打死者。〔張千云〕理會的。〔正末唱〕

【沽美酒】小衙內做事歹小憋古且寧奈。也是他自結下冤讎怎得開。非咱忒煞。須償還你這親爺債。

【太平令】從來個人命事關連天大。怎容他殺生靈似虎如豺。紫金鎚依然還在。也將來敲他腦袋。登時間肉拆血灑。受這般罪責。呀。纔平定陳州一帶。

〔小憋古做打衙內科〕〔正末云〕張千。打死了麽。〔張千云〕打死了也。〔正末云〕張千與我拏下小憋古者。〔張千云〕理會的。〔張千做拏小憋古科〕〔外扮劉衙內齎赦書慌上詩云〕心忙來路遠。事急出家門。小官劉衙内是也。我聖人根前説過。告了一紙赦書。則赦活的不赦死的。星夜到陳州救我兩個孩兒。左右。留人者。有赦書在此。則赦活的。不赦死的。〔正末云〕張千。死了的是誰。〔張千云〕死了的是楊金吾小衙内。〔正末云〕活的是誰。〔張千云〕是小憋古。〔劉衙内云〕呸。恰好赦别人也。〔正末云〕張千。放了小憋古者。〔唱〕

【殿前歡】猛聽的叫赦書來。不由我不臨風回首笑咍咍。想他父子每倚勢挾權大。到今日也運蹇時衰。他指望着赦來時有處裁。怎知道赦未來先殺壞。這一番顛倒把别人貸。也非是他人謀不善。總見的個天理明白。

〔云〕張千。將劉衙内拏下者。聽老夫下斷。〔詞云〕爲陳州亢旱不收。窮百姓四散飄流。劉衙内原非令器。楊金吾更是油頭。奉敕旨陳州糶米。改官價擅自徵收。紫金鎚屈打良善。聲冤處地慘天愁。范學士豈容奸蠹。奏君王不赦亡囚。今日個從公勘問。遣小憋手報親讎。方纔見無私王法。留傳與萬古千秋。

〔音釋〕刻揩上聲　杻音肘　械諧去聲　騃魚開切　蠹音妬　策釵上聲　煞音曬　拆釵上聲　責齋上聲　咍呼來切　貸音太　白巴埋切

題目　范天章政府差官
正名　包待制陳州糶米

玉清菴錯送鴛鴦被雜劇

楔子

〔冲末扮李府尹引從人上〕〔詩云〕白髮刁騷兩鬢侵。老來灰盡少年心。等閒分食天家禄。但得身安抵萬金。老夫姓李。雙名彦實。官居府尹之職。夫人劉氏。早年亡逝已過。所生一女。小字玉英。年長一十八歲。未曾許聘他人。如今被左司家朦朧劾奏。官裏聽信讒言。差金牌校尉拿我赴京問罪。嗨。朝廷上多少濫官汙吏。一生享用榮華不盡。只有老夫忠勤廉正。替朝廷幹事的。反倒受人彈論。公道安在。我想此一去。莫説途路遥遠。便是到得京師也還有許多費用。争奈囊底蕭條。盤纏缺少。無計所出。已曾着人至玉清菴請劉道姑去了。這早晚敢待來也。〔丑扮道姑上云〕道可道。非常道。名可名。非常名。貧道乃玉清菴劉道姑是也。正在道堂中看經。有李府尹相公着人相請。不知有甚事。須索走一遭去。可早來到也。不必報復。我自過去。〔做見科〕老相公呼唤貧姑。有何事幹。〔李府尹云〕劉道姑。你來了也。我如今有罪赴京聽勘。争奈缺少盤纏。一徑請你來。不問那裏。替我借十個銀子與我做盤纏。老夫在家等候。你小心在意。疾去早來。〔道姑云〕有有有。劉員外家廣放私債。莫説十個。二十個也有。我就去。〔李府尹詩云〕可憐我囊橐凄清。專望你假貸登程。〔道姑詩云〕劉員外金銀廣有。只要扣日子還得至誠。〔同下〕〔净扮劉員外上云〕小生姓劉。雙名彥明。家中頗有錢財。人皆員外稱之。今日開開這解典庫。看有甚麼人來。〔道姑上云〕此間正是劉員外門首。我自過去。員外稽首。〔劉員外云〕姑姑。你來我家有何事。〔道姑云〕我無事也不來。有本處李府尹相公要赴京去。缺少盤纏。問員外借十個銀子。回來本利一併交還。〔劉員外云〕他家下有誰。〔道姑云〕他家別無親人。止有一個小姐。〔劉員外云〕既是這等。我借與他十個銀子。着他立一紙文書。你就做保人。着他那小姐也畫個字。久後好還我債。我與你銀子拿去。〔道姑云〕我知道。快將銀子來。我回李府尹相公的話去。〔下〕〔劉員外云〕我十個銀子都交付與道姑去了。我無甚事。城裏城外索錢去來。〔下〕〔李府尹上云〕我着劉道姑借錢去。這早晚怎生不見回話。好焦死人也。〔道姑上云〕我將着這銀子回老相公的話去。〔見科云〕老相公。我問劉員外借了十個銀子。着你立一紙文書。着小姐也畫一個字。我就做保人。〔李府尹云〕這等繡房中請出小姐來。〔道姑云〕梅香。後堂請出小姐來。〔梅香云〕姐姐有請。〔正旦扮玉英上云〕妾身是李府尹的女孩兒。小字玉英。年長一十八歲。未曾許聘他人。今有父親在前堂上呼喚。不知甚事。須索見來。〔見科云〕父親。呼喚您孩兒。有何分付。〔李府尹云〕喚你來別無甚事。我今被左司家劾奏。着我赴京聽勘。争奈缺少盤纏。央劉道姑問劉員外借了十個銀子。他要立一紙文書。就是道姑做保人。着你也畫一個字。久以後好要你還錢。〔正旦云〕父親。我是個女孩兒家。羞答答的。那裏會畫字來。〔李府尹云〕孩兒。你依着我畫一個字者。〔道姑云〕將筆來。小姐你畫一個字。〔做畫字李府尹看科云〕道姑。文書上字都畫了。你將的去。

〔道姑云〕有了文書。我拿去也。〔下〕〔正旦云〕父親。你是必早些兒回來。〔李府尹云〕孩兒。你休煩惱。我豈不要早些回來。但今日之事。我的生死尚且不保。皆因我素性忠直無私。朝中無一人肯向我的。只除公道明白。或者有個生還日子。不然便當死於長安。終爲怨鬼。〔歎科云〕孩兒。你今年一十八歲。也不小了。終身之計。你自家做個主意。我也顧你不得。〔旦云〕父親説那裏話。〔悲科〕〔唱〕

【仙吕端正好】渭城歌。陽關恨。别離罷路踐紅塵。可憐見女孩兒獨自個無人問。父親也。你是必頻頻的稍帶一紙平安信。〔下〕

〔李府尹云〕孩兒回後房中去了也。左右將馬來。則今日赴京走一遭去。〔詩云〕别淚不勝彈。悲歌行路難。浮雲能蔽日。何處是長安。〔下〕

〔音釋〕勘坎去聲　橐音託　貸音態

第一折

〔劉員外上云〕自家劉員外的便是。自從李府尹借了我十個銀子。可早一年光景也。本利都無。聞知他有個小姐。生的十分標緻。大有顏色。料他父親也無錢還我。我一心要娶他做渾家可不好。我着人請劉道姑去了。這早晚敢待來也。〔道姑上云〕自家劉道姑的便是。劉員外使人來請。須索走一遭去。〔見科云〕員外唤我。有甚麼事。〔劉員外云〕請你來别無他事。自從李府尹借了我十個銀子。今經一年光景。不見回來。算本利該二十個銀子還我。你與我討去。〔道姑云〕員外再等幾時。待老相公回來。還你這銀子。〔劉員外云〕道姑。你説話只當放。〔道姑云〕放甚麼。〔劉員外云〕放屁。假若相公一年不來。我等一年。十年不來。我等十年。你好不曉事。我不瞞你説。你如今問他那小姐討那銀子去。有便還我。若無呵。這裏也無人。我雖然叫做員外。這等年紀。還没渾家。他若肯與我做個渾家。一本一利。都不要他還。你若圓成了我呵。重重的相謝你。你可作成我一作成。〔道姑云〕員外甚麼道理。他少你錢則少你錢。他是官宦人家小姐。怎生與你爲妻那。〔劉員外云〕好姑姑。我央及你替我圓成。我唱喏。〔道姑云〕你唱喏。我跪。〔劉員外云〕你跪。我磕頭。你作成我罷。〔道姑云〕員外。你討錢只討錢。這樁事我不敢許你。〔劉員外云〕我央及你不肯。當時借銀子時。是你來借。是你保人。我如今拖到官中去。那個出家人做保人。上起刑法來。我兒也直把你打掉那下半截來。〔道姑云〕那個要媳婦的這等放刁。〔劉員外云〕姑姑。你若作成我這樁親事。重重相謝。你好歹早些兒來回話。〔下〕〔道姑云〕你道波。我是個出家人。没來由管這等事做甚麼。我待不依他。他既然説出來。敢是做出來。我將着這羞臉兒揣在懷裏。直到李府尹宅中。問這樁事走一遭去。〔詩云〕是非只爲多開口。煩惱皆因强出頭。我道姑若不依員外。恐防日後記冤讎。〔下〕〔正旦引梅香上云〕妾身李府尹的女孩兒。自從父親赴京之後。可早一載有餘。音信皆無。妾身每日在繡房中做些女工生活。好是煩惱人也。〔梅香云〕小姐。老相公去了自有回來之日。且省煩惱。〔正旦唱〕

【仙呂點絳唇】自從俺父親往京師。妾身獨自憂愁死。掌把着許大家私。無一個人扶侍。

【混江龍】躭閣了二十一二。好前程不見俺稱心時。每日家鬢鬢羞整。粉黛慵施。熬永夜閒描那花様子。捱長日頻拈我這繡針兒。每日家重念想。再尋思。情脈脈。意孜孜。幾時得效琴瑟。配雄雌。成比翼。接連枝。但得個俊男兒。恁時節纔遂了我平生志。免的俺夫妻每感恨。覷的他天地無私。

〔道姑上云〕說話中間。可早來到李相公家了也。梅香報復去。道有劉道姑在于門首。〔梅香報科云〕小姐。有劉道姑在于門首。〔正旦云〕道有請。〔梅香云〕請進去。〔見科〕〔道姑云〕小姐稽首。

〔正旦唱〕

【油葫蘆】甚風兒吹你個姑姑來到此。〔道姑云〕貧姑一徑的來望小姐。〔正旦云〕姑姑請坐。〔唱〕慌忙將禮數施。〔道姑云〕小姐。老相公去後。你每日做甚麽功課。〔正旦云〕我繡着一牀錦被哩。〔唱〕自從我繡鴛鴦幾曾離了繡牀時。我着這金線兒粧出鴛鴦字。我着這緑絨兒分作鴛鴦翅。你看那枝纏着花。花纏着枝。〔道姑云〕小姐。這是甚麽主意。〔正旦唱〕直等的俺成就了百歲姻緣事。恁時節纔添上兩個眼睛兒。

〔道姑云〕小姐費得功夫多了。〔正旦唱〕

【天下樂】則這鴛鴦被是我夫妻也那信有之。〔道姑云〕小姐。你揀個好財主每好秀才每。或招或嫁。可不好那。〔正旦云〕姑姑。你說他怎的。〔唱〕嗟也波咨。可也甚意兒。則爲我父離家因此上不曾理婚姻事。說的人睡卧又不寧。害的人涕噴又不止。你着我不明白憔悴死。

〔道姑云〕小姐。我想你這年紀小小的。趁如今與人家尋一個穿衣吃飯的纔是。〔正旦做欲說又止科〕〔道姑云〕小姐。這裏又無外人。我和你自家閒講。怕甚的來。〔正旦云〕我怕不有這個心事。爭奈無人肯成就俺。想起這世間男子無妻是家無主。婦人無夫是身無主也。〔道姑云〕小姐。可知道你這些時憔悴了也。〔正旦唱〕

【後庭花】則我這瘦形骸削了四肢。小腰身爭了半指。寬掩過羅裙摺。全鬆了我這摟帶兒。〔帶云〕我父親呵。〔唱〕他一去幾多時。杳没個音書來至。撇得我冷清清淚似絲。悶懨懨過日子。學刺繡一首詩。索對那兩句詞。空展開花樣紙。摺成個簡帖兒。又不是請親鄰會酒巵。只把小梅香胡亂使。

〔梅香云〕俺姐姐這些時。每日憂愁。睡卧不安。弄得越清減了。依着梅香。尋一個風風流流俊俊俏俏的姐夫擡帶梅香。可不好也。〔道姑云〕說得有理。說得有理。小姐。你自要做主意。休得誤了青春。〔正旦唱〕

【柳葉兒】你着我和誰傳示。只落得清減了臉上胭脂。這姻緣知道落在何人氏。我李玉英是閨中女。你姑姑是個出家兒。可不空費你這一片神思。

〔道姑云〕小姐。你恰纔不説來。婦人無夫是身無主。雖然老相公不在家。難道十年不回。守他十年。二十年不回。守他二十年。可不等老了人。〔正旦唱〕

【青哥兒】非是我推三推三阻四。這事情應難應難造次。雖然道男女婚姻貴及時。我須是嬌滴滴美玉無疵。又不比敗草殘枝。怎好的害殺相思。只待要尋個人兒。便踰墻鑽穴也無辭。這等胡行事。

〔道姑云〕小姐。這也不妨事。只要尋的個人兒停當。〔正旦云〕人兒那裏。〔道姑云〕這個人就是當初老相公借銀子的劉員外。他是名門舊族。現有百萬家財。何等不好。〔正旦唱〕

【寄生草】你道他是名門子。又道富不貲。〔道姑云〕你老相公借他十個銀子。如今該本利二十個。須要還他哩。〔正旦云〕待我父親回來還他。干我甚事。〔唱〕他有錢財只做得錢財使。

〔道姑云〕他道老相公借銀子的文書。你也畫得有字來。〔正旦唱〕論婚姻須不曾畫個婚姻字。

〔道姑云〕當日借銀子原寫着我是保人。他要拖我到官中告去。我是出家人。怎麽好做借銀子的保人。可不連累我。倒替你吃官司。〔正旦唱〕便吃官司我也拼得替你官司死。總饒他銅山百座鄧通家。怎動的我琴心一曲臨邛氏。

〔道姑云〕小姐。若真個打起官司來。出乖露醜。一發不好。〔正旦歎科云〕只是我家不合借他銀子。怎麽累的你。那劉員外今年多大年紀了。〔道姑云〕員外今年二十三歲。有多少人家與他説親。只是没個十分中意的。因此上還不曾有娘子。〔正旦云〕人物如何。〔道姑云〕天生的一表非俗。匹配得你過。〔正旦云〕這等我可則依着姑姑便了。〔道姑云〕既是小姐肯從。今晚夜間你到我菴中。我請將劉員外來。成了這樁親事。休道十個銀子。便是一百個銀子。也不説起了。〔正旦云〕姑姑。你將我這鴛鴦被兒去。被兒到處。便是我一世的前程。你先去。我自到你菴中來也。〔做付繡被科〕〔道姑云〕小姐。你早些兒來。休要失信。〔梅香云〕我梅香今夜跟小姐去。和劉員外成其夫婦。連梅香也得個出頭日子。〔正旦云〕梅香。這等事怎麽帶的你去。〔唱〕

【賺煞】則你那脩道的玉清菴。索强如題筆的金山寺。羅幃裏新婚燕爾。舒展開鴛鴦錦被兒。可着我羞答答説甚言詞。這些時素質冰姿。也是我不合先接了東君第一枝。道與那多情的秀士。偷傳心事。到天明是必休撇了這個女孩兒。〔同梅香下〕

〔道姑云〕我則道小姐不肯。不想當真許了這親事。我將這牀被兒到劉員外家報個喜信。走一遭去來。〔下〕〔劉員外上云〕我着劉道姑將着那文書。李府尹家小姐處説親去了。這早晚敢待來也。〔道姑上見科云〕員外。且喜且喜。小姐説今夜晚間約定在玉清菴中與你赴期。教我先將的鴛鴦被來了也。〔劉員外云〕果然是真。多謝了姑姑。今夜晚間若成就了這親事。我重重的相謝你咱。〔詩云〕險把心機都使碎。今宵博得鴛鴦被。〔道姑笑科詩云〕正是無緣對面不相逢。有緣千里能相會。〔同下〕

〔音釋〕躭音擔　黛音代　慵音蟲　拈尼兼切　翅蚩去聲　摺音哲　疵音慈　貲音兹　卭音窮

第二折

〔道姑引小姑上云〕我約定劉員外今夜晚間來我菴中。與小姐完成這事。不想有施主家請我做齋。待不去呵。恐怕誤了道糧。徒弟。我分付你。那鴛鴦被兒是李府尹家小姐的。今日晚間來和劉員外在此赴期。則怕小姐先來。若敲門時。便放他進來。我往施主家點照去也。〔下〕〔丑扮小姑云〕師父去了也。天色已晚。不知李家小姐幾時過來。我且關上這門者。正是閉門不管窗前月。分付梅花自主張。〔下〕〔劉員外上云〕事不關心。關心者亂。天色晚了也。李小姐約定玉清菴裏赴期。須索走一遭去。〔雜扮巡更卒上云〕自家是巡夜的。這早晚更深夜静。見一個人走將去。那厮必定是賊。拿到巡鋪裏弔起來。天明送到官司中去請賞。〔做拿科〕〔劉員外云〕怎生是了。天也。你看我那命波。〔下〕〔外扮張瑞卿上詩云〕嵩岳近天都。連山入斷蕪。欲投人處宿。隔水問樵夫。小生姓張名瑞卿。祖居姑蘇人氏。今上京取應。到此洛陽。天色已晚。尋個宵宿處。説道前面有一菴是玉清菴。可去覓一宵宿。來日早行。有何不可。我唤門咱。門裏有人麽。〔小姑上云〕我開開這門。劉員外你來了也。〔張瑞卿云〕好是奇怪。這菴中必定有私情的事。則除是這般。我來了。姑姑休要點燈。〔小姑云〕我且不點燈。等小姐來時。我自有個道理。這早晚敢待來也。〔同下〕〔正旦上云〕妾身李玉英。今夜約定劉員外在玉清菴赴期。我是個女孩兒。羞答答的怎生

去那。〔唱〕

【正宫端正好】不由我意張狂。心驚乍。誰曾向街巷行踏。夜深也緊避在房簷下。方信道色膽有天來大。

【滚繡毬】兀的甚勢沙。甚禮法索甚麽問天來買卦。莫不我與那劉員外合做渾家。他爲咱。我爲他。好着我放心不下。辦着個志誠心着俺這夫婦每歡洽。可怎生黑洞洞卓面上絶了燈火。雲黯黯碧天邊閉了月華。倒省的人多少諠譁。

〔云〕可早來到菴門首也。我是唤咱。姑姑開門。〔小姑云〕小姐來了也。我開開這門。小姐。你也早些兒來波。着我遥遥的等着你。早則不是臘月。凍下我脚來。〔正旦云〕小姑姑。員外在那裏。〔小姑云〕在房裏等着你哩。我與你將鴛鴦被兒都鋪停當了。則等你來成就親呵。你休忘了我者。〔正旦云〕定不敢忘。〔小姑云〕我今日成就了你兩個。久後你也與我尋一個好老公。〔正旦唱〕

【脱布衫】不索你堦直下絮絮答答。門兒外唱叫呀呀。我問你羅幃裏書生有麽。哎。你草庵中道童休謊。

〔小姑云〕員外在此等了好一會也。我又不哄你。你也行動些波。〔正旦唱〕

【小梁州】就把姑姑央及煞。可憐我這没照覷的嬌娃。早謊的來手兒脚兒軟剌答。怎擡踏。好着我便心似熱油煤。

〔小姑云〕小姐。你休慌。我們都是知心知腹一路的人。〔正旦唱〕

【幺篇】我和他乍相逢難説知心話。只索羞答答手抵着門牙。〔小姑云〕你行動些。員外在此等哩。〔正旦唱〕你將我省可裏推。我可也其實怕。就着這鐘聲纔罷。却不道無事早還家。

〔小姑云〕我先報復去。員外。小姐來了也你接待去咱。〔張瑞卿云〕真個是小姐來了也。早知小姐來到。只合遠接。接待不着。勿令見罪。小姐請坐。〔做背科云〕既然小姐來了。則除是這般。〔回云〕難得小姐真心也。〔正旦云〕你久後則休負了心者。〔張瑞卿云〕若是小生負了心呵。小姑頭上生來碗大疔瘡。干我甚麼腿事。〔正旦唱〕

【伴讀書】我釵墜了無心插。眉淡了教誰畫。則我這軟怯怯的柔腸好教我撇不下。汗浸浸搵濕香羅帕。〔云〕則怕有人來麼。〔張瑞卿云〕小姐。這早晚深夜時候。無甚麼人。單只是小生在這裏。〔正旦唱〕我正歡娛忘了把門扎。可擦的似有人來迓。

〔張瑞卿云〕小姐你休慌。再無人來。不妨事。〔正旦唱〕

【笑和尚】元來是琣瑺瑺畫簷前敲鐵馬。元來是赤力力草堂中風吹畫。元來是忒楞楞騰宿鳥串荼蘼架。元來是各支支聲戛琅玕竹。元來是明晃晃月射小窗紗。早諕的我戰欽欽把不住心頭怕。〔張瑞卿云〕小生久以後。若是得了官呵。金冠霞帔。駟馬高車。你便是夫人縣君也。〔正旦云〕你則休負了心者。〔唱〕

【倘秀才】他大字兒將咱鎮壓。我恰纔小膽的争些兒諕殺。哎你個撒滯殢的先生也那假若是有人見。若是有人拿。登時間事發。〔張瑞卿云〕小姐。天色將明了也。你回去罷。此恩此情。異日必當重報。〔正旦唱〕

【滚繡毬】劉解元你且住咱。我可是問你暇。〔張瑞卿云〕小生不姓劉。叫做張瑞卿。〔正旦怒科〕〔唱〕你在我根前無那半星兒實話。〔張瑞卿云〕小生不敢虛言。〔正旦唱〕你看我恰便似浪蘂浮花。〔張瑞卿云〕小姐。小生實是張瑞卿。〔正旦唱〕他題的名姓兒別。語話兒差。空着我擔個没來由牽掛。這不識羞的漢子你是誰家。〔張瑞卿云〕小姐。我也不辱抹你。我若得了官呵。你便是夫人縣君也。〔正旦唱〕我和你初相逢君子今番罷。從此後我將這菴觀門兒再不踏。兀的不羞殺人那。〔云〕敢問那壁秀才。那裏人氏。姓甚名誰。因何至此。〔張瑞卿云〕小姐。咱兩個今日既然成其夫婦。還有甚麽話説。小生姑蘇人氏。姓張名瑞卿。爲因上朝取應。路從此洛陽經過。天色昏晚。到此菴中覓一宵宿。謝天地可憐見。幸遇小姐。成就這門親事。小姐。你可是誰家女子。通個來歷。使小生日後好來迎娶。〔正旦云〕妾身是這本處李府尹的孩兒。小字玉英。當年我父親被人劾奏赴京聽勘。借了劉員外十個銀子。如今本利該二十個。劉員外來索討這銀子。有這菴中劉道姑是保人。爲因我無錢還他。劉員外要去官中告這劉道姑。追拷這銀子。我想來干他甚事。倒要帶累他吃官司。那劉道姑又説員外一心要我爲妻。因此上約他在這玉清菴赴期。我今夜到此等候。不想遇着秀才。成了這場親事。既然我隨順了你。難道又去嫁他。我只專心一意等候着你便了。〔張瑞卿云〕元來是這等。小姐。小生也不曾娶妻哩。若到帝都闕下。但得一官半職。不敢忘了小姐的恩念。夫人縣君准是你的。小生如今取應去也。小姐。你有甚麽信物。與我一件。權爲定禮。〔正旦云〕你也説的是。秀才你曉得這鴛鴦被兒麽。是我親手繡的。繡着兩個交頸鴛鴦兒。你如今收了去。久後見這鴛鴦被呵。便是俺夫妻每團圓也。〔張瑞卿云〕多謝小姐。小生收拾了這被兒。天色漸明。你且回去。小生便索登程也。小姐。則要你堅心守志者。〔正旦云〕秀才。你則休負了心。得官不得官。早些兒回來。〔張瑞卿云〕小姐放心。小生之心。惟天可表。〔正旦唱〕

【黄鍾尾】從今後丹墀策試千言罷。彩筆題成五色霞。一舉鰲頭占科甲。秉笏當胸立朝下。烏帽宫花數枝插。御宴瓊林醉到家。除授爲官賜敕札。夫人縣君合與咱。那時我坐香車你乘馬。喒兩個穩穩安安兀的不快活殺。〔下〕

〔張瑞卿云〕張瑞卿也。你是睡裏夢裏。誰想到這菴中。成了此一樁親事。又得了這鴛鴦被兒。若是小生得了官呵。必然完就這段姻緣。也不辜負了他十分美意。我如今不敢久停久住。上朝取應。走一遭去來。〔詩云〕宿契前生注。姻緣今日招。合成鶯燕侶。匹配鳳鸞交。〔下〕〔小姑上云〕誰想小姐與劉員外約在菴中。説了一夜話。撇得我孤眠獨自。不由我也不動心。我如今等不得師父回來。自做個主意。只在菴前菴後尋一個精壯男子漢去來。〔詩云〕劉員外做事胡爲。李小姐私自偷期。我想來尋個和尚。也和他做對夫妻。〔下〕〔劉員外上云〕甚麼悔氣。做這等勾當。被那巡夜歹弟子孩兒把我拿到巡鋪裏。一場好事不曾成的。倒弔了一夜。我着人去喚劉道姑去了。可怎生這早晚還不見來。〔道姑上云〕昨夜晚間劉員外和李小姐成了親事。今日使人請我。可早來到也。我自家過去。〔見科云〕員外。你喜也。帽兒光光。今日做個新郎。帽兒窄窄。今日做個嬌客。可要與貧姑換上蓋換道服。〔劉員外云〕放你娘的臭屁。我幾曾見他來。〔道姑云〕你怎的吃食諱食。你不曾見。是我見來。〔劉員外云〕可不屈殺人。誰曾湯着他。〔道姑云〕你當面立着。擡起頭。張開口。吐出舌頭來。你説不曾。可怎麽濕濕的。〔劉員外云〕把我口當他的屁眼。〔道姑云〕我昨夜晚間。我去人家點照去了。我着徒弟等着。你怎麽不曾來。〔劉員外云〕我走到半路。被那巡更的歹弟子孩兒。把我攔住。道我是犯夜的。拏我巡鋪裏去。整整弔了一夜。我委實不曾去。〔道姑云〕你不曾去這菴中。和小姐成了親事的。可是誰來。員外。我昨日分付徒弟説道。等員外來時。領你貧姑房裏坐着。只等小姐來時。兩個成了夫婦。你不去可是那個造物低的來搶了去。〔劉員外云〕姑姑。既然昨夜李小姐來與別人成了親事。左右是個破罐子了。你如今去將小姐接到我家裏來。一發永遠做夫妻。你若是圓成了我這件事。我依舊重重相謝你。你疾去早

來。〔詩云〕展轉自尋思。定要娶嬌姿。〔道姑詩云〕只怕遇着巡更卒。打的屁支支。〔同下〕

〔音釋〕蕪音無　踏當加切　洽奚佳切　黯衣減切　答音打　謼音夏　煞與殺同　娃音蛙　煠音渣　插抽鲊切　揾温去聲　扎莊賈切　楞虚登切　戛音甲　壓羊架切　撒殺賈切　殢音膩　發方雅切　嘏音呀　踏之沙切　那囊查切　甲江雅切　札莊賈切　殺雙鲊切　窄齋上聲　客音楷

第三折

〔劉員外拿棍子同正旦上云〕這婦人好歹也。那一日我和你約定在玉清菴赴期。我又不曾去。不知那裏走將一個人來。你和他成了親事。我且問你。比如你見我時節。難道好歹也不問一聲。見説名姓不是我。你就不該隨順他了。我一口食將到口邊。被那個饞弟子孩兒搶去吃了。這個也罷。我如今取你到家中。我又央及你。你百般的不肯順我。但見我説話。便低了頭。你看那不得人意的嘴臉。我這等標緻動静。你便隨順了我。也不辱抹了你。你真個不肯。我如今拿你跪着。看你肯也不肯。〔正旦跪做悲科云〕父親。兀的不痛殺我也。〔劉員外云〕他是個女兒家。見我手裏拿着這粗棍子。先嚇得怕了。他怎肯隨順我。罷。丢了這棍子。小姐起來。我不打你。我鬭你要哩。〔正旦起科〕〔劉員外云〕小姐。我這嘴臉儘看的過。你便隨順我也好。你真個不肯。依舊跪者。〔旦跪科〕〔劉員外云〕這個歪剌骨。我千央及。萬央及。休説道是你。便是那劉道姑。他也肯了。你還不答應我一句。肯便肯。不肯便不肯。定要討打吃。〔正旦云〕我至死也不隨順你。〔劉員外云〕好説好説罷。倒是我跪着你。再與你磕頭。我的親娘。你答應我一聲。哦。真個不肯。我跪他做甚麽。則除是這等。你且起來。〔旦起科〕〔劉員外云〕你既然不肯隨順我。我開着這酒店。你與我管酒。有吃酒的來。你鏇酒兒。打菜兒。抹卓兒。揩櫈兒。伏侍吃酒的。若伏侍的歡喜便罷。伏侍的不歡喜。我把你一條腿打做兩條腿。我爲甚麽打你。專打你這不依本分。誑騙平人。不近道理。醜弟子孩兒。〔下〕〔正旦云〕我本是官宦人家小姐。何等受用快活。今日落在這裏。受這般苦楚也呵。〔唱〕

【越調鬭鵪鶉】往常我在畫閣蘭堂。牙牀翠屏。燭暗銀臺。香焚寶鼎。百色衣冠。諸般器皿。乍離了普救寺。鑽入這打酒亭。你暢好是性狠也夫人。毒心也那鄭恒。

【紫花兒序】今日遠鄉了君瑞。逃走了紅娘。單撇下個鶯鶯。爲家私少長無短。我則得忍氣吞聲。〔帶云〕這也是我父親不是。〔唱〕分明那白紙上教我畫着黑字兒是怎生倒留做他家憑證。却將我宅院良人。生扭做酒店裏驅丁。

〔云〕我在這酒店門首站着。看有甚麽人來。〔張瑞卿上〕〔詩云〕去日剛攜一束書。歸來玉帶掛金魚。文章未必能如此。多是家門積善餘。小官張瑞卿。自到京都闕下一舉狀元及第所除洛陽爲理。我要打聽李小姐的消耗。更改了衣服。在此私行。這是所酒店。我去買一杯酒吃咱。〔入店科云〕兀那賣酒的。打二百長錢酒來。〔正旦云〕有酒。官人請坐。你慢慢的吃。官人。你要酒時。

你喚一聲。我在别閣子裏就送酒來。〔下〕〔張瑞卿云〕偌大一個酒店。不見個男子漢。怎麽使着一個婦人賣酒。我看這婦人生的千嬌百媚。也不是個下賤的人。我如今只推要酒。喚將來問他咱。賣酒的。再打酒來。〔正旦上云〕官人再要多少酒。〔張瑞卿云〕酒也要吃。動問小娘子。敢不是賣酒的人。〔正旦云〕官人怎生知道。我可知不是賣酒的哩。〔張瑞卿云〕我道小娘子中注模樣。不是受貧的。爲甚麽在這酒店中替他賣酒。伏侍往來的人。你慢慢的説一遍。小生試聽咱。

〔正旦唱〕

【小桃紅】則俺祖宗積世有聲名。三輩兒爲參政。〔張瑞卿云〕哦。元來是宦家。你父親如今那裏去了。〔正旦唱〕俺家君一生正直無邪佞。惹人憎如今勾赴尚書省。〔張瑞卿云〕你父親這一向也還做官麽。〔正旦唱〕官封左丞。告辭老病。〔張瑞卿云〕如今你父親去幾時了。〔正旦云〕怎知他數載不回程。

〔張瑞卿云〕小娘子。你父親也差了。當初則可着你嫁人。因何教你賣酒那。〔正旦云〕官人不嫌絮煩。聽妾身再説一遍咱。〔唱〕

【調笑令】説着呵怎聽。那潑書生。呀。蓋世裏全無他不志誠。〔張瑞卿云〕這秀才也有好的麽。〔正旦唱〕如今這秀才家一個個害了傳槽病。從今後女孩兒每休惹他這酸丁。〔張瑞卿云〕元來小娘子也曾有夫主來。〔正旦唱〕都是些之乎者也説合成。我道來可是者麽娘七代先靈。

〔張瑞卿云〕當初有三媒六證。花紅羊酒。娶小娘子來。可怎生在這裏就不來顧你。〔正旦唱〕

【耍三台】當初也無紅定無媒證。〔張瑞卿云〕這等怎生成親來。〔正旦唱〕做的來藏頭漏影。知他是今世是前生。總則我紅顏薄命。真心兒待嫁劉彥明。偶然間却遇張瑞卿。〔張瑞卿背云〕奇怪。道着小官的名諱。此事必然暗昧。我再問他。〔回云〕當初可是誰作成你來〔正旦唱〕當初是那撮合山的姑姑。〔張瑞卿云〕小娘子可是誰那。〔正旦唱〕送了這望夫石的玉英。

〔張瑞卿背云〕他說的正是我。我如今一發問他咱。小娘子。當初成親。那人姓甚名誰。他如今可往那裏去了。〔正旦唱〕

【聖藥王】去了俺那醜生。撞着俺這短命。〔張瑞卿云〕如今這酒店是甚麼人的。〔正旦唱〕他是個放錢舉債的愛錢精。〔張瑞卿云〕你可爲甚麼到這裏。〔正旦唱〕他使弊倖。使氣性。見無錢踏着陌兒行。推我在這陷人坑。

〔張瑞卿云〕小娘子。他必然要圖謀你。敢是不隨順。他這般折倒你來麼。〔正旦唱〕

【麻郎兒】動不動掂折我腿脡。動不動打碎我天靈。着去處依着便行教釃酒愿隨鞭鐙。

〔張瑞卿云〕小姐受他這般淩辱。你便隨順他也罷了。〔正旦唱〕

【么篇】我可也不曾。半星也不動情。則由他法外施行。〔張瑞卿云〕你爲何不隨順他。〔正旦唱〕我便死呵是張家婦名。怎肯踹劉家門徑。

〔張瑞卿云〕哎。你元來在這裏這般受苦。小娘子。你便是李府尹的女孩兒玉英麽。〔正旦云〕則我便是李府尹的女兒。你怎麽認的我來。〔張瑞卿云〕妹子。你那時小也。我一向出去遊學。將近二十年不曾回家。今日纔見得你。妹子。你可甚麽在這裏受那苦楚來。〔正旦云〕哥哥不知。當日父親赴京去。缺少盤纏。央玉清菴劉道姑問劉員外借了十個銀子。那文書上着我也畫一個字兒。我父親許久不回。本利該還二十個銀子。劉員外索討。那道姑是保人。因我無銀還他。劉員外要去官中告這道姑。追拷銀子。那劉員外和道姑説。要我爲妻。就將這二十個銀子做了財禮。我只得約他在玉清菴赴期。當夜晚間就去。不曾遇着員外。遇着一個秀才張瑞卿。成其夫婦。那張瑞卿上朝進取功名去了。劉員外取我到家。我想來一馬不背兩鞍。雙輪豈輾四轍。我至死也不隨順他。因此上罰我在這酒店中賣酒。哥哥。你救你妹子咱。〔張瑞卿云〕元來是這等。你放心。都在你哥哥身上。你與我喚出劉員外來。〔正旦云〕員外。你來。有我哥哥在這裏。〔劉員外上云〕是誰喚我。〔見科云〕如何受不過苦楚。不怕他不隨順我。我買歡喜團兒你吃。〔正旦云〕我哥哥要見你。〔劉員外云〕你哥哥在那裏。〔正旦云〕則這個便是我哥哥。〔劉員外云〕怪道你兩個厮像。兩個鼻子一般般的。〔張瑞卿云〕則這個便是劉員外。我這妹子借了你家多少銀子。〔劉員外云〕借了我十個銀子。如今本利該還二十個銀子。〔張瑞卿云〕二十個銀子打甚麽不緊。都是我替妹子還你。〔劉員外云〕大舅。你知麽。他父親許了我爲妻來。〔張瑞卿云〕既是這等。准備羊酒花紅。三日之後。重來娶他。纔是正理。〔劉員外云〕若是這等。你是我的大舅子哩。這二十個銀子。我也不要你還了。下次小的每安排酒來。請舅子吃三鍾。〔張瑞卿云〕不必吃酒。妹子且跟我回家去來。〔正旦云〕慚愧。誰想有今日也呵。〔唱〕

【收尾】俺哥哥替還了原借銀十錠。兩事家臨危自省。第一來把俺這親兄長好看成。第二來將俺那俊男兒奈心等。〔同下〕

〔劉員外云〕誰想是我大舅子。他是個好人。我到三日之後。安排着牽羊擔酒。直至他家問親去。那時娶到家中。難道還不隨順我哩。〔詩云〕准備做夫妻。宰狗殺田鷄。洞房花燭夜。全憑大掛槌。〔下〕

〔音釋〕鏇旋去聲　揩楷平聲　宅池齋切　掂低廉切　脡音挺　釃音篩　輾尼蹇切　十繩知切

第四折

〔張瑞卿同正旦上云〕誰想在酒店中認了妹子。我問你咱。妹子。你端的少劉員外銀子也不少。〔正旦唱〕

【雙調新水令】這洛陽城劉員外他是個有錢賊。只要你還了時方纔死心塌地。他促眉生巧計。開口討便宜。總饒你潑骨頑皮。也少不得要還他本和利。

〔張瑞卿云〕妹子。俺父親借他銀子。須待俺父親來還。你不肯嫁他。也由得你。〔正旦唱〕

【步步嬌】只爲那舉債文書我畫的有親筆跡。因此上被强勒爲妻室。這真心兒誓不移。情願萬打千敲受他磨到底。今日留得個一身歸。謝哥哥肯救我親生妹。

〔張瑞卿云〕妹子。你看些茶湯來我吃。〔正旦云〕理會的。〔下〕〔張瑞卿云〕我把這鴛鴦被兒鋪在牀上。我推吃酒去。他見這鴛鴦被。自然知道了也。〔做鋪被科〕〔正旦捧茶湯上云〕哥哥吃茶咱。〔張瑞卿云〕妹子。我如今吃酒去也。投至我回來。你將這被卧兒鋪陳下。則怕我醉了呵要歇息。你記者。〔下〕〔正旦云〕哥哥飲酒去了也。投至得哥哥回來。我與他鋪下這牀鋪咱。〔做鋪牀科〕〔唱〕

【雁兒落】則他這行裝特整齊。書舍無俗氣。瑶琴壁上懸。寶劍牀頭立。

【得勝令】呀。我與你搭起緑羅衣。鋪開紫藤蓆。繡枕頭邊放。香衾手内提。索甚麽疑惑。這是我繡來的鴛鴦被。可不是蹺蹊。誰承望這搭兒得見你。

〔云〕好是奇怪。這被兒原是我繡來的。是我與張瑞卿來。可怎生得到俺哥哥手裏。待他來家時。我試問他波。〔張瑞卿做醉科上云〕我醉了也。妹子在那裏。〔正旦做扶末云〕哥哥。有酒也。吃甚麽茶飯。〔張瑞卿云〕妹子。甚麽茶飯都吃不得了。我醉了也。〔正旦唱〕

【沽美酒】則他這酸黄虀怎的吃。麄米飯但充饑。怕哥哥害渴時冰調些凉蜜水。我玉英有句話兒敢題。〔張瑞卿云〕妹子有話。但説不妨。〔正旦唱〕問的我陪着笑賣查梨。

〔旦笑科〕〔張瑞卿云〕你説便説。只管笑怎的。〔正旦唱〕

【太平令】若問你哥哥休諱。這鴛鴦被委是誰的。〔張瑞卿云〕是我的妹子與我的。〔正旦唱〕**除妹子别無甚妹子。除哥哥别無甚兄弟。我玉英呵世做的所爲。這裏。便跪膝。則鴛鴦被要知根搭底。**

〔張瑞卿云〕這被兒你問他怎的。〔正旦云〕哥哥。這被兒原是我的來。〔張瑞卿云〕是便是。你認的我麽。〔正旦云〕我不認的你。〔張瑞卿云〕則我便是張瑞卿。〔正旦云〕則被你想殺我也。枉叫了你這三日哥哥。〔張瑞卿云〕我還你十日姐姐。我關上這門。我與你陪話咱。〔飲酒科〕〔正旦云〕張瑞卿。我今日與你相會。兀的不歡喜殺我也。〔劉員外上云〕今日三日了。我到李家問親事咱。可怎生關着這門。我踏開門來。好也。你兩個做的好勾當。這個是我的老婆。〔張瑞卿云〕這個是我的老婆。〔劉員外云〕倒是你的老婆。你冒認親兒。强賴人妻。我和你見官去來。〔同下〕〔李府尹引張千上〕〔詩云〕三年待罪漢西京。重許衣冠返洛城。寄語侍臣休望幸。早伸寃氣到長平。老夫李彦實。被左司家劾奏。待罪三年。幸得主上仁聖。公道大明。道左司奏劾不實。已遠遠的貶竄去了。着老夫仍爲河南府尹。敕賜勢劍金牌。一應貪官污吏。准許先斬後聞。如今來到洛陽地面。張千。是甚麽人吵鬧。與我拿將過來。〔張千云〕理會的。拿過來。〔跪科〕〔劉員外云〕老爺可憐見。與小人做主咱。〔李府尹云〕兀的不是我女孩兒玉英。〔正旦云〕兀的不是我父親。〔李府尹云〕你怎生在這裏。〔正旦云〕父親你去時問劉員外借了十個銀子。本利該二十個銀子。無的還他。他强逼我爲妻。父親與我做主咱。〔李府尹云〕這個是誰。〔正旦云〕父親去家之後。您孩兒自許了親事。與他爲妻。〔張瑞卿云〕小官是張瑞卿。新除本處縣尹。〔劉員外云〕好也。你兩個官官相爲。我死也。〔李府尹云〕有這等事。張千。取大棒子過來。將劉員外先責四十。再送有司問罪。〔張千打科〕〔正旦唱〕

【錦上花】這厮倚恃錢財。虚張聲勢。硬保强媒。把咱凌逼。重則鞭笞。輕則駡詈。難道河有澄清。人無得意。

【么篇】當時曾受虧。今日也還席。大小荆條。先决四十。再發有司。從公擬罪。錢可通神。法難縱你。

〔李府尹云〕張瑞卿和老夫同到宅中。今日是個吉日良辰。與女孩兒永遠爲夫妻。一面殺羊造酒。做個慶喜的筵席。〔做到宅張瑞卿同正旦拜成禮科〕〔正旦唱〕

【清江引】想人生百年能有幾。要博個開顔日。父子共團圓。夫婦重和會。這便是出尋常天大的喜。

〔李府尹詩云〕賊徒唬嚇結良緣。號令沉枷在市廛。欠錢索債雖常事。倚富欺貧豈有天。新壻今朝爲令尹。老夫依舊得生旋。殺羊造酒排筵宴。夫榮妻貴喜團圓。

〔音釋〕賊則平聲　塌音塔　跡將洗切　室傷以切　俗詞疽切　蓆星西切　惑音回　吃音恥　逼兵迷切　笞昌知切　詈音利　席星西切　日人智切　嚇音黑　唬音夏

題目　金閶客解品鳳凰簫
正名　玉清菴錯送鴛鴦被

隨何賺風魔蒯通雜劇

第一折

〔冲末扮蕭丞相領祇候上〕〔蕭相詩云〕秦府圖書世不收。漢家刀筆我爲優。請看約法三章在。第一功臣是酇侯。小官蕭何是也。本貫豐沛人氏。輔佐漢天子有功。官拜丞相之職。小官在朝。只有一件事放心不下。俺漢家有三個大功臣。第一是韓信。第二是英布。第三是彭越。現今韓信封爲齊王。英布封爲九江王。彭越封爲大梁王。争奈韓信軍權太重。雄兵數十萬。戰將百餘員。常言道太平本是將軍定。不許將軍見太平。那韓信元是小官舉薦的。他登壇拜將。五年之間。蹙項興劉。扶成大業。小官看來。此人不是等閒之輩。恁的一個楚霸王。尚然被他滅了。况今軍權在手。倘有歹心。可不覷漢朝天下。如同翻掌。這非是我成也蕭何。敗也蕭何。做恁的反覆勾當。但是小官舉薦之人。日後有事。必然要坐罪小官身上。以此小官晝夜尋思。則除是施些小計。奏過天子。先去了此人牙爪。然後翦除了此人。纔使的我永無身後之患。前日武陽侯樊噲曾與我商量此事。着小官展轉疑惑不定。令人。與我請將樊噲來者。〔祇候云〕理會的。樊將軍有請。〔净扮樊噲上詩云〕踏踏鴻門多勇烈。能使項王坐上也吃跌。賞我一斗好酒一肩肉。吠的又醉又飽整整儻了半個月。某樊噲的便是。乃沛縣人也。官拜武陽侯之職。自立漢天下以來。八方平静。四海安寧。今日無甚事。想起某家元是屠户出身。不可忘其本領。正在我宅中演習我舊時手段。殺狗兒耍子。有丞相令人來請。不知甚事。須索走一遭去。可早來到也。令人。報復去。道有樊噲下馬也。〔祗候報科云〕報的丞相爺得知。有樊噲到於門首。〔蕭相云〕道有請。〔祗候云〕請進去。〔做見科〕〔樊噲云〕丞相呼喚我老樊。有何公事。〔蕭相云〕樊將軍。今請你來。不爲別的。只爲那韓信一事。當初是小官舉薦他來。此人如今軍權太重。誠恐日後生起歹心。如之奈何。我想許多功臣。其中只有將軍是天子的至親。必然有個休戚相關之意。故請你來商量。〔樊噲云〕丞相。小將當日也曾說來。韓信是淮陰一個餓夫。想鴻門會上主公有難。某立踏鴻門而入。項王見我氣概威嚴。賜我酒一斗。生豚一肩。被俺一啖而盡。嚇得項王目瞪口呆。動彈不得。方纔保的主公無事回還。後來築壇拜將。想這個元帥准定該是我老樊的。丞相。可是你來。〔蕭相笑云〕這也不然。〔樊噲云〕平白的拜了那個餓夫爲帥。若拜了我呵。那裏消的五年滅楚。我擒項羽如嬰兒相似。今日大事已定。可也罷了。那韓信手無縛雞之力。只淮陰市上兩個少年要他在胯下鑽過去。他就鑽過去了。有甚麼本事在那裏。這也何須老樊動手。只差一兩個能幹的人。喚他來可擦的一刀兩段。便除了後來禍患。豈不伶俐。〔蕭相云〕小官未敢擅便。令人。請張良來者。〔樊噲云〕那老子一發没甚麼主張。可也罷波。着人請去。〔正末扮張良上云〕小官姓張名良。字子房。乃韓國人也。祖父以來。五世爲韓國之臣。只爲秦始皇無道。滅了韓國。某要爲韓報讎。因此從了漢王。亡秦天下。依舊立俺韓國。不想項羽又將韓國滅了。所以專意扶助漢王。追殺項羽。現今天

下已定。干戈寧息。有蕭丞相着人相請。不知爲些甚事。須索走一遭去。想俺扶立漢朝天下。非同容易也呵。〔唱〕

【仙吕點絳唇】只爲那焚典坑儒。煩刑重賦。因此上人心怒。共逐秦鹿。今日早扶立的這英明主。

【混江龍】想我張良未遇。也則是個預知秦世避人夫。不甫能平定了劉家天下。纔得做大漢司徒。我想今日封侯得這陳留邑。索强如少年逃難下邳初。我也曾劈劃着黄公略法。醞釀着吕望韜書。佐高皇南征北討。隨諸將東蕩西除。傍秋風將楚歌唱徹。早吹散了垓下軍卒。那重瞳有千般英勇。怎出的這十面埋伏。逼得他無顔敢再向東吴。在烏江邊自刎也是天之數。托賴着一人有慶。因此上四海無虞。

〔云〕可早來到了也。令人。報復去。道有張子房下馬也。〔祗候云〕理會的。〔報科云〕報丞相爺得知。有張子房來了也。〔蕭相云〕道有請。〔祗候云〕請進。〔正末做見科云〕老丞相。今日請小官來。有何事計議。〔蕭相云〕老司徒。今請你來。不爲别的。只爲韓信一事。當初是我舉薦他來。此人如今軍權太重。誠恐日後倘有歹心。須連累我保奏之人。將何自解。故特請你來商議。怎生除的此人。纔免後患。〔樊噲云〕我想韓信淮陰一餓夫。他有什麽功勞。甚些本事。依着我的愚見。只消差人賺將韓信到來。哈喇了就是。打什麽不緊。〔正末云〕樊將軍。你差矣。韓信削平四海。建立功勞。天下不知其罪。若便害了他。莫非有失民望。老丞相。你也還要三思。不可造

次。〔唱〕

【油葫蘆】想當日共起亡秦將天下取。都是咱文共武。〔帶云〕老丞相。你尋思咱。〔唱〕有那個敢和項王交馬決嬴輸。若是那韓淮陰不肯辭西楚。只這漢高皇怕不悶死在巴蜀。因此上我張良操一紙書。你個蕭丞相曾三薦舉。將元戎百萬壇臺築。可不道君子斷其初。

〔蕭相云〕老司徒。想韓信有什麽功勞。誅滅項羽。皆托賴天子洪福。衆將威風。逼的他自刎於烏江也。〔正末云〕老丞相説那裏話。若不是韓信呵。〔唱〕

【天下樂】現如今百二山河壯帝居。他則望遷也波除。倒將他劍下誅。可不道舉枉錯直民不服。老夫不是廝賣弄。丞相你也須自窨付。端的是誰推翻楚項羽。

〔蕭相云〕小官雖不才。食君之禄。須要忠君之事。如今韓信見掌三齊王印。手下雄兵十餘萬。戰將百餘員。倘有疎失。如之奈何。〔樊噲云〕丞相説的是。想他軍權太重。若不除了他。必有後患。〔正末唱〕

【那吒令】你起初時要他。便推輪捧轂。後來時怕他。慌封侯躡足。到今時忌他。便待將殺身也那滅族。他立下十大功。合請受萬鍾禄。恁將他百樣粧誣。

〔樊噲云〕韓信是一餓夫。平白地着他爲元帥。他有什麽功勞那。〔正末云〕他的功勞。你豈不知。

他在九里山前。只一陣逼得項羽自刎烏江。這等大功不必説起。我别舉一兩件兒與你聽者。〔唱〕

【鵲踏枝】他他他擊陳餘。有權術。擒夏悦。用機謀。他可便堰住淮河。夜斬龍且。將魏豹智虜。將齊王力取。論功勞今古全無。

〔蕭相云〕想項羽烏江自刎。皆是五侯之力。不干他事。你怎麽獨獨的説是他的功勞。〔正末云〕老丞相。這九里山前大會垓。難道你不見來。〔唱〕

【寄生草】九里山按形勢。八卦陣列士卒。虧殺俺韓元帥自把先鋒做。遣五侯趕到合休處。賺重瞳走入陰陵路。遮莫他烏騅能突數重圍。怎當的烏江那日無船渡。

〔云〕罷罷罷。韓信立下如此功勞。尚然要將他殺了。何况老夫。我不如謝了天子。納下這紫袍象簡。隨赤松子學道而去。可不好也。〔蕭相云〕老司徒。你差矣。爲官的吃堂食。飲御酒。多少快活。倒要棄官學道。爲甚的來。〔正末唱〕

【金盞兒】我從今見盈虚。識乘除。總不如隱山林棄鐘鼎倒可也無榮辱。早拜辭了龍樓鳳閣只守着我這蝸廬。我甘心兒追四皓。回首也嘆三閭。〔蕭相云〕老司徒。你見我門排畫戟。户列椒圖。可不好那。〔正末唱〕誰待要你這門排雙畫戟。户列八椒圖。

〔樊噲云〕丞相。我説道不要請他。他又不會主張。這樁事畢竟怎了也。〔蕭相云〕樊將軍且慢者。等司徒回去了。再做計較。〔正末云〕老丞相勿罪。老夫如今就向山中修行辦道去也。〔唱〕

【賺煞尾】我如今跳出是非場。抹下了這功勞簿。只待要修仙辟穀。倒是俺散祖逍遥一願足。再休提玉帶金魚。細躊躇。究竟何如。只俺可不誡前車與後車。眼見的三齊王受屈。因此上子房公歸去。一任那太平天子百靈扶。〔下〕

〔樊噲云〕丞相。論小官說呵。可便差人去。則說天子要遊雲夢山。特取韓信還朝。權爲留守。我料韓信乃貪利之人。見詔書必然入朝。那時奪了三齊王印信。將他拏下殺了。怕他有本事會飛上天去。〔蕭相云〕此計甚妙。我來日見了天子。就差一使命詔取韓信回朝。那時粧誣他一個謀反情由。坐下十惡大罪。將他殺了。是我之願也。〔詩云〕舉薦登壇立漢朝。兵權太重恐難銷。〔樊噲詩云〕定計翦除無後患。方信蕭何智量高。〔同下〕

〔音釋〕酇音贊　噲音快　啉音床　瞪音橙　鹿音盧　邳音披　卒從蘇切　伏房夫切　刎文上聲

蜀繩汝切　築音主　服房夫切　窨音蔭　轂音古　躡音聶　足臧取切　族從蘇切　祿音路

術繩朱切　謀音模　且音疽　辱如去聲　穀音古　屈丘雨切

第二折

〔外扮韓信領卒子上詩云〕一自登壇領大兵。興劉滅項顯威名。當初不解提牌職。誰助高皇定太平。某姓韓名信。淮陰下湘人也。初投項王麾下。爲提牌執戟郎。後蒙蕭何舉薦。漢王築起高臺。拜某爲帥。興劉破楚。立下十大功勞。如今天子要遊雲夢山。取某還朝。權爲留守。某手下蒯文通廣有機謀。不免請他來商議此事。令人。請將蒯文通來者。〔卒子云〕蒯文通。元帥有請。

〔正末扮蒯文通上云〕某姓蒯名徹。字文通。今在韓元帥門下爲辯士。元帥相請。不知有甚事。須索走一遭去。令人。報復去。道有蒯文通來了也。〔卒子云〕報的元帥得知。有蒯文通來了也。〔韓信云〕着他過來。〔卒子云〕着過去。〔見科正末云〕元帥呼喚蒯徹。爲着何事。〔韓信云〕蒯徹。請你來不爲別事。有蕭何遣使來。傳下詔書一道。說聖人要遊雲夢山。宣某入朝留守。請你來商議。還是去的好。不去的好。〔正末云〕元帥不可去。記當日亡秦之後。楚漢爭鋒。專爲雌雄未定。元帥威名無敵。滅楚興劉。立起漢朝社稷。加元帥三齊王之職。見今軍權在手。古人有云。勇略震主者身危。功蓋天下者不賞。正此之謂也。元帥這一去。必受其禍。願元帥思之。〔唱〕

【中呂粉蝶兒】當初你假鎮三齊。他拜真王也非實意。不甫能定江山拱手垂衣。投至得國無爭。家無訟。端的是非同容易。今日個萬國來儀。見你握兵權便生疑忌。

【醉春風】没來由平净了楚干戈。扶持了漢社稷。〔韓信云〕想某費了多少力氣。方纔滅的那西楚霸王。扶助聖人。平定天下。聖人豈有負了我的。我便走一遭去。怕做什麼。〔正末唱〕**常言道太平不用舊將軍。可怎生參不透這個理。理。**〔云〕元帥。我想你立下這等大功勞。今日被他疑忌。則不如納下朝章。趁一帶青山。逍遥散誕。可不好也。〔唱〕**你便不能卸職休官。也須要思前算後。做一個保身長計。**

〔韓信云〕蒯徹。想某南征北討。東蕩西除。立下十大功勞。料的聖人怎好便負了我也。〔正末云〕元帥。不可去。若去呵。必受其禍。〔韓信云〕蒯徹。你差矣。俺想聖人平日解衣衣我。推食

食我。這許多好意。難道今日便負了我。必無此理。〔正末云〕元帥若依我呵。萬無一失。〔唱〕

【上小樓】你去後多凶少吉。乾這般盡忠竭力。〔帶云〕豈不聞古人有云。〔唱〕威而不猛。高而不危。滿而不溢。你休性執。勸不的。還待要争名奪利。〔帶云〕若不依蒯徹之言呵。〔唱〕管送的你死無葬身之地。

〔云〕元帥。我勸你只不如學那范蠡張良。早棄官而去。倒落的個遠害全身也。〔韓信云〕蒯徹。你差矣。想爲官的前呼後擁。衣輕乘肥。有多少榮耀。平白地可倒修行辦道。餐松啖柏。草履麻縧。受這等苦來。〔正末做笑科云〕元帥。你道這兩個人埋名隱跡。却是爲何。〔唱〕

【幺篇】那一個霸越的有計策。一個興漢的好事績。他爲甚麽遠着紅塵。守着青山。挨着黄虀。也只是養道德。趓是非。别無主意。〔帶云〕我今日勸你。也不爲别來。〔唱〕我則怕你禍臨頭急難湧退。

〔韓信云〕蒯徹。我此去料無甚事。你但放心者。〔正末云〕元帥。不是我蒯徹阻當你。千萬不可去。若不聽蒯徹之言。我家有老母。即日須當拜辭元帥。回家侍養母親去也。〔韓信云〕蒯徹。你放心。我見了聖人。不久也就回來。你怎便要辭了我去。〔正末云〕既然如此。你主意要去。令人。與我將的那紙錢水飯過來。〔卒子云〕理會的。〔卒子拏紙錢水飯當面前祭科〕〔正末唱〕

【快活三】我爲甚的瀽一椀漿飯水。燒一陌紙錢灰。則爲喒行軍數載不相離。曾與你刎頸爲交契。

〔韓信云〕蒯文通。你敢風了。你怎生將紙錢水飯在我根前燒潑。可是爲何。〔正末唱〕

【朝天子】我説知就裏。想蒯徹也無他意。趁着你在日澆奠理當宜。若死了空迎祭。〔云〕元帥。你比那兩個人如何。〔韓信云〕可是那兩個人。〔正末唱〕我想那雍齒合誅。丁公無罪。漢蕭何忒心下的。救他出井底。倒將他斬訖。那的也須放着傍州例。

〔韓信云〕蒯徹。你且回去。某只明日領了數百個軍卒。入朝見聖人去來。〔正末云〕元帥。你若到其間。休説我蒯文通不勸你來。〔唱〕

【耍孩兒】今日箇蕭何反間施謀智。黑洞洞不知一個的實。若將軍一脚到京畿。但踏着消息兒你可也便身虧。他安排着香餌把鰲魚釣。准備着窩弓將虎豹射。喒人泰極多生否。〔韓信云〕聖人要遊雲夢山去。宣某爲留守哩。〔正末唱〕再休想吉祥如意。多管是你惡限臨逼。

〔韓信云〕蒯徹。你但放心者。我見了聖人。自有主意也。〔正末唱〕

【煞尾】我如今我如今難勸你難勸你。再休想驅兵領將元戎職。少不的做個背井離鄉横死鬼。〔下〕

〔韓信云〕蒯徹去了也。想某驅兵領將。卧雪眠霜。立起這等江山。料着無事。隨從的人跟着我星夜臨朝見聖人。走一遭去來。〔下〕

〔音釋〕稷將洗切　御音瀉　吉巾以切　力郎帝切　溢銀計切　執張恥切　的音底　蠡音里　績將洗切　德當美切　日人智切　訖巾以切　實繩知切　畿音祁　射繩知切　否滂米切　逼兵迷切　職張恥切

第三折

〔蕭相領祇候上云〕小官蕭何。自從與樊噲商議那韓信之事。不想差一使去。果然賺的韓信回朝。將他斬了。只是他手下有一蒯徹。聞知他屢勸韓信。不要滅楚。與俺家三分天下。近日又勸韓信不要入朝。好生無禮。本待拿將此人。一併殺壞。争奈他已自風魔了。未審虚實如何。早間奏知聖人。差一使臣智賺此人去。想來蒯徹是個辯士。別人也去不的。則除是隨何。從來機謀智量。朝中無比。到那裏若是真風魔便罷。若不是風魔。必然賺得將來。小官自有個區處。令人。與我請將隨何來者。〔祇候云〕理會的。隨大夫安在。丞相爺有請。〔外扮隨何上詩云〕曾爲君王使九江。立教英布早歸降。漢朝若問能言士。只有隨何一個更無雙。小官隨何是也。有蕭丞相來請。不知爲着甚事。須索走一遭去。可早來到也。令人。報復去。道有隨何在於門首。〔祇候云〕報的丞相爺得知。有隨何來了也。〔蕭相云〕道有請。〔祇候云〕請進。〔見科〕〔隨何云〕丞相今日喚小官來。有何事幹。〔蕭相云〕隨大夫。請你來不爲別事。今有韓信已被某家着人賺的來。將他斬了。他手下有一辯士。乃蒯文通。此人與韓信最是契交。必須一併殺壞。方纔翦草除根。但聞的此人已自風魔了。未審虚實。則除是你走一遭去。若賺得此人來。聖人自有加官賜賞。〔隨何云〕丞相有命。小官不敢推辭。只今日便往齊國走一遭去也。〔詩云〕丞相神謀不可當。賺他韓信也身亡。〔蕭相詩云〕雖然蒯徹多機變。且看隨何做一場。〔同下〕〔倈兒上云〕咱每看風子耍子去來。〔正末粧風子上云〕着我做女壻去來。俺家裏等着做筵席哩。〔唱〕

【越調鬬鵪鶉】每日點火般調和。使孟婆説合。擬着竈姑姑爲媒。待教狠媽媽嫁我。休笑我面色腌臢。形容兒猥縮。木鞋子踏做粉瀣。鐵單袴倒做墨褐。我將這瓦腿綳牢拴。磁頭巾再裹。

【紫花序兒】穿上這沙魚皮襖子。繫着這白象牙絛兒。提着這繐甸子包合。俺丈人是土地。姑夫是閻羅。姐姐是月裏嫦娥。俺爺是顯道神俺娘是個木伴哥。〔倈兒推正末跌科〕〔正末唱〕這廝推我一個敦坐。〔倈兒云〕你敢告我去麽。〔正末唱〕告與俺那元始天尊。〔倈兒云〕那箇是證見。〔正末唱〕更和那熾盛光佛。

〔倈兒云〕你看這箇真是風子。〔正末唱〕

【小桃紅】哎。你這些小兒每街上鬧鑊鐸。則願的碾得娘没一箇。趕着我後巷前街打趄磨。我也不是善婆婆。我將懷中乾餅頻頻摸。我與那相識每會合。賓朋每同坐。都是些羊弟兄狗哥哥。〔趕倈兒下〕

〔云〕天色晚了也。且回羊圈中歇息咱。〔做到圈中作悲科〕〔云〕元帥也。〔唱〕

【金蕉葉】則落你好似披麻救火。蒯徹也不似那般人隨風倒舵。事冗也辭身湧脱。今日箇慌頓斷名韁利鎖。

〔隨何上云〕小官隨何。自到於此處。尋着蒯文通。小官跟隨數日。觀此人形容相貌。不是箇風的。天色已晚了也。見此人往羊圈中去了。我是聽他説什麽來。〔正末云〕碧天如水。兀的天河裏星。天河外星。月色射天。不免作歌一首。〔歌云〕形骸土木心無奈。就中消息誰能解。忠言反作目前憂。佯狂暫躲身邊害。笑韓信爲元帥。傷心枉立功勞大。野獸盡時獵狗烹。敵國破後謀臣壞。覷咸陽。天一帶。乾象分明見興敗。文星朗朗自高懸。武星落落今何在。〔隨何云〕我是識破此人咱。〔見科云〕蒯文通。可不道你風魔了也。〔正末唱〕

【鬼三台】夜深也咱獨坐。誰想道人瞧破。呀。早將我這佯狂敗脱。〔隨何云〕蒯文通。你有誑君之罪。聖人宣你入朝。你不合詐粧風魔也。〔正末唱〕便死後待如何。我捨不的蘭堂畫閣。任從他利名相定奪。我死呵一任入鼎鑊。你你你休則管掀揚也波搬唆。

〔隨何云〕奉蕭丞相的言語。着我來請你入朝。到來日便索和俺同行也。〔正末唱〕

【調笑令】他他他做事兒太過。誰免的没風波。呀。常言道點點還來入舊窩。俺想着大梁王破楚功勞大。更和那九江王十分的驍果。也全虧殺俺韓元帥智量多。端的是那一個替你掃盪干戈。

【禿厮兒】我爲甚的呆鄧鄧把衣裳袒裸。亂蓬蓬把鬔髮婆娑。白日裏叫吖吖信口自嘲歌。到晚來向羊圈裏且存活。消磨。

【聖藥王】你待胡扯撮。强領掇。道俺蒯文通故意作風魔。須不是我忒口多。忒意多。也只爲誰人立起這山河。怎做一枕夢南柯。

【收尾】想着他開疆展土將君王佐。這的是收園結果。當日個未央宮枉圖了他今日個漢蕭何又覷着我。〔下〕

〔隨何云〕蒯文通去了也。誰想此人假粧風魔。被小官聊施計策。早識破此人。到來日小官不敢久停久住。便索回丞相話去也。〔詩云〕則因他曾與韓侯爲故友。以此上暗遣隨何來辨剖。那裏也惡人自有惡人磨。這的是强中更遇强中手。〔下〕

〔音釋〕合音何　縮思火切　褐音何　繃音崩　熾音製　佛浮戈切　鐸東何切　趄徐靴切　脱音妥　韁音姜　誑光去聲　閣哥上聲　奪音多　鑊音和　裸羅上聲　活音和　撮磋上聲　掇音朵

第四折

〔蕭相同樊噲領祗候上〕〔蕭相云〕小官蕭何是也。自從隨何去賺蒯文通。不想此人是假粧的風魔。聞知隨何同他來了。只等此人來設下油鑊。將此人烹了。永除後患。樊將軍。俺漢朝大臣。還有那幾位未來哩。〔樊噲云〕丞相。有平陽侯曹參。安國侯王陵。尚未見來。〔蕭相云〕既然他二位未來。令人。與我請將曹參王陵來者。〔祗候云〕理會的。〔外扮曹參王陵上〕〔曹參詩云〕一心堅意只扶劉。太平天子富春秋。只因汗馬功勞大。封做平陽萬户侯。小官曹參。乃沛縣人也。這位將軍是安國侯王陵。與小官自幼同里。後來同輔漢天子。拜將封侯。有蕭丞相將韓信賺來斬了。今在相府聚俺衆官。商議其事。令人。報復去。道有曹參王陵來了也。〔祗候云〕報的丞相爺得知。有曹參王陵在於門首。〔蕭相云〕道有請。〔見科〕〔曹參云〕丞相。今日聚俺衆官。爲着何事。〔蕭相云〕列位大人不知。那韓信已經賺的來。將他斬了。尚有辯士蒯文通。在他麾下。此人與韓信是一個人相好的。若不取他來一併殺壞了。久後必然爲患。今差隨何賺的蒯文通到此。這是翦草除根。爲國家萬全之慮。須不是老夫故意的要殘害忠良。列位大人以爲如何。〔衆云〕老丞相見的是。〔蕭相云〕令人。與我喚將隨何來者。〔祗候云〕理會的。〔隨何上云〕小官隨何是也。自從見了蒯文通。誰想此人是假風魔。被我賺的他來了。丞相呼喚。須索走一遭去。令人。報復去。道有隨何來了也。〔祗候云〕報的丞相爺得知。有隨何來了也。〔蕭相云〕道有請。〔祗候云〕請進。〔見科〕〔隨何云〕丞相。小官賺的蒯徹來了也。〔蕭相云〕令人與我將蒯徹揣近前來。〔祗候云〕理會的。〔正末云〕小官蒯徹。今日到來。眼見的無那活的人也呵。〔唱〕

【雙調新水令】我想那辭朝歸去漢張良。早賺的個韓元帥一時身喪。苦也波擎天白玉柱。痛也波架海紫金梁。那些個展土開疆。生扭做歹勾當。

〔云〕令人。報復去。道有蒯徹在於門首。〔祇候報科云〕有蒯徹在於門首。〔蕭相云〕着他過來。〔祇候云〕着過去。〔見科〕〔正末假意跳油鑊科〕〔蕭相云〕住住住。蒯文通。你爲何不言不語。便往油鑊中跳去。這等不怕死那。〔樊噲云〕此人不可問他。若問呵必然要下説詞也。〔正末云〕自知蒯徹有罪。豈望生乎。〔蕭相云〕當初韓信是你教唆他來。〔正末云〕是蒯徹教唆他來。〔蕭相云〕現有漢天子在上。你不肯輔佐。倒去順那韓信。〔正末云〕丞相你豈不知。桀犬吠堯。堯非不仁。犬固吠非其主也。當那一日我蒯徹則知有韓信。不知有什麼漢天子。吾受韓信衣食。豈不要知恩報恩乎。〔蕭相云〕想韓信纔定三齊。便請做假王以鎮之。這明明有反叛之意。理當斬首。〔正末云〕嗨。丞相説那裏話。我想漢天子所以得天下。是靠着誰來。運籌决策。多賴張良。戰勝攻取。多賴俺韓元帥。如今閒的閒了。斬的斬了。豈不理當。〔唱〕

【駐馬聽】那張良治國安邦。扶的漢主登基霸主亡。韓信他驅兵領將。直會的真龍出世假龍藏。殺得個滿身鮮血卧沙場。纔博的這一方金印來收掌。你你你今日也理當。怕不做鳳凰飛在梧桐上。

〔蕭相云〕想當初主公起兵漢中。多虧了衆位功臣。也不專靠那韓信一人之力。〔正末云〕我想楚漢争鋒。鴻溝爲界。那時節俺韓元帥投楚則楚勝。投漢則漢勝。天下之勢。决于一人。我因此屢屢勸韓元帥留下項王。决個鼎足三分之計。怎當他不信忠言。致令身遭白刃。屈死了蓋世英雄。豈不可惜。丞相。只你當初也曾保舉他來。成也是你。敗也是你。我蒯徹做不得反面的人。惟有一死。可報韓元帥于地下。〔做跳科〕〔蕭相云〕令人。且與我擋住者。〔樊噲云〕蒯文通。韓信説是你搬調他來。你正是個通同謀反的人。當得認罪。〔蕭相云〕樊將軍。你説的是。想他在韓信手下爲辯士。正是他心腹之人。律法有云。一人造反。九族全誅。何況他是通同謀反的。今日便將他油鍋烹了。也不爲枉。〔正末云〕丞相。我想漢王在南鄭之時。雄兵驍將。莫知其數。然没一個能敵項王者。後來得了韓信。築起三丈高臺。拜他爲帥。殺得項王不渡烏江。自刎而死。如今天下太平。更要韓信做什麼。斬便斬了。不爲妨害。且韓信負着十罪。丞相可也得知麽。〔樊噲云〕你説屈殺了韓信。可又有十罪。休説十罪。則一樁罪過也就該死無葬身之地。〔蕭相云〕蒯文通。既是韓信有十罪。你對着這衆臣宰根前。試説一遍咱。〔正末云〕一不合明修棧道。暗度陳倉。二不合擊殺章邯等三秦王。取了關中之地。三不合涉西河。虜魏王豹。四不合渡井陘。殺陳餘。并趙王歇。五不合擒夏悦。斬張仝。六不合襲破齊歷下軍。擊走田横。七不合夜堰淮河。斬周蘭龍且二大將。八不合廣武山小會垓。九不合九里山十面埋伏。十不合追項王陰陵道上。逼他烏江自刎。這的便是韓信十罪。〔蕭相歎介云〕此十件乃是韓信之功。怎麽倒是罪來。〔正末云〕丞相。韓信不只十罪。更有三愚。〔蕭相云〕又有那三愚。〔正末云〕韓信收燕趙破三齊。有精兵四十萬。恁時不反。如今乃反。是一愚也。漢王駕出城臯。韓信在修武。統大將一百餘員。雄兵八十萬。恁時不反。如今乃反。是二愚也。韓信九里山前大會垓。兵權百萬。皆歸掌握。恁時不反。如今乃反。是三愚也。韓信負着十罪。又有此三愚。豈不自取其禍。今日油烹蒯徹。正所謂兔死狐

悲。芝焚蕙嘆。請丞相自思之。〔蕭相同衆悲科〕〔樊噲云〕這一會兒連我也傷感起來了。〔正末唱〕

【喬牌兒】衆公卿多感傷。諸文武盡悲愴。連那漢蕭何淚滴在羅袍上。你正是死了也空念想。

【掛玉鈎】想起那韓元帥葫蘆提斬在法場。將功勞簿都做招伏狀。恰便似啞婦傾杯反受殃。枉了這五年間把烟塵蕩。纔博的個三齊王。又不得終身享。哎。誰知你這宰相廳前。倒做了鬧市雲陽。

〔曹參云〕嗨。丞相。想韓信立下如此功勞。也不當就將他殺壞了也。〔蕭相云〕可知道韓信是屈死了的。但死者不能復生。我如今便要救他。事已無及。如之奈何。〔正末做笑科唱〕

【雁兒落】笑殺我蒯文通舌辯强。怎出的你蕭丞相機謀廣。要誅的便着刀下誅。要向的便把心兒向。

【得勝令】呀。暢好是没算計的漢賢良。左使着這一片狠心腸。早知道屈死了韓元帥。何不還留他楚霸王。圖什麽風光。待氣昂昂端坐在中軍帳。只不如守着農莊。倒也穩拍拍常爲田舍郎。

〔蕭相云〕既然韓信死了也。衆位將軍到來日跟着小官入朝。同見聖人。備説因由。將韓信墓頂上

封還原爵。就與蒯文通加官賜賞。〔正末唱〕

【沽美酒】兀的不是狡兔死走狗僵。高鳥盡勁弓藏。也枉了你薦舉他來這一場。把當日個築臺拜將。到今日又待要築墳堂。

【太平令】便做有春秋祭饗。也濟不得他九泉下魂魄淒涼。倒不如早將我油烹火葬。好和他死生斷傍。我可也不慌。不忙。還含笑的就亡。呀。這便算做你加官賜賞。

〔外扮黃門引校尉捧冠帶黃金上云〕小官黃門是也。因蕭何暗地設計。斬了韓信。又要將蒯徹烹入九鼎油鑊。聖人已知。着小官赦免蒯徹之罪。可早來到也。令人。報復去。有聖旨來了也。〔祗候云〕報的丞相爺得知。有黃門官來了也。〔蕭相云〕道有請。〔進見科〕〔黃門云〕您衆位將軍俱望闕跪者。聽聖人的命。〔詔云〕朕提三尺起豐沛。不五年間盡取諸侯王。追殺項羽。奄有天下。此非一人之能。皆韓信之力也。朕以謬聽人言。將爲叛逆。遂令未央鍾室。冤血尚存。朕實愍焉。茲特還其封爵。令有司立墓祭祀。蒯徹本以口舌從事。與武涉同時。爲主其心。吠堯何罪。甘赴鼎鑊。視死如飴。誠壯士也。可免其死。仍授京兆一官。黃金千兩。嗚呼。生而有功。死猶圖報。言如可用。罪且不遺。庶見我國家賞罰之公。無替朕命。故敕。〔正末同衆謝恩科〕〔唱〕

【鴛鴦煞】若是漢天子早把書明降。韓元帥免受人誣罔。可不的帶礪河山。盟言無恙。我蒯徹也粧什麽風魔。使什麽伎倆。〔還冠帶科唱〕這冠帶呵添不得我榮光。〔還黃金科唱〕這金呵鑄不得他黃金像。只要你個蕭丞相自去思量。怎生的屈殺了什大功臣被萬民講。

〔蕭相云〕蒯文通。這冠帶黄金是聖人賜你的。你怎生還了我道不得個違宣抗敕麽。〔詞云〕只爲那韓元帥辛苦功高。滅西楚扶立劉朝。首賜與三齊玉印。專征伐白鉞黄旄。蕭丞相盡忠報主。防後患設計潛消。假巡遊召還留守。雲陽市屈陷餐刀。今日個備陳冤枉。悔罪了漢國臣僚。聖天子亦爲心動。堪憐憫鳥盡弓弢。想當初築臺拜將。忍教他死後無聊。墓頂上封還原爵。更春秋祭祀東郊。連蒯徹加官賜賞。總之是一體酬勞。顯見得皇恩不濫。同瞻仰天日非遥。

〔音釋〕棧音綻　邯音寒　陘音形　僵音姜　愍音閔　飴音移　恙音様　倆音兩　弢音叨

題目　蕭何害功臣韓信

正名　隨何賺風魔蒯通

温太真玉鏡臺雜劇

關漢卿　撰

第一折

〔老旦扮夫人引梅香上詩云〕花有重開時。人無再少日。生女不生男。門户憑誰立。老身姓温。夫主姓劉。早年辭去。别無兒男。止生得一個女兒。小字倩英。年長一十八歲。未曾許聘他人。夫主在日。教孩兒讀書。老身如今待教他寫字撫琴。只是無個好明師。我有個姪兒温嶠。見任翰林學士。今將老身子母。搬取來京舊宅居住。説道要來拜望老身。梅香。門首覷者。只等學士來時。報復我知道。〔梅香云〕理會的。〔正末扮温嶠上云〕小官姓温名嶠。字太真。官拜翰林學士。小官别無親眷。止有一個姑娘。年老寡居。近日取來京師居住。連日公衙事冗。不曾拜候。今日稍閒。須索拜候一遭。我想方今賢臣登用。際遇聖主。覷的富貴容易。自古及今。那得志與不得志的多有不齊。我先將這得志的説一遍則箇。〔唱〕

【仙吕點絳唇】車騎成行。詣門稽顙。來咨訪。無非那今古興亡。端的是語出人皆仰。

【混江龍】也只爲平生名望。博得個望塵遮拜路途傍。出則高牙大纛。入則峻宇雕墻。萬里雷霆驅號令。一天星斗焕文章。威儀赫奕。徒御軒昂。喜時節鵷鸞並簉。怒時節虎豹潛藏。生前不懼獬豸冠。死來圖畫麒麟像。何止是析圭儋爵。都只待拜將封王。

〔云〕却説那不得志的。也有一等。〔唱〕

【油葫蘆】還有那苦志書生才學廣。一年年守選場。早熬的蕭蕭白髮滿頭霜。幾時得出爲破虜三軍將。入爲治國頭廳相。只願的聖主興。世運昌。把黃金結作漫天網。收俊傑攬賢良。

【天下樂】當日個誰家得鳳凰。翱也波翔。在那天子堂。爭知他朝爲田舍郎。傅説呵在版築處生。伊尹呵從稼穡中長。他兩個也不是出胞胎便顯揚。

〔云〕雖然如此。那得志不得志的。都也由命不由人。非可勉强。〔唱〕

【那吒令】他每都恃着口强。便儀秦呵怎敢比量。都恃着力强。便賁育呵怎敢賭當。元來都恃着命强。便孔孟呵也没做主張。這一個是王者師。這一個是蒼生望。到底捱不徹雪案螢窗。

【鵲踏枝】只落的意徬徨。走四方。昨日燕陳。明日齊梁。若不是聚生徒來聽講。怎留得這詩書萬古傳芳。

〔云〕我今日也非敢擅自誇奬。端的不在古人之下。〔唱〕

【寄生草】我正行功名運。我正在富貴鄉。俺家聲先世無誹謗。俺書香今世無虚誑。

俺功名奕世無謙讓。遮莫是帽簷相接御樓前。靴踪不離金堦上。

【幺篇】不枉了開着金屋。空着畫堂。酒醒夢覺無情况。好天良夜成疎曠。臨風對月空惆悵。怎能彀可情人消受錦幄鳳凰衾。把愁懷都打撇在玉枕鴛鴦帳。

〔云〕一頭説話。早來到姑娘門首。梅香。報復去。説温嶠特來問候。〔梅香報科云〕報的妳妳得知。有温嶠在于門首。〔夫人云〕老身恰纔説罷。學士真個來了。道有請。〔梅香云〕請進。〔正末做見科〕〔夫人云〕學士王事勤勞。取個坐兒來。教學士穩便。一面將酒來與學士遞一杯。〔梅香云〕酒在此。〔夫人云〕學士滿飲一杯。〔正末接飲科〕〔夫人云〕梅香。繡房中叫小姐來拜見學士咱。〔梅香云〕小姐有請。〔旦扮倩英上云〕妾身倩英。正在房中習針指。梅香説母親在前廳呼唤。不知有甚事。須索走一遭去。〔做見科云〕母親。叫孩兒有甚事。〔夫人云〕孩兒。唤你來無别事。只爲温家哥哥在此。你須拜見。〔旦云〕理會的。〔夫人云〕且住著。休拜。梅香。前廳上將老相公坐的栲栳圈銀交椅來。請學士坐着。小姐拜見。〔正末云〕老相公的交椅。姪兒如何敢坐。〔夫人云〕學士休謙。恭敬不如從命。〔正末云〕謹依尊命。〔夫人云〕小姐。把體面拜哥哥者。〔旦做拜科〕〔正末做欠身科〕〔夫人云〕妹妹拜哥哥。豈有欠身之理。〔正末云〕禮無不答。焉可坐受。〔夫人云〕好一箇有道理的人也。〔正末背云〕是好一個女子也呵。〔唱〕

【六幺序】兀的不消人魂魄。綽人眼光。説神仙那的是天堂。則見脂粉馨香。環珮丁當。藕絲嫩新織仙裳。但風流都在他身上。添分毫便不停當。見他的不動情你便都休强。則除是鐵石兒郎。也索惱斷柔腸。

【幺篇】我這裏端詳。他那模樣。花比腮厖。花不成粧。玉比肌肪。玉不生光。宋玉襄王。想像高唐。止不過魂夢悠揚。朝朝暮暮陽臺上。害的他病在膏肓。若還來此相親傍。怕不就形消骨化。命喪身亡。

〔夫人云〕梅香。將酒來。小姐與哥哥把盞。〔旦奉酒科〕〔云〕哥哥滿飲一杯。〔做遞酒科〕〔正末唱〕

【醉扶歸】雖是副輕臺盞無斤兩。則他這手纖細怎擎將。久立着神仙也不當。你待把我做真個的哥哥講。我欲說話別無甚伎倆。把一盞酒淹一半在堦基上。

〔夫人云〕老身欲教小姐寫字彈琴。争奈無個明師。學士肯看老身薄面。教你妹妹彈琴寫字。〔正末云〕姑娘在上。據你姪兒所學。怎生教的小姐。〔夫人云〕學士休謙。梅香。取曆日來。教學士選個好日子。教小姐彈琴寫字。〔正末云〕温嶠今日出來時。有別勾當。也曾選日子。來日是個好日辰。〔唱〕

【金盞兒】來日不空亡。没相妨。天生壬申癸酉全家旺。不比那長星赤口要提防。大綱來陰陽偏有准。擇日要端詳。豈不聞成開皆大吉。閉破莫商量。

〔夫人云〕既如此。就是明日要勞動學士者。〔正末云〕謹依尊命。明日温嶠自來。但温嶠無學。

怎生教的小姐。〔夫人云〕學士休得推辭。只看你下世姑夫的面皮。教訓女孩兒則箇。〔正末唱〕

【醉中天】白日短無時晌。兼夜教正更長。便誤了翰林院編修有甚忙。我待做師爲學長。拚的個十分應當。再無推讓。早收拾幽靜書房。

〔夫人云〕梅香。伏侍小姐。辭别了哥哥。回繡房去。〔旦云〕理會的。〔拜科下〕〔夫人云〕多謝學士。幸不違阻。是必明日早來。〔正末云〕敢不惟命。〔唱〕

【賺煞尾】恰纔立一朵海棠嬌。捧一盞梨花釀。把我雙送入愁鄉醉鄉。我這裏下得堦基無箇頓放。畫堂中别是風光。恰纔則掛垂楊一抹斜陽。改變了黯黯陰雲蔽上蒼。眼見得人倚緑窗。又則怕燈昏羅帳。天那。休添上畫檐間疎雨滴愁腸。〔下〕

〔夫人云〕學士去了也。梅香便收拾萬卷堂。來日是吉日良辰。請學士來教你小姐彈琴寫字。收拾的停當時。可來回我話。〔詩云〕只因愛女要多才。收拾書堂待教來。〔梅香詩云〕從來男女不親授。也不是我把引賊過門胡亂猜。〔同下〕

〔音釋〕倩淺去聲　行音杭　稽音豈　顙桑上聲　纛音毒　簉初救切　儋道藍切　翱音敖　長音掌　賁音奔　誹音非　誑去聲　離去聲　栲音考　栳音老　綽超上聲　馨音興　强音絳　尨音忙　肪音方　肓音荒　俩音兩　晌音賞　推退平聲　釀泥降切　黯衣減切　檐與簷同

第二折

〔老夫人上云〕昨日選定今日是吉日良辰。梅香。門首覷者。則怕學士來時。報我知道。〔梅香云〕理會的。〔正末上云〕姑娘選定今日好日辰。不曾衙門裏去。肯分的姑娘又來請。便不來請我也索去。可早來到門首。梅香。報復去。道温嶠來了也。〔梅香報科云〕温學士來了。〔夫人云〕道有請。〔梅香云〕請進。〔正末做見科〕〔夫人云〕今日學士怎生來的恁早。〔正末云〕爲領尊命。教小姐琴書。就不曾到衙門去。〔夫人云〕因爲老身薄面。誤了學士公事。老身知感不盡。梅香。快請小姐出來。拜學士者。〔梅香云〕小姐有請。〔旦上云〕妾身正在繡房中。聽的母親呼喚。須索見去。〔做見科〕〔夫人云〕倩英。你拜哥哥。今日爲始。便是你師父了也。〔旦做拜科〕〔正末背云〕小姐比昨日打扮的又別。真神仙中人也。〔唱〕

【南呂一枝花】藕絲翡翠裙。玉膩蝤蠐頸。妲己空破國。西子枉傾城。天上飛瓊散下風流病。若是寢正濃夢乍醒。且休問斜月殘燈。直睡到東窗日影。

〔云〕將琴過來。教小姐操一曲咱。〔旦學操琴科〕〔正末唱〕

【梁州第七】兀的不可喜煞羅幃繡幕。風流煞金屋銀屏。這七條絃興亡禍福都相應。端的個聖賢可對。神鬼堪驚。俗懷頓爽。塵慮皆清。一弄兒指法泠泠。早合着古操新聲。金徽彈流水潺湲。冰絃打餘音齊整。玉纖點逸韻輕盈。聰明。怎生得口訣手未到心先應。海棠色蕙蘭性。想天地全將秀結成。一團兒智巧心靈。

〔夫人云〕再操一遍。則怕還有不是處。教學士聽。有不是處再教。〔正末唱〕

【牧羊關】縱然道肌如雪。腕似冰。雖是一段玉却是幾樣磨成。指頭是三節兒瓊瑤。指甲似十顆水晶。穩坐的有那穩坐堪人敬。但舉動有那舉動可人憎。他兀自未揎起金衫袖。我又早先聽的玉釧鳴。

〔夫人云〕小姐。彈琴不打緊。須裝香來請哥哥在相公抱角牀上坐着。小姐拜哥哥。一日爲師。終身爲父。學士教小姐寫字者。〔旦寫字科〕〔正末云〕腕平着。筆直着。小姐。不是這等。〔正末起把筆捻旦手科〕〔旦云〕是何道理。妹子根前捻手捻腕。〔正末云〕小生豈有他意。〔夫人云〕小鬼頭。但得哥哥捻手捻腕。你早十分有福也。〔旦云〕男女七歲不可同席。〔夫人笑科云〕哥哥根前調書帶兒。〔正末唱〕

【隔尾】你便温柔起手裏須當硬。我呆想望迎頭兒撇會清。恰纔輕掿着春葱儘僥倖。

〔帶云〕似這等酥密般搶白。〔唱〕遮莫你駡我盡情。我斷不敢回你半聲。也强如編修院裏和書生每厮强挺。

〔云〕小姐。不是了也。腕平着。筆直着。〔旦怒云〕哥哥。你又來也。〔正末唱〕

【四塊玉】兀的紫霜毫燒甚香。斑竹管有何幸。倒能勾柔荑般指尖擎。只你那纖纖的手腕兒須索平正。我不曾將你玉笋湯。他又早星眼睁。好駡我這潑頑皮没氣性。

〔夫人云〕小姐。辭了哥哥。回繡房去。〔旦拜科下〕〔正末云〕温嶠更衣去咱。〔做行科云〕見小姐下的堦基。往這裏去了。我只見小姐中注模樣。不曾見小姐脚兒大小。沙土上印下小姐脚蹤兒。早是我來的早。若來的遲呵。一陣風吹了這脚跡兒去。怎能勾見小姐生的十全也呵。〔唱〕

【牧羊關】婦人每鞋襪裏多藏着病。灰土兒没面情。除底外四週圍並無餘剩。幾般兒窄窄狹狹。幾般兒周周正正。幾時迤逗的獨强性。勾引的把人憎。幾時得使性氣由他跐。惡心煩自在蹬。

〔帶云〕小姐去了也。幾時得見。着小官撇不下呵。〔唱〕

【賀新郎】你便是醉中茶一啜驀然醒。都爲他皓齒明眸。不由我使心作倖。待尋條妙計無踪影。老姑娘手把着頭稍自領。索什麽囑付叮嚀。似取水垂轆轤。用酒打猩猩。到這裏惜甚廉恥敢傾人命。休休休做一頭海來深不本分。使一場天來大昧前程。

【隔尾】他藉粧梳顔色花難並。宜環珮腰肢柳笑輕。一對不倒踏窄小金蓮尚古自剩。想天公是怎生。這世情。教他獨占人間第一等。

〔正末回科〕〔夫人云〕學士穩便。老身有句話。想小姐年長一十八歲。不曾許聘他人。翰林院有一般學士。煩哥哥保一門親事。〔正末背云〕小官暗想來只得如此。若不恁的呵不濟事。〔做向夫人云〕姑娘。翰林院有個學士。才學文章。不在姪兒之下。〔夫人云〕似你這般才學少有。那學士多大年紀。怎生模樣。哥哥你説一遍。〔正末唱〕

【紅芍藥】年紀和温嶠不多争。和温嶠一樣身形。據文學比温嶠更聰明。温嶠怎及他豪英。保親的堪信凴。搭配的兩下裏相應。不隄防對面説才能。遠不出門庭。

【菩薩梁州】古人親事把閨門禮正。但得人心至誠。也不須禮物豐盈。點燈喫飯兩分明。緱山無夢碧瑶笙。玉臺有主菱花鏡。更有場大廝併。月夜高燒絳蠟燈。只愁那煩擾非輕。

〔云〕温嶠與那學士説成。擇定日子同來。〔夫人云〕多勞學士用心。〔正末做出門笑科云〕温嶠。你早則人生三事皆全了也。〔虚下將砌末上科〕〔做見夫人科云〕告的姑娘得知。適纔姪兒徑去與那學士説了。今日是吉日良辰。將這玉鏡臺權爲定物。别使官媒人來通信。央您姪兒替那學士謝了親者。〔唱〕

【煞尾】俺待麝蘭腮粉香臂鴛鴦頸。由你水銀漬朱砂斑翡翠青。到春來小重樓。策杖登。曲闌邊。把臂行。閒尋芳。悶選勝。到夏來追凉院。近水庭。碧紗厨。緑窗净。針穿珠。扇撲螢。到秋來入蘭堂。開畫屏。看銀河。牛女星。伴添香。拜月亭。到冬來風加嚴。雪乍晴。摘疎梅。浸古瓶。歡尋常。樂餘剩。那時節。趁心性。由他

嬌癡。儘他怒憎。善也偏宜。惡也相稱。朝至暮不轉我這眼睛。孜孜覷定。端的寒忘熱饑忘飽凍忘冷。〔下〕

〔官媒上詩云〕析薪如何。匪斧弗克。娶妻如何。匪媒弗得。自家是個官媒。温學士着我去老夫人家説知。選吉日良辰。娶小姐過門。可早來到也。無人報復。我自過去。〔做見科云〕老夫人磕頭。〔夫人云〕媒婆何來。〔官媒云〕奉學士言語。着我見老夫人選日辰娶小姐過門。〔夫人云〕是那個學士。〔官媒云〕是温學士。〔夫人云〕他是保親的。〔官媒云〕他不是保親的。則他是女壻。〔夫人云〕何爲定物。〔官媒云〕玉鏡臺便是定禮。〔夫人云〕有這等事。我把這玉鏡臺摔碎了罷。〔官媒云〕住住。這玉鏡臺不打緊。是聖人御賜之物。不争你摔碎了。做的個大不敬。爲罪非小。〔夫人云〕嗨。吃他瞞過了我也。梅香。便説與小姐知道。收拾停當。選定吉日。送小姐過門去罷。〔下〕

〔音釋〕翡肥去聲　膩寧計切　蝤音由　蠐音齊　妲當加切　瓊渠盈切　泠音淩　潺鋤山切　湲音袁　揎音宣　釧川去聲　撚音聶　揣音閙　荑音啼　剩音盛　迤音移　逗音豆　跐音此　蹬音登　啜樞説切　轆音鹿　轤音盧　窄齋上聲　緱音鈎　漬音恣　螢音盈　摔音洒

第三折

〔正末引贊禮鼓樂上〕〔贊禮唱科詩云〕一枝花插滿庭芳。燭影揺紅晝錦堂。滴滴金杯雙勸酒。聲

聲慢唱賀新郎。請新人出廳行禮。〔梅香同官媒擁旦上〕〔正末唱〕

【中呂粉蝶兒】怕不動的鼓樂聲齊。若是女孩兒不諧魚水我自拖拽。這一場出醜揚疾。安排下佯小心。粧大膽。丹方一味。他若是皺着雙眉。我則索牙牀前告他一會。

〔云〕媒婆。你遮我一遮。我試看咱。〔官媒云〕我遮着你看。〔正末做看科〕〔旦云〕這老子好是無禮也。〔正末唱〕

【紅繡鞋】則見他無發付氳氳惡氣。急節裏不能勾步步相隨。我那五言詩作上天梯。首榜上標了名姓。當殿下脱了白衣。今夜管洞房中抓了面皮。

〔云〕媒人。待嗒大了膽過去來。〔唱〕

【迎仙客】到這裏論甚使數。問甚官媒。緊逐定一團兒休厮離。和他守何親。等甚喜。一發的走到跟底。大家吃一會没滋味。

〔旦云〕兀那老子。若近前來我抓了你那臉。教他外邊去。媒婆。你來。我和你説。這老子當初來時節。俺母親教小姐拜哥哥。他曾受我的禮來。〔官媒云〕學士。小姐説起初時他曾拜你做哥哥。你受過他禮來。〔正末云〕我那裏受他禮來。你與小姐説去。〔官媒云〕小姐。學士説那裏受你禮來。〔旦云〕在俺先父銀棬栳圈交椅上坐着。受我的禮來。〔官媒云〕小姐説學士在他老相公棬栳圈銀交椅上。受他禮來。〔正末唱〕

【醉高歌】我見他姿姿媚媚容儀。我幾曾穩穩安安坐地。向傍邊踢開一把銀交椅。我則是靠着箇栲栳圈站立。

〔旦云〕媒婆你來。他又受我的禮來。〔官媒云〕學士。小姐說你又受他的禮來。〔正末云〕我那裏又受他禮來。〔官媒云〕小姐。學士說。他那裏又受你的禮來。〔旦云〕這老子。俺母親着我彈琴寫字。他坐在俺先父抱角牀上。我拜他爲師來。〔官媒云〕學士。小姐說學彈琴寫字。拜你爲師。你在老相公抱角牀上。受他禮來。〔正末唱〕

【醉春風】我坐着窄窄半邊牀。受了他怯怯兩拜禮。我這裏磕頭禮拜却回席。剗地須還了你。你便得些歡娛。便談些好話。却有那般福氣。

〔旦云〕媒婆。你說與他去。我在正堂中做卧房。教他再休想到我根前。若是他來時節。我抓了他那老臉皮。看他好做得人〔官媒云〕學士。小姐說來。他在正堂中做卧房。教你休想到他根前。若是你來時節。他抓了你老臉皮。教你做人不得。〔正末唱〕

【紅繡鞋】正堂裏夫人寢睡。小官在書房中依舊孤恓。遮莫待盡世兒不能勾到他這羅幃。人都道劉家女被温嶠娶爲妻。落得個虛名兒則是美。

〔云〕將酒來。我與小姐把盞咱。〔正末把酒科〕〔旦云〕我不吃。〔官媒云〕小姐接酒。〔正末唱〕

【普天樂】初相見玉堂中。常想在天宮内。則索向空閒偷覷。怎生敢整頓觀窺。得如今伏侍他。情願待爲奴婢。廚房中水陸烹炮珍羞味。箱櫃内無限錦繡珠翠。但能勾與你插戴些首飾。執料些飲食。則這的我早福共天齊。

〔旦做灑酒科云〕我不吃。〔正末唱〕

【滿庭芳】量這些直個甚的。忒斟得金盃瀲灩。因此上把宮錦淋漓。大人家展污了何須計。只要你温夫人略肯心回。便灑到一兩瓮香醪在地。澆到百十箇公服朝衣。今夜裏我早知他來意。酒淹得袖濕。幾時花壓帽檐低。

〔官媒云〕這小姐則管不就親。做的個違宣抗敕哩。〔正末云〕媒婆休説這般話。〔唱〕

【上小樓】休題着違宣抗敕。越逗的他煩天惱地。你則説遲了燕爾。過了新婚。誤了時刻。你説領着省事。掌着軍權。居着高位。又道會親處倚官挾勢。

〔云〕我則索哀告你箇媒婆做個方便者。〔做跪科〕〔官媒云〕學士。你爲何在老身跟前下禮。〔正末唱〕

【幺篇】我求竈頭。不如告竈尾。爲甚我今日。媒人根前。做小伏低。教他款慢裏。勸諫的俺夫妻和會。兀的是羅幃中用人之際。

〔官媒云〕天色明了也。學士。你先往衙門中去。我自夫人根前回話去也。〔正末云〕夫人。你的心事。我已知道了。你聽我説。〔唱〕

【耍孩兒】你少年心想念着風流配。我老則老争多的幾歲。不知我心中常印着個不相宜。索將你百縱千隨。你便不歡欣我則滿面兒相陪笑。你便要打駡我也渾身兒都是喜。我把你看承的。看承的家宅土地。本命神祇。

【四煞】論長安富貴家。怕青春子弟稀。有多少千金嬌艷爲妻室。這廝每黃昏鸞鳳成雙宿。清曉鴛鴦各自飛。那裏有半點兒真實意。把你似糞堆般看待。泥土般抛擲。

【三煞】你攢着眉熬夜闌。側着耳聽馬嘶。悶心欲睡何曾睡。燈昏錦帳郎何在。香燼金罏人未歸。漸漸的成憔悴。還不到一年半載。他可早兩婦三妻。

【二煞】今日咱。守定伊。休道近前使喚丫鬟輩。便有瑶池仙子無心覷。月殿嫦娥懶去窺。俺可也別無意。你道因甚的千般懼怕。也只爲差了這一分年紀。

【煞尾】我都得知都得知。你休執迷休執迷。你若別尋的個年少輕狂壻。恐不似我這般十分敬重你。〔同下〕

〔音釋〕疾精妻切　氲於君切　抓莊瓜切　立音利　席星西切　空去聲　炮音袍　飾傷以切　食繩知切　潋離店切　灔音艷　瀽音蹇　敕音恥　刻康美切　的音底　祇音其　室傷以切　擲征移切

第四折

〔外扮王府尹引祇從上詩云〕龍樓鳳閣九重城。新築沙堤宰相行。我貴我榮君莫羨。十年前是一書生。老夫王府尹是也。今有温學士親事一節。老夫奏過官裏。特設一宴。叫做水墨宴。又叫做鴛鴦會。專請學士同夫人赴席。筵宴中間則教他兩口兒和會。等學士夫人到時。自有主意。這早晚敢待來也。〔正末同旦上云〕今日府尹相公設宴請客。不知何意。須索走一遭去也呵。〔唱〕

【雙調新水令】則爲鳳鸞失配累了蒼鶻。今日個玳筵開專要把鴛鴦完聚。我前面騎的是五花驄。他背後坐的是七香車。人都道這村裏妻夫。直恁般似水如魚。兩口兒不肯離了一步。

【駐馬聽】想當日沽酒當罏。拚了個三不歸青春卓氏女。今日膝行肘步。招了個百般嫌皓首漢相如。偏不肯好頭好面到成都。㬚的我没牙没口題橋柱。誰跟前敢告訴。兀的是自招自攬風流苦。

〔云〕可早來到也。左右報復去。道温學士和夫人來了也。〔祗從報科云〕温學士和夫人到於門首。〔府尹云〕道有請。〔見科府尹云〕小官奉聖人的命。設此水墨宴。請學士夫人吟詩作賦。有詩的學士金鍾飲酒。夫人插金鳳釵。搽官定粉。無詩的學士瓦盆裏飲水。夫人頭戴草花。墨烏面皮。〔旦云〕學士。你聽者。大人説你若有詩便吃酒。無詩便吃冷水。你用心着。〔正末唱〕

【喬牌兒】自從不應舉。何嘗對兩字句。昨日會賓朋飲到遥天暮。今日酒渴的我没是處。

【掛玉鈎】恨不的巴到咽喉嚥下去。井墜着朱砂玉與咱更壓瘴氣凉心經。解臟毒。夫人呵他自有通仙術。至如腫了面皮。瘡生眉目。也索蘸筆揮毫。咒水書符。

〔府尹云〕若無詩呵。學士罰水。夫人頭戴草花。墨烏面皮。〔正末唱〕

【川撥棹】這官人待須臾。休恁般相逼促。你道是傅粉塗朱。妖艷粧梳。貌賽過神仙洛浦。怎好把墨來烏。

〔旦云〕學士着意吟詩。無詩的吃水。墨烏面皮。甚麽模樣。〔正末云〕休叫學士。你叫我丈夫。

〔旦云〕無計所奈。則索喚丈夫。丈夫須要着意者。〔正末唱〕

【豆葉黄】你在黑閣落裏欺你男兒。今日呵可不道指斥鑾輿。也有禁住你限時。降了你乖處。兩個月方纔喚了我個丈夫。雖不曾徹膽歡娱。湯着皮膚。剛聽的這一聲嬌似鶯雛。早着我渾身麻木。

〔旦云〕丈夫。你知道麽。倘或罰水烏墨搽面。教我怎了。〔正末唱〕

【喬牌兒】如今便面上筆落處。也則是浮抹不生住。喒自有新合來澡豆香芬馥。到家銀盆中洗面去。

〔旦云〕丈夫。着意吟詩。〔正末唱〕

【掛玉鈎】我從小裏文章不大古。年老也還有甚詞賦。則道我沉醉黄公舊酒罏。怎知我也有粧幺處。見他害恐懼。我倒身無措。且等他急個多時。慢慢的再做支吾。〔府尹云〕學士請吟詩者。〔正末云〕小官就吟。〔旦云〕丈夫。你要着意者。〔正末云〕夫人放心。〔唱〕

【水仙子】須聞得温嶠不塵俗。明知道詩書飽滿腹。那裏是白頭把你青春誤。就嫌的我無地縫鑽入去。少甚麽年少兒夫。這一個眼灌的白鄧鄧。那一個臉抹的黑突突。空恁般緑鬢何如。〔旦云〕學士。吟詩波。休似吃凉水的。〔正末云〕夫人。我吟的詩好呵。你肯隨順我麽。〔旦云〕你若吟得詩好。我插金釵。飲御酒。我便依隨你。〔正末云〕夫人。你請放心者。〔唱〕

【甜水令】我如今舉起霜毫。舒開繭紙。題成詩句。待費我甚工夫。冷眼偷看。這盆凉水。何須憂慮。只當做醒酒之物。

【折桂令】想着我氣捲江湖。學貫珠璣。又不是年近桑榆。怎把金馬玉堂。錦心繡口。都覷的似有如無。則被你欺負得我千足萬足。因此上我也還他佯醉佯愚。〔旦云〕丈夫。着意吟詩。倘罰水。墨烏面皮。教我怎了。〔正末唱〕他如今做了三謁茅廬。勉强承伏。軟兀剌走向前來。惡支煞倒退回去。〔正末吟詩科云〕不分君恩重。能憐玉鏡臺。花從仙禁出。酒自御厨來。設席勞京尹。題詩屬上才。遂令魚共水。由此得和諧。〔府尹云〕温學士。不枉了高才大手。吟得好詩。賜金鍾飲酒。夫人插鳳頭釵。搽官定粉。〔旦喜科云〕學士。這多虧了你也。〔正末云〕夫人。我温嶠何如。〔府尹云〕夫人。你肯依隨學士麽。〔旦云〕妾身願隨學士。〔府尹云〕既然夫人一心依隨學士。老夫即當奏過官裏。再准備一個慶喜的筵席。〔正末唱〕

【雁兒落】你常好是吃贏不吃輸。虧的我能説又能做。你只要應承了這一首詩。倒被我勒掯的情和睦。

【得勝令】呀。兀的不是一字一金珠。煞强似當日嚇蠻書。你着寶釵簪雲鬢。我着金杯飲醁醑。山呼。共謝得當今主嫡姝。早則不嫌我老丈夫。

〔府尹云〕人間喜事。無過夫婦會合。就今日殺羊造酒。安排慶喜筵席。送學士夫人還宅去。〔詩云〕金尊銀燭啓華筵。一派笙歌徹九天。若非恩賜鴛鴦會。焉能夫婦兩團圓。〔正末拜謝科〕〔唱〕

【鴛鴦煞】從今後姻緣注定姻緣簿。相思還徹相思苦。謄道連理歡濃。于飛願足。可憐你窈窕巫娥。不負了多情宋玉。則這琴曲詩篇吟和處。風流句。須不是我故意虧圖。成就了那朝雲和暮雨。

〔音釋〕鶻紅姑切　憿音鱉　攬音覽　玉干句切　毒東盧切　術繩朱切　目音暮　蘸知濫切　促音取　降奚江切　朮音暮　馥房夫切　俗詞疽切　腹音府　突東盧切　物音務　足臧取切

伏房夫切　禭吞去聲　做租去聲　揹肯去聲　睦音暮　醁音路　醑音胥　姝音朱　賸音盛

題目　王府尹水墨宴

正名　温太真玉鏡臺

楊氏女殺狗勸夫雜劇

楔子

〔冲末扮孫大同旦楊氏梅香保兒上云〕小生姓孫名榮。字孝先。祖居南京人氏。在土街背後居住。渾家楊氏。還有一個小兄弟。叫做孫蟲兒。雖然是我的親手足。争奈我眼裏偏生見不得他。今日是小生的生辰之日。大嫂。你與我卧羊宰猪。做下筵席。别的親眷可都阻了。則有我那兩個至交柳隆卿胡子轉。去請他來陪我吃一杯兒壽酒。大嫂。你門首覷者。他兩個這早晚敢待來也。〔旦云〕員外也。你把共乳同胞親兄弟孫二不禮。却信着這兩個光棍。搬壞了俺一家兒也。〔二净扮柳隆卿胡子轉上〕〔柳詩云〕不做營生則調嘴。拐騙東西若流水。除了孫大這糟頭。再没第二個人家肯做美。小子柳隆卿。這個兄弟叫做胡子轉。今日是孫員外的生日。俺兩個無錢。去問槽房裏賒得半瓶酒兒。又不滿。俺着上些水。到那裏則推拜。將酒瓶踢倒了。若員外教俺買酒去。俺就去賒了來。算下的酒錢。少不的是員外還他。俺兩個落得吃他的酒。使他的錢。〔胡云〕哥説的是。我只依你便了。〔柳見旦科云〕嫂嫂。哥哥有麽。俺兄弟兩個將一瓶兒酒來。與哥哥上壽哩。〔旦云〕下次小的每。接了兩個小叔羊者。〔孫大云〕大嫂。兄弟每無錢。那裏得這羊酒來。請他裏面坐。〔柳胡見科云〕恭喜哥哥華誕。俺兩個無什麽禮物將敬。只一瓶兒淡酒。與哥哥一滴。添壽一歲。哥哥休怪。〔孫大云〕兄弟。滴水難消。休道是兄弟將酒來。你則這般空來。也是你兄弟的情分。將酒來。我與兄弟開懷暢飲一場。〔做拜踢倒酒缾科柳云〕呀。剛只得這一缾兒酒。又踢翻了。如何是好。〔胡云〕待兄弟再去買來〔孫大云〕不要去買。我家裏有的是好酒。大嫂。將酒來。〔柳云〕既然哥哥有酒。我們借花獻佛。與哥哥上壽咱。〔送酒科〕〔旦云〕這兩個來了。怎的不見小叔叔來。〔正末扮孫二上云〕小生孫華。小字蟲兒的便是。自小父母早亡。我向住在哥哥嫂嫂家裏。俺嫂嫂大賢惠。則有俺哥哥孫大。信着兩個逆子的言語。趕我在城南破瓦窰中居止。俺哥哥見俺。不是打便是罵。今日是俺哥哥生日。俺蟲兒無什麼物件將去與哥哥祝壽。只去拜哥哥嫂嫂兩拜。也不失人間的道理。可早來到門首也。〔見旦科云〕嫂嫂。〔旦云〕小叔叔你來了也。兩個光棍來了一日。怎不見你來。〔正末入見科〕〔柳胡云〕孫二來了也。接了羊者。〔孫大云〕孫二。你與我做生日。你將的羊酒來。〔正末云〕你知兄弟貧寒度日。那裏得這羊酒來。只是拜哥哥嫂嫂兩拜。也見兄弟的意思。〔孫大云〕我少你那兩拜哩。你拜了我。我就飽了。我就醉了。我也領你的盛情。你那裏是與我做生日。明明是趕嘴來。〔打正末科〕〔正末云〕兄弟不曾敢説甚麼。你打我怎的。〔孫大云〕我不打你別的。我打你個遊手好閒。不務生理的弟子孩兒。〔正末云〕哥哥。你打您兄弟。可也上有天哩。〔唱〕

【仙呂賞花時】知他是誰好遊閒誰不良。誰起風波誰要强。瞞不過鄰里衆街坊。〔孫大云〕你是我的兄弟。你敢粧幺放黨。不伏我打哩。〔正末唱〕**俺哥哥道我粧幺放黨。平白地揣**

與個罪名當。

【么篇】這的是自有傍人説短長。銅斗個家私你獨自掌。咱須是一父母又不是兩爺娘。〔云〕蟲兒打街上過來。衆人都道孫大郎與孫二似一個印合脱下來的。〔柳胡云〕這厮胡説。你和俺哥哥一個印合兒裏脱下來的。怎麽你這般窮好嘴臉。〔正末唱〕怕不一般的俺模樣。哥哥比兄弟多一片家狠心腸。〔下〕

〔孫大云〕你兩個兄弟少罪。〔柳胡做醉科云〕俺兩個定害哥哥。改日再謝。〔下〕〔旦云〕員外。明日是清明節令。俺收拾下祭禮。請小叔叔一同上墳去咱。〔同孫大下〕

【音釋】分去聲　思去聲

第一折

〔柳胡上詩云〕昨日慶生辰。今朝請上墳。隨他好兄弟。争似眼前人。今日孫員外請咱兩個上墳。須索去走一遭。〔做與孫大遇見科〕〔孫大云〕你兩個兄弟來了也。〔做擺祭禮科〕〔柳胡云〕你的祖宗就是我的祖宗。我們一齊拜。〔做同拜科〕〔孫大云〕咱祭過了祖宗也。兩個兄弟把盞破盤。〔飲酒科〕〔旦云〕我員外好是執迷也。將親兄弟教他另住。受着饑寒。今日上墳。也不等他一等。被這兩個光棍搬弄。連祖宗在地下也是不安的。兀的不又吃醉了也。我這裏看波。可怎生不見孫二來。〔正末上云〕小生孫蟲兒。將着這一分紙。一鉼兒酒。今日是一百五日清明節令。上墳去咱。

可早來到墳前也。〔放下酒科云〕俺燒一陌紙與祖宗。願你都好處托生去咱。古人有云。生事之以禮。死葬之以禮。祭之以禮。我孫蟲兒貧難。備不得什麼祭禮。只是這一鉼兒酒。兀的不窮殺孫蟲兒也。〔唱〕

【仙吕點絳唇】從亡化了雙親。便思營運。尋資本。怎得分文。落可便刮土兒收拾盡。

【混江龍】莫不是姓孫的無分。却將這精銀響鈔與了別人。教兄弟有家難遊。無處棲身。把我趕在破瓦窑中捱凍餒。教人道披着蒲蓆説家門。也不是我特故的把哥哥來恨。他他他不思忖一爺娘骨肉。却和我做日月參辰。

〔旦云〕小叔叔。你上墳哩。〔正末云〕嫂嫂少罪。〔旦云〕你哥哥上墳。在這裏等了你多時。不見你來。先自祭祀了也。你怎生來的這等遲。〔正末云〕嫂嫂。自從前日與哥哥做生日來。不知甚的意思。打了我這一頓。我因此不敢見哥哥去。又害怕打哩。〔旦云〕小叔叔。不妨事。等着你哩。你過去吃幾鍾酒。身上寒冷哩。〔正末云〕這等我過去。〔做見科〕〔孫大云〕這個村廝又來了。〔正末唱〕

【油葫蘆】他駡道孫二窮廝煞是村。便待要趕出門。則着我自敦自遜自傷神。現如今爹爹妳妳都亡盡。但願得哥哥嫂嫂休嗔忿。爲甚麽單駡着我。你敢是錯怨了人。〔孫大云〕我和你有什麽情分。你來見我。〔正末唱〕既是哥哥與兄弟無情分。却怎生等我上新墳。

〔孫大云〕我正等你來打哩。〔正末唱〕

【天下樂】哎。俺親的元來則是親。〔云〕嫂嫂。我不過去也。則怕哥哥打我。〔唱〕我爲甚麼抽也波身却倒褪。其實當不過那百般的心性狠。誰想他赤的金。白的銀。但得俺哥哥歡喜呵便是十萬分。

〔孫大云〕你來這裏做甚麼。〔正末云〕你兄弟上墳來。〔孫大云〕俺家墳裏有你這等人。我和你甚麼親。你來上墳。〔正末唱〕

【那吒令】哥哥道是不親。我須是姓孫。哥哥道是不親。孫蟲兒上墳。哥哥道是不親。這兩個是甚人。〔孫大云〕這兩個是我死生交的兄弟也比你。〔正末唱〕哥哥你自忖量。你自評論。您直恁般愛富嫌貧。

〔孫大云〕你這一萬年不得長進的人。〔柳胡云〕哥哥。這等人不長進。則待饞處着嘴。懶處着身。不撚了他去。待做甚麼。〔孫大云〕小的每。撚這廝出去。兄弟每把盞則管吃酒。不要採他。〔正末云〕你看他兩個賊子幫着俺哥哥吃酒。好不快活也。〔唱〕

【鵲踏枝】他兩個把盞兒吞。直吃的醉醺醺。〔孫大云〕兄弟。好酒也。〔柳胡云〕好酒。您兄弟都吃醉了也。〔正末唱〕吃的來東倒西歪。盡盤將軍。〔柳胡做使酒科云〕孫二。我盡盤將軍。是吃你的。没廉恥窮叫化弟子孩兒。今日俺家員外上墳。特特請我兩個來。這所在只有我坐處。可有你站處。要你管我。〔正末云〕這裏正是你家的。〔唱〕今日個到墳堂中來廝認。是你什麼娘祖代宗親。

〔柳胡云〕這潑賴無禮。你那裏是罵俺。哥哥。你看孫二見俺這裏吃酒。他罵你吃你娘祖代宗親哩。〔孫大云〕誰罵我來。〔柳胡云〕是孫二罵你來。〔孫大怒科云〕孫二。你好也。俺祖代宗親。是你什麼哩。〔做打正末科〕〔正末云〕你休信他每説話。兄弟怎敢罵哥哥來。〔唱〕

【寄生草】哥哥。我又不是庶出逃生子。須是你同胞共乳親。俺哥哥出門來賓客相隨趁。俺哥哥還家來侍女忙扶進。你兄弟破窑中忍冷躭愁悶。俺哥哥富家山野有人瞅。你兄弟貧居鬧市無人問。

〔孫大云〕我酒醉了也。有我兩個兄弟扶的我家去。你這窮廝還敢無禮。你墳上來。拷折你兩臁骨。到我家裏來。我打你二百棍。〔柳胡云〕如何。這所在那裏有你來。〔正末唱〕

【金盞兒】我墳前去那場恨。還家去怒生嗔只待要各支支拷二百粗荊棍。咬牙根做出那惡精神。我待墳前去要敲折我兩臁骨。還家去又要打斷我脊梁觔。天那。我正是成人不自在。自在不成人。

〔云〕哥哥將兄弟不認。信着兩個賊子。打了我這一頓。我不敢到墳上添土去。我則往墳外拜一拜罷。祖宗少怪。孫蟲兒無甚。只燒的一陌兒紙。一鏇兒酒。祭奠祖宗咱。〔做拜科唱〕

【後庭花】這村醪酒剛半盆。紙錢兒值幾文。不是我將父母相拖逗。也是你歹孩兒窮孝順。〔孫大云〕兄弟每慢慢的把盞者。將羊背子來做按酒快活喫。〔柳胡云〕快些碎羊背子。來吃。來吃。〔正末唱〕他那厢吃的醉醺醺。我這裏嘴盧都暗暗的納悶。哎。孫蟲兒來上墳。幾番家桃李春。他那厢笑呷呷倒玉樽。我這裏哭啼啼誰動問。

【青歌兒】天那。你于人有那般那般慈憫。偏生我是這般這般時運。俺哥哥白馬紅纓衫色新。俺哥哥眼内無珍。看的我做各姓他人。動不動棍棒臨身。直着我有口難分。進退無門。只落的袖稍兒偷搵住俺這悲悲切切淚紛紛。這的是誰生分。

【柳葉兒】難道我孫蟲兒與他來不親不近。見一陣旋風兒繞定荒墳。來時節旋的慢去時節旋的緊。爲甚麽小的兒多貧困。大的兒有金銀。爹爹妳妳阿。你可怎生來做的個一視同仁。

〔孫大云〕兄弟。你去看孫二墳外做什麽哩。〔柳胡云〕哥哥。俺兩個看去來。〔做看科云〕哥哥。孫二在墳外絞七個紙人兒。埋在土裏。咒你早死了。這家私都是他的。〔孫大怒科云〕這廝無禮。〔做打科云〕我今日吃的酒淹衫袖濕。花壓帽簷低。隨你隨你。只休上我門來。〔旦云〕員外醉了也。〔柳胡扶科旦隨下〕〔正末云〕俺哥哥去了也。我到墳上辭别了俺爺娘。還歸我那破瓦窑中去。哥哥。你這着兩個幫閒的賊。打我這幾頓。哥哥。由你打我。我則是好心腸待你。〔唱〕

【賺煞】你便駡我一千場。便拷我三十頓。我則索狠喫幞頭心兒自忍。若不是死了俺娘親和父親。這家私和你疋半停分。豹子的孟嘗君。暢好是食客填門。可怎生把親兄弟如同陌路人。哥哥。你有金有銀。閃的我無投倈無遴。則向這破窰中和月待黄昏。〔下〕

〔音釋〕拾繩知切　别邦耶切　褪吞去聲　長音掌　瞅音揪　噁音襖　噇音音　旋去聲　阿何哥切　倈梨靴切

第二折

〔孫大同柳胡上云〕昨日上墳處多吃了幾鍾酒。不自在。兩個兄弟。咱今日往謝家樓上。再置酒席與我酘一酘去來。〔做上樓科〕〔柳胡云〕哥哥。咱三人結義做兄弟。似劉關張一般。只願同日死。不願同日生。兄弟有難哥哥救。哥哥有難兄弟救。做一個死生文書。〔孫大云〕兩個兄弟説的是。〔做飲醉下樓柳胡扶孫大睡倒科〕〔柳胡云〕這是街上。不是你的牀舖。怎麽就睡倒了。哥哥。你聽得禁鐘響哩。你還家去來。〔孫大做不醒科〕〔柳胡云〕這等好睡。再叫也叫不醒。可又遇着個不知趣的天。下起大雪來。我每身上寒冷。陪他到幾時回去。如今起更一會了。巡軍這早晚敢出來也。他是個富漢。便拏住他。只使得些錢罷了。怕甚的。喒兩個是個窮漢。若拿住呵。可不乾打死了。不如撇下他還家去來。〔做摸科云〕呀。哥哥靴靿裏有五錠鈔哩。常言道見物不取。失之千里。這明明是天賜我兩個横財。不取了他的。倒把别人取了去。〔做取科云〕便凍殺了你。也不干我事。〔下〕〔正末上云〕好大雪也。孫蟲兒往街上題筆。覓幾文錢去來。如今天色已晚。我還窑中去咱。〔唱〕

【正宫端正好】黑黯黯凍雲垂。疏刺刺寒風起。徧長空六出花飛。不停閒雪兒緊風兒急。這場冷着我無存濟。

【滚繡毬】有那等富漢每。他道是壓瘴氣。下的是國家祥瑞。怎知俺窮漢每少食無衣。我則見滿天裏飛磨旗。半空裏下砲石。俺須是死無個葬身之地。只落的抱雙肩緊把頭低。我如今冒他大雪窑中去。抵多少袖得春風馬上歸。凍的我脚步兒難移。

〔云〕嗨。那富漢每下着雪他倒歡喜。却不知俺窮漢每好苦楚也。〔唱〕

【倘秀才】有等人道宜掃雪烹茶在讀書舍裏。又道是宜羊羔爛醉在銷金帳底。不知他陶學士風流可也勝如党太尉。誰説起。寒江上一簑歸。那漁翁的凍餒。

〔云〕好大雪也。我想古來貧儒。也多有受苦的。〔唱〕

【滚繡毬】似這雪呵教買臣懶負薪。似這雪呵教韓信怎乞食。似這雪呵鄭孔目怎生迭配。晋孫康難點檢書集。似這雪呵韓退之藍關外馬不前。孟浩然霸陵橋驢怎騎。似這雪呵教凍蘇秦走投無計。王子猷也索訪戴空回。似這雪呵漢袁安高眠竟日柴門閉。

呂蒙正撥盡寒鑪一夜灰。教窮漢每不死何爲。〔云〕這雪下的越緊了也。我待往大街上去呵。風大雪緊。身上無衣難行。我打這背巷裏去。也略避些風雪。〔做絆倒科云〕這街上躺着的是什麽物件。又不是個包袱。元來是一個醉漢。兀那君子。你也少飲些。怕做什麽。我欲待要去。這厮又一把拏住我右腿。怎麽好。待我低頭試看咱。〔驚科云〕呀。却元來是我哥哥酒醉了。你卧倒在這裏。眼見的和這兩個賊弟子的孩兒一處吃酒來。他兩個去了。將你撇在這裏。好朋友也。〔詩云〕君子結交不爲財。小人結交專爲嘴。如今撇你雪堆中。還只信他無後悔。〔唱〕

【呆骨朵】見哥哥迎着風冒着雪倒在當街睡。我只怕鐘聲盡被那巡夜的淩逼。雖然是背巷裏悄促促没個行人。只怕雪地裏冷冰冰凍壞了你。爲甚麽這頭巾上泥來汙。〔云〕哥哥。你上墳處也曾説來。〔唱〕却不道花壓帽簷低。滿身上雪漸消。〔云〕哥哥。你可又説來。〔唱〕這的是酒淹衫袖濕。

〔云〕這兩個好無禮也。你那一身穿的吃的。都是俺孫員外的。今日哥哥吃的醉了。你丢了他。結下得這兩個好兄弟也。〔唱〕

【倘秀才】自古道膠漆的雷陳也不似你這般合意。雞黍的范張也不似你這般爲嘴。你兩個若没俺哥哥怕不餓殺你這頽。你兩個。撮捧着喫的醉如泥。却撇他在這裏。

〔云〕你這兩個賊子。每日幫着俺哥哥吃酒做好漢哩。〔唱〕

【滚繡毬】你粧了幺落了錢。你吃了酒噇了食。〔帶云〕好也呵。〔唱〕哥哥也是他養軍千日。俺孫員外不枉了結義這等精賊。你便十分的覷當他。他可有一分兒知重你。這的是使錢的伶俐。哥哥也在上墳處數遍家曾題。兀的般滿身風雪蹲跧卧。可不道一部笙歌出入隨。抵多少水盡也鵝飛。

〔云〕我待扶起俺哥哥來。他又是打我。若不扶起來。凍死俺哥哥怎好。罷。我也怕不的打。我則背俺哥哥家去。〔做背科云〕可早來到也。〔叫門旦同梅香上〕〔開見科云〕小叔叔。你與哥哥商和了也。這誰勸你來。〔旦扶孫大睡科云〕你怎生背將你哥哥來。〔正末云〕嫂嫂。我還窰中去。在這土街背後經過。絆了我一交。我道是什麼。却是哥哥倒在大雪裏睡着。兩個賊子撇下去了。孫二想着共乳同胞的兄弟情分。恐怕街上凍死了。我只得背將家來。嫂嫂。哥哥睡着了也。嫂嫂安置。我回去也。〔旦云〕生受你。身上寒冷。吃些酒飯還家去。〔正末云〕嫂嫂。則怕哥哥覺來又打我。〔旦云〕你放心。你哥哥直睡到紅日三竿還未起哩。〔正末云〕嫂嫂。假如哥哥覺來。怎生好那。〔旦云〕他覺來我自支持他。包你没事。〔正末云〕哥哥性子不好。要打着你如何。〔旦云〕我也不是個善的。怕他怎麽。保兒。快將麵來與小叔叔吃。〔正末做吃麵科〕〔唱〕

【貨郎兒】他道俺哥哥十分家沉醉。且吃些兒熱湯熱水。俺哥哥直睡到紅日三竿未起。可怎生近新來偏恁覺來疾。〔孫大做醒科云〕好睡也。〔正末唱〕他酩子裏紐回胭頸。没揣的轉過身體。

〔云〕嫂嫂。俺哥哥覺來了也。〔旦云〕小叔叔由他。不要害怕。〔正末唱〕

【脫布衫】我坐則坐戰兢兢的。〔孫大做起科云〕是甚麼人吃我麵哩。〔正末唱〕他醉則醉氣丕丕的。我這裏低着頭沉吟了半晌。他那裏不轉睛瞅了我一會。

【太平令】吃的是親嫂嫂的酒食。更過如呂太后的筵席。〔云〕嫂嫂。哥哥覺來了也。你說一句兒。〔旦云〕我且不說。看他怎的。〔正末唱〕嫂嫂。俺哥哥覺來你支持。我也不是個善的。諕的我一個臉描不的畫不的。一雙筯拿不的放不的。一口麪吐不的嚥不的。我便有萬口舌頭教我說個甚的。

〔孫大云〕兀那吃麵的是誰。〔旦云〕是孫二叔叔。你大雪裏凍倒在街上。那兩個賊子撇下你去了。不是叔叔背將來。那裏有你這性命哩。〔孫大云〕我記得靴鞫裏剩下五錠鈔來。我看咱。呀。怎麼不見了。孫二。你那裏是背我。明明要乘醉偷我這鈔來。〔正末云〕哥哥大雪裏睡着。孫二恐怕凍壞了你。背將家來。我不知哥哥有鈔。怎麼偷得。〔旦云〕多敢是那兩個賊子拿去了。〔孫大云〕大嫂。你胡說。我這兩個兄弟都是有仁有義的。他怎生拿的去。斷然是這孫二窮廝也。〔正末唱〕

【伴讀書】白茫茫雪迷了人蹤跡。昏慘慘雪閉了天和地。寒森森凍的我還窑內。滴溜溜絆我個合撲地。黑嘍嘍是誰人帶酒醺醺醉。我我我定睛的覷個真實。

【笑和尚】諕的我悠悠的魂魄飛。不尋思當街上正是哥哥睡。直背的到家來不得口好氣息。倒喫頓潑拳搥。哥哥也你瞞天地。昧神祇。〔做拜天科云〕今日打兄弟。明日罵兄弟。〔唱〕這的也是孫蟲兒罪。

〔孫大云〕這窮廝你要拜死我哩。〔打科云〕小的每將孫二拏到簷下大雪裏跪着。〔梅香做批末跪科〕〔正末云〕哥哥。你好下的凍殺你兄弟也。

【叨叨令】則被這吸里忽剌的朔風兒那裏好篤簌簌避。又被這失留屑歷的雪片兒偏向我密濛濛墜。將這領希留合剌的布衫兒扯得來亂紛紛碎。將這雙乞量曲律的肐膝兒罰他去直僵僵跪。兀的不凍殺人也麽哥。兀的不凍殺人也麽哥。越惹他必丢足搭的嚮罵兒這一場撲騰騰氣。

〔旦云〕小叔叔。你也忒老實。員外着你跪。你就跪。難道着你死。你就死了不成。〔正末起科云〕嫂嫂。你救我這命咱。〔旦云〕保兒。將鍾熱酒來。與小叔叔盪寒。〔正末吃酒科云〕嫂嫂。若不是你這鍾熱酒呵。險些兒凍殺我也。〔唱〕

【耍孩兒】我怎生來不稱俺哥哥意。嫂嫂也我不曾犯十惡五逆。這一個家緣兒都被你收拾。我挂口兒並不曾呫題。現如今他强咱弱將咱打。可不道人善人欺天不欺。也是我自買到他憔悴。天那。我本是聲冤叫屈。他聽的又道我説是談非。

【二煞】我衷腸除告天。奈天高又不知。只落的搥胸跌足空流淚。我過一冬兩三層單布權遮冷。捱一日十二個時辰常忍饑。哥哥行並不敢半句兒求於濟。他見我早揎拳攞袖。努目撐眉。【三煞】你欺負呵則欺負咱。你於濟呵曾於濟誰。你懷揣着鴉青料鈔尋相識。並没半升粗米施饘粥。單有一注閒錢補笊籬。我黑説到明明説到黑。也説不盡我那苦楚。也訴不盡我這傷悲。【四煞】你不是我呵你明日怎覷人。你不是我呵你今朝做醉鬼。被閒人剥了你新衣袂。洞房中把嫂嫂閒愁殺。巡鋪裏把哥哥高吊起。凍的你剛存這一口兒氣。怎不尋那兩個無徒説話。只管把你兄弟禁持。【五煞】你迸着臉噉喝的我。我好心兒搭救着你。背將來煖處和衣睡。我指望行些孝順圖些賞。他劃的不見了東西倒要我賠。早看我身兒上穿着甚的。將一條舊褡褳扯做了旗角。將一領破布衫攞做了鋪遲。【六煞】你向身上剥了我衣。就口裏奪了我食。惡哏哏全不顧親兄弟。我便嚏了你這一鍾酒當下霑些醉。我便吃了你那半碗麨早登時掙的肥。〔旦云〕小叔叔。你休怪。你哥哥不曉事。看我些面皮罷。〔正末唱〕我也則是嫂嫂行閒聒七。我不是買來的奴婢。又不是結下的相知。

〔云〕嫂嫂少罪。我孫蟲兒回家去也。〔唱〕

【煞尾】你無過是胸腰上撞我幾頭。脖項上打我幾搥。忍下的就將我凍剥剥跪在簷前地。嫂嫂也這須是我壓背他來家可也落得的。〔下〕

〔柳胡上云〕咱昨日將孫員外撇在街上。偷了他五錠鈔。如今到他家裏看他去。他若有些説話。咱每自會隨機答應。這是他家門首。〔做叫門旦開科〕〔柳胡云〕嫂嫂。哥哥在家麽。〔旦云〕昨日你三人吃的酒醉了。你將哥哥丢在雪裏。不是孫二背將回來。可不凍死了也。〔柳胡云〕嫂嫂。難道我兩個丢下哥哥。是這等人。狗也不值。昨日哥哥醉了。是我兩個背到門前。恰好遇見孫二。嫂嫂。這不敢欺。我兩個也是醉人。背了這許多路。背的一些力氣都没了。其實交與孫二。着他好好的接將回來。嫂嫂。你只向那孫二。他在背後説你哩。〔孫大云〕我道兄弟每不是這等人。咱今日往李家樓上吃酒去來。〔柳胡云〕嫂嫂。你看今日哥哥醉了。可是我兩個背回來。〔同下〕〔旦云〕俺員外只信那兩個光棍。將他兄弟朝打暮駡。百般的勸不省。我如今不免出一智量。勸員外咱。〔詩云〕只爲同氣連枝不可傷。做出區區巧智量。從古妻賢夫省事。免使傍人説短長。〔下〕

〔音釋〕骰音竇　難去聲　鞠音要　横去聲　黯衣減切　剌音辣　急巾以切　石繩知切　食繩知切　集精妻切　逼兵迷切　污烏去聲　濕傷以切　噇音床　日人智切　賊則平聲　當去聲　躦音彎　跧之彎切　疾精妻切　的音底　瞅楚九切　席星西切　跡將洗切　實繩知切　息喪擠切　祇音其　稱去聲　逆銀計切　呫店平聲　行音杭　揎音宣　攞羅上聲　識傷以切

饘音氈　黑亨美切　迸方孟切　噷音蔭　哏狠平聲　七倉洗切

第三折

〔旦上云〕俺員外今日又吃酒去了也。有王婆婆許下我一個狗兒哩。我取去來。王婆婆在家麽。〔老旦扮王婆上云〕誰叫門哩。〔做開門見科云〕元來是孫大嫂。難得貴人踏賤地。到俺家裏有甚事幹。〔旦云〕婆婆。我無事也不來。你許下這狗兒。我特來取那。〔王婆云〕大嫂有。你將的去。〔做與狗科〕〔旦詩云〕有一事關心已久。如今待借他下手。〔王婆笑科詩云〕雖然爲鄰舍情多。不家貧也不賣狗。〔下〕〔旦做回家科云〕我將這個狗兒把頭尾去了。穿上人衣帽。丟在我家後門首。我將前門關了。員外必然打從後門來。等他見了。看説甚麽。我自有個主意。這早晚員外敢待來也。〔孫大同柳胡上〕〔柳胡云〕今日哥哥吃的醉了也。俺兩個送哥哥去來。〔孫大云〕不須兄弟相送。我今日不當十分醉。我自家去。兄弟少罪。明日來早些。〔柳胡云〕哥哥。俺不送了也。〔下〕〔孫大云〕兩個兄弟他還家去了。這早晚大嫂敢關了前門。我也徑往後門去咱。〔做絆倒科云〕是甚麽物件絆我這一交。待我看波。〔做看科云〕呀。是一個人。敢是家中使喚的保兒。這廝每少吃些酒麽。這裏睡倒。〔做推科云〕起來。可怎生不動那。〔將手抹科云〕抹我兩手。都是這廝吐下的。有些朦朧月兒。我試看咱。〔做看驚科云〕怎生是兩手鮮血。是誰殺下一個人在這裏。〔做叫門科云〕大嫂開門。〔旦開孫大做慌科〕〔旦云〕員外你慌怎麽。〔孫大云〕大嫂。我吃酒回來到後門前。不知是誰殺下一個人。大嫂。我是好人家的孩兒。到來日地方鄰里送我到官。我怎生吃的過這刑法。我不如尋個自縊死罷。〔旦云〕員外。你不要慌。則咱兩口兒知道。你有那兩個兄弟。平日吃的穿的。都是你的。與你結做死生交。對天盟誓。兄弟有難哥哥救。哥哥有難兄弟救。今日你有難。正用的着他。如今悄悄的教兩個兄弟將死屍背出。丢在别處。可不好那。〔孫大云〕大嫂。你説的是。大嫂咱兩個去來。〔做行科云〕這是柳隆卿家裏。〔做叩門科云〕兄弟在家麽。〔柳上云〕這早晚誰叫門哩。〔孫大云〕是你哥哥孫大郎。〔柳云〕是哥哥。待我開門。〔做開門科云〕哥哥請家裏來。教拙婦烹莞豆搗蒜。與哥哥吃一鍾。〔孫大云〕不勞你。哥哥事忙。有人欺負着我來。〔柳云〕誰欺負哥哥來。你兄弟捨一腔兒熱血。和他兩個上一交。〔孫大云〕人便有個人。你哥哥特來投央你。只要你休違阻我。〔柳云〕哥哥。你但道的。你兄弟便依。〔孫大云〕兄弟。喒今日吃罷酒。你兩個還家去了。你哥哥打後門裏去。不知是誰殺下一個人。你哥哥特來央你。背一背遠處去。等我埋了他罷。〔柳背云〕别的事也小可。你殺了人教我去背。我替你死。〔回云〕哥哥。你放心。小可事。兄弟見哥哥來慌了。不曾穿的裏衣。哥哥。你門前略等一等。你兄弟穿了便去。〔孫大云〕你便出來。〔柳云〕便出來。〔做入科云〕我將門來關了。哥哥。你聽兄弟有四句詩念與你聽。〔詩云〕你倒生的乖。其如我不騃。你將人殺死。怎教兄弟埋。〔下〕〔孫大云〕柳隆卿不肯去了。我再叫胡子轉兄弟咱。〔做叫門科〕〔胡上云〕誰叫門哩。〔孫大云〕是你哥哥孫大郎。〔胡云〕哥哥。您兄弟有四句詩。還是先念了開門。是開了門念詩你聽。〔孫大云〕你哥哥事忙。没工夫聽詩。你開門罷。〔胡云〕既是這等。待我一頭開門。一頭念詩你聽咱。〔詩云〕何事急來奔。更深親扣門。别件都依得。剛除背死人。〔做開門科云〕哥哥。請進來坐。哥哥。你曉得我窮。夜又深了。莫説酒。茶也是難的。〔孫大云〕兄弟。我那要吃你的。我央你一件事來。只休似你哥哥柳隆卿。〔胡云〕哥哥。我又不是他一父母生的。各人自要做人。你有什麽事。要用着兄弟。水裏水裏去。火裏火裏去。〔孫大云〕兄弟不知。你哥哥後角門頭。是誰殺下一個人。你哥哥央你背到别處去。將他埋了者。〔胡云〕休道是哥哥殺死一個。便殺了十個。怕没銀子使。要我替你償命。哥哥。我問你。那柳隆卿怎麽説來。〔孫大云〕便是他不肯。因此來尋你。〔胡云〕哥哥放心。我不是柳隆卿。那厮無行止。失口信。今日哥哥有難。兄弟不救。不爲兄弟了也。〔孫大云〕兄弟。你説的是。只要快些兒者。〔胡云〕哥哥不妨。休道這一個。便十個你兄弟也背出去了。我家有個没連布袋。我取去將死人裝在裏頭。有人問我胡子轉你那裏去。我説道與孫員外送草去。可不好那。〔孫大云〕好。早些兒取布袋出來。〔胡做入關門科云〕你殺了人。教我背去。〔詩云〕孫大做事全没禮。後門殺下枉死鬼。你今怕死不償命。死活來朝不由你。〔下〕〔孫大云〕兩個兄弟都不肯去。罷罷罷。我只是縊死了也。〔旦云〕員外你不要慌。這兩個賊子他不肯背去。我想來有你親兄弟孫二。央他背出去。怕怎的。〔孫大云〕大嫂。我與兄弟似參辰日月。將他不是打。便是駡。不曾得了我一口兒好氣。今日我有難。却央他。莫説他一定不肯。便肯時。我也没這臉見兄弟去。〔旦云〕員外你放心。咱兩口兒去來。〔下〕〔正末上云〕昨日蟲兒好意背的哥哥到家。俺哥哥打了兄弟一頓。哥哥。你全不想咱是共乳同胞的弟兄。哎。〔詩云〕不想共乳同胞一體分。煨乾就濕母艱辛。好衣好食別人用。全没相憐半點親。〔唱〕

【南吕一枝花】稀剌剌草户扃。破殺殺磚窑静。俺這裏春光元不到。人跡罕曾經。萬籟無聲。是甚麽響息颯驚咱醒。透着些影依微何處燈。〔做聽科〕却原來是伴獨坐皓月澄澄。攪孤眠西風泠泠。

【梁州第七】我如今窮范丹無錢怎了。便教他賽陳摶也有夢難成。積漸的害得咱憂成病。一遍裏暗昏昏眼前花發。一遍裏古魯魯肚裏雷鳴。這孫蟲兒一身忍餓。教孫大郎萬代留名。我和你本一個父養娘生。又不是螟蠃螟蛉。怎麽無半年欺負了我五場十場。我每日家嗟歎了千聲萬聲。那一夜不哭到二更三更。〔孫大同旦上云〕大嫂。你去叫門。我有甚臉兒見兄弟那。〔旦云〕你不叫。我叫門咱。〔叫科云〕孫二開門來。〔正末唱〕是誰人叫門那聲。〔旦云〕快些。〔正末唱〕這聲音不似個男兒應。〔旦云〕孫二你開門咱。是你嫂嫂叫門哩。〔正末唱〕元來我嫂嫂門前等。他是個婦人家無燭從來不夜行。我出門去審問個分明。

〔云〕嫂嫂。更深半夜。你一個婦人家。這早晚天道。也不是你來的時候。〔旦云〕不訪。我是你親嫂嫂。怕做什麽。〔正末云〕我孫蟲兒呵。〔唱〕

【隔尾】我常時有命如無命。怎好又廝羅惹無情做有情。〔云〕不争我開門去。教嫂嫂入來。這禮上就不是了。教俺哥哥知道又是打。〔旦云〕孫二快開門。你哥哥有事着我叫你來。〔正末唱〕俺哥哥便今日有事呵到明日旋折證。嫂嫂你這搭兒莫不錯行。〔旦云〕我不是錯行哩。〔正末唱〕前者得過承。是我那滴水簷前受了的冷。〔旦云〕不則我來。和你哥哥在此。〔正末云〕既是哥哥同來。何不早説。〔做開門跪科云〕哥哥休打你兄弟者。〔孫大云〕兄弟你起來。〔正末云〕你夜晚間有什麽事和嫂嫂來。〔旦云〕小叔叔。咱後門前不知是誰殺下一個人。我如今叫你背將别處去埋了者。〔正末云〕嫂嫂。你的話只怕不准。果有這等事。我哥哥怎不説一句來。〔旦云〕員外。你説與兄弟怕什麽。〔孫大云〕大嫂。我説呵。恐怕兄弟變了臉。〔旦云〕你兄弟不是那等人。〔孫大云〕兄弟。你哥哥昨日吃酒回來至後門前。不知是誰殺了一個人也。曾叫那柳隆卿胡子轉兩個賊子去。他都不肯來背。兄弟也。你想着與我是共乳同胞的情分。你不救我時教誰救。〔正末云〕哥哥。這人命的事。你是好人家的孩兒。怎麽到的官府中問理去。那兩個逆子。你養育了他。吃的穿的那一些兒不是你的。你今日有難不肯救你。却教我來背。好也囉。咱兩個見官去來。〔旦云〕小叔叔。你看我些面皮咱。〔孫大云〕這都是你哥哥的不是了也。兄弟。你息怒咱。〔正末唱〕

【駡玉郎】你懷中倚恃着財豐盛。動不動和人争。不登登按不住殺人性。若是被告發。被擒拏。怕不要償命。

〔孫大云〕我幾曾殺人來。是好冤屈也。〔正末唱〕

【感皇恩】你還道負屈高聲。你所事無成。見兄弟。心頭刺。眼中疔。吃酒時只和那兩個賊徒。背人時來尋我這窮丁。〔帶云〕好也囉。〔唱〕割捨的揎肐膊。拽衫袖。到公庭。

〔旦云〕小叔叔。放了你哥哥。休要如此。〔正末唱〕

【採茶歌】嫂嫂呵可不你知情。哥哥呵可不你當刑。〔云〕哥哥嫂嫂。你兩口兒怕麼。〔孫大云〕可知怕哩。〔正末云〕要饒麼。〔孫大云〕可知要饒哩。〔正末云〕哥哥嫂嫂。休驚莫怕。我逗你耍哩。〔唱〕我替你把死屍骸送出汴梁城。隨他拖到官中加拷打。我也拚的把殺人公事獨招承。

〔做同走到家科〕〔旦云〕兀的不是死人。〔正末唱〕

【牧羊關】恰便似醉漢當街上睡。死狗兒般門外停。〔云〕嫂嫂。則怕天明了。待我背他出去。〔做背科唱〕我背則背手似撈鈴。怎麼的口邊頭拔了七八根家狗毛。臉兒上拿了三四個狗蠅。這厮死時節定觸犯了刀砧殺。醉時節敢透入在喂猪坑。既不沙怎聞不的十分臭。當不的他一陣腥。

〔云〕恐怕天明。我須急急的背出去咱。〔做走科唱〕

【幺篇】這等人是狗相識。這等人有什麽狗弟兄。這等人狗年間發迹倈峥嶸。這等人說的是狗氣狗聲。這等人使的是狗心狗行。有什麽狗肚腸般能報主。有什麽狗衣飯潑前程。是一個啜狗尾的喬男女。是一個拖狗皮的賊醜生。

〔云〕可早到汴河隄上了也。我將這個死屍埋在這幽僻去處。我記下者。久以後有個折證。哥哥嫂嫂。咱還家去來。〔到家科〕〔旦云〕小叔叔。辛苦了也。將一個襖子來與小叔叔穿。〔孫大怒云〕是領什麽襖子。〔旦云〕是一領舊襖子。〔孫大云〕將領新襖子來與兄弟穿。〔正末云〕那兩個賊子來時。只怕哥哥還信着他哩。〔唱〕

【煞尾】那的是添茶添酒的枯乾井。那的是填帛填金的没底坑。你覷當着這說謊精。那虚脾。那淺情。那過後。那光景。胡支吾。假奉承。他壯斷趁。他壯斷挺。吃飯處。白斷捱。買酒處。白斷逞。做事處。乾斷哄。愛女處。乾斷迎。〔孫大云〕從今以後。我再也不採那兩個賊子了。〔旦云〕我記的古詩有云。荆樹有花兄弟樂。員外這個纔是。〔正末唱〕嫂嫂。你說甚的田氏三荆。只怕跳出你七代先靈也將他來勸不省。〔同下〕

〔音釋〕繈音記　扃居名切　籟音賴　蜾音果　嬴羅上聲　過平聲　峥音橙　嶸音横　行去聲

第四折

〔正末上云〕今日俺哥哥教我管着解典庫。我且閒坐咱。〔柳胡上云〕孫員外這兩日不出門來。不禮俺兩個。定是爲那一夜不肯與他背人的緣故。他自家殺了人倒怪我。今日尋他去。〔叫云〕孫員外。你怎生不出門來。〔孫大上云〕我怕你。不敢出門那。〔柳胡云〕你打死了人。你躲到那裏去。我和你見官去來。〔孫大云〕不要叫。怕地方聽見。兄弟。這事怎了也。〔正末云〕你兩個幫閒的賊子。好生無禮。我不救哥哥教誰救。〔柳胡做扯科〕〔孫大云〕我送你些錢。饒我罷。〔正末云〕哥哥。不干你事。是我殺了人來。我和這兩個賊折證咱。〔柳胡云〕元來你兩個通同殺人來。〔正末唱〕

【中呂粉蝶兒】没半盞茶時。求和到兩回三次。你枉做個頂天立地的男兒。教那厮越粧模越作勢。盡場兒調刺。他道你怕見官司。拏着個天來大殺人公事。

【醉春風】你休把外人攀。則將兄弟指。我敢向雲陽市裏挺着脖子。替哥哥死死。俺哥哥將你恩。上施恩。你兩個待告呵便告。畢竟的是那不是。

〔柳云〕人命關天。分甚麼首從。我和你告官去來。〔胡云〕隆卿哥。只等他擡出三千兩銀子來。便饒了他罷。〔同下〕〔外扮孤領祗從上詩云〕正直公廉不愛財。掌管西曹御史臺。訟庭無事清如水。單把負屈銜冤放入來。小官姓王名脩然。在這南衙開封府。做個府尹。方今大宋仁宗即位。小官西延邊纔賞軍回來。今日陞廳坐早衙。祗候人那裏。與我喝攛箱者。〔一行人上跪科〕〔孤云〕那個是原告。那個是被告。爲什麼爭桑競土。分家私不平。你慢慢的説與我聽咱。〔柳云〕相公。小的是原告。這個是孫員外。他是個巨富的長者。與小人兩個結義做兄弟。一日酒醉回家去。使酒撒潑殺了一個人。叫小的替他背出去。小的每畏法並不曾背。所告是實。〔孤云〕這廝可也無禮。清平世界。怎敢便殺人。〔孫大云〕小人不敢。因吃酒回家去。見後門口不知是誰殺了一個人。〔孤云〕你早招了也。既不是你殺人。怎麽這屍首可可的在你後門。〔正末云〕相公。休信這賊子的說話。〔唱〕

【紅繡鞋】那告狀人指陳實事。都是些扶同揑合的虛詞。現如今告狀的全不似古賢師。這般家閒雕刺。他待放着暗刀兒。在在在我根前怎的使。

〔柳胡云〕這就是孫員外的親兄弟。他兩個合謀殺人哩。〔孤云〕你怎生謀殺了人。你與我從實招來。〔正末云〕相公聽小人說一遍咱。〔唱〕

【石榴花】他兩個是汴梁城裏謊喬廝。與孫員外甚宗支。只待要興心啜賺俺潑家私。每日家哄的去花街酒肆。品竹調絲。被咱家說破他行止。因此上索垢尋疵。他道俺哥哥公門蹤跡何曾至。平空的揣與這個罪名兒。

〔柳云〕我每兩個都是飽學秀才。倒說我要哄他家私。憑你到那汴梁城裏城外問去。〔胡云〕這個我也不和他爭。只問他是什麽事發。是那個動手打死了的。〔孤云〕這敢是你哥哥殺了人來麽。〔正末云〕並不干俺哥哥事。都是這兩個賊子妄告。要詐錢哩。〔唱〕

【鬭鵪鶉】他他他似這般鑽懶幫閒。便是他封妻廕子。他講不得毛詩。念不得孟子。無非是温習下坑人狀本兒。動不動掐人的顙子。哎。這好歹鬭的書生。好放刁的賊子。

〔云〕你這兩個平日哄俺哥哥錢。也儘勾了。還有甚的不足意。又來告這等謊狀。〔唱〕

【上小樓】我說的丁一確二。你說的巴三覽四。使不着你癩骨頑皮。逞的精神。說的强詞。公廳上捱杖子。胡攀亂指。〔云〕到這裏只有個法子。〔唱〕**哎。使不的你咬文嚼字。**

〔孤云〕這厮無禮。左右。將大棒子與我打呀。〔做打孫大正末撲身上科云〕這不干俺哥哥事。小人情願與他對詞。〔唱〕

【幺篇】活時節一處活。死時節一處死。咱兩個協羅厮鑽。尾毛厮結。打會官司。一任你百樣兒。伶牙俐齒。怎知大人行會斷的正没頭公事。

〔孤云〕這樁事不打不招。左右。拏這大的下去。好生打着。〔孫大云〕小人是個知法度的。怎敢殺人。〔正末云〕不干俺哥哥的事。這件事都是小人做來。〔孤云〕既是他認了。左右。拏小的下去打着者。〔旦衝上云〕相公停嗔息怒。暫罷虎狼之威。這件事也不干孫大事。也不干孫二事。都是小媳婦兒做下來的。〔孤云〕兀那婦人。這件事你說的是呵。我與你問個婦人有事。罪坐夫男。揀一個輕省的罪名兒與他。若說的不是呵。我就活活的敲死了也。〔旦云〕相公。從來人命關天關地。豈可没個屍親來告。要這兩個光棍與他索命。只因俺這孫家。汴京居住。長的孫大。叫做孫榮。次的孫二。叫做孫華。本是共乳同胞的親兄弟。自小裏父母早亡。這孫大恃强。將孫二趕的在城南破瓦窑中居住。每日着這兩個幫閒鑽懶。搬的俺兄弟不和。這兩個教孫大無般不作。無般不爲。破壞了俺家私。孫大但見兄弟。便是打罵。妾身每每勸他。只是不省。妾身曾發下一個大願。要得孫大與孫二兩個相和了時。許燒十年夜香。偶然這一晚燒香中間。看見一隻犬打香卓根前過來。妾身問知此犬是隔壁王婆家的。妾身就他家裏。與了五百個錢。買將來到家。將此犬剁了頭尾。穿了人衣帽。撇在後門首。孫大帶酒還家來見了。問妾身道。後門口是誰殺了一個人。你可知麽。妾身回言不知道。當夜教孫大喚柳隆卿胡子轉替背出去。兩個百般推辭。只不肯來。我到窑中喚的孫二來。教他背將出去。埋在汴河隄上。怕相公不信。現放着王婆是個證見。〔詞云〕因孫大背親向疎。將兄弟打罵如奴。信兩個無端賊子。終日去沽酒當壚。把家私漸行消廢。使妾身難以支吾。因此上燒香禱告。背地裏設下機謀。纔得他心回意轉。重和好復舊如初。若不是喚王婆親爲證見。誰知道楊氏女殺狗勸夫。〔孤云〕這也難道。〔旦云〕怕相公不信。可着人去取來看。現在河堤岸上埋着哩。〔正末云〕怪道背出去時。這般死狗臭。〔唱〕

【十二月】這公事非同造次。望相公台鑒尋思。俺哥哥花枝般媳婦。掌着那銅斗家資。這便是情由終始。有甚的過犯公私。

〔孤云〕既如此。左右與我到汴河隄上取那埋的死狗來者。〔正末唱〕

【堯民歌】就官廳上拖出那狗皮兒。這是俺嫂嫂暗把計謀施。勸哥哥放開懷抱莫嗟咨。那王婆須是俺的正名師。相公阿你恩也波慈。從來不受私。早分解了這蹺蹊事。

〔祇從取砌末上云〕禀爺。取得這狗兒來了也。〔孤云〕這兩個賊子好無禮也。各打九十。爲民當差。孫榮主家不正。將親兄弟另住。本該杖四十。因他妻楊氏大賢。免杖。楊氏與他旌表門閭。孫華即授本處縣令。〔詞云〕幸當今天祐聖明君。汴梁城出此兩賢人。王翛然從公大斷案。一家兒望闕謝皇恩。〔正末等拜謝科唱〕

【尾煞】俺如今剔下了這骨和觔。割掉了這肉共脂。則着他背狗皮號令在長街市。也等那一輩兒狗黨狐朋做樣子。

〔音釋〕調平聲　從去聲　翛音消　謀音模　重平聲　造音糙

題目　孫蟲兒挺身認罪

正名　楊氏女殺狗勸夫

相國寺公孫合汗衫雜劇

張國賓 撰

第一折

〔正末扮張義同浄卜兒張孝友旦兒興兒上〕〔正末云〕老夫姓張名義。字文秀。本貫南京人也。嫡親的四口兒家屬。婆婆趙氏。孩兒張孝友。媳婦兒李玉娥。俺在這竹竿巷馬行街居住。開着一座解典鋪。有金獅子爲號。人口順都唤我做金獅子張員外。時遇冬初。紛紛揚揚下着這一天大雪。小大哥在這看街樓上。安排果卓。請俺兩口兒賞雪飲酒。〔卜兒云〕員外。似這般大雪。真乃是國家祥瑞也。〔張孝友云〕父親母親。你看這雪景甚是可觀。孩兒在看街樓上。整備一杯。請父親母親賞雪咱。興兒將酒來。〔興兒云〕酒在此。〔張孝友送酒科云〕父親母親。請滿飲一杯。〔正末云〕是好大雪也呵。〔唱〕

【仙吕點絳唇】密布彤雲。亂飄瓊粉。朔風緊。一色如銀。便有那孟浩然可便騎驢的穩。

〔張孝友云〕似這般應時的瑞雪。是好一個冬景也。〔正末唱〕

【混江龍】正遇着初寒時分。您言冬至我言春。〔張孝友云〕父親這數九的天道。怎做的春天也。〔正末唱〕既不沙可怎生梨花片片。柳絮紛紛。梨花落砌成銀世界。柳絮飛粧就玉乾坤。俺這裏逢美景。對良辰。懸錦帳。設華裀。簇金盤羅列着紫駝新。倒銀瓶滿泛着鵝黃嫩。俺本是鳳城中黎庶。端的做龍袖裏驕民。

〔張孝友云〕將酒來。父親母親再飲一杯。〔正末云〕俺在這看街樓上。看那街市上往來的那人紛紛嚷嚷。俺則慢慢的飲酒咱。〔丑扮店小二上詩云〕買賣歸來汗未消。上牀猶自想來朝。爲甚當家頭先白。每日思量計萬條。小可是個店小二。我這店裏下着一個大漢。房宿飯錢都少欠下不曾與我。如今大主人家怪我。我喚他出來。趕將他出去。有何不可。〔做叫科云〕兀那大漢你出來。〔净邦老扮陳虎上云〕哥也。叫我做甚麼。我知道少下你些房宿飯錢不曾還哩。〔店小二云〕没事也不叫你。門前有個親眷尋你哩。〔邦老云〕休鬭小人耍。〔店小二云〕我不鬭你耍。我開開這門。〔邦老云〕是真個在那裏。〔店小二做推科云〕你出去關上這門。大風大雪裏凍殺餓殺。不干我事。〔下〕〔邦老云〕小二哥開門來。我知道少下你房宿飯錢。這等大風大雪。好冷天道。你把我推搶將出來。可不凍殺我也。〔做叫科云〕嗨。小二哥。你就下得把我搶出門來。身上單寒。肚中又饑餒。怎麼打熬的過。兀的那一座高樓。必是一家好人家。没奈何我唱個蓮花落。討些兒飯吃咱。〔做唱科〕一年春盡一年春。哩哩蓮花。你看地轉天轉我倒也。〔做倒科〕〔正末云〕小大哥。你看那樓下面凍倒一個人。好可憐也。你扶上樓來。救活他性命。也是個陰騭。〔張孝友云〕理會的。我是看去。果然凍倒一個大漢。下次小的每與我扶上樓來者。〔興兒做扶科〕〔正末云〕小大哥。籠些火來與他烘。〔張孝友云〕理會的。〔正末云〕釃將那熱酒來與他吃些。〔張孝友云〕兀那漢子。

你飲一杯兒熱酒咱。〔邦老做飲酒科云〕是好熱酒也。〔正末云〕着他再飲一杯。〔張孝友云〕你再飲一杯。〔邦老云〕好酒。好酒。我再吃一杯。〔正末云〕兀那漢子。你這一會兒。比頭裏那凍倒的時分。可是如何。〔邦老云〕這一會覺甦醒了也。〔正末云〕兀那漢子。你那裏人氏。姓甚名誰。因什麽凍倒在這大雪裏。你說一遍老夫是聽咱〔邦老云〕孩兒是徐州安山縣人氏。姓陳名虎。出來做買賣。染了一場凍天行的癥候。把盤纏都使用的無了。少下店主人家房宿飯錢。他把我趕將出來。肯分的凍倒在你老人家門首。若不是你老人家救了我性命。那得個活的人也。〔正末云〕好可憐人也呵。〔唱〕

【油葫蘆】**我見他百結衣衫不掛身。直恁般家道窘。我爲甚連珠兒熱酒教他飲了三巡。**〔云〕漢子。自古以來。則不你受貧。〔孝友云〕父親。可是那幾個古人受貧來。〔正末唱〕**想當初蘇秦未遇遭貧困。有一日他那時來也可便腰掛黃金印。喒人翻手是雨。合手是雲。那塵埃中埋没殺多才俊。**〔帶云〕你看那人也。則是時運未至。〔唱〕**他可敢一世裏不如人。**〔云〕小大哥。將一領綿團襖來。〔張孝友做拏衣服科云〕綿團襖在此。〔正末云〕漢子。〔唱〕

【天下樂】**我與你這一件衣服舊換做新。**〔云〕再將五兩銀子來。〔張孝友取銀科云〕五兩銀子在此。〔正末云〕這銀子呵。〔唱〕**我與你做盤也波纏。速離了俺門。**〔邦老云〕救活了小人的性命。又與小人許多銀子。此恩將何以報。〔正末云〕漢子。這衣服和銀子。〔唱〕**也則是一時間周急添你氣分。**〔邦老云〕多謝你老人家。〔正末云〕漢子。你着志者。〔唱〕**有一日馬頦下纓似**

火。頭直上傘蓋似雲。願哥哥你可便爲官早立身。

〔云〕小大哥。你扶他下樓去。〔邦老云〕多虧了老人家救了我性命。今生已過。那生那世做驢做馬。填還你的恩債也。〔張孝友云〕一條好大漢。我這家私裏外。早晚索錢。少個護臂。我有心待認義他做個兄弟。未知他意下如何。我試問他咱。兀那漢子。你如今多大年紀。〔邦老云〕我二十五歲。〔張孝友云〕我長你五歲。我可三十歲也。我有心認義你做個兄弟。你意下如何。〔邦老云〕休看小人吃的。則看小人穿的。休鬬小人要。〔張孝友云〕我不鬬你要。〔邦老云〕休道做兄弟。便那籠驢把馬。願隨鞭鐙。〔邦老做拜科〕〔張孝友云〕你休拜。張孝友。你好粗心也。不曾與父親母親商量。怎好就認義這個兄弟。兄弟。我不曾與父親母親商量。若是肯呵。是你千萬之喜。若是不肯呵。我便多齎發與你些盤纏。你則在樓下等一等。〔做見正末科云〕父親母親。您孩兒有一樁事。不曾稟問父親母親。未敢擅便。〔正末云〕孩兒有甚麼話説。〔張孝友云〕恰纔凍倒的那個人。您孩兒想來。家私裏外。早晚索錢。少一個護臂。我待要認義他做個兄弟。未知父母意下如何。〔正末云〕恰纔那個人姓陳名個虎字。生的有些惡相。則不如多齎發他盤纏。着他回去了罷。〔張孝友云〕父親不妨事。您孩兒眼裏偏識這等好人。〔正末云〕既是你心裏要認他呵。着他上樓來。〔張孝友云〕謝了父親母親者。〔做見邦老科云〕兄弟。父親母親都肯了也。你上樓見父親母親去咱。〔邦老做見科〕〔正末云〕兀那漢子。我這小大哥要認你做個兄弟。你意下如何。〔邦老云〕籠驢把馬。願隨鞭鐙。〔正末云〕你看他一問一箇肯。〔張孝友云〕兄弟。拜了父親母親咱。〔邦老做拜科〕〔張孝友云〕父親母親。叫媳婦兒與兄弟相見如何。〔正末云〕孩兒這敢不中麽。相見咱。兄弟。與你嫂嫂厮見。〔邦老做拜旦兒科云〕嫂嫂。我唱喏哩。〔旦兒云〕丕。那眼腦恰像個賊也似的。〔邦老背云〕一個好婦人也。〔正末云〕小大哥。着他換衣服去。〔張孝友云〕你且換衣服去。〔邦老下〕〔外扮趙興孫帶枷鎖同解子上〕〔趙興孫云〕自家趙興孫。是徐州安山縣人氏。因做買賣到這長街市上。見一個年紀小的打那年紀老的。我向前諫勸。他堅意不從。被我搬過那年紀小的來則打的一拳。不恠。就打殺了。當被做公的拏我到官。本該償命。多虧了那六案孔目救了我的性命。改做誤傷人命。脊杖了六十。迭配沙門島去。時遇冬天。下着這等大雪。身上單寒。肚中饑餒。解子哥。這一家必然是個財主人家。我如今叫化些兒殘湯剩飯。吃了呵慢慢的行。我來到這樓直下。爹爹妳妳。叫化些兒波。〔正末云〕小大哥。你看那樓下面一個披枷帶鎖的人也。可憐的。與他些飯兒吃麽。〔張孝友云〕理會的。待我下樓看去咱。〔做下樓見趙興孫云〕兀那後生。你那裏人氏。姓甚名誰。因甚麽這等披枷帶鎖。〔趙興孫云〕孩兒徐州安山縣人氏。姓趙名興孫。因做買賣到長街市上。有一個年紀小的打那年紀老的。我一時間路見不平。將那年紀小的來只一拳打殺了。被官司問做誤傷人命。脊杖了六十。迭配沙門島去。時遇雪天。身上無衣。肚中無食。特來問爹爹妳妳討些殘湯剩飯咱。〔張孝友云〕原來爲這般。你且等着。〔見正末云〕父親。孩兒問來了。這一箇是打殺了人發配去的。〔正末云〕哦。他是犯罪的人也。不知官府門中屈陷了多多少少。我那裏不是積福處。小大哥。你且着他上樓來。等我問他〔張孝友喚科云〕兀那囚徒。你上樓來。〔解子跟趙興孫見科〕〔正末云〕我問你那裏人氏。姓甚名誰。因甚這般披枷帶鎖的。你説與我聽咱。〔趙興孫云〕孩兒徐州安山縣人氏。姓趙名興孫。因做買賣到長街市上。有一個年紀小的打那年紀老的。我一時間路見不平。將那年紀小的則一拳打殺了。被官司問做誤傷人命。脊杖了六十。迭配沙門島去。時遇雪天。身上無衣。肚裏無食。特來討些殘湯剩飯咱。〔正末云〕嗨。俺婆婆也姓趙。五百年前安知不是一家。小大哥。將十兩銀子一領綿團襖來。〔張孝友云〕銀子綿襖都在此。〔卜兒云〕兀那漢子。老爹與你十兩銀子。綿團襖一件。我無什麼與你。只這一隻金釵做盤纏去。〔趙興孫云〕多謝老爹妳妳。小人斗膽。敢問老爹妳妳一個名姓也。等小人日後結草銜環。做個報答。〔正末云〕漢子。俺叫做金獅子張員外。妳妳趙氏。小大哥張孝友。還有一個媳婦兒是李玉娥。你牢記者。〔趙興孫云〕老爹是金獅子張員外。妳妳趙氏。小大哥張孝友。大嫂李玉娥。小人印板兒似記在心上。小人到前面死了呵。那生那世。做驢做馬。填還這債。若不死呵。但得片雲遮頂。此恩必當重報也。〔做拜下樓科〕〔邦老冲上云〕咄。我兩箇眼裏見不的這等窮的。你是甚麼人。〔趙興孫云〕小人是趙興孫。〔邦老云〕你認的我麽。〔趙興孫云〕你是誰。〔邦老云〕則我是二員外。〔趙興孫做叫科云〕二員外。〔邦老云〕住住住。你不要叫。你拏的是甚麼東西。〔趙興孫云〕老爹與了我十兩銀子。一領綿團襖。妳妳又是一隻金釵。着我做盤纏的。〔邦老云〕父親母親好小手兒也。則與的你這些東西。你將過來。我如今去對父親母親説。還要多多的齎發你些盤纏。你則在這樓下等着。〔邦老見正末科云〕父親。樓下這個披枷帶鎖的。可惜與了他偌多東西。不如與您孩兒做本錢。可不好也。〔正末云〕婆婆。你覷波。陳虎。我這家私早則由了你那。〔邦老云〕看了那廝嘴臉。一世不能勾發跡。那眉下無眼觔。口頭有餓紋。到前面不是凍死。便是餓死的人也。〔正末云〕噤聲。〔唱〕

【後庭花】你道他眉下無眼觔。你道他兀那口邊厢有餓紋。可不道馬向那羣中覷。陳虎唻我則理會得人居在貧内親。〔邦老云〕可惜偌多錢與了這廝。他那裏是個掌財的。〔正末唱〕你將他來惡搶問。他如今身遭着危困。你將他惡語噴。他將你來死記恨。恩共讎您兩個人。是和非俺三處分。怎劈手裏便奪了他銀。

〔云〕嗨。陳虎。我恰纔與了他些錢鈔。你劈手裏奪將來。知道的便是你奪了。有那不知道的。只説那張員外與了人些錢鈔。又着劈手的奪將去。〔唱〕

【青哥兒】陳虎唻顯的我言而言而無信。〔帶云〕張孝友。〔唱〕你也忒眼内眼内無珍。〔帶云〕恰纔兩箇人呵。〔唱〕他如今迭配遭囚鎖纏着身。不得風雲。困在埃塵。你道他一世兒爲人。半世兒孤貧。氣忍聲吞。何日酬恩。則你也曾舉目無親。失魄亡魂。遶户趄門。鼓舌揚唇。唱一年家春盡一年家春。陳虎唻你也曾這般窮時分。

〔云〕陳虎。你將那東西還與他去。〔張孝友云〕兄弟。你怎麽這等。將來我送與他去。〔見趙興孫科云〕這東西爲什麼不將的去。〔趙興孫云〕恰纔那個二員外奪過盤纏去了也。〔張孝友云〕漢子。他不是二員外。他姓陳名虎。也是雪堆兒裏凍倒了的。我救了他。我認他做了個兄弟。你休怪咱。盤纏都在這裏。你將的去。〔趙興孫做謝科云〕陳虎。你也是雪堆兒裏凍倒的。將我銀兩衣服劈手奪將去了。我有恩的是張員外一家兒。有讐的是陳虎那廝。我前街裏撞見。一無話說。後巷裏撞見。一隻手揪住衣領。去那嘴縫鼻凹裏則一拳。哎喲。掙的我這棒瘡疼了。陳虎唻。喒兩個則休要軸頭兒斯抹着。〔同解子下〕〔正末云〕婆婆。陳虎那廝恰纔我說了他幾句。那廝有些怪我。我着幾句言語安伏他咱。陳虎孩兒。我恰纔說了你幾句。你可休怪老夫。我若不說你幾句呵。着那人怎生出的咱家這門。陳虎孩兒。你記的那怨親不怨疎麼。〔邦老云〕您孩兒則是幹家的心腸。可惜了這錢鈔與那窮弟子孩兒。〔正末唱〕

【賺煞尾】豈不聞一飯莫忘懷。睚眦休成忿。這廝他記小過忘人大恩。這廝他脅底下插柴不自穩。那裏也敬老憐貧。他怒嗔嗔。劈手裏奪了他銀。〔帶云〕不爭你奪將來了呵。〔唱〕顯的我也慘。他也羞陳虎唻你也狠。〔云〕陳虎孩兒。自古以來。有兩個賢人。你學一個。休學一個。〔邦老云〕父親。您孩兒學那一個。〔正末唱〕你則學那靈輒般報恩。〔邦老云〕不學那一個。〔正末唱〕休學那龐涓般雪恨。休休休我勸您這得時人可便休笑恰纔那失時人。〔下〕

〔張孝友云〕兄弟。父親恰纔說了幾句。你休怪也。〔邦老云〕父親說的是。哥哥。我索錢去咱。

〔詩云〕員外有金銀。認我做親人。我心還不足。則恨趙興孫。〔下〕

〔音釋〕彤音同　騭音質　甦音蘇　窘君上聲　挨音哀　頦音孩　齎音虀　㖒離靴切　趄徐靴切　凹汪卦切　睚羊戒切　眦音債

第二折

〔張孝友同興兒上云〕歡喜未盡。煩惱到來。自從認了個兄弟。我心間甚是歡喜。不想我這渾家腹懷有孕。別的女人懷胎十個月分娩。我這大嫂十八箇月不分娩。我好生煩惱。兄弟索錢去了。我且在這解典庫中悶坐咱。〔邦老上云〕行不更名。坐不改姓。自家陳虎的便是。這裏也無人。我平昔間做些不恰好的勾當。我那鄉村裏老的每便道。陳虎。你也轉動咱。我便道。老的每。我這一去不得一拳兒好買賣不回來。不得一個花朵兒也似好老婆。也不回來。不想到的這裏染一場凍天行病癥。把盤纏都使的無了。少下店主人家房宿飯錢。把我推搶出來。肯分的凍倒在這一家兒門前。救活了我性命。又認義我做兄弟。一家兒好人家都在俺的手裏。那一應金銀糧食。也還不打緊。一心兒只看上我那嫂嫂。我如今索錢回來了。見俺哥哥去。下次小的每。哥哥在那裏。〔興兒云〕在解典庫裏。〔見科云〕哥哥。我索錢回來了也。〔張孝友云〕兄弟。你吃飯未曾。〔邦老云〕我不曾吃飯哩。〔張孝友云〕你自吃飯去。我心中有些悶倦。〔邦老出門云〕且住者。陳虎也。你索尋思咱。莫非看出什麼破綻來。往常我哥哥見我。歡天喜地。今日見我。有些煩惱。陳虎。你是個聰明的人。必然見我早晚吃穿衣飯定害他了。因此上恩多怨深。我如今趁着這個機會。辭了俺哥哥。別處尋一拳兒買賣可不好。〔做見張孝友云〕哥哥也。省的恩多怨深。我家中稍將書信來。教我回家去。只今日就辭別了哥哥。還俺徐州去也。〔張孝友云〕兄弟。敢怕下次小的每有什麼的說你來。〔邦老云〕誰敢說我。〔張孝友云〕既然無人說你。你怎生要回家去。〔邦老云〕哥哥。君子不羞當面。每日您兄弟索錢回來。哥哥見我歡喜。今日見我煩惱。則怕您兄弟錢財上不明白。不如回去了罷。〔張孝友云〕兄弟。你不知道我心上的事。這裏無別人。我與你說。別的女人懷身十月滿足分娩。您嫂嫂懷了十八個月。不見分娩。因此上煩悶。〔邦老云〕原來爲這個。哥哥早對您兄弟說。這早晚嫂嫂分娩了多時也。〔張孝友云〕你怎麼說。〔邦老云〕我那徐州東嶽廟至靈至聖。有個玉杯珓兒。擲個上上大吉。便是小廝兒。擲個中平。便是個女兒。擲個不合神道。便是鬼胎。我那裏又好做買賣。一倍增十倍利錢。〔張孝友云〕既是這等。我和你兩個擲杯珓兒去來。〔邦老云〕我和你去不濟事。還得懷身的親自去擲杯珓兒。便靈感也。〔張孝友云〕喒與父親說知去。〔邦老云〕住住住。則除你知我知嫂嫂知。第四個人知道。就不靈了。〔張孝友云〕你也說的是。多收拾些金珠財寶。一來擲杯珓。二來就做買賣。走一遭去。〔同下〕〔興兒上云〕妳妳。陳虎拐的小大哥嫂嫂兩口兒去了也。〔卜兒上云〕你可不早說。我是叫老的咱。〔卜兒做叫科云〕老的。老的。〔正末上云〕婆婆做甚麼。〔卜兒云〕陳虎搬調的張孝友兩口兒走了也。〔正末云〕婆婆。我當初說什麼來。喒趕孩兒每去者。〔做趕科〕〔唱〕

【越調鬬鵪鶉】氣的來有眼如盲。有口似啞。您兩個緑鬢朱顔。也合問您這蒼髯皓髮。不争你背母抛爹。直閃的我形孤也那影寡。婆婆他可便那裏怕人笑怕人駡。只待要急煎煎挾槖攜囊。穩拍拍乘舟騙馬。

【紫花序兒】生剌剌弄的來人離財散。眼睜睜看着這水遠山長。痛煞煞間隔了海角天涯。〔哭科云〕天那。怎麽有這一場詫事。兒也。則被你憂愁殺我也。〔卜兒云〕張孝友孩兒挈了媳婦兒。帶了許多本錢。敢出去做買賣麽。〔正末唱〕元來他將着些價高的行貨。〔帶云〕錢鈔可打甚麽不緊。〔唱〕天那怎引着那個年小的渾家。倘或間有些兒争差。兒也將您這一雙老爹娘可便看個甚麽。暢好是心麄膽大。不争你背井離鄉。誰替俺送酒供茶。

〔卜兒云〕老的。俺和你索便趕他去。〔正末行科云〕喒來到這黄河岸邊。許多的那船隻。喒往那裏尋他去。喒則這裏跪者。若是張孝友孩兒一日不下船來。喒跪他一日。兩日不下船來。跪兩日。着那千人萬人駡也駡殺他。〔張孝友同旦兒上云〕兀的不是父親母親。〔卜兒云〕兩個孩兒那裏去。痛殺我也。〔正末云〕哎喲。張孝友孩兒。則被你苦殺我也。〔唱〕

【小桃紅】可兀的好兒好女都做眼前花。倒不如不養他來罷。〔張孝友云〕父親母親休慌。您孩兒擲杯珓兒便回來。〔正末唱〕這打珓兒信着誰人話。無事也待離家。你爹娘年紀多高大。怎不想承歡膝下。剗的去問天買卦。〔旦兒云〕公公婆婆。俺擲了杯珓兒便回來哩。

〔正末唱〕噤聲。更和着箇媳婦兒不賢達。

〔云〕婆婆。你與我問孩兒每。他要到那裏去擲什麽杯珓兒。〔卜兒見旦云〕媳婦兒。你兩口如今要到那一處去擲杯珓兒來。〔旦兒云〕母親不知。因爲我懷胎十八個月不分娩。陳虎對張孝友説。他那徐州東嶽廟至靈感。有箇玉杯珓兒。擲箇上上大吉。便是個小厮兒。擲個中平。便是個女兒。擲個不合神道。便是鬼胎。因此上要擲杯珓兒去。〔卜兒云〕是真個。我對員外説去。〔見正末云〕員外。我則道他兩口兒爲什麽跟將陳虎去。如今媳婦兒身邊的喜事。陳虎與張孝友孩兒説道。他那裏徐州東嶽廟至靈感。有個玉杯珓兒。若是擲箇上上大吉。便是小厮兒。擲個中平。便是女兒。若是擲個不合神道。便是鬼胎。爲這般要去擲杯珓兒哩。〔正末云〕噤聲。〔唱〕

【鬼三台】我這裏聽言罷。這的是則好諕莊家。哎兒也。你個聰明人怎便聽他謊詐。那一個無子嗣缺根芽。粧了些高馱細馬。和着金紙銀錢將火化。更有那孝子賢孫兒女每打。早難道神不容奸。天能鑒察。

〔張孝友云〕父親。陰陽不可不信。〔正末唱〕

【紫花序兒】且休説陰陽的這造化。許來大個東嶽神明〔云〕媳婦兒靠後。〔唱〕他管你什麽肚皮裏娃娃。我則理會的種穀得穀。種麻的去收麻。喒是個積善之家。天網恢恢不漏掐。這言語有傷風化。〔張孝友云〕陳虎説東嶽神至靈感。擲杯珓兒便回來也。〔正末唱〕你休聽那厮説短論長。那般的俐齒伶牙。

〔張孝友云〕父親。您孩兒好共歹走一遭去。父親不着您孩兒去呵。我就着這壓衣服的刀子。覓個死處。〔卜兒云〕孩兒怎下的閃了俺也。〔做悲科〕〔正末云〕既然孩兒每要去。常言道心去意難留。留下結冤讎。婆婆。你問孩兒有甚麼着肉穿的衣服將一件來。〔見旦科云〕媳婦兒。張孝友孩兒。有什麼着肉穿的衣服將一件來。〔旦兒云〕婆婆。行李都去了。只這的是張孝友一領汗衫兒。〔卜兒云〕老的。行李都去了。只有這一領汗衫兒。〔正末云〕這個汗衫兒。婆婆。你從那脊縫兒停停的拆開者。〔卜兒云〕有隨身帶着的刀兒。我與你拆開了也。〔正末云〕孩兒。你兩口兒將着一半兒。俺兩口兒留下這一半兒。孩兒。你道我爲甚麼來。則怕您兩口兒一年半載不回來呵。思想俺時。見這半個衫兒。便是見俺兩口兒一般。俺兩口兒有些頭痛額熱。思想你時。見這半個衫兒。便是見您兩口兒一般。孩兒。你將你的手來。〔張孝友云〕兀的不是手。〔做咬科〕〔張孝友云〕哎喲。父親。你咬我這一口我不疼。〔正末云〕你道是疼麼。〔張孝友云〕你咬我一口。我怎的不疼。〔正末云〕我咬你這一口兒。你害疼呵。想着俺兩口兒從那水撲花兒裏。擡舉的你成人長大。你今日生各支的撇了俺去呵。你道你疼。俺兩口兒更疼哩。〔卜兒云〕老的。俺則收着這汗衫兒。便是見孩兒一般。〔正末唱〕

【調笑令】將衫兒拆下。就着這血糊刷。哎兒也可不道世上則有蓮子花。我如今別無什麽弟兄并房下。倘或間俺命掩黄沙。則將這衫兒半壁匣蓋上搭。哎兒也。便當的你哭啼啼拽布拖麻。

〔邦老云〕你覷着。兀的不火起了也。早些開船去。〔張孝友云〕俺趁着船快走快走。〔同旦兒邦老下〕〔正末云〕孩兒去了也。哎喲。兀的不苦痛殺我也。〔唱〕

【絡絲娘】好家私水底納瓜。親子父在拳中的這搭沙。寺門前金剛相厮打。哎。婆婆也。我便是佛囉也理會不下。

〔云〕婆婆。你看是誰家火起。〔内叫科云〕張員外家火起了也。〔卜兒云〕老的也。似此怎了。〔正末云〕婆婆。你看好大火也。〔唱〕

【幺篇】我則聽的張員外家遺漏火發。哎喲天那諕得我立掙癡呆了這半霎。待去來呵長街上列着兵馬。哎。婆婆也。我可是怕也那不怕。

〔卜兒云〕老的。眼見一家兒燒的光光兒了也。教俺怎生過活咱。〔正末唱〕

【耍三臺】我則見必律律狂風颯。將這燄騰騰火兒刮。擺一街鐵茅水瓮。列兩行鈎鐮和這麻搭。〔内叫科云〕街坊鄰舍。將爲頭兒失火的拏下者。〔正末唱〕則聽得巡院家高聲的叫吖吖。叫道將那爲頭兒失火的拏下。天那。將我這銅斗兒般大院深宅。苦也囉苦也囉可怎生燒的來剩不下些根椽片瓦。

【青山口】我則見這家。那家。鬪交雜。街坊每救火那。我則見連天的大廈。大廈。聲刺刺。被巡軍横拽塌。家私家私且莫誇。算來算來都是假。難鎮難壓。空急空巴。

總是天折罰。他也波他不瞅咱。咱也波咱可憐他。只看張家往日豪華。如今在那搭。多不到半合兒把我來傒倖殺。

〔卜兒云〕老的。俺許來大家緣家計盡皆没了。苦痛殺俺也。〔正末云〕火燒了家緣家計都不打緊。我那張孝友兒也。〔哭科〕〔唱〕

【收尾】我直從那水撲花兒擡舉的偌來大。您將俺這兩口兒生各支的撇下。空指着卧牛城内富人家。〔卜兒云〕咱如今往那裏去好。〔正末云〕哎。婆婆也。我和你如今往那裏去。只有個沿街兒叫化。學着那一聲兒哩。〔卜兒云〕老的。是那一聲。〔正末云〕婆婆也。你豈不曾聽見那叫化的叫。我學與你聽。那一個捨財的爹爹媽媽哦。〔唱〕少不的悲田院裏學那一聲叫爹媽。

〔同下〕

〔音釋〕娩音免　珓音教　擲音直　橐音託　拍鋪買切　剌音辣　詫倉詐切　行音杭　剗音産　達當加切　蔡抽鮓切　掐强雅切　刷雙寡切　搭音打　掿音鬧　發方雅切　霎雙鮓切　颯殺賈切　刮音寡　鐮音廉　吖音鴉　宅池齋切　雜音咱　那音拿　塌湯打切　壓羊架切　罰扶加切　瞅音秋　殺雙鮓切

第三折

〔邦老上云〕人無横財不富。馬無野草不肥。我陳虎只因看上了李玉娥。將他丈夫攛在黄河裏淬死了。那李玉娥要守了三年孝滿。方肯隨順我。我怎麽有的這般慢性。我道莫說三年。便三日也等不到。他道你便等不得三年。也須等我分娩了。好隨順你。難道我就着這般一個大肚子。你也還想别的勾當哩。誰知天從人願。到的我家不上三日。就添了一個滿抱兒小厮。早已過了一十八歲。那小厮好一身本事。更强似我。只是我偏生見那小厮不得。常是一頓打就打一個小死。只要打死了他方纔稱心。却是爲何。常言道翦草除根。萌芽不發。那小厮少不的打死在我手裏。大嫂。將些錢鈔來與我。我與弟兄每吃酒去來。〔下〕〔旦兒上云〕自家李玉娥。過日月好疾也。自從這賊漢將俺員外推在河裏。今經十八年光景。我根前添了一箇孩兒。長成一十八歲。依了那賊漢的姓。叫做陳豹。每日在山中打大蟲。怎這早晚還不回家來吃飯哩。〔小末同俫兒上〕〔小末詩云〕每日山中打虎。窩弓藥箭緊身隨。男兒志氣三千丈。不取封侯誓不灰。自家陳豹。年長一十八歲。膂力過人。十八般武藝。無有不拈。無有不會。每日在于山中。下窩弓藥箭。打大蟲耍子。今日正在那裏演習些武藝。忽然看見山坡前走將一個牛也似的大蟲。我拈弓在手。搭箭當弦。哧的一聲射去。正中大蟲。我待要拏那大蟲去。不知那裏。走將幾個小厮來。倒說是他每打死的大蟲。咄。我且問你。你怎生打殺那大蟲來。〔俫兒云〕我一隻手揝住頭。一隻手揝住尾。當腰裏則一口咬死的。你倒省氣力。要混賴我的行貨。我告訴你家去。陳媽媽。〔旦兒云〕是誰門首叫我。開開這門。你做什麽。〔俫兒云〕媽媽。我辛辛苦苦打殺的一個大蟲。只這一張皮也值好幾兩銀子。怎麽你家兒子要賴我的。〔旦兒云〕小哥。你將的去罷。〔俫兒云〕我兒也。不看你娘面上。我不道的饒了你哩。〔下〕〔旦兒云〕陳豹。你家來。你跪着。教你休惹事。你又惹事。你倘着我打你。等你好記的。〔小末云〕母親打則打。休閃了手。〔旦兒云〕且住者。倘或間打的孩兒頭疼額熱。誰與他父親報讎。陳豹。我不打你。且饒你這一遭兒。〔小末云〕母親打了倒好。母親若不打呵。說與父親。這一頓打又打一個小死。〔旦兒云〕我也不打你。也不對你父親說。〔小末云〕不與父親說。謝了母親也。〔旦兒云〕孩兒。你學成十八般武藝。爲何不去進取功名。〔小末云〕您孩兒欲待應武舉去。争奈無盤纏上路。〔旦兒云〕既然你要應武舉去。來。我與你些碎銀兩。一對金鳳釵做盤纏。〔小末云〕今日是個吉日良辰。辭别了母親。便索長行也。〔做拜科〕〔旦兒云〕陳豹。你記者。若到京師。尋問馬行街竹竿巷。金獅子張員外老兩口兒。尋見呵。你帶將來。〔小末云〕母親。他家和喒是甚麽親眷。〔旦兒云〕孩兒你休問他。他家和喒是老親。〔小末云〕您孩兒經板兒記在心頭。母親。孩兒出門去也。〔旦兒云〕陳豹。你回來。〔小末云〕母親有甚麽話說。〔旦兒云〕你若見那老兩口兒。你便帶將來。〔小末云〕您孩兒記的。我出的這門來。〔旦兒云〕陳豹。你回來。〔小末云〕母親。有的話一發説了罷。〔旦兒云〕我與你這塊絹帛兒。你見了那老兩口兒。只與他這絹帛兒。他便認的喒是老親。〔小末云〕理會的。〔旦兒云〕孩兒去了也。眼觀旌節旗。耳聽好消息。〔下〕〔外扮長老上詩云〕近寺人家不重僧。遠來和尚好看經。莫道出家便受戒。那箇貓兒不吃腥。小僧相國寺住持長老。今有陳相公做這無遮大會。一應人等都要捨貧散齋。小僧已都准備下了。這早晚相公敢待來也。〔小末領雜當上云〕下官陳豹。到於都下演武場中比射。只我三箭皆中紅心。中了武狀元。授了下官本處提察使。自從母親分付我尋這馬行街竹竿巷金獅子張員外那兩口老的。那裏尋去。如今在相國寺中散齋濟貧。數日前我與長老錢鈔。與下官安排齋供。須索拈香走一遭去。可早來到了也。〔見長老科云〕老和尚。多生受你。〔長老云〕相公。請用些齋食。〔小末云〕下官不必吃齋。只等貧難的人來時。老和尚與我散齋者。〔正末同卜兒薄藍上云〕叫化咱。叫化咱。可憐見俺許來大家私。被一場天火燒的光光蕩蕩。如今無靠無依。没奈何。長街市上。有那等捨貧的財主波。救濟俺老兩口兒佛囉。〔唱〕

【中呂粉蝶兒】我遶着他後巷前街。叫化些剩湯和這殘菜。我受盡了些雪壓波風篩。猛想起。十年前。兀那鴉飛不過的田宅。甚麽是月值年災。可便的眼睁睁一時消壞。

〔卜兒云〕老的也。可怎生無一個捨貧的。〔正末唱〕

【醉春風】那捨貧的波衆檀樾。救苦的波觀自在。肯與我做場兒功德散分兒齋。可怎生再没個將俺來睬。睬。〔卜兒云〕老的也。兀那水牀上熱熱的蒸餅。我要吃一箇兒。〔正末云〕婆婆。你道什麽哩。〔卜兒云〕我纔見那水牀上熱熱的蒸餅。我要吃一個兒。〔正末云〕婆婆。你道那水牀上熱熱的蒸餅你要吃一個兒。不只是你要吃。赤緊的喒手裏無錢呵。可着甚的去買那。〔唱〕佛囉但得那半片兒羊皮。一頭兒藁薦。哎。婆婆唻我便是得生他天界。

〔云〕婆婆。〔卜兒云〕老的。你叫我怎麽的。〔正末云〕我叫了這一日街。我可乏了也。你替我叫些兒。〔卜兒云〕你着誰叫街。〔正末云〕我着你叫街。〔卜兒云〕你着我叫街。倒不識羞。我好歹也是財主人家女兒。着我如今叫街。我也曾吃好的。穿好的。我也曾車兒上來。轎兒上去。誰不知我是金獅子張員外的渾家。如今可着我叫街。我不叫。〔正末云〕你道什麽哩。〔卜兒云〕我不叫。〔正末云〕你道你是好人家兒。好人家女。也曾那車兒上來。轎兒上去。那裏會叫那街。偏我不是金獅子張員外。我是胎胞兒裏叫化來。赤緊的嗒手裏無錢那。我要你叫。〔卜兒云〕我不叫。我不叫。〔正末云〕我要你叫。要你叫。〔卜兒云〕我不叫。我不叫。〔正末云〕你也不叫。我也不叫。餓他娘那老弟子。〔卜兒做悲科〕〔正末云〕婆婆。你也説的是。你是那好人家兒。好人家女。你那裏會叫那街。罷罷罷。我與你叫。〔卜兒云〕你是叫咱。〔正末云〕哎喲。可憐見俺被天火燒了家緣家計。無靠無捱。長街市上。有那等捨貧的叫化些兒波。〔唱〕

【快活三】哎喲則那風吹的我這頭怎擡。雪打的我這眼難開。則被這一場家天火破了家財。俺少年兒今何在。

〔卜兒云〕嗨。争奈俺兩口兒年紀老了也。〔正末唱〕

【朝天子】哎喲可則俺兩口兒都老邁。肯分的便正該。天那天那也是俺注定的合受這饑寒債。我如今無鋪無蓋教我冷難挨。肯分的雪又緊風偏大。到晚來可便不敢番身。拳成做一塊。天那天那則俺兩口兒受冰雪堂地獄災。我這裏跪在。大街。望着那發心的爺娘每拜。

〔卜兒云〕老的。這般風又大。雪又緊。俺如今身上無衣。肚裏無食。眼見的不是凍死。便是餓死也。〔正末唱〕

【四邊静】哎喲正值着這冬寒天色。破瓦窑中又無些米柴。眼見的凍死屍骸。料没個人瞅睬。誰肯着半掀兒家土埋。老業人眼見的便撇在這荒郊外。

〔雜當上云〕兀的那老兩口兒。比及你在這裏叫化。相國寺裏散齋哩。你那裏求一齋去不好那。〔正末云〕多謝哥哥。元來相國寺裏散齋。婆婆。去來去來。〔卜兒云〕老的也。俺往那裏叫化去。〔正末唱〕

【普天樂】聽言罷不覺笑咍咍。我這裏剛行剛驀。把我這身軀强整。將我這脚步兒忙擡。〔云〕官人。叫化些兒波。〔雜當云〕無齋了也。〔正末唱〕哎。可道哩餓紋在口角頭。食神在天涯外。不似俺這兩口兒公婆每便窮的來煞。直恁般運拙也那時乖。〔云〕官人也。〔唱〕但的他殘湯半碗充實我這五臟。〔帶云〕不濟事。不濟事。〔唱〕哎婆婆也喒去來波可則索與他日轉千街。

〔雜當云〕你來早一步兒可好。齋都散完了也。〔正末云〕官人。可憐見。叫化些兒波。〔雜當云〕無了齋也。〔小末云〕爲甚麼大呼小叫的。〔雜當云〕門首有兩個老的。討齋來的遲。無了齋也。〔小末云〕老和尚。有下官的那一分齋。與了那兩口兒老的吃罷。〔雜當云〕理會的。兀那老的。你來的遲。無有齋了。這個是相公的一分齋。與你這老兩口兒。你吃了。你過去謝一謝那相公去。〔正末云〕多謝了。婆婆。你吃些兒。我也吃些兒。留着這兩個饅頭。喒到破瓦窑中吃。婆婆。你送這碗兒去。〔卜兒云〕我送這碗兒去。〔正末云〕就謝一謝那官人。〔卜兒云〕我知道。〔見小末做拜科云〕積福的官人。今世裏爲官受禄。到那生那世。還做官人。〔做認小末科〕〔小末云〕這老的怎生看我。〔卜兒云〕官人官上加官。禄上進禄。輩輩都做官人。〔出門科〕這官人好和那張孝友孩兒厮似也。仔細打看。全是我那孩兒。我對那老的説去。着他打這弟子孩兒。〔見末云〕老的也。也喜歡咱。〔正末云〕什麽那。婆婆。〔卜兒云〕你笑一個。〔正末云〕我笑什麽。〔卜兒云〕你笑。〔正末云〕哦。我笑。〔做笑科〕〔卜兒云〕你大笑。〔正末做大笑科〕〔卜兒云〕你也是個儍老弟子孩兒。如今喒那張孝友孩兒有了也。〔正末云〕在那裏。〔卜兒云〕原來散齋的那官人。正是張孝友孩兒。〔正末云〕婆婆。真個是。〔卜兒云〕我的孩兒。如何不認的。我這眼不唤做眼。唤做琉璃葫蘆兒。則是明朗朗的。〔正末云〕是真個。我過去打這弟子孩兒。婆婆可是也不是。〔卜兒云〕我這眼則是琉璃葫蘆兒。〔正末云〕我則記着你那琉璃葫蘆兒。〔卜兒云〕則是個明朗朗的。〔正末見小末云〕生忿忤逆的賊也。〔小末云〕長老。他唤你哩。〔長老云〕相公。他唤你哩。

〔正末唱〕

【上小樓】甚風兒便吹他到來。也有日重還鄉界。則俺這煩煩惱惱。哭哭啼啼。想殺我兒也怨怨哀哀。到如今可也便歡歡愛愛。瀟瀟灑灑。無妨無礙。〔小末云〕兀那老的。你説甚麽那。〔正末云〕生忿忤逆的賊也。〔唱〕哎。怎把這雙老爹娘做外人看待。

〔卜兒云〕老的。他正是我的兒。〔小末云〕兀那老的。你説什麼我的兒。我且問你。你那兒可姓什麼那。〔正末云〕我的兒姓張。叫做張孝友。〔小末云〕兀的你孩兒姓張。是張孝友。我姓陳。是陳豹。你怎生説我是你的兒。〔卜兒云〕呀。他改了姓也。〔小末云〕你的孩兒去時。多大年紀。〔正末云〕他去時三十歲也。去了十八年。如今該四十八歲。〔小末云〕你的孩兒去時三十歲。去了十八年。如今該四十八歲。這等説將起來。你那孩兒去時節我還不曾出世哩。〔正末云〕婆婆。不是了也。〔卜兒云〕我道不是了麽。〔正末云〕可不道你這眼是琉璃葫蘆兒。〔卜兒云〕則纔寺門前擠破了也。〔小末云〕兀那老的。你那孩兒怎生與下官面貌相似。你試説與我聽咱。〔正末云〕官人聽我説波。〔唱〕

【幺篇】您兩個恰便似一箇印盒。印盒裏脱將下來。您兩個都一般容顔。一般模樣。一般箇身材。哎。我好呆。也合該。十分寧奈。〔云〕相公。恕老漢年紀老了。〔唱〕我老漢可便眼昏花錯認了你個相公休怪。

〔正末做跪拜請罪科〕〔小末云〕兀那老的拜將下去。我背後恰便似有人推起我來一般。莫不這老的他福分倒大似我。我不怪你。你回去。〔正末云〕多謝了官人。〔小末云〕你且回來。〔正末云〕官人莫非還怪着老漢麽。〔小末云〕我説道不怪。怎麽還怪着你。我見你那衣服破碎。與你這塊絹帛兒補了你那衣服。你將的去。〔正末云〕多謝了官人。這個官人又不打我。又不駡我。又與我這塊絹帛兒。着我補衣服。我是看咱。〔哭科云〕我道是甚麽來。原來是我那孩兒臨去時留下的那半壁汗衫兒。哎。這有甚麼難見處。眼見的是那婆子恰纔過來謝那官人篤速速的掉了。我如今問他。若是有呵。便是那官人的。若是没呵。我可不到的饒了他哩。婆婆。俺那孩兒的呢。〔卜兒云〕孩兒的什麼。〔正末云〕孩兒臨去時留下的那半壁汗衫兒在那裏。〔卜兒云〕我恰纔忘了。你又題將起來。我爲那汗衫兒呵。則怕掉了。我牢牢的揣在我這懷裏。〔做取科云〕兀的不是我孩兒的。〔正末云〕我這裏也有半壁兒。〔卜兒云〕你那裏得來。〔正末云〕嗒是比着。可不正是我那孩兒的汗衫兒那。〔做悲科云〕哎喲。眼見的無了我那孩兒也。兀的不苦痛殺也我。〔唱〕

【脱布衫】我這裏便覷絶時雨淚盈腮。不由我不感嘆傷懷。則被你拋閃殺您這爹爹和您妳妳。婆婆也去來波問俺那少年兒是在也不在。

〔見小末云〕官人。這半壁汗衫兒不打緊。上面干連着兩個人的性命哩。〔小末云〕你看這老的波。怎生干連着兩個人性命。你是説一遍。我是聽咱。〔正末唱〕

【小梁州】想當初他一領家這衫兒是我拆開。不俫問相公這一半兒那裏每可便將來。〔小末云〕你爲甚麼這等窮暴了來。〔正末唱〕想着俺那二十年前有家財。〔小末云〕你姓甚名誰。〔正末唱〕則我是張員外。〔小末云〕哦。張員外。你在那裏居住。〔正末唱〕我家住住在馬行街。

〔小末云〕你家曾爲什麼事來。〔正末唱〕

【幺篇】只爲那當年認了個不良賊。送的俺一家兒横禍非災。〔小末云〕你那孩兒那裏去了。〔正末唱〕俺孩兒聽了他胡言亂道巧差排。便待離家鄉做些買賣。〔小末云〕他曾有書信來麽。〔正末云〕俺孩兒去了十八年也。〔唱〕只一去不回來。

〔小末云〕兀那老兩口兒。你莫不是金獅子張員外麽。〔正末云〕則我便是金獅子張員外。婆婆趙氏。官人曾認的個陳虎麽。〔小末云〕誰將俺父親名姓叫。〔正末云〕你還認的個李玉娥麽。〔小末云〕這是我母親的胎諱。你怎生知道。〔正末云〕喒都是老親哩。〔卜兒云〕老的。我想起來了也。這厮正是媳婦兒懷着十八個月不分娩。生這個弟子孩兒那。〔小末云〕既是老親。你老兩口兒跟我去來。〔正末云〕婆婆。他要帶將俺去哩。喒去不去。〔卜兒云〕休去。〔正末云〕爲甚的。〔卜兒云〕説道一路上有强人哩。〔正末云〕有甚麽强人。敢問官人要帶我去時。着我在那裏相等。〔小末云〕我與你些碎銀。到徐州安山縣金沙院相等。你老兩口兒小心在意者。〔正末唱〕

【耍孩兒】你將這衫兒半壁親稍帶。只説是馬行街公婆每都老懞。官人呵這言語休着您爺知。〔小末云〕怎生休着他知道。〔正末唱〕則去那娘親上分付明白。則要你一言説透千年事。俺也不怕十謁朱門九不開。那賊漢當天敗。婆婆這也是災消福長。苦盡甘來。

〔云〕婆婆。我和你去來去來。〔唱〕

【煞尾】我再不去佛囉佛囉將我這頭去磕。天那天那將我這手去摑。我但能勾媳婦兒覷着喒這没主意的公婆拜。我今日先認了那個孫兒大古來咊。〔同卜兒下〕

〔小末云〕老和尚多累了。下官則今日收拾行程。還家中去來。〔詩云〕親承母親命。稍帶汗衫來。誰知相國寺。即是望鄉臺。〔下〕

〔音釋〕攛爨平聲　膂音旅　哶音床　咄敦入聲　揩鐟上聲　宅池齋切　樾音月　邁音賣　獄于句切　色篩上聲　掀音軒　咍海平聲　驀音賣　煞音晒　實繩知切　儍商鮓切　忤音悟　擠濟上聲　呆音諧　倈離靴切　賊池齋切　憊音敗　白巴埋切　磕音可　擓乖上聲

第四折

〔邦老同旦兒上〕〔邦老云〕自家陳虎的便是。我這一日吃酒多了。那小厮不知被母親唆使他那裏去。至今還不回來。莫不是去做賊那。〔旦兒云〕他應武舉去了也。〔邦老云〕既是應武舉去了。不得官教他不要來見我。今日有些事幹。我要到窩弓峪裏尋個人去。大嫂。你看着家者。〔下〕〔旦兒云〕這賊漢去了。我到門首覷着。看有甚麽人來。〔小末上云〕下官陳豹。自相國寺見了那兩口兒老的。我稍帶將來了。下官先到家中見母親走一遭去。可早來到嗜家門首也。〔做見拜科云〕母親。您孩兒一舉中了武狀元。現授本處提察使。〔旦兒云〕孩兒得了官。兀的不喜歡殺我也。孩兒。那馬行街張家兩口兒老的你見來麽。〔小末云〕那兩口兒老的。孩兒尋見了。隨後便來也。母親。他和嗜是甚麽親眷。〔旦兒云〕孩兒你休問他。他和嗜是老親。〔小末云〕便是老親。也有近的。也有遠的。母親怎葫蘆提。只説老親。不説一個明白與孩兒知道。〔旦兒云〕孩兒。我説則説。你休煩惱。〔小末云〕我不煩惱。〔旦兒云〕孩兒。你不知。兀那陳虎。不是你的父親。喒也不是這裏人。元是南京馬行街竹竿巷人氏。金獅子張員外家媳婦。十八年前。陳虎將你父親張孝友推在黄河裏淹死了。你是我帶將來生下的。那兩口兒老的則他便是金獅子張員外。〔小末云〕母親不説。您孩兒怎知。〔做氣死科〕〔旦兒云〕孩兒甦醒着。不争你死了。誰與你父親報讎。〔小末醒科云〕這賊漢原來不是我的親爺。母親。那賊漢那裏去了。〔旦兒云〕他到窩弓峪裏尋個人去了。〔小末云〕這賊漢合死。他是一隻虎。入窩弓峪裏去。那得個活的人來。〔詩云〕我聽説罷緊皺眉頭。不覺的兩淚交流。今朝去窩弓峪裏。拏賊漢報父冤讎。〔下〕〔旦兒云〕孩兒拏陳虎去了。我聽的説金沙院廣做道場。超度亡魂。我也到那裏去搭一分齋。追薦我亡夫張孝友去來。〔下〕〔趙興孫做巡檢上云〕自家趙興孫的便是。自從那日張員外家齎發了我的盤纏。迭配沙門島去。幸得彼處上司道我是個路見不平。拔刀相助的義士。屢次着我捕盜。有功加授巡檢之職。因爲這裏窩弓峪是個强盜出没的淵藪。撥與我五百名官兵。把守這窩弓峪隘口。盤詰奸細。緝捕盜賊。我想當日若無張員外救我。可不死在沙門島路上多時了。我有恩的是馬行街竹竿巷金獅子張員外。院君趙氏。小大哥張孝友。大嫂李玉娥。有讎的是陳虎。似印板兒記在心上。不曾忘着哩。〔詩云〕感恩人救咱難苦。有讎的是他陳虎。知何日遂我心懷。報恩讎留名萬古。〔弓兵拏正末卜兒上云〕有兩口兒老的。背着一個包兒在此窩弓峪經過。小的每見他是面生可疑之人。拏來盤詰者。〔正末云〕大王饒命咱。〔弓兵喝科云〕不是大王。是巡檢老爺。奉上司明文。把守窩弓峪。盤詰奸細

的。〔正末唱〕

【雙調新水令】您奪下的是輕裘肥馬他這不公錢。俺如今受貧窮有如那范丹原憲。〔趙興孫云〕你兩個老的那裏去也。〔正末唱〕俺只問金沙院在那裏。不想道窩弓峪經着您山前。〔弓兵云〕有甚麼人事送些與老爺。就放了你去。〔正末唱〕可憐俺赤手空拳。望將軍覷方便。

〔趙興孫云〕兀那老的。你那裏人氏。姓甚名誰。〔正末云〕老漢金獅子張員外。婆婆趙氏。〔趙興孫云〕誰是金獅子張員外。〔正末云〕則老漢便是。〔趙興孫云〕你認得我麽。〔正末云〕你是誰。〔趙興孫云〕我那裏不尋。那裏不覓員外。〔詩云〕我纔聽説罷笑欣欣。連忙扶起大恩人。你是那十八年前張員外。則我便是披枷帶鎖的趙興孫。左右扶着員外院君。受趙興孫幾拜。〔正末云〕將軍休拜。可折殺老漢兩口兒也。〔趙興孫云〕員外怎生這般窮暴了來。〔正末云〕將軍。只被陳虎那厮送了俺一家兒也。〔趙興孫云〕小大哥大嫂。都那裏去了。〔正末唱〕

【小將軍】休提起俺那小業冤。他剔騰了我些好家緣。〔趙興孫云〕員外。偌大莊宅。可還在麽。〔正末唱〕典賣了莊田火燒了俺宅院。〔趙興孫云〕嗨。好可憐人也。〔正末唱〕直閃的俺這兩口兒可也難過遣。

〔趙興孫云〕員外。你如今怎地做個營生養贍你那兩口兒來。〔正末唱〕

【清江引】到晚來枕着的是多半個甎。每日在長街上轉。口叫爺娘佛。〔趙興孫云〕也有肯捨貧的麽。〔正末唱〕無人可憐見。〔趙興孫云〕陳虎那厮好狠也。〔正末唱〕陳虎唻我和你便

有甚麽那箇殺父母的冤。〔趙興孫云〕看那厮也好模好樣的。可怎生這等歹心。〔正末唱〕

【碧玉簫】那厮模樣兒慈善。賊漢軟如綿。心腸兒機變。賊膽大如天。〔趙興孫云〕這元是小大哥認義他來。〔正末唱〕俺孩兒信他言。信他言搬上船。〔趙興孫云〕小大哥去了多時也。曾有書信寄回麽。〔正末唱〕他去了十八年。不能勾見。〔趙興孫云〕員外。你這幾年可在那裏過活。〔正末唱〕哎喲天那只俺兩口兒叫化在這悲田院。

〔趙興孫云〕誰想陳虎這般毒害。員外。那陳虎元是徐州人。這窩弓峪正是徐州地方。我務要拏住此賊。雪恨報讎。我先與你些碎銀兩做盤纏去。只在金沙院裏等着我者。〔同下〕〔張孝友扮僧人上詩云〕一生皆是命。半點不由人。自家張孝友的便是。則從陳虎那厮推我在黄河裏。多虧了打漁船救了我性命。今經十八年光景。好過的疾也。我如今在這金沙院捨俗出家。這幾日有那捨錢的做好事。徒弟。與我動法器者。〔正末同卜兒上云〕婆婆。金沙院裏做好事哩。喒與孩兒插一簡去來。〔見科〕〔正末云〕師父。俺特來插一簡兒。〔張孝友云〕那裏走將兩口兒叫化的來。倒好面善。〔正末云〕俺怎生是叫化的。〔張孝友云〕你不是叫化的。是甚麽。〔正末云〕俺是那沿門兒討冷飯吃的。〔張孝友云〕左右一般。〔正末云〕當初也是好人家來。〔張孝友云〕兀那兩口兒老的。你當初怎様的好人家。〔正末云〕師父。你聽我説咱。〔唱〕

【沽美酒】若説着俺祖先。好家私似潑天。〔張孝友云〕老的。你敢説大話蓋着我哩。〔正末唱〕俺正是披着蒲席説大言。〔張孝友云〕老的。你那家鄉何處。本貫何方。〔正末唱〕若説着俺家鄉可便不遠。祖居是住在梁園。

〔張孝友云〕你平日間做什麼營生買賣。〔正末唱〕

【太平令】則我在那馬行街裏開着座門面。師父也與你這花銀權當做些經錢。〔張孝友云〕哦。他也在馬行街住哩。老的。你可要看誦什麼經卷。〔正末唱〕梁武懺多看幾卷。〔張孝友云〕再呢。〔正末唱〕消災呪勝讀幾遍。告師父也可憐。可憐。我那命蹇。〔張孝友云〕你追薦什麼人。〔正末唱〕與俺個張孝友孩兒追薦。

〔張孝友云〕你追薦誰。〔正末云〕師父。我追薦亡靈張孝友。〔張孝友云〕這個正是我父親母親。我再問咱。你追薦什麼人。〔正末云〕追薦亡靈張孝友。〔張孝友云〕追薦什麼人。〔正末云〕你將我那銀子來還我。另尋一個有耳朵的和尚念經去。〔張孝友云〕那個和尚没耳朵。這個正是我父親母親。〔拜科〕父親母親。則我便是張孝友。〔卜兒云〕哎喲。有鬼也。有鬼也。〔正末唱〕

【雁兒落】則你這惡芒神休厮纏。我待超度你在這金沙院。可憐我每日家思念你千萬遭。呫題道有十餘遍。

〔張孝友云〕父親母親。您孩兒不是鬼。是人。〔正末唱〕

【得勝令】呀。原來這和尚每都會通仙。我活了七十歲不曾見。則你屍首歸何處。兒

也你今日個陰魂在眼前。〔云〕你若是人呵。我叫你三聲。你一聲高一聲。你若是鬼呵。我叫你三聲。你一聲低似一聲。〔張孝友云〕你叫。我答應。〔正末云〕張孝友兒也。〔張孝友云〕哎。〔正末云〕是人是人。張孝友兒也。〔張孝友云〕哎。〔正末云〕是人是人。張孝友兒也。〔張孝友云〕偏生的堵了一口氣兒。〔做低應科云〕哎。〔正末云〕有鬼也。〔張孝友云〕父親母親。我不是鬼是人。〔正末唱〕**也是我心專。作念的一靈兒須活現。留得你生全。免的我兩口兒長掛牽。**

〔張孝友云〕父親母親。我是人。〔正末云〕孩兒也。你爲甚麽在這裏出家。〔張孝友云〕父親母親不知。自從離了家來。被陳虎那廝推在黃河裏。多虧了打魚船救了我性命。因此上就在這裏捨俗出家。〔正末云〕今日認着了孩兒。兀的不歡喜殺我也。〔旦兒上云〕來到此間。正是金沙院了。進院去追薦我亡夫張孝友咱。〔見正末科云〕兀的不是公公婆婆。〔正末云〕兀的不是李玉娥媳婦兒。〔卜兒云〕哎喲。媳婦兒也。〔張孝友云〕阿彌陀佛。這個是誰。〔卜兒云〕這便是媳婦兒。〔張孝友做認科云〕我那大嫂也。〔卜兒云〕媳婦兒。你這十八年在那裏來。〔旦兒云〕婆婆。被陳虎那賊。拐帶將這裏來。〔正末云〕你那孩兒回家了麽。〔旦兒云〕他如今拏陳虎那賊去。這早晚敢待來也。〔邦老上云〕我陳虎。來到這窩弓峪裏。怎麽那眼皮兒連不連的只是跳。也不知是跳財。是跳災。你看後面慌張張趕上來的是什麽人。〔小末上云〕兀那殺父親的賊休走。〔邦老云〕你這小賊。一向躲在那裏。誰殺你父親來。〔小末云〕你還要賴哩。我父親張孝友。不是你這賊推在水裏渰死了。我不拏住你碎屍萬段。怎報得我這讎恨。〔打科〕〔邦老云〕我打他不過。三十六計。走爲上計。只是跑。只是跑。〔小末云〕你這賊往那裏去。〔趙興孫領弓兵冲上云〕兀的不是陳虎。左右與我拏住者。〔邦老云〕悔氣。偏生又撞着那個披枷帶鎖的。我死也。〔小末見科云〕敢問大人貴姓。〔趙興孫云〕小官姓趙。名興孫。現做本處巡檢。把守窩弓峪隘口。我有恩的是金獅子張員外。有讎的是陳虎。適纔張員外見過了。約他在金沙院相會。恰好拏住陳虎。小官報恩報讎。都在這一日哩。〔小末云〕大人。小官忝授這裏提察使。就是張員外的親孫。〔趙興孫云〕這等。大人是趙興孫的上司也。〔小末云〕且喜拏住陳虎。我和你同到金沙院去來。〔見旦兒云〕兀的不是母親。〔旦兒云〕孩兒。你拜了公公婆婆咱。〔小末云〕公公婆婆請坐。受孫兒幾拜。〔正末云〕我今日又認着個孫兒。兀的不歡喜殺我也。〔旦兒云〕孩兒。你拜了父親咱。〔小末云〕母親。誰是您孩兒的父親。〔旦兒云〕就是這個師父。〔小末云〕母親。你好喬也。丢了一個賊漢。又認了一個秃厮那。〔旦兒云〕孩兒。這師父正是你父親張孝友。〔小末云〕父親請坐。受孩兒幾拜。〔正末云〕孫兒。那陳虎曾拏得着麽。〔小末云〕幸得這裏一個巡檢趙興孫。替孫兒拏着了。現在外面。〔正末云〕哦。元來果然是趙興孫拏了也。快請進來。〔趙興孫見科云〕老員外老院君。早見過了。這一個師父。一個大嫂是誰。〔正末云〕這便是孩兒張孝友。媳婦兒李玉娥。〔趙興孫云〕正是我恩人。請上受趙興孫幾拜。〔正末云〕孫兒過來。他替你拏得陳虎。你須拜謝者。〔小末做謝科〕〔趙興孫云〕不敢不敢。大人是上司哩。左右綁過陳虎那賊來。當大人面前殺了罷。〔張孝友云〕不要殺他。〔正末云〕爲甚麽不要殺他。〔張孝友云〕我眼裏偏識這等好人。〔趙興孫云〕天下喜事。

無過夫妻子母完聚。就今日殺羊造酒。做一個大大的筵席慶喜咱。〔正末唱〕

【殿前喜】您道一家骨肉再團圓。這快心兒不是淺。便待要殺羊造酒大開筵。多只是天見憐。道我個張員外人家善。也曾濟貧救苦捨了偌多錢。今日個着他後人兒還貴顯。

〔外扮府尹領祇從人上云〕老夫姓李名志。字國用。官拜府尹之職。奉聖人的命。敕賜勢劍金牌。着老夫遍行天下。專理銜冤負屈不平之事。今有金獅子張員外。被賊徒陳虎圖財陷害。是老夫體察真實。奏過聖人。今日親身到此。判斷這樁公案。聞知都在金沙院裏。可早來到也。張義。裝香來。您一行望闕跪者。聽老夫下斷。〔詞云〕奉敕旨採訪風傳。爲平民雪枉伸冤。張員外合家歡樂。李玉娥重整姻緣。將陳虎碎屍萬段。梟首級號令街前。李府尹今朝判斷。拜皇恩厚地高天。

〔音釋〕唆音梭　峪于句切　藪音叟　隘羊戒切　詰溪入聲　贍傷佔切　懺攙去聲　呪音晝　蹇音繭　咕低廉切　梟希交切

題目　東嶽廟夫妻占玉玟

正名　相國寺公孫合汗衫

錢大尹智寵謝天香雜劇

關漢卿 撰

楔子

〔冲末扮柳耆卿引正旦謝天香上〕〔柳詩云〕本圖平步上青雲。直爲紅顔滯此身。老天生我多才思。風月場中肯讓人。小生姓柳名永。字耆卿。乃錢塘郡人也。平生以花酒爲念。好上花臺做子弟。不想游學到此處。與上廳行首謝天香作伴。小生想來。今年春榜動。選場開。誤了一日。又等三年。則今日辭了大姐。便索上京應舉去。大姐。小生在此多蒙管待。小生若到京師闕下。得了官呵。那五花官誥。駟馬香車。你便是夫人縣君也。〔正旦云〕耆卿。衣服盤纏。我都准備停當。你休爲我誤了功名者。〔净張千上云〕小人張千。在這開封府做着個樂探執事。我管的是那僧尼道俗樂人。迎新送舊。都是小人該管。如今新除來的大尹姓錢。一應接官的都去了。止有妓女每不曾去。此處有個行首是謝天香。他便管着這班門户人。須索和他説一聲去。來到門首也。謝大姐在家麽。〔旦見科云〕哥哥。叫做甚麽。〔張千云〕大姐。來日新官到任。准備參官去。〔旦云〕哥哥。這上任的是甚麽新官。〔張千云〕是錢大尹。〔旦云〕莫不是波厮錢大尹麽。〔張千云〕你休胡説。唤大人的名諱。我去也。謝大姐。明日早來參官。〔下〕〔柳云〕大姐。你歡喜咱。錢大尹是我同堂故友。明日我同大姐到相公行分付着看覷你。我也去的放心。〔正旦唱〕

【仙呂賞花時】則這一曲翻成和淚篇。最苦偏高離恨天。雙淚落尊前。山長水遠。愁見理行軒。

【幺篇】待得鸞膠續斷絃。欲盼離鞍難顧戀。謝他新理任這官員。常好是與民方便。咱又得個一夜並頭蓮。〔同下〕

第一折

〔外扮錢大尹引張千上詩云〕寒蛩秋夜忙催織。戴勝春朝苦勸耕。若道民情官不理。須知蟲鳥爲何鳴。老夫姓錢名可。字可道。錢塘人也。自中甲第以來。累蒙擢用。頗有政聲。今謝聖恩。加老夫開封府尹之職。老夫自幼修髯滿部。軍民識與不識。皆呼爲波廝錢大尹。暗想老夫當時有一同堂小友。姓柳名永。字耆卿。論此人學問。不在老夫之下。相離數載。不知他得志也不曾。使老夫懸懸在念。今日升堂坐起早衙。張千。有該僉押的文書將來我發落。〔張千云〕稟的老爺知道。還有樂人每未曾參見哩。〔錢大尹云〕前官手裏曾有這例麽。〔張千云〕舊有此例。〔錢大尹云〕既是如此。着他參見。〔張千云〕參官樂人走動。〔正旦同衆旦上云〕今日新官上任。咱參見去來。你每小心在意者。〔衆旦云〕理會的。〔正旦唱〕

【仙呂點絳唇】講論詩詞。笑談街市。學難似。風裏颺絲。一世常如此。

【混江龍】我逐日家把您相試。乞求的教您做人時。但能勾終朝爲父。也想着一日爲師。但有箇敢接我這上廳行首案。情願分付與你這粧演戲臺兒。則爲四般兒誤了前程事。都只爲聰明智慧。因此上辛苦無辭。

〔衆旦云〕姐姐。你看籠兒中鸚哥念詩哩。〔旦云〕這便是你我的比喻。〔唱〕

【油葫蘆】你道是金籠内鸚哥能念詩。這便是咱家的好比似。原來越聰明越不得出籠時。能吹彈好比人每日常看伺。慣歌謳好比人每日常差使。〔云〕我不怨别人。〔衆旦云〕姐姐。你怨誰。〔旦云〕咱會彈唱的。日日官身。不會彈唱的。到得些自在。〔唱〕我怨那禮案裏幾箇令史。他每都是我掌命司。先將那等不會彈不會唱的除了名字。早知道則做箇啞猱兒。

【天下樂】俺可也圖甚麽香名貫人耳。想當也波時。不三思。越聰明不能勾無外事。賣弄的有伎倆。賣弄的有艷姿。則落的臨老來呼弟子。

〔張千云〕謝大姐。你怎生這早晚纔來。你只在這裏。我報復去。〔做報科云〕報的老爺得知。有樂人每來參見。〔錢大尹云〕别的休進來。則着那爲頭的一人來見。〔張千云〕别的都回去。則着謝大姐過去哩。〔衆旦下〕〔正旦見拜科云〕上廳行首謝天香謹參。〔錢大尹云〕休要誤了官身。〔旦云〕理會的。〔做出門科云。〕爺爺。那官人好個冷臉子也。〔唱〕

【金盞兒】猛覷了那容姿。不覺的下堦址。下場頭少不的跟官長廳前死。往常覷品官宣使似小孩兒。他則道官身休失誤。啓口更無詞。立地剛一飯間。心戰勾兩炊時。

〔柳上云〕大姐。參官去了。我看大姐去來。〔做見旦科云〕大姐。你參了官也。我過去見他。〔正旦云〕你休見罷。這相公不比其他的。〔柳云〕不妨事。哥哥看待我。比別人不同。〔做見張千科云〕大哥。報復一聲。杭州柳永特來參謁。〔張千云〕這個便是早辰間在謝大姐家的那先生。你在這裏。我報復去。〔做報科云〕衙門外有杭州柳永。特來拜見。〔錢大尹云〕他說是杭州柳永。〔張千云〕是。〔錢大尹笑云〕老夫語未絕口。不想賢弟果然至此。使老夫不勝之喜。道有請。〔張千云〕請進。〔柳見錢科云〕小弟遊學到此。不意正值高遷。一來拜賀兄長。二來進取功名去也。〔錢大尹云〕自別賢弟許久。想慕顏範。使老夫懸懸在念。今日一會。實老夫之幸也。左右看酒來。〔柳云〕兄弟去的急。不必安排茶飯。〔錢大尹云〕雖然如此。許久不會。何妨片時。張千。就訟廳上看酒來管待學士。〔柳云〕哥哥。這是國家公堂。不是您兄弟坐的去處。〔錢大尹云〕賢弟差矣。一來是老夫同堂故友。二來賢弟是一代文章。正可管待。老夫欲待留賢弟。在此盤桓數日。便好道大丈夫當以功名爲念。因此不好留得。賢弟。請滿飲一杯。〔把酒科〕〔柳云〕兄弟酒勾了也。辭了哥哥。便索長行。〔錢大尹云〕賢弟。不成管待。只聽你他日得意。另當稱賀。賢弟。恕不遠送了。〔柳云〕哥哥不必送。〔出見旦科云〕柳永。你爲甚麼來。則爲大姐。怎就忘了。我再過去。〔正旦云〕耆卿。你休去。這相公不比其他的。〔柳云〕不妨事。哥哥待我較別哩。〔做見張千科云〕張千。再報一聲。〔張千云〕你怎麼又來。〔柳云〕你道杭州柳永再來拜見。有說的話。〔張千報科云〕杭州柳永。又要見相公。有說的話。〔錢大尹云〕是是。想必老夫在此爲理。有見不到處。道有請。〔張千云〕有請。〔見科錢大尹云〕老夫在此爲理。多有見不到處。我料賢弟必有嘉言善行。教訓老夫咱。〔柳云〕您兄弟别無他事。則是好覷謝氏。〔錢云〕耆卿。敬重看待。恕不遠送。〔柳云〕多謝了哥哥。〔柳見旦云〕大姐。我說了也。他說敬重看待。〔正旦云〕耆卿。你知道相公的意思麽。〔柳云〕我不知道。〔正旦唱〕

【醉中天】初相見呼你爲學士。謹厚不因而。今遍回身囑付爾相公也。冷眼兒頻偷視。你覷他交椅上擡頦樣兒。待的你不同前次。他則是微分間。將表字呼之。

〔柳云〕怕你不放心。我再過去。〔正旦云〕耆卿。你休過去。〔柳云〕不妨事。哥哥待我較别哩。〔錢大尹云〕張千。你近前來。恰纔耆卿說道。好覷謝氏。必定是峨冠博帶一箇名士大夫說咱。〔張千云〕禀的老爺知道。就是早晨參官的謝天香。〔錢大尹云〕哦。是早間那箇謝氏。耆卿。你錯用了心也。〔柳做見張千科云〕張大哥。你再報一聲。杭州柳永。再有話說。〔張千云〕你怎麽又來。我不敢過去。〔柳云〕不妨事。再說一聲。〔張千報科云〕杭州柳永。有說的話。〔錢大尹云〕着他過來。〔柳進見科〕〔錢大尹云〕耆卿有何見諭。〔柳云〕哥哥。則是好覷謝氏。〔錢大尹云〕我纔不說來敬重看待。恕不遠送。〔柳見旦云〕相公說敬重看待。可是如何。〔正旦唱〕

【金盞兒】你拿起筆作文詞。衠才調無瑕玼。這一場無分曉不裁思。他道敬重看待自有幾椿兒。看則看你那釣鰲八韻賦。待則待你那折桂五言詩。敬則敬你那十年辛苦志。重則重你那一舉狀元時。

〔柳云〕大姐。你也忒心多。怕你放不下。我再過去。〔正旦云〕耆卿休去。〔柳云〕不妨事。哥哥看待較別哩。〔見張千科云〕張大哥。你再過去。説杭州柳永又來。有説的話。〔張千云〕你還不曾去哩。這遭敢不中麼。〔柳云〕不妨事。〔張千報科云〕杭州柳永。又來有話説。〔錢大尹云〕着他過來。〔見科錢大尹云〕耆卿有何説話。〔柳云〕哥哥好覷謝氏。〔錢大尹做怒科云〕耆卿。你種的桃花放。砍的竹竿折。〔柳云〕多謝了哥哥。〔出見旦云〕我説了也。〔正旦云〕相公説甚麼來。〔柳云〕相公説種的桃花放。砍的竹竿折。〔正旦唱〕

【醉扶歸】你陡恁的無才思。有甚省不的兩樁兒。我道這相公不是漫詞。你怎麽不解其中意。他道是種桃花砍折竹枝。則説你重色輕君子。

〔柳云〕怕你不放心。待我再去與他説過。〔正旦云〕耆卿。你休去。〔柳云〕不妨事。哥哥待我較別哩。〔見張千云〕張大哥。你再説一聲。杭州柳永又來。有話説。〔張千云〕那裏有個見不了的。我不敢報。〔柳云〕我自過去。〔張千報科〕〔錢大尹云〕敢是杭州柳永。〔張千云〕便是。〔錢大尹云〕潑禽獸。你則管着這一樁兒。且過一壁。〔柳云〕張千進去可怎生不見出來。莫非他不肯通報。我自過去。〔進見科云〕哥哥。〔錢大尹怒云〕敢是好覷謝氏。張千擡過書案者。耆卿是何相待。君子不重則不威。學則不固。你何輕薄至此。這裏是官府黄堂。又不是秦樓楚館。則管裏謝氏謝氏。耆卿。我是開封府尹。又不是教坊司樂探。平昔老夫待足下非輕。可是爲何。爲子有才也。

古人道。德勝才爲君子。才勝德爲小人。今觀足下所爲。可正是才有餘而德不足。禮記云。君子姦聲亂色。不留聰明。老子曰。五色令人目盲。五音令人耳聾。大丈夫當先天下之憂而憂。後天下之樂而樂。便好道富貴不能淫。貧賤不能移。威武不能屈。此之謂大丈夫也。今子告別。我則道有甚麽嘉言善行。略無一語。止爲一匪妓。往復數次。雖鄙夫有所恥。況衣冠之士。豈不媿顔。耆卿。比及你在花街裏留意。且去你那功名上用心。可不道三十而立。當今王元之七歲能文。今官居三品。見爲翰林學士之職。汝輩不自恥乎。耆卿。〔詩云〕則你那渾身多錦繡。滿腹富文章。不學王內翰。只說謝天香。張千。你近前來。〔做耳喑科云〕只恁的便了。〔張千云〕理會的。〔錢大尹云〕左右的。擊鼓退堂。我回私宅去也。〔下〕〔柳見旦科〕〔正旦云〕我說甚麽來。直逗的相公惱了。〔柳云〕大姐放心。我到帝都闕下。若得一官半職。錢可道。你長保着做大尹。休和喒軸頭兒厮抹着。大姐。我今便索長行也。〔正旦云〕妾送你到城外。那小酒務兒裏。權與你餞行咱。〔張千上云〕等我一等。我張千也來送柳先生。〔柳云〕多有起動了。大姐。我臨行做了一首詞。詞寄定風波。是商角調。留與大姐表意咱。〔詞云〕自春來慘緑愁紅。芳心事事可可。日上花梢。鶯喧柳帶。猶壓香衾卧。煖酥消膩雲髻。終日懨懨倦梳裹。無奈想薄情一去。音書無箇。早知恁麽。悔當初不把雕鞍鎖。向雞窗收拾蠻牋象管。拘束教吟和。鎮日相隨莫拋躲。針線拈來共伊坐。和我。免使少年光陰虛過。〔張抄科云〕我先回去也。〔下〕〔正旦云〕耆卿。你去也。教妾身如何是好。〔柳云〕大姐放心。小生不久便回。〔正旦唱〕

【賺煞】我這府裏衹候幾曾閒。差撥無銓次從今後無倒斷。嗟呀怨咨。我去這觸熱也似官人行將禮數使。若是輕咳嗽。便有官司。我直到揭席時。來到家時。我又索趲下些工夫憶念爾。是我那清歌皓齒。是我那言談情思。是我那濕浸浸舞困袖梢兒。〔下〕

〔音釋〕蛩音窮　颺音陽　慧音惠　伺音寺　猱音撓　三去聲　倆音兩　頦音孩　衠准平聲　玼音此　陡音斗　逗音豆　膩泥去聲　拈音鮎　浸音侵

第二折

〔錢大尹上云〕事不關心。關心者亂。老夫錢大尹。昨日使張千幹事。這早晚不見來回話。左右。門首覷着。來時報復我知道。〔張千上云〕自家張千是也。奉俺老爺命着幹事回來。如今見老爺去咱。〔見科錢大尹云〕張千。我分付你的事如何。〔張千云〕奉老爺的命。使我跟他兩箇到一箇小酒務兒裏餞別。柳耆卿臨行做了一首詞。詞寄定風波。小人就記將來了。〔錢大尹云〕你記的了。〔張千云〕小人記的顛倒爛熟。〔錢大尹云〕你念。〔張千念云〕自春來慘緑愁紅。芳心事事。〔做不語科〕〔錢大尹云〕怎的。〔張千云〕老爺。孩兒忘了也。〔錢大尹云〕却不道記的顛倒爛熟那。〔張千云〕孩兒見了老爺懼怕。忘了也。〔錢大尹云〕有抄本麼。〔張千云〕有抄本。〔錢大尹云〕將來我看。〔張千云〕早是我抄得來了。〔做遞科〕〔錢接念科云〕自春來慘緑愁紅。芳心事事可可。日上花梢。鶯喧柳帶。猶壓香衾卧。煖酥消膩雲髻。終日懨懨倦梳裹。無奈想薄情一去。音書無箇。早知恁麽。悔當初不把雕鞍鎖。向雞窗收拾蠻牋象管。拘束教吟和。鎮日相隨莫抛躲。針線拈來共伊坐。和我。免使年少光陰虚過。嗨。耆卿。你好高才也。似你這等才學。在那五言詩八韻賦萬言策上留心。有甚麽都堂不做那。我試再看自春來慘緑愁紅。芳心事事可可。耆卿怪了老夫去了也。老夫姓錢名可。字可道。這詞上説可可二字。明明是譏諷老夫。恰纔張千説記的顛倒爛熟。他念到事事。將可可二字則推忘了。他若念出可可二字來。便是誤犯俺大官諱字。我扣廳責他四十。這厮倒聰明着哩。〔張千云〕也頗頗的。〔錢大尹云〕我如今唤將謝天香來。着他唱這定風波詞。自春來慘緑愁紅。芳心事事可可。若唱出可可二字來呵。便是誤犯俺這大官諱字。我扣廳責他四十。我若打了謝氏呵。便是典刑過罪人也。使耆卿再不好往他家去。耆卿也。俺爲朋友直如此用心。我今升罷早衙。在這後堂閒坐。張千。與我題名唤將謝天香來者。〔張千云〕理會的。〔做唤科云〕謝天香在家麽。〔正旦上云〕是誰唤門哩。〔做見張科云〕原來是張千哥哥。叫我做甚麽。〔張千云〕謝大姐。老爺題名兒。叫你官身哩。〔正旦唱〕

【南吕一枝花】往常時唤官身可早眉黛舒。今日箇叫祗候喉嚨響。原來是你這狠首領。我則道是那箇面前桑。恰纔陪着笑臉兒應昂。怎覷我這查梨相。只因他忒過當。據妾身貌陋殘粧。誰教他大尹行將咱過獎。

【梁州第七】又不是謝天香其中關節。這的是柳耆卿酒後疎狂。這爺爺記恨無輕放。

怎當那横枝羅惹。不許隄防。想着俺用時不當。不作周方。兀的唤是麽牽腸。想俺那去了的才郎。休休休執迷心不許商量。他他他本意待做些主張。嗨嗨嗨誰承望惹下風霜。這爺爺行思坐想。則待一步兒直到頭廳相。背地裏鎖着眉罵張敞。豈知他殢雨殢雲俏智量。剛理會得燮理陰陽。

〔張千云〕大姐。你且休過去。等我遮着你是看咱。〔正旦看科云〕這爺爺好冷臉子也。〔唱〕

【隔尾】我見他嚴容端坐挨着羅幌。可甚麽和氣春風滿畫堂。我最愁是劈先裏遞一聲唱。這裏但有個女娘。坐場。可敢烘散我家私做的賞。

〔張千云〕大姐。你過去把體面者。〔正旦見科云〕上廳行首謝天香謹參。〔錢大尹云〕則你是柳耆卿心上的謝天香麽。〔正旦唱〕

【賀新郎】呀。想東坡一曲滿庭芳。則道一個香靄雕盤。可又早禍從天降。當時嘲撥無攔當。乞相公寬洪海量。怎不的仔細參詳。〔錢大尹云〕怎麽在我行打關節那。〔正旦唱〕小人便關節煞怎生勾除籍不做娼。棄賤得爲良。他則是一時間帶酒閒支謊。量妾身本開封府堦下承應輩。怎做的柳耆卿心上謝天香。

〔錢大尹云〕張千。將酒來。我吃一杯。教謝天香唱一曲調咱。〔正旦云〕告宫調。〔錢大尹云〕商角調。〔正旦云〕告曲子名。〔錢大尹云〕定風波。〔正旦唱〕自春來慘緑愁紅。芳心事事。〔張咳嗽科〕〔正旦改云〕已已。〔錢大尹云〕聰明强毅謂之才。正直中和謂之性。老夫着他唱自春來慘綠愁紅。芳心事事可可。他若唱出可可二字來。便是誤犯俺大官諱字。我扣廳責他四十。聽的張千咳嗽了一聲。他把可可二字改爲已已。哦這可字是歌戈韻。已字是齊微韻。兀那謝天香。我跟前有古本。你若是失了韻脚。差了平仄。亂了宫商。扣廳責你四十。則依着齊微韻唱。唱的差了呵。張千。准備下大棒子者。〔正旦唱云〕自春來慘綠愁紅。芳心事事已已。日上花梢。鶯喧柳帶。猶壓繡衾睡。煖酥消膩雲髻。終日厭厭倦梳洗。無奈薄情一去。音書無寄。早知恁的。悔當初不把雕鞍繫。向雞窗收拾蠻牋象管。拘束教吟味。鎮日相隨莫拋棄。針線拈來共伊對。和你。免使少年光陰虚費。〔錢大尹云〕嗨。可知柳耆卿愛他哩。老夫見了呵。不由的也動情。張千。你近前來。你做個落花的媒人。我好生賞你。你對謝天香説。大夫人不與你。與你做箇小夫人。咱則今日樂籍裏除了名字。與他包髻團衫油手巾。張千你與他説。〔張千見正旦云〕大姐。老爺説大夫人不許你。着你做箇小夫人。樂案裏除了名字。與你包髻團衫油手巾。你意下如何。〔正旦唱〕

【牧羊關】相公名譽傳天下。妾身樂籍在教坊。量妾身則是箇妓女排場。相公是當代名儒。妾身則好去待賓客供些優唱。妾身是臨路金絲柳。相公是架海紫金梁。想你便意錯見心錯愛。怎做的門廝敵户廝當。

〔錢大尹云〕張千。着天香到我宅中去。〔正旦云〕杭州柳耆卿。早則絶念也。〔唱〕

【二煞】則恁這秀才每活計似魚翻浪。大人家前程似狗探湯。則俺這侍妾每近幃房。

止不過供手巾到他行。能勾見些模樣。着護衣須是相親傍。止不過梳頭處俺胸前靠着脊梁。幾時得兒女成雙。

〔云〕指望嫁杭州柳耆卿。做個自在人。如今怎了也。〔唱〕

【煞尾】罷罷罷我正是閃了他悶棍着他棒。我正是出了箏籃入了筐。直着咱在羅網。休摘離休指望。便似一百尺的石門教我怎生撞。便使盡些伎倆。乾愁斷我肚腸。覓不的箇脱殼金蟬這一箇謊。〔下〕

〔錢大尹云〕張千。送謝天香到私宅中去了也。〔詩云〕我有心中事。未敢分明説。留待柳耆卿。他自解關節。〔下〕

【音釋】黛音代　㕦音尤　㜸音膩　燮音屑　幌胡誑切　嘲之稍切　仄音側　行音杭　箏音蒲　解音械

第三折

〔正旦上云〕妾身謝天香。自從進到錢大尹相公宅内。又早三年光景。將我那歌妓之心消磨盡了也。〔唱〕

【正宫端正好】往常我在風塵。爲歌妓。止不過見了那幾箇筵席。到家來須做箇自由鬼。今日箇打我在無底磨牢籠内。

【滚繡毬】到早起過。洗面水。到晚來又索鋪牀疊被。我伏事的都入羅幃。我恰纔舒鋪蓋。似孤鬼。少不的蹤跧寢睡。整三年有名無實。本是箇見交風月耆卿伴。教我做遥受恩情大尹妻。端的誰知。

〔二旦扮姬妾上云〕俺二人是錢大尹家侍妾。今日無甚事。去望姓謝的姐姐走一遭去。〔見旦科云〕姐姐。俺二人竟來望姐姐。〔正旦云〕二位姐姐請坐。〔二旦云〕姐姐。你在宅中三年。相公曾親近你麽。〔正旦唱〕

【倘秀才】俺若是曾宿睡呵則除是天知地知。相公那鋪蓋兒知他是横的豎的。比我那初使唤如今越更稀。想是我出身處。本低微。則怕展污了相公貴體。

〔二旦云〕姐姐。雖然如此。你也自當親近些。〔正旦唱〕

【滚繡毬】姐姐每。肯教誨。怕不是好意。争奈我官人行怎敢便話不投機。〔二旦云〕姐姐。你又無甚麽過失。〔正旦唱〕你道是無過失。學恁的。姐姐每會也那不會。我則是斟量着緊慢遲疾。强何郎旖旎煞難搽粉。狠張敞央及煞怎畫眉。要識箇高低。

〔二旦云〕敢問姐姐。當日柳七官人樂章集。姐姐收的好麽。〔正旦唱〕

【倘秀才】便休題花七柳七。若聽得這裏是那裏。相公的耳朵裏風聞那舊是非。休只管這幾句。濫黄虀。我也記得。

〔二旦云〕姐姐。可是那幾句兒。説一遍兒我聽咱。〔正旦唱〕

【窮河西】姐姐每誰敢道袖褪樂章集。都則是斷送的我一身虧。怕待學大曲子我從頭兒唱與你。本記的人前會。掛口兒從今後再休題。

〔二旦云〕喒和你同去竹雲亭上賭戲咱。〔正旦云〕姐姐每喒去波。〔唱〕

【滚繡毬】想前日。使象棋。説下的則是箇手帕兒賭戲。你將我那玉束納藤箱子便不放空回。近新來。下雨的那一日。你輸與我繡鞋兒一對。掛口兒不曾題。那裏爲些些賭賽絶了交契。小小輸贏醜了面皮。道我不精細。

〔二旦云〕姐姐。喒擲這色數兒。俺輸了也。姐姐。可該你擲。〔正旦拿色子科〕〔唱〕

【倘秀才】么四五骰着箇撮十。二三二趁着箇夾七。一面打箇色兒也當得么二三是鼠尾。賭錢的。不伶俐。姐姐你可便再擲。

〔二旦云〕等我再擲。俺又輸了也。可該你擲。〔正旦唱〕

【呆骨朵】我將這色數兒輕放在骰盆内。二三五又擲箇烏十。不下錢打賽。我可便贏了你兩回。這上面分明見。色數兒且休題。姐姐。我可便做椿兒三箇五。你今日這般輸説甚的。

〔錢大尹把拄杖暗上〕〔二旦驚下〕〔正旦唱〕

【倘秀才】你休要不君子便將鬧起。我永世兒不和你厮極。塌着那臭尸骸。一壁穩坐的。〔錢將拄杖放在旦右肩上〕〔正旦撥科〕〔唱〕兀的不閒着您。〔錢將拄杖放在旦左肩上〕〔正旦撥科〕〔唱〕臭驢蹄。〔錢又將拄杖放在旦右肩上〕〔正旦拿住回頭科〕〔唱〕兀的是誰。

〔錢大尹云〕天香。你駡誰哩。〔正旦慌跪科〕〔唱〕

【醉太平】諕的我連忙的跪膝。不由我淚雨似扒推。可又早七留七力來到我跟底。不言語立地。我見他出留出律兩箇都迴避。相公將必留不剌拄杖相調戲。我不該必丢不搭口内失尊卑。這的是天香犯罪。

〔錢大尹云〕天香。你怕麽。〔正旦云〕可知怕哩。〔錢大尹云〕你要饒麽。〔正旦云〕可知要饒哩。〔錢大尹云〕既然要饒。或詩或詞。作一首來我看。我便饒了你。〔正旦云〕請題目。〔錢大尹云〕就把這骰盆中色子爲題。〔正旦云〕詩有了。〔詩云〕一把低微骨。置君掌握中。料應嫌點涴。抛擲任東風。〔錢大尹笑科云〕聖人道。在心爲志。發言爲詩。情動於中而形於言。言之不足。故嗟嘆之。嗟嘆之不足。故歌詠之。這四句詩中大意道我娶他做小夫人。到我家中三年。也不瞅不問。豈知我的意思。天香。我也和了四句詩。我念你聽。〔詩云〕爲伊通四六。聊擎在手中。色緣有深意。誰謂馬牛風。天香。你在我家三年也。你心中休煩惱。我揀箇吉日良辰。則在這兩日内。立你做箇小夫人。你心下如何。〔正旦唱〕

【二煞】往常時不曾掛眼都無意。今日回心有甚遲。相公的言語更怕不中委。付妾身教我轉轉猜疑。相公又不是戲笑。又不是沉醉。又不是昏迷。待道是顛狂睡囈。兀的不青天這白日。

〔云〕相公莫不是謬語。〔錢大尹云〕我又不曾吃酒。豈有謬語。我只愛惜你那聰明才學。可憐你那煩惱悲啼。〔正旦唱〕

【一煞】相公你一言既出如何悔。駟馬奔馳不可追。妾身出入蘭堂。身居畫閣。行有香車。宿在羅幃。相公整過了三年。可便調理無箇消息。不想道今朝錯愛我這匪妓。也則是可憐見哭啼啼。

〔錢大尹云〕天香。後堂中換衣服去。〔下〕〔正旦唱〕

【煞尾】則今番文傷傷的施才藝。從來個撲簌簌没氣力。相公這一句言語可立碑。我也不敢十分相信的。許來大官員。恁來大職位。發出言詞忒口疾。你不委心爲自家没見識。又不是花街中柳陌裏。那一箇徹梢虚霧塌橋渾身我可也認的你。〔下〕

〔音釋〕席星西切　蹺戀平聲　蹺音拳　實繩知切　的音底　失傷以切　疾精妻切　旖音奇　旎尼上聲　七倉洗切　得當美切　褪吞去聲　集精妻切　日人智切　十繩知切　擲征移切　骰音投　極更移切　膝喪擠切　推退平聲　涴音卧　囈音異　息喪擠切　傷粗叟切　簌音速

力音利　識傷以切

第四折

〔錢大尹引張千上云〕老夫錢大尹是也。誰想柳耆卿一舉狀元及第。誇官三日。張千。安排下筵席。你去當街裏攔住新狀元柳耆卿。道錢府尹請狀元。他若不肯來時。你只把馬帶着休放了過去。好歹請他來。若來時。報的老夫知道。〔下柳騎馬引祗候上詩云〕昔日齷齪不足誇。今朝放蕩思無涯。春風得意馬蹄疾。一日看盡長安花。小官柳永。自與謝天香分別之後。到於帝都闕下。一舉狀元及第。今借宰相頭踏。誇官三日。我聞知錢大尹娶了謝天香爲妻。錢可道也。你情知謝氏是我的心上人。我看你怎麼相見。左右的。擺開頭踏。慢慢的行將去。〔張千上云〕狀元。錢大尹相公有請。〔柳云〕我不去。〔張千扯馬云〕我好歹請狀元見俺相公去來。〔同下〕〔錢大尹上云〕早間着張千請柳耆卿去了。怎生不見來。〔張千同柳上云〕狀元少待。我報復去。〔報科云〕請的狀元到了也。〔錢大尹云〕道有請。〔柳做見科〕〔錢大尹云〕賢弟峥嶸有日。奮發有時。兀的不壯哉。將酒來。今日與賢弟作賀。〔把酒科云〕賢弟滿飲一盃。〔柳云〕小官量窄。吃不的。〔錢大尹云〕賢弟平昔以花酒爲念。今日如何不飲。〔柳云〕小官今非昔比。官守所拘。功名在念。豈敢飲酒。〔錢大尹云〕若是這般呵。功名成就多時了。你端的不飲酒。敢有些怪我麽。張千近前來。〔做耳語科云〕只除恁的。〔張千云〕理會的。謝夫人。相公前廳待客。請夫人哩。〔正旦云〕天香。

誰想有今日也呵。〔唱〕

【中呂粉蝶兒】送的那水護衣爲頭。先使了熬麩漿細香澡豆。煖的那温泔清手面輕揉。打底乾南定粉。把薔薇露和就。破開那蘇合香油。我嫌棘針梢燎的來油臭。

【醉春風】那裏敢深蘸着指頭搽。我則索輕將綿絮紐。比俺那門前樂探等着官身。我今日箇不醜。醜。雖不是宅院裏夫人。也是那大人家姬妾。强似那上廳的祗候。

〔云〕相公前廳待客。我且不過去。我試望咱。〔唱〕

【石榴花】我則道坐着的是那箇俊儒流。我這裏猛窺視細凝眸。原來是三年不肯往杭州。閃的我落後。有國難投。莫不是將咱故意相迤逗。特教的露醜呈羞。你覷那衣服每各自施忠厚。百般兒省不的甚緣由。

【鬭鵪鶉】並無那私事公讎。到與俺張筵置酒。〔帶云〕我這一過去。説些甚麽的是。〔唱〕我則是佯不相瞅。怎敢道特來問候。〔見科〕〔錢大尹云〕天香。與耆卿施禮咱。〔正旦唱〕我這裏施罷禮。官人行緊低首。〔錢大尹云〕天香近前來些。〔正旦唱〕誰敢道是離了左右。我則索侍立傍邊。我則索趨前褪後。

〔錢大尹云〕天香。與耆卿把一盃酒者。〔正旦云〕理會的。〔唱〕

【上小樓】我待要題箇話頭。又不知他可也甚些機彀。倒不如只做朦朧。爲着東君。

奉勸金甌。他若帶酒。是必休。將咱僝僽。〔柳云〕天香。近前來些。〔正旦唱〕這裏可便不比我做上廳行首。

〔錢大尹云〕天香。把盞教狀元滿飲此盃。〔遞酒科〕〔柳云〕我吃不的了也。〔正旦唱〕

【幺篇】他那裏則是舉手。我這裏忍着淚眸。不敢道是厮問厮當。厮來厮去。厮摑厮揪。我如今在這裏不自由。〔柳云〕大姐。你怎生清減了。〔正旦唱〕你覷我皮裏抽肉。你休問我可怎生骨岩岩臉兒黄瘦。

〔錢大尹云〕耆卿。你怎生不吃酒。〔柳云〕我吃不的了也。〔錢大尹云〕罷罷罷。話不説不知。木不鑽不透。冰不搭不寒。膽不試不苦。君子見機而作。不俟終日。耆卿何故見之晚矣。當日見足下留心於謝氏。恣意於鳴珂。躭耳目之玩。惰功名之志。是以老夫侃侃而言。使足下怏怏而别。一從賢弟去了。老夫差人打聽。道賢弟臨行留下一首定風波詞。老夫着張千喚此謝氏。張千把盞。謝氏歌唱。我着他唱那定風波詞。我則道犯着老夫諱字。不想他將韻脚改過。老夫甚愛其才。隨即樂案裏除了名字。娶在我宅中爲姬妾。老夫不避他人之是非。蓋爲賢弟之交契。若使他仍前迎新送舊。賢弟可不辱抹了高才大名。老夫在此爲理三年。治百姓水米無交。於天香秋毫不染。我則待翦了你那臨路柳。削斷他那出墻花。合是該二人成配偶。都因他一曲定風波。則爲他和曲填詞。移宫換羽。使老夫見賢思齊。回嗔作喜。教他冠金搖鳳效宫粧。佩玉鳴鸞罷歌舞。老夫受無妄之愆。與足下了平生之願。你不肯煙月久離金殿閣。我則怕好花輸與富家郎。因此上三年培養牡丹花。專待你一舉首登龍虎榜。賢弟。你試尋思波。歌妓女怎做的大臣姬妾。我想你得志呵。則怕品官不得娶娼女爲妻。以此上鎖鴛鴦。巢翡翠。結合歡。諧琴瑟。你則道鳳臺空鎖鏡。我將那鸞膠續斷絃。我怎肯分開比翼鳥。着您再結並頭蓮。老夫佯推做小夫人。專待你箇有志氣的知心友。老夫不必多言。天香。你面陳肝膽。說兀的做甚。〔詩云〕揀選下錦繡紅粧女。付與你銀鞍白面郎。柳耆卿休錯怨開封主。這的是錢大尹智寵謝天香。〔柳云〕嗨。多謝老兄。肯爲小弟這等留心。大姐。我去之後。你怎生到得相公府中。試說一遍。與我聽者。〔正旦唱〕

【哨徧】一自才郎別後。相公那簾幙裏香風透。又無箇交錯觥籌。又無箇賓客閒游。只飲盃酒。坐衙緊換。樂探忙勾。諕的我難收救。只得向公廳祗候。不問我舞旋。只着我歌謳。將鳳凰杯注酒尊前遞。把商角調填詞韻脚搜。唱到慘綠愁紅。事事可可。一時禁口。

【耍孩兒】相公諱字都全有。我將別韻兒輕輕換偷。即時間樂案裏便除名。揚言說要結綢繆。三年甚事曾占着鋪蓋。千日何曾靠着枕頭。相公意難參透。我本是沾泥飛絮。倒做了不纜孤舟。

【二煞】見妾身精神比杏桃。相公如何共卯酉。見天香顏色當春晝。觀花不比觀嬌態。飲酒合當飲巨甌。誰把清香嗅。則是深園在闌底。又何曾插箇花頭。

〔錢大尹云〕張千。快收拾車馬。送謝夫人到狀元宅上去。〔柳同旦拜謝科云〕深感相公大恩。〔正旦唱〕

【隨尾】這天香不想艷陽天氣開。我則道無情干罷休。誰想這牡丹花折入東君手。今日箇分與章臺路傍柳。

〔音釋〕齷音握　齪測角切　崢音橙　嶸音橫　窄齋上聲　澡音早　泔音甘　揉音柔　蘸知濫切　迆音移　瞅音揪　僝鋤山切　㥏音驟　眸麻彪切　摑乖上聲　肉柔去聲　搭音鬧　侃看上聲　觥古横切　旋去聲　綢音紬　繆波彪切

題目　柳耆卿錯怨開封主

正名　錢大尹智寵謝天香

争報恩三虎下山雜劇

楔子

〔冲末扮宋江引僂儸上〕〔宋江詞云〕只因誤殺閻婆惜。逃出鄆州城。佔下了八百里梁山泊。搭造起百十座水兵營。忠義堂高搠杏黄旗。一面。上寫着替天行道宋公明。聚義的三十六個英雄漢。那一個不應天上惡魔星。繡衲襖千重花豔。茜紅巾萬縷霞生。肩擔的無非長刀大斧。腰掛的盡是鵲畫鵰翎。贏了時。捨性命大道上趕官軍。若輸呵。蘆葦中潛身抹不着我影。某宋江是也。俺這梁山上。離東平府不遠。每月差個頭領下山打探事情去。前者差大刀關勝。下山去了個月程期。不見回來。第二個月差金鎗教手徐寧。下山接應去。也不見回來。小僂儸。便説與弓手花榮。下山接應兩個兄弟去。着他小心在意。休違誤者。〔詩云〕傳軍令豈不分明。偏關勝違誤期程。着花榮速離營寨。下山去接應徐寧。〔下〕〔外扮趙通判同正旦李千嬌搽旦王臘梅净丁都管倈兒上〕〔趙通判云〕小官姓趙。雙名士謙。今爲濟州通判。嫡親的六口兒家屬。大夫人李千嬌。第二個夫人王臘梅。這個是丁都管。是大夫人陪送過來的。有一雙兒女。是金郎玉姐。小官要赴任去。有那梁山一帶。道路難行。小官只得先去之任。將家屬留在這權家店上安下。待上任後。另差人馬迎接。一路上也好防護。夫人。你與衆家屬權寓在此。不久我便差人來取你。我如今收拾行裝先去也。〔正旦云〕相公穩登前路。等雨水晴時節。可來取俺老小每也。〔搽旦云〕相公。你一路上小心謹慎。早早的睡。遲遲的起。冷的休吃。吃了冷的生冷病。熱的休吃。吃了熱的生熱病。温的休吃。吃了温的生温病。茶也休吃。飯也休吃。酒也休吃。肉也休吃。麵也休吃。投至回家。餓的你娘扁扁的。〔趙通判云〕二夫人。你須好生看覷一雙兒女。丁都管。你用心伏事兩個妳妳。照顧行李。則今日我就辭別了夫人。上任去也。〔詩云〕梁山路近苦難行。家屬權時旅店停。方信將軍不下馬。也須各自奔前程。〔下〕〔正旦云〕丁都管。相公去了也。你前後執料去。我卧房裏收拾去咱。〔下〕〔丁都管云〕下次小的每仔細火燭。早早的收拾家私停當。歇息了罷。我丁都管。元是大夫人帶過去的陪房。我通判相公又有個二夫人。與我有些不伶俐的勾當。他如今叫我有甚話説。且去問咱。〔見搽旦云〕小妳妳。叫我有甚事。〔搽旦云〕相公去了也。丁都管。我嫁你相公許多年。不知怎麽説。我這兩個眼裏見不得他。我見你這小的。生的乾凈濟楚。委的着人。我有心要和你吃幾鍾梯氣酒兒。你心下如何。〔丁都管云〕小妳妳。可憐見。我正要吃幾鍾酒。吃便吃。則不要着大夫人知道。和你多吃幾杯。我若忘了你的恩。就死了過路兒的。我和你慢慢的吃酒呀。恰似有個什麽人來。〔搽旦云〕不妨事。你靠着我坐。左右這裏無有外人。喒兩個慢慢的吃。〔關勝在古道云〕賣狗肉。賣狗肉這裏也無人。某乃大刀關勝的便是。奉宋江哥哥的將令。每一個月差一個頭領下山打探事情。那一個月肯分的差着。我離了梁山。來到這權家店支家口。染了一場病。險些兒丢了性命。甫能將息。我這病好也。要回那梁山去。争奈手中無盤纏。昨日晚間偷了人家一隻狗。煮得熟熟的。賣了三脚兒。則剩下一脚兒。我賣過這脚兒。便回我那梁山去了。來到這權家店。只見一個男子搭着個婦人。一坨兒坐着喝酒。我過去賣這狗肉去。〔見科云〕官人娘子。買些香噴噴的狗肉吃可好。〔搽旦云〕兀那厮。甚麽官人娘子。我是夫人。他是我的伴當。〔關勝云〕休鬬我耍。那得個伴當和娘子一坨兒坐着吃酒。〔丁都管云〕我坐不坐。干你甚麽事。〔關勝怒科云〕這厮好無禮也。我打這厮。〔關勝做打丁都管做死科〕〔關勝云〕不中。我走了罷。〔搽旦云〕打死人也。〔店小二上云〕拏住拏住。〔搽旦云〕好也。你這厮白白的打死了我家伴當。更待干罷。我叫姐姐去。姐姐你出來。不知那裏走將一個大漢來。打死了俺丁都管也。〔正旦上云〕你叫我怎麽。〔搽旦云〕姐姐。一個賣狗肉的大漢。打死了俺丁都管也。〔正旦云〕在那裏。待我看咱。好一個壯士也。兀那漢子。你爲甚麽打死俺家的人。〔關勝云〕那壁娘子息怒。聽小人分辯。恰纔我道。官人娘子。買些香噴噴的狗肉吃。那厮便道。我是伴當。他是娘子。你怎麽趕着我叫官人。我便道那個伴當和娘子一坨兒坐着吃酒來。那厮不由分說。將我亂打。被我可叉則一拳。丕的打倒在地。這也只是拳頭無眼。過誤打死了人。娘子怎生可憐見。〔正旦云〕你姓甚名誰。〔關勝云〕我不是歹人。我是梁山上宋江哥哥手下第十一個頭領。大刀關勝的便是。〔正旦云〕你不是歹人。正是賊的阿公哩。〔背云〕這濟州是貼近梁山泊的。我一向聞得宋江一夥。只殺濫官污吏。並不殺孝子節婦。以此天下馳名。都叫他做呼保義宋公明。不争害他第十一個頭領。那三十五個就肯干罷。他那怕你是官是府。興起兵來。怕不把我一門兒誅盡殺絶。不如做個計較。放了他回去。狹路相逢。安知没有報恩之處。〔回云〕兀那漢子。你多大年紀也。〔關勝云〕小人二十五歲。〔正旦云〕妾身比你却長一歲。兀那漢子。若不棄嫌。我認義你做個兄弟。你意下如何。〔關勝云〕休道是做兄弟。便籠驢把馬。願隨鞭鐙。〔正旦云〕兄弟。我是李千嬌。嫁的官人就是濟州通判趙士謙。有一雙兒女金郎玉姐。這個是俺相公的小夫人。唤做王臘梅。這厮是俺帶過來的陪房。唤做丁都管。他會這閉氣法。但做了虧心的事。他便使這閉氣法詐死了。兄弟。你放心自去。有我在哩。兄弟也。無甚麽與你。這一隻金鳳釵。與你權做壓驚錢。休嫌輕意。〔關勝云〕多謝了姐姐。兀的不諕殺你兄弟也。〔正旦唱〕

【仙吕賞花時】好鬬打相争俺這厮。〔關勝云〕我不曾重打他。則一拳就打倒了。〔正旦唱〕**但吃虧了些兒他可早推詐死。**〔關勝云〕倘若死了呵。怎了也。〔正旦唱〕**遮莫他血泊内倘着横屍。**〔關勝云〕他是官宦人家伴當。姐姐便放了我去。只怕他還要到官府裏告我哩。〔正旦唱〕**你安心波壯士。俺可也便怎肯容的到官司。**〔下〕

〔店小二云〕呸。元來是夫人的兄弟也。要我費這一番力。誤了我做豆腐的工夫。我自去也。〔下〕〔關勝云〕關勝。你好險也。若不是千嬌姐姐呵。怎了。兀那厮你聽者。有讎的是丁都管和王臘梅。有恩的是我那千嬌姐姐。切切的記在心上。〔詩云〕正是虎着痛箭難舒爪。魚遭絲網怎番身。運去打殺無義漢。時來金贈有恩人。〔下〕〔搽旦云〕呸。儍弟子孩兒。他每都去了。你還不起來做甚麽。〔丁都管做起身科云〕倒一覺好睡也。吃你打攪醒了我。〔搽旦云〕喒這裏説話。也

不是自在處。咱去稍房裏説話去來。〔丁都管云〕小妳妳也説的是。我和你再吃一杯兒咱。〔同下〕

〔音釋〕重平聲　茜阡去聲　奔去聲　分去聲　坨音陀　長音掌　推退平聲　儍商鮓切

第一折

〔徐寧薄藍上云〕行不更名。坐不改姓。某宋江哥哥手下第十二個頭領。金鎗教手徐寧是也。俺宋江哥哥每一月差一個頭領下山。去打探事情。頭一個月差關勝下山。去了個月程期。不見上山。宋江哥哥又差某徐寧接應關勝去。到這權家店支家口。得了一場凍天行的證候。一卧不起。在那店小二哥家安下。房宿飯錢都欠了他的。將我趕將出來。白日裏在那街市上討飯吃。夜晚來在那大人家稍房裏安下。天色晚了也。我掩上這門歇息咱。〔做睡科〕〔丁都管同搽旦上〕〔丁都管云〕小妳妳。這裏不是説話的所在。俺去稍房裏説話。小妳妳。休大驚小怪的。我有個口號兒赤赤赤。〔搽旦云〕好丁都管。你跟的我稍房裏去來。赤赤赤。〔徐寧云〕這個好似俺梁山上宋江哥哥的暗號。則怕着人來接應我。〔正旦上云〕這早晚王臘梅還不到房裏歇息。多喒又和丁都管鈎搭去了。那廝待瞞誰也呵。〔唱〕

【仙吕點絳唇】我這裏着眼偷瞧。教人恥笑。〔搽旦做扯浄手按脖子科云〕偌長的身子。則怕人看見。你低着腰把那脚擡得輕着。這等的差法。也着人教你。赤赤赤。〔正旦唱〕**怎覷那喬軀老。屈脊低腰。款那步輕擡脚。**

【混江龍】有一日官人知道。將這一雙兒潑男女怎躭饒。若知他暗行雲雨。敢可也亂下風雹。那瓦罐兒少不的井上破。夜盆兒刷殺到頭臊。粧體態。弄妖嬈。共伴當。做知交。將家長。厮瞞着。可正是閻王不在家。着這夥業鬼由他鬧。我今夜着他個火燒祆廟。水淹斷了藍橋。〔下〕

〔搽旦云〕來到了也。推開這門者。〔做驀過徐寧絆倒科云〕是甚麼絆我一脚。丁都管。你關了門。等我點個燈來。攞下這窗户上紙來。做個紙撚兒點着。我試看咱。有賊也。拏住賊了。喚俺姐姐去。姐姐。你快出來。稍房裏拏住一個賊了。〔丁都管云〕正是賊。拏繩子來綁了。〔正旦上云〕喚我做甚麼。〔搽旦云〕姐姐。俺稍房裏拏住一個掤脊梁不着的大漢。正是個賊。〔正旦云〕在那裏。〔見科云〕是一個好大漢也。丁都管。你做什麼這等鬧。〔丁都管云〕妳妳。您孩兒拏住個賊了。〔正旦唱〕

【油葫蘆】你晌午後先吃了人一頓拷。怎又將他來扯拽着。〔搽旦云〕妳妳。你倒説的好。他是個賊。見了怎不拏住。〔正旦唱〕哎。你個賢婦也不索絮叨叨。則這一條大官道又不是梁山泊。則這一座小店兒又不是沙門島。前面可也下着客人。後面是喒的老小。〔丁都管云〕您孩兒前後執料去。拏住這厮。正是個賊。〔搽旦云〕我現在稍房裏拏住他。看他那賊鼻子。賊耳躲。賊臉賊骨頭。可怎麼還不是賊哩。〔正旦唱〕似傾下一布袋野雀般喳喳的叫。大古裏是您人怨語聲高。

〔丁都管云〕嗨。拏住了賊。倒說不干我事。〔搽旦云〕我兩個來這裏收拾。一推開門。就拏住他。怎麽不是賊。〔丁都管云〕這廝正是賊。〔正旦云〕且不問他是賊不是賊。我只是問你兩個。〔唱〕

【天下樂】您做事可甚人不知鬼不覺。他把這房也波門房門可早關閉了。你可便走將來輕將這門扇敲。〔云〕你到這稍房兒裏去做甚麽。〔搽旦云〕我在這裏拌草料喂馬來。〔正旦唱〕這裏又無他那盛料盆。又無那喂馬槽。妹子也你可甚空房中來和草。

〔搽旦云〕他在這裏正是賊。〔正旦云〕你道他是賊。知他誰是賊。〔唱〕

【村裏迓鼓】他又不曾殺人放火。他又不曾打家截道。他這般伏低也那做小。〔搽旦云〕姐姐。常言道賊漢軟如綿。休信他。〔正旦唱〕他可便緊叉手連忙陪笑。〔搽旦云〕他笑裏有刀哩。正是賊。〔正旦云〕你道他是賊呵。〔唱〕他頭頂又不又不曾戴着紅茜巾。白氈帽。他手裏又不曾拿着麄檀棍。長朴刀。他身上又不穿着這香綿衲襖。

〔搽旦云〕丁都管。拏繩子來。綁了送到官府中去來。〔丁都管云〕拏繩子來。綁得緊緊兒的。休等他掙脱了去。〔正旦云〕丁都管。你只放了他者。〔唱〕

【元和令】做甚道使繩子便綁縛。妹子也到官司要發落。〔云〕我心裏待要救那壯士。則除是這般。兀那壯士。你姓甚名誰。〔徐寧云〕我不是歹人。我是徐寧。〔搽旦云〕哦。徐寧正是賊。

〔正旦云〕你敢是徐勝。〔徐寧云〕呸。我是徐勝是徐勝。〔正旦唱〕你那裏没來由則把領頭稍。哎。和人尋唱叫。則這徐寧徐勝兩個字相差較。妹子你莫耳朵背錯聽了。〔云〕你近前來。我自認你咱。〔唱〕

【上馬嬌】我這裏覷了相貌。覷了眼腦。不由我忿氣怎生消。甚風兒今夜吹來到。也是天對付。可教我和兄弟厮尋着。

【勝葫蘆】兄弟。我是你姑舅姐姐李千嬌。你見我怎生來不肯屈軀腰。〔徐寧云〕那壁廂是姐姐哩。受你兄弟兩拜咱。〔搽旦云〕不中。他是徐寧哩。〔正旦唱〕喜得間別來身快樂。做甚買賣。度的昏朝。敢則是靠些賭官博。

〔徐寧云〕您兄弟争奈赤手空拳。不曾探望得姐姐。休怪您兄弟也。〔正旦唱〕

【幺篇】你道赤手空拳本利少。怕見我面情薄。往日家私甚過的好。敢則是十年五載。四分五落。直這般踢騰了些舊窩巢。

〔徐寧云〕早則不曾衝撞着姐姐。姐姐休怪。受您兄弟兩拜咱。〔做拜科〕〔正旦背云〕你那裏人氏。姓甚名誰。〔徐寧云〕我是梁山泊宋江哥哥手下第十二個頭領。金鎗教手徐寧。你兄弟不是歹人那。〔正旦云〕元來和關勝一夥。都是梁山泊上好漢。救人須救徹。我有心救了關勝。怎好不救他。你今年多大年紀也。〔徐寧云〕我二十五歲。〔正旦云〕你二十五歲。我大你一歲。我認義你做個兄弟如何。〔徐寧云〕休道是做兄弟。便籠驢把馬。願隨鞭鐙。敢問姐姐那裏人氏。姓甚名誰。說與您兄弟知道波。〔正旦回云〕兄弟。你怎麼忘了那。我是你姑舅姐姐李千嬌。你姐夫是濟州通判趙士謙。一雙兒女金郎玉姐。他是我相公的小夫人王臘梅。這是俺家裏帶過來的陪房丁都管。兄弟也。你怎麼忘了。妹子。你和兄弟厮見咱。〔搽旦云〕我不認得。原來是你兄弟哩。你休怪。你休怪。你姊妹兩個生得一般模樣的。你看俺姐姐的鼻子和你的鼻子一般樣的。〔正旦云〕丁都管。你來拜你舅舅咱。〔丁都管云〕不認得是舅舅。早是我不曾衝撞着舅舅。我着你老子放個響頭。〔同搽旦虛下〕〔正旦云〕兄弟也。路途上厮見。無甚麼與你。這一隻金釵兒。倒換些錢鈔。做盤纏去。〔徐寧云〕恰纔姐姐救了我的性命。又認我做兄弟。又與我一隻金釵兒做盤纏。姐夫趙通判。姐姐李千嬌。兩個孩兒金郎玉姐。便是印板兒也似印在我這心上。則願得姐姐長命富貴。若有些兒好歹。我少不得報答姐姐之恩。可不道路遥知馬力。日久見人心。〔正旦唱〕

【賺煞尾】我與你這金釵兒做盤纏。你去那銀鋪裏自回倒。休得嫌多道少。你姐夫那做官處和兄弟厮撞着。這齎發休想是薄。你姐夫雖然他便權豪。向親眷行怎肯粧么。你姐夫從來貧不憂愁富不驕。你可憐見我就煩受惱。你可憐見我無依少靠。兄弟也你若是得工夫頻探望兩三遭。〔下〕

〔徐寧云〕徐寧。你好險也。恰纔不是千嬌姐姐。那裏得這性命來。我徐寧緊記着。有恩的是千嬌姐姐。有讎的是丁都管。王臘梅。〔詩云〕離了權家店。還俺大蟲窩。見他吴學究。說與宋江哥。

儹得黄金盛。重將寶劍磨。金贈千嬌姐。劍斬潑嬌娥。〔下〕〔搽旦同丁都管上〕〔搽旦云〕好造化也。恰好兩處都吃不成酒。只不如靠着壁上。做些勾當。也消遣了這場兒高興。去來。赤赤赤。

〔同下〕

〔音釋〕更音京　教平聲　那音挪　脚音皎　雹巴毛切　著池燒切　袄音軒　泊巴毛切　覺音皎　盛音呈　空去聲　和去聲　縛房包切　落音澇　博巴毛切　薄巴毛切

第二折

〔正旦同倈兒上〕〔正旦云〕自從俺相公上任之後。差夫馬到那權家店上迎取俺們到官。在這後花園中居住。好是幽静也呵。〔唱〕

【中吕粉蝶兒】我生長在大院深宅。便燒個灰骨兒斷不了我這幽閒體態。儘着他放蕩形骸。我可也萬千事。不折證。則我這心兒裏忍耐。遮莫他翻過天來。則你那動人情四般兒不愛。

【醉春風】我可也不殢酒不貪財。我不争氣不放歹。那妮子閒言長語。我只做耳邊風。那裏也將他來睬。睬。且把那潑賤的休提。便聰明的無益。倒不如老實的常在。

〔花榮慌上云〕休趕休趕。一個來。一個死。兩個來。一雙亡。〔跳墻科云〕我跳過這墻來。原來是一所花園。遠遠的一個撮角。亭子裏點着明燈蠟燭。亭子下一塊太湖石。我在這太湖石邊掩映着。看是甚麽人來。〔正旦云〕夜深也。孩兒每都睡了也。我燒香去咱。我開了這門。我掇過這香卓兒來。天也。李千嬌頭一炷香願天下太平。第二炷香願通判相公與一雙孩兒身體安康。第三炷香願天下好男子休遭羅網之災。我燒罷香也。我回卧房中去。關上這門。自歇息咱。〔下〕〔花榮云〕嗨。好一個賢達的女子也。頭兩炷香可也不打緊。第三炷香願天下好男子休遭羅網之災。我是逃災避難之人。他説這等吉利的話。我就要上梁山去。不知這娘子姓甚名誰。哦。則除是這般。我如今在房門外走的鞋底鳴。脚步響。料他必然出來。〔做走科〕〔正旦上云〕這鞋底鳴。脚步響。必定是俺通判相公來了。〔唱〕

【迎仙客】你不守着那小妮子。閒伴着這死屍骸。夜深的向我房裏我房裏更做甚麽來。你只恁的好不風流。只恁的不自在。〔帶云〕我猜着你也。〔唱〕**你則道我不肯將門開。多管是你壁聽在這窗兒外。**

〔云〕相公。你在我那門首鞋底鳴脚步響。你則道我不開這門。相公。你則休躲了我。我自開開這門。〔做開門科〕〔花榮做入門科〕〔正旦云〕可不説來。相公。你躲了我也。到天明你可休尋我的不是。我依舊關上這門者。〔做見科云〕兀的不諕殺我也。〔花榮云〕娘子休驚莫怕。我不是歹人。〔正旦云〕壯士要的金珠財寶。你都將的去。則留着我的性命咱。〔花榮云〕娘子。我不是歹人。〔正旦唱〕

【紅繡鞋】諕的我戰欽欽繫不住我的裙帶。慌張張兜不上我的羅鞋。身難整脚難那手難擡。見一個偌來大一條漢。直撞入我這卧房來。〔云〕壯士。你從那裏來。〔花榮云〕我越墻而來。〔正旦唱〕可兀的是侯門深似海。

〔云〕壯士饒命。〔花榮云〕我不是歹人。〔正旦云〕你既不是歹人。你通名顯姓咱。〔花榮云〕我是宋江手下第十三個頭領。弓手花榮。我不是歹人。〔正旦背云〕你不是歹人。可是賊哩。早梁山泊上好漢。遇着三個兒也。〔花榮云〕那壁娘子。也通一個姓名。〔正旦云〕妾身李千嬌。敢問壯士多大年紀。〔花榮云〕小可今年二十四歲。〔正旦云〕不是我要便宜。我長着你兩歲。我有心認義你做個兄弟。不知你意下如何。〔花榮云〕休説做兄弟。便籠驢把馬。願隨鞭鐙。〔正旦云〕兄弟。你牢記者。妾身是李千嬌。夫主是濟州通判趙士謙。一雙兒女。是金郎玉姐。還有俺相公的小夫人王臘梅。伴當丁都管。他兩個數次尋我的不是則怕久後落在他勾中。你則是早些來救我。〔花榮云〕姐姐。你放心。李千嬌的姓名。經板兒也似印在我這心上。姐姐若無危難便罷了。若有危有難。我捨一腔熱血。必來答救姐姐。〔丁都管同搽旦上〕〔丁都管云〕二妳妳。俺兩個去花園中亭子上。吃幾杯酒去來。〔做聽科云〕二妳妳。你聽大妳妳房裏有人説話哩。一定是姦夫。俺叫出相公來。〔搽旦云〕呀。夫人房裏真個有人説話。〔做喚科云〕相公。相公。〔趙通判上云〕二夫人。你叫我做什麽。〔搽旦云〕。你向的好夫人。他房裏藏着姦夫説話哩。都像我肯做這等勾當。〔趙通判云〕你過來。待我聽去。〔做聽科云〕是真個。我踏開這門。〔趙通判做踏門科〕〔花榮做一刀科云〕兀的不有人來。不中。走走走。〔下〕〔趙通判云〕哎喲。好也囉。你背地裏有姦夫。傷了我臂膊也。我和你是兒女夫妻。你這般做下的。〔正旦云〕天那。可怎生是好也。〔搽旦云〕你做的好勾當。相公怎麽歹看承你來。你藏着姦夫。將相公臂膊砍傷了。相公。你休要打他。這個是十惡大罪。律有明條。拏着見官去來。〔正旦云〕相公不要聽他。没甚麽姦夫來。〔趙通判云〕這事我自家不好問。二夫人。你做狀頭。拖他見官去。〔正旦云〕天那。兀的不害殺我也。〔同下〕〔張千上排衙科云〕在衙人馬平安。擡書案。〔外扮孤上詩云〕農事已隨春雨辦。科差猶比去年稀。矮窗睡足遲遲日。花落閒庭燕子飛。小官姓鄭。雙名公弼。自中甲第以來。屢蒙遷用。現爲濟州知府之職。今日陞廳坐早衙。張千。喝攛箱擡放告牌出去。〔張千云〕理會的。〔趙通判上云〕小官趙通判。衙門中告大夫人去來。張千報復去。道有趙通判來見相公。〔張千云〕有趙通判來見相公。〔孤云〕道有請。〔張千云〕請進。〔趙通判做見跪科云〕相公。小官特來告狀。〔孤云〕相公請起。有何事。〔通判起身科云〕小官有兩個夫人。不想大夫人有姦夫在房中説話。小官踏開門。姦夫將刀子傷了我臂膊。相公與我做主咱。〔孤云〕相公差矣。你的大夫人是你兒女夫妻。豈有此理。便好道家醜不可外揚。相公自己斷了罷。〔趙通判云〕相公不斷。我別處告去。〔孤云〕若別處去告。又不如在本府告。我問相公。誰是原告。〔趙通判云〕小夫人是原告。〔孤云〕既如此。相公請回。着家中嫡親的人來首狀。〔趙通判云〕多謝多謝。小官就回家去。着親人自來首狀也。〔下〕〔孤云〕張千。拏過那一行人來。〔張千做拏正旦搽旦倈兒上見科云〕當面。〔搽旦云〕大人。

我是濟州趙通判第二個夫人。這個是他大夫人。他房中藏着姦夫。俺相公踏開門來。那姦夫拏着刀要殺俺相公。不想殺不中。在俺相公臂膊上砍了一刀。現有傷痕。告大人與俺相公做主咱。〔孤云〕誰是李千嬌。〔正旦云〕妾身便是李千嬌。〔孤云〕噤聲。那個和你排房那。兀那大夫人。你豈不知夫乃身之主。你怎生結搆姦夫。傷了親夫。有乖風化。其罪非輕。當日是多早晚時候。到於卧房中。做出這事。你從實説來。免受打拷。〔正旦唱〕

【石榴花】昨宵個月明如水浸樓臺。〔孤云〕你在那卧房中做什麼來。〔正旦唱〕**妾身將這單枕倚翠屏挨。**〔孤云〕初更時候。必是歹人。從實的説來。〔正旦唱〕**只聽得那履聲款款步閒堦。**〔帶云〕其時我只道是通判相公。〔唱〕**妾身可便起來忙把這門開。**〔孤云〕開了門見甚麼人來。〔正旦唱〕**見一個碑亭般大漢將這門桯來驀。**〔孤云〕你見他可是怕人也不怕。〔正旦唱〕**諕的我魂飛在九霄雲外。**〔孤云〕他可説什麼來。〔正旦唱〕**他道是姐姐你便休驚怪。**〔孤云〕通判相公。怎生便知道來。〔正旦唱〕**誰承望他將通判喚將來。**

〔孤云〕他説是你結搆的歹人哩。〔正旦唱〕

【鬬鵪鶉】俺又不曾弄月嘲風。怎攬下這場愁山悶海。〔孤云〕那賊漢怎生般中注模樣。〔正旦唱〕**我則見燈影下英雄。**〔孤云〕他拏着些什麼。〔正旦唱〕**誰知他手中有這器械。**〔孤云〕他姓甚名誰。〔正旦云〕知他姓什麼那。〔孤云〕你不説他名姓。張千揀大棒子來。將他打着者。〔正

〔旦云〕等我想咱。我想起來了也。〔唱〕想起他弓手花榮是説來。〔孤云〕住住住。弓手花榮正是梁山上强盗。便與我拏住。〔正旦云〕他走了也。〔孤云〕我則問你要。〔正旦唱〕這公事怎剖劃。〔孤云〕他走了更待干罷。便與我畫影圖形。拏捉將來。〔正旦唱〕他沿門兒畫影圖形。直着我面皮上可也無顏的這落色。

〔孤云〕俺這官府中則要你從實取責。不要你當廳抵賴。你犯下十惡大罪。須饒不得你那。〔正旦唱〕

【上小樓】你待教我從實取責。我又不敢當廳抵賴。恰待分説。又道咱家不伏燒埋。〔孤云〕你不招呵。俺這裏必不干罷。〔正旦唱〕我但有那㪷喉嚨。抹嗓子。裙刀摟帶。就在這受官廳自行殘害。

〔搽旦云〕大人。這賴肉頑皮。不打不招。拏那大棒子着實的打上一千下。他纔招了也。〔孤云〕張千。與我打着者。〔張千做打科云〕快招。快招。〔正旦唱〕

【幺篇】他他他打的來如砍瓜。似劈柴。棒子着處。血忽淋刺。肉綻皮開。這般苦禁持。惡搶白。怎生寧奈。〔孤云〕這婦人的罪犯。情理太重也。〔正旦唱〕只索便一刀兩段倒大來迭快。

〔搽旦云〕你招了罷。不强似你這般吃打。〔孤云〕張千。打着者。〔張千打科云〕招了者。招了者。

〔正旦做死科〕〔張千云〕相公。打死了也。〔孤云〕打死了也。將一碗水來噴醒他。〔張千做䂸水噴科〕〔搽旦云〕相公。你則管打。打死了他。也不干我事。〔正旦做醒科〕〔唱〕

【快活三】昏慘慘雲霧埋。疎剌剌的風雨篩。我一靈兒直到望鄉臺。猛聽的招魂魄。

【朝天子】我這裏便急待。急待要掙閡。這打拷實難捱。忽然將淚眼猛閃開。誰想道我這殘生在。〔孤云〕張千。將他一雙兒女。推近前來。叫醒他者。〔張千云〕理會的。〔做推倈兒科云〕你快叫。〔倈兒云〕妳妳。你甦醒着。〔正旦唱〕喚我的原來是痴小嬰孩。〔孤云〕採起那廝頭稍來者。〔正旦唱〕他把我揪頭稍托下頦。〔孤云〕張千。打着那廝叫。〔張千云〕理會的。〔做打倈兒科云〕嗯。你叫你叫。〔倈兒叫科云〕妳妳。妳妳。〔做哭科〕〔正旦唱〕是誰人喳喳的叫妳妳。一齊的舉哀。兒也可不想便救我離了陰司界。

〔孤云〕兀那李千嬌。你不招便待干罷。再打着者。〔正旦云〕大人可憐見。我是好人家女。好人家婦。我吃不過這打拷。我招了罷。相公。是我李千嬌因姦殺丈夫來。〔搽旦云〕如何你早招了。也不吃這般打拷。〔孤云〕既是招了。張千上了長枷。下在死囚牢裏去。〔張千云〕理會的。〔做上枷科云〕上了枷也。〔搽旦云〕好麽。只説獐過鹿過。可不説麂過。每日則捏舌頭説别人。今日可是你還不羞死了哩。毛毛毛。〔正旦唱〕

【耍孩兒】罷罷罷我這裏聲冤叫屈誰瞅睬。原來你小處官司利害。衙門從古向南開。

怎禁那探爪兒官吏每貪財。這裏又無那敢爲敢做的尚書省。更有那無曲無私的御史臺。我恰行出衙門外。那妮子舞旋旋摩拳擦掌。叫吖吖拽巷囉街。

〔搽旦云〕相公。這一雙兒女。我領將家去罷。呸。不識羞的狗骨頭。這個是你的兒。你的女。惱了我。搧你那賊弟子孩兒。〔正旦云〕這妮子説出來做出來。哎。兒也。則被你痛殺我也。〔唱〕

【二煞】我可也堪恨這個潑短命。堪恨這個歹賤才。我恨不的一枷稍打碎那厮天靈蓋。他將我那一雙兒女拖將去。苦被那祗候公人把我拽過來。你後來要還我這膿血債。倚仗着你那有官有勢。忒欺負我無靠無挨。

〔搽旦云〕你這一雙兒女。就擡舉的成人長大。也是個不成器的。等到家我慢慢的結果他。〔正旦唱〕

【煞尾】那妮子又不知三年乳哺恩。那裏曉懷躭十月胎。他將我這一雙業種陰圖害。可正是拾得孩兒落的摔。〔下〕

〔張千云〕牢裏收人。〔搽旦云〕相公。他大牢去了。我領着這兩個小的回家中去也。〔下〕〔孤云〕張千。將那婦人下在牢中。到來日建起法場。拏出來殺壞了他者。〔詩云〕則爲那李千嬌私意傳情。趙通判告到公庭。已問實別無冤枉。赴法場明正典刑。〔同下〕

〔音釋〕宅池齋切　殢音膩　長音仗　難去聲　中去聲　首去聲　桯音刑　驀音賣　刯音擺　劃胡

乖切　色篩上聲　責齋上聲　禁平聲　剌音辣　魄鋪買切　閡音債　捱去聲　甦音蘇　頦音孩　旋去聲　種上聲　捽升擺切

第三折

〔店小二賣稀粥上詩云〕我賣稀粥真個稀。誰不與我做相知。由你連喝一百碗。吃了依然肚裏饑。自家是個賣稀粥的。在這權家店支家口賣稀粥。但是南來北往。經商客旅。做買做賣。推車打擔。趕不上城的。都在我這裏買粥吃。土地老子保祐。則願的買賣和合。百事大吉。利增百倍。今日清晨。熬下這一盆稀粥。看有甚麼人來買吃。〔關勝上云〕有粥麽。〔店小二云〕老叔。有粥。〔徐寧上云〕有稀粥麽。〔店小二云〕老叔。有的是稀粥。〔花榮上云〕有粥麽。〔店小二云〕老叔。有粥有粥。〔關勝奠粥科云〕清天可表。陸地方知。整粥落地。願我那千嬌姐姐。早出羅網之災。〔徐寧云〕一點粥落地。願的俺千嬌姐姐早脱羅網之災。〔店小二云〕喏。報報報。〔衆云〕怎的。〔店小二云〕大家耍子。〔店小二做一手拏一碗口裏一碗遞科〕〔徐寧云〕哥哥。怎生認的千嬌姐姐來。〔關勝云〕你兩個兄弟不知。前一月奉宋江哥哥的將令。下的山來。到權家店支家口。不幸染了一場重病。不甫能將息的身子較好。要回梁山去。争奈手裏没盤纏。你兩個兄弟休笑。我偷了人家一隻狗。煮的熟了。賣做盤纏。到的這權家店。只見一個男子漢一個婦人一坨兒坐着吃酒。我便道官人娘子。買些狗肉吃。那厮便道。他是娘子。我是伴當。我便道那個伴當和娘子一坨兒坐着吃酒。那厮不由分説。打將來。着我接住手。可又則一拳打倒在地。我欲待走。被那王臘梅扯住。請的夫人來。兩個兄弟不知。你説是誰。原來是千嬌姐姐。見我説了那項上事。他就與了我一雙短金釵。認我做兄弟。我回到梁山上。禀知宋江哥哥。如今耳消耳息。打聽的千嬌姐姐有難。我在哥哥根前告了一個月假限。收拾一包袱金珠財寶。下山搭救他去。因此上認的千嬌姐姐。不知您兩個兄弟怎生認的他來。〔徐寧云〕哥哥。聽您兄弟説。我怎生認的那千嬌姐姐。前一月宋江哥哥差你下山。去了個月期程。不上山來。宋江哥哥道。徐寧。你怎生不接應您關勝去。以此又差某下山。某到的那權家店支家口。也得了一場凍天行的證候。在那店小二家安下。房宿飯錢都欠少了他的。他將我撚將出來。白日裏在那街上討飯吃。到晚來在那店家稍房裏安下。哥也。你説那稍房可是誰家。〔花榮云〕是誰家〔徐寧云〕就是那千嬌姐姐做下處的這家。您兄弟正歇息着。則聽兩個人道。赤赤赤。我説是梁山泊上的暗號。着人來接應我。我開了門。可是王臘梅丁都管。他兩個拏住我。説我是賊。叫將千嬌姐姐來。那姐姐放了我去。又認我做兄弟。又與我一隻金釵做盤纏。我問其故。他説恰纔那個是丁都管王臘梅。他兩個有些不伶俐的勾當。姐夫是趙通判。姐姐是李千嬌。一對兒女是金郎玉姐。如今我打聽千嬌姐姐有難。您兄弟問哥哥告了半個月假限。背着些金珠財寶搭救他。因此上您兄弟認的那千嬌姐姐來。〔花榮云〕哥。我的情節也差不遠。當日宋江哥哥的將令。因爲您兩個違了期限。不上山來。又差我來接應哥。您兄弟下的山來。到那濟州府城外酒店裏。多飲了幾杯酒。入的城來。被風刮起衣服。露見我這逼綽子。被那捕盗官軍看見。兀的不是梁山上的好漢。趕的我至急。掙的一枝苫墻柳樹。被我跳過墻去。哥。您道你兄弟跳在那裏。正跳在俺千嬌姐姐花園裏。我在那太湖石邊躲着。天色晚了。不想姐姐出來燒香。頭裏兩炷香都不打緊。第三炷香願普天下好男休遭羅網之災。哥您兄弟逃災躲難。聽見姐姐説這等吉利之語。我就要上梁山告與宋江哥哥知道。争奈不知姐姐姓字。您兄弟在姐姐房門前鞋底鳴。脚步響。姐姐在房裏聽得。則道是他的通判相公來。開的房門。您兄弟驀進門去。燈燭直下。見了您兄弟身材凜凜。相貌堂堂。教那姐姐可是怕也不怕。我便道姐姐休驚莫怕。則我是宋江手下第十三個頭領。弓手花榮。我正與姐姐所説向上事。被那丁都管和王臘梅搬調着通判。説姐姐房裏有姦夫。您兄弟拏着逼綽子奔將出來。不想那逼綽子抹破了姐夫臂膊。如今把姐姐拖到官中。三推六問。屈打成招。早晚押上法場去。您兄弟在哥哥根前告了一個月假限。收拾了些金珠財寶。捨一腔熱血。答救千嬌姐姐。〔關勝做拏刀科怒云〕我道千嬌姐姐爲誰來。原來是爲你來。便好道蒙人點水之恩。尚有仰泉之報。知恩不報。非爲人也。〔詞云〕不怕宋江將咱怪。今朝絶早離山寨。救得那千嬌姐姐呵。和你歡歡喜喜無妨礙。若救不得呵。則我這大桿刀劈碎鳥男女天靈蓋。〔云〕你兩個兄弟慢來。我先去也。〔店小二扯科云〕老叔。還稀粥錢去。〔關勝云〕改日來與你。〔下〕〔徐寧云〕兄弟。你聽的關勝哥説麽。他要大桿刀劈碎他天靈蓋。兄弟徐寧也不是個善的。則我這點鋼鎗可搭搠透他那三思臺。兄弟。你慢來。我。先去也。〔店小二云〕老叔。稀粥錢。〔徐寧云〕有什麽稀粥錢。〔下〕〔花榮云〕兩個哥爲千嬌姐姐。打甚麽不緊。〔詞云〕關勝哥大桿刀劈碎天靈蓋。徐寧哥點鋼鎗搠透三思臺。休道銀山鐵甕囚牢裏。便是虎窟龍潭我也要救出來。〔店小二做扯住云〕老叔。還我稀粥錢去。〔花榮云〕我有緊要事去。你個弟子孩兒。百忙裏討甚麽粥錢。〔下〕〔店小二云〕哎喲。你看我那造物。清早晨纔開店。走將三個人來吃粥。他吃了粥。我問他討粥錢。一個錢不曾與我。粥又吃了。連碗盞都打破了。難道我造物這等低。我如今也不賣粥了。只賣豆腐去來。〔下〕〔劊子拏正旦倈兒上〕〔劊子云〕上了板搭。關了門户。打掃街道。看時辰到了。就好下手。〔正旦云〕好冤屈也呵。〔唱〕

【越調鬬鵪鶉】我可便項戴着沉枷。身纏着重鎖。鎖押損我身軀。枷磨破我項窩。乾着你六問三推。生將我千刀萬剮。〔劊子云〕行動些。布下法場。時辰將次到也。〔正旦唱〕我只聽的一下鼓。一下鑼。撮枷稍的公吏搊搜。打道子的巡軍每叶和。

【紫花兒序】叫喳喳的大驚小怪。撲碌碌的後擁前推。惡狠狠的倒拽横拖。我實心兒怕死。我可也半步兒剛挪。知麽。兩下裏一齊都簇合。可又早巳時交過。坐馬的將官道踏開。來看的將巷口攙奪。

〔劊子做打科云〕哏。快行動些。〔正旦唱〕

【小桃紅】告哥哥休打謾評誸。權等待些兒個。負屈銜冤怎生過。不存活。這場煩惱天來大。那妮子把孩兒每斷揉。將女孩兒面皮摑破。你常是下的手狠僂儸。

〔劊子云〕你若不犯下罪。可也不遭這等刑憲。〔王臘梅上尋打倈兒科〕〔正旦唱〕

【鬼三臺】往常我清閒坐。列鼎食重裀卧。今日在法場上結末。好事便多磨。我犯了個殺丈夫的罪過。兩下裏看的直這般多。把個十字街擠的没一線兒闊。近了也鬧市雲陽。遠的是蘭堂也那畫閣。

〔關勝徐寧花榮沖上劫法場科云〕梁山泊好漢。全夥在此。〔劊子做見慌跑科〕〔王臘梅拖倈兒下〕〔花榮云〕那裏走。〔關勝背旦科〕〔正旦倒科〕〔花榮云〕姐姐。甦醒者。〔徐寧云〕千嬌姐姐。甦醒者。〔正旦唱〕

【金蕉葉】我一靈兒悲風內喧喧聒聒。我一靈兒怨雲裏招招磨磨。〔關勝云〕姐姐甦醒者。〔正旦唱〕是誰人唤姐姐不離了耳躲。〔花榮云〕千嬌姐姐。甦醒着。〔正旦唱〕是誰人將我這小名兒呫題着唤我。

〔花榮云〕千嬌姐姐。是您兄弟救你來。〔正旦唱〕

【調笑令】是誰將我來救活。原來是您三個。呀。間别來兄弟每安樂波。你刀尖兒抹的他皮膚破。到官司百般摧挫。那妮子一尺水翻騰做一丈波。怎當他只留支刺信口開合。

【禿厮兒】如今這殺丈夫的這般結果。有姦夫的可怎生折磨。兄弟也我吃了那無情棒可也圖甚麽。如今那做官的。那裏是蕭何。也波真個。

【聖藥王】我可也千不合。萬不合。一時間做事忒多羅。没來由結識這個。認義那個。我正是識人多者是非多。苦也囉平地起風波。

〔花榮云〕姐姐。當初是您兄弟不是了也。〔關勝云〕兄弟。如今救了姐姐。可上梁山見我宋江哥哥去來。〔正旦唱〕

【收尾】則被他送我一場亡身禍。今日個將功勞折過。那一日卧房裏撞着他。〔帶云〕好兄弟也。〔唱〕今日個法場上救了我。〔同下〕

〔趙通判引丁都管王臘梅倈兒上〕〔趙通判云〕不好了。被梁山泊强盗劫了法場也。快走快走。〔搽旦云〕不知怎麽。這一會兒心驚肉戰。這一雙好小脚兒。再走也走不動了。丁都管。你來扶着我走。赤赤赤。〔徐寧花榮上〕〔花榮云〕這不是丁都管二夫人和趙通判一雙兒女。都與我拏住。休少了一個。都解上山去。等宋江哥哥發落去來。〔同下〕

【音釋】苫失廉切　三去聲　合音何　奪音多　詖音波　活音和　大音惰　摑乖上聲　末音磨　闊音顆　閣哥上聲　聒音果

第四折

〔關勝同正旦上〕〔關勝云〕某關勝是也。我兄弟每直在法場上面救得千嬌姐姐。脱了今日這場災

難。卧番羊。窨下酒。做一個慶喜的筵席。姐姐有請。〔正旦云〕誰想有今日也呵。〔唱〕

【雙調新水令】俺只見颭西風這一面杏黃旗。小僂儸更狠如虎狼公吏。今日個宰肥羊斟糯酒。須不是長休飯永别杯。山寨崔嵬哎。煞强如那一坨慘田地。

〔關勝云〕將酒來。姐姐滿飲一杯。〔正旦云〕我不吃這酒。〔關勝云〕姐姐。你爲甚麽不肯吃酒。〔正旦云〕不見我一雙兒女。教我怎麽吃的下。〔唱〕

【沉醉東風】只俺這一雙小兒女如今那裏。知他是死的還是活的。〔關勝云〕姐姐。今日這酒是慶喜的酒。專爲姐姐置下的。〔正旦唱〕則俺這眼兒邊一剗的愁。心兒上着甚些喜。你道這酒呵是爲咱而置。你便有玉液金波且莫題。其實下俺這喉嚨不得。

〔關勝云〕姐姐休憂。俺着徐寧兄弟取你一雙兒女去了。這早晚敢待來也。〔徐寧引俫兒上云〕某徐寧引着這一雙兒女。見姐姐去來。〔做見科云〕姐姐。你歡喜咱。兀的不是你一雙兒女也。〔關勝云〕姐姐你可吃一杯酒。〔正旦云〕我不吃這酒。〔關勝云〕姐姐爲甚麽又不吃酒。〔正旦云〕不見我的讎人。我不吃酒。〔唱〕

【喬牌兒】這杯酒也非是俺故意的推。只爲出不的俺心頭氣。你若是拏的來那兩個潑奴婢。我就甘心做醉死鬼。

〔關勝云〕姐姐你放心。有花榮兄弟拏住了丁都管王臘梅并趙通判。這早晚敢待來也。〔花榮拏丁都管王臘梅同趙通判上〕〔花榮云〕某花榮拏着這讎人。見姐姐去來。〔做見科云〕姐姐。你歡喜咱。拏將你饑人。來了也。〔搽旦云〕姐姐。我說你是個好人麽。自從你下在牢裏。我替你拜斗。直到如今。你饒了俺。我買餅好肉鮓。裝一卓素酒。請你吃。〔趙通判云〕夫人。這都是他去首狀做下來的。須不干我事。〔丁都管云〕大妳妳一了是個好人。〔正旦唱〕

【雁兒落】我是粉鼻凹柳盜跖偏愛吃人心肺。把這廝剮割的七事子。判了個十分罪。

【得勝令】呀。我則要乘興兩三杯。做一個家好筵席。休准備別茶飯。〔關勝云〕姐姐。你要甚麽茶飯。〔正旦唱〕我則待燒一塊人肉吃。〔花榮云〕姐姐看了俺弟兄的面皮。單饒了你姐夫一個罷。〔正旦唱〕您兄弟每今日。待勸我回心意。自到官來當日。我便與他没面皮。

〔花榮云〕姐姐。您認了俺姐夫者。〔正旦云〕我至死也不認他。〔花榮云〕姐姐。你真個不認他。我將這兩個小的。都丢在澗裏去。〔正旦唱〕

【側磚兒】只見他揎拳捰袖。生情發意。將兩個小業種領窩來提。我這裏急慌忙那身起。大走到向他根底。

【竹枝歌】好說話將孩兒放了只當不的他打甕墩盆喬樣勢。我主意兒不認這負心賊。您三人直嚇的。俺兩個做夫妻。蹺蹊。這關節兒到來的疾。

〔花榮云〕將小廝丢在澗裏去。〔正旦云〕住住住。休摔殺孩兒。我認則便了也。〔關勝云〕既姐姐認了姐夫。喒每見宋江哥去來。〔同下〕〔宋江上云〕某宋江是也。有關勝徐寧花榮三個兄弟。問某告了一個月假限下山去搭救他的千嬌姐姐回來了。今日忠義堂上。分付這一樁公事去來。〔關勝同衆上云〕喏報哥哥得知。俺兄弟每拏住丁都管王臘梅也。〔宋江云〕衆兄弟拏住丁都管王臘梅。將他綁在花標樹上。碎屍萬段。您一行人聽我下斷者。〔詞云〕您結義在患難之先。受苦楚有口難言。鬧法場報恩答義。救千嬌萬古流傳。將賊婦攢箭射死。丁都管梟首山前。趙通判并兒女發回鄉土。四口兒寧家住夫婦團圓。〔正旦趙通判倈兒拜謝科〕〔正旦唱〕

【隨尾】謝得你梁山泊上多忠義。救了喒重生在世。若不是您好弟兄再三央。怎能勾我歹夫妻依舊美。

〔音釋〕窨音蔭　颭占上聲　別皮爺切　的音底　得當美切　凹音妖　跖張恥切　興去聲　席星西切　吃音恥　日繩知切　只張恥切　賊則平聲　疾精妻切

題目　屈受罪千嬌赴法

正名　爭報恩三虎下山

張天師斷風花雪月雜劇

吴昌齡 撰

第一折

〔冲末扮陳太守領張千上〕〔陳太守詩云〕農事已隨春雨辦。科差猶比去年稀。小窗睡徹遲遲日。花落閒庭燕子飛。老夫姓陳。雙名全忠。繇進士及第。隨朝數載。謝聖恩可憐。所除洛陽太守之職。老夫有一姪兒。乃是陳世英。見在西洛居住。數年不見。聞知上朝取應。須打此地經過。必然來拜見老夫。張千。門首覷者。若孩兒到來。報復我知道。〔張千云〕理會得。〔正末扮陳世英上云〕小生西洛人氏。姓陳。雙名世英。仗祖父餘庇。頗能讀書。雪案螢窗。辛勤十載。淹通諸史。貫串百家。今要上朝。進取功名。從此洛陽經過。有我叔父在此爲理。小生且進城去拜見了叔父。便索長行。可早來到也。張千。報復去。道有陳世英求見。〔張千云〕報得相公得知。有陳世英在于門首。〔陳太守云〕老夫語未懸口。我那孩兒早到了也。張千。快着他過來。〔張千云〕着秀才過去。〔陳世英見科云〕叔父。您孩兒多時不見尊顔。請受您孩兒一拜咱。〔做拜科〕〔陳太守云〕孩兒也。遠路風塵。免禮波。孩兒。我且問你。此一來爲何。〔陳世英云〕叔父。您孩兒一來進取功名。二來探望叔父。〔陳太守云〕孩兒也。試期尚遠。且就在我書房中安下。温習經書。多住幾日去。可不好那。〔陳世英云〕您孩兒依着叔父。住幾日去。但恐早晚取擾。不當穩便。

〔陳太守云〕自家骨肉。説甚麽取擾。孩兒也。今日是八月十五日。中秋令節。俺和您後園中飲酒去來。〔詩云〕早安排異品奇珍。與姪兒權且拂塵。值中秋正當翫月。休辜負美景良辰。〔同下〕〔陳世英重上云〕小生蒙叔父相留在此。元來書房就在後園裏面。花木清幽。頗堪居止。今日是八月十五日。中秋節令。適纔叔父賜過酒宴。已散了也。你看金風淅淅。玉露泠泠。銀河耿耿。浩月澄澄。是好一片蟾光。着小生對此佳景。怎好便去就寢。且待我作詩一首。〔詩云〕碧漢無雲夜欲沉。天香桂子色陰陰。素娥應悔偷靈藥。獨守瑤臺一片心。吟罷這詩。且進這書房門來。我關上門焚上一炷香。取出這張琴來。試彈一曲。自飲三杯悶酒咱。〔搽旦扮封姨同旦兒桃花仙上封姨云〕妾身封十八姨的便是。這是桃花仙子。俺二人在這碧雲之上。有桂花仙子與下方陳世英有私凡之心。俺二人在此等候。待桂花仙子到來。看個端的。〔桃花仙云〕十八姨。你看那香風過處。兀的桂花仙子不來了也。〔正旦扮桂花仙上云〕妾身乃月中桂花仙子。今因八月十五日。有這羅睺計都纏攪妾身。多虧下方陳世英一曲瑤琴。感動婁宿。救了我月宫一難。我和他有這宿緣仙契。今日直至下方。與陳世英報恩答義去也。〔封姨云〕你若不棄嫌呵。俺兩個伴着你同到下方走一遭去。〔正旦云〕好波。就此同往。〔桃花仙云〕仙子。喒去來。喒去來。〔正旦云〕是好月色也呵。〔唱〕

【仙呂點絳唇】夜色溶溶。桂花風動。天香送。萬里長空。是誰把銀盤捧。

〔封姨云〕俺趁着這月色行動些咱。〔正旦唱〕

【混江龍】俺可便疾忙行動。怕的是五雲樓畔日華東。〔桃花仙云〕俺和您私離天宮之上。早來到人間了。〔正旦唱〕俺如今偷臨凡世。私下天宮。這其間風弄竹聲穿户牖。更那堪月移花影上簾櫳。〔封姨云〕仙子。則俺三個在這月明之下。又無甚跟隨的使數。怎生是好。〔正旦唱〕俺本是冰魂素魄不尋常。要什麽金童玉女相隨從。〔帶云〕十八姨。你只跟着我者。〔唱〕又没甚幽期密約。止不過明月清風。

〔封姨云〕你看下方景致。是比俺那仙界不同也。〔正旦唱〕

【油葫蘆】俺和您回首瑶臺隔幾重。早來到書院中。怕甚麽人間天上路難通。〔云〕封家姨也。則不俺思凡。〔封姨云〕仙子。可再有何人思凡哩。〔正旦唱〕想當日那天孫和董永曾把瓊梭弄。〔桃花仙云〕可再有何人。〔正旦唱〕想巫娥和宋玉曾做陽臺夢。〔封姨云〕姐姐。你此一去報恩。可是如何。〔正旦唱〕他若肯早近傍。我也肯緊過從。掙着個賺劉晨笑入桃源洞。〔桃花仙云〕不知劉晨别後。可曾得再會來。〔正旦唱〕到後來天台山下再相逢。

〔桃花仙云〕仙子。這也有何爲證。〔正旦唱〕

【天下樂】却不道流出桃花片片紅。〔桃花仙云〕這桃花是我家的故事。你此去敢被那生折下桂花來也。〔正旦唱〕則你個嬌也波容。可便將人厮調哄。我則爲報德酬恩要始終。不索你不索你這個呫。那個噥。〔封姨云〕仙子。我曾敢説甚麽。〔正旦唱〕哎。只你個十八姨口是風。

〔云〕可早來到後園也。二位且在這書房門首略等一等。我自過去。〔封姨云〕仙子請過去。俺兩個自有分曉。〔正旦見陳世英科云〕秀才萬福。〔陳世英驚科云〕啐。怎麽燈直下看見一個如花似玉的女人。莫不是我眼花麽。〔做揩眼科云〕待我仔細再看咱。〔正旦唱〕

【鵲踏枝】則見他不惺憽。假朦朧。却待要拄眼睁睛。覓跡尋踪。莫非他錦陣花營。不曾厮共。險教咱風月無功。

〔陳世英云〕這女人是從那裏來的。必然是妖精鬼怪。哇。你説的是。萬事全休。説的不是。你見我這牀頭寶劍麽。我將你一劍揮之兩段。〔正旦唱〕

【河西後庭花】我只道他喜孜孜開笑容。怎麽的顫欽欽添怕恐。不思量攜素手歸羅帳。剗地要斬妖魔仗劍鋒。似這這等怒叿叿。好着我急難陪奉。秀才也你敢是那罵上元的也姓封。

〔陳世英云〕兀的不諕殺我也。靠後。〔正旦云〕秀才休驚莫怕。我乃月中桂花仙子。今因八月十五日。有羅睺計都纏攪妾身。多虧你這一曲瑶琴。感動婁宿。救了我月宫一難。我和你有宿緣仙契。一逕的報恩而來。秀才留便留。不留呵我自回去也。〔陳世英云〕住住。我那裏知道。你原來是桂花仙子。有如此般好意。小生一時間錯怪了你。便好道。既來之。則安之。仙子請坐。容小生遞一杯酒咱。仙子滿飲此杯。〔正旦云〕秀才請。〔陳世英云〕仙子請。〔正旦飲酒科陳世英云〕

小生也飲一杯。看着仙子千般體態。萬種妖嬈。不知小生福分。生在那裏。得遇今夜。待與仙子飲箇盡醉方歸。有何不可。〔正旦唱〕

【一半兒】只見他高燒銀燭影摇紅。滿注名香寶鼎中。全不似初見時恁般喬面孔。殷勤地捧金鍾。元來是一半兒粧呆一半兒懂。

〔陳世英云〕小生有一件事。動問小娘子咱。〔正旦云〕秀才有甚麼話説。〔陳世英云〕小生學成滿腹文章。欲待進取功名去。我這一去可是得官也不得官。〔正旦唱〕

【金盞兒】我本待鸞鳳配雌雄。你只想鵾鵬起秋風。怎知我月中丹桂非凡種。〔陳世英云〕念小生凡胎濁體。怎敢和仙子陪奉。你只説小生來年應舉。果是如何。〔正旦唱〕你問我來年春動有甚吉和凶。則你那文章千卷富。〔陳世英云〕便有了文章。也要命運哩。〔正旦唱〕怕不的命運一時通。〔陳世英云〕若得如此。小生早則喜也。〔正旦唱〕秀才我道你來年登虎榜。總不如今夜抱蟾宮。

〔陳世英云〕多承仙子厚意。再飲幾杯。怕做甚麽。〔封姨云〕桃花仙子。我和你過去相見咱。〔做見科〕〔封姨云〕仙子。天色明了也。喒回去來。〔陳世英云〕呀。怎麽又有兩個小娘子來了也。〔正旦云〕秀才勿怪。這兩個都是我的姨姨妹妹。〔陳世英云〕既是你姨姨妹妹。容小生都也奉一杯兒酒咱。〔正旦唱〕

【醉扶歸】俺和他一去蕊珠宮。同戲百花叢。報與你個二月春雷魚化龍。飲了那三杯御酒珍珠甕。四下裏旌旌簇擁。准備着五花驄緩向天街鞚。

【醉中天】六印掌元戎。七縱顯英雄。向八座裏氣昂昂列上公。穩請受着九重天雨露恩和寵。也不枉了十年間苦功。到今朝享用。是必休忘了我這報前程仙女淳風。

〔云〕天色明了也。喒回去來。〔陳世英云〕仙子此一去。可不知幾時還得相會也。〔正旦云〕秀才。你牢記者。妾身此一相別。直到來年八月十五日。再與秀才相見。〔陳世英云〕仙子。你道定着。小生也不進取功名去。專等來年此夜。在書房中拱候仙子。是必休失信也。〔正旦唱〕

【賺煞尾】你若有十分的至誠心。我怕没九轉丹相送。〔陳世英云〕小生來年八月十五日。專候仙子來也。〔正旦唱〕到來年又怕你八月中秋事冗。〔陳世英云〕既蒙仙子相許。小生怎敢負了此心。但仙子雖同織女。小生非比牽牛。怎麼也要一年一會。做這般老遠的期約也。〔正旦唱〕那七夕會牛女佳期你可也休賣弄。〔陳世英云〕仙子若果有心於小生。便不到的來年。怕甚麼那。〔正旦唱〕我則怕六丁神告與天蓬。〔陳世英云〕那六丁總是天上神位。料仙子也不怕他。〔正旦唱〕更怕的是五更鐘。催別匆匆。只落的四眼相看淚珠湧。〔陳世英云〕仙子。您直恁般慌速。便再停止一會兒也好。〔正旦唱〕兀的不三星在東。〔陳世英云〕仙子此一去。休忘了今宵歡會也。〔正旦唱〕正照着俺二人情重。一般瀟洒月明中。〔同二旦下〕

〔陳世英云〕嗨。誰想小生遇着月中桂花仙子。歡會了一宵。親記的臨別之時。説道來年八月十五日。再來與小生相會。天那。我幾時盼得來年這一日也。〔詩云〕宿世姻緣定有因。暫時歡會又離分。且温經史書窗下。專等來年月下人。

〔音釋〕睺音後　賺音湛　咶音姑　噥音農　憽音鬆　顫音戰　剗音産　叿火紅切　懂音董　鶚音鄂　鞚空去聲

第二折

〔陳太守引張千上云〕老夫陳太守。留我姪兒世英在後園書房中。本意要他温習經書。去應科試。不想染下一場疾病。一卧不起。服藥不效。老夫欲待親自探望孩兒去。争奈衙門中適有一件要緊公事。不得餘暇。張千。説與嬷嬷知道。着他到書房中看覷小哥病體若何。小心在意。看了時來回我的話。左右。將馬來。老夫衙門中辦事去也。〔下〕〔陳世英抱病上云〕小生陳世英。便好道三十三天離恨天最高。四百四病相思病最苦。兀的不害殺小生也。自從去歲八月十五日。與月中桂花仙子在這書房中飲了幾杯酒去。害的我一病不起。朝則忘餐。夜則廢寢。看看致死。但合眼便見那桂花仙子在前。他説道今年八月十五日。再來相會。今日正是中秋節令。我只得掙扎病軀。到此後花園中等。便怎麽這早晚還不見來。仙子。則被你想殺我也。天也。每番家小生要做些兒功課。不曾拏起筆來。可又早淹淹的晚了。今日小生害些兒拙病。他百般的不肯就晚。且待我吟詩一首。〔詩云〕金烏振翼上扶桑。何故遲遲晝景長。可嘆書生情意迫。老天偏不下斜陽。

呀。這早晚還是午時也。我央及你波。我與你唱喏。怎生不動。我與你下跪。又不動。我與你下拜。也不動。釘子釘着你哩。潑毛團是好無禮也。小生不才殺者波。也是國家白衣卿相。你則道我不認得你哩。想當初堯王時有十個日頭。被后羿在崐崙山頂上。射落九烏。止留的你一個。你曉來夜去。催逼了多少好人。你若是歡喜呵。腆着你那紅馥馥的臉兒。你若惱了呵。雲生四野。霧罩八方。你則道我不認的你哩。你聽者。〔詩云〕無端三足烏。團團光閃爍。安得后羿弓。射此一輪落。便好道。人有所願。天必從之。頭裏未曾鬧時。還是午時。方纔鬧了。他可早交酉時了。罷罷罷。熬定心腸。且再耐着些兒。仙子。則被你想殺小生也。〔正旦扮嬤嬤上云〕老身是這陳太守家中嬤嬤。爲因陳世英在書房中染病。奉太守的言語。着老身探望走一遭去。我想這秀才每多有害着這等證候的也呵。〔唱〕

【南宮一枝花】可不道既讀孔聖書。那裏也必達周公禮。你今日相思容易得。豈不聞飽病可兀的最難醫。他從來老老實實。忒軟善忒温克。近新來陡恁的。他待學遇雲英乞玉的裴航。賦洛神採珠的曹植。

【梁州第七】翻笑着不風流閉門的顔叔。假乖張拍案的封陟。他不肯去筆尖上掙鬮個名和利。兀的不辱抹殺題橋的才思。擲果的容儀。直這般無廉鮮恥。亂作胡爲。三餐飯並不曾想喫。五車書並不肯攻習。他他他則待要美甘甘傍玉軟香温。是是是則待要悄促促在星前月底。等等等則待要喜孜孜赴燕約鶯期。奉相公省會。教老身直到那書房内在左右看詳細。只他這廢寢忘餐可也因甚的。要一個明白消息。

〔云〕無人報復。我自過去。〔陳世英云〕仙子。你來了也。〔正旦云〕是我。〔陳世英云〕呸。害得我眼花了。兀的不羞殺小生也。原來是嬷嬷。你來此怎的。〔正旦云〕哥哥。你害的甚麼病。你明白對我説知。怕做甚麽。〔陳世英云〕我害的是病。〔正旦云〕怕不是病。却是從那裏起的。你對我説。好回相公的話。〔陳世英云〕你老人家没正經。則管裏絮絮叨叨的。你也須知病體誰耐煩説話。〔正旦云〕哥哥。你不對我説也罷。只是你這病勢看看日沉日重。誰救你來。〔陳世英云〕嬷嬷。實不相瞞。自從去歲八月十五日。有月中桂花仙子。在我這書房中飲了幾杯酒。歡會了一宵去了。他説今年八月十五日再來相會。我在此等候。不見到來。所以憂憶成病。眼見的覷天遠。入地近。無那活的人也。仙子。則被你想殺我也。〔正旦唱〕

【牧羊關】則見他㦬㦬的。説就裏。不由我冷笑微微。你是個濁骨凡胎。他須是冰肌的這玉體。〔陳世英云〕仙子。你好失信也。〔正旦唱〕你敢要攀月桂諧連理。可不似指畫餅待充饑。常言道杳茫神鬼事。哥哥也知他在那裏。

〔云〕哥哥。你敢不等那月中桂花仙子麽。〔陳世英云〕我不等桂花仙子等誰。〔正旦云〕只怕等着崔鶯鶯那。〔陳世英云〕哎。我等那崔鶯鶯怎的。我只等着桂花仙子哩。〔正旦唱〕

【罵玉郎】莫不是崔鶯鶯害了你這張君瑞。只指望西廂下暗偷期。把鏡中花生扭做蟾宫桂。現如今你瘦岩岩病怎支。他虚飄飄去不歸。知甚日重歡會。

〔陳世英云〕仙子。則被你想殺小生也。〔正唱旦〕

【感皇恩】怪不着你正是遥授夫妻。你可甚步步相隨。更做道秀才每忒上緊。忒着迷。你伴的是琴書度日。怎想着那廣寒宮竊藥的仙姬。專等待三更後。纔斗轉。恰星移。

〔陳世英云〕我在這月明之下。好歹要等那仙子來也。〔正旦唱〕

【採茶歌】想的你意兒癡。望的你眼兒疲。只待五言詩作上天梯。但得個一夕鴛鴦配成對。那裏也還記十年身到鳳凰池。

〔陳世英云〕老人家不曉事。耳根邊只管聒絮。可知我染病哩。〔正旦唱〕

【三煞】我越勸着越粧出風風勢。則説是病在心頭那個知。怎麽耳邊傍不住相嘲戲。百般的話不投機。待着俺早些迴避。我可道不關親兟干繫。就也着冷眼兒來看你。且看你直等的月色沉西。

〔陳世英云〕嬷嬷。我不耐煩哩。你則回叔父話去。可怎生不着個太醫來看我一看。〔正旦唱〕

【二煞】你道叔父行怎不將醫藥來調治。這的是心病還從心上醫。便有那倉公扁鵲成何濟。也無過草樹根皮。怎比得玉天仙知心着意。只要他今夜裏休貪睡。重向書幃叙别離。敢勝似百補參芪。

〔云〕哥哥。你保重將息。我回老相公話去也。〔陳世英云〕仙子。這早晚還不見來。兀的不害殺小生也。〔正旦云〕哥哥。你則聽我勸者。〔唱〕

【黄鍾尾】我勸你好將息這不存不濟千金體。再休想那無影無形百媚姿。自去年到今日。曾有甚爲盟記。只管裏苦思憶。直等得佛出世。可不的乾着你。這相思無盡極。倒不如早收拾。將一段雲雨幽期。都付與高唐夢兒裏。〔下〕

〔音釋〕嬷魔上聲　羿音異　腆他典切　馥音服　罩招去聲　爍書藥切　實繩知切　克康美切　的音底　植音滯　叔音暑　陟張恥切　吃音恥　習星西切　息喪擠切　嘲之捎切　繫音記　日人智切　憶銀計切　極更移切　拾繩知切

楔子

〔陳世英抱病張千扶上云〕天色明了也枉着我扶病等了這一夜。仙子。則被你傒落殺小生也。覺的這病勢越越沉重。張千。你快去尋一個太醫來者。〔張千云〕理會得。出的這門來。串長街。驀短巷。此間正是。太醫在家麽。〔净扮太醫上云〕誰叫太醫。太醫不在家。〔張千云〕不在家。可往那裏去了。〔净云〕太醫兵馬司裏去了。〔張千云〕敢是去看病那。〔净云〕不是看病。醫殺了人。那裏坐牢哩。〔張千云〕咄。太守衙裏請去來。〔净云〕請我做甚麽。〔張千云〕有個相公染病。請你看一看。〔净云〕你那病人不好幾日了。〔張千云〕不好七日了。〔净云〕我太醫八日不曾出汗哩。

〔張千云〕咄。〔浄云〕老哥。你着那患子來我看。〔張千云〕他染病怎麼走得動。〔浄云〕着他騎個驢兒來。〔張千云〕他騎不得驢兒。〔浄云〕哦只抓個杌兒擡將來。〔張千云〕也擡不將來。〔浄云〕這等一發教他好了來。〔張千云〕好了又要你看什麼。〔浄云〕既然他來不得。倒擡了我去罷。〔浄做拏住張千把脈科云〕一肝。二膽。〔張千云〕咄。我没病。〔浄云〕你没病。我看着你這嘴臉。有些黄甘甘的。〔張千云〕不要歪厮纏。衙裏久等着哩。〔浄云〕老哥。等我囑付家裏小的咱丁香奴。〔張千云〕你家有什麼丁香奴。〔浄云〕老哥不知。但是我家的小的每。都是生藥名。〔張千云〕這個我不知道。〔浄叫云〕丁香奴。〔内應科云〕有。〔浄云〕你丸藥來不曾。〔内云〕我丸藥來。〔浄云〕你丸了多少藥。〔内云〕我丸了八囤半。〔浄云〕老哥。我那囤子是囤糧食的。四五個人圍不過來。這小的每貪耍。一日喫了三頓飯。則丸了八囤半。〔張千云〕這也勾了。〔浄云〕有誰討藥來。〔内云〕有姑娘家討藥來。〔浄云〕與了多少藥錢。〔内云〕與了一兩藥錢。〔浄云〕你與了他多少藥。〔内云〕我與他七囤半。〔浄云〕弟子孩兒。親眷上門。你怎麼不多與他些。曾説藥引子來麼。〔内云〕不曾説藥引子。〔浄云〕快趕上去説與他。要生薑兩船。棗兒五擔。水要十桶。着他做一服兒吃。〔張千云〕怎麼吃得這許多。〔浄云〕再有誰討藥。〔内云〕有史千户家討藥來。〔浄云〕與了多少藥錢。〔内云〕與了五兩銀子。〔浄云〕五兩銀子。你與他多少藥。〔内云〕我與了他兩丸藥。〔浄云〕五兩銀子與了他兩丸藥我這藥是偷來的。與他許多去。〔張千云〕還少麼。〔浄云〕你與他甚麼藥去。〔内云〕我與一丸紅丸兒。一丸黑丸兒。〔浄云〕老哥。你不知道。與他紅丸兒則與紅丸兒。

黑丸兒則與他黑丸兒。紅丸兒吃了是活藥。黑丸兒吃了是死藥。他都吃了。着他死又死不得。活又活不得。〔張千云〕咄。行動些。早來到了也。你在此站一站。等我報復去。秀才。太醫在門首。〔陳世英云〕着他過來。〔張千云〕着過去。〔浄做見陳世英拏包袱打科〕〔陳世英叫云〕哎喲。〔張千云〕他是患子。你怎麽打他。〔浄云〕醫的醫的。打着他。還知疼痛哩。〔浄做拿藥與陳世英吃科云〕你吃這藥。〔陳世英云〕這藥不好。我不吃。〔浄云〕這般好藥。你嫌不好。你不吃。我替你吃。〔浄吃藥做戰倒科〕〔張千做慌科云〕可怎麽了。〔做扶浄起身科〕〔浄做甦醒科云〕你這裏有紙筆麽。〔張千云〕要他何用。〔浄云〕趁我甦醒着。傳與你這個方兒。〔張千云〕哇。油嘴花子快出去。〔打下〕〔陳世英云〕太醫去了也。我想那桂花仙子好生失信。你當此一夜。只説報恩而來。今日弄的我一個身子。七死八活。仙子。你那裏是報恩。分明害殺小生也。〔唱〕

【仙呂賞花時】强扶策懨懨病裏身。空凝望盈盈月下人。我和他曾把酒結情親。早隔了一年時分。兀的不愁殺我也桂華新。〔下〕

〔音釋〕傒音奚　驀音陌　抓招上聲　杌音兀　囤音頓

第三折

〔陳太守領張千上云〕老夫陳全忠。今日張真人回信州龍虎山修行去。要來作别。張千。門首覷着。若真人來時。報復我知道。〔張千云〕理會的。〔外扮天師引道童上詩云〕鼎内丹砂變虎形。

匣中寶劍作龍聲。法水洒來天地暗。靈符書動鬼神驚。貧道姓張。雙名道玄。祖傳道法。戒籙精嚴。三十七代。輩輩流傳。驅使遍三界神祇。剿除盡八方鬼怪。布袍輕拂。須臾地動天驚。草履平那。頃刻星移斗轉。雲遊天下。普救衆生。來到此洛陽。幸遇陳太守。十分的管顧貧道。所贈衣糧。無不精潔。今回信州龍虎山去。辭別太守。便索長行。早來到衙門首也。左右報復去。道有張道玄特來拜辭。〔張千云〕報相公。有張道玄特來拜辭哩。〔陳太守云〕道有請。〔張千云〕請進。〔天師做見科云〕相公。貧道回山中修行去。特來拜辭。〔陳太守云〕真人。管待不周。幸恕老夫之罪。〔天師云〕相公。貧道在此。多有攪擾。據貧道看來。相公衙中莫不有染病之人麼。〔陳太守云〕我有個姪兒是陳世英。現染病哩。〔天師云〕在那裏。〔陳太守云〕在後花園書房中安下。〔天師云〕我是去看咱。〔做望科云〕貧道已知道了。你姪兒陳世英是花月之妖。攪纏成病。待貧道結一壇場。剿除妖怪。相公意下如何。〔陳太守云〕若得如此。多謝真人。〔天師云〕道童。將法衣來。相公。壇場之上。不能攀話。請回避者。〔太守下〕〔天師請神科云〕道香德香。無爲香。清浄自然香。妙洞真香。靈寶惠香。朝三界香。吾乃統攝玄門。恢弘至道。呪司九主。宣課威儀。醮法列壇。無不聽命。恭惟玉清聖境元始天尊。左輔右弼之星官。武職文班之聖衆。雷公電母。風伯雨師。瑤宮寶殿天王。紫府丹臺仙眷。五福十神。四司五帝。日宮月宮神位。南斗北斗星君。斗步五方。星分九曜。東華南極。西靈北真。十二之星辰。四七之纏度。三臺華蓋。九天帝君。三界直符使者。十方從駕威靈。當境土地龍神。諸處城隍社廟。幽冥列聖。遠近至真。

以此真香。普同供養。伏以陰靈耀景。環六合以開光。素魄迎情。犯十花而育物。今者時遇中秋。偶逢月蝕。羅計纏於黑道。婁宿聞此顯威。夢入蟾宫。敵戰惡星而退度。救兹月蝕。元光再續於寥天。半滅半明。乍盈乍闕。忽嫦娥之感動。思凡世而降臨。私離瑶臺。誤干天運。混仙凡而爲患。錯躔舍以成災。請命道流。立壇究治。臣敢不啓奏玄空。急揚雷令。招接天庭。奉行攝勘。今年今月。今日今時。奉道弟子張道玄仰憑聖力。隨其萬處周流。不誤一真清凈。稽首拈香。無極大道。不可思議功德。〔擊令牌科云〕一擊天清。二擊地靈。三擊五雷。速變真形。天圓地方。律令九章。金牌響處。萬鬼潛藏。〔呪水科云〕水無正行。以呪爲靈。在天爲雨露。在地作源泉。一噀如霜。二噀如雪。三噀之後。百邪俱滅。〔執劍科詩云〕老君賜我驅邪劍。離火煅成經百煉。出匣紛紛霜雪寒。入手輝輝星斗現。先請東方青帝青神。啣符背劍。入吾水中。後請南方赤帝赤神。啣符背劍。入吾水中。又請西方白帝白神。啣符背劍。入吾水中。再請北方黑帝黑神。啣符背劍。入吾水中。又請中方金帝金神。啣符背劍。入吾水中。〔詩云〕吾持此水非凡水。九龍吐出静天地。太乙池中千萬年。吾今將來静妖氣。謹請年值月值日值時值。當日功曹。值日神將。攬海大聖。翻江大聖。驅雷大聖。撒雲大聖。吾今用你壇前仗劍等待。休錯吾一時半刻。吾奉太上老君急急如律令攝。〔直符上云〕小聖乃雷部下聽令直符使者是也。真人呼唤小聖。有何法旨。〔天師云〕有勞當日神將。直日功曹。直去花苑中。勾將桂花仙子來者。〔直符云〕得令。桂花仙子安在。疾。怎生無有桂花。是有誰。〔内應科云〕止有荷花。〔直符云〕報知真人。止有荷花。〔天師云〕有勞當日神將。直至太華峯頭。東林寺裏。勾將荷花來者。〔直符勾荷花科云〕荷花仙當面。〔天師云〕兀那荷花。你知罪麼。〔荷花云〕我不知罪。〔天師云〕你引誘嫦娥。輒入五姓之家。纏攪良家子弟。勾至壇前。有何理説。〔荷花云〕我這荷花。〔詩云〕體出青泥不染埃。也曾獨步上蓮臺。〔天師云〕噤聲。〔詩云〕翠荷影裏鴛鴦戲。太液池中並蒂栽。你不知情誰知情。〔荷花云〕有菊花知情。〔天師云〕小鬼頭可早攀下來也。且一壁有者。有勞當日神將。直日功曹。直至甘谷水傍。淵明宅畔。勾將菊花仙來者。〔直符勾菊花上科云〕菊花仙當面。〔天師云〕兀那菊花。你知罪麼。〔菊花云〕我不知罪。〔天師云〕你引誘嫦娥。輒入五姓之家。纏攪良家子弟。勾至壇前。有何理説。〔菊花云〕我這菊花。〔詩云〕冷淡東籬傲古今。西風誰識歲寒心。〔天師云〕噤聲。〔詩云〕東坡昔貶黄州道。吹落黄花滿地金。你不知情誰知情。〔菊花云〕有梅花知情。〔天師云〕一壁有者。有勞當日神將。直日功曹。直至大庾嶺邊。霸陵橋外。勾將梅花仙來者。〔直符勾梅花上科云〕梅花仙當面。〔天師云〕兀那梅花。你知罪麼。〔梅花云〕我妾身不知罪。〔天師云〕你引誘嫦娥。輒入五姓之家。纏攪良家子弟。勾至壇前。有何理説。〔梅花云〕我這梅花。〔詩云〕玉骨冰肌誰可匹。傲雪欺霜奪第一。〔天師云〕噤聲。〔詩云〕江南曾爲贈游人。一枝漏泄春消息。你不知情誰知情。〔梅花云〕有桃花知情。〔天師云〕一壁有者。有勞當日神將。直日功曹。直至度索山前。玄都觀裏。勾將桃花仙來者。〔直將勾桃花上科云〕桃花仙當面。〔天師云〕兀那桃花。你知罪麼。〔桃花仙云〕我不知罪。〔天師云〕你引誘嫦娥。輒入五姓之家。纏攬良家子弟。勾至壇前。有何理說。〔桃花仙云〕我這桃花。〔詩云〕海上千年一度開。曾教仙子赴瑤臺。〔天師云〕噤聲。〔詩云〕劉阮當時成配偶。暗隨流水出天台。你不知情誰知情。〔桃花仙云〕有封十八姨雪天王知情。〔天師云〕一壁有者。有勞當日神將。直日功曹。與我勾將封十八姨雪天王來者。〔直符勾封姨雪天王上云〕封十八姨雪天王當面。〔天師云〕兀那封姨。你知罪麼。〔封姨云〕我不知罪。〔天師云〕你引誘嫦娥。輒入五姓之家。纏攬良家子弟。勾至壇前。有何理說。〔封姨云〕真人。我乃天地之正氣。有甚麼罪來。〔詩云〕我本無影無形乍颼颼。萬里浮陰一掃休。〔天師云〕噤聲。〔詩云〕顛狂柳絮隨風舞。輕薄桃花逐水流。雪天王近前。你知罪麼。〔雪神云〕吾神不知罪。〔天師云〕你引誘嫦娥。輒入五姓之家。纏攬良家子弟。勾至壇前。有何理說。〔雪神云〕此乃桂花仙子思凡。做出這等勾當。干吾神甚事。〔詩云〕三冬寒氣最嚴凝。曾伴如來大道成。〔天師云〕噤聲。〔詩云〕謾誇積雪深千丈。不及滹沱一片冰。且一壁有者。有勞當日神將。直日功曹。直至望鵠臺西。清虛府內。勾將桂花仙子來者。〔直符勾桂花仙上科云〕真人法旨快走動些。〔正旦唱〕

【正宮端正好】則被你催逼得我兩三番。喝掇得我十餘次。我不合暗約通私。怎當那驅邪院一夥天兵至。狠惡的忒如此。

〔桃花云〕桂花仙子。只爲你思凡。今日連累的我也。〔正旦云〕你也來了。〔唱〕

【滚繡毬】我只見桃花離了武陵。〔荷花云〕爲你呵。將我也好攝在此。〔正旦唱〕**荷花離了沼**

沚。〔菊花云〕你今日連累着我。却是爲何。〔正旦唱〕哎。菊花也你莫不是被西風斷送了一秋花事。〔梅花云〕你怎麽連累着我來。〔正旦唱〕哎。梅也兀的不折倒盡你這玉骨冰姿。〔雪神云〕小鬼頭。你思凡干吾神甚事。〔正旦唱〕你看那雪天王迸着一個冷臉兒。〔封姨云〕只爲你。連我也勾將來了。〔正旦唱〕十八姨顯出那惡性子。〔封姨云〕只被你累的我苦也。〔正旦唱〕俺正是聞風而至。你則待和桂花仙打一會官司。今日個風花雪月相逢日。抵多少龍虎風雲聚會時。喒須索見天師。

〔正旦見跪科〕〔直符云〕桂花仙當面。〔天師云〕兀那桂花。是你思凡來麽。〔正旦云〕是我思凡來。〔天師云〕這小鬼頭。你可早招了也。〔正旦唱〕

【倘秀才】我爲甚先吐了這招承的口詞。常言道明人不做那暗事。則俺這閉月羞花絶代姿。到如今自做出自當之。粧甚的謊子。

〔天師云〕我想陳世英。爲色事所迷。在那病患之中。不看見這個景象。怎得痊可。我如今將法力攝他魂魄前來。與桂花仙子相見者。疾。〔陳世英冲上做見正旦科云〕仙子。則被你想殺我也。〔正旦唱〕

【叫聲】見放着正名師。不是。不是胡攀指。誰教你隱藏下這個可喜的女孩兒。

〔天師云〕疾。〔陳世英下〕〔天師云〕封姨。這一樁公事。敢都是你搧的來麽。〔封姨云〕這是桂花

仙子思凡干我甚麼事。〔正旦云〕噤聲。〔唱〕

【上小樓】你休那裏便伶牙俐齒。調三幹四。說人好歹。訐人曖昧。損人行止。你可便道這個。道那個。做的不是。都揣與這廣寒宮宵奔的卓氏。

〔天師云〕莫不是你桃花打合的他來麽。〔桃花云〕桂花仙子。你自思凡。我可爲甚的來。却牽連着我那。〔正旦云〕偏你無過犯哩。〔唱〕

【石榴花】當日個天台流水泛胭脂。誰引逗的劉晨阮肇至於斯。〔天師云〕荷花。你可怎生不近前來折辯。〔荷花云〕桂花仙子。你認了罪罷。〔正旦唱〕你可也要推辭。那並頭蓮就是你過犯公私。〔天師云〕菊花。你近前與他質對者。〔菊花云〕桂花仙子。你思凡干俺甚事。〔正旦唱〕想當日陶潛爲你可便辭榮仕。在東籬下滿飲金巵。〔天師云〕梅花。你也向前對詞來。〔梅花云〕桂花仙子。你何不早早認了罪也。要累我做甚麽。〔正旦云〕偏你無過犯那。〔唱〕你道你梅花孤潔全終始。我只問那孟浩然騎的瘦驢兒。

【鬬鵪鶉】你逼得他大雪裏尋梅。險將他逡巡間凍死。〔梅花云〕論我瘦影疎枝。亭亭獨立。有那個狂蜂浪蝶。敢近的我。〔正旦唱〕偏是你瘦影疎枝。不受那蜂媒蝶使。哎。這一場月色風聲。非同造次。你也合三思。休只管說短論長。賣弄殺花兒的這葉子。

〔天師云〕封姨。你近前與他折證。〔封姨云〕兀那桂花仙子。你聽者。爲你思凡。將吾神勾至壇前。吾神春則吹花擺柳。夏則驅暑生凉。秋則飄枝墜葉。冬則糝雪飛沙。順四時不失其序。與天地並奏其功。我豈有塵凡之心。做下這等淫邪之事。〔詩云〕青蘋一點微微發。萬樹千枝和根拔。則你桂花何不早招承。把我風雪無端連累殺。〔正旦云〕偏你無那過犯來。〔唱〕

【滿庭芳】你也合心中暗思。你待把强言折證。不辯個雄雌。只你那風亭月館書名字。可不是招伏下親筆情詞。元來你全無那風流情思。也枉躭着一個風月的這名兒。〔風神云〕我有什麽過犯在那哩。〔正旦唱〕你道你便無譏刺。常記得杜少陵吟下詩。〔封姨云〕杜詩上怎麽。你只管說。真人在此。我也不賴。〔正旦唱〕可不道風雨夜來時。

〔天師云〕雪天王。你近前與他折證。〔雪神云〕小鬼頭。我有何公私過犯。真人在此。你說。〔正旦云〕我說你那過犯。你則休賴也。〔唱〕

【紅繡鞋】你守得個映雪的孫康苦志。你逼得個袁安在雪内横屍。賺得個王子猷。山陰雪夜上船時。〔雪神云〕也只爲老夫忒心慈善些兒。〔正旦唱〕你道你便忒性慢。忒心慈。你則問那藍關前韓退之。

〔雪神云〕真人問誰要招。〔天師云〕要你招。〔雪神云〕吾神則知其功。不知其罪。〔天師云〕這老匹夫則知其功。不知其罪。你有甚麽功在那裏。〔雪神云〕真人差矣。吾乃天地正神。豈比那桂花思凡。做這等淫邪之事。風神管的是春風夏雨。吾神管的是秋霜冬雪。調和鼎鼐。燮理陰陽。滋五穀。潤百草。壓障氣。兆豐年。於民有益。爲國有功。〔詩云〕我本親承帝旨把天門。今朝被你勾攝壇前折辨真。若要誤犯天條招伏狀。怎到的玉潔冰清白雪神。〔天師云〕噤聲。你道我管不得你。天仙管得你麽。〔雪神云〕管不得。〔天師云〕地仙管得你麽。〔雪神云〕管不得。〔天師云〕貧道管得你麽。〔雪神云〕你便是管得着哩。〔天師云〕噤聲。吾非濁骨。本是仙胎。祖公留下三件法寶。信香一瓣。雌雄劍二口。降妖印一顆。專管天上天下三界仙精鬼怪。魍魎邪魔。量你是一塊雪。我管不得你。怎管天上許多神將。吾今宣召天上火。地下火。山頭火。霹靂火。爐中火。將你圍在中間。立化一池黄水。老匹夫。看你招也是不招。〔雪神做慌科云〕真人。小神招伏則便了也。〔正旦唱〕

【快活三】你今日雪消也下流澌。花落也顯枯枝。猛想起賈島破風詩。和那掃雪的陶學士。

【鮑老兒】風光好題成絶妙詞。都則爲月殿裏霓裳事。端的這雪月風花四件兒。是那個偏無瑕玼〔桃花云〕只被你連累殺我也。〔正旦云〕是我帶累你來。〔唱〕我可也從頭識破。都將付與。冷笑孜孜。却不道一般兒根生土長。開花結子。帶葉連枝。

〔天師云〕一行人休少了一個。發往西池長眉仙。定罪施行。〔斷云〕忙差遣天丁帝揭。展手將情詞寫徹。桂花仙一念思凡。衆神將都遭縲絏。惡哏哏後擁前推。雄赳赳横拖倒拽。剪除他梅菊荷桃。斷送了風花雪月。〔正旦云〕謝真人勘問成了也。〔唱〕

【煞尾】謝真人勘問我赴西池對會詞。捹的個盡場兒訴出俺心間事。都向那蟠桃會上

聽仙旨。〔衆同下〕

〔陳太守上云〕有勞真人如此費心。〔天師云〕相公勿罪。陳世英的病證。不日便當痊可。貧道則今日拜辭了相公。回山中修煉去也。〔下〕〔陳太守云〕真人去了也。張千。排着果桌。直至十里長亭。與真人送行。走一遭去來。〔詩云〕白雲日日鎖嵩山。仙客乘風可更還。羽蓋霓旌看不見。唯餘法水在人間。〔下〕

〔音釋〕蝕音食　躔音纏　噀音浚　滹音呼　沱音陀　夥羅上聲　斡烏括切　訐音揭　曖音艾　逗音豆　肇音兆　逡蛆荀切　糝桑感切　鼐音奈　燮音屑　魍音罔　魎音兩　澌音斯　玼音此　縲累平聲　絏音薛　哏狠平聲　赳音九　勘坎去聲

第四折

〔長眉仙領仙童上詩云〕燦燦花光滿洞天。瓊樓寶殿啓華筵。蟠桃結果三千載。共宴長生億萬年。貧道乃是上界長眉大仙是也。自太極初分。修成正道。掌管洞天九霄之上。一切修真悟道之仙。今朝玉帝回來。覰見桂花仙子與梅菊荷桃一念思凡。引誘陳世英成病。罪犯天條。有張真人遣將牒配前來。吾親判斷。仙童。洞門前覰者。若來時報復我知道。〔仙童云〕理會得。〔正旦同衆上〕〔直符云〕行動些。〔正旦唱〕

【雙調新水令】今日個奉真人牒赴到蓬萊。則聽得奏雲璈仙音一派。想花月呵歡娛應有限。風雪呵調燮幾曾乖。惹下場横禍飛災。怎支吾這一解。

〔直符云〕仙童報復去。道有張真人牒文押將桂花仙子等在此。〔仙童報科〕〔長眉仙云〕着他過來。〔仙童云〕着過去。〔衆做見科〕〔長眉仙云〕兀那桂花仙子。你既爲上品之仙。永享逍遥之福。職居月殿。遠隔人間。你豈不聞道德爲仙家之本。清閒乃開悟之門。你何不遵守天條。却去迷惑秀士。犯此思凡之罪。押赴吾前。有何理説。〔正旦唱〕

【折桂令】這罪犯是我賤妾應該。没來由誤犯天條。私下瑶臺。却帶累花神。干連風雪。都也不伏燒埋。俺本是廣寒宫冰魂素魄。怎比那閻浮世濁骨凡胎。〔長眉仙云〕敢是你捱不過那凄凉寂寞。看上了陳秀才麽。〔正旦唱〕俺可有甚難捱。覷上喬才。屈屈的將西没東生。錯認做了夜去的這明來。

〔長眉仙云〕你既不思凡。到那陳秀才書房裏去。却是爲何。〔正旦唱〕

【雁兒落】想當日被計羅星纏作災。多感的婁金宿將咱解。這都是陳秀才能見憐。因此上俺桂花仙思酬待。

〔長眉仙云〕你既到書房中去。那淫邪之事。怕不是有的。〔正旦唱〕

【得勝令】兀那座讀書齋。須不是楚陽臺。他救我元無意。我見他有甚歹。寃哉。怎將俺這一火同禁害。訴的明白。望仙尊别處裁。

〔長眉仙云〕張真人將這椿公事送到喒這裏判斷。怎麽還饒的你。直日功曹。就與我驅到陰山左側。待罪去來。〔正旦云〕似此怎了也。〔唱〕

【川撥棹】則聽的他鬧垓垓。鬧垓垓加罪責。怎生的全没矜哀。狠下差排。貶咱到陰山口外。活活的折罰煞。

〔云〕大仙也。可憐見躭饒些兒波。〔唱〕

【七弟兄】我可也左猜。右猜。端的是爲誰來。現放着斫桂的吴剛巨斧風般快。只問他奔月的嫦娥曾否下粧臺。更和那擣藥的兔兒那日當何在。

〔長眉仙云〕罪定了。不必多説。〔直符云〕仙旨已下行動些。〔正旦唱〕

【梅花酒】呀。我待掙闔怎掙闔。也是我運拙時衰。月值年災。鬼使也那神差。〔長眉仙云〕我想陳秀才患病在牀。若不將他魂魄勾攝前來。看見這個境頭。怎得有痊可之日。疾。〔陳世英上〕小生陳世英。兀的不是桂花仙子來了也。〔正旦唱〕淹的呵下瑶階。將兩步做一步驀。呀。早轉過甚人來。是是是有情人陳秀才。他他他怎容易到天臺。敢敢敢爲着我舊情懷。待待待折桂子索和諧。怎怎怎不教我添驚怪。

〔陳世英云〕仙子。誰想小生今日還得和你相會也。〔正旦唱〕

【喜江南】兀的不是月明千里故人來。抵多少洛陽花酒一時來。你呵休猜做春風來似不曾來。〔正旦同陳世英走科唱〕喒兩個去來。〔封姨雪神喝科云〕小鬼頭那裏去。〔正旦唱〕偏撞着這滿頭風雪却回來。

〔陳世英下〕〔長眉仙云〕你一行人都跪下者。聽我判斷。〔詞云〕你原是廣寒宫娉婷仙桂。不合共陳世英暗成歡會。雖然爲救月苦往報其恩。反害他躭疾病十分憔悴。誰着你離天宫犯法違條。枉使的風花雪盡遭連累。豈不知張真人法律精嚴。早仗劍都驅在五雷壇内。一個個供下狀吐出真情。有誰敢揑虚詞半毫隱諱。據招狀桂花仙本當重譴。姑念他居月殿從無匹配。便思凡下塵世亦有可矜。仍容許伴玉兔將功折罪。一併的饒免了梅菊荷桃。衆神將俱各遣重還本位。

〔音釋〕璈音敖　魄鋪買切　白巴埋切　垓音該　煞音晒　閫齋上聲　蘱音賣　娉聘平聲　婷音亭　揑音聶　譴音遣

題目　長眉仙遣梅菊荷桃

正名　張天師斷風花雪月

趙盼兒風月救風塵雜劇

關漢卿 撰

第一折

〔冲末扮周舍上〕〔詩云〕酒肉場中三十載。花星整照二十年。一生不識柴米價。只少花錢共酒錢。自家鄭州人氏。周同知的孩兒周舍是也。自小上花臺。做子弟。這汴梁城中有一歌者。乃是宋引章。他一心待嫁我。我一心待妻他。争奈他媽兒不肯。我今做買賣回來。今日特到他家去。一來去望媽兒。二來就題這門親事。多少是好。〔正卜兒同外旦上云〕老身汴梁人氏。自身姓李。夫主姓宋。早年亡化已過。止有這箇女孩兒。叫做宋引章。俺孩兒拆白道字。頂真續麻。無般不曉。無般不會。有鄭州周舍與孩兒作伴多年。一箇要娶。一箇要嫁。只是老身謊徹梢虚。怎麽便肯。引章。那周舍親事。不是我百般板障。只怕你久後自家受苦。〔外旦云〕妳妳。不妨事。我一心則待要嫁他。〔卜兒云〕隨你隨你。〔周舍上云〕咱家周舍。來此正是他門首。只索進去。〔做見科〕〔外旦云〕周舍你來了也。〔周舍云〕我一徑的來問親事。母親如何。〔外旦云〕母親許了親事也。〔周舍云〕我見母親去。〔卜兒做見科〕〔周舍云〕母親。我一徑的來問這親事哩。〔卜兒云〕今日好日辰。我許了你。則休欺負俺孩兒。〔周舍云〕我並不敢欺負大姐。母親。把你那姊妹弟兄都請下者。我便收拾來也。〔卜兒云〕大姐。你在家執料。我去請那一輩兒老姊妹去來。〔周舍詩云〕數載間費盡精神。到今朝纔許成親。〔外旦云〕這都是天緣注定。〔卜兒云〕也還有不測風雲。〔同下〕〔外扮安秀實上詩云〕劉蕡下第千年恨。范丹守志一生貧。料得蒼天如有意。斷然不負讀書人。小生姓安名秀實。洛陽人氏。自幼頗習儒業。學成滿腹文章。只是一生不能忘情花酒。到此汴梁。有一歌者宋引章。和小生作伴。當初他要嫁我來。如今却嫁了周舍。他有個八拜交的姐姐是趙盼兒。我去與他勸一勸。有何不可。趙大姐在家麼。〔正旦扮趙盼兒上云〕妾身趙盼兒是也。聽的有人叫門。我開門看咱。〔見科云〕我道是誰。原來是妹夫。你那裏來。〔安秀實云〕我一徑的來相煩你。當初姨姨引章要嫁我來。如今却要嫁周舍。我央及你勸他一勸。〔正旦云〕當初這親事不許你來。如今又要嫁别人。端的姻緣事非同容易也呵。〔唱〕

【仙吕點絳唇】妓女追陪。覓錢一世。臨收計。怎做的百縱千隨。知重咱風流媚。

【混江龍】我想這姻緣匹配。少一時一刻强難爲。如何可意。怎的相知。怕不便脚搭着腦杓成事早。怎知他手拍着胸脯悔後遲。尋前程。覓下稍。恰便是黑海也似難尋覓。料的來人心不問。天理難欺。

【油葫蘆】姻緣簿全憑我共你。誰不待揀個稱意的。他每都揀來揀去百千回。待嫁一個老實的又怕盡世兒難成對。待嫁一個聰俊的又怕半路裏輕抛棄。遮莫向狗溺處藏。遮莫向牛屎裏堆。忽地便喫了一箇合撲地。那時節睁着眼怨他誰。

【天下樂】我想這先嫁的還不曾過幾日。早折的容也波儀。瘦似鬼。只教你難分説難告訴空淚垂。我看了些覓前程俏女娘。見了些鐵心腸男子輩。便一生裏孤眠我也直甚頹。

〔云〕妹夫。我可也待嫁個客人。有個比喻。〔安秀實云〕喻將何比。〔正旦唱〕

【那吒令】待粧個老實。學三從四德。争奈是匪妓。都三心二意。端的是那裏。是三梢末尾。俺雖居在柳陌中。花街内。可是那件兒便宜。

【鵲踏枝】俺不是賣查梨。他可也逞刀錐。一個個敗壞人倫。喬做胡爲。〔云〕但來兩三遭。不問那廝要錢。他便道這弟子敲鏝兒哩。〔唱〕但見俺有些兒不伶俐。便説是女娘家要哄騙東西。

【寄生草】他每有人愛爲娼妓。有人愛作次妻。幹家的乾落得淘閒氣。買虛的看取些羊羔利。嫁人的早中了拖刀計。他正是南頭做了北頭開。東行不見西行例。

〔云〕妹夫。你且坐一坐。我去勸他。勸的省時。你休歡喜。勸不省時。休煩惱。〔安秀實云〕我不坐了。且回家去等信罷。大姐留心者。〔下〕〔正旦做行科見外旦云〕妹子。你那裏人情去。〔外旦云〕我不人情去。我待嫁人哩。〔正旦云〕我正來與你保親。〔外旦云〕你保誰。〔正旦云〕我保安秀才。〔外旦云〕我嫁了安秀才呵。一對兒好打蓮花落。〔正旦云〕你待嫁誰。〔外旦云〕我嫁周舍。〔正旦云〕你如今嫁人。莫不還早哩。〔外旦云〕有甚麽早不早。今日也大姐。明日也大姐。出了

一包兒膿。我嫁了做一個張郎家婦。李郎家妻。立個婦名。我做鬼也風流的。〔正旦唱〕

不過男兒氣息。

【村里迓鼓】你也合三思而行。再思可矣。你如今年紀小哩。我與你慢慢的別尋個姻配。你可便宜。只守着銅斗兒家緣家計。也是你歹姐姐把衷腸話勸妹妹。我怕你受

〔云〕妹子。那做丈夫的做的子弟。做子弟的做不的丈夫。〔外旦云〕你說我聽咱。〔正旦唱〕

【元和令】做丈夫的便做不的子弟。那做子弟的他影兒裏會虚脾。那做丈夫的忒老實。

〔外旦云〕那周舍穿着一架子衣服。可也堪愛哩。〔正旦唱〕那廝雖穿着幾件虼蜋皮。人倫事曉得甚的。

〔云〕妹子。你爲甚麽就要嫁他。〔外旦云〕則爲他知重您妹子。因此要嫁他。〔正旦云〕他怎麽知重你。〔外旦云〕一年四季。夏天我好的一覺晌睡。他替你妹子打着扇。冬天替你妹子温的鋪蓋兒煖了。着你妹子歇息。但你妹子那裏人情去。穿的那一套衣服。戴的那一副頭面。替你妹子提領系。整釵鐶。只爲他這等知重。你妹子因此上一心要嫁他。〔正旦云〕你原來爲這般呵。〔唱〕

【上馬嬌】我聽的說就裏。你原來爲這的。倒引的我忍不住笑微微。你道是暑月間扇子搧着你睡。冬月間着炭火煨。那愁他寒色透重衣。

【游四門】喫飯處把匙頭挑了筋共皮。出門去提領系整衣袂。戴插頭面整梳篦。衠一

味是虚脾。女娘每不省越着迷。

【勝葫蘆】你道這子弟情腸甜似蜜。但娶到他家裏。多無半載。週年相棄擲。早努牙突嘴。拳椎脚踢。打的你哭啼啼。

【幺篇】恁時節船到江心補漏遲。煩惱怨他誰。事要前思免後悔。我也勸你不得。有朝一日。准備着搭救你塊望夫石。

〔云〕妹子。久以後你受苦呵。休來告我。〔外旦云〕我便有那該死的罪。我也不來央告你。〔周舍上云〕小的每。把這禮物擺的好看些。〔正旦云〕來的敢是周舍。那厮不言語便罷。他若但言。着他吃我幾嘴好的。〔周舍云〕那壁姨姨敢是趙盼兒麽。〔正旦云〕然也。〔周舍云〕請姨姨吃些茶飯波。〔正旦云〕你請我家裏餓皮臉。也揭了鍋兒底。窨子裏秋月。不曾見這等食。〔周舍云〕央及姨姨保門親事。〔正旦云〕你着我保誰。〔周舍云〕保宋引章。〔正旦云〕你着我保宋引章那些兒。保他那針指油麪。刺繡鋪房。大裁小剪。生兒長女。〔周舍云〕這歪刺骨好歹嘴也。我已成了事。不索央你。〔正旦云〕我去罷。〔做出門科〕〔安秀實上云〕姨姨勸的引章如何。〔正旦云〕不濟事了也。〔安秀實云〕這等呵。我上朝求官應舉去罷。〔正旦云〕你且休去。我有用你處哩。〔安秀實云〕依着姨姨説。我且在客店中安下。看你怎麽發付我。〔下〕〔正旦唱〕

【賺煞】這妮子是狐魅人女妖精。纏郎君天魔祟。則他那褌兒裏休猜做有腿。吐下鮮紅血則當做蘇木水。耳邊休採那等閒食。那的是最容易剜眼睛嫌的。則除是親近着他便歡喜。〔帶云〕着他疾省呵。〔唱〕哎。你個雙郎子弟。安排下金冠霞帔。〔帶云〕一個夫人來到手兒裏了。〔唱〕却則爲三千張茶引嫁了馮魁。〔下〕

〔周舍云〕辭了母親。着大姐上轎。回喒鄭州去來。〔詩云〕纔出娼家門。便作良家婦。〔外旦詩云〕只怕吃了良家虧。還想娼家做。〔同下〕

〔音釋〕蕡音焚　杓繩昭切　覓忙閉切　的音底　溺尼叫切　日人智切　實繩知切　德當美切　息喪擠切　乞音乞　蜋音郎　系音戲　篦邦迷切　衕音肫　密忙閉切　踢音體　得當美切　石繩知切　窨音蔭　魅音妹　祟音歲　食繩知切　剜碗平聲　帔音備

第二折

〔周舍同外旦上云〕自家周舍是也。我騎馬一世。驢背上失了一脚。我爲娶這婦人呵。整整磨了半截舌頭。纔成得事。如今着這婦人上了轎。我騎了馬。離了汴京。來到鄭州。讓他轎子在頭裏走。怕那一般的舍人説周舍娶了宋引章。被人笑話。則見那轎子一晃一晃的。我向前打那擡轎的小厮道。你這等欺我。舉起鞭子就打。問他道。你走便走。晃怎麽。那小厮道。不干我事。妳妳在裏邊不知做甚麽。我揭起轎簾一看。則見他精赤條條的在裏面打筋斗。來到家中。我説你套一牀被我蓋。我到房裏。只見被子倒高似牀。我便叫那婦人在那裏。則聽的被子裏荅應道。周舍。我在被子裏面哩。我道在被子裏面做甚麽。他道我套綿子。把我翻在裏頭了。我拿起棍來恰待要打。他道。周舍打我不打緊。休打了隔壁王婆婆。我道好也。把鄰舍都翻在被裏面。〔外旦云〕我那裏有這等事。〔周舍云〕我也説不得這許多。兀那賤人。我手裏有打殺的。無有買休賣休的。且等我吃酒去。回來慢慢的打你。〔下〕〔外旦云〕不信好人言。必有恓惶事。當初趙家姐姐勸我不聽。果然進的門來。打了我五十殺威棒。朝打暮罵。怕不死在他手裏。我這隔壁有個王貨郎。他如今去汴梁做買賣。我寫一封書稍將去。着俺母親和趙家姐姐來救我。若來遲了。我無那活的人也。天那。只被你打殺我也。〔下〕〔卜兒哭上云〕自家宋引章的母親便是。有我女孩兒從嫁了周舍。昨日王貨郎寄信來。上寫着道從到他家進門。打了五十殺威棒。如今朝打暮罵。看看至死。可急急央趙家姐姐來救我。我拿着書去與趙家姐姐説知。怎生救他去。引章孩兒。則被你痛殺我也。〔下〕〔正旦上云〕自家趙盼兒。我想這門衣飯。幾時是了也呵。〔唱〕

【商調集賢賓】咱這幾年來待嫁人心事有。聽的道誰揭債誰買休。他每待强巴劫深宅大院。怎知道摧折了舞榭歌樓。一個個眼張狂似漏了綱的游魚。一個個嘴盧都似跌了彈的斑鳩。御園中可不道是栽路柳。好人家怎容這等娼優。他每初時間有些實意。臨老也没回頭。

【逍遥樂】那一個不因循成就。那一個不頃刻前程。那一個不等閒間罷手他每一做一個水上浮漚。和爺娘結下不厮見的冤讎。恰便似日月參辰和卯酉。正中那男兒機彀。他使那千般貞烈。萬種恩情。到如今一筆都勾

〔卜兒上云〕這是他門首。我索過去。〔做見科云〕大姐。煩惱殺我也。〔正旦云〕妳妳。你爲甚麽這般啼哭。〔卜兒云〕好教大姐知道。引章不聽你勸。嫁了周舍。進門去打了五十殺威棒。如今打的看看至死。不久身亡。姐姐怎生是好。〔正旦云〕呀。引章吃打了也。〔唱〕

【金菊香】想當日他暗成公事只怕不相投。我作念你的言詞今日都應口。則你那去時恰便似去秋。他本是薄倖的班頭。還説道有恩愛結綢繆。

【醋葫蘆】你鋪排着鴛衾和鳳幬。指望效天長共地久。驀入門知滋味便合休。幾番家眼睜睜打乾净待離了我這手。〔帶云〕趙盼兒〔唱〕你做的個見死不救。可不羞殺桃園中殺白馬宰烏牛。

〔云〕既然是這般呵。誰着你嫁他來。〔卜兒云〕大姐。周舍説誓來。〔正旦唱〕

【幺篇】那一個不嗲可可道横死亡。那一個不實丕丕拔了短籌。則你這亞仙子母老實頭。普天下愛女娘的子弟口。〔帶云〕妳妳。不則周舍説謊也。〔唱〕那一個不指皇天各般説咒。恰似秋風過耳早休休。

〔卜兒云〕姐姐。怎生搭救引章孩兒。〔正旦云〕妳妳。我有兩個壓被的銀子。咱兩個拿着買休去來。〔卜兒云〕他説來則有打死的。無有買休賣休的。〔正旦尋思科做與卜耳語科云〕則除是這般。〔卜兒云〕可是中也不中。〔正旦云〕不妨事。將書來我看。〔卜遞書科正旦念云〕引章拜上姐姐并妳妳。當初不信好人之言。果有恓惶之事。進得他門。便打我五十殺威棒。如今朝打暮罵。禁持不過。你來的早。還得見我。來得遲呵。不能勾見我面了。只此拜上。妹子也。當初誰教你做這事來。〔唱〕

【幺篇】想當初有憂呵同共憂。有愁呵一處愁。他道是殘生早晚喪荒坵。做了個游街野巷村務酒。你道是百年之後。〔云〕妹子也。你不道來這個也大姐。那個也大姐。出了一包膿。不如嫁個張郎婦李郎妻。〔唱〕立一個婦名兒做鬼也風流。

〔云〕妳妳。那寄書的人去了不曾。〔卜兒云〕還不曾去哩。〔正旦云〕我寫一封書。寄與引章去。

〔做寫科〕〔唱〕

【後庭花】我將這情書親自修。教他把天機休泄漏。傳示與休莽戇收心的女。拜上你渾身疼的歹事頭。〔帶云〕引章。我怎的勸你來。〔唱〕你好沒來由。遭他毒手。無情的棍棒抽。赤津津鮮血流。逐朝家如暴囚。怕不將性命丟。況家鄉隔鄭州。有誰人相睬瞅。空這般出盡醜。

〔卜兒哭科云〕我那女孩兒。那裏打熬得過。大姐。你可怎生的救他一救。〔正旦云〕妳妳放心。

〔唱〕

【柳葉兒】則教你怎生消受。我索合再做個機謀。把這雲鬟蟬鬢粧梳就〔帶云〕還再穿上些錦繡衣服。〔唱〕珊瑚鈎。芙蓉扣。扭捏的身子兒別樣嬌柔。

【雙雁兒】我着這粉臉兒搭救你女骷髏。割捨的一不做二不休。拚了個由他咒也波咒。不是我說大口。怎出得我這烟月手。

〔卜兒云〕姐姐到那裏子細着。〔哭科云〕孩兒。則被你煩惱殺了我也。〔正旦唱〕

【浪裏來煞】你收拾了心上憂。你展放了眉間皺。我直着花葉不損覓歸秋。那廝愛女娘的心見的便似驢共狗。賣弄他玲瓏剔透。〔云〕我到那裏。三言兩句。肯寫休書。萬事俱休。若是不肯寫休書。我將他掐一掐。拈一拈。摟一摟。抱一抱。着那廝通身酥。遍體麻。將他鼻凹兒抹上一塊砂糖。着那廝㖭又㖭不着。吃又吃不着。賺得那廝寫了休書。引章將的休書來。淹的撇了。我這裏出了門兒。〔唱〕可不是一場風月我着那漢一時休。〔下〕

〔音釋〕晃音謊　宅池齋切　漚音歐　驀音陌　嗲參上聲　戇音狀　暴音僕　瞅音揪　骷音枯　髏音婁　凹汪卦切　㖭音忝　賺音湛

第三折

〔周舍同店小二上詩云〕萬事分已定。浮生空自忙。無非花共酒。惱亂我心腸。店小二。我着你開着這個客店。我那裏希罕你那房錢養家。不問官妓私科子。只等有好的來你客店裏。你便來叫我。〔小二云〕我知道。只是你脚頭亂。一時間那裏尋你去。〔周舍云〕你來粉房裏尋我。〔小二云〕粉房裏没有呵。〔周舍云〕賭房裏來尋。〔小二云〕賭房裏没有呵。〔周舍云〕牢房裏來尋。〔下〕〔丑扮小閒挑籠上〕〔詩云〕釘靴雨傘爲活計。偷寒送煖作營生。不是閒人閒不得。及至得了閒時又閒不成。自家張小閒的便是。平生做不的買賣。止是與歌者姐姐每叫些人。兩頭往來。傳消寄信都是我。這裏有個大姐趙盼兒。着我收拾兩箱子衣服行李。往鄭州去。都收拾停當了。請姐姐上馬。〔正旦上云〕小閒。我這等打扮。可衝動得那厮麼。〔小閒做倒科〕〔正旦云〕你做甚麽哩。〔小閒云〕休道衝動那厮。這一會兒連小閒也酥倒了。〔正旦唱〕

【正宫端正好】則爲他滿懷愁。心間悶。做的個進退無門。那婆娘家一湧性無思忖。我可也强打入迷魂陣。

【滚繡毬】我這裏微微的把氣噴。輸個姓因。怎不教那厮背槽抛糞。更做道普天下無他這等郎君。想着容易情忒獻勤。幾番家待要不問。第一來我則是可憐見無主娘親。第二來是我慣曾爲旅偏憐客。第三來也是我自己貪杯惜醉人。到那裏呵也索費些精神。

〔云〕説話之間。早來到鄭州地方了。小閒接了馬者。且在柳陰下歇一歇咱。〔小閒云〕我知道。〔正旦云〕小閒。喒閒口論閒話。這好人家好舉止。惡人家惡家法。〔小閒云〕姐姐。你説我聽。〔正旦唱〕

【倘秀才】縣君的則是縣君。妓人的則是妓人。怕不扭揑着身子鶱入他門。怎禁他使數的。到支分。背地裏暗忍。

【滾繡毬】那好人家將粉撲兒淺淡匀。那裏像咱乾茨臘手搶着粉。好人家將那篦梳兒慢慢地鋪鬢。那裏像咱解了那襻胸帶下頦上勒一道深痕。好人家知個遠近。覷個向順。衠一味良人家風韻。那裏像咱們恰便似空房中鎖定個猢猻。有那千般不實喬軀老。有萬種虛囂歹議論。斷不了風塵。

〔小閒云〕這裏一個客店。姐姐好住下罷。〔正旦云〕叫店家來。〔店小二見科〕〔正旦云〕小二哥。你打掃一間乾净房兒。放下行李。你與我請將周舍來。説我在這裏久等多時也。〔小二云〕我知道。〔做行叫科云〕小哥在那裏。〔周舍上云〕店小二。有甚麼事。〔小二云〕店裏有個好女子請你哩。〔周舍云〕咱和你就去來。〔做見科云〕是好一個科子也。〔正旦云〕周舍你來了也。〔唱〕

【幺篇】俺那妹子兒有見聞。可有福分。擡舉的個丈夫俊上添俊。年紀兒恰正青春。

〔周舍云〕我那裏曾見你來。我在客火裏。你彈着一架箏。我不與了你個褐色紬段兒。〔正旦云〕小的你可見來。〔小閒云〕不曾見他有甚麼褐色紬段兒。〔周舍云〕哦。早起杭州散了。趕到陝西。客火裏吃酒。我不與了大姐一分飯來。〔正旦云〕小的每。你可見來。〔小閒云〕我不曾見。〔正旦唱〕你則是忒現新。忒忘昏。更做道你眼鈍。那唱詞話的有兩句留文。咱也曾武陵溪畔曾相識。今日佯推不認人。我爲你斷夢勞魂。

〔周舍云〕我想起來了。你敢是趙盼兒麽。〔正旦云〕然也。〔周舍云〕你是趙盼兒。好。好。當初破親也是你來。小二。關了店門。則打這小閒。〔小閒云〕你休要打我。俺姐姐將着錦繡衣服。一房一卧來嫁你。你倒打我。〔正旦云〕周舍。你坐下。你聽我説。你在南京時。人説你周舍名字。説的我耳滿鼻滿的。則是不曾見你。後得見你呵。害的我不茶不飯。只是思想着你。聽的你娶了宋引章。教我如何不惱。周舍。我待嫁你。你却着我保親。〔唱〕

【倘秀才】我當初倚大呵粧儇主婚。怎知我嫉妬呵特故裏破親。你這厮外相兒通疎就裏村。你今日結婚姻。喒就肯罷論。

〔云〕我好意將着車輛鞍馬奩房來尋你。你剗地將我打駡。小閒攔回車兒。喒家去來。〔周舍云〕早知姐姐來嫁我。我怎肯打舅舅。〔正旦云〕你真個不知道。你既不知。你休出店門。只守着我坐下。〔周舍云〕你説一兩日。就是一兩年。您兒也坐的將去。〔外旦上云〕周舍兩三日不家去。我尋到這店門首。我試看咱。原來是趙盼兒和周舍坐哩。兀那老弟子不識羞。直趕到這裏來。周舍。你再不要來家。等你來時。我拿一把刀子。你拿一把刀子。和你一遞一刀子截哩。〔下〕〔周舍取棍科云〕我和你搶生吃哩。不是妳妳在這裏。我打殺你。〔正旦唱〕

【脱布衫】我更是的不待饒人。我爲甚不敢明聞。肋底下插柴自穩怎見你便打他一頓。

【小梁州】可不道一夜夫妻百夜恩。你可便息怒停嗔。你村時節背地裏使些村。對着我合思忖。那一個雙同叔打殺俏紅裙。

【幺篇】則見他惡哏哏摸按着無情棍。便有火性的不似你個郎君。〔云〕你拿着偌粗的棍棒。倘或打殺他呵。可怎了。〔周舍云〕丈夫打殺老婆。不該償命。〔正旦云〕這等説誰敢嫁你。〔背唱〕我假意兒瞞。虚科兒噴。着這廝有家難奔妹子也你試看咱風月救風塵。

〔云〕周舍。你好道兒。你這裏坐着。點的你媳婦來罵我這一場。小閒。攔回車兒。咱回去來。〔周舍云〕好。妳妳。請坐。我不知道他來。我若知道他來。我就該死。〔正旦云〕你真個不曾使他來。這妮子不賢惠。打一棒快毬子。你捨的宋引章。我一發嫁你。〔周舍云〕我到家裏就休了他。〔背云〕且慢着。那個婦人是我平日間打怕的。若與了一紙休書。那婦人就一道煙去了。這婆娘他若是不嫁我呵。可不弄的尖擔兩頭脱。休的造次。把這婆娘摇撼的實着。〔向旦云〕妳妳。您孩兒肚腸是驢馬的見識。我今家去把媳婦休了呵。妳妳你把肉弔窗兒放下來。可不嫁我。做的個尖擔兩頭脱。妳妳。你説下個誓着。〔正旦云〕周舍。你真個要我賭咒。你若休了媳婦。我不嫁你呵。我着堂子裏馬踏殺。燈草打折臁兒骨。你逼的我賭這般重咒哩。〔周舍云〕小二將酒來。〔正旦云〕休買酒。我車兒上有十瓶酒哩。〔周舍云〕還要買羊。〔正旦云〕休買羊。我車上有個熟羊哩。〔周舍云〕好好好。待我買紅去。〔正旦云〕休買紅。我箱子裏有一對大紅羅。周舍。你争甚麽那。你的便是我的。我的就是你的。〔唱〕

【二煞】則這緊的到頭終是緊。親的原來只是親。憑着我花朵兒身軀。笋條兒年紀。

爲這錦片兒前程。倒賠了幾錠兒花銀。捹着個十米九糠。問甚麽兩婦三妻。受了些萬苦千辛。我着人頭上氣忍不枉了一世做郎君。

【黄鍾尾】你窮殺呵甘心守分捱貧困。你富呵休笑我飽煖生淫惹議論。您心中覷個意順。但休了你這眼下人。不要你錢財使半文。早是我走將來自上門。家業家私待你六親。肥馬輕裘待你一身。倒貼了奩房和你爲眷姻。〔云〕我若還嫁了你。我不比那宋引章。針指油麵。刺繡鋪房。大裁小剪。都不曉得一些兒的。〔唱〕我將你寫了的休書正了本。〔同下〕

〔音釋〕茨音慈　襻音盼　頦音孩　囂音梟　儇呼關切　匳音廉　剗音産　哏狠平聲　迸本去聲　撼含上聲　嗛音廉

第四折

〔外旦上云〕這些時周舍敢待來也。〔周舍上見科〕〔外旦云〕周舍。你要吃甚麽茶飯。〔周舍做怒科云〕好也。將紙筆來。寫與你一紙休書。你快走。〔外旦接休書不走科云〕我有甚麽不是。你休了我。〔周舍云〕你還在這裏。你快走。〔外旦云〕你真個休了我。你當初要我時。怎麽樣説來。你這負心漢。害天災的。你要去我偏不去。〔周舍推出門科〕〔外旦云〕我出的這門來。周舍。你好癡也。趙盼兒姐姐。你好强也。我將着這休書直至店中尋姐姐去來。〔下〕〔周舍云〕這賤人去了。我到店中娶那婦人去。〔做到店科叫云〕店小二。恰纔來的那婦人在那裏。〔小二云〕你剛出門。他也上馬去了。〔周舍云〕倒着他道兒了。將馬來我趕將他去。〔小二云〕馬揣駒了。〔周舍云〕鞁騾子。〔小二云〕騾子漏蹄。〔周舍云〕這等我步行趕將他去。〔小二云〕我也趕他去。〔同下〕〔旦同外旦上〕〔外旦云〕若不是姐姐。我怎能勾出的這門也。〔正旦云〕走走走。〔唱〕

【雙調新水令】笑吟吟案板似寫着休書。則俺這脱空的故人何處。賣弄他能愛女。有權術。怎禁那得勝葫蘆。説到有九千句。

〔云〕引章。你將那休書來與我看咱。〔外旦付休書〕〔正旦換科云〕引章。你再要嫁人時。全憑這一張紙是個照證。你收好者。〔外旦接科〕〔周舍趕上喝云〕賤人那裏去。宋引章。你是我的老婆。如何逃走。〔外旦云〕周舍。你與了我休書。趕出我來了。〔周舍云〕休書上手模印五個指頭。那裏四個指頭的是休書。〔外旦展看周奪咬碎科〕〔外旦云〕姐姐。周舍咬了我的休書也。〔旦上救科〕〔周舍云〕你也是我的老婆。〔正旦云〕我怎麽是你的老婆。〔周舍云〕你吃了我的酒來。〔正旦云〕我車上有十瓶好酒。怎麽是你的。〔周舍云〕你可受我的羊來。〔正旦云〕我自有一隻熟羊。怎麽是你的。〔周舍云〕你受我的紅定來。〔正旦云〕我自有大紅羅。怎麽是你的。〔唱〕

【喬牌兒】酒和羊車上物。大紅羅自將去。你一心淫濫無是處。要將人白賴取。

〔周舍云〕你曾説過誓嫁我來。〔正旦唱〕

【慶東原】俺須是賣空虚。憑着那説來的言咒誓爲活路。〔帶云〕怕你不信呵。〔唱〕偏花街請到娼家女。那一箇不對着明香寶燭。那一箇不指着皇天后土。那一箇不賭着鬼戮神誅。若信這咒盟言。早死的絶門户。

〔云〕引章妹子。你跟將他去。〔外旦怕科云〕姐姐。跟了他去就是死。〔正旦唱〕

【落梅風】則爲你無思慮。忒模糊。〔周舍云〕休書已毁了。你不跟我去待怎麽。〔外旦怕科〕

〔正旦云〕妹子休慌莫怕。咬碎的是假休書。〔唱〕我特故抄與你個休書題目。我跟前見放着這親模。〔周舍奪科〕〔正旦唱〕便有九頭牛也拽不出去。

〔周扯二旦科云〕明有王法。我和你告官去來。〔同下〕〔外扮孤引張千上〕〔詩云〕聲名德化九重聞。良夜家家不閉門。雨後有人耕緑野。月明無犬吠花村。小官鄭州守李公弼是也。今日升起早衙。斷理些公事。張千。喝攛箱。〔張千云〕理會的。〔周舍同二旦卜兒上〕〔周叫云〕寃屈也。〔孤云〕告甚麽事。〔周舍云〕大人可憐見。混賴我媳婦。〔孤云〕誰混賴你的媳婦。〔周舍云〕是趙盼兒設計混賴我媳婦宋引章。〔孤云〕那婦人怎麽説。〔正旦云〕宋引章是有丈夫的。被周舍强佔爲妻。昨日又與了休書。怎麽是小婦人混賴他的。〔唱〕

【雁兒落】這廝心狠毒。這廝家豪富。衠一味虚肚腸。不踏着實途路。

【得勝令】宋引章有親夫。他强占作家屬。淫亂心情歹。兇頑膽氣粗。無徒。到處裏胡爲做。現放着休書。望恩官明鑒取。

〔安秀實上云〕適纔趙盼兒使人來說。宋引章已有休書了。你快告官去。便好取他。這裏是衙門首。不免高叫道冤屈也。〔孤云〕衙門外誰鬧。拿過來。〔張千拏入科云〕告人當面。〔孤云〕你告誰來。〔安秀實云〕我安秀實聘下宋引章。被鄭州周舍强奪爲妻。乞大人做主咱。〔孤云〕誰是保親。〔安秀實云〕是趙盼兒。〔孤云〕趙盼兒。你說宋引章原有丈夫。是誰。〔正旦云〕正是這安秀才。〔唱〕

【沽美酒】他幼年間便習儒。腹隱着九經書。又是俺共里同村一處居。接受了釵環財物。明是個良人婦。

〔孤云〕趙盼兒。我問你。這保親的委是你麽。〔正旦云〕是小婦人。〔唱〕

【太平令】現放着保親的堪爲憑據。怎當他搶親的百計虧圖。那裏是明婚正娶。公然的傷風敗俗。今日個訴與太府做主。可憐見斷他夫妻完聚。

〔孤云〕周舍。那宋引章明明有丈夫的。你怎生還賴是你的妻子。若不看你父親面上。送你有司問罪。您一行人聽我下斷。周舍杖六十。與民一體當差。宋引章仍歸安秀才爲妻。趙盼兒等寧家住坐。〔詞云〕只爲老虔婆愛賄貪錢。趙盼兒細說根原。呆周舍不安本業。安秀才夫婦團圓。〔衆叩謝科〕〔正旦唱〕

【收尾】對恩官一一說緣故。分剖開貪夫怨女。麵糊盆再休說死生交。風月所重諧燕鶯侶。

〔音釋〕鞁音備　術繩朱切　物音務　目音暮　攛粗酸切　屬繩朱切　做租去聲　俗詞疽切　呆音諧

題目　安秀才花柳成花燭

正名　趙盼兒風月救風塵

東堂老勸破家子弟雜劇

秦簡夫撰

楔子

〔冲末扮趙國器扶病引浄揚州奴旦兒翠哥上〕〔趙國器云〕老夫姓趙名國器。祖貫東平府人氏。因做商賈。到此揚州東門裏牌樓巷居住。嫡親的四口兒家屬。渾家李氏。不幸早年下世。所生一子。就喚做揚州奴。娶的媳婦兒也姓李。是李節使的女孩兒。名喚翠哥。自娶到老夫家中。這孩兒裏言不出。外言不入。甚是賢達。想老夫幼年間做商賈。早起晚眠。積儹成這個家業。指望這孩兒久遠營運。不想他成人已來。與他娶妻之後。只伴着那一夥狂朋怪友。飲酒非爲。吃穿衣飯。不着家業。老夫耳聞眼覩。非止一端。因而憂悶成疾。晝夜無眠。眼見的覷天遠。入地近。無那活的人也。老夫一死之後。這孩兒必敗我家。枉惹後人談論。我這東鄰有一居士。姓李名實。字茂卿。此人平昔與人寡合。有古君子之風。人皆呼爲東堂老子。和老夫結交甚厚。他小老夫兩歲。我爲兄。他爲弟。結交三十載。並無離間之語。又有一件。茂卿妻恰好與老夫同姓。老夫妻與茂卿同姓。所以親家往來。勝如骨肉。我如今請過他來。將這託孤的事。要他替我分憂。未知肯否何如。揚州奴那裏。〔揚州奴應科云〕你喚我怎麽。老人家。你那病癥則管裏叫人的小名兒。各人也有幾歲年紀。這般叫可不折了你。〔趙國器云〕你去請將李家叔叔來。我有説的話。

〔揚州奴云〕知道。下次小的每。隔壁請東堂老叔叔來。〔趙國器云〕我着你去。〔揚州奴云〕着我去。則隔的一重壁。直起動我走這遭兒。〔趙國器云〕你怎生又使別人去。〔揚州奴云〕我去我去。你休鬧。下次小的每。鞁馬。〔趙國器云〕只隔的箇壁兒。怎要騎馬去。〔揚州奴云〕也着你做我的爹哩。你偏不知我的性兒。上茅厠去也騎馬哩。〔趙國器云〕你看這廝。〔揚州奴云〕我去我去。又是我氣着你也。出的這門來。這裏也無人。這個是我的父親。他不曾說一句話。我直挺的他脚稍天。這隔壁東堂老叔叔。他和我是各白世人。他不曾見我便罷。他見了我呵。他叫我一聲揚州奴。哎喲。諕得我喪膽亡魂。不知怎生的是這等怕他。說話之間。早到他家門首。〔做咳嗽科〕叔叔在家麽。〔正末扮東堂老上云〕門首是誰喚門。〔揚州奴云〕是你孩兒揚州奴。〔正末云〕你來怎麽。〔揚州奴云〕父親着揚州奴請叔叔。不知有甚事。〔正末云〕你先去。我就來了。〔揚州奴云〕〔下〕〔正末云〕老夫姓李名實。字茂卿。今年五十八歲。本貫東平府人氏。因做買賣。流落在揚州東門裏牌樓巷居住。老夫幼年也曾看幾行經書。自號東堂居士。如今老了。人就叫我做東堂老子。我西家趙國器。比老夫長二歲。元是同鄉。又同流寓在此。一向通家往來。已經三十餘載。近日趙兄染其疾病。不知有甚事。着揚州奴來請。我恰好也要去探望他。早已來到門首。揚州奴。你報與父親知道。說我到了也。〔揚州奴做報科云〕請的李家叔叔在門首哩。〔趙國器云〕道有請。〔正末做見科云〕老兄染病。小弟連日窮忙。有失探望。勿罪勿罪。〔趙國器云〕請坐。〔正末云〕老兄病體如何。〔趙國器云〕老夫這病。則有添無有減。眼見的無那活的人也。〔正末云〕曾請良醫來醫治也不曾。〔趙國器云〕晦。老夫不曾延醫。居士與老夫最是契厚。請猜我這病癥咱。〔正末云〕老兄着小弟猜這病癥。莫不是害風寒暑濕麼。〔趙國器云〕不是。〔正末云〕莫不是爲饑飽勞逸麼。〔趙國器云〕也不是。〔正末云〕莫不是爲些憂愁思慮麼。〔趙國器云〕哎喲。這纔叫做知心之友。我這病正從憂愁思慮得來的。〔正末云〕老兄差矣。你負郭有田千頃。城中有油磨坊。解典庫。有兒有婦。是揚州點一點二的財主。有甚麽不足。索這般深思遠慮那。〔趙國器云〕晦。居士不知。正爲不肖子揚州奴自成人已來。與他娶妻之後。他合着那夥狂朋怪友。飲酒非爲。日後必然敗我家業。因此上憂濍成病。豈是良醫調治得的。〔正末云〕老兄過慮。豈不聞邵堯夫戒子伯温曰。我欲教汝爲大賢。未知天意肯從否。父在觀其志。父没觀其行。父母與子孫成家立計。是父母盡己之心。久以後成人不成人。是在于他。父母怎管的他到底。老兄這般焦心苦思。也是乾落得的。〔趙國器云〕雖然如此。莫説父子之情。不能割捨。老夫一生辛勤。掙這銅斗兒家計。等他這般廢敗。便死在九泉也不瞑目。今日請居士來。别無叮囑。欲將托孤一事。專靠在居士身上。照顧這不肖。免至流落。老夫啣環結草之報。斷不敢忘。〔正末起身科云〕老兄重托。本不敢辭。但一者老兄壽算綿遠。二者小弟才德俱薄。又非服制之親。揚州奴未必肯聽教訓。三者老兄家緣饒富。瓜田不納履。李下不整冠。請老兄另托高賢。小弟告回。〔趙國器云〕揚州奴當住叔叔咱。居士何故推托如此。豈不聞可以托六尺之孤。可以寄百里之命。老夫與居士。通家往來。三十餘年。情同膠漆。分若陳雷。今病勢如此。命在須臾。料居士素德雅望。必能不負所請。故敢托妻寄子。居士。你平日這許多慷慨氣節。都歸何處。道不的個見義不爲無勇也。〔做跪正末回跪科云〕呀。老兄怎便下如此重禮。則是小弟承當不起。老兄請起。小弟依允便了。〔趙國器云〕揚州奴。擡過卓兒來者。〔揚州奴云〕下次小的每。掇一張卓兒過來着。〔趙國器云〕我使你。你可使别人。〔揚州奴云〕我掇我掇。你這一夥弟子孩兒們。緊關裏叫個使一使。都走得無一個。這老兒若有些好歹。都是我手下賣了的。〔做掇卓兒科云〕哎喲。我長了三十歲。幾曾掇卓兒。偏生的偌大沉重。〔做放卓科〕〔趙國器云〕將過紙墨筆硯來。〔揚州奴云〕紙墨筆硯在此。〔趙國器做寫科云〕這張文書。我已寫了。我就畫個字。揚州奴你近前來。這紙上你與我正點背畫個字者。〔揚州奴云〕你着我正點背畫。我又無罪過。正不知寫着甚麽來。兩手搦得緊緊的。怕我偷吃了。〔做畫字科云〕字也畫了。你敢待賣我麽。〔正末云〕你父親則不待要賣了你待怎生。〔趙國器云〕這張文書。請居士收執者。〔又跪〕〔正末收科〕〔趙國器云〕揚州奴。請你叔叔坐下者。就唤你媳婦出來。〔揚州奴云〕叔叔現坐着哩。大嫂你出來。〔旦兒上科〕〔趙國器云〕揚州奴。你和媳婦兒拜你叔父八拜。〔揚州奴云〕着我拜。又不是冬年節下。拜甚麽。〔正末云〕揚州奴。我和你争拜那。〔揚州奴云〕叔叔休道着我拜八拜。終日見叔叔拜。有甚麽多了處。〔旦兒云〕只依着父親拜叔叔咱。〔揚州奴云〕閉了嘴。没你説話。靠後喒拜。喒拜。〔做拜科云〕一拜權爲八拜。〔起身做整衣科云〕叔叔家裏嬸子好麽。〔正末怒云〕哏。〔揚州奴云〕這老子越狠了也。〔正末云〕揚州奴。你父親是甚麽病。〔揚州奴云〕您孩兒不知道。〔正末云〕噤聲。你父親病及半年。你剗地不知道。你豈不知父病子當主之。〔揚州奴云〕叔叔息怒。父親的癥候。您孩兒待説不知來。可怎麽不知。待説知道來。可也忖量不定。只見他坐了睡。睡了坐。敢是欠活動些。〔正末云〕揚州奴。你父親立與我的文書上。寫着的甚麽哩。〔揚州奴云〕您孩兒不知。〔正末云〕你既不知。你可怎生正點背畫字來。〔揚州奴云〕父親着您孩兒畫。您孩兒不敢不畫。〔正末云〕既是不知。你兩口兒近前來。聽我説與你。想你父親生下你來。長立成人。娶妻之後。你伴着狂朋怪友。飲酒非爲。不務家業。憂而成病。文書上寫着道。揚州奴所行之事。不曾禀問叔父李茂卿。不許行。假若不依叔父教訓。打死勿論。你父親許着俺打死你哩。〔揚州奴做打悲科云〕父親。你好下的也。怎生着人打死我那。〔趙國器云〕兒也。也是我出于無奈。〔正末云〕老兄免憂慮。揚州奴斷然不敢了也。〔唱〕

【仙吕賞花時】爲兒女擔憂鬢已絲。爲家貲身亡心未死。將這把業骨頭常好是費神思。既老兄托妻也那寄子。〔帶云〕老兄免憂慮。〔唱〕**我着你終有箇稱心時。**〔下〕〔揚州奴做扶趙國器科云〕大嫂。這一會兒父親面色不好。扶着後堂中去。父親你精細着。〔趙國器云〕揚州奴。你如今成人長大。管領家私。照覷家小。省使儉用。我眼見的無那活的人也。〔詩云〕只爲生兒性太庸。日夜憂愁一命終。若要趨庭承教訓。則除夢裏再相逢。〔同下〕

〔音釋〕鞁音備　濍音悶　搦女卓切　剗音産

第一折

〔丑扮賣茶上詩云〕茶迎三島客。湯送五湖賓。不將可口味。難近使錢人。小可是賣茶的。今日燒得這鏇鍋兒熱了。看有甚麼人來。〔净扮柳隆卿胡子傳上〕〔柳隆卿詩云〕不養蠶桑不種田。全憑馬扁度流年。〔胡子傳詩云〕爲甚侵晨奔到晚。幾箇忙忙少我錢。〔柳隆卿云〕自家柳隆卿。兄弟胡子傳。我兩個不會做甚麼營生買賣。全憑這張嘴抹過日子。在城有一個趙小哥揚州奴。自從和俺兩個拜爲兄弟。他的勾當。都憑我兩個。他無我兩個。茶也不吃。飯也不吃。俺兩個若不是他呵。也都是餓死的。〔胡子傳云〕哥。則我老婆的褲子也是他的。哥的網兒也是他的。〔柳隆卿云〕哎喲。壞了我的頭也。〔胡子傳云〕哥。我們兩個吃穿衣飯。那一件兒不是他的。我這幾日不曾見他。就弄得我手裏都焦乾了。哥。喒茶房裏尋他去。若尋見他。酒也有。肉也有。吃不了的。還包了家去與我渾家吃哩。〔柳隆卿做見賣茶科云〕兄弟説得是。賣茶的。趙小哥曾來麽。〔賣茶云〕趙小哥不曾來哩。〔柳隆卿云〕你與我看着。等他來時。對俺兩個説。俺兩個且不吃茶哩。〔賣茶云〕理會的。趙小哥早來了。〔揚州奴上詩云〕四肢八脈剛帶俏。五臟六腑却無才。村入骨頭挑不出。俏從胎裏帶將來。自家揚州奴的便是。人口順多唤我做趙小哥。自從我父親亡化了。過日月好疾也。可早十年光景。把那家緣過活金銀珠翠。古董氍器。田產物業。孳畜牛羊。油磨房。解典庫。丫鬟奴僕。典盡賣絶。都使得無了也。我平日間使慣了的手。吃慣了的口。一二日不使得幾十箇銀子呵也過不去。我結交了兩個兄弟。一個是柳隆卿。一個是胡子傳。他兩個是我的心腹朋友。我一句話還不曾説出來。他早知道。都是提着頭便知尾的。着我怎麽不敬他。我父親説的我到底不依。但他兩個説的合着我的心。趁着我的意。恰便經也似聽他。這兩日不見他。平日裏則在那茶房裏廝等。我如今到茶房裏問一聲去。〔做見科〕〔賣茶云〕趙小哥。你來了也。有人在茶房裏坐着正等你來哩。二位。趙小哥來了也。〔胡子傳云〕來了來了。我和你一個做好。一個做歹。你出去。〔柳隆卿云〕兄弟。你出去。〔胡子傳云〕哥。你出去。〔柳隆卿做見科云〕哥。你在那裏來。俺等了你一早起了。〔揚州奴云〕哥。這兩日你也不來望我一望。〔柳隆卿云〕胡子傳也在這裏。〔揚州奴云〕我自過去。〔見科云〕哥。唱喏咱。〔胡子傳不採科〕〔柳隆卿云〕小哥來了。〔胡子傳云〕那個小哥。〔柳隆卿云〕趙小哥。〔胡子傳云〕他老子在那裏做官來。他也是小哥。詐官的該徒。我根前歪充。叫總甲來綁了這弟子孩兒。〔揚州奴云〕好没分曉。敢是吃早酒來。〔柳隆卿云〕俺等了一早起。没有吃飯哩。〔揚州奴云〕不曾吃飯哩。你可不早説。誰是你肚裏蚘虫。與你一個銀子。自家買飯吃去。〔做與砌末科〕〔胡子傳云〕看茶與小哥吃。你可這般嫩。就當不得了。〔揚州奴云〕哥。不是我嫩。還是你的臉皮忒老了些。〔柳隆卿云〕這裏有一門親事。俺要作成你。〔揚州奴云〕哥。感承你兩個的好意。我如今不比往日。把那家緣過活都做篩子喂驢漏豆了。止則有這兩件兒衣服。粧點着門面。我强做人哩。你作成别人去罷。〔胡子傳云〕我説來麽。你可不依我。這死狗扶不上墻的。〔揚州奴云〕哥。不是扶不上。我腰裏貨不硬挣哩。

〔柳隆卿云〕呸。你說你無錢。那一所房子是披着天王甲。換不得錢的。〔揚州奴云〕哎喲。你那裏是我兄弟。你就是我老子。緊關裏誰肯提我這一句。是阿。我無錢使。賣房子便有錢使。哥。則一件。這房子我父親在時。只番番瓦。就使了一百錠。如今誰肯出這般大價錢。〔胡子傳云〕當要一千錠。只要五百錠。當要五百錠。則要二百五十錠。人都搶着買了。〔揚州奴云〕說的是。當要一千錠則要五百錠。當要五百錠則要二百五十錠。人都搶着買。可不磨扇墜着手哩。哥也。則一件。争奈隔壁李家叔叔有些難說話。成不得。成不得。〔胡子傳云〕李家叔叔不肯呵。脅肢裏扎上一指頭便了。〔揚州奴云〕是阿。他不肯脅肢裏扎上一指頭便了。如今便賣這房子。也要個起功局立帳子的人。〔柳隆卿云〕我便起功局。〔胡子傳云〕我便立帳子。〔揚州奴云〕哦。你起功局。你立帳子。賣了房子。我可在那裏住。〔柳隆卿云〕我家裏有一個破驢棚。〔揚州奴云〕你家裏有個破驢棚。但得不漏。潛下身子便也罷。可把甚麽做飯吃。〔胡子傳云〕我家裏有一個破沙鍋。兩個破碗。和兩雙折筯。我都送與你。儘勾了你的也。〔揚州奴云〕好弟兄。這房子當要一千錠則要五百錠。當要五百錠則要二百五十錠。人見價錢少。就都搶着買。李家叔叔不肯呵。脅肢裏扎他一指頭便了。你替我立帳子。你替我起功局。你家有間破驢棚。你家有個破沙鍋。你家有兩個破碗。兩雙折筯。我儘勾受用快活。不着你兩個歹弟子孩兒。也送不了我的命。〔同下〕〔正末同卜兒小末尼上〕〔正末云〕老夫李茂卿的便是。不想我老友直如此先見。道我死之後。不肖子必敗吾家。今日果應其言。戀酒迷花。無數年光景。家業一掃無遺。便好道知子莫過父。信有之也。

〔唱〕

【仙呂點絳唇】原是祖父的窠巢。誰承望子孫不肖。剔騰了。想着這半世勤勞。也枉做下千年調。

【混江龍】我勸喒人便休生奸狡。則恐怕命中無福也難消。大古來前生注定。誰許你今世貪饕。那一個積攢的運窮呵君子拙。那一個享用的家富也小兒驕。〔帶云〕我想這錢財也非容易博來的。〔唱〕做買賣。恣虛囂。開田地。廣鋤鉋。斷河泊。截漁樵。鑿山洞。取煤燒。則他那經營處恨不的佔盡了利名場。全不想到頭時剛落得個邯鄲道。都是些喧簷燕雀。巢葦的這鷦鷯。

〔旦兒云〕自家翠哥的便是。自從公公亡化過了。揚州奴將家緣家計。都使得罄盡。如今又要賣那一所房子哩。我去告訴那東堂叔叔咱。這便是他家了。不免逕入。〔做見科正末云〕媳婦兒。你來做甚麼。〔旦兒云〕自從公公亡化之後。揚州奴將家緣家計都使盡了。他如今又要賣那一所房子。翠哥一逕的稟知叔叔來。〔正末云〕我知道了也。等那醜賊生來時。我自有個主意。〔揚州奴同二净上〕〔柳隆卿云〕趙小哥。上緊着幹。遲便不濟也。〔揚州奴云〕轉灣抹角。可早來到李家門首。哥。則一件。我如今過去。便不敢提這賣房子。這老兒可有些兜搭難說話。慢慢的遠打週遭和他説。你兩個且休過來。〔做見唱喏科云〕叔叔。嬸子。拜揖。〔見旦兒瞅科〕你來怎的。敢是你要告我那。〔正末云〕揚州奴。你來怎的。〔揚州奴云〕我媳婦來見叔叔。我怕他年紀小。失了體面。

〔正净入見末施禮拜科〕〔正末怒科云〕這兩個是什麽人。〔二净云〕俺們都是讀半鑑書的秀才。不比那夥光棍。〔正末怒科云〕你來俺家有何事。〔柳隆卿云〕好意與他唱喏。倒惱起來。好没趣。〔揚州奴云〕是您孩兒的相識朋友。一個是柳隆卿。一個是胡子傳。〔正末云〕我認的什麽柳隆卿。胡子傳。引着他們來見我。揚州奴。〔唱〕

【油葫蘆】你和這狗黨狐朋兩個廝趁着。〔云〕揚州奴。你多大年紀也。〔揚州奴云〕您孩兒三十歲了。〔正末云〕噤聲。〔唱〕又不是年紀小。怎生來一樁樁好事不曾學。〔帶云〕可也怪不的你來。〔唱〕你正是那内無老父尊兄道。却又外無良友嚴師教。〔云〕揚州奴。你有的叫化也。〔揚州奴云〕如何且相左手。您孩兒便不到的哩。〔正末唱〕你把家私來蕩散了。將妻兒來凍餓倒。我也還望你有個醉還醒迷還悟夢還覺。剗地的可只與這等兩個做知交。〔揚州奴云〕這柳隆卿胡子傳。是您孩兒的好朋友。〔正末云〕揚州奴。〔唱〕

【天下樂】哎。兒也。可道是人伴着賢良也那智轉高。〔帶云〕揚州奴。你只瞞了别人。却瞞不過老夫。〔唱〕你曾出的胎也波胞。你娘將你那綳藉包。你娘將那酥蜜食養活得偌大小。〔帶云〕你父親也只爲你不務家業。憂病而死。〔唱〕先氣得個娘命夭。後併的你那爺死了。好也囉好也囉你可什麽養子防備老。

〔揚州奴云〕叔叔。這兩個人你休看得他輕。可都是讀半鑑書的。〔正末云〕揚州奴。你平日間所行的勾當。我一樁樁的説。你則休賴。〔揚州奴云〕叔叔。您孩兒平日間敬的可是那一等人。不敬的可是那一等人。叔叔。你説與孩兒聽咱。〔正末唱〕

【那吒令】你見一個新旦色下城呵。〔帶云〕賊醜生。你便道請波。請波。〔唱〕連忙的緊邀。你見一個良人婦叩門呵。〔帶云〕你便道疾波疾波。〔唱〕你便降堦兒的接着。你見一個好秀才上門呵。〔帶云〕你便道家裏没囉。家裏没囉。〔唱〕你抽身兒躲了。你傲的是攀蟾折桂手。你敬的是閉月羞花貌。甚麽是那晏平仲善與人交。

【鵲踏枝】你則待要愛纖腰。可便似柔條。不離了舞榭歌臺。不倈更那月夕花朝。想當日個按六幺舞霓裳未了。猛回頭燭滅香消。

〔云〕揚州奴。你久以後有的叫化也。〔揚州奴云〕如何。且相右手。您孩兒不到的叫化哩。〔正末唱〕

【寄生草】我爲甚叮嚀勸。叮嚀道。你有禍根有禍苗。你抛撇了這醜婦家中寶。挑蹋着美女家生哨。哎。兒也。這的是你自作下窮漢家私暴。只思量倚檀槽聽唱一曲桂枝香。你少不的撇摇搥學打幾句蓮花落。

【六幺序】那裏面藏圈套。都是些綿中刺笑裏刀。那一個出得他擓打撾揉。止不過帳底鮫綃。酒畔羊羔。殢人的玉軟香嬌。半席地恰便似八百里梁山泊。抵多少月黑風高。那潑煙花專等你個腌材料。快准備着五千船鹽引。十萬擔茶挑。

【幺篇】你把他門限兒踏着。消息兒湯着。那裏面又没官僚。又没王條。又没公曹。又没囚牢。到的來金谷也那富饒。早半合兒斷送了。直教你無計能逃。有路難超。搜剔盡皮格也那翎毛。渾身遍體。星星開剥。儘着他炙煿烹炮。那虔婆一對剛牙爪。遮莫你手輕脚疾。敢可也立做了骨化形銷。

〔云〕揚州奴。你來怎的。〔揚州奴云〕叔叔。您孩兒無事也不敢來。今日一徑的來告稟叔叔知道。自從俺父親亡過十年光景。只在家裏死丕丕的閒坐。那錢物則有出去的。無有進來的。便好道坐吃山空。立吃地陷。又道是家有千貫。不如日進分文。您孩兒想來原是舊商賈人家。如今待要合人做些買賣去。争奈乏本。您孩兒想來家中並無甚值錢的物件。止有這一所宅子。還賣的五六百錠。等我賣了做本錢。您孩兒各扎邦便覓個合子錢兒。〔正末云〕哦。你將那油磨房。解典庫。金銀珠翠。田産物業。都將來典盡賣絶了。止有這所棲身宅子。又要賣。你賣波。我買。〔揚州奴云〕既然叔叔要。把這房子東廊西舍。前堂後閣。門窗户闥。上下也點看一看。纔好定價。〔正末云〕也不索看。〔唱〕

【一半兒】問甚麽東廊西舍是舊椽構。〔揚州奴云〕前廳和後閣。都是新翻瓦的。〔正末唱〕問甚麽那後閣前堂都是新蓋造。〔揚州奴云〕既然叔叔要呵。你姪兒填定價錢五百錠。莫不忒多了些麽。〔正末唱〕不是你歹叔叔嫌你索的來忒價高。〔揚州奴云〕叔叔。這錢鈔幾時有。〔正末云〕這許多錢鈔也一時辦不迭。〔唱〕**多半月少十朝。**〔揚州奴云〕叔叔。這項貨緊。則怕着人買將去了。〔正末云〕你要五百錠。我先將二百五十錠交付你。〔唱〕**我將這五百錠做一半兒賒來一半兒交。**

〔云〕小大哥。你去取的來。〔小末做取鈔科云〕父親。二百五十錠在此。〔正末付旦揚州奴做奪科云〕拏來。你那嘴臉是掌財的。〔做遞與二净科云〕哥。你兩人拿着。〔正末云〕你把這鈔使完了時。再没宅子好賣了。你自去想咱。〔揚州奴云〕是您孩兒商量做買賣各扎邦便覔合子錢。〔背云〕哥。這二百五十錠儘勾了。先去買十隻大羊。五果五菜。響糖獅子。我那丈母與他一張獨卓兒。你們都是鴛鴦客。把那卓子與我一字兒擺開着。〔柳隆卿云〕隨你擺布。〔正末做聽科云〕揚州奴。你做甚麼來。〔揚州奴云〕没。您孩兒商議做買賣哩。拏這鈔去置買各項貨物。都要堆在卓子上。做一字兒擺開。着那過來過往的人見了。稱讚道。好一個大本錢的客人。也有些光彩。您孩兒這一遭做買賣。各扎邦便覔一個合子錢哩。〔正末云〕好兒。你着志者。〔揚州奴云〕嗨。幾乎被那老子聽見了。哥。吃罷那頭湯。天道暄熱。都把那帽笠去了。把那衣服鬆一鬆。將那四下的弔窗。都與我推開了。〔正末云〕揚州奴。你説甚的。〔揚州奴云〕没。您孩兒商量做買賣。到那榻房裏。不要黑地裏交與他鈔。黑地裏交鈔。着人瞞過了。常言道吃明不吃暗。你把弔窗與我推開。您孩兒商量做買賣各扎邦便覔一個合子錢。〔正末云〕好兒也。不枉了。〔揚州奴云〕老兒去了也。哥。下了那分飯。臨散也你把住那樓胡梯門。你便執壺。我便把盞。再吃個上馬的鐘兒。着我那大姐宜時景。帶舞帶唱華嚴的那海會。〔正末云〕揚州奴。你怎的説。〔揚州奴云〕没。

〔正末云〕你看這厮。〔唱〕

【賺煞】你將這連天的宅憎嫌小。負郭的田還不好。一張紙從頭兒賣了。不知久後棲身何處着。只守着那奈風霜破頂的甎窑。哎。兒也。心下自量度。則你這夜夜朝朝。可甚的買賣歸來汗未消。出脱了些奇珍異寶。花費了些精銀响鈔。哎。兒也。怎生把鄧通錢剛博得一個乞化的許由瓢。〔下〕

〔揚州奴云〕哥。早些安排齊整着。可來回我的話。〔下〕

〔音釋〕蚘音回　饕音叨　鉋音袍　邯音寒　鄲音丹　着池燒切　學奚交切　覺音皎　綳逋耕切　俫郎爹切　悄音俏　落音澇　摑乖上聲　撾莊瓜切　揉與撓同　殢音膩　泊巴貌切　剥音飽　闥湯打切　㯺巴毛切　度多勞切

第二折

〔正末同卜兒小末尼上〕〔正末云〕自家李茂卿。則從買了揚州奴的住宅。付與他錢鈔。他那裏去做甚麽買賣。多喒又被那兩個光棍弄掉了。敗子不得回頭。有負故人相托。如之奈何。〔小末云〕父親。您孩兒這幾時做買賣不遂其意。也則是生來命拙哩。〔正末云〕孩兒。你説差了。那做買賣的有一等人肯向前。敢當賭。湯風冒雪。忍寒受冷。有一等人怕風怯雨。門也不出。所以孔子門

下三千弟子。只子貢善能貨殖。遂成大富。怎做得由命不由人也。〔唱〕

【正宫端正好】我則理會有錢的是咱能。那無錢的非關命。咱人也須要個幹運的這經營。雖然道貧窮富貴生前定。不倈咱可便穩坐的安然等。

〔卜兒云〕老的。你把那少年時掙人家的道路。也説與孩兒知道咱。〔正末唱〕

【滚繡毬】想着我幼年時血氣猛。爲蠅頭努力去争。哎喲使的我到今來一身殘病。我去那虎狼窩不顧殘生。我可也問甚的是夜甚的是明。甚的是雨甚的是晴。我只去利名塲往來奔競。那裏也有一日的安寧。投至得十年五載我這般鬆寛的有。也是我萬苦千辛積儹成。往事堪驚。

〔旦兒上云〕妾身翠哥。自從揚州奴賣了房屋。將着那錢鈔與那兩個幫閒的兄弟去月明樓上。與宜時景飲酒歡會去了。我不敢隱諱。告李家叔叔去咱。可早來到也。小大哥報復去。道有翠哥來見叔叔。〔小末報科云〕父親。有翠哥在門首。〔正末云〕着他過來。〔小末出云〕翠哥。父親着你過去。〔旦兒做見科云〕叔叔嬸子萬福。〔正末云〕孩兒也。你來做甚麽那。〔旦兒做悲科〕〔正末唱〕

【倘秀才】我見他道不出喉嚨中氣哽。我見他揾不住可則撲簌簌腮邊也那淚傾。〔旦兒云〕兀的不氣殺你孩兒也。〔哭科〕〔正末唱〕你這般撧耳撓腮可又便怎生。〔旦兒云〕叔叔。揚州奴將那賣房屋的錢鈔。與那兩個幫閒的兄弟去月明樓上。與宜時景飲酒去了。他若使的錢鈔無了呵。連我也要賣哩。叔叔。如此怎了也。〔正末唱〕我這裏聽仔細。你那裏說叮嚀。他他他可直恁般的不醒。〔旦兒云〕叔叔。想亡過公公挣成錦片也似家緣家計。指望與子孫永遠居住。誰想被揚州奴破敗了也。〔正末唱〕

【滾繡毬】休言家未破破家的人未生。休言家未興興家的人未成。古人言一星星顯證。〔帶云〕那爲父母的。〔唱〕恨不得兒共女輩輩峥嶸。只要那家道興。錢物增。一年年越昌越盛。〔帶云〕怎知道生下兒女呵。〔唱〕偏生的天作對不稱人情。他將那城中宅子庄前地。都做了風裏楊花水上萍。哎。可惜也錦片的這前程。

〔云〕小大哥。喒領着數十條好漢。徑到月明樓上打那醜賊生去來。〔下〕〔揚州奴柳隆卿胡子傳上〕〔揚州奴云〕自家揚州奴。端的好快活也。俺今日自在的吃兩鍾兒。直吃得盡醉方歸。〔胡子傳云〕酒食都安排下了也。〔揚州奴云〕俺都要盡醉方歸。〔做把杯科〕〔正末冲上云〕揚州奴。〔揚州奴做怕科云〕嗨。把我這一席兒好酒來攪壞了。哎喲。叔叔。您孩兒請夥計哩。〔正末云〕揚州奴。這個是你的買賣。這個是你那各扎邦便覓個合子錢。我問你。〔唱〕

【倘秀才】你又不是拜掃冬年的節令。又不是慶喜生辰的事情。你没來由置酒張筵波把他衆人來請。〔柳隆卿云〕好殺風景也那。〔正末唱〕你尊呵尊這廝什麼德行。你重呵重這廝什麼才能。哎。兒也你怎生則尋着這等。

〔柳隆卿云〕老的休這等那等的。俺們都是看半鑑書的秀才。〔正末云〕噤聲。誰讀半鑑書來。

〔唱〕

【滚繡毬】你念的是賺殺人的天甲經。〔胡子傳云〕我呢。〔正末唱〕你是個纏殺人的布衫領。〔帶云〕則你那一生的學問呵。是那一聲兒。哥往那裏去。帶挈我也走一遭兒波。〔唱〕你則道的個願隨鞭鐙。你便闖一千席呵可也填不滿你這窮坑。〔正末做打科〕〔揚州奴云〕您孩兒也做兩個古人。學那孟嘗君三千食客。公孫弘東閣招賢哩。〔正末云〕呸。虧你不識羞。〔唱〕那孟嘗君是個公子。公孫弘是個名卿。他兩個在朝中十分恭敬。但門下都一剗羣英。我幾曾見禁持妻子這等無徒輩。〔正末做打科〕〔胡子傳云〕老的踹了脚也。〔正末唱〕更和那不養爹娘的賊醜生。〔柳隆卿云〕老的。你可也閒淘氣哩。〔正末唱〕氣殺我烈燄騰騰。

〔云〕揚州奴。我量你到得那裏。你明日叫化也。〔揚州奴云〕如何。且相左手。您孩兒也不到的哩。〔正末唱〕

【倘秀才】你道有左慈術踢天弄井。項羽力拔山也那舉鼎。這廝們兩白日把泥毬兒換了眼睛。你便有那降魔咒。度人經。也出不的這廝們鬼精。

〔云〕揚州奴。你不聽我的言語。看你不久便叫化也。〔揚州奴云〕如何。且相右手。您孩兒也不

到的哩。〔正末唱〕

【三煞】你便似攪絶黑海那些饑寒的病。也則是贏得青樓薄倖名。〔柳隆卿云〕我可呢。〔正末唱〕你是那無字兒的空瓶。〔胡子傳云〕我可呢。〔正末唱〕你是個脱皮兒裹劑。〔柳隆卿云〕我兩個人物也不醜。〔正末唱〕怕不道是外面兒温和。則你那徹底兒嚴凝。〔柳隆卿云〕你這老頭兒不要瑣碎。你只是把眼兒撑着。看我這架子衣服如何。〔正末唱〕我覷不的你裙寬也那褶下。肚疊胸高。鴨步鵝行。出門來呵怕不道桃花扇影。你回窑去匆匆匆少不得風雪酷寒亭。

〔柳隆卿云〕什麼風雪酷寒亭。我則理會得閒騎寶馬閒踢蹬哩。〔正末唱〕

【二煞】你道是閒騎寶馬閒踢蹬。〔帶云〕你兩個到得家中。算一算帳。你得了多少。我得了多少。〔唱〕你只做得個旋撲蒼蠅旋放生。〔揚州奴云〕叔叔。您孩兒有那施捨的心。禮讓的意。江湖的量。慷慨的志。也不低哩。〔正末唱〕你有那施捨的心呵訕笑得魯肅。你有那慷慨的志呵降伏得劉毅。你有那禮讓的意呵賽過得鮑叔。你有那江湖的量呵欺壓得陳登。〔揚州奴云〕你孩兒平昔也曾齎發與人。做偌多的好事哩。〔正末唱〕你齎發呵與那個陷本的商賈。你齎發呵與那個受困的官員。你齎發呵與那個薄落的書生。兀的不揚名顯姓。光日月動朝廷。

【一煞】不强似與虔婆子弟三十錠。更和那幫懶鑽閒二百瓶。你戀着那美景良辰。賞心樂事。會友邀賓。走斝也那飛觥。〔云〕揚州奴。我問你。這是誰的錢物。〔揚州奴云〕是俺父親的錢物。〔正末云〕誰應的使。〔揚州奴云〕是您孩兒應的使。〔正末唱〕這的是你爹行基業。是你自己錢財。須没個别姓來争。可怎生不與你妻兒承領。倒憑他胡子傳和那柳隆卿。

〔揚州奴云〕我安排一席酒。着他請十個便十個。請二十個便二十個。不一時他把那一席的人都請將來。叔叔。你着我怎麼不敬他。〔正末云〕噤聲。〔唱〕

【煞尾】你有錢呵三千劍客由他們請。〔帶云〕一會兒無錢呵。〔唱〕哎。早閃的我在十二瑶臺獨自行。〔帶云〕揚州奴。〔唱〕你有一日出落得家業精。把解典處本利停。房舍又無。米糧又罄。誰支持。怎接應。你那買賣上又不慣經。手藝上可又不甚能。掇不得重。可也拈不得輕。你把那摇搥來懸。瓦礶來擎。遶閭簷。乞殘剩。沙鍋底無柴煨不熱那冰。破窑内無席蓋不了頂。餓得你肚皮裏春雷也則是骨碌碌的鳴。脊梁上寒風篤速速的冷。急穰穰的樓頭數不徹那更。〔帶云〕這早晚多早晚也。〔唱〕凍刺刺窑中巴不到那明。痛親眷敲門都没個應。好相識街頭也抹不着他影。無食力的身驅怎的撑。凍餓倒的屍骸去那大雪裏挺。没底的棺材誰共你争。半霎兒人扛你來土墊的平。你死後街坊兀自憎。乾與你爹娘立這個名。我着那好言語勸你你不聽。那廝們謊話兒弄你且是娘的靈。可知道你親爺氣成病。連着我也激惱的這心頭怒轉增。我若是拖到官中使盡情。我不打死你無徒改了我的姓。便有那人家謊後生。都不似你這個腌臢潑短命。則你那胎骨劣心性頑耳根又硬。哎。兒也。我其實道不改教不成。只着那正點背畫字紙兒你可慢慢的省。〔下〕〔揚州奴云〕這席好酒。弄的來敗興。隨你們發放了罷。我自回家去了。〔二淨同揚州奴下〕

〔音釋〕撧疽也切　闖丑蔭切　劑音祭　稍音稍　褶音習　肅音須　叔音收　斝音賈　觥古横切　墊音店

第三折

〔揚州奴同旦兒攜薄籃上〕〔揚州奴云〕不成器的看樣也。自家揚州奴的便是。不信好人言。果有恓惶事。我信着柳隆卿胡子傳。把那房廊屋舍家緣過活都弄得無了。如今可在城南破瓦窑中居住。吃了早起的。無晚夕的。每日家燒地眠。炙地臥。怎麽過那日月。我苦呵理當。我這渾家他不曾受用一日。罷罷罷。大嫂。我也活不成了。我解下這繩子來搭在這樹枝上。你在那邊。我在這邊。俺兩個都吊殺了罷。〔旦兒云〕揚州奴。當日有錢時都是你受用。我不曾受用了一些。你吊殺便理當。我着甚麼來由。〔揚州奴云〕大嫂。你也説的是。我受用。你不曾受用。你在窑中等着。我如今尋那兩個狗材去。你便掃下些乾驢糞。燒的礶兒滚滚的。等我尋些米來。和你熬粥湯吃。天也。兀的不窮殺我也。〔揚州奴旦兒下〕〔賣茶上云〕小可是個賣茶的。今日早晨起來。我光梳了頭。净洗了臉。開了這茶房。看有甚麼人來。〔柳隆卿胡子傳上云〕柴又不貴。米又不貴。兩個傻廝。正是一對。自家柳隆卿。兄弟胡子傳。俺兩個是至交至厚。寸步兒不厮離的兄弟。自從丢了這趙小哥。再没興頭。今日且到茶房裏去閒坐一坐。有造化再尋的一個主兒也好。賣茶的。有茶拏來。俺兩個吃。〔賣茶云〕有茶。請裏面坐。〔揚州奴上云〕自家揚州奴。我往常但出門。磕頭撞腦的都是我那朋友兄弟。今日見我窮了。見了我的都躲去了。我如今茶房裏問一聲咱。〔做見賣茶科云〕賣茶的。支揖哩。〔賣茶云〕那裏來這叫化的。哇。叫化的也來唱喏。〔揚州奴云〕好了好了。我正尋那兩個兄弟。恰好的在這裏。這一頭齎發可不喜也。〔做見二净唱喏科云〕哥。唱喏來。〔柳隆卿云〕趕出這叫化子去。〔揚州奴云〕我不是叫化的。我是趙小哥。〔胡子傳云〕誰是趙小哥。〔揚州奴云〕則我便是。〔胡子傳云〕你是趙小哥。我問你咱。你怎麼這般窮了。〔揚州奴云〕都是你這兩個歹弟子孩兒弄窮了我哩。〔柳隆卿云〕小哥。你肚裏饑麽。〔揚州奴云〕可知我肚裏饑。有甚麼東西與我吃些兒。〔柳隆卿云〕小哥。你少待片時。我買些來與你吃。好燒鵝。好膀蹄。我便去買將來。〔柳隆卿下〕〔揚州奴云〕哥。他那裏買東西去了。這早晚還不見來。〔胡子傳云〕小哥。還得我去。〔揚州奴云〕哥。你不去也罷。〔胡子傳云〕小哥。你等不得他。我先買些肉鮓酒來與你吃。哥少坐。我便來。〔胡子傳出門科〕〔賣茶云〕你少我許多錢鈔。往那裏去。〔胡子傳云〕你不要大呼小叫的。你出來我和你説。〔賣茶云〕你有甚麽説。〔胡子傳云〕你認得他麽。則他是揚州奴。〔賣茶云〕他就是揚州奴。怎麽做出這等的模樣。〔胡子傳云〕他是有錢的財主。他怕當差。假粧窮哩。我兩個少你的錢鈔。都對付在他身上。你則問他要。不干我兩個事。我家去也。〔揚州奴做捉虱子科〕〔賣茶云〕我算一算帳。少下我茶錢五錢。酒錢三兩。飯錢一兩二錢。打發唱的耿妙蓮五兩。打雙陸輸的銀八錢。共該十兩五錢。〔揚州奴云〕哥。你算甚麽帳。〔賣茶云〕你推不知道。恰纔柳隆卿胡子傳把那遠年近日欠下我的銀子。都對付在你身上。你還我銀子來。帳在這裏。〔揚州奴云〕哥阿。我揚州奴有錢呵。肯粧做叫化的。〔賣茶云〕你説你窮。他説你怕當差假粧着哩。〔揚州奴云〕原來他兩個把遠年近日少欠人家錢鈔的帳。都對付在我身上。着我賠還。哥阿。且休看我吃的。你則看我穿的。我那得一個錢來。我寧可與你家擔水運漿。掃田刮地。做個傭工。准還你罷。〔賣茶云〕苦惱苦惱。你當初也是做人的來。你也曾照顧我來。我便下的要你做傭工。還舊帳。我如今把那項銀子都不問你要。饒了你可何如。〔揚州奴云〕哥阿。你若饒了我呵。我可做驢做馬報答你。〔賣茶云〕罷罷罷。我饒了你。你去罷。〔揚州奴云〕謝了哥哥。我出的這門來。他兩個把我穩在這裏。推買東西去了。他兩個少下的錢鈔。都對在我身上。早則這哥哥饒了我。不然。我怎了也。柳隆卿胡子傳。我一世裏不曾見你兩個歹弟子孩兒。〔同下〕〔旦兒云〕自家翠哥。揚州奴到街市上投託相識去了。這早晚不見來。我在此且燒湯罐兒等着。〔揚州奴上云〕這兩個好無禮也。把我穩在茶房裏。他兩個都走了。乾餓了我一日。我且回那破窑中去。〔做見科〕〔旦兒云〕揚州奴。你來了也。〔揚州奴云〕大嫂。你燒得鍋兒裏水滚了麽。〔旦兒云〕我燒得熱熱的了。將米來我煮。〔揚州奴云〕你煮我兩隻腿。我出門去不曾撞一個好朋友。罷罷罷。我只是死了罷。〔旦兒云〕你動不動則要尋死。想你伴着那柳隆卿胡子傳。百般的受用快活。我可着甚麽來由。你如今走投没路。我和你去李家叔叔討口飯兒吃咱。〔揚州奴云〕大嫂。你説那裏話。正是上門兒討打吃。叔叔見了我。輕呵便是罵。重呵便是打。你要去你自家去。我是不敢去。〔旦兒云〕揚州奴。不妨事。俺兩個到叔叔門首。先打聽着。若叔叔在家呵。我便自家過去。若叔叔不在呵。我和你同進去。見了嬸子。必然與俺些盤纏也。〔揚州奴云〕大嫂。你也説得是。到那裏。叔叔若在家時。你便自家過去。見叔叔討碗飯吃。你吃飽了。就把剩下的包些兒出來我吃。若無叔叔在家。我便同你進去。見了嬸子。休説那盤纏。便是飽飯也吃他一頓。天也。兀的不窮殺我也。〔同旦兒下〕〔卜兒上云〕老身李氏。今日老的大清早出去。看看日中了。怎麽還不回來。下次孩兒每安排下茶飯。這早晚敢待來也。〔揚州奴同旦兒上〕〔揚州奴云〕大嫂。到門首了。你先過去。若有叔叔在家。休説我在這裏。若無呵。你出來叫我一聲。〔旦兒云〕我知道了。我先過去。〔做見卜兒科〕〔卜兒云〕下次小的每。可怎麽放進這個叫化子來。〔旦兒云〕嬸子。我不是叫化的。我是翠哥。〔卜兒云〕呀。你是翠哥兒也。你怎麽這等模樣。〔旦兒云〕嬸子。我如今和揚州奴在城南破瓦窑中居住。嬸子。痛殺我也。〔卜兒云〕

揚州奴在那裏。〔旦云〕揚州奴在門首哩。〔卜兒云〕着他過來。〔旦云〕我喚他去。〔揚州奴做睡科〕〔旦兒叫科云〕他睡着了。我喚他咱。揚州奴。揚州奴。〔揚州奴做醒科云〕我打你這醜弟子。天那。攪了我一個好夢。正好意思了呢。〔旦兒云〕你夢見甚麽來。〔揚州奴云〕我夢見月明樓上。和那撇之秀兩個唱那阿孤令。從頭兒唱起。〔旦兒云〕你還記着這樣兒哩。你過去見嬸子去。〔揚州奴見卜兒哭云〕嬸子。窮殺我也。叔叔在家麽。他來時要打我。嬸子勸一勸兒。〔卜兒云〕孩兒。你敢不曾吃飯哩。〔揚州奴云〕我那得那飯來吃。〔卜兒云〕下次小的每。先收拾麵來與孩兒吃。孩兒。我着你飽吃一頓。你叔叔不在家。你吃。你吃。〔揚州奴吃麵科〕〔正末上云〕誰家子弟。駿馬雕鞍。馬上人半醉。坐下馬如飛。拂兩袖春風。蕩滿街塵土。你看囉。呸。兀的不眯了老夫的眼也。〔唱〕

【中吕粉蝶兒】誰家個年小無徒。他生在無憂愁太平時務。空生得貌堂堂一表非俗。出來的撥琵琶打雙陸。把家緣不顧。那裏肯尋個大老名儒。去學習些兒聖賢章句。

【醉春風】全不想日月兩跳丸。則這乾坤一夜雨。我如今年老也逼桑榆。端的是朽木材何足數。數。則理會的詩書是覺世之師。忠孝是立身之本。這錢財是倘來之物。

〔云〕早來到家也。〔唱〕

【叫聲】恰纔個手扶拄杖走街衢。一步一步。驀入門桯去。〔做見揚州奴怒科云〕誰吃麵哩。〔揚州奴驚科云〕我死也。〔正末唱〕我這裏猛擡頭剛窺覷他可也爲甚麽立欽欽恁的膽兒虛。

〔旦兒云〕叔叔。媳婦兒拜哩。〔正末云〕靠後。〔唱〕

【剔銀燈】我其實可便消不得你這嬌兒和幼女。我其實可便。顧不得你這窮親潑故。這厮有那一千樁兒情難容處。這厮若論着五刑。發落可便罪不容誅。〔帶云〕揚州奴。你不說來。〔唱〕我教你成個人物。做個財主。你却怎生背地裏閒言落可便長語。

〔云〕你不道來我姓李你姓趙。俺兩家是甚麼親那。〔唱〕

【蔓青菜】你今日有甚臉落可便踏着我的門户。怎不守着那兩個潑無徒。〔揚州奴怕走科〕〔正末云〕那裏走。〔唱〕諕得他手兒脚兒戰篤速。特古裏我根前你有甚麼怕怖。則俺這小乞兒家羹湯少些薑醋。

〔云〕還不放下。則吃你那大食裏燒羊去。〔揚州奴做怕科將筯敲碗科〕〔正末打科〕〔卜兒云〕老的也。休打他。〔揚州奴做出門科云〕孀子。打殺我也。如今我要做買賣。無本錢。我各扎邦便覓合子錢。〔卜兒云〕孩兒也。我與你這一貫錢做本錢。〔揚州奴云〕孀子。你放心。我便做買賣去也。〔虛下再上云〕孀子。我拏這一貫錢去買了包兒炭來。〔卜兒云〕孩兒。你做甚麼買賣哩。〔揚州奴云〕我賣炭哩。〔卜兒云〕你賣炭可是何如。〔揚州奴云〕我一貫本錢賣了一貫。又賺了一貫。還剩下兩包兒炭。送與孀子烘脚做上利哩。〔卜兒云〕我家有。你自拏回去受用罷。〔揚州奴云〕孀子。我再別做買賣去也。〔虛下再上叫云〕賣菜也。青菜白菜赤根菜。芫荽葫蘿蔔葱兒呵。〔卜兒云〕

孩兒也。你又做甚麽買賣哩。〔揚州奴云〕嬸子。你和叔叔説一聲。道我賣菜哩。〔卜兒云〕孩兒也。你則在這裏。我和叔叔説去。〔卜兒做見正末科云〕老的。你歡喜咱。揚州奴做買賣。也賺得錢哩。〔正末云〕我不信揚州奴做甚麽買賣來。〔揚州奴云〕您孩兒頭裏賣炭。如今賣菜。〔正末云〕你賣炭呵。人説你甚麽來。〔揚州奴云〕有人説來。揚州奴賣炭苦惱也。他有錢時火craft也似起。如今無錢弄塌了也。〔正末云〕甚麽塌了。〔揚州奴云〕炭塌了。〔正末云〕你看這厮。〔揚州奴云〕揚州奴賣菜。也有人説來。有錢時伴着柳隆卿。今日無錢擔着那胡子傳。〔正末云〕你這菜擔兒。是人擔自擔。〔揚州奴云〕叔叔。你怎麽説這等話。有偌大本錢。敢托别人擔。倘或他擔别處去了。我那裏尋他去。〔正末云〕你往前街去也往那後巷去。〔揚州奴云〕我前街後巷都走。〔正末云〕你擔着擔。口裏可叫麽。〔揚州奴云〕若不叫呵。人家怎麽知道有賣菜的。〔正末云〕可是你叫。是那個叫。〔揚州奴云〕我自叫。〔正末云〕下次小的們。都來聽揚州奴哥哥怎麽叫哩。〔揚州奴云〕叔叔。你要聽呵。我前面走。叔叔後面聽。我便叫。叔叔你把下次小的每趕了去。這小厮每都是我手裏賣了的。〔正末云〕你若不叫。我就打死了你個無徒。〔揚州奴云〕他那裏是着我叫。明白是羞我。我不叫。他又打我。不免將就的叫一聲。青菜白菜赤根菜。葫蘿蔔芫荽葱兒阿。〔做打悲科云〕天那。羞殺我也。〔正末云〕好可憐人也呵。〔唱〕

【紅繡鞋】你往常時在那鴛鴦帳底那般兒攜雲握雨。哎。兒也你往常時在那玳瑁筵前可便噀玉噴珠。你直吃得滿身花影倩人扶。今日呵便擔着孛籃。拽着衣服。不害羞當街裏叫將過去。

〔揚州奴云〕叔叔。您孩兒往常不聽叔叔的教訓。今日受窮。纔知道這錢中使。我省的了也。〔正末云〕這話是誰説來。〔揚州奴云〕您孩兒説來。〔正末云〕哎喲。兒也。兀的不痛殺我也。〔唱〕

【滿庭芳】你醒也波高陽哎酒徒。擔着這兩籃兒白菜。你可覓了他這幾貫的青蚨。〔帶云〕揚州奴。你今日覓了多少錢。〔揚州奴云〕是一貫本錢。賣了一日。又覓了一貫。〔正末唱〕你就着這五百錢買些雜麪你便還窑去。那油鹽醬旋買也可是零沽。〔揚州奴云〕甚麼肚腸。又敢吃油鹽醬哩。〔正末唱〕哎。兒也。就着這賣不了殘剩的菜蔬。〔揚州奴云〕吃了就傷本錢。着些凉水兒洒洒。還要賣哩。〔正末唱〕則你那五臟神也不到今日開屠。〔云〕揚州奴。你只買些燒羊吃波。〔揚州奴云〕我不敢吃。〔正末云〕你買些魚吃。〔揚州奴云〕叔叔。有多少本錢。又敢買魚吃。〔正末云〕你買些肉吃。〔揚州奴云〕也都不敢買吃。〔正末云〕你都不敢買吃。你可吃些甚麼。〔揚州奴云〕叔叔。我買將那倉小米兒來。又不敢舂。恐怕折耗了。只揀那賣不去的菜葉兒。將來煨熟了。又不要蘸鹽搠醬。只吃一碗淡粥。〔正末云〕婆婆。我問揚州奴買些魚吃。他道我不敢吃。我道你買些肉吃。他道我不敢吃。我道你都不敢吃。你吃些甚麼。他道我吃淡粥。我道你吃得淡粥麼。他道我吃得。〔唱〕婆婆呵這厮便早識的些前路。想着他那破瓦窑中受苦。〔帶云〕正是不受苦中苦。難爲人上人。〔唱〕哎。兒也。這的是你須下死工夫。

〔揚州奴云〕叔叔。恁孩兒正是執迷人難勸。今日臨危可自省也。〔正末云〕這廝一世兒則說了這一句話。孩兒。你且回去。你若依着我呵。不到三五日。我着你做一個大大的財主。〔唱〕

【尾煞】這業海是無邊無岸的愁。那窮坑是不存不濟的苦。這業海打一千個家阿撲逃不去。那窮坑你便旋十萬個翻身急切裏也跳不出。〔同卜兒下〕

〔揚州奴云〕大嫂。俺回去來。天那。兀的不窮殺我也。〔同旦下〕〔小末上云〕自家李小哥。父親着我去請趙小哥坐席。可早來到城南破窰。不免叫他一聲。趙小哥。〔揚州奴同旦上見科云〕小大哥。你來怎麼。〔小末云〕小哥。父親的言語。着我來明日請坐席哩。〔揚州奴云〕既然叔叔請吃酒。俺兩口兒便來也。〔小末云〕小哥。是必早些兒來波。〔下〕〔揚州奴云〕大嫂。他那裏請俺吃酒。明白羞我哩。却是叔叔請。不好不去。到得那裏。不要閒了。你便與他掃田刮地。我便擔水運漿。天那。兀的不窮殺我也。〔同下〕

〔音釋〕傻音耍　眯米去聲　俗詞疽切　跳音條　物音務　驀音賣　桯音形　長音丈　蹅音渣　握音約　噀詢去聲　孛音蒲　服房夫切　阿烏戈切　出音杵

第四折

〔正末同卜兒小末尼上云〕今日是老夫賤降的日辰。擺下酒席。請衆街坊慶賀這所新宅子。就順便慶賀小員外。昨日着小大哥請的揚州奴去了。不見來到。衆街坊老的每。敢待來也。〔扮衆街坊上云〕俺們都是這揚州牌樓巷人。昔日趙國器臨死。將他兒子揚州奴托孤與東堂老子。誰想揚州奴把家財盡都耗散。現今這所好宅子。也賣與東堂老子了。今日正是東堂老子生日。請我衆街坊相識吃酒。却又唤那揚州奴兩口叫化弟子孩兒。不知爲何。俺們一來去慶賀生辰。二來就慶賀他這所新宅子。須索走一遭去。可早來到也。小員外。報復進去。有俺衆街坊特來慶賀生辰哩。〔小末做入報科云〕父親。有衆街坊來與父親慶賀生辰哩。〔正末云〕快有請。〔小末云〕請進去。〔衆街坊做見科云〕俺衆街坊一來與員外慶賀生辰。二來就慶賀這所新宅子。〔正末云〕多謝了衆街坊。請坐。下次小的每。一壁厢安排酒餚。只等揚州奴兩口兒到來。便上席也。〔揚州奴同旦兒上云〕自家揚州奴的便是。這是李家叔叔門首。俺們自進去。〔同旦兒做見科〕〔揚州奴云〕叔叔。您孩兒和媳婦來了。不知有甚麽説話。〔正末云〕你來了也。〔唱〕

【雙調新水令】今日個晝堂春暖宴佳賓。舞東風落紅成陣。擺設的一般般殽饌美。酬酢的一個個綺羅新。〔揚州奴背科云〕嗨。兀的不羞殺我也。〔正末云〕揚州奴。〔揚州奴做不應科〕〔正末唱〕我見他暗暗傷神。無語淚偷揾。

【沉醉東風】我着你做商賈身裏出身。誰着你戀花柳人不成人。我只待傾心吐膽教。〔揚州奴背科云〕嗨。對着這衆人。則管花白我。早知道。不來也罷。〔正末唱〕你可爲甚麽切齒嚼牙恨。這是你自做的來有家難奔。〔揚州奴做揉手科云〕羞殺我也。〔正末唱〕爲甚麽只古裏裸袖揎拳無事哏。〔帶云〕孩兒也。你那般慌怎麽。〔唱〕我只着你受盡了的饑寒敢可也還正的本。

〔云〕今日衆親眷在這裏。老夫有一句話。告知衆親眷每。喒本貫是東平府人氏。因做買賣。到這揚州東門裏牌樓巷居住。有西鄰趙國器。是這揚州奴父親。與老夫三十載通家之好。當日趙國器染病。使這揚州奴來請老夫。到他家中。我問他的病癥從何而起。他道只爲揚州奴這孩兒不肖。必敗吾家。憂愁思慮成的病證。今日請你來。特將揚州奴兩口兒托付與你。照覷他這下半世。我道李實才德俱薄。又非服制之親。當不的這個重托。那趙國器捱着病將我來跪一跪。我只得應承了。揚州奴。當日你父親着你正點背畫的文書上面。寫着甚麽。〔揚州奴云〕您孩兒不曾看見。敢是死活的文書麽。〔正末云〕孩兒也。不是死活的文書。你對着這衆親眷。將這一張文書你則與我高高的讀者。〔揚州奴云〕理會的。這文書是俺父親親筆寫的。那正點背畫的字。也是俺畫的。父親阿。如今文書便有。那寫文書的人在那裏也阿。〔做悲科〕〔正末云〕你且不要哭。只讀的這文書者。〔揚州奴云〕是〔做讀文書科云〕今有揚州東關裏牌樓巷住人趙國器。這是我父親的名字。因爲病重不起。有男揚州奴不肖。暗寄課銀五百錠在老友李茂卿處。與男揚州奴困窮日使用。莫不是我眼花麽。等我再讀。〔再讀文書科云〕老叔把來還我。〔正末云〕把甚麽來。〔揚州奴云〕把甚麽來。白紙上寫着黑字兒哩。〔正末云〕你父親寫便這等寫。其實没有甚麽銀子。〔揚州奴云〕叔叔。您孩兒也不敢望五百錠。只把一兩錠拏出來。等我摸一摸。我依舊還了你。〔正末云〕揚州奴。你又來也。想你父親死後。你將那田業屋産。待賣與别人。我怎肯着别人買去。我暗暗的着人轉買了。總則是你這五百錠大銀子裏面。幾年月日。節次不等。共使過多少。你那油房磨房解典庫。你待賣與別人。我也着人暗暗的轉買了。可也是那五百錠大銀子裏面。幾年月日。節次不等。使了多少。你那驢馬孳畜和大小奴婢也有走了的。也有死了的。當初你待賣與別人。我也暗暗的着人轉買了。也是這五百錠大銀子裏面。我存下這一本帳目。是你那房廊屋舍。條凳椅卓。琴棋書畫。應用物件。盡行在上。我如今一一交割。如有欠缺。老夫盡行賠還。你揚州奴聽者。〔詩云〕你父親暗寄雪花銀。展轉那移十數春。今日却將原物出。世間難得俺這志誠人。〔云〕揚州奴。〔唱〕

【雁兒落】豈不聞遠親呵不似我近鄰。我怎敢做的個有口偏無信。今日便一樁樁待送還。你可也一件件都收盡。

〔揚州奴做拜跪科云〕多謝了叔叔嬸子。我怎麼得知有這今日也。〔正末唱〕

【水仙子】你看宅前院後不沾塵。〔揚州奴云〕這前堂後閣。比在前越越修整的全別了也。〔正末唱〕畫閣蘭堂一劃新。〔揚州奴云〕叔叔。這倉廒中不知是空虛的。可是有米糧。〔正末唱〕倉廒中米麥成房囤。〔揚州奴云〕嗨。這解典庫還依舊得開放麽。〔正末唱〕解庫中有金共銀。〔揚州奴云〕叔叔。城外那幾所庄兒。可還有哩。〔正末唱〕庄兒頭孳畜成羣。銅斗兒家門一所。錦片也似庄田百頃。〔帶云〕揚州奴。翠哥。〔唱〕你從今後再休得典賣與他人。

〔云〕小大哥。擡過卓來。着揚州奴兩口兒把盞。管待衆街坊親眷每。〔揚州奴云〕多謝叔叔嬸子重恩。若不是叔叔嬸嬸贖了呵。恁孩兒只在瓦窑裏住一世哩。大嫂。將酒過來。待我先奉了叔叔嬸子。請滿飲這一杯。〔衆街坊云〕趙小哥。你兩口兒莫説把這盞酒。便殺身也報不的這等大恩哩。〔正末云〕孩兒。我吃我吃。〔揚州奴又奉酒科云〕請衆親眷每大家滿飲一杯。〔衆云〕難得。難得。我們都吃。〔揚州奴云〕我再奉叔叔嬸子一杯。您孩兒今生無處報答大恩。來生來世。當做狗做馬。賠還叔叔嬸子哩。〔正末唱〕

【喬牌兒】我見他意慇懃捧玉樽。只待要來世裏報咱恩。這的是你爹爹暗寄下家緣分。與我李家財元不損。

〔柳隆卿胡子傳上云〕聞得趙小哥依然的富貴了也。俺尋他去來。〔做見科〕〔柳隆卿云〕趙小哥。你就不認得俺了。俺和你吃酒去來。〔揚州奴云〕哥也。我如今回了心。再不敢惹你了。你別去尋個人罷。〔柳隆卿云〕你説甚麼話。你也回心。俺們也回心。如今幫你做人家哩。〔正末云〕哇。下次小的每。與我撚這兩個光棍出去。〔柳隆卿云〕趙小哥。你也勸一勸波。〔揚州奴云〕你快出去。別處利市。〔正末唱〕

【川撥棹】衆親鄰正歡娱語笑頻。我則見兩個喬人。引定個紅裙。驀入堂門。諕得俺那三魂掉了二魂。哎。兒也。便做道你不慌呵我最緊。

【殿前歡】俺孩兒甫能勾得成人。你又待教他一年春盡一年春。他去那麗春園納了那顆爭鋒印。你休鬧波完體將軍。你便説天花信口歎。他如今有時運。怎肯不惺惺再打入迷魂陣。我勸你兩個風流子弟。可也別尋一個合死的郎君。

〔云〕揚州奴。你聽者。〔斷云〕銅斗兒家緣家計。戀花柳盡行消費。我勸你全然不採。則信他兩個至契。我受付托轉買到家。待回頭交還本利。這的是西鄰友生不肖兒男結末了東堂老勸破家子弟。

〔音釋〕揾温去聲　揎音宣　哏狠平聲　剗音産　囤音帞　撚尼蹇切　歕噴平聲

題目　西鄰友立托孤文書

正名　東堂老勸破家子弟

同樂院燕青博魚雜劇

李文蔚撰

楔子

〔冲末扮宋江同外扮吴學究領僂儸上〕〔宋江詩云〕幼小鄆城爲司吏。因殺閻婆遭迭配。宋江表字本公明。人號順天呼保義。某姓宋名江。字公明。綽號順天呼保義者是也。曾爲濟州鄆城縣把筆司吏。因帶酒殺了閻婆惜。一脚踢翻燭臺。延燒了官房。被官軍拏某到官。脊杖了六十。迭配江州牢城軍營。因打梁山經過。遇着晁蓋哥哥。打開枷鎖。救某上山。就讓某第二把交椅坐了。不幸哥哥晁蓋三打祝家莊。中箭身亡。衆弟兄就推某爲首。聚三十六大夥。七十二小夥。半垓來的小僂儸。某喜的是兩個節令。清明三月三。重陽九月九。目今正是九月重陽節令。某放衆頭領下山。三十日假限。悞了一日笞四十。悞了二日杖八十。悞了三日處斬。有燕青去了四十日。至今未回。悞了某十日假限。常言道軍令無私。怎好饒免。小僂儸踏着山岡望者。若燕青來時。報復我知道。〔僂儸云〕理會的。〔正末扮燕青上云〕嗨。早悞了假限十日也。〔唱〕

【仙吕端正好】則我這白氈帽半搶風。則我這破搭膊。落可的權遮雨。誰曾住半霎兒程途。〔云〕報復去。道有燕青來了也。〔僂儸云〕喏。報的哥哥得知。有燕青來了也。〔宋江云〕着他過來。〔僂儸云〕着過去。〔正末做見科云〕哥哥喏。〔唱〕**我這裏便爆雷也似喏罷擡頭覷。**

〔宋江怒科云〕燕青。你來了也。〔正末唱〕呀。則見我保保保義哥哥怒。

〔宋江云〕燕青。你告了幾時假限也。〔正末云〕哥哥與了您兄弟一個月假限。〔宋江云〕你去了幾時。〔正末云〕我去了四十日。〔宋江云〕你悞了我幾日假限。〔正末云〕悞了哥哥十日假限。〔宋江云〕你知道我的軍令。悞了我一日假限。該咱處。〔正末云〕笞四十。〔宋江云〕悞了兩日呢。〔正末云〕杖八十。〔宋江云〕悞了三日呢。〔正末云〕處斬。〔宋江云〕你悞了幾日。〔正末云〕我悞了哥哥十日假限。〔宋江云〕你悞了十日假限。更待干罷。小僂儸與我將燕青推出去斬訖報來。〔正末云〕衆弟兄每勸一勸兒波。〔吴學究做跪下勸科云〕刀下留人。哥哥息怒。想燕青在於梁山泊上。也多有功來。怎生看俺衆兄弟之面。饒過他這一次咱。〔宋江云〕衆兄弟每請起論法呵饒不過。看着衆兄弟每的面皮。姑免他項上之罪。脊杖六十者。〔吴學究云〕燕青兄弟。軍中事容不得情。你且受杖者。〔僂儸做打科云〕四十。五十。六十。〔宋江云〕小僂儸。將燕青搶出去。自今日爲始。再也不用他了也。〔正末云〕哥哥打了您兄弟也罷。可怎生不用。就趕下山去。〔僂儸做推出門科〕〔正末做没眼科云〕您兄弟每。可怎生不見您一箇那。呀呀呀。壞了我這眼也。〔僂儸云〕可不早說報的哥哥得知。燕青被打了六十。感了一口氣。壞了眼也。〔宋江云〕學究兄弟。可惜一個好漢。小僂儸。將燕青與我扶上山來者。〔僂儸云〕理會的。〔扶正末做見宋江科〕〔正末云〕哥哥。壞了我這眼也。〔宋江云〕兄弟也。某一時間致怒打了你幾下。不想壞了你這眼。衆兄弟每。看我面皮。每人一隻短金釵。與你下山去尋個良醫。待醫治的好了。你上山來。依舊用着你也。〔正

末云〕索是謝了哥哥也。〔唱〕

【幺篇】罷波我枉捨了火也似熱熱的一丹心。早没了我鏡也似朗朗的雙明目。可着誰養贍我這七尺之軀。想弟兄每虎據了山東路。則撇了個不出力的燕青去。〔下〕

〔宋江云〕燕青去了也。等他醫得眼好了上山來。某依舊用他。亦未爲遲。大小頭領。聽某將令。

〔詩云〕衆小校聽咱分付。今夜個該誰巡捕。黑地裏悄語低言。不要您頭藏尾露。遇官軍須當殺退。若經商便將拏住。但違了某家將令。斬首級决無輕恕。〔同下〕

〔音釋〕曾音層　霎音殺　爆音豹　目音暮　贍傷佔切　撇尼蹇切

第一折

〔冲末扮燕大搽旦扮王臘梅外扮燕二同上〕〔燕大詩云〕耕牛無宿料。倉鼠有餘糧。萬事分已定。浮生空自忙。小可汴梁人氏。唤做燕和。嫡親的三口兒家屬。渾家王臘梅。元不是我自小裏的兒女夫妻。他是我後娶的。兄弟是燕順。生的鬚髮蓬鬆。只因性子粗糙。衆人起他一個混名。叫做捲毛虎。不知我這兄弟。爲着那一件來。偏生兩個眼裏見不的我那嫂嫂。〔燕二云〕怎麽我見不的那。〔搽旦云〕燕大。你這兄弟見我便是駡。我便歹殺者波也是你哥哥的渾家。怎麽這等輕薄。〔燕二云〕哥哥。俺是甚等樣人家。着他辱門敗户。頂着屎頭巾走。你還不知道。〔燕大云〕兄弟也。我怎生頂着屎頭巾走。〔搽旦云〕你哥哥更是鏖糟頭。〔燕二云〕你道我打不的你麽。〔搽旦云〕燕大。你看你兄弟打我哩。〔燕大云〕兄弟也。你休打你嫂嫂。你打我波。〔燕二云〕罷罷罷。俺一搭裏也難住。則今日辭别了哥哥。我離了家中。凍死餓死。再也不上你門來了。嫂嫂。好生侍奉哥哥。俺哥哥若有些好歹。我不道的輕饒素放了你也。〔搽旦云〕你要去自去。你哥哥纔三歲兒哩。〔燕二云〕我出的這門來。燕順也離了家中。可也耳根清净。則今日街市上投托幾箇相識朋友。走一遭去來。〔下〕〔燕大云〕我兄弟搬出去了。大嫂。你心中可快活了也。〔搽旦云〕燕大。你如今却要怎的。〔燕大云〕大嫂。明日是三月三清明節令。多將着些錢鈔。咱要同樂院吃酒去來。〔詩云〕春天日正長。爛熳百花香。同樂院裏吃酒去也。等人稱讚我家裏有這好嬌娘。〔搽旦云〕燕大去了也。我雖然嫁了這燕大。私下裏和這楊衙内有些不伶俐的勾當。我着人尋他去了。這早晚怎生還不見來。且磕些瓜子兒。等着他者。〔净扮楊衙内上詩云〕花花太歲我爲最。浪子喪門世無對。滿城百姓盡聞名。唤做有權有勢楊衙内。自家楊衙内的便是。我和這燕大的渾家王臘梅。有些不伶俐的勾當。争奈俺兩個則是不能勾稱心。如今他使人來尋我。不知有甚的説話。須索走一遭去。此間正是。不好便過去。我則在門首幺喝。他裏頭自有人出來。下次小的每。將那馬與我拴的遠着。〔搽旦見科云〕這是衙内的聲氣。他來了也。待我唤他。衙内。你進屋裏來。〔楊衙内云〕家裏没人麽。〔搽旦云〕没人在家。你進來。〔楊衙内入門科云〕姐姐。想殺我也。你唤我來。有甚麽勾當。〔搽旦云〕我雖然嫁了燕大。我真心兒只在你身上。明日是清明三月三。俺兩口兒燒香去。在同樂院裏吃酒。我在那裏等。你疾些兒去。早些兒來。〔楊衙内云〕你明日和燕大在同樂院吃酒去。你先去便等我。我先去便等你。只不要哄我。〔同下〕〔丑扮店小二上詩云〕百般買賣都會做。及至做酒做了醋。算來福氣不如人。只是守着本分做豆腐。自家店小二的便是。俺這店裏下着個瞎大漢。欠下房宿飯錢。一些沒有。被大主人家怪我。今日喚他出來。我自有個處置。兀那沒眼的大漢。店門首有你個鄉親喚你哩。〔正末上云〕哥哥。你喚我做甚麼那。〔店小二云〕門口有你個親眷尋哩。〔正末云〕哥也。我那裏得那親眷來。你休鬬我耍。〔店小二云〕兀的不在店門首。〔做推科云〕你出去。我關上這門。凍殺餓殺。不干我事。〔下〕〔正末云〕好大雪也。哥哥開門波。再住一夜兒去。真箇不開門那。這裏也無人。自家燕青的便是。自從壞了我這雙眼。下的山來到這店肆中安下。房宿飯錢都少下他的。那小二哥被大主人家埋怨。今日把我趕將出來。便好道男兒不得便。刺頭泥裏陷。捹的長街市上盤街兒叫化去咱。〔唱〕

【大石調六國朝】我揣巴些殘湯剩水。打疊起浪酒閒茶。我着些氣呵煖我這凍拳頭。再着些唾揩光我這冷鼻凹。瘦的來我這身子兒沒個麻稭大。兀的不消磨了我刺繡的青黛和這硃砂。眼見得窮活路覓不出衣和飯。怕不道酷寒亭把我來凍餓殺。全不見那昏慘慘雲遮了銀漢。則聽的淅零零雪糝瓊沙。我我我待踮着個鞋底兒去捒那淺中行。先綽的這棒頭來向深處插。

〔帶云〕前街上討不得一些兒。再往後巷裏去。〔唱〕

【喜秋風】我與你便吖吖叫。我與你便磨磨擦。我爲甚將這脚尖兒細細踏。我怕只怕這路兒有些步步滑。〔帶云〕似我這模樣。像箇甚的。〔唱〕將那前街後巷我便如盤卦。剛纔個漸漸裏呵的我這手温和。可又早切切裏凍的我這脚麻辣。

【歸塞北】天那您不肯道是相齎發。專與俺這窮漢做寃家。這雪呵他如柳絮不添我身上絮。似梨花却變做了眼前花。則我這拄杖凍難拏。〔帶云〕有那等人道。兀的君子。那東京城裏有的是買賣營生。你尋些做可不好那。我道哥也。你豈知我無眼那。他便道尋你那無眼營生做去。哥也。您那裏知道咱。〔唱〕

【雁過南樓】我是一個混海龍摧鱗去甲。我是一隻爬山虎也囉奈削爪敲牙。往常時我習武藝學兵法。到如今半籌也不納。則我這拏雲手怕不待尋覓那等瞎生涯。我能舞劍偏不能疙蹅蹅敲象板。會輪鎗偏不會支楞楞撥琵琶。着甚度年華。〔楊衙内躧馬領隨從上云〕好大雪也。尋那王臘梅大姐去來。〔做撞倒正末科〕〔正末做起籠住馬科云〕爺須瞎。兒須不瞎。〔楊衙内云〕這廝無禮。他撞着我馬頭。倒把説話傷着我哩。〔正末唱〕

【六國朝】我不向梁山泊裏東路。我則拖的你去開封府的南衙。你做甚麼眼睁睁當翻了人。〔帶云〕兒。我與你去來。〔唱〕我把手摩挲揪住馬。〔楊衙内云〕放手。這厮你好大膽也。敢如此無禮。〔正末唱〕又不是官街窄。怎故意的把人欺壓。你有甚娘忙公事。莫不去雲陽將赴法。我一隻手把銅環來緊掿。那厮多應是兩隻脚把寶鐙來牢蹅。〔楊衙内云〕我打這廝。〔做打科〕〔正末唱〕哎喲。那廝雨點也似馬鞭子丢。不倈偏不的我風團般着這拄杖打。

〔楊衙内云〕這廝手脚倒也來的。我與他纏什麽。我自尋那王臘梅姐姐去。走走走。〔下〕〔燕二冲上云〕弟兄每少罪。改日還席也。〔正末揪住燕二科云〕好呵。清平世界。浪蕩乾坤。你怎麽當街裏打人。〔燕二云〕呸。你看我那命波。兀那君子。我是個步行的人。打你的是個騎馬的。〔正末云〕哥也。我須無眼那。〔燕二云〕住住住。君子。你這眼是從小裏壞了的。可是半路裏壞了的。〔正末云〕哥也。我這眼是半路裏氣壞了的。〔燕二云〕君子也。你倒有緣。我善會神針法灸。我醫好你這眼。你意下如何。〔正末云〕若得如此。我感恩非淺。〔燕二云〕你跟的。我鋪兒裏來。〔做行科云〕這裏便是。我開開這門。君子請穩便。等你這血氣定了時。我與你下針咱。〔正末唱〕

【憨貨郎】莫不是千化身觀音菩薩。救了我這雙無目沿街的叫化。他道是妙手通靈。聖心無假。哥也多謝你箇良醫肯把金針下。我又没甚的米麥絲麻。哥也你則可憐見我這窮漢瞎。

〔燕二云〕待我取出這金針來。君子坐正着。我下針也。我這針上至泥丸宫。下至湧泉穴太陽穴不敢下針。少陽穴下兩針。咳嗽三裏下兩針。我取出這藥來。是聖餅子用菩薩水調的。君子。張開了口吃藥。這一會兒針藥相投了也。我起針波。吸氣吸氣。君子將你那手摩的熱着揉你那眼。我着你復舊如初也。〔正末唱〕

【歸塞北】他把我眼角兒纔針罷。則我這瘡口兒未結痂。早將我兩隻手揉開了這一對眼。〔帶云〕是好手段也。〔唱〕則當一枚針挑去了一重沙。恰便似日月退殘霞。

〔云〕是誰醫好我這眼來。〔燕二云〕是我醫好了你的。〔正末云〕哥也。你請坐。你是我重生的父母。再養的爺娘。請受您兄弟八拜咱。〔正末做拜科〕〔燕二做扯科云〕且住。我纔醫好了的眼。不爭你拜下去。這血脈望上行。就也無效了。〔正末云〕恁的呵。等我跪一跪。權當做八拜。〔燕二云〕君子。你那裏鄉貫。姓甚名誰。〔正末云〕哥。您兄弟不是歹人。〔燕二云〕誰道你是歹人哩。〔正末云〕哥也。則我是宋江手下第十五個頭領。浪子燕青。哥也。您兄弟不是歹人。〔燕二云〕你不是歹人。是賊的阿公哩。君子。你多大年紀也。〔正末云〕您兄弟二十五歲了。〔燕二云〕我癡長你兩歲。我認義你做個兄弟。你意下如何。〔正末云〕哥哥不棄嫌呵。情愿與哥哥做個兄弟。〔燕二云〕我聽的說。宋江哥哥手下三十六個頭領。多有本事。你試說一遍咱。〔正末云〕我在梁山上。多曾與宋頭領出氣力來。〔唱〕

【初問口】俺也曾那草坡前把濫官拏。則俺那梁山泊上宋江。須不比那幫源洞裏的方臘。你將我這螻蟻殘生厮救拔。我把哥哥那山海也似恩臨厮報答。從今日拜辭了主人家。綽着這過眼齊眉的棗子棍。依舊到殺人放火蓼兒洼。須認的俺狠那吒。

〔云〕哥也。您兄弟有句話。可是敢問哥哥麽。適纔那大雪裏打我的那厮。是什麽人。〔燕二云〕兄弟。休要大驚小怪的。則他便是楊衙内。是個有權有勢的人。打死人如同那房簷上揭一塊瓦相

似。你和他打了這一操。他如今不來尋你。就是你的造化了。〔正末云〕哥也。你説那裏話。〔唱〕

【尾聲】你道是他打了我呵似房簷上揭瓦。不信道我打了他呵就着我這脖項上披枷。調動我這莽拳頭。搨動我這長梢靶。我向那前街後巷便去爪尋他。〔帶云〕若見了他呵。〔唱〕我一隻手揪住那廝黄頭髮。一隻手把腰脚牢掐。我可敢滴溜撲活攛那廝在馬直下。〔下〕

〔燕二云〕兄弟去了也。我也收拾些盤纏上梁山見宋江哥哥走一遭去來。〔下〕

【音釋】鏖襖平聲　當去聲　稱去聲　分去聲　揩楷平聲　凹汪卦切　稭音皆　刺音七　黛音代
殺雙鮓切　糝三上聲　跕音店　插抽鮓切　擦七打切　踏當加切　滑呼佳切　辣那架切
齎將西切　發方雅切　甲江雅切　法方雅切　納囊亞切　楞盧登切　窄齋上聲　壓羊架切
掿音鬧　踏音渣　俫梨靴切　灸音九　薩殺賈切　瞎香假切　揉音柔　痂音家　重平聲
長音掌　臘那架切　拔邦加切　荅音打　那音挪　吒音渣　靶音霸　髮方雅切　掐强雅切

第二折

〔凈扮店小二上詩云〕隔壁三家醉。開埕十里香。可知多主顧。稱咱活杜康。自家是這同樂院前賣酒的。我燒的這鏇鍋兒熱。看有甚麽人來〔燕大同搽旦上〕〔燕大云〕自家燕大的便是。渾家王臘梅。今日是三月三清明節令。那同樂院前遊春的王孫士女。好不華盛。我與大嫂也去賞玩一賞玩。可早來到了也。〔做見店小二科云〕賣酒的。有乾净閣子兒麽。〔店小二云〕官人娘子請坐。這間閣子乾净。〔燕大云〕大嫂。俺在這間閣子裏坐。賣酒的。打二百錢酒來。〔店小二云〕有有有。酒在此。〔搽旦云〕燕大。這同樂院是好景致也。酒便有了。可没些殽饌。這寡酒如何吃的。你出門去尋些時新的果品。各色的鮮味來。等我寬心的吃幾杯兒。可不好那。〔燕大云〕大嫂。你説的是。你則在這閣子裏坐。我買案酒去也。〔正末挑魚擔上云〕這裏也無人。自家燕青的便是。自從醫好了我這眼。問人借了些小本錢。販買了些鮮魚。時遇着三月三清明佳節。到同樂院裏博魚去咱。〔唱〕

【仙吕點絳唇】剛留的我這没影孤身。借人資本。爲營運。避不得艱辛。則要這兩字衣食准。

【混江龍】可憐咱十分貧窘。恰纔那打魚人賒與俺這賣魚人。憑着我六文家銅鏝。博的是這三尺金鱗。魚也你在荷葉盤中猶跌尾。怎不想桃花浪裏一翻身。我去那新紅盒子内。拏着這常占勝不占輸只愁富不愁窮明丢丢的幾個頭錢問。錢那我若是告一場響豁。便是我半路裏落的這殷勤。

〔叫科云〕博魚。博魚。〔燕大云〕一尾好鮮魚。你這魚是賣的。可是博的。〔正末云〕這魚也博。也賣。〔燕大云〕這尾魚重多少斤兩。要多少錢鈔。你則實説咱。〔正末唱〕

【那吒令】這魚呵。重七斤八斤。你若是博呵。要五純六純。着小人呵。也覓一文半文。〔帶云〕主人家有麽。〔唱〕快與我抹下淺盆。磨下刀刃。你看我雪片也似批鱗。

〔燕大云〕將頭錢來。我和你博這尾魚咱。〔正末云〕哥也。你真個要博魚呵。〔唱〕

【金盞兒】比及問五陵人。先頂禮二郎神。哥也你便博一千博我這肐膊也無些兒困。我將那竹根的蠅拂子綽了這地皮塵。〔云〕哥也。老實的博。〔燕大云〕我也只是博耍子。有什麽老實不老實。〔正末唱〕不要你蹲着腰虚土裏縱。疊着指漫磚上墩。則要你平着身往下撇。不要你探着手可便往前分。

〔燕大云〕你拏頭錢來我看咱。〔正末云〕這箇是頭錢。〔燕大云〕這錢昏字鏝不好。〔正末云〕哥也。這錢不昏。你則睁眼兒看者。〔唱〕

【油葫蘆】則這新染來的頭錢不甚昏。可不算先道的准。手心裏明明白白擺定一文文。〔燕大做博科云〕我博了六箇鏝兒。我贏了也。〔正末唱〕呀呀呀我則見五箇鏝兒乞丢磕塔穩。更和一箇字兒急留骨碌滚。諕的我咬定下唇。掐定指紋。又被這個不防頭愛撇的磚兒穩。可是他便一博六渾純。

〔燕大云〕我贏了也。大嫂。我贏的一尾好鮮魚你看。〔搽旦云〕是一尾好鮮魚也。〔正末跪科云〕哥也。魚便與哥哥。則可憐我這本錢是别人的。可怎生借這尾魚出去。贏了呵。我就拏來還你。

〔燕大云〕大嫂。你聽的他説麽。他這尾魚是借的本錢。他問俺借這魚去與人博。若他贏了時。就來還我也。〔搽旦云〕燕大。説那裏話。快將這尾魚煎一半兒。煮一半兒。留着一半兒將的家去。我要吃哩。〔燕大云〕大嫂。你則依着我。將來借與他罷。〔搽旦云〕這尾魚是你贏的。又不是偷他的。搶他的。又不是白要他的。好漢識好漢。輸也輸了。又來借。我不還他。不還他。〔燕大云〕這魚我要還你。争奈俺大嫂不肯哩。〔正末唱〕

【醉中天】這君子心兒順。那妮子意兒嗔。〔帶云〕我着幾句言語奬奉他咱。嫂嫂。〔唱〕**你是那南海南觀音的第一尊。**〔搽旦云〕他糖食我。説我是南海南觀音第一尊。我比觀音。則少個净瓶兒。饒你明説到夜。夜説到明。我不還你。則是不還你。〔正末唱〕**怎將俺這小本經紀來掯。**〔搽旦云〕燕大。你依着我。將這尾魚煎一半兒。煮一半兒。留一半兒將的家去。〔正末云〕他待煎一半兒。煮一半兒。留一半兒將的家去。〔唱〕**可不道這姐姐今年個斷葷。休將那精神來使盡。**〔帶云〕常言道十分惺惺使五分。〔唱〕**可不道留一分與您兒孫。**

〔燕大云〕大嫂。將來還他。艱難的人。可憐見他無本錢也。〔搽旦云〕我本待不還他來。罷罷罷。看你的面上。還了他罷。〔燕大云〕還你這尾魚。你將的去。〔正末云〕多謝了哥哥。〔正末挑擔兒走科〕〔楊衙内冲上云〕我被那惡弟兄每抵死的留着吃酒。可不辜負了王大姐。這早晚等我許多時也。〔做撞正末科云〕這個村弟子孩兒無禮。怎麽敢撞着我。咄。你是什麽人。〔正末云〕小人是個做買賣的人。〔楊衙内云〕你既是做買賣的。將那擔子挑過一邊。你怎生攔着這路。〔做踢倒擔子科云〕怎麽見我來也不趓開。〔正末唱〕

【醉扶歸】我粧一個喜臉兒將他來揾。他將那惡性兒把咱哏。〔楊衙内云〕把這兩箇筐子。要做什麽。左右。與我踹碎了。〔正末唱〕呀呀呀他把我個竹眼籠的毬樓蹬折了四五根。〔楊衙内云〕連這條匾擔也屈折了罷。〔正末唱〕把我這一條黄桑擔生踏損。〔楊衙内云〕那持魚的盆子。也拏來摔碎了。〔正末唱〕把我這一個設口樣圝圇的淺盆。〔云〕這是借來的波。爺饒了我罷。〔唱〕可早是打一條通長璺。

〔楊衙内云〕這厮敢這等無禮。想是不曾聞我的名兒。且饒了你個弟子孩兒。快走。我要同樂院裏尋那王臘梅去也。〔正末見店小二科云〕小二哥。我將這擔兒寄在這裏。敢問適纔來的這是什麽人。〔店小二云〕你還不懂的。則他便是楊衙内。〔正末云〕哦。原來那大雪裏打我的。正是這厮。

〔唱〕

【後庭花】難道我不親呵認是親。既知恩不報恩。調動我這三尺攔關臂。努起一千條歹鬬觔。誰着你惱了我惡魔神。試嘗咱這精拳一頓。我割捨的發會村。怒吽吽使會狠。便做道佛世尊。這回家也怎地忍。

【金盞兒】我這裏搶起折支巾。拽起夜叉裙。〔楊衙内做見搽旦科云〕姐姐休怪。我來遲了也。〔正末做搠楊衙内科云〕哥也。唱着喏去。〔做打楊衙内科〕〔楊衙内打觔斗科〕〔正末唱〕拳着處早可撲的精磚上盹。〔燕大云〕你打死他了也。〔正末云〕哥。你休怕者。〔唱〕看那厮眼朦朧正着昏。我將這大拇指去那廝人中裹掐。〔帶云〕主人家有水將的些來。〔唱〕新汲水那廝面皮上歕。〔楊衙內做嘆氣科〕〔正末云〕哥也。他不死哩。〔唱〕那廝熱拖拖的纔出氣。〔楊衙內舒身科〕〔燕大云〕他早翻過身哩。〔正末云〕他怎麼肯死。〔唱〕那廝他跌蹬蹬的恰還魂。

〔楊衙內做嘴臉調旦科〕〔正末云〕待我再打這廝。〔楊衙內做怕打哨子下〕〔燕大云〕我倒看不出你這箇博魚的。有恁般好手脚。倒不如只打拳去。我問你委實是那裏人氏。姓甚名誰。〔正末云〕我三更不改名。四更不改姓。哥。我實對你說。我須不是歹人。〔燕大云〕你不是歹人。可是甚人。〔正末云〕則我是宋江手下第十五個頭領。浪子燕青的便是。〔燕大云〕壯士。你姓燕。我也姓燕。你多大年紀了。〔正末云〕我今年二十五歲也。〔燕大云〕不是我要便宜。我可三十五歲。你肯與我做個兄弟麼。〔正末云〕若不棄嫌呵。願與哥哥做個兄弟。〔燕大云〕好好好。大嫂與兄弟廝見咱。〔搽旦云〕這幾年我不曾見你說有甚麼兄弟。今日可可的就認的是你兄弟。着我與他相見。我怕見生人。羞答答的。〔做見科〕〔正末拜科云〕嫂嫂。恕生面少拜識。〔搽旦云〕呸。兩箇眼恰似賊一般的。〔燕大云〕大嫂。你好歹嘴也。〔正末云〕哥也。你兄弟有一句話敢說麼。〔燕大云〕兄弟。你有甚麼話你說。〔正末云〕敢問哥哥。這嫂嫂敢不和哥哥是兒女夫妻麼。〔燕大云〕兄弟。你好眼毒也。你怎生便認的出來。〔正末唱〕

【賺煞尾】你看這鬏髻上扭的出那棘針油。面皮上刮的下那桃花粉。只這兩樁兒管做了你個哥哥的禍根。穿着些素淡衣服越風韻。兀的不是天生成玉軟香温。我見他扭

回身。抖擻下精神。則被他那眼角眉尖斷送了春。〔正末做打耳喑科云〕哥也。可是這般。

〔燕大云〕我知道了也。〔正末唱〕我恰纔舌貼着你那耳輪。敢可也一言難盡。哎哥也你是

個好男兒休戴着這一頂屎頭巾。〔下〕

〔燕大云〕大嫂。天色將晚也。俺和你回家去來。〔同下〕

〔音釋〕鏝音漫　刃仁去聲　揹肯去聲　葷音昏　揾温去聲　哏狠平聲　蹬音鄧　璺音問　吽音烘

　　盹敦上聲　歕噴平聲　躞音燮

第三折

〔搽旦上云〕自家同樂院裏見了衙内。又不曾説的一句梯氣話。回到家中。我心裏則自想着。今日是八月十五日中秋節令。我纔和燕大燕青在前廳上飲酒翫月。我將那酒冷一鍾。熱一鍾。冷一碗。熱一碗。灌的他兩個爛醉。我如今打發他在房中都歇息去了。可是爲何。我心中不待與他吃酒。我則想着衙内。我藏下些好案酒果品。只等衙内到來。我和他悄悄的自到後花園吃幾杯兒。我已多時着人叫他去了。這早晚敢待來也。〔楊衙内上云〕自家楊衙内的便是。自從王大姐相約。我在同樂院裏着那個人打了我一頓。我再也不曾見他。不知那厮是什麽人。如今王大姐着人來尋我。相約晚間在他家説話。須索走一遭去。〔做見搽旦科云〕大姐。你可記的當日同樂院前那漢子是什麽人。險些兒被他打死我也。如今你家燕大在那裏。〔搽旦云〕衙内。燕大醉了。我打發他在

房中睡哩。你進家裏來。〔楊衙内云〕我單爲你。着那厮打了這一頓。你又叫我怎的。〔搽旦云〕這也是你自家的悔氣。着那厮打了。我好不心疼哩。我如今整備下好酒好食。與你到後花園亭子上吃幾杯兒酒。一來就與你陪話。二來和你取一回快樂。〔楊衙内云〕你那裏是我姐姐。就是我的娘哩。你只不要耍我。〔搽旦云〕我怎麽耍你。我和你吃酒去來。〔楊衙内云〕去去去。〔同下〕〔正末拏席上云〕自從來到哥哥家中。可早半年光景也。時遇八月十五日。中秋節令。我和俺哥哥前廳上多飲了幾杯酒。覺的身上煩熱。我到那後花園亭子上乘凉去咱。〔唱〕

【中呂粉蝶兒】鼓打初更。是誰人推出這一輪明鏡。原來是配金烏那兔魄東生。這早晚玉繩高。銀河淺。恰正是夜闌人静。端的這月白風清。我則見滴溜溜倒垂着斗柄。

【叫聲】我恰纔便横飲到兩三巡。灌得我來酩酊。酩酊。猶未醒。〔帶云〕怪道我這脚趔趄站不定呵。〔唱〕原來那一盞盞都是甕頭清。

〔帶云〕來到這月臺上。將席子展開。待我睡一覺咱。〔唱〕

【醉春風】我鋪的這艾葉紋藤席净。掇過這桃花瓣石枕冷。醉魂兒偏喜月波凉。就這搭兒裏挺挺。滿鼻凹清風。拍胸膛爽氣。落的這徹骨毛索性。

〔帶云〕我是聽這上衙更鼓咱。〔做打二鼓科〕〔唱〕

【倘秀才】鼓打到一更也那二更。犬吠到三聲也那四聲。〔搽旦同楊衙内上搽旦云〕衙内。喒兩個往那黑地裏走。休往月亮處。着人瞧見。要説短説長的。喒兩個打着個暗號。赤赤赤。〔楊衙内搽旦做跳過正末身科）〔正末唱〕我這裏呵欠罷翻身打個噷挣。〔搽旦云〕赤赤赤。〔楊衙内云〕赤赤赤。〔正末唱〕驀見個女娉婷引着個後生。

〔搽旦又楊衙内行科云〕赤赤赤。〔正末唱〕

【叫聲】眼見的八九分是姦情。是誰家鬼精。鬼精。做出這喬行徑。〔搽旦云〕穿的那衣服。拖天掃地的。一脚踹着。不險些兒絆倒了。攞起衣服來。走走走。赤赤赤。〔楊衙内云〕赤赤赤。〔正末唱〕怎知道黑影裏偏撞着俺這潑燕青。

【滚繡毬】俺這裏將怪眼睁。〔搽旦云〕把脚擡的輕着些兒。不要走的響了。着人聽見又捏舌也。〔正末唱〕他那裏擡的脚步兒輕。他若是但回身我在這背陰中掩映。〔楊衙内扯搽旦科〕〔搽旦云〕折了你那手爪子。走便走。這麽扯扯拽拽的做什麽。〔正末唱〕則見他厮扯拽悄地前行。〔楊衙内云〕赤赤赤。〔搽旦云〕赤赤赤。〔正末唱〕那厮赤的唤了一聲。那妮子赤的應了一聲。早是這吃敲才膽硬。〔搽旦云〕喒來到這亭子上也。推開這門進來了。關上門。打開吊窗。把這芭蕉扇合着這酒。把這梨花樣磁鉢遮着暗燈。但有人來你就打吊窗裏跳出去。怕做甚麽。喒兩箇自在吃幾鍾兒。〔楊衙内云〕好好。我和你吃的醉了。方纔有興。〔正末云〕這厮亭子上去了也。〔唱〕我見他笑吟吟推入門桯比及我唾潤開窗紙偷睛覷。他可也背靠定毬樓側耳聽。〔搽旦云〕我這般赤心的待你。只怕你忘了我好處。我要你説箇誓來。〔楊衙内云〕我若負了你的心呵。燈草打折脚古楞。現報在你眼裏。〔正末唱〕他説什麽海誓也那山盟。〔搽旦云〕你再吃一鍾。我也吃一鍾。〔正末云〕這事不中。喚俺哥哥去來。〔做喚燕大科云〕哥哥。你出來。〔燕大上云〕兄弟。深更半夜。你喚我做什麽。〔正末云〕哥哥。俺嫂嫂有姦夫也。〔燕大云〕兄弟。你嫂嫂不是這般人。有姦夫在那裏。〔正末云〕在後花園中亭子上。正在那裏吃酒哩。喒和你拏去來。〔燕大云〕兄弟。拏他做什麽。他吃了酒好歹去也。〔正末云〕我踏開這門咱。〔正末做踏開門科〕〔燕大云〕快拏住姦夫。〔楊衙内做慌科云〕有人來了。我打這吊窗裏跳出去。走走走。〔下〕〔正末云〕嗨。這厮可走了也。〔燕大云〕好。走了倒是塲乾净。你這賤人。我且問你。怎生與姦夫在這裏吃酒。〔搽旦云〕姦夫在那裏。姓張姓李。姓趙姓王。可是長也矮。瘦也胖。被你拏住了來。天氣喧熱。我來這裏歇凉。那裏討的姦夫來。常言道捉賊見贜。捉姦見雙。燕大。你既要拏姦。如今還我姦夫來便罷。若没姦夫。怎把這樣好小事兒贜誣着我。我是個拳頭上站的人。肐膊上走的馬。不帶頭巾男子漢。丁丁當當響的老婆。燕大。我與你要見一個明白。〔正末唱〕

【幺篇】你這個養漢精。假撇清。你道是没姦夫抵死來瞞定。恰纔個誰推開這半破窗欞。〔搽旦云〕我支開亮窗。這裏趁風歇凉來。〔正末唱〕誰揉的你這鬢角兒鬆。〔搽旦云〕我恰纔呼貓。是花枝兒抓着來。〔正末唱〕誰揑的你這腮斗兒的青。〔搽旦云〕我恰纔睡着了。是鬼揑青來。〔正末唱〕可也不須你折證。見放着一個不語先生。誰着這芭蕉葉紙扇翻合着酒。

誰着這梨花樣磁鉢倒暗着燈。這公事要辯個分明。

〔正末云〕哥也。這等婦人要做什麼。與我殺了者。〔燕大云〕兄弟。我便要殺他。也没的刀那。我。〔正末拔刀科云〕兀的不是刀。〔燕大做殺搽旦科〕〔搽旦云〕我那親哥哥。如今天氣熱。你便殺了實下不的手。到那寒冬臘月裏害脚冷。誰與你焐脚。〔燕大云〕兄弟。不争我殺壞了他。誰與我焐脚。我委實下不的手。〔正末云〕哥也。你殺不的。我替你殺。〔搽旦叫科云〕有殺人賊也。〔楊衙内領隨從冲上云〕這廝無故殺人。令人與我拏住這兩個殺人的。都下在死囚牢裏去者。〔隨從做拏住正末燕大科〕〔搽旦云〕好也。好也。如今都綁下在死囚牢裏去了。看你可有本事再來殺我。〔燕大云〕兄弟也。似此可怎了。〔正末云〕哥。我恰纔不説來。〔唱〕

【煞尾】則你個紙做的瓶兒怎拔乾的井。蠟打的鍬兒怎撅就的坑。你道他有體態。有聰明。知你的意。會你的情。有他時春自生。没他時坐不寧。怎知他欠本分。少至誠。忒淫濫蘇小卿。不值錢王桂英。拏住了姦夫你又殺不成。倒被他拖入囚牢死狗似撑。也不是我病僧勸患僧。有一日押向雲陽市上行。只等的高叫開刀和那聲。方纔道悔不當初你可便恁時節省。〔同燕大下〕

〔楊衙内云〕大姐。你方纔放心了。把這兩箇放在牢中牢死了。俺兩個做了永遠夫妻。可不快活也。〔搽旦云〕衙内。只等結果了他。喒就没人管的着了。憑着我這一片好心。天也與俺這條兒糖吃。〔同下〕

〔音釋〕酩音茗　酊丁上聲　趔劣平聲　趄且上聲　甕翁去聲　瓣音扮　索音嫂　囈音異　挣争去聲　驀音陌　娉批明切　攞羅去聲　缽音撥　興去聲　桯音刑　聽平聲　焐烏去聲　鍬粗消切

第四折

〔燕二上云〕自家燕順便是。自與燕青分別之後。到於梁山泊上。投見宋江哥哥。就收留我做個頭領。聽知的俺哥哥燕和落在那婦人彀中。連兄弟燕青也着絆了。我問宋江哥哥。告了一箇月假限。背着一包袱金珠寶貝。救兩個兄弟走一遭去來。〔詩云〕拜辭了宋江哥哥。不辭憚碌碌波波。爲兄弟忘生捨死。早救出地網天羅。〔下〕〔楊衙内上云〕誰想燕大下在牢中。他兩個劫了牢走了。更待干罷。我領着衆弓兵。不問那裏趕將去。〔下〕〔正末拏枷燕大背衣服同上〕〔燕大云〕兄弟。這早晚往那裏去好。〔正末云〕哥哥。走走走。〔唱〕

【雙調新水令】正風清月朗碧天高。〔帶云〕好怪那。〔唱〕可怎生打獨磨覓不着官道。〔燕大云〕兄弟。若有人追來時。我可趓在那裏。〔正末唱〕你去那大北坡踉蹌走。〔燕大云〕兄弟你呢。〔正末唱〕喒則去那小道兒上隔斜抄。行不到半里其高。則聽的腦背後喊聲鬧。〔燕大云〕兄弟。背後有人追來了。這早晚黑洞洞的、可往那裏趓去。〔正末云〕哥也。我支分與你趓那厮咱。〔唱〕

【沉醉東風】你去這白草坡潛踪躡脚。〔燕大云〕兄弟也。你呢。〔正末唱〕我在這黄葉林屈脊低腰。我曲躬躬的向地皮上伏。立欽欽把松樹來靠。直挺挺按定枷稍。我這裏聽沉了多時静悄悄。我則見火把和那燈籠可都去了。

〔云〕哥也。你則在這裏。我迎的那厮每去咱。〔燕大云〕兄弟。我則在這裏等着你也。〔正末下〕〔楊衙内同搽旦引弓兵上〕〔搽旦云〕衙内。兀的不是燕大。〔楊衙内云〕正是燕大。拏繩子來綁了他。〔綁科云〕把這厮綁在這裏。還有一個哩。喒尋那個去來。〔同搽旦下〕〔燕大云〕天那。着誰人救我也。〔正末再上科〕〔燕大云〕兄弟被姦夫淫婦將我綁在這裏。你救我咱。〔正末唱〕

【攪箏琶】急的我心兒跳。好一似熱油澆。爲甚麽乾支刺吐着舌頭。呆不騰瞪着個眼腦。鼻凹裏冷氣出。咽喉内熱涎潮。元來是一縷麻緇。誰把個活套頭將他拴住了。

〔帶云〕我若來的遲呵。〔唱〕争些兒一命難逃。

〔燕大云〕兄弟。我被那姦夫淫婦險些兒斷送了也。〔正末云〕哥也。喒和你趕那厮去來。〔同下〕〔燕二云〕我趁着這月色微明。連夜趲到汴梁。救拔我那燕青兄弟去也。〔正末上做撞見科〕〔喝云〕咄。那裏來的是什麽人。〔燕二云〕你説你是那個。〔正末云〕則我梁山泊好漢燕青的便是。〔燕二云〕兄弟。我便是捲毛虎燕順。〔燕大云〕喏。報報報。〔燕二云〕怎的。〔燕大云〕元來是我兄弟燕二。大家耍一會。〔正末唱〕

【喬木查】俺撩開衣拽起脚。剛轉過這林薄。只聽的可磕擦閃出個人來到。元來是俺哥哥廝撞着。

〔云〕哥哥。我問你。黑夜裏到那裏去。〔燕二云〕兄弟。我如今也在梁山泊上做箇頭領了。聞知你和大哥被楊衙内拏下死囚牢裏。只在早晚要殺壞你兩箇。因此上告了一個月假限。特來救你。〔正末唱〕

【甜水令】我則道你法灸神針。周流湖海。發賣醫藥。元來你也要弄俺這家刀。可怎生在曠野荒郊。月黑時光。風高天道。獨自個背着衣包。

〔燕二云〕我這包裹裏都是些金珠寶貝。要將來上下使用。救拔你兩個的。〔正末唱〕

【折桂令】我有甚犯法違條。只爲那淫婦姦夫。險送了你個共乳同胞。你待要使用金銀。打通關節。救拔囚牢。則俺燕青呵須不是鷹心雁爪。早跳出虎穴狼巢。〔燕二云〕且喜兄弟今日逍遥無事了也。〔正末唱〕你説甚無事逍遥。争知我怒氣難消。我若不殺的這兩個無徒也。怎顯的我半世英豪。

〔楊衙内同搽旦引弓兵上云〕黑洞洞的不知那個死囚那裏躲了。大姐。我們且結果了那個綁的去。與你拔了這眼中的釘子哩。〔正末喝云〕兀的不是姦夫淫婦。你往那裏走。〔做拏住科〕〔衆弓兵云〕不好了。我每走了罷。將軍不下馬。各自奔前程。〔下〕〔楊衙内云〕我要拏他。倒被他拏了我也。〔搽旦云〕元來是我兩個叔叔。我道你是好人那。〔正末云〕將這兩個賊男女都執縛定了。押回山寨。見我宋江哥哥去來。〔唱〕

【離亭宴歇指煞】半合兒歇息在牛王廟。一直的走到梁山泊。若見俺公明太保。還了俺這石榴色茜紅巾。柳葉砌烏油甲。荷葉樣煙氈帽。百煉鋼打就的長朴刀。五色絨刺下的香綿襖。〔帶云〕便是俺大哥也。〔唱〕一齊的去那皖子城中送老。上稍裏不眠花。下場頭少不得落一會草。

〔宋江領僂儸冲上云〕某乃宋江是也。今有兄弟燕青着絆。有燕順告假救他去了。某如今親領一枝軍馬。接應燕青去來。〔做見科〕〔宋江云〕燕青兄弟。這樁事我遣神行太保戴宗打探明白。早已知道也。小僂儸。將這姦夫淫婦與我繩纏索綁拏上山去。縛在花標樹上。殺壞了者。一面敲牛宰馬。殺羊造酒。做一個慶喜的筵席。〔詞云〕則俺三十六勇耀罡星。一個個正直公平。爲燕大主家不正。親兄弟趕離家庭。楊衙内敗壞風俗。共淫婦暗約偷情。將二人分屍斷首。梁山上號令施行。這的是與民除害。不枉了浪子燕青。

〔音釋〕彀音搆　踉音凉　蹌音鎗　脚音皎　刺音辣　瞪音呈　咽音烟　薄巴毛切　着池燒切　藥音耀　巢鋤昭切　泊巴毛切　茜阡去聲　皖喚上聲　罡音剛　離去聲

題目　梁山泊宋江將令

正名　同樂院燕青博魚

臨江驛瀟湘秋夜雨雜劇

楊顯之撰

楔子

〔末扮張天覺同正旦翠鸞領興兒上詩云〕一片心懸家國恨。兩條眉鎖廟廊謀。總爲浮雲能蔽日。長安不見使人愁。老夫姓張名商英。字天覺。叨中甲第以來。累蒙擢用。謝聖恩可憐。官拜諫議大夫之職。爲因高俅楊戩童貫蔡京苦害黎庶。老夫秉性忠直。累諫不從。聖人着老夫江州歇馬。我夫人不幸早年亡過。止留下一箇女孩兒。小字翠鸞。長年一十八歲。未曾許聘他人。老夫自離了朝門。一路辛苦。到此淮河渡也。限次緊急。興兒。與我喚將排岸司來者。〔興兒云〕理會的。〔浄扮排岸司上詩云〕腿上無毛嘴有髭。星馳電走不違時。沿河兩岸長巡哨。以此加爲排岸司。小官排岸司的便是。驛亭中大人呼喚。不知有甚事。須索走一遭去。老叔報復去。道有排岸司來了也。〔興兒報科〕〔張天覺云〕着他過來。〔興兒云〕着過去。〔做見科〕〔浄云〕大人喚排岸司有何分付。〔張天覺云〕排岸司。老夫奉聖人的命。將着家小前往江州歇馬。限次緊急。你不預備下船隻。可不誤了我的期限。好打。則今日我就要開船也。〔浄云〕大人。這淮河神靈。比別處神靈不同。祭禮要三牲。金銀錢紙燒了神符。若歡喜方可開船。若不歡喜狂風亂起。浪滚波翻。那一個敢開。請問大人。不知可曾祭過神道不曾。〔正旦云〕這等。爹爹與他些錢鈔。早些安排祭禮去。

〔張天覺云〕孩兒。你不知。老夫是國家正臣。他是國家正神。何必要什麼祭禮。豈不聞非其鬼而祭之。諂也。〔詩云〕宋國非强楚。清淮異汨羅。全憑忠信在。一任起風波。排岸司。快與我開了船者。〔浄云〕船便開。倘若有些不測。只不要抱怨我。〔做開船科〕〔興兒云〕呀。風浪起了。怎麼好。怎麼好。水滰了船也。救人救人。〔張天覺下〕〔浄救正旦科云〕我救了這小姐也。再救那大人去。〔下〕〔正旦云〕翠鸞好險也。爹爹好苦也。這淮河裏翻了船。多虧排岸司救了我的性命。尚不知我的爹爹生死若何。排岸司打撈去了。單留妾身在此。可怎了也。〔外扮孛老上見正旦科云〕兀那女子。你是何方人氏。姓甚名誰。你説與我聽咱。〔正旦云〕妾身乃張天覺的女孩兒。小字翠鸞。長年一十八歲。因爹爹往江州歇馬。來到這淮河渡。不聽排岸司言語。不曾祭祀。開到中流。果然風浪陡作。翻了船。若不是排岸司救了我呵。那得這性命來。〔孛老云〕看這女子。也不是受貧的人。他乃官宦之家。我陪你在此等一等。若是你那做官的尚在。我送你去還他便了。〔正旦云〕怎麼等了許久。那排岸司還不見來。我身上一來禁不過這濕衣服。二來天色漸晚。爹爹又不知下落。天阿。兀的不害殺我也。〔孛老云〕姐姐。我是這淮河邊打漁的。叫做崔文遠。家裏離此不遠。姐姐。你若肯與我做個義女兒。且在我家中住下。等日後尋見你那做官的。我着你子父每再得團圓。你意下如何。〔正旦云〕那壁老的若不棄嫌呵。我情願與你做個女兒。〔孛老云〕既是這等。你就跟我家中去來。〔正旦云〕這些時不知我那爹爹在那裏也呵。〔唱〕

【仙吕端正好】我恰纔沉没這急流中。掙的到河灘上。只看我這濕渌渌上下衣裳。若

不是漁翁肯把咱恩養。〔帶云〕天那。〔唱〕這潑性命休承望。〔同下〕

〔音釋〕戩音剪　汨音密

第一折

〔張天覺領興兒上詩云〕船過淮河渡。心忙去路催。豈知風浪起。攛下一天悲。老夫張天覺是也。不聽排岸司之言。到於中流。翻了船隻。我那翠鸞女孩兒。不知去向。我欲待親自去尋來。限次又緊。着老夫左右兩難。如何是好。如今沿途留下告示。如有收留小女翠鸞者。賞他花銀十兩。待到了江州。再遣人慢慢跟尋。又作道理。我那翠鸞孩兒。則被你痛殺我也。〔下〕〔孛老上云〕歡來不似今朝。喜來那逢今日。老漢崔文遠的便是。自從探俺兄弟回來。見一個女孩兒。乃是張天覺大人的小姐。他父親往江州歇馬去。來到這淮河渡。不信排岸司之言。不曾祭獻神道。便開了船。到這半途中。刮起大風。湧起波浪。將這船掀翻了。今他父親不知所在。這個女孩兒也是有緣。我認他做了個義女。他自到我家來。倒也親熱。一家無二。每日前後照顧。再不嫌貧棄賤。也是老漢陰功所積。今日不出去打漁。在家中閒坐。看有甚麽人來。〔冲末扮崔甸士上詩云〕黄卷青燈一腐儒。九經三史腹中居。他年金榜題名後。方信男兒要讀書。小生姓崔名通字甸士。祖居河南人氏。幼習儒業。頗看詩書。受十年苦苦孜孜。博一任歡歡喜喜。小生如今上朝取應去。到此淮河渡。這裏有個崔文遠。他是俺爹爹的親兄。順便須探望他去。這就是伯父門首。待我叫一聲。門裏有人麽。〔孛老云〕是誰喚門。我開了這門。〔問科云〕是那個。〔崔甸士云〕小姪是崔甸士。因上朝取應去。特來拜辭伯父。〔孛老云〕孩兒。請家裏來。你父親安康麽。〔崔甸士云〕托賴伯父安康哩。〔孛老云〕你休便要去。且在我家裏住幾日。〔崔甸士云〕多謝伯父。〔孛老云〕你曾娶妻來麽。〔崔甸士云〕上告伯父。古人有云。先功名而後妻室。小姪還不曾娶妻哩。〔孛老云〕我想這崔甸士是箇有文才的。久已後必然爲官。我有心將翠鸞孩兒聘與他爲妻。未知他意下如何。待我喚他出來。和我姪兒厮見。我自有箇主意。翠鸞孩兒。你出來。〔正旦上云〕妾身翠鸞的便是。自從與父親相别。並無音信。多虧了這崔老的認我做義女兒。他將我似親女一般看待。我在這裏怕不打緊。知我那爹爹在於何處也呵。〔唱〕

【仙吕點絳唇】舉目生愁。父親别後難根究。這一片悠悠。可也還留得殘生否。

【混江龍】若不是漁翁搭救。險些兒趁一江春水向東流。我如今偷挨歲月。爹爹呵知他在何處沉浮。則我這一寸心懷千古恨。兩條眉鎖十分憂。多謝的那老父恩臨厚。不將我似世人看待。直做個親女收留。

〔做見科云〕父親呼喚翠鸞。有何分付。〔孛老云〕孩兒。我有箇姪兒喚做崔甸士。他爲進取功名去。路打我門首經過。來拜别我。你如今過去。與他相見咱。〔正旦云〕理會的。〔孛老云〕姪兒不知。我近新認了箇義女兒。叫做翠鸞。特特喚他出來。與你相見一面。你也好前後出入行走。〔崔甸士云〕伯父請過妹子來。小生與他相見咱。〔孛老云〕翠鸞孩兒。你過來把體面與哥哥相見

者。〔正旦做見科云〕哥哥萬福。〔崔甸士云〕一箇好女子也。〔正旦唱〕

【油葫蘆】則見他抄定攀蟾折桂手。〔崔甸士云〕妹子。恕生面少拜識。〔正旦唱〕待趨前還褪後。我則索慌忙施禮半含羞。〔崔甸士云〕妹子。小生有緣得此一見。〔正旦唱〕則見他身兒俊俏龎兒秀。〔崔甸士云〕妹子。小生此後又不知何時重會哩。〔正旦唱〕則見他性兒温潤情兒厚。且休誇潘安貌欠十分。子建才非八斗。單只是白凉衫穩綴着鴛鴦扣。上下無半點兒不風流。

〔崔甸士云〕妹子。小生一來探望伯父。二來便辭别應舉去也。〔正旦唱〕

【天下樂】則願的早奪詞場第一籌。文優福亦優。宴瓊林是你男兒得志秋。標題的名姓又香。打扮的體態又傷。准備着插宫花飲御酒。

〔孛老云〕老夫偌大年紀。别無一人。止有這箇女孩兒。未曾招嫁。我想姪兒聰明俊俏。有心待將這女孩兒與我姪兒爲妻。我試問他咱。甸士。你曾娶妻來麽。〔崔甸士云〕小生並未娶妻。伯父只管問我怎的。〔孛老云〕老夫偌大年紀。止有這箇女孩兒。我見你堂堂人物。聰慧風流。久已後必然爲官。我要招你爲壻。久後送老漢入土。也有些光彩。甸士。便好道淑女可配君子。你心下如何。〔崔甸士云〕謹依尊命。多謝了伯父。〔正旦云〕父親救得我性命勾了。又要替我成就這親事怎的。〔唱〕

【醉中天】纔救出淮河口。又送上楚峯頭。〔做背哭科云〕俺那父親呵。〔唱〕生死茫茫未可求。怎便待通媒媾。〔孛老云〕我兒。你怎麽不答應我一句兒。姻緣姻緣。事非偶然。我也須不悮了你。〔正旦唱〕雖然道姻緣不偶。我可一言難就。有多少雨泣雲愁。〔孛老云〕我兒。這個是喜事。怎麽倒哭起來。快不要這等。我看的那姪兒滿腹文章。一定是做官的。故此將你許配了他。常言道女大不中留。你見那家女孩兒養老在家裏的。你只依着我。就今日兩邊行一個禮。承認了罷。〔正旦唱〕

【金盞兒】元來他敬儒流。意綢繆。可甚麽是非只爲多開口。倒道我女大不中留。他分明親許出。着我怎擡頭。雖然俺心下有。我須是臉兒羞。

〔孛老扯旦末行禮科云〕則今日好日辰。成合了這門親事。姪兒。你與我便上朝求官應舉去。得一官半職。回來改换家門。則是休忘了我的恩念。〔正旦云〕多謝父親。則怕崔秀才此一去。久後負了人也。〔崔甸士云〕小生若負了你呵。天不蓋。地不載。日月不照臨。〔正旦云〕秀才也。你去則去。頻頻的稍箇書信回來。〔崔甸士云〕小生知道。你放心者。〔正旦唱〕

【賺煞】則他這胷臆捲江淮。寳劍輝星斗。是俺那父親匹配下鸞交鳳友。想着你千里關山獨自個走。則今宵有夢難投。你若到至公樓。占了鰲頭。則怕你金榜無名誓不休。莫便要心不應口。早做了背親忘舊。〔帶云〕崔秀才也。〔唱〕休着我倚柴門凝望斷不歸舟。〔下〕

〔崔甸士云〕則今日辭别了伯父。便索長行也。〔做拜别科〕〔孛老云〕姪兒。則願你早早成名。帶挈我翠鸞孩兒做個夫人縣君也。〔詩云〕成就良姻頃刻間。明春專望錦衣還。〔崔甸士詩云〕嫦娥自是貪年少。何怕蟾宫不許攀。〔同下〕

【音釋】褪吞去聲　厖音忙　傷音鄒　占去聲

第二折

〔浄扮試官領張千上詩云〕皆言桃李屬春官。偏我門墻另一般。何必文章出人上。單要金銀滿秤盤。小官姓趙名錢。有一班好事的就與我起個表德。唤做孫李。今年輪着我家掌管主司考卷。我清耿耿不受民錢。乾剥剥只要生鈔。目下有一舉子。姓崔名通字甸士。攛過卷子。擬他第一。只是我還未曾覆試。左右。與我唤將崔秀才來者。〔崔甸士上云〕小生崔通。攛過卷子。今場貢主呼唤。須索走一遭去。〔張千報科云〕報大人得知。崔秀才到了也。〔試官云〕着他過來。〔張千云〕着過去。〔做見科〕〔崔甸士云〕大人呼唤小生。不知爲何。〔試官云〕你雖然攛過卷子。未曾覆試你你識字麽。〔崔甸士云〕我做秀才。怎麽不識字。大人。那箇魚兒不會識水。〔試官云〕那箇秀才祭丁處不會搶饅頭吃。我如今寫箇字你識。東頭下筆西頭落。是個甚麽字。〔崔甸士云〕是個一字。〔試官云〕好不枉了中頭名狀元。識這等難字。我再問你會聯詩麽。〔崔甸士云〕聯得。〔試官云〕河裏一隻船。岸上八箇拽。你聯將來。〔崔甸士云〕若還斷了彈。八個都吃跌。〔試官云〕好好。待我再試一首。一箇大青碗。盛的飯又滿。〔崔甸士云〕相公吃一頓。清晨飽到晚。〔試官云〕好秀才。好秀才。看了他這等文章。還做我的師父哩。張千。你問這秀才有婚無婚。〔張千云〕相公問你。有婚無婚。〔崔甸士云〕有婚是怎生。無婚是怎生。〔張千云〕相公他問有婚是怎生。無婚是怎生。〔試官云〕若有婚。着他秦川做知縣去。若無婚。我家中有一百八歲小姐與他爲妻。〔張千云〕敢是一十八歲。〔試官云〕是一十八歲。〔張千云〕秀才。俺相公説你若有婚。着你秦川做知縣去。若無婚。有一小姐招你爲壻。〔崔甸士云〕住者。等我尋思波。〔背云〕我伯父家那箇女子。又不是親養的。知他那裏討來的。我要他做甚麼。能可瞞昧神祇。不可坐失機會。〔回云〕小生實未娶妻。〔試官云〕既然無妻。我招你做女壻。張千。着梅香在那竈窩裏拖出小姐來。〔張千云〕理會的。〔搽旦上詩云〕今朝喜鵲噪。定是姻緣到。隨他走個乞兒來。我也只是呵呵笑。妾身是今場貢官的女孩兒。父親呼喚。須索見去。〔做見科云〕父親。喚你孩兒爲着何事。〔試官云〕喚你來别無他事。我與你招一箇女壻。〔搽旦云〕招了幾箇。〔試官云〕只招了一箇。你看一看。好女壻麽。〔崔甸士云〕好媳婦。〔試官云〕好丈人麽。〔崔甸士云〕好丈人。〔試官覷張千科云〕好丈母麽。〔張千云〕不敢。〔試官云〕崔甸士。我今日除你秦川縣令。和我女兒一同赴任去。我有一箇小曲兒喚做醉太平。我唱來與你送行者。〔唱〕

【醉太平】只爲你人材是整齊。將經史温習。聯詩猜字盡都知。因此上將女孩兒配你。這幞頭呵除下來與你戴只。〔做除幞頭科〕這羅襴呵脱下來與你穿只。〔做脱羅襴科〕弄的

來身兒上精赤條條的。〔云〕張千。跟着我來。〔唱〕我去那堂子裏把個澡洗。〔下〕

〔崔甸士云〕小姐。我與你則今日收拾了行程。便索赴任走一遭去。〔詩云〕拜辭他桃李門墻。趲行程水遠山長。〔搽旦詩云〕不須辦幞頭袍笏。便好去幺喝擡箱。〔同下〕〔正旦上云〕妾身翠鸞的便是。自從崔老的認我做義女兒。他有箇姪兒是崔甸士。就將我與他姪兒爲妻。他姪兒上朝取應去了。可早三年光景。説他得了秦川縣令。他也不來取我。如今奉崔老的言語。着我收拾盤纏。直至秦川尋崔甸士走一遭去。他也少不的要看姪兒。就隨後來看我。〔歎科〕嗨。我想這秀才們好是負心也呵。〔唱〕

【南吕一枝花】不甫能蟾宫折桂枝。金闕蒙宣賜。則道是洞房花燭夜。金榜可兀的掛名時。我爲你撇弔了家私。遠遠的尋途次。恨不能五六里安箇堠子。我看了些灑紅塵秋雨的這絲絲。更和這透羅衣金風颼颼。

【梁州】我則見舞旋旋飄空的這敗葉。恰便似紅溜溜血染胭脂。冷颼颼西風了却黄花事。看了些林梢掩映。山勢參差。走的我口乾舌苦。眼暈頭疵。我可也把不住抹淚揉眵。行不上軟弱腰肢。我我我款款的兜定這鞋兒。是是是慢慢的按下這笠兒。呀呀呀我可便輕輕的拽起這裙兒。我想起虧心的那廝。你爲官消不得人伏侍。你忙殺呵寫不得那半張紙。我也須有箇日頭兒見你時。好着我仔細尋思。

〔云〕可早來到秦川縣了也。我問人咱。〔做向古門問科云〕敢問哥哥。那裏是崔甸士的私宅。〔内云〕則前面那個八字墻門便是。〔正旦云〕哥哥。我寄着這包袱兒在這裏。我認了親眷呵。便來取也。〔内云〕放在這裏不妨事。你自去。〔正旦云〕門上有人麽。你報復去。道有夫人在於門首。〔祗從云〕兀那娘子。你敢差走了。俺相公自有夫人哩。〔正旦云〕你道什麽。〔祗從云〕俺相公自有夫人哩。〔正旦唱〕

【牧羊關】兀的是閒言語。甚意思。他怎肯道節外生枝。我和他離别了三年。我怎肯半星兒失志。我則道他不肯棄糟糠婦。他原來别尋了個女嬌姿。只待要打滅了這窮妻子。呀呀呀你暢好是負心的崔甸士。

〔云〕哥哥。你只與我通報一聲。〔祗從報科云〕告的相公知道。門首有夫人到了也。〔搽旦云〕兀那厮。你説什麽哩。〔祗從云〕有相公的夫人在於門首。〔搽旦云〕他是夫人。我是使女。〔崔甸士云〕這厮敢聽左了。夫人你休出去。只在這裏伺候。待我看他去來。〔正旦做見認科云〕崔甸士。你好負心也。怎生你得了官。不着人來取我。〔搽旦云〕好也囉。你道你無媳婦。可怎生又有這一個來。我則罵你精驢禽獸。兀的不氣殺我也。〔做嘔氣科〕〔崔甸士云〕夫人息怒。這個是我家買到的奴婢。爲他偷了我家的銀壺臺盞。他走了我一向尋他不着。他今日自來投到。豈不是飛蛾撲火。自討死吃的。左右。拏將下去。洗剥了與我打着者。〔祗從做拏旦不伏科〕〔正旦唱〕

【隔尾】我則待婦隨夫唱和你調琴瑟。誰知你再娶停婚先有個潑賤兒。〔搽旦怒云〕你這天殺的。他倒駡我哩。〔崔甸士云〕左右。還不扯下去打呀。〔正旦唱〕倒將我横拖竪拽離階址。〔帶云〕崔甸士。〔唱〕你須記的。那時親設下誓詞。〔崔甸士云〕胡説。我有什麽誓詞。〔正旦唱〕你説道不虧心不虧心把天地來指。

〔崔甸士云〕左右。你道他真個是夫人那。不與我拏翻。不與我洗剥。不與我着實打。你須看我老爺的手段。着你一個個充軍。〔連做拍案祗從拏倒打科〕〔正旦唱〕

【哭皇天】則我這脊梁上如刀刺。打得來青間紫。颼颼的雨點下。烘烘的疼半時。怎當他無情無情的棍子。打得來連皮徹骨。夾腦通心。肉飛筋斷。血濺魂消。直着我一疼來一疼來一箇死。我只問你個虧心甸士。怎揣與我這無名的罪兒。

〔崔甸士云〕你要乞個罪名麽。這個有。左右。將他臉上刺着逃奴二字。解往沙門島去者。〔祇從云〕理會的。〔正旦唱〕

【烏夜啼】你這短命賊怎將我來胡雕刺。迭配去别處官司。世不曾見這等蹺蹊事。哭的我氣噎聲絲。訴不出一肚嗟咨。想天公難道不悲慈。只願得你嫡親伯父登時至。兩下裏質對個如何是。看你那能牙利齒。説我甚過犯公私。

〔崔甸士云〕左右。便差箇能行快走的解子。將這逃奴解到沙門島。一路上則要死的。不要活的。便與我解將去。〔正旦云〕崔甸士。你好狠也。〔唱〕

【黄鍾煞】休休休勸君莫把機謀使。現現現東嶽新添一個速報司。你你你負心人。信有之。嗒嗒嗒薄命妾自不是。快快快就今日。逐離此。行行行可憐見。只獨自。細細細心兒裏。暗忖思。苦苦苦業身軀怎動止。管管管少不的在路上停屍。〔做悲科唱〕哎喲天那。但不知那塌兒裏把我來磨勒死。〔同解子下〕

〔搽旦云〕相公。莫非是你的前妻。敢不中麽。不如留他在家。做個使用丫頭。也省的人談論。〔崔甸士云〕夫人不要多心。我那裏有前妻來。〔搽旦云〕他適纔説等你嫡親伯父來。要和你面對。這怎麽説。〔崔甸士云〕是我有個親伯父。叫做崔文遠。這原是我伯父家丫頭。賣與我的。你看他模樣倒也看的過。只是手脚不好要做賊。我前日到處尋不着他。今日自來尋我。怎麽饒的他過。如今這一去遇秋天陰雨。棒瘡發呵。他也無那活的人也。嗒和你後堂中飲酒去來。〔詩云〕幸今朝捉住逃奴。迭配去必死中途。〔搽旦詩云〕他若果然是前時妻小。倒不如你也去一搭裏當夫。〔同下〕

〔音釋〕彈平聲　盛平聲　習星西切　只張恥切　堠音后　颼生止切　旋去聲　參抽森切　差音嗤　暈音韻　疵音慈　眵抽支切　洗音選　瑟生止切

第三折

〔張天覺領興兒祗從上詩云〕一去江州三見春。斷腸回首淚沾巾。凄凉唯有雲端月。曾照當時離散人。老夫張天覺。自與我孩兒翠鸞在淮河渡翻船之後。可早又三年光景也。謝聖恩可憐。道老夫廉能清正。節操堅剛。常懷報國之心。並無於家之念。加老夫天下提刑廉訪使。敕賜勢劍金牌。先斬後聞。這聖意無非着老夫體察濫官污吏。審理不明詞訟。老夫雖然衰邁。豈敢憚勞。但因想我翠鸞孩兒。憂愁的鬚鬢斑白。兩眼昏花。全然不比往日了。我幾年間着人隨處尋問。並没消耗。時遇秋天。怎當那凄風冷雨。過雁吟蟲。眼前景物。無一件不是牽愁觸悶的。興兒。兀的不天陰下雨了也。行動些。〔詩云〕一自做朝臣。區區受苦辛。鄉園千里夢。鞍馬十年塵。親兒生失散。祖業盡飄淪。正值秋天暮。偏令客思殷。你看那灑灑瀟瀟雨。更和這續續斷斷雲。黄花金獸眼。紅葉火龍鱗。山勢嵯峨起。江聲浩蕩聞。家僮倦前路。一樣欲銷魂。興兒。前面到那裏也。〔興兒云〕老爺。前至臨江驛不遠了。〔張天覺云〕若到臨江驛。老夫權且駐下者。正是長江風送客。孤館雨留人。〔同下〕〔正旦帶枷鎖同解子上云〕好大雨也。〔詩云〕我本是香閨少女。可憐見無人做主。遭迭配背井離鄉。正逢着淋漓驟雨。哥哥。你只管裏將我來棍棒臨身。不住的拷打。難道你的肚腸能這般硬。再也没那半點兒慈悲的。〔做悲科〕天阿天阿。我委實的銜寃負屈也呵。

〔唱〕

【黄鍾醉花陰】忽聽的擢林怪風鼓。更那堪甕瀽盆傾驟雨。耽疼痛捱程途。風雨相催。雨點兒何時住。眼見的折挫殺女嬌姝。我在這空野荒郊可着誰做主。

〔解子云〕快行動些。這雨越下的大了也。〔正旦唱〕

【喜遷鶯】淋的我走投無路。知他這沙門島是何處酆都。長吁。氣結成雲霧。行行裏着車轍把腿陷住。可又早閃了胯骨。怎當這頭直上急簌簌雨打。脚底下滑擦擦泥淤。

〔正旦做跌倒科〕〔解子云〕你怎麼跌倒了來。〔正旦云〕哥哥。這裏滑。〔解子云〕千人萬人走都不跌。偏你走便跌倒了。我如今走過去。滑呵。萬事罷論。若不滑呵。我將你兩條腿打做四條腿。〔解子走跌倒科云〕快扶我起來。兀那女子。你往那邊兒走。這裏有些滑。〔正旦唱〕

【出隊子】好着我急難移步。淋的來無是處。我吃飯時曬乾了舊衣服。上路時又淋濕我這布裹肚。吃交時掉下了一箇棗木梳。

〔解子云〕你又怎的。〔正旦云〕掉了我棗木梳兒也。〔解子云〕掉了罷。到前面别買箇梳子與你。〔正旦云〕哥哥。你尋一尋。到前面你也要梳頭哩。〔解子云〕你也是箇害殺人的。〔做脚踏科云〕這箇想是了。我就這水裏把泥洗去了。如今有了梳子。你快行動些。〔正旦唱〕

【幺篇】我心中憂慮有三樁事我命卒。〔解子云〕可是那三樁事。你説我聽。〔正旦唱〕這雲呵他可便遮天映日閉了郊墟。這風呵恰便似走石吹沙拔了樹木。這雨呵他似箭簳懸麻粧助我十分苦。

〔解子云〕你走便走。不走我打你也。〔正旦云〕哥哥。〔唱〕

【山坡羊】則願你停嗔息怒。百凡照覷。怎便精唇潑口罵到有三十句。這路崎嶇。水縈紆。急的我戰欽欽不敢望前去。况是棒瘡發怎支吾。剛挪得半步。〔帶云〕哥哥。你便打殺我呵。〔唱〕你可也没甚福。

〔解子云〕你休要多嘴多舌。如今秋雨淋漓。一日難走一日。快與我行動些。〔正旦唱〕

【刮地風】則見他努眼撑睛大叫呼。不鄧鄧氣夯胷脯。我濕淋淋只待要巴前路。哎。行不動我這打損的身軀。〔解子喝科云〕還不走哩。〔正旦唱〕我捱一步又一步何曾停住。這壁厢那壁厢有似江湖。則見那惡風波。他將我緊當處。問行人踪跡消疎。似這等白茫茫野水連天暮。〔帶云〕哥哥也。〔唱〕你着我女孩兒怎過去。

〔解子云〕你又怎的。〔正旦云〕哥哥。這般水深泥濘。我怎生走的過去。望哥哥可憐見。扶我一扶過去。〔解子云〕則被你定害殺我也。我扶將你過去。我問你。你怎生是他家梅香。你將他家金銀偷的那裏去了。他如今着我害你的性命哩。你可實對我説。〔正旦云〕我那裏是他家梅香。偷了金銀走來。〔唱〕

【四門子】告哥哥一一言分訴。那官人是我的丈夫。我可也説的是實又不是虚。尋着他指望成眷屬。他别娶了妻道我是奴。我委實的銜寃負屈。

〔解子云〕這等説起來。是俺那做官的不是。如今我也饒不得你。快行動些。〔正旦唱〕

【古水仙子】他他他。忒很毒。敢敢敢。昧己瞞心將我圖。你你你。惡狠狠公隸監束。我我我。軟揣揣罪人的苦楚。痛痛痛。嫩皮膚上棍棒數。冷冷冷。鐵鎖在項上拴住。可可可。乾支剌送的人活地獄。屈屈屈。這煩惱待向誰行訴。〔帶云〕哥哥。〔唱〕來來來。你是我的護身符。

〔解子云〕天色晚了也。快行動些。尋一個宵宿的去處。〔正旦唱〕

【隨尾】天與人心緊相助。只我這啼痕向臉兒邊廂聚。〔帶云〕天那天那。〔唱〕眼見的淚點兒更多如他那秋夜雨。〔同下〕

〔音釋〕蛩音窮　續詞疽切　蹇音蹇　捱去聲　姝音朱　骨音古　簌蘇上聲　淤音迂　服房夫切

卒音祖　木音暮　簳音趕　崎音欺　嶇音區　福音府　夯音享　濘音佞　屬繩朱切　屈丘

雨切　毒東盧切　束音暑　數上聲　獄于句切　屈音矩

第四折

〔淨扮驛丞上詩云〕往來迎送不曾停。廩給行糧出驛丞。管待欽差猶自可。倒是親隨伴當没人情。小可是臨江驛的驛丞。昨日打將前路關子來。道廉訪使大人在此經過。不免打掃館驛乾净。大人敢待來也。〔孛老上云〕老漢崔文遠的便是。自從着我女兒翠鸞尋我那姪兒崔甸士去了。音信皆無。我親到秦川縣。看我那女兒去。天色晚了也。又下着這般大雨。我且在這館驛裏寄宿一夜。明日早行。〔驛丞見科云〕兀那老頭兒。你做甚麼。〔孛老云〕雨大的緊。前路又没去處。這館驛中不問那裏。胡亂借我宿一夜。明日絶早便去。〔驛丞云〕老頭兒你不知道。如今接待廉訪大人。休要大驚小怪的。你去那厨房簷下歇宿去。〔孛老云〕多謝了。〔下〕〔張天覺引興兒祗從上云〕老夫張天覺。來到這臨江驛也。興兒。你莫不身上着雨來麼。〔興兒云〕老爺。這般大雨。身上衣服都濕透了也。〔張天覺云〕既然是這等。我且在館驛裏避雨咱。〔驛丞接科云〕小的是臨江驛驛丞。在此迎接。請大人公館中安歇。〔張天覺云〕興兒。我一路上鞍馬勞頓。我權且歇息。休要着人大驚小怪的。若驚覺老夫睡呵。我只打你便與我分付去。〔興兒云〕理會的。兀那驛丞。我分付你。大人歇息。不許着人大驚小怪。若打醒了睡。要打我哩。分付你去。〔驛丞云〕這個我知道。〔解子同正旦上〕〔正旦云〕解子哥哥。這一天雨都下在俺兩個身上也。〔解子云〕這大雨若淋殺你呵。我也倒省些氣力。這沙門島好少路兒哩。〔正旦云〕哥哥。這風雨越大了也。〔唱〕

【正宫端正好】雨如傾。敢則是風如扇。半空裏風雨相纏。兩般兒不顧行人怨。偏打着我頭和面。

【滚繡毬】當日箇近水邊。到岸前。怎當那風高浪捲。則俺這兩般兒景物凄然。風刮的似箭穿。雨下的似甕瀽。看了這風雨呵委實的不善。也是我命兒裏惹罪招愆。我只見雨淋淋寫出瀟湘景。更和這雲淡淡粧成水墨天。只落的兩淚漣漣。

〔解子云〕你休煩惱。我和你到臨江驛寄宿去來。〔做叫門科云〕館驛子開門來。〔驛丞云〕又是那一個。我開開這門。這弟子孩兒好大膽也。廉訪使大人在這裏歇息。你只在門外。你若大驚小怪的。我就打折你那腿。我關上這門。〔解子云〕可不是悔氣。原來有廉訪使大人在這裏。俺休要大驚小怪的。我脱了這衣服。我自家扭扭乾。〔做脱衣科云〕呀。袖兒裏還有個燒餅。待我吃了罷。〔正旦云〕哥哥。你吃什麼哩。〔解子云〕我吃燒餅哩。〔正旦云〕哥哥。你與我些兒吃波。〔解子云〕我但是吃東西。你便討吃。也罷。我與你些兒吃。〔正旦云〕哥哥。你多與我些兒吃波。〔解子云〕一箇燒餅。我與你些兒吃。你嫌少。没的。我都與你吃了罷。〔正旦唱〕

【伴讀書】我這裏告解子且消遣。我肚裏饑難分辯。只他這風風雨雨强將程途來踐。走的我觔舒力盡渾身戰。一身疼痛十分倦。我我我立盹行眠。

【笑和尚】我我我捱一夜似一年。我我我埋怨天。我我我敢前生罰盡了凄凉愿。我我我哭乾了淚眼。我我我叫破了喉咽。來來來哥哥我怎把這燒餅來嚥。

〔做哭科云〕哎呀。天也。我便在這裏。不知我那爹爹在那裏也。〔張天覺云〕翠鸞孩兒。兀的不痛殺我也。我恰纔合眼。見我那孩兒在我面前一般。正説當年之事。不知是甚麼人驚覺着我這夢來。皆因我日暮年高。夢斷魂勞。精神慘慘。客館寥寥。又值深秋天道。景物蕭條。江城夜永。刁斗聲焦。感人凄切。數種煎熬。寒蛩唧唧。塞雁叨叨。金風淅淅。踈雨瀟瀟。多被那無情風雨。着老夫不能合眼。我正是悶似湘江水。涓涓不斷流。又如秋夜雨。一點一聲愁。我恰纔分付興兒。休要大驚小怪的。這廝不小心。驚覺老夫睡。該打這廝也。〔興兒云〕我分付他那驛丞了。他不小心。我打這廝去。〔做打驛丞科云〕兀那廝。我分付來。休要大驚小怪的。驚覺老爺睡。倒要打我。我只打你。〔驛丞云〕大叔休打。你自睡去。都是這門外的解子來。我開開這門。我打這廝去。〔做打解子科云〕兀那解子。我着你休大驚小怪的。你怎生啼啼哭哭。驚覺廉訪大人。恰纔那伴當。他便打我。我只打你。〔解子云〕都是這死囚。〔詞云〕你大古裏是那孟姜女千里寒衣。是那趙貞女羅裙包土。便哭殺帝女娥皇也。誰許你灑淚去滴成斑竹。〔正旦詞云〕告哥哥不須氣撲。我冤枉事誰行訴與。從今後忍氣吞聲。再不敢嚎咷痛哭。爹爹也。兀的不想殺我也。〔張天覺云〕翠鸞孩兒。只被你痛殺我也。恰纔與我那孩兒數説當年淮河渡相別之事。不知是甚麽人驚覺我這夢來。〔詞云〕一者是心中不足。二者是神思恍惚。恰合眼父子相逢。正數説當年間阻。忽然的好夢驚迴。是何處凄凉如許。響玎璫鐵馬鳴金。只疑是冷颼颼寒砧搗杵。錯猜做空堦下蛩絮西窗。遥想道長天外雁歸南浦。我沉吟罷仔細聽來。原來是唤醒人狂風驟雨。我對此景無箇情親。怎不教痛心酸轉添凄楚。孩兒也。你如今在世爲人。還是他身歸地府。也不知富貴榮華。也不知遭驅被擄。白頭爺孤館裏思量。天那。我那青春女在何方受苦。我分付興兒來。你休要大驚小怪的。可怎生又驚覺老夫。〔做打興兒科〕〔興兒云〕老爺休打我。都是那驛丞可惡。〔出見驛丞科云〕兀那驛丞。我着你休大驚小怪的。你怎生又驚覺老爺的睡來。〔詞云〕我將你千叮萬囑。你偏放人長號短哭。如今老爺要打的我在這壁廂叫道阿呀。我也打的你在那壁廂叫道老叔。〔驛丞云〕都是這門外邊的解子。我開開這門打那廝。兀那解子。我再三的分付你休要大驚小怪的。你又驚覺廉訪大人的睡來。你這弟子孩兒。〔詞云〕雖然是被風雨淋淋渌渌。也不合故意的喃喃篤篤。他伴當若打了我一鞭。我也就拷斷你娘的脊骨。〔解子詞云〕只聽的高聲大語。開門看如狼似虎。想必你不經出外。早難道慣曾爲旅。你也去訪個因由。要打我好生冤屈。不争那帶長枷横鐵鎖愁心淚眼的臭婆娘。驚醒了他這馳驛馬掛金牌先斬後聞的老宰輔。比及俺忍着饑擔着冷。討憎嫌受打拷。只管裏棍棒臨身。倒不如湯着風。冒着雨。離門樓。趕店道。别尋個人家宵宿。〔正旦詞云〕隔門兒苦告哥哥。聽妾身獨言肺腑。但肯發慈悲肚腸。就是我生身父母。且休提一路上萬苦千辛。只脚底水泡兒不知其數。懸麻般驟雨淋漓。急箭似狂風亂鼓。定道是館驛裏好借安存。誰想你惡哏哏將咱趕出。便要去另覓個野店村庄。黑洞洞知他何方甚所。若不是逢豺虎送我殘生。必然的埋葬在江魚之腹。頃刻間便撞起響璫璫山寺曉鐘。且容咱權避這淅零零瀟湘夜雨。〔張天覺云〕天色明了也。興兒。你去門首看是甚麼人。鬧這一夜。與我拏將過來。〔做拏解子正旦見旦認科云〕兀的不是我爹爹。〔張天覺云〕兀的不是翠鸞孩兒。這三年你在那裏來。你爲什麼披枷帶鎖的。〔正旦做哭科云〕爹爹不知。自從孩兒離了爹爹。有箇崔老的救了我。他認我做義女。他有個姪兒是崔通。就着他與你孩兒做了女壻。他進取功名去。做了秦川縣令。因他不來取我。有崔老的言語。着我尋他去。不想他别娶了妻房。說我是逃奴。將我迭配沙門島去。一路上只要死的。不要活的。幸得今日遇着爹爹。爹爹也。怎生與你孩兒做主咱。〔張天覺云〕快開了枷鎖者。那廝這等無禮。左右那裏。速去秦川縣與我拿將崔通來。〔正旦云〕爹爹。他在秦川爲理。若差人拿他。也出不的孩兒這口氣。須是我領着祗從人。親自拿他走一遭去。正是常將冷眼看螃蟹。看你横行得幾時。〔同祗從下〕〔崔甸士上云〕小官崔通是也。前日那一個女人。本等是我伯父與我配下的妻子。被我生各支拷做逃奴。解他沙門島去。已曾分付解子。着他一路上只要死的。不要活的。怎麽去了好幾日。也還不見來回話。我那夫人只管將這樁事和我炒鬧不了。〔做驚科云〕怎麽我這眼連跳又跳的。想是夫人又來合氣了。〔正旦領祗從上云〕可早來到秦川縣也。左右。打開門進去。〔做見科云〕兀的不是崔通。左右。與我拏住者。〔崔甸士云〕奇怪。你每是那裏來的。〔祗從云〕廉訪使大人勾你哩。〔正旦云〕崔通。今日我也有見你的時節麽。左右。與我剥去了冠帶。好生鎖着。〔崔甸士云〕小娘子。可憐見。可不道夫乃婦之天也。〔正旦唱〕

【快活三】我揪將來似死狗牽。兀的不夫乃婦之天。任憑你心能機變口能言。〔帶云〕去來。〔唱〕**到俺老相公行説方便。**

〔崔甸士云〕我早知道是廉訪使大人的小姐。認他做夫人可不好也。〔正旦云〕左右。還有一個潑婦。也與我去拿出來。〔祗從拿搽旦上科〕〔搽旦云〕我也是官宦人家小姐。怎把我做燒火的一般這等扯扯拽拽。你豈不曉得婦人有事。罪坐夫男。這都是崔通做出來的。干我甚事。〔正旦怒云〕左右。與我一併鎖了。〔搽旦云〕且不要囉唣。俺父親做官。專好唱醉太平的小曲兒。我也學的會唱。小姐。待我唱與你聽。〔唱〕

【醉太平】我道你是聰明的卓氏。我道你是俊俏西施。怎肯便手零脚碎竊金貲。這都是崔通來妄指。〔正旦云〕左右。與我快鎖了者。〔搽旦云〕阿喲。我戴鳳冠霞帔的夫人。是好鎖的。待我來。〔除鳳冠科唱〕解下了這金花八寶鳳冠兒。〔脱霞帔科唱〕解下這雲霞五彩帔肩兒。都送與張家小姐粧臺次。我甘心倒做了梅香聽使。

〔正旦云〕左右。都鎖押了。帶他見俺爹爹去來。〔下〕〔張天覺上云〕自從孩兒親拏崔通去了。怎生許久還不見到。〔正旦押崔甸士搽旦上科云〕爹爹。我拏將那兩個賊醜生來了也。〔張天覺云〕那厮敢這等無禮。待老夫寫表申朝。問他一個交結貢官。停妻再娶。縱容潑婦。枉法成招。大大的罪名。一面竟將他兩個押赴通衢。殺壞了者。〔孛老慌上云〕不知什麽人大驚小怪的。我試看咱。〔做認科云〕兀的不是翠鸞孩兒。你在那裏來。〔正旦云〕呀。父親。我認崔通去。他别娶了一個。倒説我是逃奴。將我迭配沙門島去。肯分的遇着我爹爹。如今要將他殺壞了也。〔孛老勸科云〕小姐。怎生看老漢的面上。饒了他這性命。小姐意下如何。〔正旦唱〕

【鮑老兒】他是我今世讎家宿世裏寃。恨不的生把頭來獻。〔崔甸士云〕伯父。你與我勸一勸波。我如今情願休了那媳婦。和小姐重做夫妻也。〔孛老云〕小姐。你只饒了他者。〔正旦唱〕我和他有甚恩情相顧戀。待不沙又怕背了這恩人面。只落的嗔嗔忿忿。傷心切齒。怒氣衝天。

〔正旦引孛老見張科云〕爹爹。這個便是救我命的崔文遠。看恩人面上。連崔通也饒了他罷。〔張天覺云〕那崔通怎好饒的。〔孛老云〕老相公。你小姐元是我崔文遠明婚正配。許與姪兒崔通的。如今情願休了那媳婦。與小姐重做夫妻。可不好也。〔張天覺云〕孩兒你意下如何。〔正旦云〕這是孩兒終身之事。也曾想來。若殺了崔通。難道好教孩兒又招一個。只是把他那婦人臉上。也刺潑婦兩字。打做梅香。伏侍我便了。〔張天覺云〕這也說的有理。左右。將那厮拏過來。看崔文遠面上。饒免死罪。將恩人請至老夫家中。養贍到老。小姐還與崔通爲妻。那婦人也看他父親趙禮部面上。饒了刺字。只打做梅香。伏侍小姐。〔搽旦哭云〕一般的父親。一般的做官。偏他這等威勢。俺父親一些兒救我不得。我老實說。梅香便做梅香。也須是個通房。要獨佔老公。這個不許你的。〔張天覺云〕左右。將冠帶來還了崔通。待他與小姐成親之後。仍到秦川做官去者。〔正旦崔甸士俱冠帶搽旦扮梅香伏侍拜見科〕〔張天覺云〕我兒昔日在淮河渡分散之時。誰想有今日也。

〔正旦唱〕

【貨郎兒】想着淮河渡翻船的這災變。也是俺那時乖運蹇。定道是一家大小喪黄泉。排岸司救了咱性命。崔老的與我配了姻緣。今日呵誰承望父子和夫妻兩事兒全。

〔崔甸士云〕天下喜事。無過父子完聚。夫婦團圓。容小官殺羊造酒。做個慶賀的筵席。與岳父大人把一杯者。〔做奉酒科〕〔正旦唱〕

【醉太平】不爭你虧心的解元。又打着我薄命的嬋娟。險些兒做樂昌鏡破不重圓。乾受了這場罪譴。爹爹呵另巍巍穩掌着森羅殿。崔通呵喜孜孜還歸去秦川縣。我翠鸞呵生剌剌硬踹入武陵源。也都是蒼天可憐。

【尾煞】從今後鳴琴鼓瑟開歡宴。再休題冒雨湯風苦萬千。抵多少待得鸞膠續斷絃。把背飛鳥紐回成交頸鴛。隔墻花攀將做並蒂蓮。你若肯不負文君頭白篇。我情願舉案齊眉共百年。也非俺只記歡娛不記冤。到底是女孩兒的心腸十分樣軟。

〔張天覺云〕當初失却渡淮船。父子飄流限各天。消息經年終杳杳。肝腸無日不懸懸。已知衰老應難會。猶喜神明暗自憐。漁父偶收爲義女。崔生乍見結良緣。從來好事多磨折。偏遇姦謀惹罪愆。苦誓一心同蜀郡。遠尋千里到秦川。劍沉龍浦還重合。鏡剖鸞臺復再圓。秉燭今宵更相照。相逢或恐夢魂前。

〔音釋〕當去聲　盹敦上聲　咽音烟　塞音賽　竹音主　撲音普　哭音苦　足臧取切　惚音虎　囑音主　叔音暑　淥音路　篤音堵　輔音府　離去聲　宿須上聲　出音杵　腹音府　妄去聲　解上聲

題目　淮河渡波浪石尤風

正名　臨江驛瀟湘秋夜雨

李亞仙花酒曲江池雜劇

石君寶撰

楔子

〔外扮鄭府尹引末鄭元和張千上詩云〕幾年政績遠相聞。採得民謡報使君。雨後有人耕緑野。月明無犬吠黄昏。老夫姓鄭名公弼。滎陽人也。自登進士。久著政聲。官授洛陽府尹。所生一子。叫做鄭元和。今年二十一歲了。從幼兒教他讀書。頗頗有些學問。來年春榜動。選場開。須着元和孩兒取應去。博的一舉及第。也與老夫增多少光彩。張千。你可收拾琴劍書箱。伏侍大相公去走一遭。〔張千云〕理會得。〔鄭府尹云〕孩兒。如今是夏間天道。你有甚氣概詩。做一首來。與我聽咱。〔末云〕父親。你孩兒詩有了。〔詩云〕萬丈龍門則一跳。青霄有路終須到。去時荷葉小如錢。回來必定蓮花落。〔鄭府尹云〕前面兩句儘有些氣概。後面兩句也還不見怎的。孩兒。自來功名之事。前程萬里。全要各人自去努力。若但因循懶惰。一年春盡一年春。有甚麼程期在那裏。孩兒。此一去只願你着志者。〔末云〕父親放心。則今日孩兒拜辭了父親。便索長行也。〔做拜别科唱〕

【仙吕賞花時】赴選皇都將俺學業酬。正是男兒得志秋。題金榜占鰲頭。這萬言策須當應口。直着那狀元名喧滿鳳凰樓。〔同張千下〕

〔鄭府尹云〕孩兒去了也。我眼觀旌捷旗。耳聽好消息。〔下〕

〔音釋〕落音澇

第一折

〔净同外旦上云〕自家趙大户的便是。人見我有些錢鈔。與我起個表德。喚做趙牛觔。這歌者是劉桃花。與我作伴。今日是春間天道。我去那曲江池上。安排小酌。請我這姨姨李亞仙同賞春景。大姐。你自家請一請去。〔外旦云〕我知道。〔喚云〕亞仙姐姐。趙官人在曲江池上請姐姐賞春哩。〔正旦扮李亞仙引梅香上云〕妾身姓李。小字亞仙。是教坊樂籍。有個結義的妹子。是劉桃花。今日在曲江池上。安排席面。請我賞翫。時遇三月三日。果然是好景致也呵。〔唱〕

【仙吕點絳唇】朝來個雨過郊原。早蕩出晴光一片。東風軟。萬卉争妍。山色青螺淺。

【混江龍】東君堪羡。買春光滿地撒榆錢。你看那王孫蹴踘。仕女鞦韆。畫屧踏殘紅杏雨。絳裙拂散緑楊煙。我逐朝席上。每日尊前。可臨郊外。乍到城邊。據此景好着人無意相留戀。〔帶云〕若依的我呵。〔唱〕則合這好花休謝。明月常圓。

〔相見科〕〔正旦云〕妹夫。我有何德能。着你置酒張筵。〔净云〕姨姨。無甚麽孝順。只宰的一個小小羔兒請姨姨在曲江池上。開懷暢飲數盃。有何不可。〔正旦云〕妹夫。你看些新鮮果品去。〔净云〕我知道。我看果品去也。〔下〕〔正旦云〕妹子。我想你除了我呵。便是個第一第二的行首。

你與那村厮兩個作伴。與他説甚麼的是。〔外旦云〕姐姐。我瞎漢跳渠。則是看前面便了。〔正旦云〕這的怕不是那。〔唱〕

【油葫蘆】則你那癆病損的身軀難過遣。可怎生添上喘。央及殺粉骷髏也吐不出野狐涎。折倒的額顱破便似間道皮腰線。折倒的胸脯瘦便似減骨芭蕉扇。〔帶云〕妹子。〔唱〕**如今那統鏝的郎漢又村。謁漿的崔護又蹇。他來到謝家庄幾曾見桃花面。酩子裏揣與些柳青錢。**

〔云〕妹子。喒看花去來。〔做行科云〕妹子。你看。那庄家每也賞寒食哩。〔唱〕

【天下樂】兀的不三月清明豔麗天。〔帶云〕妹子。〔唱〕**喒和你翩也波翩。繞着這古墓前。你看那香車寶馬迭萬千。行行裏翫一會景致。行行裏聽一會管絃。**〔帶云〕妹子。你覰波。〔唱〕**早離了酒席兒偌近遠。**

〔末做騎馬同張千上云〕自家鄭元和。離了父親。來到都下。舉場未開。時遇春天明媚引着張千。且去那曲江池上。賞玩一遭。可早來到也。你看好景致。〔詩云〕家家無火桃噴火。處處無烟柳吐烟。金勒馬嘶芳草地。玉樓人醉杏花天。張千。你見這兩個婦人麼。那一個分外生的嬌嬌媚媚。可可喜喜。添之太長。減之太短。不施脂粉天然態。縱有丹青畫不成。是好女子也呵。〔做墜鞭科張千拾云〕相公墜了鞭子也。〔末云〕真個是風風流流。可可喜喜。〔又墜鞭張千拾云〕相公又墜了鞭子也。〔末云〕我知道。好女子。好女子。〔又墜鞭張千拾云〕相公又墜了鞭子也。〔末云〕我

知道。〔正旦云〕我看那生裹帽穿衫。撒絲繫帶。好個俊人物也。〔唱〕

【那吒令】誰家個少年。一時間撞見。一時間撞見。兩下裏顧戀。兩下裏顧戀。三番家墜鞭。〔帶云〕妹子也。他還是個子弟。是個雛兒。〔唱〕他管初逢着路柳絲。他管乍見着墻花片。多應被花柳牽纏。

【鵲踏枝】墻花也甚方鮮。路柳也不飛綿。忙殺遊蜂。恨殺啼鵑。没亂殺鳴珂巷亞仙。兜的又引起頑涎。

〔末云〕張千。這壁看了。可到那壁看去來。〔正旦唱〕

【寄生草】他將那花陰串。我將這柳徑穿。少年人乍識春風面。春風面半掩桃花扇。桃花扇輕拂垂楊線。垂楊線怎繫錦鴛鴦。錦鴛鴦不鎖黄金殿。

〔云〕梅香。你去請趙官兒來。〔净上云〕姨姨。叫我做甚麽。〔正旦云〕妹夫。那裏有個野味兒。請他來同席。怕做什麽。〔净云〕在那裏。〔做見科〕呀。我道是誰。元來是鄭舍。〔末云〕趙牛觔。我問你咱。那兩個女子。誰氏之家。〔净云〕那一個生的好些的。是上廳行首李亞仙。這一個是他妹子劉桃花。就是敝表。我姨姨着我來請你哩。你過去同吃幾杯兒酒。〔末云〕怎好攪擾。〔净云〕姨姨。我請將來了也。〔末做見科〕〔正旦云〕敢問足下仙鄉何處。甚姓何名。〔末云〕小生姓鄭。表德元和。滎陽人氏。因爲應試到此。敢問小娘子高姓。〔旦云〕妾身不幸。落在平康。喚做李亞仙的便是。〔末云〕久聞芳名。今得一覩。實乃小生有緣也。〔旦云〕梅香將酒來。〔遞酒科云〕解元。請滿飲此杯。〔净云〕姨姨。這酒是我買的。我也吃一鍾兒。〔旦云〕呀。可忘了妹夫也。〔末云〕俺兩個曾結義兄弟哩。〔正旦云〕這等那個是仁兄。〔末云〕我是仁兄。〔正旦云〕你是仁兄沙。〔唱〕

【醉中天】莫不是衝倒臨川縣。〔净云〕我是愛弟。〔正旦云〕你是愛弟沙。〔唱〕莫不是買斷了麗春園。〔净云〕姨姨。俺和劉大姐兩口兒。不似牽牛郎織女那。〔正旦唱〕你真個是牽牛上碧天。枉踏踏這清虚殿。我只問曲江裏水比那天台較遠。今日和劉郎相見。〔云〕妹子。我索謝你。〔外旦云〕姐姐。謝我做什麽。〔正旦唱〕不因你個小名兒沙他怎肯誤入桃源。

〔末云〕牛觔。你過去。説我要在亞仙姐姐家使一把鈔。可容許麽。〔净云〕姨姨。恰纔元和秀才要來姨姨家使把鈔。姨姨心下如何。〔正旦云〕妹夫。你説了就是。則俺母親有些利害。不當穩便。〔唱〕

【金盞兒】他見兔兒颶鷹鸇。咽羊骨不嫌羶。常則是肉吊窗放下遮他面。動不動便抓錢。只怕你腦門邊着痛箭。肐膊上惹空拳。那其間羞歸明月渡。懶上載花船。

〔末云〕那裏有這般利害的。只是多與他些錢鈔便了。〔正旦唱〕

【青哥兒】俺娘呵外相兒十分十分慈善。就地裏百般百般機變。那怕你堆積黄金到北斗邊。他自有錦套兒騰掀。甜唾兒粘連。俏泛兒勾牽。假意兒熬煎。轆軸兒盤旋。

鋼鑽兒鑽研。不消得追歡買笑幾多年。早下翻了你個窮原憲。〔正旦唱〕〔末云〕料得小生。決不到此。只要姐姐許小生做一程伴。便當傾囊相贈。有何慮哉。〔正旦唱〕

【賺煞】往常我回雪態舞按柳腰肢。遏雲聲歌盡桃花扇。從今後席上尊前靦腆。〔末云〕就將小生的馬。送大姐回去。請上馬。〔做遞鞭科〕〔正旦唱〕更做道如今顛倒顛。落的女娘每倒接了絲鞭。〔末云〕小生多備些錢。送與嫣嫣。必然容允。〔正旦唱〕喒既然結姻緣。又何須置酒張筵。雖然那愛鈔的虔婆他可也難恕免。争奈我心堅石穿。准備着從良棄賤。我則索你個正腔錢省了你那買閒錢。〔末梅香張千隨下〕

〔净云〕你看。鄭舍隨着姨姨去了也。我和你明日將些酒禮。與他作賀去來。〔外旦同下〕

〔音釋〕卉音毁　孱音屑　行音杭　間去聲　鏝音慢　酩音茗　分去聲　颺音様　咽坤上聲　抓莊瓜切　掀音軒

第二折

〔鄭府尹上云〕老夫鄭公弼。自從遣我元和孩兒上朝取應。不覺又是兩年光景。功名成否。自有個大數。這也不望他了。只是一去許久。怎麽書信也不梢一封兒來。使老夫好生牽掛。正是雖無千尺線。兩地繫人心。〔張千上云〕可早來到也。老爺。張千叩頭。〔鄭府尹云〕我正在此想念。張千。我元和孩兒好麽。〔張千云〕好教老爺得知。大相公來到京師。不曾進取功名。共一個行首李亞仙作伴。使的錢鈔一些没了。被老鴇趕將出來。與人家送殯唱挽歌。十分狼狽。連小的也没處討飯吃。一徑的來報知老爺。可支些俸錢。去取了大相公回來。〔鄭府尹做怒科云〕嗨。誰想元和孩兒在都下没了錢。與人家送殯唱挽歌。兀的不辱没殺老夫也。張千。將馬來。老夫親自到那裏看那厮去。〔下〕〔正旦引梅香上云〕想這虔婆。好是不中。見元和無了錢物。就趕將出去。我想的有人家虔婆利害。也不似俺娘這般忒狠毒也呵。〔唱〕

【南吕一枝花】俺娘眼上帶一對乖。心内隱着十分狠。臉上生那歹鬬毛。手内有那握刀紋。狠的來世上絶倫。下死手無分寸。眼又尖手又緊。他拳起處又早着昏。那郎君呵不帶傷必然内損。

【梁州第七】俺娘呵則是個喫人腦的風流太歲。剥人皮的娘子喪門。油頭粉面敲人棍。笑裏刀剮皮割肉。綿裏針剔髓挑觔。娘使盡虚心冷氣。女着些帶耍連真。總饒你便通天徹地的郎君。也不𣪍三朝五日遭瘟。則俺那愛錢娘扮出個凶神。賣笑女伴了些死人。有情郎便是那寃魂。俺娘錢親。鈔緊。女心裏憎惡娘親近。娘愛的女不順。娘愛的郎君個個村。女愛的却無銀。

〔卜兒上云〕自從我將鄭元和撚了出去。我這女兒爲他呵。在家茶不茶。飯不飯。又不肯覓錢。如今鄭元和無了錢。與人家送殯唱挽歌討飯吃。今日有一家出殯。料得他必然在那裏唱歌。我如今叫女兒出來。在看街樓上看出殯去。他若是見了元和這等窮身潑命。俺那女兒也死心塌地與我覓錢。孩兒那裏。〔正旦見科〕〔卜兒云〕孩兒。我和你到看街樓上散悶去。今日有個大人家出殯。擺設明器。好生齊整。我和你看一看波。〔正旦云〕我本懶的去。争奈我這虔婆絮聒殺人。無計奈何。須索跟他走一遭。好波。我跟妳妳去看看。〔做走科〕〔末净唱挽歌上〕

【商調尚京馬】也則俺一時間錯被鬼昏迷。是贍表子平生落得的。那有見識的哥哥每知了就裏。似這等切切悲悲。從今後有金銀多儹下些買糧食。

〔正旦云〕這虔婆則道我見元和窮身潑命。必然不睬他。他不説呵便罷。他若説呵。着他吃我幾嘴好的。〔卜兒云〕孩兒。你看那無錢的子弟。在那裏迎喪送殯哩。〔正旦唱〕

【隔尾】你道是無錢的子弟那裏迎喪殯。〔云〕你兀自戲説哩。〔唱〕**這須是你愛錢的虔婆送了人。**〔卜兒云〕這亡化的。不知是婆娘是漢子。〔正旦唱〕**那亡化的婆娘不須你問。**〔卜兒云〕不知他偌大年紀了。〔正旦唱〕**多管是未及到五旬。**〔卜兒云〕爲甚的無個親眷那。〔正旦唱〕**你道爲甚的無個六親。**〔卜兒云〕不知害甚麽病死了那。〔正旦唱〕**想則爲那苦尅瞞心鈔兒上緊。**

〔卜兒云〕兀的不就是那鄭元和。是誰家死了人。要鄭元和在那裏啼哭。〔正旦唱〕

【牧羊關】常言道街死巷不樂。〔卜兒云〕你只看他穿着那一套衣服。〔正旦唱〕**可顯他身貧志**

不貧。〔卜兒云〕他緊靠定那棺函兒哩。〔正旦云〕誰不道他是鄭府尹的孩兒。〔唱〕他正是倚官挾勢的郎君。〔卜兒云〕他與人摇鈴兒哩。〔正旦唱〕他摇鈴子當世當權。〔卜兒云〕他與人家唱挽歌兒哩。〔正旦唱〕唱挽歌也是他一遭一運。〔卜兒云〕他舉着影神樓兒哩。〔正旦唱〕他面前稱大漢。只待背後立高門。送殯呵須是仵作風流種。唱挽呵也則歌吟詩賦人。〔虚下〕

〔鄭府尹引張千上云〕張千。那厮在那裏。〔張千云〕則這杏花園裏便是。〔做見浄科〕〔鄭府尹云〕兀那厮什麽人。〔張千云〕則這個便是幫着相公使錢的趙牛觔。〔鄭府尹云〕張千。與我打這厮去。〔做見末科〕〔鄭府尹云〕張千。打這小畜生。〔張千云〕他是大相公。小的則是個泥鞋窄襪的公人。怎麽敢打。〔鄭府尹做怒科云〕你不敢打。取板子過來。待我自家打。〔做打科云〕辱子。〔張千云〕休説褥子。破席頭也没一塊。〔做打死科〕〔鄭府尹云〕元和。〔張千做摸鼻子科云〕哎呀。死也死了。怎麽元和。〔鄭府尹云〕張千。我既打死這辱子。你將他屍骸丢在千人坑裏。我先回去也。〔詩云〕本爲求名遣入都。豈知做出恁卑污。這等辱門敗户羞人甚。倒也不若無兒一世孤。〔下〕

〔浄上報科云〕李家姨姨。鄭老相公在杏花園裏打死鄭舍了也。〔旦慌去看科云〕呀。元和。你真個打死了那。〔唱〕

【罵玉郎】打的你渾身鮮血糊塗盡。我這裏觀了容貌他那裏減了精神。就着這車轍裏雨水天生近。用手去滿滿的掬。口兒中款款噙。面皮上輕輕噀。

【感皇恩】你死的來不着家墳。撇的我那裏終身。〔做叫科云〕元和。請起波。請起波。〔唱〕

誰着你戀鶯花。輕性命。喪風塵。〔末做醒科云〕哎呀。醒便醒了。怎麼捱的這等疼那。〔正旦唱〕他道是元和醒也。這的便子弟還魂。〔正末做驚復倒科〕〔正旦云〕元和。是我在此。〔正末做起科云〕姐姐。你不怕旁人恥笑。媽兒嗔怒。俺家爺爺怪恨那。〔正旦唱〕我也怎怕的旁人笑。劣母嗔。你爹恨。

【採茶歌】我怕你死在逡巡。抛在荆榛。又則怕傍人奪了你個俊郎君。〔末云〕你媽兒利害哩。〔正旦云〕俺娘便利害。呵。〔唱〕我也則是一度愁來一度忍。〔末云〕俺家爹爹打的我苦也。〔正旦唱〕你爹打你呵誰教你唱一年春盡一年春。

〔卜兒上云〕要我直趕到這裏。你這賤人還不快家去。快家去。〔正旦云〕俺娘拄着這條瘦亭亭拄杖。也不是條拄杖那。〔唱〕

【黄鍾煞】則是個闞番子弟粗桑棍。〔云〕繫着這條舞旋旋的裙兒。也不是裙兒。〔唱〕則是個纏殺郎君濕布裩。接郎君分外勤。趕郎君。何太狠。常言道娘慈悲。女孝順。你不仁。我生忿。到家裏决撒噴。你看我尋個自盡。覓個自刎。官司知决然問。問一番。拷一頓。官人行。怎親近。令史每。無投逩。我着你哭啼啼帶着鎖。披着枷。恁時分〔云〕走到衙門前。古堆邦坐的有人問。媽媽你爲甚麼來。送了這孤寒的老身。媽媽道。這都是那生忿的小賤人送了我也。〔唱〕我直着你夢撒了撩丁倒折了本。〔卜兒拖正旦下〕

〔末云〕那虔婆好狠也。李亞仙好忍也。我鄭元和好苦也。適纔亞仙在此。儘有顧盼小生之意。爭奈被他虔婆逼勒去了。單留小生一個。又是打傷的人。那裏討碗飯吃。〔歎科詩云〕可堪老鴇太無恩。撇下孤貧半死身。仔細思量無活計。不如仍還去唱一年春盡一年春。〔下〕

【音釋】繫音計　鴇音保　贍傷佔切　的音底　旋去聲

第三折

〔正旦引梅香上云〕想俺這虔婆好是不中。見元和有些鈔物都坑了他的。趕將出去。如今暮冬天道。紛紛揚揚下着這般大雪。元和。知他在那裏忍冷也呵。〔唱〕

【中吕粉蝶兒】月館風亭。則爲這虔婆上梁不正。這些時消疎了燕燕鶯鶯。風月所得清白。雨雲鄉無粘帶。煙花寨耳根清净。人問道亞仙的今世今生。則俺那鄭元和可甚麽了身達命。

〔云〕梅香。你與我尋鄭姐夫去。〔梅香云〕冷化化的那裏尋去。〔正旦云〕這妮子好不曉事。〔唱〕

【醉春風】喒這裏温水浸瓊花。尚兀自冰澌生玉鼎。似這等揚風攪雪没休時。他倒大來冷。冷。冷。你去那出殯處跟尋。起喪處訪問。下棺處打聽。

〔梅香云〕我去尋便了。〔末净上梅見科云〕俺姐姐正望你哩。喒家去來。〔末做見科云〕姐姐好大雪。兀的不凍殺我也。〔正旦云〕梅香。將酒來與他兩個吃。〔末浄做寒吃酒科〕〔正旦云〕趙牛觔。你且在這裏。若那虔婆來時你咳嗽爲號。〔浄云〕我知道。〔正旦云〕元和。好冷也。〔唱〕

【十二月】徧乾坤冬寒暮景。寰宇内糝玉篩瓊。長街上陰風凜冽。頭直上冷氣嚴凝。〔帶云〕好淒凉人也。〔唱〕又不曾虧負了蕭娘的性命。雖同姓你又不同名。

【堯民歌】你本是鄭元和也上酷寒亭。俺娘那茅茨火熬煎殺紙湯餅。捉的那錦鴛鴦苦死欲摶翎。打的那比目魚切鱠尚嫌腥。他便天生。天生愛鈔精。〔末云〕别人家不似這般利害那。〔正旦唱〕争甚虔婆每一個個傳槽病。

〔卜兒上云〕梅香。開門來。〔梅香云〕姐姐。妳妳來了。怎生是好那。〔浄做連嗽科〕〔正旦唱〕

【滿庭芳】哎。怎不教你元和猛驚。那裏是虔婆到也。分明是子弟災星。這一場唱叫無乾净。死去波好好先生。〔卜兒做見科云〕呀。那叫化頭。你又來怎的。〔浄再做咳嗽科〕〔卜兒云〕這個是趙牛觔。我家須不是卑田院。怎麽將這叫化的都收拾我家來了。〔正旦唱〕罷波你實拿住風月所和姦罪名。檢着這樂章集依法施行。常揨着枷稍上長釘釘。你只問臨川縣令。可不道惺惺的自古惜惺惺。

〔卜兒云〕你看他窮身潑命。他又無錢。你則管留他在家裏做什麽。〔正旦云〕娘也。勾了你的也。〔唱〕

【耍孩兒】雖不曾把黃金堆到北斗杓兒柄。也做的過家私疊等。只爲你虛心假意會勞承。賺的他囊橐如冰。〔帶云〕他有錢呵。〔唱〕一家兒簇捧做胸前肉。〔帶云〕他没錢呵。〔唱〕半合兒憎嫌做眼内釘。早把倒宅計安排定。只爲些蠅頭微利。蹬脱了我錦片前程。

〔卜兒云〕你看這等錦繡幃翡翠屏。是留得叫化子睡的。〔正旦唱〕

【三煞】賣弄甚錦繡幃翡翠屏。則他這瓦罐兒早打破在你胭脂井。他便能飛也飛不出千重網。便會跳也跳不過萬丈坑。鄭元和親身證。〔卜兒云〕你這小賤人。還不趕他出去要討打哩。〔正旦唱〕你就將他趕離後院。少不的我也哭倒長城。

〔浄做咳嗽科〕〔卜兒云〕兀那趙牛觔。你當初有錢在劉桃花家使。須不曾我家使。你不到劉家去叫化。却到我家來。好不識進退。〔浄云〕這鄭舍也是我總承你家的。不知亞仙姨姨吃了我幾席酒。今日便分一杯兒與我吃。也是個捨錢的。妳妳。怎麽這等做得出。〔卜兒打趙下〕〔又打末〕

〔正旦遮住科唱〕

【二煞】我和他埋時一處埋。生時一處生。任憑你惡叉白賴尋争競。常拚個同歸青塚抛金縷。更休想重上紅樓理玉箏。非是我誇清正。只爲他星前月下。親曾設海誓山盟。

〔卜兒云〕好波。你個謝天香。〔正旦唱〕

【尾煞】我比那謝天香名字真。〔卜兒云〕他可做的柳耆卿麽。〔正旦云〕你嗓磕他怎的。〔唱〕**他比那柳耆卿也不劬兩輕。**〔卜兒云〕這都是我大秤稱過的。〔正旦唱〕**折莫娘將定盤星生扭做加三硬。**〔卜兒云〕我這門户人家。穿的吃的。那件不要錢使。你不與我覓錢。你待怎麽。〔正旦云〕我想元和將着許多錢鈔都用盡在我家。致得今日狼狽。欺天負人。瞞心昧己。神明也不保佑。如今妳妳年已六十歲了。情願將亞仙身邊所有計算還你。勾過二十年衣食之用。贖我亞仙之身。與元和另尋房屋居住。教他用心温習經書。待到來年選場。必稱其志。〔卜兒云〕説那裏話。你正青春年少。伴着這個一千年一萬世不能勾發跡的窮乞兒。我怎麽肯。你只去賣笑求食。做你那本等行業便了。〔正旦云〕妳妳。你不依我。你聽者。〔唱〕**你待要我賣笑求食直將我來慢慢的等。**〔擁末下〕

〔卜兒云〕你看這小賤人。竟自擁着鄭元和去了。天阿。這叫化頭身子腤腤臜臜希臭的。你還想和他作伴。〔詩云〕公然不想覓銅錢。只戀無端惡少年。多敢愛他歌唱好。雙雙攜手入卑田。〔下〕

〔音釋〕凘音斯　糁三上聲　瓊渠盈切　茨音慈　撏詞僉切　釘去聲　杓音標　過平聲　重平聲　耆音其　嗓桑上聲　磕音可　食繩知切

第四折

〔鄭府尹引張千上云〕自從杏園裏打了孩兒一頓。至今不知下落。早間有人報道。新縣令來見。與我老夫同姓。張千。門首覷者。若縣令來時。報復我知道。〔張千云〕理會的。〔末扮冠帶引祗從上詩云〕獨對千言日未晡。爲官洛邑見飛鳧。當時不得佳人力。險作窮途一餓夫。小官鄭元和便是。多虧李亞仙留我在家。勸我苦志攻書。遂得一舉成名。今授洛陽縣令。適間上過任了。如今參見本府府尹去。〔張千做報見科〕〔鄭府尹云〕你不是我孩兒鄭元和麼。〔末云〕怎這等要便宜。我那裏是你孩兒。左右將馬來。我自去也。〔下〕〔鄭府尹云〕分明是鄭元和一般模樣。他倒說不是。這也有甚麼難見處。張千。取他遞的脚色來我看。〔張千云〕脚色在此。〔做看科〕〔鄭府尹笑云〕可知是我孩兒鄭元和。〔張千云〕我也道這縣官與大相公好生厮像。〔鄭府尹云〕他道我在杏園裏打了他一頓。父子恩情都已絕了。故此不肯厮認。我看他脚色上寫道妻李氏。想就是那妓女了。〔張千云〕那行首叫做李亞仙。正是李氏。〔鄭府尹云〕我想起來元和孩兒醒轉之後。必定是那李亞仙收留回去。勸他讀書。成其功名。是一個賢惠的了。我如今去見那媳婦兒。着他勸元和認我。又何難哉。張千。將馬來。隨我到新縣官私宅走一遭去。〔下〕〔末同正旦引祗從梅香上云〕夫人。小官已爲朽木死灰。若非你拯救吹噓。安能到此。〔正旦云〕元和。誰想有今日也呵。〔唱〕

【雙調新水令】散春風和氣滿鳴珂。燕鶯啼恰便似耳邊吹過。往常我尊前歌婉轉。席上舞婆娑。這妙舞清歌。都參透總識破。

〔末云〕夫人。喒今日夫妻完美。須念往昔艱難。喒待捨些鈔周濟貧人。大乞兒一貫。小乞兒五百文。〔正旦云〕相公。你主的是。〔唱〕

【沉醉東風】俺也曾幾番家心中揣摩。莫不是夢裏南柯。當日要一文錢没處求。今日享千鍾粟還嫌薄。知他來命福如何。你則待普度慈悲念佛囉。權做個收因種果。

〔浄上云〕打聽得新任縣令捨錢。我去討些錢使。叫化碗飯吃。〔做見科〕〔正旦云〕我道是誰。元來是趙牛觔。〔唱〕

【雁兒落】俺如今有過活。你兀自難存坐。哎你個卑田院老教頭。〔云〕你認的我麽。〔浄云〕妳妳。你是誰。〔正旦唱〕我便是鳴珂巷陪錢貨。

〔浄云〕元來是李家姨姨。〔正旦唱〕

【得勝令】你可認的那舊家計鄭元和。〔末見科云〕夫人。他是誰那。〔正旦唱〕他是你同伴的老哥哥。不爭你那地塌下摇鈴子。對着這衙廳上教演他唱挽歌。這般樣村呵你道是不快俺風塵過。休波倚仗着門前桃李多。

〔末云〕趙牛觔是我同受貧窮的人。左右。取五千錢來與他去。〔浄跪叫云〕兀的不是捨錢的老爺

妳妳呵。〔下〕〔卜兒上云〕叫化咱。叫化咱。〔正旦云〕那門外又是甚麽人鬧炒。我試看咱。〔做見科唱〕

【川撥棹】堦垓下鬧鑊鐸。鬧火火爲甚麽。則見他髮似絲窩。眼似膠鍋。口似番河。〔帶云〕我道是誰。〔唱〕原來是攪肚蛆腸的老虔婆。將瓦罐都打破。

〔左右打科〕〔卜兒云〕你打破了我的瓦罐哩。〔正旦唱〕

【七弟兄】你敢是恨我。怨我。甚存活。想你來迎新送舊多胡做。到今日窮身潑命怎收科。舒着那手掌兒道乞化錢一個。

〔云〕前日我算過二十年用度與你。怎生便這般窮了來。〔卜兒云〕則被一把天火燒了我家緣家計。因此上折倒的窮了。〔正旦唱〕

【梅花酒】元來是那場火。使不着你僂儸。顯不着你悲合。早則了了也那婆婆。那火倏的來忽的着。燒地眠炙地卧。眼睁睁怎奈何。爲巴錢毒計多。被天公生折磨。

〔末云〕想起他趕我出門的時節。本等不該認了。但是許夫人贖身一件。也還有母子情分。如今另置一所小宅。每季給他衣食之費。養贍終身便了。〔卜兒云〕前日與了我二十年用度。被一場火燒的光光蕩蕩。倘或又是火發。也不可保。女兒。我想來。你也尚青春年少。只是仍舊與我覓錢纔好。〔左右喝科下〕〔鄭府尹上云〕早來到私宅門首。張千。你入去報與夫人知道。說老夫來了也。〔張千報科云〕禀夫人得知。有老相公在於門首。〔正旦慌接跪科云〕早知老相公到來。只合遠接。

接待不及。勿令見罪。〔唱〕

【收江南】呀。草堂中忽地貴人過。急的我忙接待敢蹉跎。〔鄭府尹云〕媳婦兒。我當初在杏園裏打上孩兒一頓。也只要他成人。今日孩兒得了官。就不肯認我。媳婦兒。你與我問他這個是何道理。〔正旦唱〕你父子們有甚不相和。倒着俺定奪。管教你一家完美笑呵呵。

〔云〕相公。你爲何不肯認老相公那。〔末云〕吾聞父子之親。出自天性。子雖不孝。爲父者未嘗失其顧復之恩。父雖不慈。爲子者豈敢廢其晨昏之禮。是以虎狼至惡。不食其子。亦性然也。我元和當挽歌送殯之時。被父親打死。這本自取其辱。有何讎恨。但已失手。豈無悔心。也該着人照覷。希圖再活。縱然死了。也該備些衣棺。埋葬骸骨。豈可委之荒野。任憑暴露。全無一點休戚相關之意。〔歎科〕嗨。何其忍也。我想元和此身。豈不是父親生的。然父親殺之矣。從今以後。皆託天地之蔽佑。仗夫人之餘生。與父親有何干屬。而欲相認乎。恩已斷矣。義已絶矣。請夫人勿復再言。〔正旦云〕相公。你當初在杏園吃打時節。妾本欲以死爲謝。然而偷生至今者。爲相公功名未就耳。今幸得一舉登科。榮宗耀祖。妾亦叨享花誥爲夫人縣君。而使天下皆稱鄭元和有背父之名。犯逆天之罪。無不歸咎于妾。使妾更何顔面可立人間。不若就壓衣的裙刀。尋個自盡處罷。〔唱〕

【鴛鴦煞】從今後把並頭花蕊甘生剉。同心摟帶拚教割。這的是萬古綱常。衆口評跛。暢道罪逆滔天。何時解脱。〔做對末拜科云〕相公。妾今日怎麼愛惜得一死。人都道鄭元和死爲辱子。也只由的李亞仙。生爲逆子。也只由的李亞仙。〔唱〕都爲我潑賤烟花把你個名兒污。不由不奔井投河。便封我到一品夫人也榮耀不的我。

〔末慌奪刀科云〕夫人。怎麽這等性急。我看夫人面上。認我父親罷。〔鄭府尹云〕你看這廝波。〔末同正旦拜科〕〔鄭府尹云〕且喜孩兒認了我也。又得了一個賢惠的媳婦兒。便當殺羊置酒。做個慶賀的筵席。〔詞云〕親莫親父子周全。愛莫愛夫婦團圓。鄭元和風流學士。李亞仙絶代嬋娟。曲池前偶逢情賞。杏園後益顯心堅。早遂了跳龍門桂枝高折。空餘下蓮花落樂府流傳。

〔音釋〕晡音逋　拯音整　柯音哥　薄婆上聲　活音和　鑊音禾　鐸馱去聲　麽音魔　合音何　倏音叔　着池何切　奪音多　割哥上聲　跛音波　脱音妥　奔去聲

題目　鄭元和風雪卑田院

正名　李亞仙花酒曲江池

楚昭公疎者下船雜劇

鄭廷玉撰

第一折

〔冲末扮吴王領卒子上詩云〕太伯當年曾遜避。至今子姓居吴地。延陵何事慕高風。幾使孤家不承繼。某乃吴王闔廬。名姬光者是也。昔年征伐越國時。獲得寶劍三口。一曰魚腸。二曰純鈎。三曰湛盧。某常佩之。夫此劍者。昔聞越國允常使歐冶子監製。採五山之鐵精。煉六合之金氣。感得雨師灑塵。雷師擊節。蛟龍捧鑪。天帝焚炭。候天伺地。陰陽同體。久而成功。帶之有威。用之無敵。真乃世之奇寶也。一向在庫中收藏。忽然湛盧失其所在。聞知此劍飛入楚國。被昭公收得。某數次遣使。多將金幣索取。不肯付還。更待干罷。令人。與我唤將孫武來者。〔卒子云〕理會的。孫武安在。〔外扮孫武子上詩云〕新書著就十三篇。篇篇兵法妙通玄。君王不信親相試。宫中賜出女三千。某乃孫武是也。本齊國人。以兵法得見吴王。教練女兵數千。驅之水火。莫敢逃避。皆因某號令嚴威所致。兵法有云。約束不明。申令不熟。將之罪也。既已明而不如法。吏士之罪也。法令熟行。君命有所不受。某如今現爲吴國大將。主公呼唤。須索走一遭去。令人報復去。道有孫武來了也。〔卒子報科云〕軍師到。〔做見科〕〔孫武云〕主公呼唤。有何事商議。〔吴王云〕且一壁有者。令人。與我唤將伍子胥伯嚭來者。〔卒子云〕伍子胥安在。〔外扮伍子胥净扮伯嚭同上〕〔伍子胥詩云〕千里間關棄楚歸。短簫門向市中吹。可憐不遂英雄志。辜負當年舉鼎威。某姓伍名員。字子胥。現爲吳相國。這是伯嚭。皆楚人也。某因費無忌讒譖。害我父兄。不得已棄楚投吳。思圖報復。恰遇伯嚭。也來投吳。一者爲同是鄉里。二者又爲同是避讎。以此舉薦於朝。爲太宰之職。今日主公呼喚。不知有甚事。須索走一遭去。令人報復去。道有伍員伯嚭都來了也。〔卒子報科云〕相國太宰到。〔見科〕〔伍子胥云〕主公呼喚。有何事商議。〔吳王云〕軍師。請您衆將來。不爲別事。則爲湛盧寶劍。飛入楚國。某數次差人多將金幣索取。不肯付還。今請軍師衆將商議。有何計可以得此寶劍。〔孫武云〕主公。多聞這湛盧之劍。乃越國歐冶子所製。斬鐵截石。斷水吹毛。真爲無價之寶。這個不可不取。〔伍子胥云〕主公在上。今楚國有二將。乃是子期子常。論子期廉而愛士。頗知兵法。奈有智而少勇。子常怙勢而驕。不惜軍士。有勇而無智。皆不足爲慮。況有奸臣費無忌當權。必然暗行讒譖。未必用他。主公何不先差人下將戰書去。然後統兵征伐。有何難哉。〔伯嚭云〕若是楚昭公用那費無忌老頭兒對陣。也不消伍相國費力。只我伯嚭身上。包殺的他尿流屁滾。〔吳王云〕相國言者當也。我如今先差人下將戰書去。着孫武爲軍師。相國爲先鋒。統領四十萬雄兵。與他交戰去。則要您小心在意。成功而回。〔伍子胥云〕則今日辭別了主公。教場中點就四十萬雄兵。一來爲楚昭王收了我家寶劍不還。二來有費無忌害我父兄之讎。誓當報復。管取馬到成功。奏凱回來也。〔詩云〕棄楚奔吳幾度秋。可憐猶未雪冤讎。今朝統領雄兵去。不斬奸臣誓不休。〔同下〕〔吳王云〕軍師同相國太宰三人去了。吾觀此一戰破楚必矣。〔詩云〕伍相國智勇無雙。馬到處誰敢相當。將郢城踹爲平地。取湛盧重返吳邦。〔下〕〔正末扮楚昭公同外扮芊旋領卒子上〕〔正末云〕某乃楚昭公是也。數年前正寢之間。忽聞一聲響亮俄而素光照室。爽氣逼人。驚起視之。見一口寶劍。墜於榻下。遍問朝臣。皆莫能測其來歷。有司馬子期。他言隱士風胡子能辯此劍。遂請視之。風胡子曰。此劍號爲湛盧。聞越國允常使歐冶子鑄此寶劍。後歸于吳。此劍乃五金之英。太陽之精。帶之有威。用之無敵。真希世奇寶。某聞而大喜。佩服在身。未嘗輕離。誰想吳王闔廬屢屢遣使索取。某不肯還他。但吳國方强。倘若再來相索。可怎了也。〔芊旋云〕哥哥。您兄弟想來。此劍元是吳國之寶。他既來索取。不如做個人情。送還了他。兩國和諧。可不好那。〔正末云〕兄弟。你那裏知道。此劍非同小可。既到吾國。也是天使其然。豈可便與他去。〔唱〕

【仙呂點絳唇】這劍呵冰刃霜寒。玉華光燦。孜孜看。怎飛來坐榻之間。委實的紫氣冲霄漢。

〔芊旋云〕哥哥。量此物强殺者波。則是一口劍。那裏取神光冲射牛斗之上。聽那風胡子做甚麼。

〔正末唱〕

【混江龍】這劍真爲奇幻。世人休做等閒看。我則見英英結秀。湛湛生斑。這劍本在東方平百越。今日個飛來南國鎮荆蠻。這劍按陰陽斡運。順天地循環。採銅出耶溪之水。取錫在赤堇之山。下雷雨消融塵滓。有神鬼守護鑪間。這劍他抱精靈多氣爽助神威。真乃是免憂愁絶驚恐除危難。現如今河清海晏。國泰的這民安。

〔使命上詩云〕人去似星馳。江隔如天塹。親捧一緘書。來索千金劍。小官乃吴國使命是也。奉主公的命。差往楚國下戰書。走一遭去。可早來到也。小校報復去。道有吴國使命在於門首。〔卒子報科云〕喏。報的大王得知。有吴國使命求見。〔正末云〕道有請。〔使命做見科〕〔正末云〕使命此來。有何公事。〔使命云〕小官是吴國來的使命。有書在此。〔正末云〕將書來我看。原來爲這一口劍不與他。果然下將戰書來。似此可怎了也。〔唱〕

【油葫蘆】久與吴國姬光阻面顔。〔芊旋云〕哥哥。既是他下將戰書來。憑着俺這裏兵多將廣。馬壯人强。量吴國姬光到的那裏。就怕着他哩。〔正末云〕我不怕姬光。怕的是那一個人。〔唱〕怕的那伍盟府天下罕。〔芊旋云〕量子胥有何英雄。哥哥直這般怕他。〔正末唱〕他正是良才奇寶在人間。我則道重脩訊問傳書簡。原來他相期惡戰呈公案。〔芊旋云〕雖然那子胥多有本事。憑着俺這名山大川。長江險阻。那伍子胥怎便容易到的俺國來。〔正末唱〕你休道是阻着大川。隔着大山。便有那波濤滚滚長江限。假若是無敵手戰應難。

〔芊旋云〕哥哥。若當初依着您兄弟。早早送還了這劍。也不到今日。事已至此。不如會集衆官商議。保舉一員名將。領兵與伍子胥交戰。可不好也。〔正末唱〕

【天下樂】哎。抵多少惡語傷人六月寒。無也波端。着俺把劍還。到如今事已在前悔後晚。現放着擇士宫。拜將壇。那裏有出羣材真楚産。

〔云〕本待把這厮殺壞了。古云。兩國相持。不斬來使。你回去則説選日交兵便了。〔使命云〕理會的。出的這門來。不敢久停久住。回主公話。走一遭去。〔詩云〕楚昭公十分氣賭。恰待要將咱釁鼓。便不怕堂堂使臣。也提防伍家盟府。〔下〕〔芊旋云〕使命去了也。哥哥。這戰書上怎麽寫着來。〔正末云〕這戰書上寫着道孫武爲軍師。伍子胥爲元帥。伯嚭爲先鋒。領兵四十萬。與俺交戰。争奈俺國將老兵驕。怎生是好也。〔芊旋云〕哥哥。豈不聞古云。軍來將敵。水來土堰。俺這裏有司馬子期。子常。申包胥。皆是南楚有名之將。請將來與他商議。有何不可。〔正末云〕兄弟。你那裏知道。〔唱〕

【那吒令】我端坐在。朝堂這間。聚集着。英才這班。怎比的會臨潼那番。〔芊旋云〕這伍子胥當初在臨潼會上。怎生般英雄。哥哥是説一遍您兄弟聽咱。〔正末唱〕那裏取這般忠義人。英雄漢。他舉鼎時多敢有神力相關。

〔芊旋云〕哥哥。你兄弟想來。秦國文有百里奚。武有姬輦。可怎生都不如那子胥。倒讓他做個盟府。〔正末唱〕

【鵲踏枝】他他他諕的那秦姬輦怎敢遮攔。百里奚只瞪眼偷看。他向那鬭寶筵前頓劍摇環。〔芊旋云〕聞他當初在臨潼。曾救姬光之難。到今日投吴伐楚。可知道來。〔正末唱〕便休題吴姬光擷碎了温凉玉盞。他直着秦公子曲躬躬親送出潼關。

〔云〕令人。與我喚將申包胥來者。〔卒子云〕申包胥安在〔外扮申包胥上詩云〕憶與伍員別時語。他要覆楚我復楚。回頭已隔數年餘。前事今皆棄如土。小官申包胥是也。官封上卿之職。方今春秋之世。首稱强楚。爲中國盟主者久矣。自伍子胥去後。始覺本國微弱。今日主公呼喚。不知有甚事。須索走一遭去。令人報復去。道有申包胥在於門首。〔卒子報科云〕申包胥到。〔申包胥見科云〕主公呼喚小官。有何事商議。〔正末云〕今有吳國下將戰書來。拜孫武爲軍師。伍子胥爲元帥。伯嚭爲先鋒。領兵四十萬。與俺决戰。特請大夫計議。何以應之。〔申包胥云〕主公。論本國止有司馬子期子常二員大將。子期智高勇怯。子常有勇而無智。若吳國果用孫武爲軍師。子胥爲元帥。其鋒不可當也。〔正末唱〕

【寄生草】從來道要得千軍易。偏求一將難。閒時故把忠臣慢。差時不聽忠臣諫。危時却要忠臣幹。誰當這借吳雪恨伍將軍。我則索求那扶周攝政姬公旦。

〔申包胥云〕主公。若子胥領兵前來。切不可與他交戰。你則深溝高壘。緊守城池。等小官直至西秦。借他兵來。那其間内外夾攻。方能取勝。〔正末云〕則怕秦昭公不肯借與㗎兵。怎生是好。〔申包胥云〕主公。想秦楚舊爲親戚之邦。必然肯借與㗎兵。不必疑慮。〔正末唱〕

【幺篇】你須想着歸期急。休言他去路艱。止不過船臨古渡垂楊岸。路經險道邛郲坂。小可如君騎羸馬連雲棧。〔申包胥云〕小官既爲國解難。怎敢避的途路之苦。〔正末唱〕你休辭山遥水遠路三千。我專等你堅甲利刃那兵十萬。

〔云〕大夫。你此一去何日可回。〔申包胥云〕主公。我去只消一箇月便回也。〔正末唱〕

【金盞兒】你道是一個月借兵還。三十日報平安。但願你曉行晚宿無辭憚。休着我懸望的惡心煩。你只看風傳金柝遠。霜照鐵衣寒。〔申包胥云〕主公放心。小官若見了秦昭公。借的軍馬即便回也。〔正末唱〕我可爲甚着賢人投敵國。也則怕那猛將過昭關。

〔申包胥云〕那吳國孫武子深知兵法。又加以子胥之勇。俺國中無能勝之者。小官去後。只願主公堅壁不戰。以待秦兵。休聽一時之言。坐失萬全之策。〔正末唱〕

【醉扶歸】你道是伍盟府能雄悍。孫武子又非凡。只要我高壘深溝緊閉關。專等待秦邦返。我只怕你人疲意懶。早淹的過了程期限。

〔申包胥云〕小官則今日辭了主公。便索長行也。〔正末唱〕

【賺煞】你去後我夜憂到明。明憂到晚。若是那秦公子將卿傲慢。你則索將火性兒全然都放坦。是必休便冒瀆容顏。那其間借的些金鼓旗旛。將你那洗塵酒開懷兒做了送路盞。〔申包胥云〕主公。我這一去。若借得秦兵來時。料那伍子胥恐怕前後受敵。必解兵而歸矣。〔正末云〕只要借得秦兵呵。〔唱〕恁時節吳兵自還。楚城無患。生則怕你別時容易見時難。〔下〕

〔申包胥云〕二公子。您緊記者。若伍子胥領兵來時。休聽費無忌那短見。就要與他家廝殺。有誤

大事。我即日往秦邦借兵去也。〔詩云〕千里暗征塵。之秦借救軍。〔芈旋詩云〕家貧顯孝子。國難識忠臣。〔同下〕

〔音釋〕員音雲　嚭音丕　怙音户　芈音米　斡烏括切　塹僉去聲　緘鑑平聲　訊音信　釁欣去聲　輦連上聲　瞪音澄　攧音跌　差音叉　邛音窮　郲音來　棧士諫切

第二折

〔净扮費無忌上詩云〕人有好的我偏害。人有歹的我倒愛。我的分毫不與人。人的我會白厮賴。小官費無忌是也。現爲楚國上大夫之職。奉主公的將令。着老夫爲帥。與吴國伍子胥拒敵。我想來。他的父兄尚然被我殺了。這一箇逃走短命的弟子孩兒。有甚本事。我正要與他耍一耍。怕他怎麽。〔詩云〕老夫本領甚可誇。子胥本是我讎家。不愁巨斧當頭劈。也只結的碗口一箇大瘡疤。〔下〕〔伍子胥孫武伯嚭領卒子上〕〔伍子胥云〕某伍子胥領兵伐楚。如今已到郢城。大小三軍。擺開陣勢。遠遠的塵土起處。楚家軍馬敢待來也。〔正末同芈旋費無忌領卒子上〕〔正末云〕某乃楚昭公是也。大小三軍將陣脚射住。我與二公子在將臺之上。看費無忌與伍子胥决戰去來。〔唱〕

【越調鬬鵪鶉】他走樊城兀自紅顔。過昭關早成皓首。只道他暮景蕭蕭。依還的雄威赳赳。他本爲楚國縈心。權借這吴兵應手。現如今太宰嚭敢突前。孫武子爲合後。只待要投鞭兒截斷長江。探囊兒平吞了俺這夏口。

【紫花兒序】他他他懷着那幾年的怨恨。倚着這蓋世的才名。來尋問俺往日的根由。我只見征塵不散。殺氣如浮。颼颼。四下裏寒風不住的吼。大剛來也則是冤讎深厚。落得這撲騰騰鼙鼓驚魂。明晃晃劍戟侵眸。

（伍子胥云）兀那來將。莫非是費無忌麼。（費無忌云）然也。來將何人。（伍子胥云）某乃伍子胥是也。父兄之讎。今日須報。你可早早下馬來請死者。（費無忌云）哇。量你到的那裏。且與你鬭三百合耍子。（做調陣子科）（正末唱）

【調笑令】你每做的來不周。結下了父兄讎。抵多少不是冤家不聚頭。今日在殺場上面争馳驟。費無忌你索擔憂。他只待摘了你心肝標了你首。可兀的便肯干休。

（伍子胥云）出馬來。出馬來。（戰科）（正末唱）

【小桃紅】只見他旗門開處躍驊騮。高叫道誰敢來和咱鬭。早着俺千軍萬馬都驚走。急難收。兀的般威風不信人間有。淹的呵拋下了戈矛。氳的呵遮漫了宇宙。莫不是劍氣上連牛。

（費無忌云）你看這小畜生。好無禮也。全然不省的有個前輩後輩。則你那伍奢老頭兒。也還讓着我哩。（伍子胥云）我今日不拏你這老匹夫剉屍萬段。誓不收軍。（戰科）（正末唱）

【金焦葉】那一個錦征袍窄窄的把獅蠻款兜。這一個鳳翅盔律律的把紅纓亂丟。那一個點鋼鎗支支的把黃幡狠揪。這一個鐵胎弓率率的把雕翎穩扣。

【天净紗】俺只道他兩個都一般狀貌搊搜。都一般武藝滑熟。管殺的慘迷離神嚎鬼愁。可元來半合兒不彀。早一個先納了輸籌。

〔云〕呀。費無忌却輸了也。〔唱〕

【禿厮兒】俺只見馬吼處和人倒縮。鎗着處鮮血漂流。可不是空戴南冠你個活楚囚。兩下裏不相投。休休。

〔費無忌云〕我敵不過他。只是逃命的好。走走走。〔伍子胥云〕你這老匹夫。走那裏去。〔追科〕〔正末唱〕

【聖藥王】你你你非敵手。强賣口。只待要戰争酣處討迴頭。他他他怎放走。緊逼逐。早殺的俺人亡馬倒積成丘。恰便似落葉盡歸秋。

〔伍子胥云〕早將那老匹夫拏倒了也。大小三軍。就此殺向前去。休教走了楚王者。〔下〕〔芊旋云〕哥哥。俺家兵大敗了。我保着你走了罷。〔正末唱〕

【收尾】眼睁睁見死可也無人救。索把這潑殘生告天保佑。則被那借吴兵的伍相逞盡十分强。〔芊旋云〕怎得這申包胥救兵到來。可也好也。〔正末唱〕遥望俺復楚國的包胥且耐着一時守。〔同下〕

〔音釋〕赳音九　氲藴平聲　熟商由切　縮收上聲　逐音紬

第三折

〔龍神領鬼力上詩云〕長江浩浩顯威靈。風浪孤舟誰敢行。直待險時纔救護。方知暗裏有神明。吾乃漢江龍神是也。掌管着萬里長江。有楚昭公弟兄妻子四口兒。明日到此。駕着漁船一隻。過江逃難。明日正是四耗九醜之日。合起大風。眼見得都該淹死了的。吾神奉上帝敕令。但有下水者。救護至岸。如今在此等候。這早晚他敢待來也。〔丑扮梢公上嘲歌云〕月落烏啼霜滿天。江楓漁火對愁眠。也弗只是我裏梢公梢婆兩箇。倒有五男二女團圓。一個尿出子。六個弗得眠。七個一齊尿出子。艎板底下好撑船。一撑撑到姑蘇城下寒山寺。夜半鐘聲到客船。自家是個梢公。每日在這江邊捕魚爲生。今日風平浪静。撑着這船。慢慢的打魚去來。〔正末同芊旋旦兒倈兒慌上〕

〔正末云〕兄弟也。走走走。〔唱〕

【中吕粉蝶兒】則聽的兵起東吴。可撲撲膽驚心懼。早則不三戰殺入王都。諕得我亂慌慌。忙劫劫。不成活路。偏生的望眼模糊。悄不見那西秦遠來相助。

〔旦兒云〕大王。後面吴兵追趕的至近。你休顧俺子母每。你和小叔叔則逃您的性命咱。〔正末唱〕

【醉春風】則俺這妻子似瑟和琴。弟兄如手共足。〔芊旋云〕俺怎肯撇下了嫂嫂姪兒也。〔正末唱〕俺一家四口兒盼程途。俺端的苦。苦。幾能勾罷息干戈。還歸宫闕。撫安黎庶。〔芊旋云〕哥哥。想俺申包胥與那伍子胥。元是故友。兩個曾打賭賽來。一個要覆楚。一個要復楚。若俺申包胥借得兵來。必然退了吴兵。重安楚國也。〔正末唱〕

【迎仙客】一個報冤讎稱了子胥。一個打賭賽去了包胥。何處也濟困扶危重復楚。慌速速的强逃生。急煎煎的甘受苦。〔内發喊科〕〔正末唱〕腦背後鬧炒炒的起軍卒。〔芊旋云〕哥哥。兀的不是追兵漸近了也。前面又阻着大江。江水泛漲。無船可渡。怎生是好。〔正末唱〕眼前面翻滾滾野水無人渡。〔芊旋云〕哥哥。兀的江岸邊有一隻漁船。我是喚他一聲咱。兀那梢公。你快將船撑過來。我有的賞你。〔梢公云〕來也。來也。〔芊旋云〕兀那梢公。將你這船渡俺四口兒過江去。到了岸上。我還你的船錢。可也不少。〔梢公云〕客官。則是船小渡不的。〔正末唱〕

【紅繡鞋】不得已央及你個漁父。〔梢公云〕肯載不肯載。也則由的我。〔正末唱〕似這般粧着勢待要何如。我與你也是近疃鄰庄共鄉閭。〔梢公云〕怕不是鄉閭。大家要看個風水。實是船小。載不起這幾個人。〔正末唱〕你道是船兒小難裝載。則要你量兒大救俺家屬。早早的過長江無間阻。〔芊旋云〕兀那梢公。你認不得俺哥哥就是楚昭公。被吴兵追趕至近。你若肯渡將俺過去。久後平定了楚國。那其間將你官封三品。賞賜千金。不强似你在此捕魚爲活。你是尋思咱。〔梢公云〕你可不早説。既是楚昭公。我須是管下的百姓。便是船小。也只得載將過去。上船上船。〔芊旋云〕哥哥。請上船去。〔衆上船科〕〔梢公云〕仔細。船兒小。可都坐定了。你看偌遠的江面。幾時擺得到那岸邊。纔放心也。〔正末唱〕

【石榴花】俺只見雲濤雪浪接天隅。這的是海闊洞庭湖。〔梢公云〕我説不載不載。您强要上這船來。還不開的半里。早風起了。你看潑天也似的大浪。可不苦也。〔正末唱〕你看這大驚小怪潑村夫。那裏便叫苦。諕的俺魄散魂無。〔梢公云〕風浪越大了。船兒又小。滰上水來了也不着親的。快請一個下水去。纔救的一船人性命。〔衆做悲科〕〔正末唱〕他道是不關親者當身故。俺四口兒那一個爲疎。則被這一家老小同奔赴。〔帶云〕梢公。你小心在意者。〔唱〕到今日只仗的你做護身符。

〔芊旋云〕哥哥。這風浪越大了。船隻較小。不堪重載。似此怎了也。〔正末唱〕

【鬬鵪鶉】兄弟是同氣連枝。妻子是多情伴侶。〔芊旋云〕哥哥。則保你的前程。休顧戀您兄弟罷。〔正末唱〕眼睁睁弟覷着兄。〔旦倈做悲科〕〔正末唱〕悲切切子隨着母。好教我穰穰勞勞意不舒。〔梢公云〕不着一個下水呵。再一會兒連船都没了也。〔正末唱〕他道是霎時間都命卒。〔芊旋云〕哥哥好覷當嫂嫂姪兒。您兄弟拜别了哥哥。下水去也。〔正末云〕兄弟。不争你下

水呵。〔唱〕着誰人買馬招軍。重與俺揚威耀武。〔梢公云〕風狂浪猛。看看的渰上水來了。快着一個下水去〔正末唱〕

〔梢公云〕這風把船掀過來。渰上水了。還不着個下水去。敢多要死哩。〔正末唱〕

【普天樂】俺只見掩掩潑潑畫船兒歪。囊囊突突梢公絮。〔正末唱〕便直恁般險惡。待不的須臾。〔旦兒悲科云〕兒也。則被你痛殺我也。〔正末唱〕兒悲啼爲母離。娘痛哭抛兒去。哎。你個掌命司的梢公可便休催促。百忙裏割不斷他子母每腸肚。但保全了孩兒的身軀。怎顧得夫人的性命。〔芊旋云〕哥哥。您兄弟下水去也。〔正末云〕兄弟。你住者。〔唱〕緊揪住俺這兄弟的衣服。

〔芊旋云〕哥哥。梢公道疎者下船。您兄弟想來。嫂嫂姪兒與哥哥。正是着親的。惟您兄弟是個疎慢些的。理當下水。〔正末扯芊旋科云〕兄弟。噜兩個須親。還有不親的哩。〔旦兒云〕孩兒。眼見的我顧不的你也。大王。這兄弟同胞共乳。一體而分。妾身乃是别姓不親。理當下水。〔正末云〕夫人。你説的是。〔唱〕

【上小樓】我着你名標萬古。那裏也相隨百步。你待要留了嬰孩。替了親叔。救了兒夫。你道不共族稍似疎。何妨的從新革故。〔旦兒云〕大王。我囑付你咱。好生看顧我這孩兒。我下水去也。〔詩云〕半生空記百年恩。苦爲波濤没漢津。眼看兒夫難共守。生抛幼子若無親。

手足自今同一處。姻緣到底屬何人。幽魂定不隨風去。飛上青山更化身。〔下〕〔龍神云〕鬼力。將夫人救上岸者。〔鬼力云〕理會的。〔芉旋哭科云〕可惜了嫂嫂也。〔正末唱〕**久以後史書中又新添個節婦。**

〔梢公云〕船便輕了些。争奈風浪越越的大了。再請一個下水去。還有救哩〔芉旋云〕哥哥。風浪越大。可怎了也。梢公道。再請一個下水。還有可救。您兄弟則索辭别了哥哥下水去也。〔正末云〕兄弟。喒兩個須親。還有不親的來。〔俫兒云〕爹爹。眼見的不親的是您孩兒也。〔正末唱〕

【幺篇】兒也喒兩個是親骨肉。〔芉旋云〕哥哥留着姪兒。休絶了俺楚家後代。你則放了手。您兄弟情願下水去。〔正末唱〕**兄弟也我和你是一父母。**〔俫兒云〕爹爹。你則好看覷叔叔。您孩兒辭别了。下水去也。〔正末云〕兒也。你那叔父呵。〔唱〕**他和我着疼。我和他着熱。你比他還疎。**〔俫兒下水科云〕爹爹。我下水去也。〔詩云〕母親一命喪波瀾。兒便投江也不難。地下相逢説前事。知他何日更探環。〔龍神云〕鬼力。與我將這小公子救了者。〔鬼力云〕理會的。〔正末唱〕**兒也但願你去水府。往地獄好尋娘去。**〔芉旋云〕哥哥。你着姪兒下船。可怎忍也。〔正末唱〕**又何妨死的來不着墳墓。**

〔芉旋云〕可惜嫂嫂姪兒剛下水去。這風浪就寧息了。雖然安穩無事。使我不勝傷感。〔正末唱〕

【滿庭芳】哀哉子母。如今希有從古應無。又不是進膠舟那日昭王渡。怎生的也共爲

魚。兒也你捨性命投江伴母。妻也你可便守貞烈出嫁從夫。似這等難相顧。總只是皇天喪楚。教你去龍頷下探明珠。

〔梢公云〕渡過江了。攛下脚踏板。請登岸。〔做上岸科〕〔芊旋云〕解這金魚下來。賞了梢公。後面有人追來時。若非本國之人。你是必休渡他過江也。〔梢公云〕理會的。等您回來時。我另打一隻大海船在此等候。〔下〕

〔正末云〕謝天地上的岸來。兄弟也。這兩條路您自往那一條路去。〔芊旋云〕哥哥。現今嫂嫂姪兒都無了也。則有的您兄弟一人相隨。可怎生又教我那一條路去。不知哥哥主着何意。〔正末云〕兄弟。你那裏知道。〔唱〕

【耍孩兒】本待要相隨相從相將去。也則爲我膽兒自虛。我只見前山掩映蒼蒼樹。那其間必有埋伏。小路行怕撞着孫都統。大路走須防他伍子胥。兄和弟誰防護。可不是免魚鱉纔離江上。逢豺虎又斷送山谷。

〔芊旋云〕既然這等。您兄弟則往這小路上。抄出大路相會。且辭別了哥哥去也。哥哥受您兄弟一拜。只願哥哥穩登前路。無驚無恐。〔正末唱〕

【二煞】兄弟也喒相逢時有限期。別離了無限苦。〔正末走科〕〔芊旋追上云〕哥哥。您兄弟再送哥哥幾步。〔正末唱〕兩下裏欲去也頻回覷。好教我痛煞煞提着膽向刀尖過。倒不如悄促促低着頭在劍下誅。兄弟也哭一聲行一步。俺兄弟情氣吁成雲霧。他子母恨淚滴滿江湖。

〔芊旋云〕哥哥。但若打聽的救兵來時。便當重還楚國。再整江山。休要挫折了志氣者。〔正末唱〕

【煞尾】俺如今一程程逐去途。一心心懷故土。大都來是一興一敗天之數。但不知肯分的秦兵幾時到得楚。〔下〕

〔芊旋云〕哥哥去了也。我往這小路兒去罷。〔龍神引鬼力上云〕那賢婦孝子都救了。吾神不敢久停久住。回上帝話去來。〔詩云〕漢水東連揚子江。幾多舟楫此中亡。凡事勸人休碌碌。舉頭三尺有龍王。〔下〕

〔音釋〕足疽上聲　漲音帳　卒祖平聲　疃土緩切　屋繩朱切　促音取　服房夫切　族從蘇切　獄于去聲　頷含去聲　伏房夫切　谷古平聲

第四折

〔外扮秦昭公領卒子上詩云〕輕分一旅出函關。列國曾無匹馬還。自古秦中多紫氣。爭教不想佔江山。某乃秦昭公是也。昔年我父穆公因與楚結親。世爲鄰好。近因吴國有一口寶劍飛入楚國。那吴王屢次索劍。楚王只不肯還。以此惹動刀兵。幾至滅國。有楚大夫申包胥前來借兵求救。某堅意不允。不意包胥在驛亭中。依墻而哭。七晝夜不絕。遂將郵亭哭倒。我想此人真烈士也。我如今要借兵與他。未曾與百里奚商議。令人。與我喚將百里奚來者。〔卒子云〕百里大夫安在。〔外扮百里奚上詩云〕先事虞君後佐齊。還因陪嫁入秦西。曾向養牲家自賣。人號羊皮百里奚。老夫乃百里奚是也。有秦王呼喚。須索走一遭去。令人報復去。道有百里奚來了也。〔卒子報科云〕百里奚大夫到。〔百里奚做見科云〕主公呼喚小官。有甚事來。〔秦昭公云〕大夫。爲因申包胥借兵一事。特請你來商議。還是借的是。不借的是。〔百里奚云〕想伍子胥在於臨潼會上。對着十七國諸侯比試。文過小官。武勝姬輦。此段冤讎。未曾相報。今有申包胥來借兵。我想子胥深入敵境。兵老將驕。可不戰而破。所謂取威定霸。在此一舉。主公若不借兵與他。可不自失了這個機會。〔秦昭公云〕既然如此。令人。與我請將申包胥來者。〔卒子云〕理會的。〔申包胥上詩云〕千里而來借救兵。秦王何事不相應。可憐七日號幾絶。血淚斑斑在驛亭。小官申包胥。到於秦國借兵。爭奈秦王不允。將小官羈留驛亭。小官恐負前言。楚國有失。乃倚墻而哭。七日七夜。水漿不曾到口。如今秦王呼喚。須索見來。若再不肯時節。我拚的紐住秦王。將頸血醮他衣服之上。必然肯發救兵。不負我復楚之誓。令人報復去。道有申包胥來了也。〔卒子云〕喏。報的大王得知。有申包胥在於門首。〔秦昭公云〕着他過來。〔卒子云〕着過去。〔申包胥做見科云〕俺楚王懸望大國救兵。不啻饑渴。大王怎生不念親好。忍坐視乎。〔秦昭公云〕大夫。因你日夜號哭。忠烈動人。某今借與你十萬雄兵。命姬輦爲帥。即日救楚。你意下如何。〔申包胥云〕多謝了大王。俺主公必當重報。〔秦昭公云〕令人。與我喚將姬輦來者。〔卒子云〕姬輦安在。〔浄扮姬輦上詩云〕千鈞力氣生來有。單被子胥出盡醜。直自當年舉鼎來。至今閃了右邊手。某乃姬輦是也。官封大將軍之職。主公呼喚。不知有甚差遣。令人報復去。道是俺姬輦來了也。〔卒子報科云〕姬輦到。〔姬輦做見科云〕主公喚姬輦。那廂使用。〔申包胥云〕久聞元帥大名。如雷貫耳。今蒙大王憐愍敝國。肯發救兵。有勞元帥領兵前赴。真乃小官萬幸。〔姬輦云〕不敢不敢。〔秦昭公云〕姬輦。我今撥與你十萬雄兵。同申包胥救楚去。你可小心在意者。〔姬輦云〕主公。某想伍員在臨潼會上拳打蒯聵。脚踢卞莊。文賽百里奚。武過末將。主公着他做了盟府。又與他一口寶劍。筵前舉鼎。欺人太甚。某今領十萬雄兵。一來救楚。二來就擒拏伍員。雪我臨潼之恥。〔秦昭公云〕只願你馬到功成。奏凱而還。某當與百里奚大夫。迎勞函關之外。你則小心着志者。〔詩云〕出函關鳴笳疊鼓。至郢都揚威耀武。破伍員誓滅强吴。助包胥重扶弱楚。〔同百里奚下〕〔申包胥云〕元帥。你早到楚國一日。解俺一日之難。不可遲延。有失本望。〔姬輦云〕即日傳令大小三軍。拔營而起。直赴楚國救援去來。〔申包胥詩云〕千里投人實是難。甘心就死不空還。〔姬輦詩云〕若非七日墻邊泣。焉得雄兵便出關。〔同下〕〔正末領卒子上云〕某楚昭公。只爲一口湛盧劍不與吴國。惹的伍子胥兵來伐楚。好生危急。今幸申包胥借得秦兵。與子胥交戰。誰想子胥爲有盟誓在前。即便收兵罷戰而去。目今楚國重安。皆申包胥之力也。〔唱〕

【雙調新水令】包胥烈氣子胥知。聽的道借軍來他可便引兵先退。那借兵的如從天上下。那收兵的那裏也凱歌回。這兩個誰是誰非。真乃是忠孝各完備。

〔云〕令人。與我請將申包胥來者。〔卒子云〕申包胥安在。〔申包胥上云〕小官申包胥。借起秦兵與子胥交戰。誰想子胥不忘舊交。將城池地面復還與楚。即日班師。還他本國去了。今幸楚國無恙。主公着人來請。須索走一遭去。令人報復去。道有申包胥來了也。〔卒子云〕申包胥到。〔正末云〕快請過來。〔卒子云〕請過去。〔申包胥做見科〕〔正末云〕此一場大功。多虧了大夫也。〔申包胥云〕托賴主公洪福。小官何功之有。〔正末唱〕

【駐馬聽】伍員無敵。入楚地鞭屍尚恨遲。包胥有智。借秦兵復國偏能疾。〔申包胥云〕子胥若不想舊交之情。憑着他武藝。量小官到的那裏。〔正末唱〕**雖然他會臨潼八面虎狼威。怎如你倚蕭墻七日的英雄淚。**〔做悲科〕〔申包胥云〕主公爲何發起悲來。〔正末唱〕**我今日安居寶殿裏。猛想起渡江時不覺心如碎。**

〔申包胥云〕主公。吴兵已退。楚國重安。此乃如天之喜。且省煩惱。〔芊旋上云〕某芊旋自從江邊與哥哥別後。一向避於隨地可。早半年光景也。聽的申包胥借起秦兵。重扶楚國。我如今回去。見我哥哥咱。令人報復去。道有芊旋在於門首。〔卒子云〕喏。報的大王得知。有一公子來了也。〔正末云〕快有請。〔卒子云〕請進去。〔芊旋做見悲科〕〔正末云〕兄弟也。你在那裏來。〔芊旋云〕您兄弟自與哥哥相別之後。流落隨國。聽知哥哥復楚。一徑的尋將來也。〔正末唱〕

【沉醉東風】自間別伯夷叔齊。我常只是坐想行悲。〔芊旋云〕許久不見哥哥。請受您兄弟幾拜。〔正末唱〕**既然爲兄弟情。講甚賓朋禮。想當年在小船中寸步難移。**〔芊旋打悲科云〕您兄弟豈望今日與哥哥相見也。〔正末云〕令人。安排酒果。來與兄弟拂塵者。〔唱〕**今日相逢有限**

期。我又恐怕是南柯夢裏。

〔云〕兄弟。你滿飲一杯。〔芊旋云〕你兄弟吃不下這酒去。〔正末云〕兄弟。你爲甚麼吃酒不下。〔芊旋云〕您兄弟心下則想着嫂嫂和姪兒哩。〔正末云〕兄弟。你嫂嫂有。〔芊旋云〕既然有嫂嫂。何不請將出來相見咱。〔正末云〕令人。請將夫人來者。〔卒子云〕夫人有請。〔二旦上云〕妾身乃楚昭公繼室夫人。大王呼喚。須索見去來。〔做出見科〕〔正末云〕兄弟。兀的不是您嫂嫂。〔芊旋做認科云〕哥哥。這個那裏是我那嫂嫂也。〔正末云〕兄弟也。可知不是你那嫂嫂哩。〔唱〕

【落梅風】他身喪在波濤內。名標在書傳裏。死便死猶存生氣。我今日正椒房怕沒有結髮的妻。〔云〕兄弟也。當初我棄了嫂嫂姪兒。留得你在。哥哥今日還有嫂嫂。少不的生下姪兒。若無了你呵。〔唱〕那裏去再尋個同胞兄弟。

〔旦兒領俫兒上云〕妾身自同孩兒下水之後。謝天地可憐。將俺母子救於岸上。投到一箇人家。喚做申屠氏。見説是楚昭公的夫人。將我十分供養。不覺過了半年光景。聽知俺大王已復楚國。我如今引着孩兒認他去。這便是宫門外了。令人報復去。道有大王的親眷在於門首。〔卒子云〕喏。報的大王得知。有兩個親眷在門首求見哩。〔正末云〕我有什麼親眷。在那裏。兄弟。待我自看去咱。〔唱〕

【甜水令】幸的個宜弟宜兄。無災無難。同歡同會。我這裏那步出宫闈。遠聽聲音。近觀相貌。端詳仔細。〔旦兒云〕大王萬福。〔正末做驚科〕〔唱〕呀。原來是俺詠雎鳩窈窕元妃。

〔云〕您母子每在何處來。〔旦兒云〕妾身自與大王離別之後。投於漢江。料無生理。不想水中金光閃爍。冷氣逼人。一位神聖將妾身救于岸上。都是漫漫的蘆葦。正在徬徨之際。則見孩兒也從江中爬上岸來。問其緣故。原來爲着風浪越猛。相繼下水。也見一位神聖。救了性命。俺母子投到一個申屠氏家。住了半年。大王今日復立家邦。那知俺母子每在漢江中受盡苦楚。説兀的做甚。〔詩云〕當年母子没風湍。爲保君王玉體安。雖然幸得神明護。只恐後人奪却故人歡。〔正末唱〕

【折桂令】我則道你趁横波一去無消息。可正是堂上糟糠。休猜做墻上泥皮。想當日船小江深。風高浪湧。雲鎖天低。若不是賢達婦三從四德。若不是仁孝子百順千隨。我則道夫婦分離。父子乖違。怎能彀再得團圓。還見這笑眼歡眉。

〔芈旋云〕哥哥當日在漢江之上。情願捨了嫂嫂姪兒。留您兄弟。豈知嫂嫂姪兒。安然無事。可見天道無親。常與善人。信不誣也。〔秦百里奚上云〕某乃秦國百里奚是也。奉主公的命。要將金枝公主與楚昭王小公子爲婚。遣某親送吉帖來此。令人報復去。道有秦國使命在於門首。〔卒子報科云〕喏。報的大王得知。有秦國使命求見。〔正末云〕快請進來。〔卒子云〕請進。〔百里奚做見科〕〔正末云〕前者多得秦王借兵救援。使寡人復還楚國。感恩非淺。只因喪敗之後。百事未理。有失報謝。今日重勞大夫遠涉敝地。益增惶恐。〔百里奚云〕救災恤鄰。乃是常禮。何足爲謝。小官今此一來。不爲别事。乃奉主人之命。有金枝公主。願與大王小公子結婚。遣小官親齎吉帖送上。倘勿棄嫌。實爲萬幸。〔正末云〕寡人有何德能。敢勞秦王如此錯愛也。〔唱〕

【沽美酒】謝大王憐下國。借猛將解重圍。也只爲喪敗初還百無備。尚未及酬恩報德。非是俺急時偎緩時棄。

【太平令】自鬬寶臨潼赴會。賜無祥公主來歸。曾對天割襟爲記願世世無相違背。這信誓。在彼。怎悔。難得見今朝這日。

〔百里奚云〕小官聞知大王避難漢江。因風浪陡作。將夫人小公子都送下水。可怎生又得完聚。敝國僻遠。不知其詳。請大王試説一遍。容小官洗耳恭聽。〔正末唱〕

【錦上花】當日個避難臨江。扁舟同濟。陡遇風波。梢子驚啼。〔云〕他道是船小不能重載。内中有疎者。請一位下水。方纔有救。〔唱〕他道所未傾危。剛争半米。疎者非親。請其下水。

【幺篇】夫人先拜辭。稚子繼沉溺。也只爲兄弟情深。難忍拋離。誰想龍神。暗中呵衛。死者重生。生者不愧。

〔百里奚云〕有這等事。可也難得。〔正末唱〕

【清江引】可又得金枝公主成配匹。豈不是天緣美。永爲唇齒邦。萬古干戈息。將着甚的般花紅酬謝你個秦百里。

〔芊旋云〕今日俺一家團圓。又得與秦國結親。永爲唇齒。真乃天大的喜事。就此殿庭之上。擺設起滿堂花。遍地錦。椎番牛。窨下酒。做個慶喜筵席。款待百里奚大夫。到明日仍遣申包胥入秦報謝者。〔正末唱〕

【收尾】殿庭中擺設下千金席。列兩行鸞歌鳳吹。不争爲青鋒劍攬惹了那場災。還落的赤繩書接受了這重喜。

〔音釋〕蘸子鑑切　齎施去聲　聵音外　員音運　敵丁離切　疾精妻切　閃音陜　爍書藥切　湍他欒切　德當美切　國音鬼　偎音威　日人智切　陡音斗　溺銀計切　匹鋪米切　息喪擠切　窨音蔭　席星西切

題目　伍子胥一戰入郢

正名　楚昭公疎者下船

龐居士誤放來生債雜劇

楔子

〔冲末扮李孝先上詩云〕心頭一點痛。起坐要人扶。况是家貧窘。門前聞索逋。小生姓李。雙名孝先。祖居襄陽人氏。自幼父母雙亡。習儒不遂。去而爲賈。只因本錢欠少。問本處龐居士借了兩箇銀子做買賣。不幸本利雙折。無錢還他。小生前者往縣衙門首經過。見衙門裏面綳扒吊拷。追徵十數餘人。小生向前問其緣故。那公吏人道是欠少那財主錢物的人。無的還他。因此上拷打追徵。小生聽罷。似我無錢還龐居士。若告將下來。我那裏受的這苦楚。小生得了這一口驚氣。遂憂而成疾。一卧不起。在家中染病。如今覷天遠。入地近。眼見得無那活的人也。〔下〕〔正末扮龐居士領净扮行錢上云〕老夫是這襄陽人也。姓龐名藴。字道玄。嫡親的四口兒家屬。婆婆蕭氏。女兒靈兆。小厮兒鳳毛。俺四口兒都好參禮這佛法僧三寶。俺多曾遇着幾個善知識來。馬祖師。石頭和尚。百丈禪師。多曾印證俺這三口兒都不及我這女兒靈兆。此女子性根大利。見性明白。俺祖宗以來。所積家財。萬貫有餘。我有一故友。乃是李孝先。往年問我借了兩個銀子。出外做買賣去。本利該還四個了。誰想他命運不利。將那本錢都傷折了也。我聽得道家中染病哩。行錢。將着李孝先那一紙文書。再將着兩錠銀子。咱探望孝先走一遭去。〔行錢云〕理會的。〔做走科云〕説話中間。可早來到也。孝先在家麽。〔李孝先上云〕是誰在門首。〔正末云〕是老夫。〔李孝先驚科云〕呀。是龐居士來了也。請家裏坐。〔見科云〕居士。小生病體在身。不能施禮。〔正末云〕孝先病體若何。〔李孝先云〕居士。眼見得無那活的人也。〔正末云〕孝先。曾請良醫調治也不曾。〔李孝先云〕没錢。請良醫不起。〔正末云〕孝先。你所得的這病。可是甚麽證候。〔李孝先云〕居士。你試猜我這病咱。〔正末云〕你看波。他的病可着我猜。我依着他便了。你不是風寒暑濕麽。〔李孝先云〕不是。〔正末云〕莫不是饑飽勞役麽。〔李孝先云〕也不是。〔正末云〕莫不是憂愁思慮麽。〔李孝先做哭科云〕知我者是我心友也。我這病正是憂愁思慮上得來的。〔正末云〕呀。孝先。何憂之有。〔李孝先云〕居士不知。聽小生試説一遍。往年問居士借了兩個銀子做買賣。誰想本利傷折了。來到家中。無錢還居士。因往縣衙門首經過。見裏面吊拷綳扒的人。小生問其緣故。他道是欠少財主的財物。無錢還他。告到官中。如此般打拷追徵。小生聽罷。感了一口驚氣。居士也不是那等人。假似也告到官中。追徵我這銀兩。小生是個讀書的人。那裏受的那等拷打。因此上遂憂而成疾。如今漸漸的沉重了也。〔正末背云〕我當初本做善事來。誰想倒做了冤業。我家中多有人欠少我銀兩錢物的文契。倘若都似這李孝先呵。可不業上加業。到家中我將這遠年近日欠少我錢鈔的文契。我都燒了。行錢。是必提我一提兒。行錢。將李孝先那一紙文書來。〔行錢做遞文書科〕〔回云〕孝先。這個是你的手字麽。〔李孝先云〕居士。是小生的手字。〔正末做扯科云〕我攞了這文書。點個燈來燒了者。本利該四錠銀子。都不問你要。行錢。再將兩錠銀子來。孝先。這銀子我則這般與你做盤纏。你心中這一會兒可如何。〔李孝先云〕居士。本利該四個銀子。都不問小生要。又與我兩錠銀子做盤纏。我這會兒心中。恰似無了病的人也。〔正末云〕善哉善哉。我則要冤冤相解。〔李孝先云〕居士的銀子不問小生要。又與我這兩個銀子。小生今生今世報答不的居士。到那生那世。做驢做馬。填還你這恩債。居士。你正是財上分明大丈夫也。〔正末云〕孝先。我既與了你呵。要説這等言語做甚麼。〔唱〕

【仙呂賞花時】誰不知道財上分明是這大丈夫。從今後休着你那心下熬煎枉受苦。你是必好將息這病身軀。〔李孝先云〕元少居士的銀子又不問小生要。又與我這兩個銀子。此恩異日必當重報。〔正末唱〕**這銀子是我肯心兒願與。**〔李孝先云〕則是教小生難以克當也。〔正末云〕既是我與你呵。〔唱〕**更論甚麼得之有可敢失之無。**〔下〕

〔李孝先云〕居士去了也。慢慢的調治病體痊可了呵。我自有個主意。〔詩云〕曾聞一黃雀。尚有報恩環。人而不如鳥。何顔立世間。〔下〕

【音釋】賈音古　攞羅上聲

第一折

〔正末引老旦卜兒正旦靈兆倈鳳毛行錢上〕〔詩云〕斷絕貪嗔癡妄想。堅持戒定慧圓明。自從滅了無明火。煉得身輕似鶴形。你子母每近前來。聽我説佛法也。佛説大地衆生。皆有佛性。則爲這

貪財好賄。所以不能成佛作祖。佛説貪財好賄之人似甚麼。似小兒在那刀尖上食蜜。貪其甜味。豈防有截舌之患也呵。〔唱〕

【仙吕點絳唇】塵世人倫。我可也煞曾窮問。長思忖。他可便趨富嫌貧。不想那富貴可是天之分。

【混江龍】有等人精神發憤。都待要習文演武立功勛。演武的不數那南山射虎。習文的堪歎這西狩獲麟。獲麟的魯國豈知夫子聖。射虎的霸陵誰問你個舊將軍。屈沉殺一身英勇。枉費盡半世辛勤。對面兒高車駟馬。轉回頭可早衰草荒墳。我待要拋家業。樂閒身。或是琴一操。酒三巡。我爲甚一生瀟散不戀那一生錢。大剛來這十年富貴也只是十年運。運去呵有如那風摇畫燭。天散也的這浮雲。

〔云〕行錢。我昨日囑付你燒文書一事。你早忘了也。你將那好幾櫃文書都與我擡將出來。將些草把圍着。點火來燒了者。〔行錢云〕理會的。〔做燒科〕〔卜兒云〕居士。你爲何燒了這文書。〔正末云〕婆婆。我自有個主意。不必問他。〔外扮曾信實上詩云〕中和正直領天臺。此日親蒙聖敕差。誰言空闊無神道。霹靂雷聲那裏來。小聖乃上界增福神是也。因朝玉帝回還。看見下方煙焰。直衝九霄。撥開雲頭。乃是襄陽有一龐居士。他將那遠年近歲借與人錢的文書。盡燒燬了。不知是何緣故。小聖按落雲頭。化做一白衣秀士。試探問咱。居士在家麽。〔行錢云〕先生。你尋他有何事故。俺居士在家念佛哩。〔曾云〕相煩你報復一聲。道有一秀士特來相訪。〔行錢做報科〕〔正末云〕既然有客至。婆婆。你且回後堂中去。〔卜兒同靈兆鳳毛下〕〔行錢出請曾做見科〕〔正末云〕量老夫不才。有勞先生屈高就下。〔曾云〕小生久聞居士大名。特來拜訪。〔正末云〕不敢不敢。請坐。行錢。看茶來。敢問先生仙鄉何處。〔曾云〕小生乃西洛人也。姓曾雙名信實。偶因遊學至此。恰纔見居士家門首灰火未絶。不知燒毁的是何物件。〔正末云〕先生不知。老夫有一朋友是李孝先。那人好生家窘。往歲問我借了兩錠銀子。出外做買賣去。誰想他本利都傷折了。無的還我。他在家憂愁思慮。成了疾病。老夫想來我家中多有人欠少我的錢鈔。假若都似這李孝先呵。我可不業上作業。因此將那遠年近日欠少我的錢物文書。都燒毁了。我則要寃寃相解也。〔曾云〕呀。居士。這錢是人之膽。財是富之苗。君子結交。以德爲情。小人結交以財爲友。便好道。〔詩云〕世間人喜是錢親。成功立業顯家門。假饒囊底無錢使。滿腹文章不濟貧。〔正末云〕聞我佛言。道是無常迅速。生死事大。如今世上人呵。〔唱〕

【油葫蘆】不思量有限的光陰有限身。委實他錢上緊。如今那等有錢的追富不追貧。〔曾云〕若有那窮漢來投奔呵。他肯齎發些兒麽。〔正末唱〕幾曾和那窮相識每日家相尋趁。都只待共那富家郎逐日相親近。〔帶云〕還有那等人呵。〔唱〕他無錢時記人的讎。若是有錢時忘人的恩。〔曾云〕倘有那相識朋友來呵。他也肯接待他麽。〔正末唱〕若有個舊賓朋一徑的將他來投逩。〔云〕他本在家裏坐着。却教人出來説。没囉没囉。〔唱〕他可自三衙家不出那正堂門。

〔曾云〕在家如此推故。倘若長街市上撞見怎了也。〔正末云〕或者一日在市廛中和那人打了個照面。那人便道。小生探望了數次。不能得遇。他本認的那人。他只在馬上欠身。便道我不認的你。〔唱〕

【天下樂】他可也便見如同陌路人。〔曾云〕我想這等人。何足道哉。〔正末唱〕也非是小生多議論。則我這一片濟貧的心比他人心地真。〔曾云〕依居士的主見。可是如何。〔正末唱〕我恨不的罄囊兒捨與人些錢。恨不的刮土兒可便散與人些銀。〔曾云〕這許多錢債文書都燒毀了可惜了也。〔正末云〕便好道萬般將不去。惟有業隨身。先生也。〔唱〕量這千百錠家舊文契有那的幾錠本。

〔曾云〕居士差矣。想今時人非錢不行。有錢的穿的是異錦輕紗。口食的是香甜美味。無錢的身穿破衣。口食淡飯。〔詩云〕無錢君子受熬煎。有錢村漢顯英賢。父母弟兄皆不顧。義斷恩疎只爲錢。〔正末云〕先生是知典故的人。自古及今。因這幾文錢上。不則送了一個。先生不嫌絮煩。聽我在下試説一遍與你聽者。〔唱〕

【那吒令】有一個爲富的似歐明涉津。遇龍君海神。有一個爲富的似元載待賓。做玄宗聖人。有一個爲富的似梁冀害民滅全家滿門。我如今待覓一個隱淪。待尋一個逃遁。也只要免的他惡業隨身。

〔曾云〕居士差矣。你家的富貴。不是你祖上遺留的。便是你自家掙起來的。何苦又要逃遁他去。這也太過了。〔正末云〕先生。還有一等無端的小人。到那臘月三十日晚夕。將那香燈花菓祭賽。道是錢呵。你到俺家裏來波。那的都是邪氣。〔唱〕

【鵲踏枝】誰待要祭那財神。我則待送那魔君。纏殺我也財物金銀。我覷的似吊客喪門。倒不如將他來與貧乏家施捨盡。另做個種果收因。

〔曾云〕居士。豈不聞聖人有云。富與貴人之所欲。貧與賤人之所惡。難道居士另是一付肚腸。與世人各别的。你可曾聞魯褒那錢神論麽。〔正末云〕老夫不知。願聞。〔曾云〕錢之爲體。具有陰陽。親之如兄。字曰孔方。無德而尊。無勢而熱。排金門。入紫闥。危可使安。死可使活。貴可使賤。生可使殺。是故忿争非錢而不勝。幽滯非錢而不拔。寃讎非錢而不解。令聞非錢而不發。洛中貴遊。世間名士。愛我家兄。皆無窮止。執我之手。抱我終始。凡今之人。惟錢而已。〔詩云〕金谷奢華富石崇。爲人傭作窘梁鴻。從古文章磨滅盡。至今猶説孔方兄。〔正末唱〕

【寄生草】富極是招災本。財多是惹禍因。如今人恨不的那銀窟籠裏守定銀堆兒盹。恨不的那錢眼孔裏鑄造下行錢印。〔做合掌科云〕南無阿彌陀佛。〔唱〕争如我向禪榻上便參破禪機悶。近新來打拆了郭况鑄錢罏。這些時厮摔碎了魯褒的這錢神論。

【六幺序】這錢呵無過是乾坤象。鎔鑄的字體勻。這錢呵何足云云。這錢呵使作的仁者無仁。恩者無恩。費千百纔買的居鄰。這錢呵動佳人有意郎君俊。糊突盡九烈三真。這錢呵將嫡親的昆仲絕了情分。這錢呵也買不的山坵零落。養不的畫屋生春。

【幺篇】誰待殷勤。頗奈錢親。錢聚如兄。錢散如奔。錢本無根。錢命元神。到底來養身波也那喪身。這錢呵兀的不送了多人。當日個宣帝爲君。疏傅爲臣。是漢朝大老元勛。賜千金爲具歸途賮。青門外供帳如雲。〔曾云〕到後來可是如何。〔正末唱〕他到家鄉都給散心無恪。這故事在兩賢遺傳。千古流聞。

〔曾云〕小生與居士共同一席話。勝讀十年書。想居士這等疎財仗義。高才大德。今日相別。後會有期。〔正末云〕行錢。去將一餅金來。〔行錢云〕理會的。〔正末云〕備一匹全副鞍轡的馬來。〔行錢云〕鞍馬也有了。〔正末云〕先生這一餅金與先生做路費。這一匹馬與先生代步咱。〔曾云〕居士。小生本爲仰德而來。非爲財物而至。焉敢當居士如此厚禮。這個斷然不好受得。〔正末云〕請先生受了者。〔曾云〕我小生決然不敢受。便受了也無用處。過二十年之後。小生與居士再會。〔正末云〕二十年之後有先生。敢無在下了也。〔曾云〕據着居士這等陰騭太重。必然增福延壽也。〔做別科云〕小聖恰纔見此人積功累行。施仁布德。俺神靈如何無一個報應。便好道善有善報。惡有惡報。不是不報。時辰未到。〔詩云〕休將姦狡昧神祇。禍福如同逐影隨。善惡到頭終有報。只爭來早與來遲。〔下〕〔正末云〕呀。天色晚了也。行錢。跟我宅前院後燒香去來。〔行錢云〕理會的。〔正末云〕這個是我那油房裝香來。南無阿彌陀佛。這個是我那粉房裝香來。〔行錢云〕香在此。〔正末云〕南無阿彌陀佛。這個是我那磨房。〔净扮磨博士上打羅唱科云〕牛兒你不走。我就打下來了。〔正末云〕行錢。甚麽人這般唱歌咀曲的。他心中必然快活。你與我唤他出來。我問他咱。〔行錢云〕兀那羅和。你出來。爹唤你哩。誰唤羅和哩。〔正末云〕孩兒也。是我唤你哩。〔磨博士云〕來也來也。誤了我打羅也。〔正末云〕你纔唱歌咀曲。你心中必然快活。你試説咱。〔磨博士云〕爹。你道我這般唱歌咀曲。我那裏有什麽快活。孩兒每受苦哩。我一日我請着爹二分工錢。我清早晨起來。我又要揀麥。揀了麥又要簸麥。簸了麥又要淘麥。淘了麥又要晒麥。晒了麥又要磨麪。磨了麪又要打羅。打了羅又要洗麩。洗了麩又要撒和頭口。只怕睡着了誤了工程。因此上我唱歌咀曲。爹。我那裏是快活。你省的古墓裏摇鈴。則是和哄我那死屍哩。〔正末云〕嗨。我可怎生知道。不問你别事。你這眼上兩根棒兒。爲甚麽支着。〔磨博士云〕爹。你道我爲甚麽眼上支着這兩根棒兒。我白日裏做了一日生活。到晚來恐怕打盹睡着了。誤了你家生活。因此上支着這兩根棒兒。你孩兒受苦哩。〔正末云〕孩兒也。我與你拏掉了。可是如何。〔磨博士云〕好鬆臊。好鬆臊。〔正末云〕自今日爲始。將這粉房油房磨房都與我關閉了者。再休要開。〔磨博士云〕爹。你若是不開這磨房呵。羅和别不會做買賣。離了你家的門。我不是凍死。便是餓死的人。爹。可憐見孩兒每咱。〔正末云〕孩兒。我自有個主意。行錢。將一個銀子來。孩兒也你見這個麽。〔磨博士云〕這個唤做甚麽。〔正末云〕孩兒也。唤做銀子。〔磨博士云〕則説銀子。我可不曾見。爹。要他做甚麽。〔正末云〕他也中吃也中穿。〔磨博士做咬銀子科云〕中穿中吃。阿喲艮了牙也。〔正末云〕孩兒。那中吃中穿。是教你將他鑿碎了。買吃買穿。〔磨博士云〕哦。倒換過來買吃買穿。爹。你可爲甚麼與孩兒每這個銀子。〔正末云〕孩兒。我與你這個銀子。不爲別的。你拿去白日裏做些買賣。到晚來則着你落一覺好睡。〔磨博士云〕爹。你與我這個銀子。則要我落一覺兒好睡。孩兒每知道了也。〔正末唱〕

【醉扶歸】我爲甚麼相憐憫。與你這一錠家那雪花銀。〔磨博士云〕爹。你可爲甚麼與我這銀子。〔正末唱〕我則報答你那脚打羅三年這足下恩。〔磨博士云〕爹。我羅和請罪咱。我昨日瞞着爹做一個賊。偷了二升麥子。去那長街市上算了一個卦。那先生説我今年今月今日今時。可當發跡。得些兒横財。不想爹叫我出來。與了我這個銀子。那先生也會算哩。〔正末唱〕那人也算的着輪到你那磨眼兒今日合交運。〔磨博士云〕爹。你與我這個銀子。去做甚麼生意好。〔正末唱〕這銀子我與你做買賣權時做本。〔磨博士云〕多謝爹。孩兒從今以後。再也不打羅了。〔正末唱〕哎。孩兒呵我從今以後再不要你似這般當粗坌。

〔磨博士云〕則説銀子銀子。誰曾見他來。這個原來是銀子。〔正末唱〕

【賺煞】暗評跋。忽笑哂。則被這錢使作的喒如同一個罪人。我待向那萬丈洪波落可便一跳身。轉回頭別是個乾坤。歎濁民空攢下那萬餘錠金銀。却也買不得三陽也那洞裏春。〔帶云〕這錢呵。我當初要用你時。〔唱〕可便一分不肯。〔帶云〕到今日我要捨錢時。〔唱〕可便千金何靳。〔云〕兀那世間的人。那貪財好賄。苦海無邊。回頭是岸。何不早結善緣也。

〔唱〕則喒這百年人誰識百年人。〔同行錢下〕

〔磨博士云〕衆哥哥。磨房裏一應家火都交付的全了。我回家去也。那老的與我這個銀子。到家裏落一覺兒好睡。則説銀子誰見來。兀的不是銀子。説話中間。可早到家了也。則這一間小房。去時節草繩兒拴了去。今日回來。還拴着哩。我解開這繩兒。推開這門。我入的這屋裏來。關了這門。我試看我這銀子咱。兀的不是銀子。只這一個土炕。放在那裏好。我如今揣在我這懷裏。我揣的緊着。誰知道我懷裏有銀子。我聽上衙更鼓咱。呀。可早一更也。龐居士老的説來。則着我快活落一覺兒好睡。我試睡咱。〔做打鼾睡科叫云〕怎麼大街上有你走處。没我走處。官街官道你走的。我也走的。你怎麼偏要挨肩擦膀的舒着手。往我懷裏摸甚麼。你待搶我的銀子。那裏走。這銀子是誰的。銀子是龐居士老的與我的。你拏我這銀子那裏去。快還我的銀子來。〔做搶跌倒科云〕呸。可是個夢。我試看我那銀子咱。兀的不是銀子。這銀子揣在懷裏。夢見人來搶我的。可放在那裏好。我如今把這銀子放在竈窩裏。我扒開這灰。這竈成年古代不燒火。埋上這銀子。扒上些灰兒蓋着。誰知道竈窩裏有銀子。我聽上衙更鼓咱。呀。可早二更了。龐居士老的説來。則着我快活的落一覺兒好睡。〔做睡科叫云〕這等大風。不要點燈弄火的。我説着不聽。你點那紙撚往那裏去。還不吹滅了哩。阿喲。他往那裏去。可怎生丢在草垜上。哎罷了。燒着了草垜。也刮在房上。連房也都燒着了。街坊鄰舍。火夫總甲。救火麻。搭火鈎。攢水桶。救火搭。上火鈎。衆人着氣力拽。〔做倒科云〕呸。原來又是個夢。看我那銀子咱。〔做拿銀子看科云〕兀的不是銀子。放在竈窩裏。夢見火來燒我這銀子。可放在那裏好。我如今把這銀子放在水缸裏。誰知道水缸裏有銀子。揭起蒲蓋。〔做丟銀科云〕撲鼕。休道無那賊。便有那賊呵。他怎知道水缸裏有這銀子。我聽上衙更鼓咱。呀。三更了也。龐居士老的說來。則着我快活落一覺兒好睡。〔做睡科叫云〕阿。天陰了。可蓋醬缸。把那曬的麥子搬入倉裏去罷了。東南上雲布起來了。我說麽下濛鬆雨兒了。呀。大雨了。罷了罷了。水發了。山水下來了。好大雨。水淹將上來了。呀。大水衝了房子也。好大雨。水浮水浮。水分水浮。狗跑兒浮。觀音浮。躧水浮。仰蛙兒浮。〔做倒科云〕呸又是個夢。看我那銀子咱。兀的不是銀子。放在水缸裏。夢見水來淹。我這銀子。可放在那裏好。我放在這門限兒底下。把土兒埋了。休道無那賊。便有那賊呵。他怎麽知道我門限兒底下。埋着這銀子。我聽上衙更鼓咱。四更了也。龐居士老的說來。與我這個銀子。則着我快活的落一覺兒好睡。〔做睡科叫云〕阿。來了。來了。偌多的人。你拿那鍬钁撅頭。往那裏去。俺家裏又不蓋房脫坯。你都來做甚麽。怎麽鈀我的門限。說着也不聽。你還鈀哩。鈀出我的銀子來了。里長總甲。有賊也。偷了我的銀子去了。有賊有賊。呀。拏刀砍殺我也。呀。又拏槍來扎殺我也。拏我的銀子那裏去。〔做倒科云〕呸。又是個夢。我聽上衙這更鼓咱。〔打五更做雞鳴科云〕呀。天明了也。好阿。我恰好一夜不曾睡。我試看我那銀子咱。兀的不是銀子。羅和也。你索尋思咱。這一個銀子放在水缸裏。夢見水來淹我。揣在懷裏。夢見人搶我的。埋在竈窩裏。夢見火來燒我。埋在門限兒底下。夢見人來鈀我的。拿刀來砍我。槍來扎我。一個銀子整整害了我一夜不曾得睡。想龐居士老的家有千千萬萬大箱小櫃無數的銀子。我想他來是有福的。可便消受得起。羅和。我那命裏則有分簸麥揀麥淘麥。打羅磨麪。我可也消受不的這個銀子罷。我拿着這個銀子出的門來。拽上這門。送還與龐居士老的去走一遭。〔下〕

〔音釋〕慧音位　衆平聲　賄音毀　煞音殺　分去聲　數上聲　獲胡乖切　散上聲　推退平聲　褒音包　盹敦上聲　撏詞僉切　鷙音執　祇音其　簸音播　覺音叫　横去聲　坌滂悶切　哂身上聲

第二折

〔正末引卜兒靈兆鳳毛行錢上〕〔卜兒云〕居士想你昔日之間。多行善事。廣積陰功。久後俺子母每也有個好處麽。〔正末云〕婆婆。你説的差了也。便好道公脩公得。婆脩婆得。十人上山。各自努力。盛世難逢。佛法難遇。若是既逢既遇呵。南無阿彌陀佛。也要噌自省自悟也呵。〔唱〕

【中吕粉蝶兒】若論着今日風俗。正好宜太平簫鼓。有一等寒儉的泛泛之徒。他出來的不誠心。無實行。一個個强文假醋。〔卜兒云〕如今有一等高巾傲帶。表德相呼。不知他那肚皮裏如何。〔正末唱〕怕不他表德相呼。你問波可甚的是那衣冠文物。

〔卜兒云〕居士。那稱才卿的。可是怎生。〔正末唱〕

【醉春風】他那等空傲慢的唤做才卿。〔卜兒云〕那稱好古的。可是如何。〔正末唱〕那等假老成的喚做甚麽好古。〔卜兒云〕據居士恤孤念寡。敬老憐貧。世之少有也。〔正末唱〕憑着我疎財仗義有幾人。如這城中試數。數。但見個老的呵我早則出力的扶持。但見個病的呵我早則盡心兒調養。但見個貧的呵我早則傾囊兒資助。

〔卜兒云〕居士。如今那高樓上吹彈歌舞。飲酒懽娱。敢管待那士大夫哩。〔正末云〕婆婆。他肯管待那人。也不枉了。〔唱〕

【紅繡鞋】他幾曾道開東閣把那名儒來管顧。他每可動不動便宴西樓和那妓女每歡娱。〔云〕他則請人吃一盞茶呵。却早算計也。〔唱〕他將那茶托子人情可便暗乘除。常則是佯呆着回過臉。推説話紐身軀。〔云〕若有個窮相識來。便搭着磕破他頭者波。〔唱〕他每可幾曾做那五百錢東道主。

〔磨博士上云〕自家羅和的便是。可早到龐居士老的門首也。不必報復。我自過去。〔做見科〕〔正末云〕孩兒也。你慌做甚麽。我則着你落一覺兒好睡也。〔磨博士云〕我那裏睡來。一夜恰好不曾扎眼。整定害了我一夜。〔正末云〕你怎生一夜不曾得睡。〔磨博士云〕蒙與了我這個銀子。到的家裏。没處放着。我揣在懷裏。夢見人來搶我的。放在竈窩裏。夢見火來燒我。放在水缸裏。夢見水來淹我。放在門限兒底下。夢見人拿着鍬鋤撅我的。拏刀來砍我。槍來扎我。爲這一個銀子。整定害了我一夜不曾得睡。我想來。爹家裏論千論萬滿箱滿櫃無數的銀子。可没些兒事。爹。你便是有福的消受得他。我羅和那命裏則有分簸麥揀麥。淘麥晒麥。打羅磨麵。我那裏消受的這銀子。爹。你省的那脅肢骨裏敲髓麽。〔正末云〕孩兒。這是怎麽説。〔磨博士云〕我那骨頭裏没他的。我送這銀子來還了你。我不敢要。〔正末云〕孩兒呵。我與了你一個銀子。攪了你一夜不曾得睡。我家裏有兩三庫都是金銀寶貝。都似了你呵。如之奈何。〔唱〕

【迎仙客】哎。銀子也你饑不能與人家做飯食。你冷不能與人便做衣服。你這般沉點點冷冰冰衠則是一塊兒家福。〔云〕銀子也。你比及到我跟前呵。〔唱〕**知他消磨了那幾千年。可則更換過了幾萬古。他爲甚不向你跟前停住。**〔云〕我與他這個銀子。打攪的他一夜不曾得睡。你無福消受。送還與我。〔唱〕**哎。這銀子呵原來分定也是前生注。**

〔磨博士云〕爹。我則零支着使罷。〔正末云〕行錢。將一兩銀子來與羅和孩兒。等你使的無了呵。再來取。〔磨博士云〕爹。孩兒也不敢多要。只先支一錢銀子。買一條匾擔。我做大買賣去也。〔正末云〕做甚麽大買賣。〔磨博士云〕我只去妓館家做閒的去也。〔下〕〔正末云〕天色晚了也。婆婆。你先歇息去。我宅前院後燒香去來。〔卜兒云〕理會的。〔同靈兆鳳毛下〕〔正末做燒香走科云〕我來到這粉房。〔做念佛科〕我來到這油房。〔做念佛科〕我來到這後槽門首。〔内驢馬牛做聲科〕〔正末云〕是甚麽人這般説話。我試聽咱。〔驢云〕馬哥。你當初爲甚麽來。〔馬云〕我當初少龐居士十五兩銀子。無的還他。我死之後。變做馬填還他。驢哥。你可爲甚麽來。〔驢云〕我當初少龐居士的十兩銀子。無錢還他。死後變做個驢兒與他拽磨。牛哥。你可爲甚麽來。〔牛云〕你不知道。我在生之時。借了龐居士銀十兩。本利該二十兩。不曾還他。我如今變一隻牛來填還他。

〔正末失驚科云〕嗨。兀的不諕殺我也。我當初本做善事來。誰想弄巧成拙。兀的不都放做來生債也。〔唱〕

【醉高歌】枉了我便一生苦鰥寡孤獨。半世養貧寒困苦。我則道是誰人向這槽畔低低叙。聽沉了着我慘慘的怕怖。

【滿庭芳】呀。却原來都是俺冤家債主。我本待要除災種福。我倒做了一個緣木的這求魚。〔云〕龐居士呵。你是念佛的人。〔唱〕這的可便抵多少業在深牢獄。不由我不展轉躊躇。〔云〕龐居士我當初與你那銀子。我也無甚歹意來。〔唱〕我則待要錢粧的你來如狼似虎。哎。誰承望今日折倒的做馬波爲驢。〔做念佛科唱〕我看了他這輪迴的路。可則是陰司地府。〔云〕當初借了我銀子。無的還我。今日做驢馬衆生。來填還我。〔做念佛科唱〕哦。方信道還報果無虚。

〔做叫科云〕婆婆。靈兆。鳳毛。你子母每都來。〔卜兒仝上云〕居士。你這般慌叫怎麼。〔正末云〕我恰纔前後燒香。則聽的那牛馬做聲。那牛便道我少居士二十兩銀子。無的還他。做牛來填還他。那馬便道。我少居士十五兩銀子。無的還他。做馬來填還他。那驢便道。我少居士十兩銀子。無的還他。做驢來填還他。婆婆。我當初本做善事。誰承望弄巧成拙。都做了來生債也。〔卜兒云〕嗨。誰想有這等果報。〔正末云〕婆婆。從今以後。凡百的事。你則依着我者。行錢。

將那家私總曆文書。都與我搬運將出來。〔行錢云〕理會的。都搬運將出來也。〔正末云〕可補個燈來都燒了者。我再也不放與人這錢鈔了。〔卜兒云〕呀。居士。你燒了這家私總曆文書。可是主何意來。〔正末云〕婆婆。你那裏知道。〔唱〕

【石榴花】你道我燒毁了文契意何如。豈不聞君子可便斷其初。〔卜兒云〕哎。居士喒。人自是有錢的好。〔正末唱〕**想着俺借錢時有甚惡心術。怎知做今生債負。來世追逋。則願的祖師指示我向西方去。早回頭拔出迷途。**〔云〕燒了者。燒了者。〔卜兒云〕居士。你留着。休要燒毁了。〔正末唱〕**則管裏便左來右去把我邀攔住。這錢也他敢不是我那護身符。**

〔卜兒云〕居士。你好歹休要燒了這文書。〔正末唱〕

【鬭鵪鶉】豈不聞駟馬難追。我今日個一言倈既出。〔云〕婆婆。元來你心與我心不同。〔卜兒云〕我心怎生與你心不同。〔正末唱〕**我待將這家業消除。你則待將火院火院來做主。**〔云〕燒了者。燒了者。〔卜兒云〕居士。你且休要燒者。〔正末唱〕**你爲甚麼喞喞噥噥百般的無是處。**〔云〕婆婆。你是念佛的人。〔唱〕**我可問你甚的喚做樂有餘。我但得個一世兒清閒。便則是生平願足。**

〔卜兒云〕居士。你且休燒了這文書。聽我説咱。俺兩口兒偌大年紀。孩兒每都小哩。他久已後長立成人。也要些錢物使用。你與我休便燒了也。〔正末云〕你剗的還有這個心哩。〔卜兒云〕居士。

我主的不差。你只休燒毀了也。〔正末云〕婆婆。你堅意的不肯燒這文書。行錢。你去擡一櫃兒金子來。擡一櫃兒珠子來。擡一櫃兒銀子來。〔行錢云〕理會得。一櫃金子。一櫃銀子。一櫃珠子。都有了也。〔正末云〕婆婆。靈兆。鳳毛。你見麽。〔卜兒云〕居士。我見了也。你可主何意那。〔正末唱〕

【上小樓】且休論喒這倉廒波務庫。更和這家私也那無數。應有的金銀財寶。收拾將來。放在一處。則你這娘兒每廝瞅着廝守着。休離了半步。看你那無常時可便帶的他同去。

〔卜兒云〕居士。你尋思波。俺女兒不曾嫁。小廝兒不曾娶。你投至的掙成這個家業。非一日之故。許多的錢物。也是可惜的。你留下些與後代兒孫受用。可不好那。〔正末云〕婆婆。你着我做財主。我做了財主。又着鳳毛孩兒做財主。鳳毛所生的孩兒。又做財主。喒家哩輩輩兒做了財主。我問你這窮漢可着誰做。〔唱〕

【幺篇】錢無那三輩兒家錢。福無那兩輩兒家福。你但看日中則昃。月滿則虧。這都是無往不復。久以後到頭來另有個養身活路。〔卜兒云〕你將錢債的文書都燒毀了。還有甚養身活路在那裏。〔正末做念佛科唱〕我待着你一家兒受佛門普度。

〔云〕婆婆。凡百的事。你則依着我者。喒家中奴僕使數的。每人與他一紙兒從良文書。再與他二十兩銀子。着他各自還家。侍奉他那父母去。喒家中牛羊孳畜驢騾馬匹。每一個畜生脖子裏掛一面牌。上寫着道龐居士釋放。不許人收留。去那鹿門山外有水草處。任他生死。喒家中有十隻大海船。一百小船兒。將喒家中金銀寶貝玉器玩好。着那小船兒搬運在那大船上。俺一家兒明日到東海沉舟去也。〔卜兒云〕居士。我依着你。把牛羊孳畜盡釋放了。但是家中人都與他從良文書。則一椿兒。你也依着我。留下海船。不要將那錢物載去沉了。等我做些買賣。可不好那。〔正末唱〕

【要孩兒】你待着我萬餘資本爲商賈。趲利息衝州撞府。或是乘船鼓棹渡江湖。或是從鞍馬晝夜馳驅。我乾做了撇妻男店舍裏一個飄零客。抛家業塵埃中一個防送夫。冷清清夢回兩地無情緒。怎熬的程途迢遞。更和那風雨瀟疎。

〔卜兒云〕居士。俺錦片也似家緣過活。你都要沉於海内。久後孩兒每成人呵。將甚麼使用。你則依着我留下這錢物者。〔正末唱〕

【二煞】古人道鷦鷯巢深林無過占的一枝。鼹鼠飲黄河無過裝的滿腹。喒人這家有萬頃田也則是日食的三升兒粟。博個甚睜着眼去那利面上剋了我的衣食。閒着手去那算盤裏撥了我的歲數。趲下些山岸也似堆金玉。這壁廂凌逼着我家長。那壁廂快活殺他妻孥。

〔卜兒云〕居士。你將這家私棄捨了呵。也思量着久後孩兒每怎生過遣那。〔正末唱〕

【煞尾】我去那酒色財氣行取一紙兒重招。我去那生老病死行告一紙兒赦書。豈不聞

道兒孫自有兒孫福。我其實便作不的這業當不的這家受不的這苦。〔同下〕

〔音釋〕俗詞疽切　行去聲　物音務　服房夫切　福音府　苫聲占切　獨東盧切　倈離靴切　獄于句切　術繩朱切　出音杵　足臧取切　瞅楚九切　復房夫切　鼹音衍　腹音府　粟須上聲　玉于句切　長音掌　行音杭

第三折

〔外扮龍神領水卒上詩云〕羲皇八卦定乾坤。上帝還須輔弼臣。雲雨風雷唯我用。獨魁水底作龍神。吾神先考。所生七子。銀脊廣勝龍。銅脊沙龍。鐵脊陀龍。九尾赤龍。撩牙火龍。鎮世惡龍。吾乃第一金脊德勝龍是也。爲吾神毗沙門戰退九曜刀利山。三箭成功。奉天符牒。玉帝敕命。加吾神東海龍王之職。今有襄陽一人。乃是龐居士。此人將應有家財都要沉在東洋大海。吾神未得上帝敕令。不敢收留。巡海夜叉。等龐居士來時。將那船隻托住者。〔正末領卜兒靈兆鳳毛行錢上云〕行錢。將那家中金銀貫鈔。奇珍異寶。都搬運在大船上不曾。〔行錢云〕爹。都搬運在船上了也。〔正末云〕婆婆。靈兆。鳳毛。俺一家兒去那東海上沉舟去來。〔詩云〕世人重金寶。我愛剎那靜。金多亂人心。靜見真如性。〔同行科〕〔正末唱〕

【越調鬬鵪鶉】我棄了這千百頃家良田。便是把金枷來自解。我沉了這萬餘錠家私。便是把玉鎖來頓開。玳瑁珊瑚。硨磲琥珀。你當初生處生。今日個可便來處來。〔帶云〕我若無你呵。〔唱〕再不做那天北的這經商。我也再不做那江南的買客。

【紫花兒序】我愁的是更籌漏箭。我怕的是暮鼓晨鐘。我倦的是這紫陌黄埃。大剛來光陰迅速。怎教我不心意裁劃。早早的安排。待把我這一寸心田無罣礙。大道的事着你世人不解。則願的一帆西風。送上我那三島蓬萊。

〔云〕婆婆。你看那海上的水。水上的船。船上的金銀寶貝。有個比喻也。〔卜兒云〕喻將何比。〔正末唱〕

【天净沙】有如那花正開風卸風衰。有如那月初圓雲暗雲埋。跳不出這塵寰世界。我覷了委實癡騃。〔帶云〕那船上的。那裹是什麼金銀寶貝。〔唱〕只當是裝一船家兀那横禍非災。

〔云〕婆婆。早來到海岸了也。〔卜兒云〕那船上裝的都是金銀寶貝。居士。你也好大量哩。〔正末唱〕

【鬼三台】也非是我胸襟大。將金寶和船載。我只待跳出這塵寰得自在。〔卜兒云〕居士。你便老了。兒女每正後生哩。〔正末唱〕你道是白髮嘆吾儕。我道是今番暢快哉。趁着這風力軟水横天地窄。帆力穩影吞雪浪開。這便是風送王勃。赴洪都的命彩。

〔卜兒云〕居士。你看那海岸上看俺沉舟的人。好不多也。〔正末云〕兀那君子每。我龐居士這個

念頭。比別人不同。〔唱〕

【紫花兒序】我不比那越范蠡駕扁舟遊那五湖的這煙浪。我不比那晉石崇送窮船葬萬頃波瀾。我不比那漢張騫泛浮槎探九曜星台〔帶云〕你覷波。〔唱〕我則見水接着天瀉混元一派。我則見天連着水可便無半點兒纖埃。我爲甚喜笑盈腮。待着他水晶宮裏龍王放一會兒解這一場我直撑殺他魚鼈和那蝦蟹。覷了這萬丈風濤。兀的不險似百尺樓臺。

〔卜兒云〕居士。這會兒風浪越急了。你看那船越漂的高了也。〔正末云〕我自有個主意。行錢。將那大海船底下鑿碗來大數十個窟籠。他必然沉了也。〔行錢云〕理會的。〔做鑿科云〕爹。這船底下都鑿了窟籠也。〔正末云〕可怎生不沉。這會兒風也息。浪也平了。可怎生是好也呵。〔唱〕

【凭欄人】天際殘霞幾縷裁。水映天心有如那霞襯彩。恰纔個船隨着海岸開。抵多少煙波風送客。

〔云〕婆婆。這船只是不沉。也可怪哩。〔唱〕

【寨兒令】我則見雪浪湧似山排。可怎生又風恬水平雲霧靄。難道是積羽沉舟。這金銀呵反爲輕載。心兒裏好疑猜。

【幺篇】爲甚麼這番滚滚海藏裏不沉埋。〔云〕這船怎生不沉。婆婆。我猜着了也。〔唱〕他本是個虛飄飄世上的浮財。我和你發虔心禱上蒼。近岸口跪蒼苔。〔云〕婆婆。靈兆。鳳毛。都來拜者。〔唱〕拜拜拜。直拜到那月上的這海門開。

〔外扮天使上云〕兀那東海龍王。上帝敕令。將龐居士應有家財。都收入龍宮海藏者。〔龍神云〕得令。雷公電母。風伯雨師。作起波浪。翻了那些海船。將龐居士應有的家財。都與我收了者。〔水卒云〕理會的。都收了也。〔龍神云〕吾神索回玉帝的話去。〔詩云〕領水卒分開波浪。顯神通現出本象。將龐居士應有家財。都收入龍宮海藏。〔同水卒下〕〔正末唱〕

【金蕉葉】我則聽的霹靂嚮驚魂喪魄。諕的我四口兒無顏落色。我則見雲偶斗空中亂擺。恰便似千百面征鼙亂凱。

【調笑令】我可便自來幾曾該端的便幾曾該。抵多少一夜西風透滿懷。諕的那嬌兒和幼女愁無奈。我向前來怎生遮寨。我則見布彤雲黯黯遮了日色。霎時間四野陰霾。

【禿厮兒】赤歷歷那電光掣一天家火塊。吸力力雷霆震半壁崩崖。俺這裏輕身向前將這海岸踹。〔卜兒扯科云〕居士靠後些。〔正末云〕婆婆。你怕甚麼。〔唱〕你還躭着鬼魂胎。哀哉。

〔云〕好大風也。〔唱〕

【聖藥王】吹的我頭怎擡。刮的我眼倦開。〔云〕龍王呵。你這般煩惱怎麼。〔唱〕又不比入山推出白雲來。漸的呵風力衰。忽的呵雲亂擺。只要你沉了喒錦帆舟楫共資財。做的個一去不回來。

〔卜兒云〕居士。你將錢物都沉在海裏了。俺四口兒如今回去。把甚麽做盤纏那。〔正末云〕婆婆。我瞞着你多哩。我會一樁兒手藝。〔卜兒云〕你會那一樁兒手藝。〔正末云〕我會編笊籬。鹿門山外有一園竹子。着鳳毛孩兒斫將來。我一日編十把笊籬。着靈兆孩兒貨賣將來。可不彀俺一家兒吃粥哩。〔卜兒云〕這的是大缸裏打翻了油。沿路兒拾芝蔴也。〔正末唱〕

【收尾】誰不知道龐居士誤放了來生債。我則待顯名兒千年萬載。你便積攢下高北斗殺身的錢。〔云〕婆婆。靈兆。鳳毛。你回頭試看波。〔唱〕可也填不滿這東洋是非海。〔同下〕

〔音釋〕剎音察　那音挪　解上聲　珀鋪買切　客音楷　埃音哀　劃胡乖切　罣音卦　解音械　帆去聲　當去聲　窄齋上聲　勃音婆　蠡音里　載音在　藏去聲　魄鋪買切　色篩上聲　彤音同　黯衣減切　霾音埋　載上聲

第四折

〔外扮丹霞禪師上詩云〕釋迦拈花露本心。迦含微笑遇知音。燈燈相續傳千古。朗朗光明直至今。貧僧乃襄陽雲岩寺長老。法名丹霞。自幼學成滿腹文章。只爲進取功名。路逢馬祖禪師。問我秀才那裏去。貧僧回言。我選官去也。祖師道。秀才比及你選官呵。我選佛還好的多哩。我一聞其言。心下朗然省悟。因此金刀落髮。捨俗出家。先參馬祖。多得公案。爭奈未能了達。此處襄陽有一人是龐居士。他有個女兒靈兆。生的十分大有顏色。每日在寺門首貨賣笊籬。但是賣不了的。貧僧都買下。我有心無心。買下三房子笊籬。這早晚敢待來也。〔靈兆上云〕妾身是靈兆女。自從俺父親在海上沉舟回來。搬到這鹿門山住。俺父親會編笊籬。一日與我十把笊籬。將來長街市上貨賣。這早晚無人買這笊籬。俺父親的齋食。如之奈何。且到雲岩寺山門首賣去。敢那和尚又要買笊籬也。〔禪師做出門科云〕這早晚正是那女子來的時候也。〔見靈兆科云〕小娘子問訊。〔靈兆答科云〕萬福。〔禪師云〕小娘子。這笊籬敢又是賣不了的麼。〔靈兆云〕師父。是賣不了的。〔禪師云〕我有心要買笊籬。爭奈身邊無錢。你肯跟的我方丈中去麼。〔靈兆云〕師父。你是個出家兒人。怕做甚麼。我跟你去。〔跟至方丈科〕〔禪師云〕我着兩句言語嘲撥他。看他曉的麼。〔做念云〕老和尚合掌當胸。小娘子自去分解。〔靈兆背云〕這和尚無禮。着言語嘲撥我。他如今不言語便罷。再言語呵。我答他兩句。〔禪師云〕他不聽的。高着些念。老和尚合掌當胸。小娘子自去分解。〔靈兆云〕你聽我道兩件事。依的。妾身便和你共同歡愛。〔禪師云〕休道兩件事。便十件貧僧也依。出家人亦無罣礙。〔靈兆云〕你着那經爲枕比丘取樂。佛鋪地袈裟蒙蓋。〔禪師云〕南無阿彌陀佛。壞教門遺臭人間。墮阿鼻老僧罪大。〔靈兆云〕你參空禪仔細追求。怎生見真佛昂然不拜。〔禪師云〕得悟時拈起放下。拜佛也有何躭待。〔合掌做拜。靈兆打禪師頭科云〕掌拍處六根清浄。這笊籬打撈苦海。〔禪師云〕方信道色即是空。果然的空即是色。〔靈兆下〕〔禪師云〕南無阿彌陀佛。若不是吾師點化。貧僧怎了也。吾師一日不曾賣的一把笊籬。父母倚門而望齋食。如今貧僧將這一百文長錢。放在路上。待吾師拾的去。有何不可。〔詩云〕我恰纔凡心起微微動處。被一片黑雲遮住。若不是點化真言。險墮了阿鼻地獄。〔下〕〔靈兆再上科云〕妾身自離了雲岩寺。度脱了丹霞長老。不曾賣得一把笊籬。俺父母齋食。怎生是好呀。這道傍不知是甚麽人遺下這一百文長錢。我待不將的去來。只恐怕誤了父親齋食。我待要將的去來。怎好昧心貪利。〔做沉吟科云〕我如今將這十把笊籬放在道傍。怕那人來尋這錢呵。將笊籬賣過。一般世俗人休看的這笊籬小可也。〔詩云〕翠竹枝枝選嫩條。編成此物手中操。常將濟世菩提念。去那苦海波中用意撈。〔下〕〔正末引卜兒鳳毛上〕〔詩云〕有兒不曾娶。有女不曾嫁。大家團圞頭。説會無生話。自從將我那家緣家計。金銀寶貝。都裝到東海内沉了。來這鹿門山結一草庵。脩行辦道。到大來悠哉也呵。〔唱〕

【雙調新水令】誰似我静中參透了這祖師禪。我待向雪山頭養心脩煉。當日那溶溶的天似水。漫漫的海無邊。一自沉了我那家緣。我將這成道記誦千徧。

〔靈兆上云〕妾身靈兆。將着這一百文長錢。見父親走一遭去。〔做見科〕〔正末云〕靈兆孩兒。你回來了也。〔靈兆云〕父親。你孩兒回來了也。〔正末云〕孩兒。你賣笊籬。可是如何。〔靈兆云〕父親。你孩兒因度脱了丹霞長老。不曾賣的笊籬。出那寺來。道路傍邊。不知甚麽人遺下一百文長錢。我待要不將的來。則恐怕誤了父親齋食。你孩兒將那十把笊籬放在傍邊。等那人來尋這錢時。將這笊籬就是賣與他一般。你孩兒主意的是麽。〔正末云〕孩兒也。你見的是。〔外扮青衣童子上云〕居士。上聖有請。〔正末云〕你是那裏來的。〔唱〕

【沉醉東風】誰更敢推辭腼腆。我並不曾半霎兒俄延。我從來富不驕。端的個貧無怨。〔青衣云〕不只我來。兀的不又是一個來也。〔正末做回頭科〕〔青衣云〕疾〔下〕〔正末云〕在那裏。〔唱〕他把我賺回頭早海變桑田。〔内動樂聲科〕〔正末云〕是好樂聲也。〔唱〕我則聽的聒耳笙歌奏管絃。那一派仙音得這韻遠。

〔做看科云〕婆婆。你看那金門玉户。碧瓦琉璃。比塵世不同。此處必是天宫也。〔卜兒云〕居士。你看這牌面上寫着字兒哩。〔正末唱〕

【雁兒落】兀的不明明的在這門額上顯。分朗朗在這牌面上見。牌面上青書篆着的是兜率宫。門額上金字鐫着的是靈虚殿。

【得勝令】這裏可敢别是一重天。俺又不曾高駕五雲軒。〔云〕婆婆。世間則有紅蓮花。白蓮花。那得這青蓮花。金蓮花。〔唱〕這的是太液蓮如錦。可則抵多少青山花欲燃。〔云〕婆婆。你見麽。一個石洞門開着半壁兒。掩着半壁兒。你子母每敢先過去麽。〔卜兒同靈兆鳳毛過洞門科〕〔卜兒云〕居士。俺先過洞門來了也。〔正末云〕婆婆。你瞞着我多哩。〔唱〕却不是你從前。

多與人行方便。着硬處你早當先。豈不聞心堅石也穿。〔外扮註禄神上云〕龐居士。休驚莫怕。〔正末云〕兀的不諕殺我也。〔唱〕

【喬牌兒】諕的我意癡癡身倒偃。把不住的腿脡顫。我見他貌威嚴身疊浪霞光現。〔註禄神云〕吾神奉敕令在此等候多時也。〔正末唱〕他道是奉玉皇詔旨宣。〔云〕何方聖者。是甚靈神。通名顯姓咱。〔註禄神云〕吾神上界註禄神是也。〔正末云〕生前何人。〔註禄神云〕生前是少你銀子的李孝先。〔正末云〕誰是李孝先。〔註禄神云〕吾神就是李孝先。〔正末云〕可喜可喜。得此美除也。〔註禄神云〕你見吾神歡喜麼。〔正末云〕可知歡喜哩。〔註禄神云〕我着你大歡喜哩。有你一個舊朋友你要見麼。〔正末云〕我可知要見哩。〔註禄神云〕疾。〔外扮增福神上云〕龐居士。你認的吾神麼。〔正末云〕何方聖者。甚處靈神。通名顯姓咱。〔增福神云〕吾神乃增福神是也。〔正末云〕生前何人。〔增福神云〕生前乃是二十年前勸你燒文書的曾信實。〔正末唱〕

【殿前歡】我可便記塵緣。則爲那市廛中傒倖我二十年。〔增福神云〕居士今日功成行滿。證果朝元也。〔正末唱〕不打入六道輪迴轉。又待着俺平地昇天。〔增福神云〕小聖有言在前。道二十年以後。當與居士相見。〔正末唱〕記當初有句言。到今日重相見。今日呵可便稱了我平生願。端的是抽胎換骨。火内生蓮。〔增福神云〕居士。你非是凡人。乃上界賓陀羅尊者是也。龐婆。你是上界執幡羅刹女。鳳毛。你是善才童子。你一家兒都不如女孩兒靈兆。乃是南海普陀落伽山七珍八寶寺。號元通。名自在觀音菩薩。〔詩云〕則爲你一念差受此塵緣。再修行六十餘年。龐居士你今日功成行滿。合家兒證果朝元。〔正末唱〕

【折桂令】這的是龐居士四聖歸天。出世超凡同共朝元。則爲我救困扶危。疎財仗義。都做了註福消愆。今日個乘綵鳳十洲閬苑。跨蒼鸞弱水三千。我勸你人世官員。莫戀浮錢。只將那好事常行。管教你一個個得道成仙。

〔音釋〕阿何哥切　鼻音疲　賺音湛　鐫茲宣切　顫音戰

題目　靈兆女點化丹霞師

正名　龐居士誤放來生債

薛仁貴榮歸故里雜劇

張國賓 撰

楔子

〔正末扮孛老同卜兒旦兒上〕〔正末云〕老漢是絳州龍門鎮大黃莊人氏。姓薛。人都叫我是薛大伯。嫡親的四口兒家屬。婆婆李氏。我有一個孩兒。是薛驢哥。學名喚做仁貴。媳婦兒柳氏。俺本是莊農人家。俺那孩兒薛驢哥。不肯做這莊農的生活。每日則是刺鎗弄棒。習什麼武藝。婆婆。孩兒往那裏去了也。〔卜兒云〕老的。孩兒往街市上去了。〔正末云〕等他來時。着他見俺咱。〔冲末扮薛仁貴上詩云〕馬掛征鞍將掛袍。柳梢門外月兒高。男兒要佩封侯印。腰下長懸帶血刀。自家薛仁貴是也。年長二十二歲。在這絳州龍門鎮大黃莊居住。一雙父母在堂。我不肯做莊農的生活。每日則是刺鎗弄棒。習演弓箭。十八般武藝。無有不拈。無有不曉。每日在這河津邊射雁耍子。打聽的絳州出其黃榜。招聚義軍好漢。我有心待投義軍去。如今回家稟過父親母親。便索長行也。來到門首。〔做見科云〕父親母親。您孩兒來家也。〔正末云〕孩兒。你那裏去來。〔薛仁貴云〕父親母親不知。如今絳州出其黃榜。招聚義軍好漢。您孩兒學成十八般武藝。滿腹兵書。您孩兒一心要投義軍去。不知父親母親意下如何。〔正末云〕孩兒也。想着俺兩口兒。眼睛一對。臂膊一雙。則看着你哩。你若投軍去了。俺兩口兒偌大年紀。倘若有些好歹。可着誰人侍養也。

〔卜兒云〕孩兒。你依着父親言語。不要投軍去罷。〔薛仁貴云〕父親在上。孩兒聞的古稱大孝。須是立身揚名。榮耀父母。若但是晨昏奉養。問安視膳。乃人子末節。不足爲孝。今當國家用人之際。要得掃除夷虜。肅靖邊疆。憑着您孩兒學成武藝。智勇雙全。若在兩陣之間。怕不馬到成功。但博得一官半職。回來改換家門。也與父母倒添些光彩。不然。只守着這茅簷草舍。做個莊家。豈不枉了一身本事。〔卜兒云〕孩兒。則要你着志者。你去你去。〔正末云〕罷罷罷。既然你要去。婆婆。收拾些銀兩。與孩兒做盤費。兒也。你一路上小心在意得官不得官。只要你頻頻的稍個書信來。休着俺兩口兒憂慮者。〔薛仁貴拜科云〕則今日是個吉日良辰。辭別了父親母親。恁孩兒便索長行也。〔正末唱〕

【仙吕端正好】你如今離了村莊。別了鄉黨。拜辭了年老爹娘。〔薛仁貴云〕您孩兒此去。定要赤心報國。展土開疆。博個封侯拜將而回。父親放心者。〔正末唱〕你待要忘生捨死在這沙場上。則你那雄赳赳氣昂昂。身凜凜貌堂堂。知甚日得還鄉。哎。兒也休教您這兩口兒斜倚定門兒望。〔同卜兒下〕

〔旦兒云〕大哥。妾身在家。情願替你侍養公婆。你放心的自去。妾身送你出這柴門外也。〔薛仁貴云〕大嫂。堂上無人。你自回去。侍奉公婆。不必送我。〔拜別科〕〔薛仁貴詩云〕我今日遠去投軍。惟願你孝順雙親。〔先下〕〔旦做悲科詩云〕雖然是芳年連理。爲功名只得離分。〔下〕

【音釋】拈奴兼切　赳音九

第一折

〔浄扮高麗王領卒子上詩云〕獨據遼東一小邦。大唐休怪不歸降。隨他百萬英雄將。誰敢偷窺鴨緑江。自家高麗國王是也。俺國自箕子受封以來。傳至孤家。世守高麗。雄稱遼左。自俺高麗以東。還有一十六國。都與大唐年年進貢。惟有俺這一國。不順大唐。可是爲何。只因俺國陸有天山。水有鴨緑。極其險隘。只消一人把守。隨你大唐百萬軍馬。不能飛越。近來手下得一員大將。姓葛名蘇文。官封摩利支。他有萬夫不當之勇。聞的大唐家死了秦瓊。老了敬德。無甚英雄猛將。今撥與摩利支十萬軍馬。直至鴨緑江白額坡前下寨。打將戰書去。單搦大唐名將出馬。若殺的俺家過。俺家情願隨着一十六國。與大唐家年年進貢。若殺俺家不過。俺爲上邦。他爲下邦。要他反來進貢於俺。有何不可。摩利支那裏。〔丑扮摩利支上云〕自家葛蘇文便是。郎主呼喚。須索見來。〔見科云〕大王。喚小將有何事幹。〔高麗王云〕摩利支。喚你來不爲別事。孤家聞知大唐死了秦瓊。老了敬德。無甚英雄猛將。今撥與你十萬雄兵。直至鴨緑江白額坡前下寨。打將戰書去。單搦大唐名將出馬。則要你得勝成功。自有加官賜賞也。〔摩利支云〕得令。則今日領十萬人馬。直至鴨緑江白額坡前。單搦大唐名將出馬。與某交戰。大小三軍。聽吾將令。〔詩云〕奉主命統領雄兵。白額坡扎寨屯營。料唐家無人出馬。包的個千戰千贏。〔下〕〔高麗王云〕摩利支此一去必然成功也。孤家不免點起傾國人馬。隨後接應。走一遭去來。〔下〕〔外扮徐茂功領卒子上詩云〕少年錦帶紫貂裘。鐵馬西風衰草秋。憑仗手中三尺劍。會看談笑覓封侯。老夫姓徐名世勣字茂功。祖貫曹州離狐縣人也。輔佐大唐。官拜軍師英國公之職。因爲遼東摩利支索戰。有總管張士貴領兵與他交鋒。在於鴨緑江白額坡前。張士貴大敗虧輸。有一白袍將出馬。三箭定了天山。殺退遼兵。班師回朝。奉聖人的命。着老夫在元帥府論功陞賞。那張士貴還説是他的功勞。有一小將薛仁貴。又説他的功勞。未審虚實。已曾着人喚二將去了。令人轅門首覷者。若二將來時。報復我知道。〔卒子云〕理會的。〔浄扮張士貴上詩云〕我做總管本姓張。生來好吃條兒糖。但聽一聲催戰鼓。臉皮先似蠟渣黄。某乃總管張士貴是也。自領軍與摩利支交戰。倒也不見得便輸與他。那知正戰中間。忽地飛出一把刀來。驚的我這魂不在頭上就撥轉馬頭一轡兜跑了。若不是白袍小將薛仁貴出馬。那裏有我的性命來。如今薛仁貴三箭定了天山。殺退了摩利支。本都是他的功勞。那個看見。我則是賴了他的。我已將這功勞報過聖人。如今着徐茂功與杜如晦在元帥府論功陞賞。須索走一遭去。可早來到也。令人報復去。道有總管張士貴下馬也。〔卒子報科云〕喏。報的軍師得知。有張士貴來了也。〔徐茂功云〕着他過來。〔張士貴做見科〕〔徐茂功云〕總管。當日三箭定了天山。是誰的功勞。〔張士貴云〕軍師。若不是我張士貴。那高麗家怎便降伏。這一場厮殺。三箭定了天山。退了摩利支。都是我張士貴的功勞。除了我老張。還有那個。〔徐茂功云〕敢不是你的功勞。有人説是一個白袍小將薛仁貴哩。〔張士貴云〕好説。都是我的功勞。那一日是我穿着白來。〔徐茂功云〕我不信。令人。與我喚將薛仁貴來者。〔卒子云〕薛仁貴安在。〔薛仁貴上詩云〕將軍三箭定天山。壯士長歌入漢關。方知定遠多奇相。不在區區筆硯間。某薛仁貴。自從拜別父母。投了義軍。跟隨着總管張士貴。前往高麗國。被某當住海口。三箭定了天山。殺退摩利支。班師回朝。今日在元帥府定奪功勞。加官賜賞。軍師呼喚。須索走一遭去。可早來到也。令人報復去。道有薛仁貴在於門首。〔卒子報科云〕喏。報的軍師得知。有薛仁貴來了也〔徐茂功云〕着他過來。〔薛仁貴做見科云〕軍師。呼喚薛仁貴。有何差遣。〔徐茂功云〕當日三箭定了天山。殺退摩利支。是誰的功勞。〔薛仁貴云〕當日三箭定了天山。殺退摩利支。都是我薛仁貴的功勞。也則不這件。一總過海平遼。有五十四件大功。都被張士貴賴了。今日不是軍師問呵。仁貴也不敢説。軍師與仁貴做主咱。〔徐茂功云〕張士貴。你就要混賴他的功勞。這個豈是小事。好混賴的。但不知當日誰監軍陣來。〔薛仁貴云〕當日有杜如晦大人監陣來。軍師不信。只請將監軍來。便知這個端的。〔徐茂功云〕令人。與我請將杜如晦監軍來者。〔卒子云〕理會得。〔正末扮杜如晦上云〕老夫姓杜名如晦。字克明。祖居京兆杜陵人也與房玄齡共管朝政。謝聖恩可憐。加老夫爲兵部尚書蔡國公之職。今因高麗國不尊朝命。侵犯邊境。聖人遣將出師東征問罪。有一白袍小將。乃是薛仁貴。三箭定了天山。將摩利支殺退。這個功勞端非小可。今有徐茂功在元帥府。令人來請。想必是定奪功勞一事。俺看了摩利支那般英勇。若不是薛仁貴。誰人殺的他退也呵。〔唱〕

【仙呂點絳唇】恰便似猛虎當途。甚人敢拒。有一個白袍卒。奮勇前驅。直殺的他無

奔處。

〔云〕却被那總管張士貴要混賴薛仁貴的功勞。這是老夫在陣面上親目所覩。怎生好混賴也。〔唱〕

【混江龍】那厮每殺人可恕。將別人功績强糊突。貪着個一時爵賞。使出這百計贓誣。則問你九里山前都是誰的力。比及凌烟閣上倒把恁來圖。我待要叩金階款款的明開去。着甚來論黃數黑。也則是惡紫奪朱。

〔云〕説話中間。可早來到元帥府也。令人報復去。道有杜監軍來了也〔卒子報科云〕喏。報的軍師得知。杜監軍來了也。〔徐茂功云〕道有請。〔正末做見科云〕英公。喚老夫有何事來。〔徐茂功云〕無事也不敢相請。當日三箭定了天山。殺退摩利支。這兩件功勞。只有蔡公監着軍陣來。必然看的明白。如今張士貴認做他的。薛仁貴又説是他的。老夫一時難以遥斷。請蔡公是説一遍咱。〔正末云〕這都是薛仁貴的功勞也。〔張士貴云〕衆位大人在上。今日聚集文武官員在此這一場厮殺。若不是我張士貴。誰近的摩利支。只三箭定了天山。殺退了摩利支。明明都是我的功勞。如今可爲甚麽倒拿去賞了那薛仁貴。〔正末云〕張士貴。都是薛仁貴的功勞。你怎生混賴他的。〔薛仁貴云〕監軍爺。你做個明輔。當日個過海平遼時。我薛仁貴有五十四件大功。都被張士貴賴了。監軍爺。可憐與仁貴做箇證見咱。〔正末唱〕

【油葫蘆】當日個鴨緑江邊列陣圖。〔張士貴云〕衆位大人在上。你就説這一場三箭定了天山。不是張士貴的。却是誰的功勞來。〔正末唱〕**現對着這文共武。**〔徐茂功云〕三箭定了天山。此功最大。您二將争競。未知是誰的功勞也。〔正末云〕這是老夫親目所見。委實是薛仁貴的。〔唱〕則他這定天山三箭若連珠。〔張士貴云〕我是個總管的官。堪上功勞簿。那薛仁貴不過馬前小卒。他怎麼上的功勞簿。〔正末唱〕哎。不索你個將軍争競功勞簿。抵多少鳳凰飛在梧桐樹。〔張士貴云〕薛仁貴走到高麗地面。就生了一身疥瘡。每日則是撓痒。幾曾厮殺來。只他寸箭皆無。他有甚麼功勞。〔正末唱〕那薛仁貴有十大功。你可也寸箭無。你待做趙高妄指秦庭鹿。怎不去學龍伯釣鰲魚。

〔張士貴云〕不是我張士貴誇口。那個似我這等騎的劣馬。拽的硬弓。吃的冷飯。嚼的憨葱。若有好酒。打上三鍾。俺真個是鐵掙掙的好漢子哩。〔正末唱〕

【天下樂】敢待賣弄你這英雄大丈夫。誰也波如。自窨付。可甚的養由基善穿楊百步餘。〔張士貴云〕那薛仁貴到的高麗地面。則去撲蝻蚱。摸螃蟹。掏蚍蜊。幾曾會甚麼厮殺來。〔正末唱〕是誰人領着大軍。是誰人統着帥府。〔張士貴云〕你不要説嘴。您都有甚麼功勞在那裏。〔正末云〕則你道波。〔唱〕那一箇無功勞的請俸禄。

〔張士貴云〕論着我文通三略。武解六韜。不如那一個。〔正末云〕噤聲。〔唱〕

【那吒令】論着你這文呵。怎的如管仲和鮑叔。〔張士貴云〕論我的武呢〔正末唱〕論着你那武呵。怎如的周瑜魯肅。〔張士貴云〕論我的智量呢。〔正末唱〕論着你智量呵。怎如的卧龍也那鳳雛。〔張士貴云〕論着我兵書戰策。揣着一肚子。我久後還要拜相封侯。做大大的官哩。

〔正末唱〕遮莫似張子房。辭朝待要歸山去。再習些戰策兵書。

〔張士貴云〕我是個總管之職。倒不如莊家的農夫。做小卒兒出身的。偏我這等頹氣。我怎麼肯伏。〔正末唱〕

【鵲踏枝】你道他是農夫。做軍卒。〔帶云〕想那諸葛亮呵。〔唱〕偏不曾隱跡南陽。樂意耕鋤。〔張士貴云〕他後來却怎的。〔正末唱〕命通也逢着帝主。一年間三謁茅廬。

〔張士貴云〕諸葛亮鋤田鉋地。劉先主織蓆編履。那等的人。題他做甚麼。〔正末云〕自古忠臣良將。都出寒門。我再說一個與你聽者。〔唱〕

【寄生草】想當日韓元帥。乞食那漂母。若不是蕭何舉薦元戎做。則那漢王怎把重瞳蹙。顯見的忠良多在寒門出。〔張士貴云〕監軍大人。依着我只將薛仁貴革了他軍。趕回家去。仍舊種田。纔稱了我心也。〔正末唱〕則你這築沙堤推倒了紫金梁。怎如他漚麻坑扶立的擎天柱。

〔薛仁貴云〕軍師在上。監軍爺所見不差。怎麼將我的功勞填在張總管名下。枉了唐天子這般神聖。也還上明不知下暗哩。〔徐茂功云〕住住。你兩個將軍休鬧。蔡公若要定奪這功勞。可也容易。我如今推出紅心垜子。上面安一文金錢。離一百步遠放下垜子。着他每人射三箭。若射中金錢。便將三箭定天山的功勞。填在他名下。加官賞賜。射不中金錢的停職罷俸。打爲庶民。〔正末云〕英公也說的是。〔張士貴云〕你如今着我與薛仁貴射這金錢垛子。敢問軍師大人。射着的可是怎生。射不着的可是怎生。當初上凌烟閣的。都不曾會射這垛子。薛仁貴。你則平心着。我的功勞。你要賴了我的。又着我射垛子。你先射去。〔正末云〕英公。且看他兩個射箭。便見虚實也。〔唱〕

【金盞兒】你兩個較贏輸。辨實虚。〔徐茂功云〕只今日要見箇明白。方好論功行賞也。〔正末唱〕**這的是功勞簿上無差誤。**〔徐茂功云〕射不着金錢的。罷官卸職。射着金錢的。着他衣紫腰金哩。〔正末唱〕**射不着罷官也那卸職。射着的玉帶上掛金魚。**〔徐茂功云〕射不着的打爲庶民。射着的着他位列三公之上。〔正末唱〕**射不着的苫莊三頃地。扶手一張鋤。射着的穩情取門排十二戟。户列八椒圖。**

〔徐茂功云〕如今推出紅心垛子去。您見那垛子上一文金錢麽。每人射三箭比試咱。〔薛仁貴云〕軍師說的是。將弓箭來。我射三箭。〔做射箭着三科〕〔卒子報科云〕報的軍師得知。薛仁貴三箭都中紅心垛子也。〔徐茂功云〕好將軍。射中金錢也。張士貴。可該你射三箭。〔張士貴云〕他射了麽。他的射法。是和我一般的。〔徐茂功云〕不必多說。你射三箭者。〔張士貴云〕我說當初上凌烟閣的都不曾會射這垛子。薛仁貴。你則平心着。我的功勞。你要賴了我的。又着我射垛子。也罷。我射我射。推出垛子去。〔卒子云〕看垛子哩。〔張士貴云〕這垛子有多遠。〔卒子云〕則有一百步遠。〔張士貴云〕你再退七八十步來。〔卒子云〕忒近了。〔張士貴云〕你便再近了些。我若射的着。我就是你的兒子。令人。將弓箭來。我做了三十年總管。到不知道這張弓原來這般硬。我發箭也着。〔卒子云〕射不着。〔張士貴云〕不是不着。這垜子忒遠了。等我再射。〔做再射科云〕着。〔卒子云〕射不着。〔張士貴云〕又不着。這弓不是我的弓。我那張弓力打三升半米。我再射。〔做再射云〕着。〔卒子云〕又不着。〔張士貴云〕何如。我說射不着麽。〔徐茂功云〕哦。都射不着。令人。拏下張士貴者。〔卒子云〕理會的。〔做拿張士貴科〕〔徐茂功云〕奉聖人的命。因爲二將争功。着老夫在此元帥府定奪。原來張士貴混賴薛仁貴的功勞。按軍令本當斬首。姑免項上一刀。打爲庶民百姓。苫莊三頃地。扶手一張鋤。令人。與我搶出去。〔卒子云〕理會的。〔張士貴云〕薛仁貴本等是個莊農。倒着他做了官。我本等是官。倒着我做莊農。軍師好葫蘆提也。罷罷罷。如今只有他的説話。没我的説話。〔詩云〕我做總管忒心兇。今朝罷職做莊農。我也再不習他黄公三略法。到的家裏則把豆腐酒兒呷三鍾。〔下〕〔徐茂功云〕今日功罪已明。老夫須回聖人的話來。〔下〕〔薛仁貴云〕若不是監軍大人。小將豈有今日。此恩異時必當重報。〔正末云〕不枉了好將軍也。〔唱〕

【賺煞尾】也不負了你血染戰袍紅。鐙藏着征靴緑。那一枝方天戟超今越古。看這賴功賊容顔如糞土。出轅門豕竄狼逋。怎如你喜都都。後擁前呼。那裏也一將功成萬骨枯。〔薛仁貴云〕量小將有甚功勞。感蒙監軍大人這般擡舉。〔正末唱〕則爲你開疆展土。拏

雲握霧。托賴着聖明天子百靈扶。〔下〕

〔徐茂功上云〕薛仁貴。爲你多有功勞。三箭定了天山。平了高麗國。奉聖人的命。加你爲天下兵馬大元帥。望闕謝了恩者。〔薛仁貴謝恩科云〕多謝軍師大人擡舉。〔徐茂功云〕元帥。聖人賜你御酒三杯。令人將酒過來。〔薛仁貴云〕軍師大人。小將不會飲酒。〔徐茂功云〕聖人的命。誰敢推辭。元帥滿飲此杯。〔薛仁貴云〕既是聖人的命。小將飲這酒者。〔做飲酒科云〕哎喲。我醉了也。〔做睡科〕〔徐茂功云〕元帥醉了。睡着了也。令人休大驚小怪的。等元帥覺來時。報復我知道。老夫且回後廳去者。〔下〕〔薛仁貴打夢科云〕薛仁貴也。我離家十年光景。一雙父母。年高無人侍養。我則今日私離了邊庭。帶領數十騎輕弓短箭。善馬熟人。回家探望父母走一遭去。〔詩云〕則爲我三箭成功定太平。官加元帥鎮邊庭。十年不作還鄉夢。愁聽慈烏天外聲。〔下〕

〔音釋〕降奚江切　麗平聲　額崖去聲　搦囊帶切　轡音配　兜斗平聲　卒從蘇切　突東盧切　奪音多　鹿音路　憨音酣　窨音蔭　蚱音齋　掏音叨　祿音路　叔音暑　肅須上聲　策釵上聲　鉋音袍　食繩知切　蹙音取　出音杵　漚謳去聲　實繩知切　卸音瀉　苫聲占切　呷音瞎　綠音慮　竄倉算切　握音杳

第二折

〔卜兒上云〕老身是薛驢哥的母親。自從我那孩兒投義軍去了。可早十年光景也。音信皆無。俺兩口兒年紀老了。多虧殺媳婦兒侍奉。喫了早起的。没那晚夕的。燒地眠。炙地卧。眼巴巴不見孩兒回來。不知有官也是無官。哎喲。薛驢哥兒也。則被你思想殺我也。〔做哭科〕〔薛仁貴上云〕某薛仁貴還家探望父母去。可早來到也。兀的不是我家裏。開門來。開門來。〔卜兒云〕是誰喚門。我開開這門。〔做見科云〕官人你是誰。〔薛仁貴云〕則我便是薛驢哥。〔卜兒哭科云〕兒也。則被你想殺我也。待我喚你父親來。〔做喚科云〕薛大伯。薛大伯。〔正末扮孛老拏拄杖上〕〔唱〕

【商調集賢賓】是誰人吖吖的叫一聲薛大伯。〔卜兒云〕是我叫你來。〔正末唱〕哦。我則道又是那一個拖逗我的小喬才。我行不動前合也那後偃。我立不住東倒波西歪。折倒的我來瘦懨懨身子尪羸。憂愁的我乾剥剥髭鬢斑白。〔哭科〕〔唱〕則俺那投軍去的孩兒哎喲知他是安在哉。我便是那鐵石人也感嘆傷懷。你不能勾掌六卿元帥府。〔哭科〕〔唱〕哎喲兒也你可只落的定一面遠鄉牌。

〔薛仁貴云〕不知我那父親。老的怎生般一個模樣哩。〔正末唱〕

【逍遥樂】哎喲兒也自從您投軍出外。我每日家少精也那無神。失魂喪魄。哎喲兒也知他那裏日炙風篩。博功名苦盡甘來。我也只指望你一箭成功把門户改。光顯俺祖宗先代。我如今無親無眷。無靠無捱。〔哭科〕〔唱〕哎喲兒也每日家無米無柴。

〔正末做見卜兒科云〕婆婆。你喚我做什麽。〔卜兒云〕老的也。你動不動煩天惱地。這般啼哭做什麼。我恰纔喚你。你可在那裏來。〔正末云〕我在莊東裏吃做親的喜酒去來。〔卜兒云〕老的也。你往莊東裏吃喜酒去。可是誰家的女兒招了誰家的小斷。你說一遍咱。〔正末云〕婆婆聽我說者。

〔唱〕

【梧葉兒】劉大公家菩薩女。招那莊王二做了補代。則俺這衆親眷插鐶釵。〔卜兒云〕他家那女兒。曾拜你來麼。〔正末云〕婆婆。你可早題起我來也。他先拜了公公婆婆伯伯叔叔。嬸子伯娘。到我根前恰待要拜。則聽的道住者。〔唱〕可則到我行休着他每拜。我道您因一個甚來。〔云〕則他家老的每倒不曾言語。那小後生每一齊的鬧將起來道。你休拜那老的。他則一個孩兒投軍去了十年。未知死活。你拜了他呵。可着誰還喒家的禮。則被他這一句呵。〔唱〕道的我便淚盈腮。哎喲驢哥兒也則被你可便地閃殺您這爹爹和妳妳。

〔卜兒云〕老的也。你歡喜咱。薛驢哥來了也。〔正末云〕在那裏。〔卜兒云〕孩兒。拜你父親來。〔薛仁貴見正末拜科云〕父親。您孩兒回家探望父母來也。〔正末云〕生忿賊。真個來了。婆婆。我打這廝咱。〔卜兒勸科云〕孩兒纔來家。怎生便打。老的也。息怒些兒波。〔正末唱〕

【後庭花】割捨了一不做二不該。〔做舉拄杖卜兒奪科〕〔正末云〕婆婆放手。〔卜兒云〕老的也。息怒。〔三科〕〔正末唱〕我打這廝千自由百自在。〔云〕驢哥。你去了幾時也。〔薛仁貴云〕您孩兒去了十年光景也。〔正末唱〕你從那二十二上投軍去。你怎生三十三歲上恰到來。〔薛仁貴云〕父親。您孩兒盡忠。便不能盡孝也。〔正末唱〕你那一日離莊宅登紫陌。絳州城顯氣概。

龍門鎮施手策。你道把家門即便改。誰承望又過了十數載。

【雙雁兒】恰便似送曾哀趙藁不回來。哎喲兒也。我則道父子每。相間隔。不想孩兒也儼然在。做娘的觔力衰。做爹的髮鬢白。

〔薛仁貴云〕父親母親不知。您孩兒不是明明白白的回家來。我私自離了邊庭。探望父母。我便要去也。〔正末云〕婆婆。管待孩兒哩。〔卜兒云〕老的也。將甚麽管待孩兒那。〔正末唱〕

【醋葫蘆】你將那酒去買。雞快宰。〔卜兒云〕老的也。着些甚麽買那酒和雞來。〔正末唱〕你與我店東頭折當了那一對舊麻鞋。〔卜兒云〕便買些小酒食也醉不的他。驢哥兒酒量大哩。〔正末唱〕你道是薛驢哥酒量兒寬似海。〔帶云〕婆婆。有有。〔唱〕牀底下還有那二升家的喬麥。哎兒也知他是甚風兒足律律吹你可兀的到家來。

〔張士貴領卒子冲上云〕兀的不是薛仁貴。聽聖人的命。因爲你不理軍事。私自還家。聖人着我拏你回朝定罪。左右與我將薛仁貴執縛定者。〔薛仁貴慌哭科云〕似此怎了。父親。着誰人救我也。〔正末唱〕

【幺篇】則見他𢤱𢤱𢤱開聖旨。早諕的來黄甘甘改了面色。〔張士貴云〕令人兩邊擺着。休着那老的上前來。〔卜兒哭科〕〔正末云〕兒也。〔唱〕則見他惡哏哏的公吏兩邊排。則除是南海救苦難觀自在。〔張士貴云〕打開那老的。休着他劫奪了。〔正末唱〕諕的我磕頭也那禮拜。

〔帶云〕大人。〔唱〕你饒過俺孩兒一命不强似把萬僧齋。

〔張士貴云〕令人快與我拏了去者。〔薛仁貴云〕父親母親。您孩兒顧不的你了也〔正末哭科〕〔唱〕

【浪裏來煞】把孩兒撲碌碌推出門。〔張士貴云〕搶出去殺壞了罷。〔正末唱〕眼睜睜的要殺壞。空教我心勞意攘怎支劃。〔張士貴云〕執縛定着。休走這厮也。〔正末唱〕我只見麻繩背綁教他難挣閫。着誰來把孩兒耽待。哎喲兒也喒要相逢則除是九重天將一紙赦書來。

〔正末同卜兒下〕

〔張士貴做推薛仁貴科云〕你休推睡裏夢裏。〔下〕〔薛仁貴醒科云〕一覺好睡也。嗨。原來是南柯一夢。諕殺我也。我恰纔飲了三杯酒醉了。偶然睡着。一夢中直到家鄉。見我一雙父母。如此貧窮苦楚。天那。我何日能勾相見也。〔做悲科〕〔徐茂功云〕老夫徐茂功。不知薛仁貴在前廳上爲何煩惱。我須索問個緣故。〔做見科云〕呀。元帥爲何煩惱。敢嫌官職小麽。〔薛仁貴云〕軍師大人。不嫌聒絮。聽小將慢慢的説一遍咱。〔詩云〕從小長在莊農内。一生只知村酒味。皇封御酒幾曾聞。吃了三杯薰薰醉。一靈真性到家鄉。正和父母同歡會。門首忽聽大叫呼。傳宣總管張士貴。道我私自離邊庭。奉命差他來問罪。將咱反綁至堦前。一刀劈得天靈碎。不覺驚回一夢醒。却在帥府前廳睡。遥望家鄉安在哉。想起父母痛流淚。告你個開疆展土老軍師。可憐見背井離鄉薛仁貴。〔徐茂功云〕原來是這般。我與你奏知聖人。着元帥衣錦還鄉。就將俺女孩兒賜你爲妻。一同見你父母去。夫榮妻貴。共享天恩。可不好也。〔薛仁貴云〕謝了軍師大人。不敢久停久住。

將着黄金百兩。御酒千瓶。回家見父母。走一遭去來。〔徐茂功詩云〕只因你三枝箭定了天山。敕賜與黄金印拜將登壇。〔薛仁貴詩云〕當日個哭啼啼抛離父母。今日個笑吟吟衣錦榮還。〔下〕

〔音釋〕伯音擺　逗音豆　尪音汪　羸音雷　白巴埋切　塊鋪買切　宅池齋切　陌音賣　隔皆上聲　麥音賣　㑳音炒　憋音鱉　色篩上聲　哏狠平聲　劃胡乖切　闔音僨　柯音哥　昧回去聲

第三折

〔丑扮禾旦上唱〕

【雙調豆葉黄】那裏那裏。酸棗兒林子兒西裏。俺娘着你早來也早來家。恐怕狼蟲蛟你。摘棗兒。摘棗兒。摘您娘那腦兒。你道不曾摘棗兒。口裏胡兒那裏來。張羅張羅。見一個狼窩。跳過墻囉。諕您娘呵。

〔云〕伴哥。喒上墳去來。你也行動些兒波。〔正末扮伴哥上云〕你也等我一等兒波。今日正是寒食。好個節令也呵。〔唱〕

【中吕粉蝶兒】正值着日暖風微。一家家上墳准備。准備些節下茶食。菜饅頭。瓢漏粉。雞豚狗彘。這的是甚所喬爲。直吃的恁般沙勢。

【醉春風】可不的失掉了鑞釵鉀。歪斜着油鬏髻。上墳的須有許多人。也不似你。你。

吃的個行不是行。立不是立。醉了還醉。

〔禾旦云〕伴哥。俺看田苗去來。行動些兒。〔正末云〕你見麽。遠遠的不知甚麽人來了。〔禾旦慌科云〕伴哥。兀的不一簇人來了。諕殺我也。〔正末唱〕

【十二月】敢則是一簇簇踏青拾翠。一攢攢傍隴尋畦。俺只見一道兒紅塵蕩起。〔薛仁貴躧馬兒領卒子上云〕某乃薛仁貴是也。擺開頭踏慢慢的行。〔正末唱〕元來的一騎馬閃電奔馳。一從使都是渾身繡纖。一將軍怎倒着縞素裳衣。

【堯民歌】呀莫不是半空中降下雪神祇。〔薛仁貴云〕兀那莊家。你住者。〔正末唱〕他叫一聲雄吼若春雷。〔薛仁貴云〕你休慌。我要問你句話哩。〔正末唱〕諕的我心兒膽兒急獐拘猪的自昏迷。手兒脚兒滴羞篤速的似呆癡。禁也波持。身軀怎動移。我可便不待酒佯粧醉。

〔薛仁貴云〕兀那斯。我問你咱。〔正末唱〕

【上小樓】驀聽的人言馬嘶。威風也那猛勢。諕的我戰戰兢兢。慌慌張張。只待要哭哭啼啼。這一壁那一壁。怎生逃避。好着我磕撲的在馬前跪膝。

〔薛仁貴云〕兀那斯。我問着你。您休推東主西的。〔正末云〕小人也怎敢。〔唱〕

【滿庭芳】怎敢道是推東主西。我則怕言無關典。話不投機。〔薛仁貴云〕你可是土居也。

可是寄居。當着甚麼差徭。〔正末唱〕孩兒每在龍門鎮民户當夫役。〔薛仁貴云〕您成羣打夥。在這裏做什麼哩。〔正末唱〕今日正百五寒食。上墳的都是同鄉共里。吃酒用瓦鉢和這磁杯。怕官人待要來斂科税。我去村頭行報知。官人也你但道的我便依隨。

〔薛仁貴云〕我問你東莊裏薛大伯家。有個孩兒是薛驢哥。你認得他麼。〔正末云〕孩兒每認得他。認的他。〔唱〕

【快活三】俺兩個也曾麥場上拾穀穗。也曾樹梢上摘青梨。也曾倒騎牛背品腔笛。也曾偷的那生瓜來連皮吃。

〔薛仁貴云〕既然你和薛驢哥是相識朋友。他從小裏習學甚麼藝業來。〔正末唱〕

【迓鼓兒】他他他從小裏。他他他不務老實。便把那鎗兒棒兒强温習偏不肯拽欛扶犂。常只是抛了農器演武藝。就壓着那一班一輩。與他副弓箭能射。與他匹劣馬能騎。更使着一條方天畫戟。

〔薛仁貴云〕他那一雙父母。如今有什麼人侍養他。你説一遍。我是聽咱。〔正末云〕他那老兩口兒年紀高大。則有的這個孩兒。可又投軍去了十年光景。音信皆無。做父母的在家少米無柴。眼巴巴不見回來。好不苦也。〔唱〕

【鮑老兒】不甫能待的孩兒成立起。把爹娘不同個天和地。也不知他在楚館秦樓貪戀着誰。全不想養育的深恩義。可憐見一雙父母。年高力弱。無靠無依。那廝也少不的亡身短命。投坑落塹。是個不長進的東西。

〔薛仁貴云〕兀那廝。你也還認的那薛驢哥麽。〔正末云〕孩兒每怎麽不認的他。我若見了他呵。去他那鼻凹裏。直打上五十拳。〔薛仁貴云〕兀那廝。擡起你那頭來。睁開你那眼。則我不就是薛驢哥那。〔正末云〕早是你。孩兒每也不曾説甚麽哩。〔薛仁貴云〕你也駡的我勾了也。您不知我如今做了天下兵馬大元帥。奉聖人的命着我衣錦還鄉。家中見父母去也。〔正末唱〕

【耍孩兒】則你那老爹娘受苦你身榮貴。全改换了個雄軀壯體。比那時將息的可便越豐肥。長出些苦脣的髭髩。我纔咒駡了你幾句你權休怪。也是我間别來的多年把你不認的。〔薛仁貴云〕我不怪你。恕下官不下馬也。〔正末唱〕哎。你看他馬兒上簪簪的勢。早忘和俺掏鵶鳩争攀古樹。摸蝦蟆混入淤泥。

〔薛仁貴云〕自我投義軍之後。我一雙父母。怎生般過活。你再説一遍。與我聽咱。〔正末唱〕

【一煞】你娘可也過七旬。你爹整八十。又無個哥哥妹妹和兄弟你爹也曾苦禁破屋三冬冷。您娘也曾撥盡寒鑪一夜灰。餓的他身軀軟。肝腸碎。甚的是肥羊也那白麵。只捱的個淡飯黄虀。

〔薛仁貴云〕俺父親母親。也曾思想我麽。〔正末唱〕

【煞尾】他從黃昏哭到明。早辰間哭到黑。哭你個離鄉背井薛仁貴。〔云〕則你那一雙父母。朝暮倚着柴門。望那驢哥兒。知道幾時回來。兀的不艱難殺了也。〔唱〕可憐見你那年老的爹娘盼望殺你。〔禾旦同下〕

〔薛仁貴云〕原來我一雙父母。受如此般苦楚。我不敢久停久住。只索趕回家中。見父親母親去者。〔詩云〕遼左回來荷主恩。黃金百兩酒千尊。歸家手奉雙親壽。可比農莊勝幾分。〔下〕

〔音釋〕摘齋上聲　彘音治　錍音批　鬏音狄　織張恥切　祇音其　吼呵苟切　壁音彼　膝喪擠切　役銀計切　穗音遂　笛丁梨切　吃音恥　習星西切　射繩知切　戟巾以切　塹僉去聲　凹汪卦切　的音底　淤音於　十繩知切　黑亨美切

第四折

〔杜如晦上云〕老夫杜如晦是也。自從薛仁貴殺退遼兵。三箭定了天山。班師回朝。加爲兵馬大元帥。將徐茂功的女孩兒賜與薛仁貴爲夫人。着他衣錦還鄉。今奉聖人的命。着老夫齎敕傳示徐茂功。直至絳州龍門鎮。與薛仁貴一家兒封官賜賞。早將這敕書送與茂功去了。老夫不敢久停久住。須索回聖人話去也。〔詩云〕則爲那薛仁貴跨海征遼。鴨緑江累建功勞。賜黃金回家慶壽。加封贈重取還朝。〔下〕〔正末扮孛老同卜兒旦兒上云〕老漢薛大伯的便是。婆婆。孩兒投軍去了。十年光景。音信皆無。不見回家。怎生是了。〔卜兒云〕都是你個老的來。你放着他投軍去了。你今日受艱難呵。說甚麼。老的也。我昨夜做個夢。夢見孩兒得了官。不知可有這福分哩。〔正末云〕婆婆。夢是心頭想。孩兒也。你得官不得官。你早些兒來家。兀的不盼望殺我也呵。〔唱〕

【雙調新水令】我爲你個養家兒哭的眼睛花。哎。則從你去家來我可便放心不下。兒也你若不是多時歸地府。怎十載滯天涯。甚的是出入通達。好教我這煩惱甚時罷。

〔卜兒云〕老的。他世不回來了也。你煩惱怎麼。〔正末云〕我且歇息咱。〔卜兒云〕老的。你且歇息。我柴門首是看覷咱。〔薛仁貴引小旦卒子上云〕我薛仁貴早來到家門首也。左右。與我接了馬者。兀的門前不是母親也。〔卜兒云〕那壁來的官人你是誰。休謊老婆子也。〔薛仁貴云〕母親。認的您孩兒薛仁貴麽。今日得了官來家也。〔卜兒云〕可知是孩兒薛仁貴。我報復您父親去。老的也。你歡喜咱。孩兒得了官來家也。〔正末云〕是真個。婆婆。俺出這柴門是看咱。〔做見科云〕誰是薛仁貴。〔薛仁貴云〕則我便是薛仁貴。受孩兒幾拜。〔正末唱〕

【殿前歡】俺孩兒便得來家。你看他參隨人馬甚頭踏。〔薛仁貴云〕您孩兒不覺的去了十年光景也。〔正末唱〕**這十年光景成虛話。可是真假。疑怪這靈鵲兒噪晚衙。喜蛛兒在簷前掛。魂夢兒撇不下。我數日前篤速速眼跳。昨夜裏便急爆燈花。**

〔薛仁貴云〕您孩兒三箭定了天山。殺退摩利支。加我爲天下兵馬大元帥。敕賜英國公的女孩兒招我爲壻。今日衣錦還鄉。探望父母來。小姐。你拜我一雙父母咱。〔小旦拜科云〕公公婆婆。受媳婦兒八拜咱。〔卜兒云〕哦。你是英國公小姐。兀的不折殺老身也。〔大旦云〕俺今日父子夫婦團

圓。公婆大人請坐。受媳婦兒拜賀者。〔卜兒云〕孩兒也。這十年光景。多虧了媳婦兒侍奉俺老兩口兒也。〔正末唱〕

【甜水令】我經了些冉冉年華。蕭蕭冬月。炎炎的那長夏。盼的我心切切眼巴巴。這其間幹運供給。執虀捥菜。縫衣補衲。多虧你這柳氏渾家。

〔薛仁貴云〕大嫂。這十年間多虧了你侍養我一雙父母。小姐。我和你拜謝柳氏咱。〔小旦云〕姐姐。多虧了你侍奉公婆。受您妹子幾拜。〔大旦云〕小姐也。我則是個庶民百姓之女。你乃是官宦人家的千金小姐。請自穩便。〔二旦同拜科〕〔正末云〕媳婦兒。從今以後。您兩個也不要分什麼前後。也不要分什麼大小。只做姊妹稱呼。可不好也。〔唱〕

【折桂令】定道是俺家門則有這媳婦兒賢達。誰知你又被皇恩賜與嬌娃。一個是勇烈之夫。一個是糟糠之婦。一個是宰相之家。那一個知禮數。好生謙洽。這一個忒温良。並没參差。您兩個堪羡堪誇。無釁無瑕。這一個村莊婦。曾舉案齊眉。那一個官宦女。似錦上添花。

〔徐茂功引卒子上詩云〕昨朝辭鳳闕。今日到龍門。一家增喜氣。千載頌皇恩。老夫徐茂功。因爲薛仁貴征遼有功。欽賜衣錦還鄉去了。今奉聖人的命。着小官齎詔前去龍門鎮。將他一雙父母同妻柳氏。皆加。封贈。重取回朝。來到此間。是他門首。令人報復去。道有徐茂功奉命至此也。〔卒子云〕喏。報的元帥得知。有徐茂功奉聖人的命。到於門首。〔薛仁貴云〕快裝香來。等我親自接待去。〔做見科〕〔徐茂功云〕薛仁貴。老夫奉聖人的命。親齎丹詔至此。與您一家兒封官賜賞。〔薛仁貴云〕早知大人前來。只合遠遠迎接。幸恕薛仁貴之罪也。〔正末卜兒旦兒換冠服科〕

〔正末唱〕

【喜江南】呀。怎知道今日呵得遇這榮華。則俺個蒼顏皓首一莊家。也會緋袍象簡帶烏紗。孩兒你可也喜咱。不枉了從前教你學兵法。

〔徐茂功云〕薛仁貴。你一家兒望闕跪着。聽聖人的命。因爲你有蓋世功勳。加封平遼公。食邑十萬戸。你父母賞賜黄金百斤。柳氏徐氏。並封遼國夫人。欽限三月。重復還朝。謝了恩者。〔衆謝恩科〕〔徐茂功云〕我想當日摩利支在鴨緑江白額坡前。扎下軍營。單搦俺大唐家名將出馬。是時俺大唐名將死的死了。老的老了。全得元帥三箭。方能退得摩利支。成此大功。今日聖人加官賜賞。亦不枉了也。〔正末唱〕

【沽美酒】元來個大唐朝也名將乏。俺孩兒肯奮發。只他這一片忠心報國家。和遼兵做場斷殺。纔得那干戈罷。

〔薛仁貴云〕父親。您孩兒跨海征遼。曾立下五十四件功勞。争些兒被總管張士貴白賴去了。若非軍師大人。定奪功罪。您孩兒豈有今日。〔衆謝徐茂功科〕〔徐茂功云〕這是奉聖人的命。着老夫論功陞賞。何足謝哉。〔正末唱〕

【太平令】雖則是唐天子操持生殺。怎當他張總管賣弄姦猾。若不遇老軍師神明鑒察。

險把俺白袍將功勞勾抹。今日個爵加。賞加。受這般樣顯達。呀。俺把你大恩人如何報答。

〔徐茂功云〕元帥。你一門榮貴。欽取還朝。是人生最喜的事就今日殺羊造酒。做一個大筵席慶賀者。〔詞云〕白袍將世上無雙。平高麗威振邊疆。扶持的乾坤清泰。措磨的日月輝光。一個薛大公靈椿不老。一個薛大婆共樂萱堂。一個宰相女甘心做小。一個糟糠婦分外賢良。降丹詔全家封贈。改門閭榮耀非常。若不是徐茂功轅門比射。怎顯得薛仁貴衣錦還鄉。

〔音釋〕達當加切　踏當加切　爆音報　捥碗平聲　衲囊亞切　姊音子　洽奚佳切　釁欣去聲　瑕音霞　法方雅切　乏扶加切　發方雅切　殺雙鮓切　猾呼佳切　察抽鮓切　抹音罵　答音打　揩楷平聲

題目　徐茂功比射轅門

正名　薛仁貴榮歸故里

裴少俊墻頭馬上雜劇

白仁甫　撰

第一折

〔冲末扮裴尚書引老旦扮夫人上詩云〕滿腹詩書七步才。綺羅衫袖拂香埃。今生坐享榮華福。不是讀書那裏來。老夫工部尚書裴行儉是也。夫人柳氏。孩兒少俊。方今唐高宗即位儀鳳三年。自去年駕幸西御園。見花木狼藉。不堪遊賞。奉命前往洛陽。不問權豪勢要之家。選揀奇花異卉。和買花栽子。趁時栽接。爲老夫年高。奏過官裏。教孩兒少俊承宣馳驛。代某前去。自新正爲始。得了六日宣限。那的是老夫有福處。少俊三歲能言。五歲識字。七歲草字如雲。十歲吟詩應口。才貌兩全。京師人每呼爲少俊。年當弱冠。未曾娶妻。不親酒色。如今差他出去公幹。萬無一失。教張千伏侍舍人。在一路上休教他胡行。替俺買花栽子去來。〔下〕〔外扮李總管上云〕老夫姓李。雙名世傑。乃李廣之後。當今皇上之族。嫡親三口兒。夫人張氏。有女孩兒小字千金。年方一十八歲。尤善女工。深通文墨。志量過人。容顔出世。老夫前任京兆留守。因諷諫則天。謫降洛陽總管。老夫當初曾與裴尚書議結婚姻。只爲宦路相左。遂將此事都不提起了。如今左司家勾喚我。今日便行。留下夫人與孩兒。緊守閨門。待我回來。另議親事。未爲遲也〔下〕〔正末扮裴舍人引張千上云〕小生是工部尚書舍人裴少俊。自三歲能言。五歲識字。七歲草字如雲。十歲吟詩應口。才貌兩全。京師人每呼爲少俊。年當弱冠。未曾娶妻。惟親詩書。不通女色。承宣馳驛。前來洛陽。不問權豪勢要之家。名園佳圃。選揀奇花。和買花栽子。就用一車裝送。來日起程。今日乃三月初八日。上巳節令。洛陽王孫士女。傾城翫賞。張千。喒每也同你看去來。〔下〕〔正旦扮李千金領梅香上云〕妾身李千金是也。今日是三月上巳。良辰佳節。是好春景也呵。〔梅香云〕小姐。觀此春天。真好景致也。〔正旦云〕梅香。你覷着圍屏上佳人才子。士女王孫。是好華麗也。〔梅香云〕小姐。佳人才子爲甚都上屏障。〔正旦唱〕

【仙吕點絳唇】往日夫妻。夙緣仙契。多才藝。倩丹青寫入屏圍。真乃是畫出個蓬萊意。

〔梅香云〕小姐看這圍屏。有個主意。梅香猜着了也。少一個女壻哩。〔正旦唱〕

【混江龍】我若還招得個風流女壻。怎肯教費工夫學畫遠山眉。寧可教銀缸高照。錦帳低垂。菡萏花深鴛並宿。梧桐枝隱鳳雙棲。這千金良夜。一刻春宵。誰管我衾單枕獨數更長。則這半牀錦褥枉呼做鴛鴦被。〔梅香云〕等老相公回來呵。尋一門親事。可不好也。〔正旦唱〕流落的男遊别郡。躭閣的女怨深閨。

〔梅香云〕小姐。這幾日越消瘦了。〔正旦唱〕

【油葫蘆】我爲甚消瘦春風玉一圍。又不曾染病疾。迎新來寬褪了舊時衣。〔梅香云〕夫人道。小姐不快時。少做女工。勝服湯藥。〔正旦唱〕害的來不疼不痛難醫治。吃了些好茶好飯無滋味。似舟中載倩女魂。天邊盼織女期。這些時困騰騰每日家貪春睡。看時節針線强收拾。

【天下樂】我可便提起東來忘了西。〔梅香云〕昨日幾家來問親。小姐不語怎麼。〔正旦唱〕喒萱堂又覷着面皮。至如個窮人家女孩兒到十六七。或是誰家來問親。那家來做媒。你教女孩兒羞答答說甚的。

〔梅香云〕今日上巳。王孫士女。寶馬香車。都去郊外翫賞去了。喒兩個去後花園内看一看來。

〔正旦云〕梅香。將着紙墨筆硯。喒去來。〔做行科〕〔正旦唱〕

【那吒令】本待要送春向池塘草萋。我且來散心到荼蘼架底。我待教寄身在蓬萊洞裏。蹙金蓮紅繡鞋。蕩湘裙鳴環珮。轉過那曲檻之西。

【鵲踏枝】怎肯道負花期。惜芳菲。粉悴胭憔。他緑暗紅稀。九十日春光如過隙。怕春歸又早春歸。

【寄生草】柳暗青烟密。花殘紅雨飛。這人人和柳渾相類。花心吹得人心碎。柳眉不轉蛾眉繫。爲甚西園陡恁景狼籍。正是東君不管人憔悴。

【幺篇】榆散青錢亂。梅攢翠豆肥。輕輕風趁蝴蝶隊。霏霏雨過蜻蜓戲。融融沙煖鴛鴦睡。落紅踏踐馬蹄塵。殘花醞釀蜂兒蜜。

〔裴舍騎馬引張千上云〕方信道洛陽花錦之地。休道城中有多少名園。〔做點花本科云〕你覷這一所花園。〔做見旦驚科云〕一所花園。呀。一個好姐姐。〔正旦見末科云。〕呀一個好秀才也。〔唱〕

【金盞兒】兀那畫橋西。猛聽的玉驄嘶。便好道杏花一色紅千里。和花掩映美容儀。他把烏靴挑寶鐙。玉帶束腰圍。真乃是能騎高價馬。會着及時衣。

〔正末云〕你看他霧鬢雲鬟。冰肌玉骨。花開媚臉。星轉雙眸。只疑洞府神仙。非是人間艷冶。〔梅香云〕小姐你聽來。〔正旦唱〕

【後庭花】休道是轉星眸上下窺。恨不的倚香腮左右偎。便錦被翻紅浪。羅裙作地席。〔梅香云〕小姐休看他。倘有人看見。〔正旦唱〕**既待要暗偷期。咱先有意。愛別人可捨了自己。**

〔梅香云〕小姐。你却顧盼他。他可不顧盼你哩。〔張千上云〕舍人。休要惹事。喒城外去看來。去罷。〔做催科〕〔裴舍云〕四目相覷。各有眷心。從今已後。這相思須害也。〔張千做催打馬科云〕舍人去罷。〔裴舍云〕如此佳麗美人。料他識字。寫個簡帖兒嘲撥他。張千。將紙筆來。看他理會的麼。〔做寫科云〕張千。將這簡帖兒與那小姐去。〔張千云〕舍人使張千去。若有人撞見。這頓打可不善也。〔裴舍云〕我教你有人若問呵。則說俺買花栽子。不妨事。若見那小姐。說俺舍人教送與你。〔張千云〕舍人我去。〔裴舍云〕那小姐喜歡。你便招手喚我。我便來。若是搶白。你便擺手。我便走。〔張千云〕我知道。〔做見旦科云〕小姐。你這後花園裏有賣花栽子麼。〔梅香云〕這裏花栽子誰要買。〔張千云〕俺那舍人要買。〔做招手裴舍望科云〕謝天地。事已諧矣。〔梅香做叫科云〕小姐。那兩個人拿過一張兒紙來。不知寫甚麽。小姐看咱。〔正旦做念詩科云〕只疑身在武陵遊。流水桃花隔岸羞。咫尺劉郎腸已斷。爲誰含笑倚墻頭。梅香。將紙筆來。〔做寫科云〕梅香。我央你咱。你勿阻我。將這一首詩送與那舍人。〔梅香云〕小姐。教我送這詩與誰去也。詩中意怎生。見那秀才道甚的。則怕有人撞見怎了。〔正旦云〕好姐姐你與我走一遭去。〔梅香云〕你往常打我駡我。今日爲甚的央我。着我寄與誰。〔正旦唱〕

【幺篇】你道是情詞寄與誰。我道來新詩權作媒。我映麗日墻頭望。他怎肯袖春風馬上歸。怕的是外人知。你便叫天叫地。哎。小梅香好不做美。

〔梅香云〕這簡帖我送與老夫人去。〔正旦云〕梅香。我央及你。要告老夫人呵。可怎了。〔梅香云〕你慌麽。〔正旦云〕可知慌哩。〔梅香云〕你怕麽。〔正旦云〕可知怕哩。〔梅香云〕我鬭你耍哩。〔正旦云〕則被你諕殺我也。〔梅香送裴舍科云〕俺小姐上覆舍人。看這首詩咱。〔裴舍看科詩云〕深閨拘束暫閒遊。手撚青梅半掩羞。莫負後園今夜約。月移初上柳梢頭。千金作。這小姐有傾城之態。出世之才。可爲囊篋寶玩。〔梅香云〕俺小姐道來。今夜後園中赴期。休得失信。〔裴舍云〕張千。俺打那裏過去。〔張千云〕跳墻過去。〔梅香轉向旦云〕小姐。他待跳墻來也。〔正旦唱〕

【賺煞】這一堵粉墻兒低。這一帶花陰兒密。與你個在客的劉郎説知。雖無那流出胡麻香飯水。比天台山到逕抄直。莫疑遲。等的那斗轉星移。休教這印蒼苔的凌波襪

兒濕。將湖山困倚。把角門兒虛閉。這後花園權做武陵溪。〔下〕

〔裴舍云〕慚愧這一場喜事。非同小可。只等的天晚。便好赴約去也。〔詩云〕偶然間兩相窺望。引逗的春心狂蕩。今夜裏早赴佳期。成就了墻頭馬上。〔下〕

〔音釋〕菡含去聲　萏音淡　疾精妻切　褪吞去聲　倩阡去聲　拾繩知切　七倉洗切　的音底　荼音徒　蘪音梅　隙音喜　密忙閉切　藉精妻切　蝶音爹　醞音韻　釀尼降切　蜜忙閉切　席星西切　嘲之稍切　撚奴典切　篋丘也切　直征移切　濕傷以切　逗音豆

第二折

〔夫人同老旦嬤嬤上云〕老身是李相公夫人。相公左司家喚的去了。不見回來。今日老身東閣下探妗子回來。身子有些不快。天色晚也。梅香。繡房中道與小姐。休教他出來。嬤嬤收拾前後。我歇息去也。〔下〕〔裴舍上云〕我回到這館驛安下。心中悶倦。那裏有心去買花栽子。巴不得天晚了也。我如今與小姐赴期去來。〔下〕〔正旦同梅香上云〕今日因去後園中看花。墻頭見了那生。四目相視。各有此心。將一個簡帖兒約今夜來赴期。我回到繡房中。梅香。不知夫人睡去也不曾。〔梅香云〕我去看來。〔下〕〔正旦做睡梅香推科云〕小姐小姐。〔正旦醒科云〕我正好做夢哩。〔梅香云〕你夢見甚麽來。〔正旦唱〕

【南呂一枝花】睡魔纏繳得慌。別恨禁持得煞。離魂隨夢去。幾時得好事逩人來。一見了多才。口兒裏念心兒裏愛。合是姻緣簿上該。則爲畫眉的張敞風流。擲果的潘郎稔色。

〔梅香云〕今夜好歹來也。則管裏作念的眼前活現。〔正旦唱〕

【梁州第七】早是抱閒怨時乖運蹇。又添這害相思月值年災。〔帶云〕休道是我。〔唱〕天若知道和天也害。〔云〕梅香。這早晚多早晚也。〔梅香云〕是申牌時候了。〔正旦唱〕幾時得月離海嶠。纔則是日轉申牌。〔梅香云〕小姐。日頭下去了。一天星月出來了。〔正旦唱〕怕露驚宿鳥。風弄庭槐。看銀河斜映瑶階。都不動纖細塵埃。月也你本細如弓一半兒蟾蜍。却休明如鏡照三千世界。冷如冰浸十二瑶臺。禁𬬻瑞靄。把剔團圞明月深深拜。你方便我無礙。深拜你個嫦娥不妬色。你敢且半霎兒霧鎖雲埋。

〔梅香云〕這場事也非容易哩。〔正旦唱〕

【牧羊關】待月簾微簌。迎風户半開。你看這場風月規劃。〔梅香云〕怎生規劃。〔正旦云〕你與我接去。〔梅香云〕怕他不來。倒教我去接他。〔正旦唱〕就着這風送花香。雲籠月色。〔梅香云〕小姐爲甚麽着我接他去。〔正旦唱〕你道爲甚着你個丫嬛迎少俊。我則怕似趙杲送曾哀。〔梅香云〕這裏線也似一條直路。怕他迷了道兒。〔正旦唱〕你道方徑直如線。我道侯門深似海。

〔梅香云〕你兩個頭目。自説話來。〔正旦唱〕

【罵玉郎】相逢正是花溪側。也須穿短巷過長街。〔梅香云〕到那裏便喚你來。〔正旦唱〕又不比秦樓夜讌金釵客。這的擔着利害。把你那小性格。且寧奈。

【感皇恩】啗這大院深宅。幽砌閒堦。不比操琴堂。沽酒舍。看書齋。〔梅香云〕遲又不是。疾又不是。怎生可是。〔正旦唱〕教你輕分翠竹。款步蒼苔。休驚起庭鴉喧。鄰犬吠。怕院公來。

〔梅香云〕小姐。這來時可着多早晚也。〔正旦唱〕

【採茶歌】把粉墻兒挨。角門兒開。等夫人燒罷夜香來。月色朦朧天色晚。鼓聲纔動角聲哀。

〔梅香云〕我説與你。夫人已睡了也。一准不來了。今夜嬷嬷又在前面守着庫房門哩。天色晚了。我點上燈。就接姐夫去。〔裴舍引張千上云〕張千。休大驚小怪的。你只在墻外等着。〔做跳墻見科云〕梅香。我來了也。〔梅香云〕我説去。小姐。姐夫來了也。你兩個説話。我門首看着。〔裴舍云〕小生是個寒儒。小姐不棄。小生殺身難報。〔正旦云〕舍人則休負心。〔唱〕

【隔尾】我推粘翠靨遮宮額。怕綽起羅裙露繡鞋。我忙忙扯的鴛鴦被兒蓋。翠冠兒懶摘。畫屏兒緊挨。是他撒滯殢把香羅帶兒解。

〔嬷嬷上云〕這早晚小姐房裏有人説話。在窗下聽咱。呀。果然有人。我去覷破他。〔梅香云〕小姐吹滅了燈。嬷嬷來也。〔嬷嬷云〕吹滅了燈。我聽的多時了也。你待走那裏去。〔裴舍同旦做跪科正旦云〕是做下來也。怎見父母。妳妳可憐見。你放我兩個私走了罷。至死也不敢忘你。〔嬷嬷云〕兀的是不出嫁的閨女。教人營勾了身軀。可又隨着他去。這漢子是誰家的。〔裴舍云〕小生是客寄書生。乞容寬恕。〔嬷嬷云〕俺這裏不是贏姦買俏去處。〔正旦唱〕

【紅芍藥】他承宣馳驛奉官差。來這裏和買花栽。又不是瀛州方丈接蓬萊。遠上天台。比畫眉郎多氣槩。驟青驄踏斷章臺。〔嬷嬷云〕都是這梅香小奴才勾引來的。〔正旦唱〕枉罵他偷寒送煖小奴才。要這般當面搶白。

〔嬷嬷云〕不是這奴胎是誰。〔正旦唱〕

【菩薩梁州】是這墻頭擲果裙釵。馬上摇鞭狂客。説與你箇聰明的妳妳。送春情是這眼去眉來。〔嬷嬷云〕好。可羞也那不羞。眼去眉來。倒與真姦真盜一般。教官司問去。〔正旦唱〕則這女娘家直恁性兒乖。我待捨殘生還却鴛鴦債。也謀成不謀敗。是今日且停嗔過後改。怎做的姦盜拏獲。

〔嬷嬷云〕你看上這窮酸餓醋甚麽好。〔正旦唱〕

【牧羊關】龍虎也招了儒士。神仙也聘與秀才。何況咱是濁骨凡胎。一箇劉向題倒西嶽靈祠。一箇張生煮滚東洋大海。却待要宴瑤池七夕會。便銀漢水兩分開。委實這烏鵲橋邊女。捨不的斗牛星畔客。〔嬤嬤云〕家醜事不可外揚。兀那漢子。我將你拖到官中。不道的饒了你哩。〔裴舍云〕嬤嬤。你要了我買花栽子的銀子。教梅香喚將我來。喒就和你見官去來。〔正旦唱〕

【三煞】不肯教一牀錦被權遮蓋。可不道九里山前大會垓。繡房裏血泊浸尸骸。解下這摟帶裙刀。爲你逼的我緊也便自傷殘害。顛倒把你娘來賴。〔梅香云〕你要他這秀才的銀子。教我去喚將他來。便見夫人也則實説。〔嬤嬤云〕夫人也不信。〔正旦唱〕你則是拾的孩兒落的摔。你待致命圖財。

【二煞】我怎肯掩殘粉淚横眉黛。倚定門兒手托腮。山長水遠幾時來。且休説度歲經年。只一夜冰消瓦解。恁時節知他是和尚在鉢盂在。他憑着滿腹文章七步才。管情取日轉千堦。〔嬤嬤云〕親的則是親。若夫人變了心。可不枉送我這老性命。我如今和你商量。隨你揀一件做。第一件且教這秀才求官去。再來取你。不着。嫁了別人。第二件就今夜放你兩個走了。等這秀才得了官。那時依舊來認親。〔正旦云〕嬤嬤。只是走的好。〔唱〕

【黄鍾尾】他折一枝丹桂羣儒駭。怎肯十謁朱門九不開。〔嬤嬤云〕若以後泄漏出些風聲。

枉壞了一世前程。拆散了一雙佳配。常言道一歲使長百歲奴。我兢着利害放您。則要一路上小心在意者。〔正旦云〕母親年高。怎生割捨。〔嬷嬷云〕夫人處有我在此。你自放心去罷。〔正旦同裴謝科〕〔正旦唱〕**不是我敢爲非敢作歹。他也有風情有手策。你也會圓成會分解。我也肯過從肯兢待。便鎖在空房嫁在鄉外。你道父母年高老邁。那裏有女孩兒共爺娘相守到頭白。女孩兒是你十五歲寄居的堂上客。**〔同裴舍梅香下〕

〔嬷嬷云〕他每去也。若夫人問時。說個謊道。不知怎生走了。料夫人必然不敢聲揚。等待他日後再來認親。也未遲哩。〔下〕

〔音釋〕妗巨禁切　煞音晒　色篩上聲　嶠喬去聲　蟾池髯切　蜍音除　霎音殺　簌音速　劃胡乖切　杲音稿　側齋上聲　客音楷　宅池齋切　靨於協切　額崖去聲　摘齋上聲　殢音膩　解上聲　白巴埋切　獲胡乖切　摟婁上聲　摔音洒　黛音代　策釵上聲　過平聲

第三折

〔裴尚書上云〕自從少俊去洛陽買花栽子回來。今經七年。老夫常是公差。多在外。少在裏。且喜少俊頗有大志。每日只在後花園中看書。直等功名成就。方纔娶妻。今日是清明節令。老夫待親自上墳去。奈畏風寒。教夫人和少俊替祭祖去咱。〔下〕〔裴舍引院公上云〕自離洛陽。同小姐到長安七年也。得了一雙兒女。小厮兒叫做端端。女兒喚做重陽。端端六歲。重陽四歲。只在後花園中隱藏。不曾參見父母。皆是院公伏侍。連宅裏人也不知道。今日清明節令。父親畏風寒。我與母親郊外墳塋中祭奠去。院公在意照顧。怕老相公撞見。〔院公云〕哥哥。一歲使長百歲奴。這宅中誰敢題起個李字。若有一些差失。如同那趙盾便有災難。老漢就是靈輒扶輪。王伯當與李密疊尸。爲人須爲徹。休道老相公不來。便來呵老漢憑四方口。調三寸舌。也說將回去。我這是蒯文通李左車。哥哥。你放心。倚着我呵。萬丈水不教泄漏了一點兒。〔裴舍云〕若無疎失。回家多多賞你。〔下〕〔正旦引端端重陽上云〕自從跟了舍人來此呵。早又七年光景。得了一雙兒女。過日月好疾也呵。〔唱〕

【雙調新水令】數年一枕夢莊蝶。過了些不明白好天良夜。想父母關山途路遠。魚雁信音絕。爲甚感嘆咨嗟。甚日得離書舍。

【駐馬聽】憑男子豪傑。平步上萬里龍庭雙鳳闕。妻兒真烈。合該得五花官誥七香車。也强如帶滿頭花向午門左右把狀元接。也强如掛拖地紅兩頭來往交媒謝。今日箇改換別。成就了一天錦繡佳風月。

〔云〕我掩上這門。看有甚人來此。〔院公持掃箒上云〕哥哥祭奠去了。嫂嫂根前回復去咱。〔見科云〕嫂嫂。舍人祭奠去了。院公特地說與嫂嫂得知。〔正旦云〕院公可要在意者。則怕老相公撞將來。〔院公云〕老漢有句話敢說麽。今日清明節。有甚節令酒果。把些與老漢吃飽了。只在門首坐着。看有甚的人來。〔旦與酒肉吃科院公云〕夜來兩個小使長把墻頭上花都折壞了。今日休教出

來。只教書房中耍。則怕老相公撞見。〔正旦唱〕

【喬牌兒】當攔的便去攔。我把你個院公謝。想昨日被棘針都把衣袂扯。將孩兒指尖兒都搯破也。

〔端端云〕妳妳。我接爹爹去來。〔正旦云〕還未來哩。〔唱〕

【幺篇】便將毬棒兒撇。不把膽瓶藉。你哥哥這其間未是他來時節。怎抵死的要去接。

〔院公云〕我門口去吃了一瓶酒。一分節食。覺一陣昏沉。倚着湖山睡些兒咱。〔端端打科〕〔院公云〕諕殺人也小爺爺。你要到房裏耍去。〔又睡科重陽打科〕〔院公云〕小妳妳。女孩家這般劣。〔又睡科二人齊打介〕〔院公云〕我告你去也。快書房裏去。〔裴尚書引張千上云〕夫人共少俊祭奠去了。老夫心中悶倦。後花園内走一遭去。看孩兒做下的功課咱。〔見院公云〕這老子睡着了。〔做打科院公做醒着掃箒打科云〕打你娘。那小厮。〔做見慌科尚書云〕這兩個小的是誰家。〔端端云〕是裴家。〔尚書云〕是那個裴家。〔重陽云〕是裴尚書家。〔院公云〕誰道不是裴尚書家花園。小弟子還不去。〔重陽云〕告我爹爹妳妳説去。〔院公云〕你兩個採了花木還道告你爹爹妳妳去。跳起恁公公來也打你娘。〔兩人走科院公云〕你兩個不投前面走。便往後頭去。〔二人見旦科云〕我兩人接爹爹去。見一老爹。問是誰家的。〔正旦云〕孩兒也。我教你休出去。兀的怎了。〔尚書做意科云〕這兩個小的不是尋常之家。這老子其中有詐。我且到堂上看來。〔正旦唱〕

【豆葉兒】接不着你哥哥。正撞見你爺爺。魄散魂消。腸慌腹熱。手脚麞狂去不迭。

相公把拄杖掂詳。院公把掃箒支吾。孩兒把衣袂揪者。〔院公云〕這婦人折了俺花。在這房内藏來。〔正旦唱〕〔尚書云〕喒房裏去來。〔到書房正旦掩門科〕〔尚書云〕更有誰家個婦人。

【掛玉鉤】小業種把攏門掩上些。道不的跳天撅地十分劣。被老相公親向園中撞見者。諕的我死臨侵地難分說。〔尚書云〕拿的芙蓉亭上來。〔正旦唱〕氳氳的臉上羞。撲撲的心頭怯。喘似雷轟。烈似風車。〔院公云〕這婦人折了兩朵兒花。怕相公見。躲在這裏。合當饒過教家去。〔正旦云〕相公可憐見。妾身是少俊的妻室。〔尚書云〕誰是媒人。下了多少錢財。誰主婚來。〔旦做低頭科〕〔尚書云〕這兩個小的是誰家。〔院公云〕相公不合煩惱合懽喜。這的是不曾使一分財禮。得這等花枝般媳婦兒。一雙好兒女。合做一個大筵席。老漢買羊去。大嫂請回書房裏去者。〔尚書怒科云〕這婦人決是娼優酒肆之家。〔正旦云〕妾是官宦人家。不是下賤之人。〔尚書云〕噤聲。婦人家共人淫遊。私情來往。這非過逢赦不赦。送與官司問去。打下你下半截來。〔正旦唱〕

【沽美酒】本是好人家女豔冶。便待要興詞訟發文牒。送到官司遭痛決。人心非鐵。逢赦不該赦。

【太平令】隨漢走怎説三貞九烈。勘姦情八棒十挾。誰識他歌臺舞榭。甚的是茶房酒舍。相公便把賤妾。栲折下截。並不是風塵烟月。

〔尚書云〕則打這老漢他知情。〔張千云〕這個老子。從來會勾大引小。〔院公云〕相公。七年前舍人哥哥買花栽子時。都是這厮搬大引小着舍人刁將來的。〔張千云〕老子攀下我來也。〔尚書云〕是了。敢這厮也知情。〔正旦唱〕

【川撥棹】賽靈輒。蒯文通李左車。都不似季布喉舌。王伯當尸疊。更做道向人處無過背說。是和非須辯別。

〔尚書云〕喚的夫人和少俊來者。〔夫人裴舍上見科〕〔尚書云〕你與孩兒通同作弊。亂我家法。〔夫人云〕老相公。我可怎生知道。〔尚書云〕這的是你後園中七年做下功課。我送到官司。依律施行者。〔裴舍云〕少俊是卿相之子。怎好爲一婦人。受官司凌辱。情願寫與休書便了。告父親寬恕。〔正旦唱〕

【七弟兄】是那些劣懺。痛傷嗟也。時乖運蹇遭磨滅。冰清玉潔肯隨邪。怎生的拆開我連理同心結。

〔尚書云〕我便似八烈周公。俺夫人似三移孟母。都因爲你個淫婦。枉壞了我少俊前程。辱没了我裴家上祖。兀那婦人你聽者。你既爲官宦人家。如何與人私遇。昔日無鹽採桑於村野。齊王車過。見了欲納爲后。同車。而無鹽曰不可。禀知父母。方可成婚。不見父母。即是私奔。呸。你比無鹽敗壞風俗。做的個男遊九郡。女嫁三夫。〔正旦云〕我則是裴少俊一個。〔尚書怒云〕可不道女慕貞潔。男效才良。聘則爲妻。奔則爲妾。你還不歸家去。〔正旦云〕這姻緣也是天賜的。

〔尚書云〕夫人。將你頭上玉簪來。你若天賜的姻緣。問天買卦。將玉簪向石上磨做了針兒一般細。不折了便是天賜姻緣。若折了便歸家去也。〔正旦唱〕

【梅花酒】他毒腸狠切。丈夫又軟揣些些。相公又惡噷噷乖劣。夫人又叫丫丫似蝎蜇。你不去望夫石上變化身。築墳臺上立個碑碣。待教我謾懺懺。愁萬縷悶千疊。心似醉意如呆。眼似瞎手如瘸。輕拈掇慢拿捻。

【收江南】呀。玷玎璫掂做了兩三截。有鸞膠難續玉簪折。則他這夫妻兒女兩離別。總是我業徹。也强如參辰日月不交接。

〔尚書云〕可知道玉簪折了也。你還不肯歸家去。再取一個銀壺瓶來。將着遊絲兒繫住。到金井内汲水。不斷了便是夫妻。瓶墜簪折。便歸家去。〔正旦云〕可怎了也。〔唱〕

【雁兒落】似陷人坑千丈穴。勝滚浪千堆雪。恰纔石頭上損玉簪。又教我水底撈明月。

【得勝令】冰絃斷便情絶。銀瓶墜永離别。把幾口兒分兩處。〔尚書云〕隨你再嫁别人去。〔正旦唱〕誰更待雙輪碾四轍。戀酒色淫邪。那犯七出的應拚捨。享富貴豪奢。這守三從的誰似妾。

〔尚書云〕既然簪折瓶墜。是天着你夫妻分離。着這賊醜生與你一紙休書。便着你歸家去。少俊。你只今日便與我收拾琴劍書箱。上朝求官應舉去。將這一兒一女收留在我家。張千。便與我趕離

了門者。〔下〕〔裴舍與旦休書科〕〔正旦云〕少俊。端端。重陽。則被你痛殺我也。〔唱〕

【沉醉東風】夢驚破情緣萬結。路迢遥烟水千叠。常言道有親娘有後爺。無親娘無疼熱。他要送我到官司逞盡豪傑。多謝你把一雙幼女癡兒好覷者。我待信拖拖去也。〔云〕端端重陽兒也。你曉事些兒個。我也不能勾見你了也。〔唱〕

【甜水令】端端共重陽。他須是你裴家枝葉。孩兒也啼哭的似癡呆。這須是我子母情腸厮牽厮惹。兀的不痛殺人也。

【折桂令】果然人生最苦是離别。方信道花發風篩。月滿雲遮。誰更敢倒鳳顛鸞。撩蜂剔蝎。打草驚蛇。壞了咱墻頭上傳情簡帖。折開咱柳陰中鶯燕蜂蝶。兒也咨嗟。女又攔截。既瓶墜簪折。咱義斷恩絶。〔張千云〕娘子。你去了罷。老相公便着我回話哩。〔正旦云〕少俊。你也須送我歸家去來。〔唱〕

【鴛鴦煞】休把似殘花敗柳冤仇結。我與你生男長女填還徹。指望生則同衾。死則共穴。唱道題柱胸襟。當罏的志節。也是前世前緣。今生今業。少俊呵與你乾駕了會香車。把這個没氣性的文君送了也。〔下〕

〔裴舍云〕父親。你好下的也。一時間將俺夫妻子父分離。怎生是好。張千。與我收拾琴劍書箱。我就上朝取應去。一面瞞着父親。悄悄送小姐回到家中。料也不妨。〔詩云〕正是石上磨玉簪。欲

成中央折。井底引銀瓶。欲上絲繩絶。兩者可奈何。似我今朝別。果若有天緣。終當做瓜葛。〔下〕

〔音釋〕絶藏靴切　傑其耶切　闕區也切　烈郎夜切　接音姐　別邦耶切　月魚夜切　撾莊瓜切　撇偏也切　藉音謝　節音姐　迭音爹　掂店平聲　劣閭夜切　説書惹切　怯丘也切　轟音烘　牒音爹　决居也切　鐵湯也切　挾希耶切　妾音且　折繩遮切　截藏斜切　輒張蛇切　舌繩遮切　疊音爹　別邦也切　憋邦也切　滅迷夜切　結饑也切　切音且　噉音去聲　蜇音者　碣其耶切　呆音爺　瘸巨靴切　捻尼夜切　徹昌惹切　繫音記　穴胡靴切　雪須也切　轍張蛇切　熱仁蔗切　葉音夜　帖湯也切　業音夜

第四折

〔正旦引梅香上云〕自從裴少俊將我休棄了。回到洛陽。父母雙亡。遺下幾個使數和那宅舍庄田。依還的享用富貴不盡。則是撇下一雙兒女。又未知少俊應舉去。得官也不曾。好傷感人也。〔唱〕

【中吕粉蝶兒】簾捲蝦鬚。冷清清緑窗朱户。悶殺我獨自離居。落可便想金枷。思玉鎖。風流的牢獄。〔内做鳥鳴科〕〔唱〕誰叫你飛出巴蜀。叫離人不如歸去。

【醉春風】家萬里夢蝴蝶。月三更聞杜宇。則兀那墻頭馬上引起歡娛。怎想有這場苦。苦。都則道百媚千嬌。送的人四分五落。兩頭三緒。

〔裴舍上詩云〕親捧丹書下九重。路人争識五花驄。想來全是文章力。未必家門積善功。小官裴少俊。自從上朝取應。一舉狀元及第。就除洛陽縣尹之職。來到這洛陽城。我且換了衣服。跟尋我那李千金小姐去。問人來。則這裏便是李總管家府門首。兀的不是梅香。小姐在家麽。〔梅香見科云〕我則做不知。我這裏有甚麽小姐。這個漢子不達時務。你這裏立地。我家去也。〔見旦科云〕你歡喜也。姐夫在門首。〔正旦云〕這妮子又胡説。果然是他。你看他穿着甚麽衣服哩。〔梅香云〕他穿着秀才的衣服。小姐。真個我不説謊。〔正旦云〕可怎生穿着秀才衣服。〔唱〕

【滿庭芳】長安應舉。羞歸故里。懶覩鄉閭。他那裏談天口噴珠玉。一劃的者也之乎。他那三昧手能修手模。讀五車書會寫休書。教齋長休題柱。想他人有怨語。兀的不笑殺漢相如。

〔裴舍云〕梅香進去了就不出來。我自過去。〔做見旦科云〕小姐。間别無恙。今日還來尋你。依舊和你相好。重做夫妻。〔正旦云〕裴少俊。你是説甚麽話。〔唱〕

【普天樂】你待結綢繆。我怕遭刑獄。我人心似鐵。他官法如鑪。你娘並無那子母情。你爺怎肯相憐顧。問的個下惠先生無言語。他道我更不賢達敗壞風俗。怎做家無二長。男遊九郡。女嫁三夫。

〔裴舍云〕小姐。我如今得了官也。我父親致仕閒居。我特來認你。我就在此處爲縣尹。〔正旦唱〕

【迎仙客】你封爲三品官。列着八椒圖。你父親告致仕却離了京兆府。吏部裏注定遷移。户部裏革罷了俸禄。枉教他遥授着尚書。則好教管着那普天下姻緣簿。

〔裴舍云〕我則今日就搬將行李來。〔正旦云〕我這裏住不的。〔唱〕

幸。【石榴花】常言道好客不如無。搶出去又何如。我心中意氣怎消除。你是膂付負與何幸。既爲官怎臉上無羞辱。〔裴舍云〕我與你是兒女夫妻。怎麽不認我。〔正旦唱〕你道我不識親疎。雖然是眼中没的珍珠處。也須知略辯個賢愚。

〔裴舍云〕這是我父親之命。不干我事。〔正旦唱〕

【鬭鵪鶉】一個是八烈周公。一個是三移孟母。我本是好人家孩兒。不是娼人家婦女。也是行下春風望夏雨。待要做眷屬。枉壞了少俊前程。辱没了你裴家上祖。

〔裴舍云〕小姐。你是個讀書聰明的人。豈不聞子甚宜其妻。父母不悦。出。子不宜其妻。父母曰是善事我。則行夫婦之禮焉。終身不衰。〔正旦云〕裴少俊。你是不知。聽我説與你咱。〔唱〕

【上小樓】恁母親從來狠毒。恁父親偏生嫉妒。治國忠直。操守廉能。可怎生做事糊突。幸得個鸞鳳交。琴瑟諧。夫妻和睦。不似你裴尚書替兒嫌婦。

〔尚書引夫人端端重陽上云〕老夫裴尚書。我問人來。這便是李總管家府裏。聽的少俊孩兒得了官授本處縣尹。媳婦兒不肯認他。我引着兩個孩兒。同老夫人。可早來到也。左右。報復去。道裴尚書在於門首。〔祗候報科〕〔裴舍云〕呀。父親在門首。我接去。父親。你孩兒得了官也。授本處縣尹。媳婦不肯相認。道我當初休了他來。〔尚書云〕孩兒在那裏。〔見旦科云〕兒也。誰知道你是李世傑的女兒。我當初也曾議親來。誰知道你暗合姻緣。你可怎生不說。你是李世傑的女兒。我則道你是優人娼女。我如今和夫人兩個孩兒牽羊擔酒。一徑的來替你陪話。可是我不是了。左右。將酒來。你滿飲此一盃。〔正旦唱〕

【幺篇】他把酒盞兒擎。我便把認字兒許。〔夫人云〕你看我的面皮。我替你擡舉的兩個孩兒偌大也。你認了俺者。〔端端重陽云〕妳妳。你認了俺者。〔正旦唱〕赤緊的陶母熬煎。曾參錯見。太公跛筵。一個兒。一個女。都一時啼哭。〔帶云〕哎。兒。則被你想殺我也。〔唱〕須是俺斷不了子母腸肚。

〔尚書云〕哎。你認了我罷。〔正旦云〕你休了我。我斷然不認。〔尚書云〕你既不認。引着孩兒回去。〔端端重陽悲云〕妳妳。你好狠也。則被你痛殺我也。你若不認。要我兩個性命怎的。我兩個死了罷。〔正旦云〕我待不認來呵。不干你兩個事。罷罷罷。我認了罷。公公婆婆。你受媳婦幾拜。〔尚書云〕既是孩兒認了。將酒來我與你慶喜。你滿飲一盃者。〔正旦拜受科〕〔唱〕

【十二月】這是你自來的媳婦。今日參拜公姑。索甚擎壺執盞。又怕是定計鋪謀。猛見了玉簪銀瓶。不由我不想起當初。

【堯民歌】呀。只怕簪折瓶墜寫休書。〔尚書云〕孩兒。舊話休題。〔正旦唱〕他那裏做小伏低勸芳醑。將一盃滿飲醉模糊。〔裴舍云〕小姐。須索歡喜咱。〔正旦唱〕有甚心情笑歡娛。

躊也波蹰。賊兒膽底虚。又怕似趕我歸家去。

〔尚書云〕孩兒也。您當初等我來問親可不好。你可瞞着我私奔來宅内。你又不説是李世傑女兒。〔正旦云〕父親。自古及今。則您孩兒私奔哩。〔唱〕

【耍孩兒】告爹爹妳妳聽分訴。不是我家醜事將今喻古。只一個卓王孫氣量捲江湖。卓文君美貌無如。他一時竊聽求凰曲。異日同乘駟馬車。也是他前生福。怎將我墻頭馬上。偏輸却沽酒當壚。

【煞尾】今日個五花誥准應言。七香車談笑取。願普天下姻眷皆完聚。荷着萬萬歲當今聖明主。

〔尚書云〕今日夫妻團圓。殺羊造酒。做慶喜的筵席。〔詩云〕從來女大不中留。馬上墻頭亦好逑。只要姻緣天配合。何必區區結綵樓。

〔音釋〕獄于句切　蜀繩朱切　玉于句切　俗詞疽切　禄音路　窨音蔭　辱如去聲　屬繩朱切　毒東盧切　突東盧切　睦音暮　跋音巴　哭音苦　謀音模　醑音胥　躊音紬　蹰音厨　福音府　逑音求

題目　李千金月下花前

正名　裴少俊墻頭馬上

唐明皇秋夜梧桐雨雜劇

白仁甫撰

楔子

〔冲末扮張守珪引卒子上詩云〕坐擁貔貅鎮朔方。每臨塞下受降王。太平時世轅門静。自把雕弓數雁行。某姓張名守珪。見任幽州節度使。幼讀儒書。兼通韜略。爲藩鎮之名臣。受心膂之重寄。且喜近年以來。邊烽息警。軍士休閒。昨日奚契丹部擅殺公主。某差捉生使安禄山率兵征討。不見來回話。左右。轅門前覷者。等來時報復我知道。〔卒云〕理會的。〔净扮安禄山上云〕自家安禄山是也。積祖以來爲營州雜胡。本姓康氏。母阿史德。爲突厥覡者。禱于軋犖山戰鬭之神而生某。生時有光照穹廬。野獸皆鳴。遂名爲軋犖山。後母改嫁安延偃。乃隨安姓。改名安禄山。開元年間。延偃攜某歸國。遂蒙聖恩。分隸張守珪部下。爲某通曉六蕃言語。膂力過人。現任捉生討擊使。昨因奚契丹反叛。差我征討。自恃勇力深入。不料衆寡不敵。遂致喪師。今日不免回見主帥。别作道理。早來到府門首也。左右。報復去。道有捉生使安禄山來見。〔卒報科〕〔張守珪云〕着他進來。〔安禄山做見科〕〔張守珪云〕安禄山。征討勝敗如何。〔安禄山云〕賊衆我寡。軍士畏怯。遂至敗北。〔張守珪云〕損軍失機。明例不宥。左右推出去。斬首報來。〔卒推出科〕〔安禄山大叫云〕主帥不欲滅奚契丹耶。奈何殺壯士。〔張守珪云〕放他回來。〔安禄山回科〕〔張守珪云〕

某也惜你驍勇。但國有定法。某不敢賣法市恩。送你上京。取聖斷如何。〔安禄山云〕謝主帥不殺之恩。〔押下〕〔張守珪云〕安禄山去了也。〔詩云〕須知生殺有旗牌。只爲軍中惜將才。不然斬一胡兒首。何用親煩聖斷來。〔下〕〔正末扮唐玄宗駕旦扮楊貴妃引高力士楊國忠宮娥上〕〔正末云〕寡人唐玄宗是也。自高祖神堯皇帝。起兵晉陽。全仗我太宗皇帝滅了六十四處煙塵。一十八家擅改年號。立起大唐天下。傳高宗中宗。不幸有宮闈之變。寡人以臨淄郡王領兵靖難。大哥哥寧王讓位於寡人。即位以來。二十餘年。喜的太平無事。賴有賢相姚元之宋璟韓休張九齡。同心致治。寡人得遂安逸。六宮嬪御雖多。自武惠妃死後。無當意者。去年八月中秋。夢遊月宮。見嫦娥之貌。人間少有。昨壽邸楊妃。絶類嫦娥。已命爲女道士。既而取入宮中。策爲貴妃。居太真院。寡人自從太真入宮。朝歌暮宴。無有虛日。高力士。你快傳旨排宴。梨園子弟奏樂。寡人消遣咱。〔高力士云〕理會的。〔外扮張九齡押安禄山上〕〔詩云〕調和鼎鼐理陰陽。位列鵷班坐省堂。四海承平無一事。朝朝曳履侍君王。老夫張九齡是也。南海人氏。早登甲第。荷聖恩直做到丞相之職。近日邊帥張守珪解送失機蕃將一人。名安禄山。我見其身軀肥矮。語言利便。有許多異相。若留此人。必亂天下。我今見聖人。面奏此事。早來到宮門前也。〔入見科〕〔云〕臣張九齡見駕。〔正末云〕卿來有何事。〔張九齡云〕近日邊臣張守珪解送失機蕃將安禄山。例該斬首。未敢擅便。押來請旨。〔正末云〕你引那蕃將來我看。〔張九齡引安禄山見科云〕這就是失機蕃將安禄山。〔正末云〕一員好將官也。你武藝如何。〔安禄山云〕臣左右開弓。一十八般武藝。無有不會。能通六蕃言語。〔正末云〕你這等肥胖。此胡腹中何所有。〔安禄山云〕惟有赤心耳。〔正末云〕丞相不可殺此人。留他做箇白衣將領。〔張九齡云〕陛下。此人有異相。留他必有後患。〔正末云〕卿勿以王夷甫識石勒。留着怕做甚麽。兀那左右。放了他者。〔做放科〕〔安禄山起謝云〕謝主公不殺之恩。〔做跳舞科〕〔正末云〕這是甚麽。〔安禄山云〕這是胡旋舞。〔旦云〕陛下。這人又矬矮。又會舞旋。留着解悶倒好。〔正末云〕貴妃。就與你做義子。你領去。〔旦云〕多謝聖恩。〔同安禄山下〕〔張九齡云〕國舅。此人有異相。他日必亂唐室衣冠。受禍不小。老夫老矣。國舅恐或見之。奈何。〔楊國忠云〕待下官明日再奏。務要屏除爲妙。〔正末云〕不知後宫中爲什麽這般喧笑。左右。可去看來回話。〔宫娥云〕是貴妃娘娘與安禄山做洗兒會哩。〔正末云〕既做洗兒會。取金錢百文。賜他做賀禮。就與我宣禄山來。封他官職。〔宫娥拿金錢下〕〔安禄山上見駕科云〕謝陛下賞賜。宣臣那厢使用。〔正末云〕宣卿來不爲别。卿既爲貴妃之子。即是朕之子。白衣不好出入宫掖。就加你爲平章政事者。〔安禄山云〕謝了聖恩。〔楊國忠云〕陛下。不可不可。安禄山乃失律邊將。例當處斬。陛下免其死足矣。今給事宫庭。已爲非宜。有何功勳。加爲平章政事。況胡人狼子野心。不可留居左右。望陛下聖鑒。〔張九齡云〕楊國忠之言。陛下不可不聽。〔正末云〕你可也説的是。安禄山。且加你爲漁陽節度使。統領蕃漢兵馬。鎮守邊庭。早立軍功。不次陞擢。〔安禄山云〕感謝聖恩。〔正末云〕卿休要怨寡人。這是國家典制。非輕可也呵。〔唱〕

【仙吕端正好】則爲你不曾建甚奇功。便教你做元輔。滿朝中都指斥鑾輿。眼見的平

章政事難停住。寡人待定奪些别官禄。

【幺篇】且着你做節度漁陽去。破强寇永鎮幽都。休得待國家危急纔防護。常先事設權謀。收猛將。保皇圖。分鐵券。賜丹書。怎肯便辜負了你這功勞簿。〔同下〕

〔安禄山云〕聖人回宫去了也。我出的宫門來。叵奈楊國忠這厮好生無禮。在聖人前奏准。着我做漁陽節度使。明陞暗貶。别的都罷。只是我與貴妃有些私事。一旦遠離。怎生放的下心。罷罷罷。我這一去。到的漁陽。練兵秣馬。别作箇道理。正是畫虎不成君莫笑。安排牙爪好驚人。

〔下〕

〔音釋〕貔音疲　貅音休　覻音覷　軋音鴨　犖音落　璟音景　嬪音貧　鼐音奈　矬坐平聲　掖音亦　禄音路　謀音模　券音勸　辜音姑　叵音頗

第一折

〔旦扮貴妃引宫娥上云〕妾身楊氏。弘農人也。父親楊玄琰。爲蜀州司户。開元二十二年蒙恩選爲壽王妃。開元二十八年八月十五日。乃主上聖節。妾身朝賀。聖上見妾貌類嫦娥。令高力士傳旨度爲女道士。住内太真宫。賜號太真。天寶四年。册封爲貴妃。半后服用。寵幸殊甚。將我哥哥楊國忠加爲丞相。姊妹三人。封做夫人。一門榮顯極矣。近日邊庭送一蕃將來。名安禄山。此人猾黠能奉承人意。又能胡旋舞。聖人賜與妾爲義子。出入宫掖。不期我哥哥楊國忠看出破綻。奏准天子。封他爲漁陽節度使。送上邊庭。妾心懷想。不能再見。好是煩惱人也。今日是七月七夕。牛女相會。人間乞巧令節。已曾分付宮娥。排設乞巧筵在長生殿。妾身乞巧一番。宮娥。乞巧筵設定不曾。〔宮娥云〕已完備多時了。〔旦云〕咱乞巧則箇。〔正末引宮娥挑燈拿砌末上云〕寡人今日朝回無事。一心只想着貴妃。已令在長生殿設宴。慶賞七夕。内使。引駕去來。〔唱〕

【仙呂八聲甘州】朝綱倦整。寡人待痛飲昭陽。爛醉華清。却是吾當有幸。一箇太真妃傾國傾城。珊瑚枕上兩意足。翡翠簾前百媚生。夜同寢晝同行。恰似鸞鳳和鳴。

〔帶云〕寡人自從得了楊妃。真所謂朝朝寒食。夜夜元宵也。〔唱〕

【混江龍】晚來乘興。一襟爽氣酒初醒。鬆開了龍袍羅扣。偏斜了鳳帶紅鞓。侍女齊扶碧玉輦。宮娥雙挑絳紗燈。順風聽。一派簫韶令。〔内作吹打喧笑科〕〔正末云〕是那裏這等喧笑。〔宮娥云〕是太真娘娘在長生殿乞巧排宴哩。〔正末云〕衆宮娥不要走的響。待寡人自看去。〔唱〕多嗒是胭嬌簇擁。粉黛施呈。

【油葫蘆】報接駕的宮娥且慢行。親自聽。上瑶堦那步近前楹。悄悄蹙蹙款把紗牕映。撲撲簌簌風颭珠簾影。我恰待行。打個噻挣。怪玉籠中鸚鵡知人性。不住的語偏明。

〔内作鸚鵡叫云〕萬歲來了。接駕。〔旦驚云〕聖上來了。〔做接駕科〕〔正末唱〕

【天下樂】則見展翅忙呼萬歲聲。驚的那娉婷。將鑾駕迎。一箇暈龐兒畫不就描不成。行的一步步嬌。生的一件件撑。一聲聲似柳外鶯。

〔云〕卿在此做甚麽。〔旦云〕今逢七夕。妾身設瓜果之會。問天孫乞巧哩。〔正末看科云〕排設的是好也。〔唱〕

【醉中天】龍麝焚金鼎。花蕚插銀缾。小小金盆種五生。供養着鵲橋會丹青幀。把一箇米來大蜘蛛兒抱定。攙奪盡六宫寵幸。更待怎生般智巧心靈。

〔正末與旦砌末科云〕這金釵一對。鈿盒一枚。賜與卿者。〔旦接科云〕謝了聖恩也。〔正末唱〕

【金盞兒】我着絳紗蒙。翠盤盛。兩般禮物堪人敬。趁着這新秋節令賜卿卿。七寳金釵盟厚意。百花鈿盒表深情。這金釵兒教你高聳聳頭上頂。這鈿盒兒把你另巍巍手中擎。

〔旦云〕陛下。這秋光可人。妾待與聖駕亭下閒步一番。〔正末做同行科〕〔唱〕

【憶王孫】瑶堦月色晃疎櫺。銀燭秋光冷畫屏。消遣此時此夜景。和月步閒庭。苔浸的凌波羅襪冷。

〔云〕這秋景與四時不同。〔旦云〕怎見的與四時不同。〔正末云〕你聽我説。〔唱〕

【勝葫蘆】露下天高夜氣清。風掠得羽衣輕。香惹丁東環佩聲。碧天澄净。銀河光瑩。

只疑是身在玉蓬瀛。

〔旦云〕今夕牛郎織女相會之期。一年只是得見一遭。怎生便又分離也。〔正末唱〕

【金盞兒】他此夕把雲路鳳車乘。銀漢鵲橋平。不甫能今夜成歡慶。枕邊忽聽曉雞鳴。却早離愁情脈脈。别淚雨泠泠。五更長嘆息。則是一夜短恩情。

〔旦云〕他是天宫星宿。經年不見。不知也曾相憶否。〔正末云〕他可怎生不想來。〔唱〕

【醉扶歸】暗想那織女分牛郎命。雖不老是長生。他阻隔銀河信杳冥。經年度歲成孤另。你試向天宫打聽。他決害了些相思病。

〔旦云〕妾身得侍陛下。寵幸極矣。但恐容貌日衰。不得似織女長久也。〔正末唱〕

【後庭花】偏不是上列着星宿名。下臨着塵世生。把天上姻緣重。將人間恩愛輕。各辨着真誠。天心必應。量他每何足稱。

〔旦云〕妾想牛郎織女。年年相見。天長地久。只是如此。世人怎得似他情長也。〔正末唱〕

【金盞兒】咱日日醉霞觥。夜夜宿銀屏。他一年一日見把佳期等。若論着多多爲勝咱也合嬴。我爲君王猶妄想。你做皇后尚嫌輕。可知道斗牛星畔客。回首問前程。

〔旦云〕妾蒙主上恩寵無比。但恐春老花殘。主上恩移寵衰。使妾有龍陽泣魚之悲。班姬題扇之怨。奈何。〔正末云〕妃子。你説那裏話。〔旦云〕陛下請示私約。以堅終始。〔正末云〕咱和你去

那處説話去。〔做行科〕〔唱〕

【醉中天】我把你半彈的肩兒凭。他把箇百媚臉兒擎。正是金闕西厢叩玉扃。悄悄迴廊静。靠着這招綵鳳舞青鸞金井梧桐樹影。雖無人竊聽。也索悄聲兒海誓山盟。

〔云〕妃子。朕與卿儘今生偕老。百年以後。世世永爲夫婦。神明鑒護者。〔旦云〕誰是盟證。〔正末唱〕

【賺煞尾】長如一雙鈿盒盛。休似兩股金釵另。願世世姻緣注定。在天呵做鴛鴦常比並。在地呵做連理枝生。月澄澄。銀漢無聲。説盡千秋萬古情。咱各辦着志誠。你道誰爲顯證。有今夜度天河相見女牛星。〔同下〕

〔音釋〕琰炎上聲　黠音匣　鞓音汀　輦連上聲　挑上聲　黛音代　颭占上聲　囈音異　掙音争　暈音韻　嶝争去聲　攙初銜切　盛平聲　鈿田去聲　欞音凌　瑩盈去聲　觥古横切　彈音朵　扃居名切

第二折

〔安禄山引衆將上云〕某安禄山是也。自到漁陽。操練蕃漢人馬。精兵見有四十萬。戰將千員。如今明皇年已昏眊。楊國忠李林甫播弄朝政。我今只以討賊爲名。起兵到長安。搶了貴妃。奪了唐朝天下。纔是我平生願足。左右。軍馬齊備了麽。〔衆將云〕都齊備了。〔安禄山云〕着軍政司先發檄一道。説某奉密旨討楊國忠等。隨後令史思明領兵三萬。先取潼關。直抵京師。成大事如反掌耳。〔衆將云〕得令。〔安禄山云〕今日天晚。明日起兵〔詩云〕統精兵直指潼關。料唐家無計遮攔。單要搶貴妃一個。非專爲錦繡江山。〔同下〕〔正末引高力士鄭觀音抱琵琶寧王吹笛花奴打羯鼓黄翻綽執板捧旦上〕〔正末云〕今日新秋天氣。寡人朝回無事。妃子學得霓裳羽衣舞。同往御園中沉香亭下。閒耍一番。早來到也。你看這秋來風物。好是動人也呵。〔唱〕

【中吕粉蝶兒】天淡雲閒。列長空數行征雁。御園中夏景初殘。柳添黄。荷減翠。秋蓮脱瓣。坐近幽闌。噴清香玉簪花綻。

〔帶云〕早到御園中也。雖是小宴。倒也整齊。〔唱〕

【叫聲】共妃子喜開顔。等閒。等閒。御園中列餚饌。酒注嫩鵝黄。茶點鷓鴣斑。

【醉春風】酒光泛紫金鍾。茶香浮碧玉盞。沉香亭畔晚凉多。把一搭兒親自揀。揀。粉黛濃粧。管絃齊列。綺羅相間。

〔外扮使臣上詩云〕長安回望繡成堆。山頂千門次第開。一騎紅塵妃子笑。無人知是荔枝來。小官四川道差來使臣。因貴妃娘娘好啖鮮荔枝。遵奉詔旨。特來進鮮。早到朝門外了。宫官。通報一聲。説四川使臣來進荔枝。〔做報科〕〔正末云〕引他進來。〔使臣見駕科云〕四川道使臣進貢荔枝。〔正末看科云〕妃子。你好食此果。朕特令他及時進來。〔旦云〕是好荔枝也。〔正末唱〕

【迎仙客】香噴噴味正甘。嬌滴滴色初綻。只疑是九重天謫來人世間。取時難。得後慳。可惜不近長安。因此上教驛使把紅塵踐。

〔旦云〕這荔枝顏色嬌嫩。端的可愛也。〔正末唱〕

【紅繡鞋】不則向金盤中好看。便宜將玉手擎餐。端的個絳紗籠罩水晶寒。爲甚教寡人醒醉眼。妃子暈嬌顏。物稀也人見罕。

〔高力士云〕請娘娘登盤。演一回霓裳之舞。〔正末云〕依卿奏者。〔正旦做舞〕〔衆樂攛掇科〕〔正末唱〕

【快活三】囑付你仙音院莫怠慢。道與你教坊司要迭辦。把箇太真妃扶在翠盤間。快結束宜粧扮。

【鮑老兒】雙撮得泥金衫袖挽。把月殿裏霓裳按。鄭觀音琵琶准備彈。早搭上鮫綃襻。賢王玉笛。花奴羯鼓。韻美聲繁。壽寧錦瑟。梅妃玉簫。嘹喨循環。

【古鮑老】屹刺刺撒開紫檀黃翻綽向前手拈板。低低的叫聲玉環。太真妃笑時花近眼。紅牙筯。趁五音。擊着梧桐按。嫩枝柯猶未乾。更帶着瑶琴音泛。卿呵你則索出幾點瓊珠汗。

〔旦舞科〕〔正末唱〕

【紅芍藥】腰鼓聲乾。羅襪弓彎。玉佩丁東響珊珊。即漸裹舞軃雲鬟。施呈你蜂腰細。燕體翻。作兩袖香風拂散。〔帶云〕卿倦也。飲一盃酒者。〔唱〕寡人親捧盃玉露甘寒。你可也莫得留殘。搽着個醉醺醺直吃到夜静更闌。

〔旦飲酒科〕〔浄扮李林甫上云〕小官李林甫是也。見爲左丞相之職。今早飛報將來。説安禄山反叛。軍馬浩大。不敢抵敵。只得見駕。〔做見駕科〕〔正末云〕丞相有何事。這等慌促。〔李林甫云〕邊關飛報安禄山造反。大勢軍馬。殺將來了。陛下。承平日久。人不知兵。怎生是好。〔正末云〕你慌做甚麽。〔唱〕

【剔銀燈】止不過奏説邊庭上造反。也合看空便覷遲疾緊慢。等不的俺筵上笙歌散。可不氣丕丕冒突天顔。那些個齊管仲。鄭子産。敢待做假忠孝龍逢比干。

〔李林甫云〕陛下。如今賊兵已破潼關。哥舒翰失守逃回。目下就到長安了。京城空虚。决不能守。怎生是好。〔正末唱〕

【蔓菁菜】險些兒慌殺你箇周公旦。〔李林甫云〕陛下。只爲女寵盛。讒夫昌。惹起這刀兵來了。〔正末唱〕你道我因歌舞壞江山。你常好是占奸。早難道羽扇綸巾笑談間。破强虜三十萬。

〔云〕既賊兵壓境。你衆官計議。選將統兵出征便了。〔李林甫云〕如今京營兵不滿萬。將官衰老。

如哥舒翰名將。尚且支持不住。那一箇是去得的。〔正末唱〕

【滿庭芳】你文武兩班。空列些烏靴象簡。金紫羅襴。內中没箇英雄漢。掃蕩塵寰。慣縱的箇無徒禄山。没揣的撞過潼關。先敗了哥舒翰。疑怪昨宵向晚。不見烽火報平安。

〔云〕卿等有何計策。可退賊兵。〔李林甫云〕安禄山部下蕃漢兵馬四十餘萬。皆是一以當百。怎與他拒敵。莫若陛下幸蜀。以避其鋒。待天下兵至。再作計較。〔正末云〕依卿所奏。便傳旨收拾六宮嬪御。諸王百官。明日早起。幸蜀去來。〔旦作悲科云〕妾身怎生是好也。〔正末唱〕

【普天樂】恨無窮。愁無限。争奈倉卒之際。避不得驀嶺登山。鑾駕遷。成都盼。更那堪瀍水西飛雁。一聲聲送上雕鞍。傷心故園。西風渭水。落日長安。

〔旦云〕陛下。怎受的途路之苦。〔正末云〕寡人也没奈何哩。〔唱〕

【啄木兒尾】端詳了你上馬嬌。怎支吾蜀道難。替你愁那嵯峨峻嶺連雲棧。自來驅馳可慣。幾程兒捱得過劍門關。〔同下〕

〔音釋〕瓱毛去聲　瓣音扮　啖音淡　罩嘲去聲　襻音盼　羯音結　疾精妻切　十繩知切　卒粗上聲　驀音陌　瀍音産　嵯音磋　峨音蛾　棧音綻

第三折

〔外扮陳玄禮上詩云〕世受君恩統禁軍。天顔喜怒得先聞。太平武備皆無用。誰料狂胡起戰塵。某右龍武將軍陳玄禮是也。昨因逆胡安禄山倡亂。潼關失守。昨日宰臣會議。大駕暫幸蜀川。以避其鋒。今早飛報。説賊兵離京城不遠。聖主令某統領禁軍護駕。軍馬點就多時。專候大駕起行。〔正末引旦及楊國忠高力士并太子扈駕郭子儀李光弼上〕〔正末云〕寡人眼不識人。致令狂胡作亂。事出急迫。只得西行避兵。好傷感人也呵。〔唱〕

【雙調新水令】五方旗招颭日邊霞。冷清清半張鑾駕。鞭倦褭。鐙慵踏。回首京華。一步步放不下。

〔帶云〕寡人深居九重。怎知閭閻貧苦也。〔唱〕

【駐馬聽】隱隱天涯。剩水殘山五六搭。蕭蕭林下。壞垣破屋兩三家。秦川遠樹霧昏花。灞橋衰柳風瀟灑。煞不如碧牕紗。晨光閃爍鴛鴦瓦。

〔衆扮父老上云〕聖上。鄉里百姓叩頭。〔正末云〕父老有何話説。〔衆云〕宫闕陛下家居。陵寢陛下祖墓。今捨此欲何之。〔正末云〕寡人不得已。暫避兵耳。〔衆云〕陛下既不肯留。臣等願率子弟從殿下東破賊。取長安。若殿下與至尊皆入蜀。使中原百姓。誰爲之主。〔正末云〕父老説的是。左右。宣我兒近前來者。〔太子做見科〕〔正末云〕衆父老説中原無主。留你東還。統兵殺賊。

就令郭子儀李光弼爲元帥。後軍分撥三千人。跟你回去。你聽我說。〔唱〕

【沉醉東風】父老每忠言聽納。教小儲君專任征伐。你也合分取些社稷憂。怎肯教別人把江山霸。將這顆傳國寶你行留下。〔太子云〕兒子只統兵殺賊豈敢便登天位。〔正末唱〕剿除了賊徒救了國家。更避甚稱孤道寡。

〔太子云〕既爲國家重事。兒子領詔旨率領郭子儀李光弼回去也。〔做辭駕科〕〔衆軍不行科〕〔正末唱〕

【慶東原】前軍疾行動。因甚不進發。〔衆軍納喊科〕一行人覷了皆驚怕。嗔忿忿停鞭立馬。惡噷噷披袍貫甲。明颩颩掣劍離匣。齊臻臻雁行班排。密匝匝魚鱗似亞。

〔陳玄禮云〕衆軍士說。國有姦邪。以致乘輿播遷。君側之禍不除。不能斂戢衆志。〔正末云〕這是怎麼說。〔唱〕

【步步嬌】寡人呵萬里烟塵你也合嗟訝。就勢兒把吾當謊。國家又不曾虧你半掐。因甚軍心有爭差。問卿咱。爲甚不說半句兒知心話。

〔陳玄禮云〕楊國忠專權誤國。今又與吐蕃使者交通。似有反情。請誅之以謝天下。〔正末唱〕

【沉醉東風】據着楊國忠合該萬剮。鬬的個禄山賊亂了中華。是非寡人股肱難棄捨。更兼與妃子骨肉相牽掛。斷遣盡枉展污了五條刑法。把他剥了官職貶做窮民也是陣殺。允不允陳玄禮將軍鑒察。

〔衆軍怒喊科〕〔陳玄禮云〕陛下。軍心已變。臣不能禁止。如之奈何。〔正末云〕隨你罷。〔衆殺楊國忠科〕〔正末唱〕

【雁兒落】數層鎗密匝匝。一聲喊山摧塌。元來是陳將軍號令明。把楊國忠施行罷。

〔衆軍仗劍擁上科〕〔正末唱〕

【撥不斷】語喧譁。鬧交雜。六軍不進屯戈甲。把箇馬嵬坡簇合沙又待做甚麽。諕的我戰欽欽遍體寒毛乍。吃緊的軍隨印轉。將令威嚴。兵權在手。主弱臣强。卿呵則你道波寡人是怕也那不怕。

〔云〕楊國忠已殺了。您衆軍不進。却爲甚的。〔陳玄禮云〕國忠謀反。貴妃不宜供奉。願陛下割恩正法。〔正末唱〕

【攪筝琶】高力士道與陳玄禮休没高下。豈可教妃子受刑罰。他見請受着皇后中宫。兼踏着寡人御榻。他又無罪過頗賢達。須不似周褒姒舉火取笑。紂妲己敲脛覷人。早間把他個哥哥壞了。總便有萬千不是。看寡人也合饒過他一地胡拿。

〔高力士云〕貴妃誠無罪。然將士已殺國忠。貴妃在陛下左右。豈敢自安。願陛下審思之。將士安則陛下安矣。〔正末唱〕

【風入松】止不過鳳簫羯鼓間琵琶。忽刺刺板撒紅牙。假若更添箇幺花十八。那些兒是敗國亡家。可知道陳後主遭着殺伐。皆因唱後庭花。〔旦云〕妾死不足惜。但主上之恩。不曾報得。數年恩愛。教妾怎生割捨。〔正末云〕妃子不濟事了。大軍心變。寡人自不能保。〔唱〕

【胡十八】似恁地對咱。多應來變了卦。見俺留戀着他。龍泉三尺手中拿。便不將他刺殺。也將他嚇殺。更問甚陛下。大古是知重俺帝王家。〔陳玄禮云〕願陛下早割恩正法。〔旦云〕陛下。怎生救妾身一救。〔正末云〕寡人怎生是好。〔唱〕

【落梅風】眼兒前不甫能栽起合歡樹。恨不得手掌裏奇擎着解語花。盡今生翠鸞同跨。怎生般愛他看待他。忍下的教橫拖在馬嵬坡下。〔陳玄禮云〕禄山反逆。皆因楊氏兄妹。若不正法。以謝天下。禍變何時得消。望陛下乞與楊氏。使六軍馬踏其尸。方得憑信。〔正末云〕他如何受的。高力士引妃子去佛堂中。令其自盡。然後教軍士驗看。〔高力士云〕有白練在此。〔正末唱〕

【殿前歡】他是朵嬌滴滴海棠花。怎做得鬧荒荒亡國禍根芽。再不將曲彎彎遠山眉兒畫。亂鬆鬆雲鬢堆鴉。怎下的磣磕磕馬蹄兒臉上踏。則將細裊裊咽喉掐。早把條長攙攙素白練安排下。他那裏一身受死。我痛煞煞獨力難加。〔高力士云〕娘娘去罷。誤了軍行。〔旦回望科云〕陛下。好下的也。〔正末云〕卿休怨寡人。〔唱〕

【沽美酒】没亂殺怎救拔。没奈何怎留他。把死限俄延了多半霎。生各支勒殺。陳玄禮鬧交加。

〔高力士引旦下〕〔正末唱〕

【太平令】怎的教酩子裏題名單罵。腦背後着武士金瓜。教幾箇鹵莽的宮娥監押。休將那軟款的娘娘驚諕。你呀。見他問咱。可憐見唐朝天下。

〔高力士持旦衣上云〕娘娘已賜死了。六軍進來看視。〔陳玄禮率衆馬踐科〕〔正末做哭科云〕妃子。閃殺寡人也呵。〔唱〕

【三煞】不想你馬嵬坡下今朝化。没指望長生殿裏當時話。

【太清歌】恨無情捲地狂風刮。可怎生偏吹落我御苑名花。想他魂斷天涯。作幾縷兒綵霞。天那。一箇漢明妃遠把單于嫁。止不過泣西風淚濕胡笳。幾曾見六軍厮踐踏。將一箇尸首卧黄沙。

〔正末做拿汗巾哭科云〕妃子不知那裏去了。止留下這箇汗巾兒。好傷感人也。〔唱〕

【二煞】誰收了錦纏聯窄面吴綾襪。空感嘆這淚斑斕擁項鮫綃帕。

【川撥棹】痛憐他不能勾水銀灌玉匣。又没甚綵爁宮娃。拽布拖麻。奠酒澆茶。只索淺土兒權時葬下。又不及選山陵將墓打。

【鴛鴦煞】黄埃散漫悲風颯。碧雲黯淡斜陽下。一程程水緑山青。一步步劍嶺巴峽。唱道感嘆情多。恓惶淚灑。早得升遐。休休却是今生罷。這箇不得已的官家。哭上逍遥玉驄馬。〔同下〕

〔音釋〕慵音蟲　踏當加切　搭音打　垣音丸　洒商鮓切　爍燒上聲　納囊亞切　伐扶加切　發方雅切　嗽音去聲　彫音磋　掣音徹　匣奚佳切　諕音夏　掐强雅切　法方雅切　殺雙鮓切　察抽鮓切　匝咱上聲　塌湯打切　雜音咱　甲江雅切　罰扶加切　榻湯打切　達當加切　八巴上聲　磣參上聲　拔邦佳切　霎雙鮓切　酩音茗　押羊架切　刮音寡　襪忘罵切　尷音凞　娃音蛙　颯殺賈切　黯衣減切　峽奚佳切

第四折

〔高力士上云〕自家高力士是也。自幼供奉内宫。蒙主上擡舉。加爲六宫提督太監。往年主上悦楊氏容貌。命某取入宫中。寵愛無比。封爲貴妃。賜號太真。後來逆胡稱兵。僞誅楊國忠爲名。逼的主上幸蜀。行至中途。六軍不進。右龍武將軍陳玄禮奏過殺了國忠。禍連貴妃。主上無可奈何。只得從之。縊死馬嵬驛中。今日賊平無事。主上還國。太子做了皇帝。主上養老。退居西宫。晝夜只是想貴妃娘娘。今日教某掛起真容。朝夕哭奠。不免收拾停當。在此伺候咱。〔正末上云〕寡人自幸蜀還京。太子破了逆賊。即了帝位。寡人退居西宫養老。每日只是思量妃子。教

畫工畫了一軸真容供養着。每日相對。越增煩惱也呵。〔做哭科〕〔唱〕

【正宮端正好】自從幸西川還京兆。甚的是月夜花朝。這半年來白髮添多少。怎打疊愁容貌。

【幺篇】瘦岩岩不避羣臣笑。玉叉兒將畫軸高挑。荔枝花果香檀卓。目覷了傷懷抱。

〔做看真容科〕〔唱〕

【滚繡毬】險些把我氣冲倒。身謾靠。把太真妃放聲高叫。叫不應雨淚嚎咷。這待詔手段高。畫的來没半星兒差錯。雖然是快染能描。畫不出沉香亭畔迴鸞舞。花萼樓前上馬嬌。一段兒妖嬈。

【倘秀才】妃子呵常記得千秋節華清宮宴樂。七夕會長生殿乞巧。誓願學連理枝比翼鳥。誰想你乘綵鳳。返丹霄命夭。

〔帶云〕寡人越看越添傷感。怎生是好。〔唱〕

【呆骨朵】寡人有心待蓋一座楊妃廟。争奈無權柄謝位辭朝。則俺這孤辰限難熬。更打着離恨天最高。在生時同衾枕。不能勾死後也同棺槨。誰承望馬嵬坡塵土中。可惜把一朵海棠花零落了。

〔帶云〕一會兒身子困乏。且下這亭子。去閒行一會咱。〔唱〕

【白鶴子】那身離殿宇。信步下亭皋。見楊柳裊翠藍絲。芙蓉拆胭脂蕚。

【幺】見芙蓉懷媚臉。遇楊柳憶纖腰。依舊的兩般兒點綴上陽宫。他管一靈兒瀟灑長安道。

【幺】常記得碧梧桐陰下立。紅牙筯手中敲。他笑整縷金衣。舞按霓裳樂。

【幺】到如今翠盤中荒草滿。芳樹下暗香消。空對井梧陰。不見傾城貌。

〔做歎科云〕寡人也怕閒行。不如回去來。〔唱〕

【倘秀才】本待閒散心追歡取樂。倒惹的感舊恨天荒地老。怏怏歸來鳳幃悄。甚法兒。捱今宵懊惱。

〔帶云〕回到這寢殿中。一弄兒助人愁也。〔唱〕

【芙蓉花】淡氤氲串烟裊。昏慘刺銀燈照。玉漏迢迢。纔是初更報。暗覷清霄。盼夢裏他來到。却不道口是心苗。不住的頻頻叫。

〔帶云〕不覺一陣昏迷上來。寡人試睡些兒。〔唱〕

【伴讀書】一會家心焦懆。四壁廂秋蟲鬧。忽見掀簾西風惡。遥觀滿地陰雲罩。俺這裏披衣悶把幃屏靠。業眼難交。

【笑和尚】原來是滴溜溜遶閒堦敗葉飄。疎剌剌刷落葉被西風掃。忽魯魯風閃得銀燈爆。厮琅琅鳴殿鐸。撲簌簌動朱箔。吉丁當玉馬兒向檐間鬧。

〔做睡科唱〕

【倘秀才】悶打頦和衣卧倒。軟兀剌方纔睡着。〔旦上云〕妾身貴妃是也。今日殿中設宴。宫娥。請主上赴席咱。〔正末唱〕忽見青衣走來報道太真妃將寡人邀宴樂。

〔正末見旦科云〕妃子。你在那裏來。〔旦云〕今日長生殿排宴。請主上赴席。〔正末云〕分付梨園子弟齊備着。〔旦下〕〔正末做驚醒科云〕呀。元來是一夢。分明夢見妃子。却又不見了。〔唱〕

【雙鴛鴦】斜軃翠鸞翹。渾一似出浴的舊風標。映着雲屏一半兒嬌。好夢將成還驚覺。半襟情淚濕鮫綃。

【蠻姑兒】懊惱。窨約。驚我來的又不是樓頭過雁。砌下寒蛩。簷前玉馬。架上金雞。是兀那窗兒外梧桐上雨瀟瀟。一聲聲灑殘葉。一點點滴寒梢。會把愁人定虐。

【滚繡毬】這雨呵又不是救旱苗。潤枯草。洒開花萼。誰望道秋雨如膏。向青翠條。碧玉梢。碎聲兒必剥。增百十倍歇和芭蕉。子管裏珠連玉散飄千顆。平白地瀽甕番盆下一宵。惹的人心焦。

【叨叨令】一會價緊呵似玉盤中萬顆珍珠落。一會價響呵似玳筵前幾簇笙歌鬧。一會價清呵似翠岩頭一派寒泉瀑。一會價猛呵似繡旗下數面征鼙操。兀的不惱殺人也麽哥。兀的不惱殺人也麽哥。則被他諸般兒雨聲相聒噪。

【倘秀才】這雨一陣陣打梧桐葉凋。一點點滴人心碎了。枉着金井銀牀緊圍遶。只好把潑枝葉。做柴燒鋸倒。

〔帶云〕當初妃子舞翠盤時。在此樹下。寡人與妃子盟誓時。亦對此樹。今日夢境相尋。又被他驚覺了。〔唱〕

【滚繡毬】長生殿那一宵。轉迴廊説誓約。不合對梧桐並肩斜靠。儘言詞絮絮叨叨。沉香亭那一朝。按霓裳舞六幺。紅牙筯擊成腔調。亂宫商鬧鬧炒炒。是兀那當時歡會栽排下今日凄凉厮輳着暗地量度。

〔高力士云〕主上。這諸様草木。皆有雨聲。豈獨梧桐。〔正末云〕你那裏知道。我説與你聽者。〔唱〕

【三煞】潤濛濛楊柳雨凄凄院宇侵簾幕。細絲絲梅子雨粧點江干滿樓閣。杏花雨紅濕闌干。梨花雨玉容寂寞。荷花雨翠蓋翩翻。豆花雨緑葉瀟條。都不似你驚魂破夢。助恨添愁。徹夜連宵。莫不是水仙弄嬌。蘸楊柳洒風飄。

【二煞】咊咊似噴泉瑞獸臨雙沼。刷刷似食葉春蠶散滿箔。亂灑瓊堦。水傳宫漏。飛上雕簷。酒滴新槽。直下的更殘漏斷。枕冷衾寒。燭滅香消。可知道夏天不覺。把高鳳麥來漂。

【黄鍾煞】順西風低把紗窗哨。送寒氣頻將繡户敲。莫不是天故將人愁悶攪。度鈴聲響棧道。似花奴羯鼓調。如伯牙水仙操。洗黄花潤籬落。漬蒼苔倒墻角。渲湖山漱石竅。浸枯荷溢池沼。沾殘蝶粉漸消。灑流螢燄不着。緑窗前促織叫。聲相近雁影高。催鄰砧處處擣。助新凉分外早。斟量來這一宵。雨和人緊厮熬。伴銅壺點點敲。雨更多淚不少。雨濕寒梢。淚染龍袍。不肯相饒。共隔着一樹梧桐直滴到曉。

〔音釋〕嚎音豪　咷音逃　錯音草　樂音澇　槨姑卯切　那音挪　蕚音傲　樂姚去聲　氤音因　氳於君切　懆音竈　掀音軒　惡音襖　爆音報　鐸多勞切　掐巴毛切　着池燒切　翹音喬　覺音皎　窨音蔭　約音杳　蛩音窮　虐音要　㓨音彼　剥音飽　瀽音蹇　落音澇　瀑音抱　叨音刀　炒平聲　轃倉救切　度多勞切　幕音冒　閣高上聲　寞音冒　蘸知濫切　咊音床　漂音飄　哨雙罩切　漬音恣　角音皎　渲疎選切　漱音嗽　竅巧去聲

題目　安禄山反叛兵戈舉
陳玄禮拆散鸞凰侶

正名　楊貴妃曉日荔枝香
唐明皇秋夜梧桐雨

散家財天賜老生兒雜劇

武漢臣 撰

楔子

〔正末扮劉從善同净卜兒丑張郎旦兒冲末引孫搽旦小梅上〕〔正末云〕老夫東平府人氏。姓劉名從善。年六十歲。婆婆李氏。年五十八歲。女孩兒引張。年二十七歲。女壻張郎。年三十歲。老夫有一兄弟是劉從道。所生一子。小名引孫。〔嘆科云〕這孫兒好是命毒也。我那兄弟早年間亡化過了。有兄弟媳婦兒甯氏。是蔡州人。爲這妯娌兩箇不和。我那兄弟媳婦兒要領着孩兒。到他那爺娘家裏守服去了。一來依仗着他爺娘家。二來與人家縫破補綻。洗衣刮裳。覓的些東西來與這孩兒做學課錢。隨後不想兄弟媳婦兒可也亡化過了。單留下這孩兒。那老爺老娘家親眷每説道。你那孩兒則管在這裏住怎麼。東平府不有你的伯父。誰不知道個劉員外。你不到那裏尋去怎麼。那裏衆親眷每與了孩兒些盤纏。這孩兒背着他那母親的骨殖。來到東平府。尋見老夫。老夫用了些小錢物和兄弟一搭裏葬埋了。孩兒如今二十五歲也。嗨。我這婆婆。想着和他那娘兩個不和。見了這孩兒也輕呵便是駡。重呵便是打。可這般見不的我箇姪兒。〔卜兒云〕我那裏見不的他來。〔正末云〕不要鬧。我則是那麼道。休着街坊人家笑話。引孫。你是個精細的人。何消我一一盡言。眼見的我家裏難住。庄兒頭有兩間草房。綽掃一間。教幾個村童。養贍你那身子去罷。〔卜兒云〕那兩間草房要留着圈驢哩。不要動俺的。〔正末云〕你養活着那驢子做甚麽。〔卜兒云〕那驢子我養活着他。與我耕田耙壠。與我碾麥子拽磨。駝糧食駝草。還與我騎坐。可不要養活着哩。這廝則與他一間。〔正末云〕你聽波。一間也罷。張郎。將二百兩鈔來與引孫。〔張郎云〕理會的。〔卜兒云〕我欠他的來。不與他二百兩。我則與他一百兩。〔正末云〕依着你。則與他一百兩罷。〔張郎云〕是。將一百兩鈔來。他又不識數兒。我落下他二十貫。引孫。你那窮弟子孩兒。一世不能勾長俊的。與你噇膿搗血將去。〔正末云〕引孫。與你這一百兩鈔。你少使儉用些。孩兒也你着志者。〔引孫做接鈔出門科云〕謝了伯父伯娘。姐姐姐夫。出的這門來。我那伯伯與我二百兩鈔。我那伯娘當住。則與我一百兩鈔。着我那姐夫張郎與我。他從來有些掐尖落鈔。我數一數。六十兩七十兩八十兩。則八十兩鈔。我再回去與伯父説咱。〔做見正末科〕〔卜兒云〕你敢不要麽。若不要便拏來還我罷。〔引孫云〕我要問伯父與引孫多少鈔來。〔正末云〕與你一百兩鈔。〔引孫云〕這裏則八十兩。〔正末云〕張郎。我着你與引孫一百兩鈔。你怎生則與他八十兩。那二十兩使了你的。〔張郎云〕父親。是一百兩。〔引孫云〕姐夫。兀的鈔你數。〔張郎云〕將來我數。七十兩。八十兩。〔做袖裏捽科云〕兀的不是鈔。是你掉下二十兩了。〔引孫云〕是你袖兒裏捽出來的。伯伯伯娘。引孫凍餓殺。再也不到你門上來了。姐姐姐夫。引孫多多定害。出的這門來。引孫也。我那伯伯爲着我父親面上肯看覷我。我那伯娘眼裏見不的我。見了我不是打便是駡。則向他女壻張郎。他强殺者波則姓張。我便歹殺者波我姓劉。是劉家的子孫阿。引孫也。怨人怎麽。則嘆我的命運。〔詩云〕仰面空長嘆。低首淚雙垂。富貴他人聚。今日個貧寒親子離。〔下〕〔正末云〕引孫去了也。老夫待將我這家私停停的分開。與我這女兒和這姪兒。老夫心中暗想。俺這男子漢到八八六十四。婦人七七四十九。乃是盡數。老夫止有四年的限也。不想小梅這妮子。年二十歲。婆婆爲他精細。着他近身扶侍老夫。如今腹懷有孕。未知是箇女兒小廝兒。則怕久後爲這幾文業錢。着孩兒日後生了別心。就今日我着幾句言語。壓伏這孩兒每咱。張郎。〔卜兒云〕去了姪兒。如今想要尋着女壻哩。〔正末云〕你知道我說什麼。〔卜兒云〕你待說什麼。〔正末云〕張郎。你是我家女壻。只今十年滿了也。俺兩口兒偌大年紀。房下別無所出。孩兒。你怎忍撇俺去了。今日爲始。則在我家裏住。〔卜兒云〕孩兒謝了父親者。〔正末云〕你看他便歡喜也。張郎。將俺那遠年近歲欠少我錢鈔的文書。都與我搬運將出來。算一算是多少。〔張郎云〕兀的不是文書。我都搬出來了。〔正末云〕小梅。點個燈來。〔小梅云〕兀的是燈。〔正末云〕都與我燒毀了者。〔張郎做搶科〕〔正末云〕呀呀呀。不怕燒了手。去那火裏撾這文書那。孩兒也。這錢直恁般中使。〔卜兒云〕老的也。想着你幼年時南頭裏販貴。北頭裏販賤。乘船騎馬。渡江泛海。做買做賣。掙闔下許來大家私。放錢舉債。與人家錢鈔的文書。怎的也不通箇商量。就一把火都燒毀了。〔正末云〕量這些文書。打甚麼不緊。想喒的家私不有十萬貫那。〔卜兒云〕十萬貫則有多哩。〔正末云〕從今爲始。將這十萬貫家私。姐夫姐姐兩口兒分取一半。將這一半與婆婆收者。〔卜兒云〕兩個孩兒謝了你父親者。〔張郎云〕謝了父親。〔正末云〕你看他便歡喜也。婆婆。將這一半家私且收留起。東平府裏。那個不説劉員外那老子空有錢呵割捨不的。他是箇看錢奴。婆婆。將這一半家私和那一輩老相識朋友每也閒快活幾年咱。〔卜兒云〕老的。你説的是。説的是。〔正末云〕婆婆。我待要庄兒頭住幾日去咱。〔卜兒云〕便着下次小的每鞁馬。送老的往庄兒上去。家中一應大小事務。你休管。有我哩。你則管放心的去。〔正末云〕婆婆。我有句話敢説麼。〔卜兒云〕老的也。你有甚麼話。但説不妨。〔正末云〕我則專等婆婆報個喜信。婆婆。小梅這妮子有箇比喻。你可知道麼。〔卜兒云〕你説。你説。有個甚的比喻。〔正末云〕婆婆。小梅這妮子他似那借甕兒釀酒。〔卜兒云〕如何是借甕兒釀酒。〔正末云〕別人家的甕兒借將的來家做酒。只等酒熟了時。可把那甕兒送還與他本主去。婆婆。這妮子如今不腹懷有孕也。明日小梅或兒或女得一箇。則是你的。那其間將這妮子要呵不要呵。或是典或是賣。也只由的你。〔卜兒云〕你也説的是。〔正末云〕婆婆。〔卜兒云〕老的。你又怎麼。〔正末云〕婆婆。小梅這妮子從來有些奴唇婢舌的。怕不惱着婆婆。看老夫的面。應當打時節則駡幾句罷。〔卜兒云〕只古裏聒絮。我知道了也。〔正末云〕婆婆。小梅這妮子。老夫恰纔不道來。有甚的惱着你。應駡時節。你也則自處分咱。〔卜兒云〕老的。你則放心的去。我説知道了也。〔正末云〕婆婆。〔卜兒云〕老的。莫不又是小梅麼。〔正末云〕婆婆。你覷你覷。〔卜兒云〕老的。你恰纔將遠年近歲欠少喒錢債的文書都燒毁了。你可主着何意。〔正末云〕婆婆。你不知道。老夫心下自有個主意也呵。〔唱〕

【仙呂賞花時】我爲甚將二百錠徵人的文契燒。也只要將我這六十載無兒寃業消。〔帶云〕婆婆。我可似箇什麼那。〔唱〕**我似那老樹上今日個長出些笋根苗。**〔帶云〕婆婆。小梅這妮子呵。〔唱〕**你心中可便不錯。**〔云〕婆婆。小梅這妮子。他可似什麼。那如同那生菜兒一般。他只要新水兒灑者波。婆婆。〔唱〕**你是必休將兀那熱湯澆。**〔下〕

〔卜兒云〕我知道了也。孩兒每。看頭口兒送你父親庄兒上去來。〔同下〕

〔音釋〕妯音逐　娌音里　贍傷欠切　碾女翦切　噇音床　擣音禱　掐音恰　掉音吊　摔音洒　撾莊瓜切　闥齋上聲　鞁音備　釀仰去聲　錯音草

第一折

〔張郎同旦兒上云〕歡喜未盡。煩惱到來。自家張郎的便是。這箇是我渾家引張。我當日與這劉員外家做女壻。可是爲何。都則爲這老的他有那潑天也似家私。寸男尺女皆無。所以上與他家做女壻。我滿意的則是圖他這家私。不想老的近日間着這小梅近身扶侍。如今這小梅腹懷有孕。我想來若是得個女兒也。則分的他一半兒家私。若是得一個小厮兒。我兩隻手交付與他那家私。我不乾生受了一場。〔旦兒云〕張郎。你這幾日眉頭不展。可是爲何。〔張郎云〕大嫂你不知。我老實說。我當日與你家做女壻。爲你父親無兒。久以後這家緣家計都是我的。如今老的將這小梅姨姨收在身邊。如今腹懷有孕。若是得一個女兒。則分的他一半兒家私。若得個小厮兒。我雙手兒都交付與他。我不乾生受了。我因此上煩惱。〔旦兒云〕張郎。比及你有心呵。我也有心多時了。我先將小梅所算了何如。〔張郎云〕你那裏是我的媳婦。你是我的親娘。你可怎麽説。〔旦兒云〕俺先與妳妳説。則説小梅配絨線去。懷空走了也。〔張郎云〕此計太妙。〔旦兒云〕我就和你對妳妳説去來。妳妳。〔卜兒上云〕孩兒。你唤我做什麽。〔旦兒云〕妳妳。小梅又不曾打他。又不曾駡他。今早配絨線去。懷空走了也。〔卜兒云〕嗨。你兩個也省的。俺老的偌大年紀。見有這些兒望頭。歡喜不盡。在庄兒上專等報喜哩。怎麽有這般的事。莫不是你兩個做下來的那。〔旦兒云〕小梅今日絶早自家走了。干我們兩個甚的事。〔卜兒云〕既然小梅走了。小的每輛起車兒來。你兩個跟着我直到庄兒上報知老的去來。〔同下〕〔正末領丑興兒上云〕老夫自從到於庄兒上住。則專等婆婆報一個喜信。我想人生在世。凡事不可過分。到這年紀上身多有還報。則我那幼年間做經商買賣。早起晚眠。吃辛受苦。也不知瞞心昧己。使心用倖。做下了許多冤業。到底來是如何也呵。〔唱〕

【仙吕點絳唇】將本求財。在家出外。諸般兒快。擁併也似錢來。到底個還不徹冤家債。

〔云〕那一日婆婆人情去了。小梅這妮子忽的走到面前道。爹爹。小梅有句話。可是敢説麽。老夫便道有什麽話你説波。他道小梅有半年身孕。老夫便道。小鬼頭休胡説。婆婆聽得呵枉打死你。他道您孩兒不敢説謊。老夫道是真個麽。他道是真個。我便教人請穩婆去。〔唱〕

【混江龍】請來憑脈。〔云〕一投的憑罷那脈也。婆婆道。老的你索與我换上蓋咱。老夫便道。你與我說了。我與你。他便道。老兒你賀喜者。〔唱〕他道小梅行必定是個厮兒胎。不由我不頻頻的加額。落可便暗暗的傷懷。但得一個生忿子拽布披麻扶靈柩。索强似那孝順女羅裙包土築墳臺。往常我瞞心昧己信口胡鬧。把神佛毀謗。將僧道搶白。因此上折乏的兒孫缺少。現如今我筋力全衰。人說着便去人喚着忙來。看經要滅罪。捨鈔要消災。我急煎煎去把那穩婆和老娘尋。恨不得曲躬躬將他土塊的這甎頭來拜。〔帶云〕我想兒孫的福分。非同小可也。〔唱〕使不着人强馬壯。端的是鬼使神差。

〔云〕興兒。昨日使你城裏去來。聽的我那一輩兒老相識朋友每説我些什麽來。〔興兒云〕爹。我昨日城裏買油去。見一輩老的每説來。若得個女兒便罷。得一個小厮兒呵。他每待將你騎着頭口着草棍打着你遊街。還待着你做一箇大大的慶喜筵席哩。〔正末云〕興兒。你休説謊。〔興兒云〕孩兒不敢説謊。〔正末云〕哎。那老的每則不説出來。他敢是做出來也。〔唱〕

【油葫蘆】有那等守護賢良老秀才。他説的來狠利害。〔云〕他每都道是劉從善那老子空有錢。則恁般割捨不的使。若是個女兒呵罷論。若是個小厮兒呵。恥辱那老子一場。〔唱〕他待將這老頭兒監押去遊街。〔帶云〕小梅。你若真個得個兒呵。〔唱〕我情願謝神天便把那香花賽。請親鄰便把猪羊宰。遮莫他將蹇衛迎。草棍捱。但得他不駡我做絶户的劉員外。只我也情願濕肉伴乾柴。

天那。倘是我小梅這妮子分娩了。你覷這早晚多早晚也。莫不是小廝兒生得毒麼。〔唱〕

【天下樂】我可便得一個殘疾的小廝兒來。問甚麼興也波衰。總是那天數該。〔云〕**則他那時辰兒問甚麼好共歹。我但得把他摇車兒上縛。便把我去墓子裏面埋。我便做一箇鬼魂兒可便也快哉。**

〔云〕興兒。〔興兒云〕爹。你叫我怎麼。〔正末云〕你門首覷者。看有什麼人來。〔卜兒同旦兒張郎上云〕可早來到也。興兒。你報與老爹知道。説我來看他哩。〔興兒云〕爹。有妳妳在門首哩。〔正末云〕婆婆來了也。興兒。殺下羊者。請請請。〔興兒云〕您孩兒知道。妳妳。爹有請哩。〔卜兒云〕孩兒。您在門首。我先過去。見了老的。你着我説什麼。〔做見科云〕老的。你在這庄兒上好將息。倒大來耳根清静也。〔正末云〕婆婆請坐。喜波喜波。得了個小廝兒麼。〔卜兒云〕是好個小厮兒。〔正末云〕婆婆。那小梅當真得了個甚麼。〔卜兒云〕我説便説。你則休煩惱。〔正末云〕你説。我不煩惱。〔卜兒云〕自從老的往庄兒上來了。俺一家兒看着老的面皮上。都儘讓小梅。又不曾打他。又不曾駡他。今日大清早起來。推配絨線去。懷空走了也。〔正末云〕走了也。你便謊殺老夫也。好謊波你説與喒同喜咱。〔卜兒云〕我不説謊。怕你不信呵。姐姐也在門首哩。〔正末云〕姐姐也來了。請過姐姐來。〔興兒云〕姐姐。爹有請。〔旦兒云〕張郎。你且在門首。我先過去。〔做見科〕〔正末云〕姐姐喜波喜波。得了個兄弟麼。是必擡舉你那兄弟兒咱。〔旦兒云〕父親。甚麼兄弟。〔正末云〕小梅得了的。他打什麼不緊。我則是覷着姐姐哩。〔旦兒云〕小梅又不曾打他。又不曾駡他。跟着人逃走去了。〔正末云〕他走了。您娘兒每一家兒説便説。怕做甚麽。我知道這是我婆婆的見識。引張到那裏見你爹時節。則説道是走了。他若説道是得了個小厮兒呵。那老子偌大年紀。則怕把那老子歡喜殺了。這個是婆婆使的見識。〔卜兒云〕小梅委實是走了也。〔正末云〕姐姐。你敢説謊哩。量他打甚麽不緊。我則覷着姐姐夫哩。〔旦兒云〕父親不信呵。有張郎在門首。〔正末云〕女壻也來了。您娘兒兩箇我根前説謊。興兒。快請過姐夫來。〔興兒云〕姐夫。爹請你哩。〔張郎做見正末云〕父親好將息。倒宜出外。〔正末云〕姐夫。喜波喜波。你郎舅每厮守着好擡舉照覷咱。〔張郎云〕甚麽郎舅子那。〔正末云〕小梅得了的。〔張郎云〕甚麽小梅。又不曾打他。又不曾駡他。懷空害慌。跟着人走了。〔正末云〕噤聲。他怎麽走了。〔卜兒云〕説道走了就走了。那個哄你。走了一箇小妮子。打甚麽不緊。〔正末唱〕

【那吒令】哎。你是個主家的。〔云〕偌大年紀。虧你不害那臉羞。〔卜兒云〕我又不曾放屁。我怎麽臉羞。〔正末唱〕你興心兒妬色。你是個做女的。〔云〕不學些三從四德。俺一家兒簇捧着你爲甚麽來。〔唱〕你縱心兒的放乖。更着你個爲壻的。〔云〕萬貫家緣都在你手裏。你在那錢眼裏面坐的。兀自不足哩。〔唱〕你貪心兒愛財。〔做哭云〕痛殺老夫也。〔卜兒笑科云〕呸。我又不曾捻殺他。又不曾掐殺他。他惶恐自害羞走了。你張開着口哭些甚麽。〔正末唱〕怎着我空指望。空寧耐。落得這苦盡甘來。

【鵲踏枝】你可便道他歪。不思量我年邁。〔卜兒云〕説道走了個隻身的小妮子。打甚麽不緊。

則管裏絮絮聒聒的。〔正末唱〕**他可便雖則隻身。那裏也是那重胎。**〔帶云〕張郎。〔唱〕**則被你壞了我也當家的這嬌客。**〔云〕我原來錯怨了人也。都不干你事。〔唱〕**天那則被你便送了我也轉世的浮財。**〔卜兒云〕他走也走了。你要呵我別替你娶一個。〔正末云〕噤聲。怎生對着孩兒每說出這等話來。〔唱〕

【寄生草】你不將我人也似覷倒着我謎也似猜。〔帶云〕你聽。我說與你。〔唱〕**道不的二十上有志呵人都愛。三十上有命呵人還待。到的這四十上無子呵可便人不拜。我想着那未分男女的腹中胎。**〔卜兒云〕我只揀那年紀小生得好的。替你再娶一個。你也還養得出哩。〔正末唱〕**誰問你那不施脂粉天然態。**

〔云〕張郎。你到家便將那好鈔揀下一二千錠者。〔卜兒云〕敢是你那裏看上了一個。你待取來做小老婆也。〔正末云〕我是娶一個也由的我那。〔卜兒云〕休道你娶一個。便娶十個。我是大。他也則索扶侍我。〔正末云〕爲什麽扶侍你。〔卜兒云〕怎麽不扶侍我。〔正末云〕你不曾與俺劉家立下嗣來。〔卜兒云〕休道立下寺。我連三門都與你蓋了。〔正末云〕張郎。你去四門頭出下帖子。但是有等貧難的人。明日絕早到開元寺內。我散錢去也。天那。劉從善今日悔過了也。〔唱〕

【後庭花】則爲我做家呵忒分外。今日着我無兒呵絕後代。可不這慳恪呵招災禍。若

是肯慈悲呵也不到的生患害。〔云〕張郎。你快去。與我出帖子者。〔張郎云〕您孩兒知道。〔正末唱〕我如今只待要捨浮財。遍着那村城裏外。都教他每請鈔來。缺食的買米柴。少衣的截些絹帛。把饑寒早撇開。免憂愁儘自在。

〔卜兒云〕元來你要捨財布施。你不捨呵。也無人怪你。捨了財可便有誰人知重你也。〔正末云〕你那裏知道。我散了這幾文錢呵。那貧難無倚的人呵。〔唱〕

【青哥兒】他敢把咱來燒香燒香禮拜。恰便似祖先祖先看待。〔卜兒云〕你便這般救苦憐貧。捨財布施。做下功德。只是年紀高大。也没多幾時在世。有那一個知道你的。〔正末云〕婆婆。你道他每不知道我麼。〔唱〕你道我日暮桑榆事可哀。將我死後屍骸。向古道懸崖。淺葬深埋。松柏多栽。則恐怕後人不解。壘座甎臺。鐫面碑牌。寫的明白。等過往人來覷了傷懷。都道是開元寺散家財的這劉員外。

〔卜兒云〕老的。我便依着你。且回家裏去來。〔正末云〕婆婆。咱家去罷。〔唱〕

【賺煞尾】我在這城中住六十年。做富漢三十載。無倒斷則是營生的計策。今日個睁睁都與了補代。那裏也是我的運拙時乖。〔帶云〕婆婆。〔唱〕我這裏自裁劃。也不索壘七波追齋。則那兩件事敢消磨了我這半世的災。我也再不去圖私利狠心的放解。我也再不去惹官司瞞心兒舉債。〔云〕這兩樁兒喒都不做了。難道天是没眼的。〔唱〕可敢也

一天好事奔人來。〔同衆下〕

〔音釋〕輛音亮　白巴埋切　娩音免　捻音聶　掐音恰　謎迷去聲　帛巴埋切　鐫茲宣切　策鋪買切　劃胡乖切

第二折

〔張郎上云〕自家張郎便是。父親的言語。着我收拾下錢鈔。在這開元寺内散錢。大乞兒一貫。小乞兒五百文。那錢鈔都准備下了也。請父親母親散錢去來。〔正末同卜兒旦兒上云〕張郎。將着那錢鈔只等貧難的人來。與我都散到者。錢也則被你送了老夫也呵。〔唱〕

【正宮端正好】則被你引的我來半生忙。十年鬧。無明夜攘攘勞勞。則我這快心兒如意隨身的寶。哎錢也我爲你呵恨不的便蓋一座家這通行廟。

【滚繡毬】我那其間正年小。爲本少。我便恨不的問别人强要。拚着箇仗劍提刀。〔卜兒云〕喒人父南子北。抛家失業。也則爲這幾文錢。〔正末唱〕哎錢也我爲你呵也曾痛殺殺將俺父母來離。也曾急煎煎將俺那妻子來抛。〔卜兒云〕老的也。你走蘇杭兩廣。都爲這錢。恨不的你死我活也非是容易掙下來的。〔正末唱〕哎錢也我爲你呵那搭兒裏不到。幾曾憚半點勤勞。遮莫他虎嘯風崒律律的高山直走上三千遍。那龍噴浪翻滚滚的長江也經過有二百遭。我提起來魄散魂消。

〔云〕張郎。收拾下香卓兒者。〔張郎云〕理會的。〔正末云〕婆婆。隨我一處拈香去來。〔卜兒云〕今日老的爲没兒女。不昧神天。回心懺罪。我隨你去。我隨你去。〔正末云〕劉從善爲人一世。做買賣上多有虧心差錯處。我今日捨散家財。毁燒文契。改過遷善。願神天可表。〔唱〕

【倘秀才】那其間我正貧困裏可便奪的一個富豪。今日個上户也可怎麽却無了下稍。也是我幼年間的虧心今日老來報。〔帶云〕哎錢也。我爲你呵。〔唱〕也曾昧著心説兄誓。今日箇睁着眼犯天曹。孜孜的窨約。

〔卜兒云〕可是你那做買賣使心用倖拆乏的。你怎麽則埋怨我那。〔正末唱〕

【呆骨朵】則俺這做經商的一箇箇非爲不道。那些兒善與人交。都是我好賄貪財。今日箇折乏的我來除根也那翦草。我今日箇散錢波把窮民來濟。悔罪波將神靈來告。則待要問天公贖買一箇兒。〔卜兒云〕我明日再别替你娶一個罷。有你也不愁無兒。〔正末唱〕也等我養小來防備老。

〔浄大都子領劉九兒小都子上云〕劉九兒。開元寺裏散錢哩。喒去那裏請鈔去來。有這個小孩兒。把他另做一户。得的這一分兒錢。俺兩個分了。買酒吃。官人也。叫化些兒。〔張郎云〕這箇小的。是一户也是兩家兒的。〔大都子云〕這小的另是一户。〔張郎云〕也與他五百文。〔大都子分鈔科云〕劉九兒。把這鈔分了。喒兩個買酒吃去來。〔劉九兒云〕這孩兒是我的。你怎生分我的錢。你學我有兒麽。〔大都子云〕窮弟子孩兒。我和你説定的。你怎生都要了。你便是有兒的。〔做鬧科〕〔正末云〕張郎。門首爲什麽鬧。〔張郎云〕父親。窮廝每争錢哩。〔正末云〕孩兒也。這錢則不那窮的每争。便這富的每也争。待老夫親自問他。您每且休鬧者。〔唱〕

【脱布衫】今日個散錢呵您不合閧焦。看我面也合道是僥饒。他主着意和人硬挺。便睁着眼大呼小叫。

〔劉九兒云〕哎。你個絶户的窮民。你怎敢放刁也。〔張郎云〕這窮弟子孩兒。噤聲。〔正末唱〕

【小梁州】他駡一聲絶户的窮民怎敢放刁。則一句道的我便肉戰也身摇。〔做悲科云〕兀的不痛殺我也。〔唱〕我傷心有似熱油澆。他那裏忙陪笑。敢這廝笑裏暗藏刀。

〔大都子云〕老的也。他父親請了一分鈔。他孩兒又要哩。〔正末唱〕

【幺篇】元來是父親行請過了孩兒又要。您怎麽不尋思枉物難消。〔劉九兒云〕從小裏慣了孩兒也。〔正末唱〕你從小裏也該把這孩兒教。怎生由他恁撒拗。道不的家富小兒驕。

〔小都子云〕爹爹。你肚裏饑麽。〔劉九兒云〕我肚裏可知饑哩。〔小都子云〕你吃了飯再來。〔劉九兒云〕孩兒説的是。喒們吃飯去來。〔同下〕〔劉引孫上云〕自家劉引孫的便是。自從我那伯娘把我趕將出來。與了我一百兩鈔做盤纏。都使的無了也。如今在這破瓦窑中居住。每日家燒地眠。炙地卧。吃了那早起的。無那晚夕的。聽知我那伯伯娘在這開元寺裏散錢。大乞兒一貫。小乞兒五百文。各白世人。尚然散與他錢。我是他一個親姪兒。我若到那裏。怎麼不與我些錢鈔。我去便去。則怕撞着那姐夫。他見了我呵。必然要受他一場嘔氣。如今也顧不得了。可早來到寺門首也。〔做見張郎科云〕天那。你看我那命波。肯分的我那姐夫正在門首。可怎麼好。我只得把這羞臉兒揣在懷裏。没奈何且叫他一聲姐夫。姐夫。〔張郎云〕那裏這麼一陣窮氣。我道是誰。原來是引孫這個窮弟子孩兒。你來做什麼。〔引孫云〕窮便窮。甚麼窮氣。姐夫。我來這裏叫化些兒。〔張郎云〕錢都散完了。没得與你。你快去。〔正末云〕是誰在門首。〔張郎云〕是引孫。〔卜兒云〕他來做什麼。〔張郎云〕他來叫化些錢哩。〔卜兒云〕他也要來叫化。偏没得與他。〔正末云〕婆婆。和那叫化的争什麼。〔卜兒云〕老的也。如今放着這些錢鈔。那窮弟子孩兒看見都要將起來。怎麼得許多散與他。〔卜兒做藏鈔科〕〔正末云〕婆婆。你且着他過來。引孫。你到這裏來怎的。〔引孫云〕聽知的伯伯伯娘在這裏散錢。您孩兒特來借些使用。〔正末云〕婆婆。不問多少。借些與他去。〔卜兒云〕引孫。你要借錢。我問你要三箇人。要一箇保人。要一箇見人。要一箇立文書人。有這三箇人。便借與你錢。無這三箇人。便不借與你錢。〔正末云〕哎。自家孩兒。可要甚麼文書。〔卜兒云〕他猛地裏急病死了。可着誰還我這錢。〔張郎云〕母親。正是這等説。〔正末云〕呸。醜賊生。干你甚事。〔卜兒云〕呸。則怕死了你那長俊的姪兒。〔正末指張郎科云〕婆婆。我問你。這個是誰的。〔卜兒云〕是俺的。〔正末云〕這個呢。〔卜兒云〕這個是你的。山核桃差着一槅兒哩。〔正末云〕這是我的個親姪兒。有不是呵。我要打便打。要罵便罵。都不干你事。〔卜兒云〕住住住。你也休鬧。請你個太公家教咱。〔正末云〕引孫。〔引孫云〕您孩兒有。〔卜兒云〕哎喲。要打便打。什麽引孫引孫。挐些土兒來怕驚了他顱子。〔正末云〕你看我待打殺他者波。〔卜兒云〕誰着你打死人來那。〔正末云〕似這般炒鬧。如之奈何。將那十三把鑰匙來。〔卜兒云〕老的也。十三把鑰匙都在這裏。則要分付的有下落者。〔正末云〕引孫。你見麽。〔引孫云〕您孩兒見。〔正末云〕女兒女壻近前。您兩口兒收了這鑰匙。掌把了這家私者。〔卜兒云〕孩兒謝了你父親者。〔正末云〕你看他可便歡喜也。〔張郎云〕多謝了父親。引孫。你打睃着。十三把鑰匙都在我手裏也。與你這把鑰匙。着你吃不了。〔引孫云〕是那門上的。〔張郎云〕是東厠門上的。〔正末做悲科云〕兒也。我前者把與了你些錢鈔。都那裏去了。〔引孫云〕您孩兒定害的朋友多了。挐這錢鈔去。都待了相識朋友也。〔卜兒云〕你這個窮弟子孩兒。也有相識朋友。〔正末云〕孩兒也。還未到你那待朋友處哩。〔唱〕

【倘秀才】你有錢時待朋友每日家花花草草。你今日無錢也〔帶云〕索央親眷每呵。爹爹妳妳。有盤纏與些兒波。〔唱〕便這般煩煩也那惱惱。〔帶云〕哎兒也。〔唱〕也是你貧不憂愁富不驕。則待經商尋些資本。則不如依本分教些村學。那的也便了。

〔引孫云〕您孩兒一徑的來問伯伯伯娘。借些本錢做些買賣。〔正末云〕引孫孩兒也。則不如讀書好。〔引孫云〕伯伯。則不如做買賣。〔正末云〕引孫孩兒也。則不如讀書好。〔引孫云〕伯伯。則不如做買賣好。〔正末唱〕

【滚繡毬】我道那讀書的志氣豪。爲商的度量小。則這是各人的所好。你便苦志争似那勤學。爲商的小錢番做大錢。讀書的把白衣换做紫袍。則這的將來量較。可不做官的比那做客的粧幺。有一日功名成就人争羡。〔云〕頭上打一輪皂蓋。馬前列兩行朱衣。〔唱〕抵多少買賣歸來汗未消。便見的個低高。

〔云〕張郎。輛起車兒。着婆婆和姐姐先回去。我隨後便到也。〔張郎云〕我將這車兒輛起者。〔正末云〕婆婆。你和引張先行。引孫這厮不學好。老夫還要處分他哩。〔卜兒云〕老的。你慢來。我先回家去也。〔卜兒做虚下科〕〔正末云〕兒也。我則覷着你哩。〔引孫云〕伯伯。您孩兒知道。〔正末做哭科云〕哎喲。苦痛殺我也。〔卜兒上云〕老的也。你做甚麽哩。兀的不啼哭那。〔正末云〕我幾曾啼哭來。〔卜兒云〕你眼裏不有淚來那。〔正末云〕婆婆。我偌大年紀。怎没些兒冷淚。〔卜兒云〕你這證候好來的疾也。〔正末云〕引孫。靴靿裏有兩錠鈔。你自家取了去。引孫。勤勤的到墳頭上看去。多無一二年。我着你做一個大大的財主。〔引孫云〕您孩兒知道。〔正末唱〕

【煞尾】在生呵奉養父母何須道。死後呵祭奠那先靈你索去學。缺少兒孫我無靠。拜掃墳塋是你的孝。他處求人沽酒澆。鄉内尋錢買紙燒。一日墳頭與我走一遭。一句良言説與你聽着。你若是執性愚頑不從我教。引孫也我着你淡飯黄虀一直餓到你老。

〔下〕

〔卜兒云〕窮短命。窮醜生。窮弟子孩兒。你在這裏做什麽。早早的死了。現報了我的眼裏。再上我門來。拷下你那下半截來。兀的不被你氣死我也。老的。你也等我一等麽。〔同下〕〔引孫云〕伯娘去了。你看我那伯伯。推打我與了我兩錠鈔。將到我那破瓦窑裏。也好做幾日盤纏。天也。兀的不窮殺引孫也。〔下〕

【音釋】崒昨律切　爁攙去聲　窨音蔭　約音杳　賄音誨　拗音要　槅音革　顖音信　厠音次　學奚交切　鞠音要　着池燒切　齏祭平聲

第三折

〔張郎同旦兒上詩云〕人生雖是命安排。也要機謀會使乖。假饒不做欺心事。誰把錢財送我來。自家張郎的便是。自從父親將家私都與了我掌把。兀的不歡喜殺我也。時遇清明節令。寒食一百五。家家上墳祭祖。我將着這春盛擔子。紅乾臘肉。同着社長上墳去來。〔社長上云〕自家社長是也。今日清明節令。張郎請我去上墳。張郎。我和你上墳去。〔張郎云〕渾家。每年家先上你劉家的墳。今年先上俺張家的墳罷。〔旦兒云〕張郎。先上俺家的墳。〔社長云〕大嫂。你差了也。你便姓劉。你丈夫不姓劉。你先上張家的墳。纔是個禮。〔張郎云〕渾家。你嫁了我。百年之後。葬在俺張家墳裏。還先上俺張家墳去。〔旦兒云〕依着你。先上張家墳去來。〔同下〕〔引孫上云〕自家劉引孫。從那日伯伯與了我兩錠鈔。在這破瓦窑中都盤纏了也。今日清明節令。大家兒小家兒都去上墳拜掃。我伯伯説道。引孫。勤勤的祖墳上去。多無一二年。着你做個大大的財主。莫非我那伯伯有銀子埋在墳上那。我想祖墳是我祖上。連我父親母親也葬在那裏。難道伯伯說。我便上墳。伯伯不說。我便不上墳。引孫我雖貧。是一個讀書的人。怎肯差了這個道理。我往紙馬鋪門首唱了個肥喏。討了這些紙錢。酒店門首又討了這半瓶兒酒。食店裏又討了一個饅頭。我則不忘了伯伯的言語。引孫如今在鄰舍家借了這一把兒鐵鍬。到祖墳上去澆奠一澆奠。烈些紙兒。添些土兒。也當做拜掃。盡我那人子之道。說話中間。可早來到這墳頭了。劉員外。你潑天也似家私。那個來上墳也。〔做拜科云〕公公婆婆。生時了了。死後爲神。我祭奠咱。這個是我父親母親。您孩兒窮殺也。想您兩口兒在生時。倚仗着公公婆婆的愛。您要了伯伯娘便宜。你便死了。今日都折乏在我身上。父親母親。〔詩云〕我爲甚麽說十分惺惺使九分。留着一分與兒孫。則爲你十分惺惺都使盡。今日個折乏的後代兒孫不如人。哎。多無一二年。着你做個大大的財主。劉引孫別無什麽孝順。我向祖墳上添些兒新土。我手裏拏定這把鐵鍬。我和這鐵鍬上有個比喻。則爲俺伯娘性子剛强。引孫我便是鐵石人放聲啼哭。如今那好家財則教我那姐夫張郎把柄。今日着劉引孫剗地受苦。我添了土也。可行祭祀的禮。則一箇饅頭。供養了公公婆婆。我的父親母親没有。倘若争這饅頭鬪將起來。可怎麽了。這也容易。劈做兩半個。一半兒供養公公婆婆。這一半兒供養父親母親。奠了酒。烈了紙錢。祭祀已畢。我可破盤咱。〔詞云〕冬至來一百五日。正是那寒食時務。你看財主家何等風光。單則我悽凉墳墓。並没甚紅乾臘肉。並没甚清香甘露。拏定着這把鋤頭。也算得春風一度。〔做拏瓶與酒科云〕這酒冷怎麽吃。我去庄院人家盪熱了這酒。吃了呵。可來取我這把鐵鍬。我盪酒去也。〔下〕〔正末同卜兒上〕〔正末云〕老夫劉從善。今日是清明。往墳頭祭掃去。婆婆。孩兒每去了麼。〔卜兒云〕老的。孩兒每去多時了。這早晚搭下棚。宰下羊。漏下粉。蒸下饅頭。春盛擔子。紅乾臘肉。盪下酒。六神親眷都在那裏。則等俺老兩口兒燒罷紙要破盤哩。〔正末云〕婆婆。孩兒每則怕不曾來麼。〔卜兒云〕老的。説孩兒每先來了也。〔正末云〕婆婆。孩兒每這早晚到了麼。〔卜兒云〕老的。孩兒每這早晚到那裏多時也。〔正末云〕走走走。你看我波。貪説話險些兒不走過去了。婆婆。兀的不是嗗的祖墳。嗗墳頭去來。〔卜兒云〕嗨。老的。險些兒錯走了過去。〔正末云〕來到這墳上。兀的不搭下棚。宰下羊。漏下粉。蒸下饅頭。盪下酒。紅乾臘肉。春盛擔子。六神親眷都在那裏也。〔卜兒云〕則怕孩兒每來得遲。〔正末云〕老人家再來這等謊。你休要説。〔卜兒云〕我纔説的這個謊兒。〔正末云〕看了這墳所。好是傷感人呵。〔唱〕

【越調鬬鵪鶉】你看祭臺和這墳臺。甎墻也那土墻。長出些箇棘科和這荊科。那裏有白楊也那緑楊。〔帶云〕婆婆。恰纔不有人上墳來那。〔唱〕上墳的是女兒和這姪兒。還是近房也那遠房。婆婆哎你覷那光塌塌的墳墓前。濕津津的田地上。不聞的肉腥和這魚腥。那裏取茶香也那酒香。

【紫花兒序】他添不到那兩鍬兒新土。燒不到那一陌兒銀錢。瀽不到有那半椀兒的凉漿。〔云〕婆婆。兀的不有人來上了墳去了也。〔卜兒云〕老的也。是有人上墳來。好可憐人也。〔正末唱〕兀那上墳的瀟灑。和俺這祭祖的也淒涼。參詳。多管是雨下的多人來的稀和這草長的荒。我可甚麼子孫興旺。每日放羣馬和這羣牛。那裏有石虎也那石羊。

〔云〕婆婆。既是孩兒每不曾來哩。我和你先拜了墳罷。〔卜兒云〕老的。你也説的是。投到孩兒每來時。喒老兩口兒先拜了墳者。〔正末云〕婆婆。這裏拜拜。〔卜兒云〕老的也。這個是誰。〔正末云〕這個是太公太婆。〔卜兒云〕太公太婆。保佑俺家門興旺。太公太婆。早生天界。〔正末云〕這裏拜拜。〔卜兒云〕這個是誰。〔正末云〕這的是喒父親母親。〔卜兒云〕正是我的公公婆婆哩。公公婆婆。生時了了。死後爲神。〔正末云〕這裏也拜拜。〔卜兒云〕這箇是誰。〔正末云〕這的是劉二兩口兒引孫的爹娘。〔卜兒云〕是引孫的父母。老的你差了。他是喒的小。喒是他的大。我怎麽拜他。〔正末云〕他活時節是喒的小。他今死了。也道的個生時了了。死後爲神。婆婆。看老夫面皮。你拜幾拜兒。〔卜兒云〕罷罷罷。我依着你。兀那劉二家兩口兒。你在那墳墓裏聽者。想你在生時。倚仗着公公婆婆欺負俺兩口兒。不想你也拔着短籌都死了。又丢下箇業種引孫。常時來纏門纏户的。早早的足瘸車輾馬踏倒路死了。現報在我的眼裏。〔正末云〕婆婆拜着個墳。你那口裏不曾住的。〔卜兒云〕呀。誰曾開口來。〔正末云〕婆婆。喒兩口兒百年之後。在那裏埋葬。〔卜兒云〕老的。我揀下了也這一塊地正是高岡兒上。你看那樹木長的恰似傘兒一般。喒老兩口兒百年之後。這裏埋葬。〔正末云〕婆婆。怕俺兩口兒不能勾這裏埋葬麽。〔卜兒云〕我怎麽不能勾這裏埋葬。着那裏埋葬去。〔正末云〕婆婆。俺道兩口兒不能勾在這裏埋葬。兀的那裏埋葬去。〔卜

兒云〕老的也。那裏是一塊下洼水渰的絕地。俺不在這裏埋葬。倒去那裏埋葬。〔正末唱〕

【調笑令】則俺這一雙老枯樁。我爲無那兒孫不氣長。百年身死深埋葬。墳穴道盡按着陰陽。喒兩個死時節便葬在兀那絕地上。〔帶云〕婆婆。到那冬年節下月一十五。婆婆也。〔唱〕誰與喒哭啼啼的烈紙燒香。

〔云〕婆婆。俺不能勾這裏埋葬。只爲俺沒得兒子來。〔卜兒云〕俺怎生沒兒子。現有姐姐姐夫哩。〔正末云〕你看我可早忘了。婆婆。孩兒每也未來哩。喒閒口論閒話。我問你咱。如今我姓什麼。〔卜兒云〕你看這老的。越發老的糊突了。自家的個姓也忘了。你姓劉是劉員外。〔正末云〕我姓劉是劉員外。你可姓什麼。〔卜兒云〕我姓李。〔正末云〕我姓劉。你姓李。你來俺這劉家門裏做什麼。〔卜兒云〕你還不曉得。我當初這劉家三媒六證。花紅羊酒。行財納禮。要到你這劉家門裏做媳婦兒來。〔正末云〕街上人喚你做劉婆婆也是李婆婆。〔卜兒云〕這老的。你怎麼葫蘆提。我嫁的雞隨雞飛。嫁的狗隨狗走。嫁的孤堆坐的守。我和你生則同衾。死則同穴。一車骨頭半車肉。都屬了你劉家。怎麼叫我做李婆婆。〔正末云〕婆婆。原來你這把骨頭也屬了俺劉家也。喒女兒姓什麼。〔卜兒云〕喒女兒也姓劉。是劉引張。〔正末云〕喒女壻姓什麼。〔卜兒云〕女壻姓張是張郎。〔正末云〕我問你咱。俺女兒百年之後。可往俺劉家墳裏埋也。去他張家墳裏埋。〔卜兒云〕俺女孩兒百年之後。去他張家墳裏埋。〔做悲科云〕嗨。這老的。你怎生只想到那裏。老的。真個俺無兒的好不氣長也。〔正末云〕婆婆。你纔省了也。〔卜兒云〕怎生得個劉家門裏的親人來。

可也好哩。〔引孫上云〕自家引孫是也。恰纔熱了鍾酒吃。可來取我那把鐵鍬去咱。〔見科〕〔卜兒云〕引孫兒也。你來了也。你那裏去來。你這幾日怎麼不到我家裏吃飯來。你伯伯也在這裏。〔引孫云〕您孩兒上墳來。伯娘休打引孫。〔卜兒云〕孩兒也。我不打你。你則在這裏。我和你伯伯說去。老的。小劉大也在這裏。〔正末云〕婆婆。什麼小劉大。〔卜兒云〕是喒引孫孩兒〔正末云〕則叫他做引孫可便了也。什麼小劉大。〔卜兒云〕老的。孩兒每各自也有幾歲年紀。〔正末云〕着他過來。我問他。引孫。你來這裏做什麼。〔引孫做見科云〕您孩兒上墳來。〔正末云〕婆婆。你聽引孫道他上墳來。〔卜兒云〕老的也。是孩兒上墳來。〔正末云〕引孫。誰烈紙來。〔引孫云〕是您孩兒烈紙來。〔正末云〕婆婆。引孫道他烈紙來。〔卜兒云〕是孩兒烈紙來。〔正末云〕誰添土來。〔引孫云〕是您孩兒添土來。〔正末云〕婆婆。引孫道他添土來〔卜兒云〕老的也。我知道了也。〔正末云〕引孫。你上墳來。你烈紙來。你添土來。則不你來。你背後又有一箇。我打這賊醜生。〔卜兒做勸科云〕員外。你爲什麼打孩兒。〔正末云〕婆婆放手。〔唱〕

【小桃紅】則喒這弟兄兒女總排房。向這一個墳塋裏葬。輩輩流傳祭祖上。〔帶云〕引孫。〔唱〕俺兩口兒須大如您爹娘。〔卜兒做勸科云〕老的也。你休打他。〔正末唱〕哎。你箇蓮子花放了我這過頭杖。〔帶云〕我不打這廝別的。〔唱〕這廝祭祖先可怎生無些兒家大量。則這個便是上墳的小樣。〔卜兒云〕老的也。你說了呵打。〔正末云〕婆婆。我打了呵說。〔卜兒云〕你說了呵打。〔正末云〕婆婆。你放手。〔唱〕因此上便先打了後商量。

〔云〕引孫。是你上墳來麽。〔引孫云〕是您孩兒上墳來。〔正末云〕你爲甚麽不搭大棚。殺下羊。漏下粉。蒸下饅頭。盪下酒。紅乾臘肉。春盛擔子。六神親眷都在那裏那。〔卜兒云〕這箇老的好笑。孩兒又没錢。他吃的穿的也無。教他那裏討這許多那。〔正末云〕你道他無錢。引孫你見麽。〔引孫云〕您孩兒見些甚麽。〔正末云〕引孫。兀那鴉飛不過的庄宅。石羊石虎那墳頭不去。到俺這裏做什麽來。〔卜兒云〕老的。你差了也。那座墳知他姓張也姓李也。他是俺劉家的子孫。他怎麽不到俺劉家墳裏來。〔正末云〕誰是俺劉家的子孫。〔卜兒云〕引孫是俺劉家的子孫。〔正末云〕我不知道引孫是俺劉家子孫。我則知道姐姐姐夫是俺劉家的子孫。〔卜兒云〕老的也。你越饒着越逞。爲人誰無個錯處。我當初是我執迷來。孩兒。想我也曾打你。也曾駡你。從今日爲始。則在我家裏住。吃的穿的。我盡照管你。休記我的毒哩。〔引孫云〕伯伯伯娘説從今爲始。也不打我。也不駡我。則着我在家裏住。吃的穿的。盡照管孩兒哩。〔正末云〕是誰説來。〔引孫云〕是伯娘説來。〔正末云〕是你伯娘説來。天也。這的是睡裏也是夢裏。〔唱〕

【鬼三台】好事從天降。呆漢回頭望。〔引孫云〕我謝了伯伯。〔正末云〕你休拜我。〔唱〕則拜你那恰回心的伯娘。〔卜兒同引孫做悲科〕〔正末唱〕則見他子母每哭嚎咷。淚出他這痛腸。昨日個謊的你慌上慌。哎兒也從今後不索你忙上忙。〔云〕婆婆。這個是誰家的墳。〔卜兒云〕老的也。這是俺劉家的墳。〔正末唱〕則俺這墳所屬劉。我怎肯着家緣姓張。

〔張郎同旦兒社長上〕〔社長云〕好快活也。〔正末云〕是誰家這般熱鬧上墳。〔社長云〕是劉張員外家上墳哩。〔正末云〕怎生是劉張員外。〔社長云〕老的。你不知道。張家的孩兒與劉家做女壻。喚他做劉張員外。〔正末云〕我對俺那婆婆説去。婆婆。咱女壻來了也。我和你破盤去來。〔卜兒做打科云〕你兩箇賤人都在那裏。這早晚纔來。〔正末唱〕

【紫花兒序】哎。你個擇鄰的孟母。休打這刻木的丁蘭。〔云〕婆婆放手。這干那女壻甚麼事。〔唱〕且問你那跨虎的楊香。〔卜兒云〕孩兒。我爲甚麼打你幾下。您父親煩惱哩。孩兒也。你爲甚麼不穿些好衣服。〔旦兒云〕則這般罷波。〔卜兒云〕將鑰匙來。着下次孩兒每取衣服去。〔張郎云〕渾家。中麼。〔旦兒云〕不妨事。妳妳向着俺哩。兀的鑰匙〔卜兒做拏鑰匙科云〕你兩個賤人。再也休上我門來。老的。你十三把鑰匙。我都賺將出來了也。〔正末唱〕哎。女壻着出舍。閨女着回房相當。得意梁鴻引着你這孟光。炒鬧一個太公庄上。你也再休踹我劉門。我今也靠不着你個張郎。

〔卜兒云〕老的。兀的十三把鑰匙。你依舊當了這家罷。我年紀老了。〔正末云〕婆婆。你道你年紀大了。我也不小。婆婆。你掌把這家私。〔卜兒云〕我纔十八歲兒哩。是你當家者。〔正末云〕還是你當家者。〔卜兒云〕老的也。則管裏嚷。眼面前放着個當家的。老的也。我待將這十三把鑰匙與引孫孩兒當家者。你意下如何。〔正末云〕婆婆。莫不忒早了些。〔卜兒云〕喒合了眼。可遲了也。〔正末云〕婆婆。你説的是。〔卜兒云〕引孫近前來。兀的十三把鑰匙都與你。你去當家。〔引孫云〕謝了伯娘。姐夫靠後。我聞不的這一陣窮氣。〔張郎云〕你就不忘了一句兒。〔正末唱〕

【禿厮兒】着女壻别無指望。做女的也合斟量。則這家私裏外您盡掌。孝父母。奉蒸嘗。也波周方。

【聖藥王】這一場。胡主張。您須熱鬧俺荒涼。您行短。俺見長。姓劉的家私着姓劉的當。女兒也不索便怨爹娘。

〔卜兒云〕俺這家私裏外。都着引孫掌了。俺家去來。〔正末云〕婆婆。俺和你家去來。〔唱〕

【收尾】你可便休和他折證休和他强。自古道女生外向。他到門日且休題。只着他上墳時自思想。〔下〕

〔引孫云〕姐夫。你好歹也不想我今日還做財主。十三把鑰匙都在我手裏。我也不和你一般見識。我與你這把鑰匙。你一世兒吃不了。你拜。〔做與鑰匙科〕兀的你歡喜麽。〔張郎云〕可知歡喜哩。

〔引孫云〕你個傻厮。這是開茅厮門的。〔同衆下〕

【音釋】盪湯去聲　鍬俏平聲　瀽音蹇　㿏巨靴切　輾女翦切　樁音莊　呆音諧　嚎音豪　咷音桃　傻商鮓切

第四折

〔正末同卜兒引孫上云〕老夫劉從善。今日是老夫賤降的日子。就順帶着慶賀小員外當家。引孫孩

兒。誰想你有今日也呵。〔唱〕

【雙調新水令】一杯壽酒慶生辰。則我這滿懷愁片言難盡。只因那幾貫財。險纏殺我百年人。我受了萬苦千辛。我受了那一生罵半生恨。

〔張郎同旦兒上云〕自家張郎的便是。今日父親生日。俺兩口兒拜父親去。早來到門首也。小舅〔引孫云〕那裏一陣窮氣。姐夫。你那裏去來。〔張郎云〕我道你不是個受貧的人麽。俺來拜父親哩。〔引孫云〕姐姐姐夫。我報復去。〔報科云〕父親。有姐姐姐夫在于門首。〔正末云〕誰在門首。〔引孫云〕是姐姐姐夫哩。〔正末唱〕

【清江引】你道是女兒女壻都在門。我可爲甚麽不容他進。你只問他使的是那家錢。上的是那家墳。〔帶云〕他今日又上俺門來。〔唱〕顯的俺兩口兒無氣分。

〔引孫云〕伯伯伯娘。休和他一般見識的。〔正末唱〕

【碧玉簫】那厮每言而無信。凡事惹人嗔。怕不關親。怎將俺不瞅問。〔帶云〕引孫。〔唱〕俺只索唤引孫。近前來聽處分。你若是放這兩人。踏着我正堂門。我敢哏。我便拷你娘麽那三十棍。

〔卜兒云〕老的。這孩兒每也孝順。將就他些罷。〔正末唱〕

【落梅風】你道他本賢達。能孝順。只我個老無知偏生嗔忿。誰着他信夫婦的情就忘了我養育的恩。〔云〕引孫。你對他説去。都不干我事。〔唱〕這都是他自做來有家難奔。〔云〕引孫。你去説道。有親如你的便着過來。〔引孫見科云〕父親道。有親似我引孫的。便着過去。〔做喚科云〕小梅姨姨。你領着孩兒來見父親去。〔小梅同倈兒上云〕妾身小梅是也。今有姐姐呼喚我。領着孩兒見爹去來。〔做見科云〕爹。我小梅和孩兒來了也。〔正末云〕兀的不是小梅。你在那裏來。〔小梅云〕爹。你可也三年忘却數年親哩。〔正末唱〕

【水仙子】你道我三年忘却數年親。〔云〕小梅。你是近身扶侍我的。怎麽跟别人走了。你這小賤人。〔唱〕你可是麽一夜夫妻百夜恩。〔小梅云〕爹。你今日有了孩兒也。〔正末云〕誰是我孩兒。〔小梅云〕這不是你孩兒。〔正末云〕真個是我孩兒。〔唱〕今日個誰非誰是都休論。婆婆也早則有了拖麻拽布的人。〔云〕我兒也。你叫我一聲爹爹。〔倈兒云〕爹爹。〔正末唱〕他那裏便叫一聲可則引了我靈魂。哎。你使着這嫉妬的心一片。圖謀的錢幾文。險送了我也翦草除根。

〔云〕引孫。請過姐姐姐夫來。姐姐。這三年小梅在那裏來。〔旦兒云〕父親不知。聽您女孩兒從頭説咱。當初小梅有半年的身孕。張郎使嫉妬心腸。要所算了小梅。您女孩兒想來。父親偌大年紀。若所算了小梅。便是絶嗣了。父親。您女孩兒將小梅寄在東庄裏姑姑家中。分娩得了這個孩兒。這三年光景。吃穿衣飯。都是您女孩兒照管。〔詩云〕則爲父親忒心慈。掌把許來大家私。今日白頭爹休怨我這青春女。你便有孝順姪怎强似的親兒。〔正末云〕孩兒。你不説我怎知道。〔唱〕

【雁兒落】原來這親的則是親。我當初恨呵須當恨。那女夫便是各白的人。那女兒也該把俺劉家認。

〔卜兒云〕老的。誰想劉員外自家有了孩兒也。〔正末唱〕

【得勝令】婆婆喒早則絶地上不安墳。則喒這孝堂裏有兒孫。你今日個得病如醫病。〔旦兒云〕父親。今日有了孩兒也。休忘了您女孩兒。〔正末唱〕姐姐我怎肯知恩不報恩。〔引孫云〕今日有了兒也。十三把鑰匙還了伯伯。您孩兒則做的一日財主。〔正末唱〕你一世兒爲人。這的是大富十年運咱三口兒都親。〔帶云〕俺女兒姪兒和這孩兒。〔唱〕我把這潑家私做三分兒分。

〔云〕您一家人聽老夫説者。〔詞云〕六十年攢下家私。爲無兒每每嗟咨。親兒弟不幸早喪。引孫姪遣出多時。狠張郎妄圖家業。孝順女暗撫親支。遇寒食上墳祭掃。傷感處化妬爲慈。因此上指絶地苦勸糟糠婦。不枉了散家財天賜老生兒。

〔音釋〕瞅音揪　哏狠平聲

題目　指絶地苦勸糟糠婦

正名　散家財天賜老生兒

硃砂擔滴水浮漚記雜劇

楔子

〔冲末扮孛老同正末王文用旦兒上〕〔孛老詩云〕急急光陰似水流。等閒白了少年頭。月過十五光明少。人到中年萬事休。老漢是這河南府人氏。姓王。雙名從道。嫡親的三口兒家屬。孩兒是王文用。這個是孩兒的媳婦兒。俺三口兒守本分做着些營生。度其日月。孩兒也。你早間去長街市上做甚麽來。〔正末云〕父親。您孩兒去長街市上算了一卦。道您孩兒有一百日血光之災。千里之外可躲。孩兒待將些小本錢。到江西南昌地面。做些買賣。一來是躲難逃災。二來就將本求利。不知父親意下如何。〔孛老云〕孩兒。豈不聞古人有言。離家一里。不知屋裏。又道是打卦打卦。只會説話。你怎麽信那些油嘴的話頭。只不如在家裏謹謹慎慎的消災延福倒好。〔正末云〕父親。陰陽不可不信。孩兒主意已定。裝都拴就了。不如任孩兒去罷。恐怕在家裏終日疑心惑志。便没災難。也少不得生出病來。〔孛老兒〕既然孩兒決意要去。我也不留你了。只要你小心在意者。〔正末云〕則今日好日辰。您孩兒辭别了父親。便索長行也。〔旦兒云〕大哥。你出路去。只是以身爲本。父親年紀高大了。是必早些回家來。若遇見便人。稍封平安信兒與我。〔正末云〕大嫂。你好生看覷家中。侍奉父親。我做些買賣便回來也。〔孛老云〕孩兒不必憂慮。則願你早早得利而

回。〔正末唱〕

【仙呂端正好】趓非災。離鄉故。相別罷便踐程途。〔旦兒云〕王文用。今日分別。好生凄凉也。〔正末唱〕方信道人生唯有別離苦。眼看着向那海角天涯去。〔下〕

〔孛老云〕孩兒去了也。媳婦兒。没事則閉門静坐。等你丈夫回來者。〔旦兒云〕父親放心。您孩兒知道。〔同下〕

第一折

〔丑扮店小二上云〕小可是店小二。在此處開着個客店。但是南來北往。做買做賣的。都來我這店裏安下。天色已晚。想是没的人來了。我且關上門者。〔正末上云〕自家王文用的便是。自從離了家中。直到江西南昌販賣。利增百倍。本待要回家去。争奈未勾那一百日。打聽的泗州好做買賣。我待就上泗州去。想俺這爲商賈的。索是艱難也呵。〔唱〕

【仙呂點絳唇】帶月披星。忍寒受冷。離鄉井。過了些芳草長亭。再不曾半霎兒得這脚頭定。

【混江龍】你看那人間百姓。在紅塵中都要幹營生。兩下裏行船走馬。各要奪利争名。船尾分開横水緑。馬蹄踏破亂山青。則他這摇鞭舉棹可便也休相競。多則爲兩瓲兒羹粥乾忙了那一世。落的這前程。

〔云〕天色晚了也。我在這店肆中覓個宵宿咱。小二哥。開門開門。〔店小二云〕有人喚門哩我開開這門來。〔見科云〕我道誰。原來是老客。隔的兩個月不見。一發吃的好了。老客。如今來做甚麼。〔正末云〕我來你這店裏。覓一宵宿。我與你二百文房錢。〔店小二云〕勾了勾了。老客請進裏面來。用些什麼茶飯。〔正末云〕茶飯都不用。你只與我點一盞燈來。〔店小二云〕理會的。燈在此。〔正末云〕小二哥。你把房錢收去。我明日五更前後。早起便行。我也不辭你了。〔店小二云〕哦。你明日不辭我。天明就去。既然如此。你歇息罷。我自家睡去。〔下〕〔正末云〕我關上這門。走的我身子困倦了。我歇息咱。〔做睡打夢科〕〔云〕王文用也。甚睡兒到的我這眼裏。我開開這門。我來這裏。下了兩遭。倒不曾細看。可怎生這裏有一個小角門兒。我開開這門。元來是一所花園。是好花也。〔唱〕

【醉中天】我則見牡丹花堪人賞宜人敬。可人意動人情。又則見青芍藥白薔薇紅錦櫻。又則見紫紋桃間着那黄花杏。〔云〕是好花也。我待折一朵兒咱。〔唱〕不由我心中自警。百般的把拏不定。〔云〕這所在也無人。我便折一朵兒怕做什麼。〔做驚科〕〔唱〕呀。可怎生撲簌簌枝葉凋零。

〔浄扮邦老閃上做意科〕〔正末唱〕

【後庭花】則聽的擦擦的鞋底鳴。丕丕的大步行。好教我便扢扢的牙根鬬。〔邦老靠正末科）（正末唱）覺一陣滲滲的身上冷。（邦老做揪住正末科）（正末唱）猛見個黑妖精。似和人尋争覓競。這堝兒裏無動静。昏慘慘月半明。莫不要虧圖咱性命。骨碌碌怪眼睁。早諕的咱先直挺。

【青歌兒】天也。好着我又不敢問他問他名姓。早則是打了個渾身癡掙。（做殺正末打推下）（正末做醒科云）有殺人賊也。呸。（唱）我恰纔哄的覺來忽的醒。（云）好個惡夢也。我開了這門。（唱）我纔出門桯。向花苑閒行。見風弄殘燈。正月白三更。親見個妖精。待把我欺凌。只一拳險送了這潑殘生。天也。兀的不憂成我病。

（云）嗨。我做了這樣一個不祥的夢。兀的不是頭雞叫。小二哥。你起來。收拾家火。我去了也。（下）（浄扮店小二上詩云）營生道路有千條。若無算計也徒勞。爲甚青年便頭白。一夜起來七八遭。自家是個賣酒的。在這十字坡口兒上。開張這一個小鋪面。覓幾文錢度日。今早起來燒的這鏇鍋熱。掛起望子。看有什麼人來買酒吃。（正末挑擔兒上云）王文用。你也行動些兒波。（唱）

【醉扶歸】我則見那野水穿花徑。村犬吠柴扃。合剌剌轆轤響可正和着各瑯瑯的擣碓聲。更那堪緑柳相遮映。（做見店小二科云）這是一個小酒務兒。小二哥。有酒麽。（店小二云）有酒有酒。（正末云）小二哥。打二百文長錢的酒來。（店小二云）酒在此。你有量儘着你吃。只不要撒酒風。（正末唱）則你這醇糯酒渾如靛青。我且飲一盞消閒興。

〔云〕這酒儘中用。我慢慢的飲咱。〔浄扮邦老上云〕行不更名。坐不改姓。自家鐵旛竿白正的便是。昨日多吃了幾碗酒。就在那柳陰下。一覺直到天亮。猛睁開眼。只見一箇小後生五短身材兒。黄白臉色兒。挑着兩個沉點點的籠兒。那廝見了我便走。我就骨碌碌一個翻身。跳起來跟着他後面。急急的趕。不知怎的。再趕不上。我則是多吃了那幾碗黄湯。以此趕不上他。罷罷罷。前面有一個小酒務兒。再買幾碗酘他一酘。早來到這酒務裏。店小二。有酒麽。〔店小二云〕有酒。請裏面坐。〔邦老云〕大碗裏釃的酒來。將些乾鹽來我吃兩碗。酘過我那昨日的酒來。〔店小二做放酒科云〕没的乾鹽。有兩塊蒜瓣兒。〔邦老云〕蒜瓣兒也好。〔正末云〕王文用。看你那麄心波。不曾澆奠哩。我澆奠咱。〔唱〕

【金盞兒】忙澆奠謝神明。憑買賣做經營。大古來貧窮富貴皆前定。〔邦老云〕那壁角子裏有人説話。我試聽他説什麽。〔正末做澆奠酒科云〕一點酒入地。願萬民安樂。兩點酒入地。願五谷豐登。三點酒入地。願好人相逢。惡人遠避。〔邦老拍卓科云〕兀那村弟子孩兒。那惡人惱着你什麽來。〔店小二云〕老叔。不要打破了我的卓子。〔正末唱〕**我這裏扭回脖頸他那裏閃雙睛。**〔邦老云〕這廝好無禮也。〔正末唱〕**我見他忽的眉剔豎。禿的眼圓睁。諕的我騰的撒了擡盞。哄的丢了魂靈。**

〔正末做跪科〕〔邦老做扯起科云〕你小後生家不會説話。你便道好人相逢。惡人吉利。那惡人聽見你這般説。他也不怪你。〔店小二云〕老叔。是他小後生家不會説話。〔邦老打科云〕干你甚事。

〔正末云〕哥哥教道小人是。〔邦老云〕我且問你。你做什麼買賣。〔正末云〕小人做個小貨郎兒。〔邦老云〕你是個貨郎兒。我也是個撚靶兒的。我和你合個夥計。一搭裏做買賣去。〔邦老做踢籠兒科〕〔正末云〕哥。只是些胭脂粉兒。〔邦老云〕你是那裏人。〔正末云〕小人河南府人氏。〔邦老云〕我和你同鄉。我也是河南府人氏。〔店小二云〕我是陝西人氏。〔邦老云〕河南府那裏住。〔正末云〕東關裏紅橋西大菜園便是。〔邦老云〕我可在西關裏住。〔店小二云〕我可在南關住。〔邦老打店小二科云〕誰問你哩。我問你姓什麼。〔正末云〕小生姓王。叫做王文用。〔邦老云〕我和你也同姓。我姓白。〔正末云〕哥。你姓白。我姓王。怎麼是同姓。〔邦老云〕你却不知。我那老爺老娘可姓王。〔店小二云〕我姓鄭。是鄭共鄭。〔邦老云〕你家幾口兒。〔正末云〕小人三口兒。〔店小二云〕帶我四口兒。〔邦老云〕那三口兒。〔正末云〕我有父親。有渾家。帶小人可不是三口。〔邦老云〕你多大年紀了。〔正末云〕小人二十五歲。〔邦老云〕不是我占便宜。我可三十歲。〔店小二云〕和我兒子同歲。〔邦老云〕打這村弟子孩兒。兄弟。我與你做個哥哥。你與我做個兄弟。我買酒和你吃。〔正末云〕哥哥不棄嫌呵。小人情願與哥哥做個兄弟。〔邦老云〕店小二。打酒來。〔正末云〕不要哥哥買。您兄弟買。小二哥。再打二百文長錢酒來。我與哥哥遞一杯酒。〔店小二釃酒科云〕酒在此。〔正末把盞科云〕哥哥請酒。〔邦老吃酒科云〕我與你做個護臂。一搭裏做買賣去。也不虧你。〔正末云〕哥哥。如今路途上甚是難行。恐怕您兄弟斷跟不的。〔邦老云〕哇。怎麼斷跟不的。〔正末唱〕

【四季花】哥哥你少曾出外可曾經。〔邦老云〕我一年三百六十日。則在外頭做買賣。〔正末唱〕哥也我則怕沿路上歹人傒倖。〔邦老云〕有歹人。你敢近他麽。〔正末唱〕若是强賊把咱來相攔定。〔邦老云〕他攔定你。你待怎的。〔正末唱〕可惱的我惡向膽邊生。〔邦老云〕你端的怎麽近他。〔正末唱〕我也曾拳到處倒了碑亭。我也曾匾擔打碎了天靈。〔邦老拏刀子科云〕比我這透心凉。可是如何。〔正末唱〕哥也豈不聞道殺人來須償命。〔邦老云〕你如今做什麽買賣。〔正末云〕哥。您兄弟本錢小。〔唱〕是個窮貨郎下賤的營生。〔邦老云〕你一日走的多少路。〔正末唱〕擡動脚二百里還餘剩。〔邦老云〕我可兩頭見日走三百里。〔正末唱〕這些時閃了脚腕常只是怕誤了途程。〔邦老云〕連我也被這脚跰兒礙事。小二哥。將個針來。煩兄弟與我挑破這跰者。〔正末唱〕哥則被你纏殺我也七代先靈。

〔背云〕我怎麽做個計較。則除非恁的。〔回云〕哥。你吃一碗。〔邦老云〕將來我吃。兄弟。你也吃一碗。〔正末云〕您兄弟量窄。只好陪哥哥一小鍾。〔邦老云〕兄弟。你坐着。〔起身科云〕我如今過去。冷一碗。熱一碗。灌的他醉了。挑的籠兒就走。〔做入門科云〕兄弟。喒都是撚靶兒的。你唱一個。我吃一碗酒。〔正末云〕您兄弟不會唱。〔店小二云〕你不會唱。我替你唱。〔做唱科〕爲才郎曾把曾把香燒。〔邦老做打科云〕誰要你唱哩。兄弟。既然你不會唱來。我唱一個你休笑。〔做唱科〕哎。你個六兒嗏。〔云〕只吃那嗓子粗。不中聽。〔店小二云〕恰似個牛叫。〔邦老打科云〕打這弟子孩兒。兄弟。你好歹唱一個。〔正末云〕您兄弟不會唱。〔邦老云〕哎。你就唱一個何妨。〔正末云〕實是不會唱。〔邦老怒科云〕你不唱。〔正末慌科云〕哥也。我胡亂的唱一箇。奉哥哥的酒。〔邦老云〕你唱。〔正末遞酒科云〕哥吃一碗酒。您兄弟今日與哥哥是初相會。就唱個喜秋風。〔邦老云〕你唱你唱。我便吃。〔正末唱〕

【喜秋風】睡不着。添煩惱。灑芭蕉淅零零的雨兒又哨。畫簷間鐵馬兒玎玎璫璫鬧。過的這南樓呀呀的雁兒叫。〔邦老假睡科〕〔正末云〕不中。我走了罷。〔邦老云〕咄。你那裏去。〔正末唱〕**則被他叫的來睡不着。**〔邦老背云〕白正好莽也。本要冷一碗熱一碗灌的那廝醉了。挑的擔兒就走。誰想他倒灌的我醉了也。我如今要歇息些兒。則除是恁的。〔做扯正末科〕〔正末云〕哥也。再吃兩碗。〔邦老云〕兄弟。我醉了也。我如今要睡一覺。〔正末云〕小二哥。將個枕頭來。〔邦老云〕我枕着你這腿睡。等我醒了時。和你一搭裏做買賣去。〔正末云〕哥要枕着您兄弟腿睡。我依着哥便是。〔邦老睡科〕〔邦老起身插刀子科〕〔店小二云〕老子也。這個人不好惹。〔正末云〕這賊漢枕着我這腿睡。可怎生是好。則除是恁的。小二哥。我和你兩個算算酒錢。〔店小二云〕客官。你是個好人。只要公道算還罷。共是兩番打的酒。〔正末云〕你也是做買賣的。我也是個做買賣的。少了你酒錢。你不怪我。〔店小二云〕客官。你這一遭來。我另釃些好酒兒與你吃。〔正末云〕酒錢不打緊。你這酒薄。〔店小二云〕我這酒雖然薄。可有樁好處。剛吃到肚裏就便骨碌碌的響動。〔正末云〕怪道我吃下去也是這般響。〔店小二云〕則是箇酒高。〔正末云〕小二哥。我與你商量。〔店小二云〕你敢要去麽。〔正末云〕我不去。我有些破腹。你替我一替。你不替。我就作踐在這裏。〔店小二云〕好客官。不要在這裏作踐。我替你。〔做替科〕〔正末云〕我還了你這酒錢。〔做挑擔兒科云〕我出的這門來慚愧也。〔唱〕

【賺煞尾】他覷我似罏畔弄冬凌。他覷我似碗裏拏蒸餅。若不是灌的來十分酩酊。怎按住他一場火氣性。我如今在虎口逃生。急騰騰。再不消停。抵多少遥指空中雁做羹。比及那賊徒酒醒。我已自家擔正。遮莫他趕將來我與你先走了兩三程。〔下〕

〔邦老醒科云〕兄弟。與你一搭兒買賣呀。他倒做個金蟬脱殻計去了也。打你這弟子孩兒。你怎麽放了他去。〔店小二云〕他破了腹。要阿屎哩。〔邦老云〕他如今那裏去了。〔店小二云〕你在這裏。我也在這裏。他又不和我一搭兒做買賣。我怎知他上南落北。〔邦老打科云〕哇。我兒也。一拳兒好買賣在我手裏。放的他走了。更待干罷。我如今趕着去。若趕的上呵。萬事罷論。若趕不上呵。回來一把火燒了你這草團瓢。把你一家兒都殺了。王文用也不遠哩。我不問那裏。趕將去來。〔下〕〔店小二云〕可不是悔氣。好没生惹這一場驚怕。我也不賣酒了。背巷裏賣酸醋去也。〔下〕

〔音釋〕霎音殺　丕音披　滲所禁切　堝音窩　桯音刑　鏇旋去聲　扃居名切　轆音鹿　轤音盧

碓音對　酘音豆　傒音奚　剩音盛　跰音繭　窄音側　嗓桑上聲　酩音茗　酊丁上聲

第二折

〔丑扮店小二上詩云〕別家水米和勻攪。我家水多米兒少。若到我家買酒來。雖然不醉也會飽。自家是個開店的。我這店喚做三家店。又喚做黑石頭店。這兩頭的兩個店。都是小本錢客商的下在裏面。那大本大利的都在我這店裏安下。今日天色將晚也。我且關上這門者。〔正末挑擔兒慌上云〕走走走。〔唱〕

【南呂一枝花】那廝他入門來便緊瞅了喒這小本的裝。則被我買下了些新槽的酒。連珠兒灌到有五六碗。他承興飲吃到有兩三甌。盡醉方休。那好飲的也是天生就。一會兒直灌的那廝瓠子頭。他和衣兒穩睡安眠。怎知我悄聲兒逃席便走。

【梁州第七】若不是我使見識一杯也那一跪。天那。可不將我這潑殘生早做了千死千休。我從那早辰間直走到申時候。過了些青山隱隱。綠水悠悠。荒祠古廟。沙岸汀洲。七林林低隴高丘。急旋旋淺澗深溝。剛抹過另巍巍這座層巒。還隔着碧遥遥幾重遠岫。又接上白茫茫一帶平疇。巴的到綠楊渡口。早則是雲迷霧鎖黃昏後。我去那野店上覓一宿。這的便是東海鰲魚脱釣鈎。我可也再不回頭。

〔云〕可早來到黑石頭店也。這裏有三座店。我兩頭不去。則去那中間店裏下。那廝便趕將來。也尋不見我。就尋見我呵。我叫起來。這兩頭店裏人也要來救我。〔做見店小二科云〕小二哥。有乾净房子打掃一間。我歇息咱。〔店小二云〕這間角子裏乾净。你就在這裏歇息罷。〔正末云〕你與我點個燈來。〔店小二云〕燈在此。〔正末云〕我和你往後面走一遭去。我拽上這門。來到後面。這裏墻可怎生倒了那。〔店小二云〕便是雨水大倒了。不曾整理。〔正末云〕哥也。這條路可往那裏去。〔店小二云〕這條路往河南府去。〔正末云〕這條路往那裏去。〔店小二云〕這條路往泗州去。〔正末云〕這條路呢。〔店小二云〕這個是一條總路。都去的。〔正末云〕我净了手也。我和你説。背後有條大漢。那廝趕的我至急。怕他來時叫門呵。我有一句話央你。你只説道有上司的明文。不下單客。我明日還你兩個人的房錢酒錢。〔店小二云〕我知道了。等他來時。我則説不下單客。回了他去。你自放心的睡。〔正末云〕我關上這門。我走了一日。身子有些困倦。我歇息咱。〔邦老上云〕那廝這等快走。他挑着兩個沉點點的籠兒。我脚踏着腦杓子走。只趕不上。罷。天色晚了也。我往那裏宿去。遠遠的一字擺着三座店。這處唤做三家店。中間那坐店。唤做黑石頭店。那廝本錢小。只在這兩邊店裏下。若是本錢多。在這黑石頭店裏下。未知如何。我則唤那店小二。他便知道。〔做唤門科云〕小二哥開門來。〔店小二云〕甚麼人唤門。〔邦老云〕我是個客人。天色晚了。覓一宵宿。〔店小二云〕上司明文。不下單客。〔邦老做意科云〕兄弟每。我説在兩頭店裏歇了罷。你説道黑石頭店好。却如何。快把那驢子趕過來。依舊到兩頭店裏歇去。〔店小二云〕不要去了。我開門來也。我開開這門。〔邦老做入門科〕〔店小二云〕家裏來。有房子。〔邦老摋店小二打科云〕你可道不下單客。〔店小二云〕你聽差了。我這裏則下單客。〔邦老云〕賊弟子孩兒。我問你。日頭兒似落未落。有一個五短身材。黄白色臉兒小後生。挑着兩個籠兒。在這裏尋宿來麼。〔店小二云〕從清晨到晚。没有一個人。〔邦老云〕兄弟。你輸了也。〔店小二云〕客官。怎麼是輸了。〔邦老云〕你不知道。我和那兄弟前面打夥處。打了箇賭賽。他説道他走路快。我道我走路快。到黑石頭店裏厮等。先到的爲贏。後到的輸。一個羊頭。一觔餅。一鐔酒。如今我先到了。可不是他輸了也。〔店小二云〕這等你輸了。他先來好幾時了。我叫他去。〔邦老云〕你不要叫他。只説他在那間閣子裏睡。〔店小二云〕他在這間閣子裏睡哩。〔邦老云〕小二哥。我央及你。你明日早起來與我做個證見。我問你誰先到來。你便道這箇大漢先到來。我把那一個羊頭。一觔餅。一鐔酒。都與你吃。〔店小二云〕老叔。我愛吃的是羊舌頭兒。〔邦老云〕我和你後面看一看。這堵墻怎麼倒了來。〔店小二云〕這堵墻是雨水大淋倒了。〔邦老云〕怎麼不壘起來。〔店小二云〕便是無錢。不曾壘的起。〔邦老云〕這條路往那裏去。〔店小二云〕這條路往河南府去。〔邦老云〕這條路呢。〔店小二云〕這條路往泗州去的。〔邦老云〕這條路是往那裏去的。〔店小二云〕這中間的是一條總路。〔邦老云〕你討一領薦子來與我。將你那鎖和鑰匙來。〔店小二云〕薦子鎖和鑰匙。都在這裏。〔邦老云〕你自睡去。我拽上這門。插上這鎖。你但則聲。我就殺了你。〔店小二云〕老叔休要發怒。我自睡去便了。〔下〕〔邦老云〕且慢者。我聽那厮説什麼。〔正末云〕我被那厮趕我這一路。多時不曾看我這東西。我剔的這燈。我是看咱。〔邦老做意聽科〕〔正末做拏砝砂科云〕一顆兒。兩顆兒。三顆兒。四顆五顆。這一頭都有。我是看這一頭咱。〔正末做數五顆兒科云〕謝天地。十顆硃砂都有了也。我脱下衣服去歇息咱。〔做睡科〕〔邦老云〕這裏不下手。那裏下手。我踏開這門。且慢者。白正你尋思咱。兩邊店客人不曾睡哩。那厮叫將起來。到害了我的性命。等睡到半夜前後。我慢慢的下手。〔邦老睡科〕〔正末云〕我只聽的齁睡如雷。將我驚覺來。不知是那個人。〔唱〕

【賀新郎】是誰人恁般酣睡喝嘍嘍。莫不是夢見的賊徒。撞着的禽獸。則聽的聲麄氣喘如雷吼。諕的我戰兢兢提心在口。早難道高枕無憂。也是我常懷懼怕心。似聽的這聲音熟。〔云〕窗櫺上扯下些紙來。撚一個紙燈。蘸了這油點個燈。我是看咱。〔唱〕我這裏開房門仔細的觀前後。〔云〕我道是誰。原來是店小二睡。〔唱〕那厮去房門前停死屍。精甎上枕驢頭。

〔云〕元來打齁鼾的在那一邊。再去看咱。〔做驚科〕天阿。可怎生正是那個賊漢。兀的不諕殺我也。我且吹滅這燈。不要等他看見。〔唱〕

【牧羊關】我將這燈吹滅。身倒抽。諕的我渾身上冷汗交流。莫是取命的閻王。殺人的領袖。諕的我呆打頦空張着口。驚急力怕擡頭。恰待要睜開兩個眼。可早則軟塌了一對手。

〔云〕那厮睡着了也。我收拾往後門裏走。我又恐怕驚覺那厮。嗨。慌忙裏早把這燈都吹殺了。那裏摸我那行李衣服去。〔唱〕

【隔尾】一領布衫我與你剛剛的扣。八答麻鞋款款的兜。我又不敢高聲大咳嗽。我將這厮左瞅。右瞅。哎天也。怎的他一陣兒昏迷穩放我走。

〔云〕行李服都摸着了也。且喜那厮正睡着哩。此時不走。更待何時。〔唱〕

【牧羊關】只道他猛翻身。睡覺秋。且喜得眼朦朧又打齁齁。他土魯魯嗓内涎潮。我也急煎煎心下刀抽。有如秋夜雨。一點一聲愁。正待要展開脚忙移步。百忙裏腿轉筋甚腌證候。

〔云〕我可尋那缺墻兒去。我跳過這墻來。我也不往那泗州路上去。只往我的河南府去也。〔下〕〔邦老醒做看科云〕嗨。這厮走了也。想這一拳兒買賣。不該是我的。罷罷罷。黑洞洞的那裏去尋他。不如回家去也。〔下〕〔正末扮太尉領鬼力上〕〔太尉詩云〕未曾燒下紙錢灰。人心纔動我先知。只言正直爲神道。那個陽間是正直。吾神乃東嶽殿前太尉是也。吾神在生之日。秉性忠直。不幸被歹人所害身亡。皇天不負吾德。加爲東嶽殿前太尉。今朝玉帝初回。且在廟中閒坐者。〔正末上云〕好大雨也。我待往前再走。不意遇着這大雨。待不前去。又怕那賊漢趕來。所傷了我的性命。怎生是好。哦。這裏是一座廟宇。我且入的這廟來。避一避雨咱。〔做放下擔兒科云〕這碑子上寫着道太尉爺爺廟。上聖可憐見。小人若是躲過那賊人。與爺爺重修廟宇。再立祠堂。〔邦老上云〕好大雨也。那裏躲雨去。一箇古廟。我進裏面權躲雨去。兀的不是那廝。呸。這廝可不該死也。〔做掤正末科云〕兄弟。你好走也。〔正末云〕你也尋的好哩。〔邦老云〕你等我一等。慌做甚麽。〔背云〕我試這廝的氣力咱。兄弟也。我這領布衫着雨淋濕了也。你與我扭一扭。乾了布衫。我和你一搭兒做買賣去。〔正末云〕哥。我不會扭。〔邦老云〕一領布衫不會扭。我便這般扭。你便那般扭。休一順了。〔正末云〕哥。我理會的。〔邦老云〕你休扭。你則拿着我自扭。〔邦老做扭科〕〔正末倒科〕敢是你不曾吃飯那。則這些氣力。來來來。巧言不如直道。將那紅的來。〔正末云〕則有些胭脂。你將的去。〔邦老云〕我好俊臉兒。要搽胭脂。〔正末云〕有有有。敢是黄丹。〔邦老云〕我又不脚臭。〔正末云〕哥也。再没些甚麽紅的。〔邦老云〕是硃砂。〔正末云〕哥也。我是做小買賣兒。那得硃砂。〔邦老云〕你記的黑石頭店裏面。數一顆兒兩顆兒麽。〔正末云〕有有有。與哥哥一顆兒硃砂。〔邦老云〕你休怪。既做相識。我也不强要你的。可是一件。我趕了你兩三程地。則與我一顆兒。少。我煩你再與我一顆兒。〔正末云〕哥。這須是我的。〔邦老云〕你不與我。我就殺了你。〔正末云〕我便再與哥哥一顆兒硃砂。〔邦老做挑擔兒科云〕兄弟。我一擔兒都要。〔正末云〕哥。怎麽都要得我的。〔邦老云〕你敢不與我。我就殺你也。〔拔刀科〕〔正末云〕哥。我一擔兒硃砂都與你。你將的去。〔邦老低頭做拏籠兒科〕〔正末做匾擔打邦老科〕〔邦老做回頭科云〕你怎的。〔正末云〕連這匾擔。也送與你罷。〔邦老云〕好個賊弟子孩兒。我出的這廟門來。我且躲着。聽那廝説甚麽。〔正末云〕那賊漢將的我這硃砂去了。我若是走到前面。告知本處官府。拏住這賊漢。纔雪得我這口氣。〔邦老云〕你聽這廝的説話。怕不做出來。不如先下手爲强。兄弟。我還你硃砂罷。〔正末云〕索是謝了哥。〔邦老云〕我則要你一件東西。〔正末云〕哥也。要什麼東西。〔邦老云〕我要你這顆頭。〔正末云〕哥也。兀的不有人來了也。〔邦老回頭科〕〔正末做躲科〕〔邦老趕正末做揪住頭髮殺科〕〔正末云〕鐵旛竿白正。你今日圖了我財。致了我命。在陰司告你。自有證見。〔邦老云〕誰是證見。〔正末云〕太尉爺爺便是證見。〔邦老云〕簷稍下殺你無證見。〔正末云〕這浮漚兒便是證見。〔邦老云〕這浮漚便怎生做的證見。你不問那裏告將來。我不怕你。〔正末唱〕

【黄鍾尾】罷罷罷我這性命呵似半輪殘月三更後。一日無常萬事休。苦奔波。枉生受。有誰人。肯搭救。單只被幾顆硃砂。送了我頭。拚的向閻羅告究。着鐵旛竿等候。遮莫你板門似手掌兒也掩不得俺這叫屈的口。

〔邦老殺正末下科云〕一個小後生。倒使了我一身汗。我掩在這墻根底下。着這逼綽刀子搜開這墻阿。磕綽我靠倒這墻。遮了這死屍。也與你個好發送。如今兩籠兒硃砂。都是我的了。一不做二不休。他説道家中有個花朵兒好媳婦。我拚的直到他家去。所算了他父親。怕那婦人不隨順我。神道。我鐵旛竿。須不怕你。隨你去做證見來。〔下〕〔太尉云〕頗奈鐵旛竿白正無禮。在吾神廟中圖了王文用之財。又致了他命。指吾神爲證見。便好道善有善報。惡有惡報。天若不降嚴霜。松柏不如蒿草。神靈若不報應。積善不如積惡。則今日領着鬼兵擒拏鐵旛竿白正。走一遭去來。

〔詩云〕休將奸狡昧神祇。禍福如同燭影隨。善惡到頭終有報。只争來早與來遲。〔下〕

〔音釋〕齁吼平聲　熟償由切　鼾漢平聲　頦音孩　瞅音揪　漚音鷗

第三折

〔孛老同旦兒上〕〔孛老云〕老漢王文用的父親。自從孩兒做買賣去了。至今不見回還。天那。我這河南人多少在外做客的。怎麽再没一個順便稍封信兒來家也。〔旦兒云〕父親且自寬心。這早晚回家也不見的。〔邦老上云〕某乃鐵旛竿白正。自殺了王文用。連日連夜走到這河南府東關裏紅橋西。問人來這是王文用家。這箇門兒便是。待我唤他一聲。家裏有人麽。〔孛老云〕媳婦兒。門首有人叫哩。你去看咱。〔旦兒云〕我去看來。〔見科云〕君子。你尋問誰哩。〔邦老云〕大嫂。你這裏是王文用家麽。〔旦兒云〕你問他怎的。〔邦老云〕我是他的夥計。替他寄一封書在此。〔旦兒云〕好也。我對俺父親説去。〔旦兒見孛老科云〕父親。有王文用同做買賣的夥計稍的信來也。〔孛老云〕是真個。我看去。哥哥。請家裏坐。〔邦老云〕老人家敢是王文用的父親麽。〔孛老云〕我是他父親。哥哥是誰。〔邦老拜科云〕我是他認義的兄弟。與他一搭裏做買賣。他利有百倍。他偶然蹦破脚。在後邊慢慢的行哩。着我先寄個信來。這個敢是哥哥的渾家。就是我的親嫂嫂一般。老伯。我走的饑又饑。渴又渴。你井裏打些水我吃。〔孛老云〕我到井上打水去。〔邦老云〕我跟將老伯去。〔孛老上井打水科云〕我打這水咱。〔邦老做推孛老下井科云〕去。〔孛老下〕〔旦兒哭科云〕我那父親阿。兀的不痛殺我也。〔邦老云〕兀那婦人。不要啼哭。你丈夫是我殺了。你父親又被我推在井裏。也死了。我這一來單則爲你。你與我做了渾家罷。〔旦兒云〕我至死也不隨順你。〔邦老云〕你若不隨順我。我一刀就殺了你。你自尋思咱。〔旦兒云〕且住者。他若殺了我呵。俺父親與丈夫的冤讎。誰人來報。罷罷罷。你依的我一件事。我便隨順你。〔邦老云〕你且説出來。好依的我便依着你。〔旦兒云〕我丈夫新亡了。我若隨順了你。你也不吉利。如今待我丈夫百日之後。那其間與你成其夫婦。永遠團圓。也不是遲哩。〔邦老云〕也罷。我則要個吉利。你一百日之後。我和你成其夫婦。我今日錢也有了。媳婦也有了。你這房子産業都是我的。憑着我一片好心。天也與我半碗飯吃。〔同下〕〔净扮地曹引鬼力上云〕小聖地曹的便是。今日在森羅殿上對案。還有天曹不曾來哩。鬼力門首覷者。尊神來呵。報復知道。〔鬼力云〕理會的。〔孛老上云〕老漢王文用的父親。頗奈白正無禮。將我孩兒王文用殺了。又將我推下井裏。又謀了我家媳婦爲妻。老漢死于非命。今日告地曹走一遭去。〔見净做跪科云〕尊神。老漢特來告狀。〔净做跪科云〕老官兒。請起請起。〔孛老云〕尊神是地曹判官。老漢是亡魂冤鬼。尊神請起。我是告狀的。〔净云〕你原來是告狀的。我錯認了是我的姑夫。你告誰。〔孛老云〕老漢河南府人氏。姓王。是王從道。嫡親的三口兒家屬。有個孩兒喚做王文用。又有個媳婦兒。我孩兒因做買賣去。利增百倍。有鐵旛竿白正。圖了他財。又算他性命。又將老漢推在井裏死了。又要了我家媳婦兒。地曹與老漢做主咱。〔净云〕你纔説是誰推在井裏。〔孛老云〕是鐵旛竿白正推我在井裏。〔净云〕既是

【么篇】我將這廝琅琅鐵索把那廝肩胛綁。沉點點鐵棍將那廝臂膊搪。打碎天靈共眼眶。踢折蠻腰和腦漿。〔做嘴臉科〕〔鬼力云〕怎麽做這個嘴臉。〔浄唱〕把那廝直拏到酆都那邊着他慢慢的想。〔同下〕

〔音釋〕蹦思闊切　焐烏去聲　鞓音汀　蹁音駢　躚音仙　搬音班　蹣音饅　掐音恰　撏詞纖切　糨姜去聲　陡音斗　扞寒去聲　繙音番　鸇音氈　翰音寒　搪音唐　腕烏慣切

第四折

〔邦老同旦兒上〕〔邦老云〕自家白正的便是。自從殺了王文用。到這裏將他父親推在井裏。要了他渾家。這幾日我有些神思不快。夢寐顛倒。不知是如何。大嫂。你與我安排些粥湯。我食用咱。〔旦兒云〕你則在這裏。我熬粥湯去也〔下〕〔正末扮魂子上云〕自家非別。乃是王文用。被鐵旛竿白正圖了財致了命。争奈我陽壽未盡。今夜晚間問他索命去呵。〔唱〕

【雙調新水令】正黄昏庭院景凄凄。哎喲天那走的我軟兀剌一絲兩氣。淅零零的山路冷。昏慘慘的晚風吹。脚步兒剛移。一步步行到枉死地。

〔做行科云〕來到這個所在。是十字坡口兒上酒店。正是我當初遇着那賊處。他見着我甚些動静。便起這點狠心。所算的我好苦也。〔唱〕

【伴讀書】檢生死輪迴案。是誰人敢把這天條扞。我奉着玉帝天符非輕慢。將是非曲直分明看。從頭兒報應真希罕。這的是天數要循環。

〔浄云〕上聖止有這宗文卷利害。〔正末唱〕

【笑和尚】你你你將文卷細細繙。我我我將卓面輕輕按。是是是小字兒疊千萬。要要要一行行親過眼。便便便一字字莫摧殘。來來來我一件件從公斡。

〔浄云〕上聖。這鐵旛竿白正在世間。無般不做。無件不爲。業貫將滿。除天可害。〔正末唱〕

【醉太平】你道他是天生就鷹鸇的羽翰。狼虎的賊心肝。這幾年家作業在陽間。並没些忌憚。眼見得王文用在明晃晃刀頭上遭危難。王從道在黑洞洞井底下何時旦。還將他花朵般媳婦兒只待要强姦。有這許多的罪犯。

〔云〕既是鐵旛竿白正有這般罪犯。你可怎生不着鬼力勾將來勘問。〔浄云〕上聖不知。我也曾幾番家着鬼力去迷那厮。争奈他十分兇惡。所以上不敢近他。〔正末云〕我與你拏去。〔唱〕

【煞尾】則我這硬邦邦指爪將那厮頭稍來挽。粗滚滚麻繩將那厮脖項來拴。丢天靈剪手腕。着凌遲受磨難。那怕他潑頑皮綽號做鐵旛竿。只消我這一對兒攔關。把那厮死狗也似拖將來我直着見了您眼。〔下〕

〔浄云〕上聖去了也。我也跟着趁打夥。捉拏白正跑一遭。〔唱〕

我正待劈頭毛廝扯掿。不争你攀肐膊强拆散。

〔净云〕鬼力。將酒過來。〔鬼力云〕酒到。〔净做遞酒科〕〔云〕上聖滿飲一杯。〔正末唱〕

【倘秀才】見地曹手捧着温良玉盞。我這裏忙擎起花紋象簡。〔净云〕上聖。許久不會了也。〔正末唱〕我和你間别來早已數載間。絶音信。少平安。今日得見面顔。

〔净云〕上聖請坐。〔净拏文卷遞科〕〔正末云〕這一宗是何文卷。〔净云〕這一宗是個開翦截鋪的。將那好段子大尺兒量進來。小尺兒賣出去。如今勾將來。左脇下打三千銅鎚。右脇下打五千鐵棒。還着他托生去。〔鬼力云〕可着他變做個什麽。〔净云〕可着他變個螞蝗。〔鬼力云〕因何變個螞蝗。〔净云〕要長也隨的他。要短也隨的他。〔正末云〕這一宗是何文卷。〔净云〕這一宗是個開洗糨鋪的。把人的好衣服或是洗白。或是高麗復生縑絲。他着那鐵熨斗都熨破了。我勾將他來。左脇下打三百銅鎚。右脇下打五百鐵棒。着那廝也還托生去。〔鬼力云〕他托生去可變個什麽。〔净云〕可變個鐵匠。〔鬼力云〕因何變做鐵匠。〔净云〕要硬也隨的他。要軟也隨的他。〔正末云〕這一宗是何文卷。〔净云〕這一宗是個花園子。在生之日。按四季栽種樹木。傷枝損葉。勾至陰間。左脇下打三十銅鎚。右脇下打五十鐵棒。還着他托生去。〔鬼力云〕他可變個什麽。〔净云〕直着他鐘鼓司觔陡房裏托生去。〔鬼力云〕可怎麽着他在觔陡房裏托生去。〔净云〕這邊栽也由他。那邊栽也由他。〔正末云〕這一宗是何文卷。〔净云〕這一宗是鐵旛竿白正圖財致命。殺了王文用。又將他父親推在井裏。又謀了他妻子。要了他家財。〔正末云〕我是看這宗文卷咱。〔唱〕

他推你在井裏。可怎麽不打濕了衣裳。〔孛老云〕濕是濕的。熱身子焐乾了。〔净云〕你端的死了不曾。〔孛老云〕我死了。〔净云〕既是死了便罷。告他怎的。〔孛老云〕尊神。你使些神通。拏將他來折對咱。〔净云〕憑着我也成不的。你且這裏伺候者。等天曹來呵。你告他。不争你着我去拏他。我怕他連我也殺了。〔孛老云〕我不曾見你這等神道。〔下〕〔正末扮太尉引判官小鬼上〕〔正末云〕吾神乃東嶽太尉。掌管善惡生死文簿。到森羅殿上對案。走一遭去來。〔唱〕

【正宫端正好】我將這帶鞓來攙。我把這唐巾按。舞蹁躚兩袖風翻。我只見霜林颯颯秋天晚。覺一陣冷氣侵霄漢。

【滚繡毬】你道爲甚麽森森的透骨寒。却元來是茫茫的雲霧繁。遮斷著紅塵無限。剛則見衰草斑斑。兀的不是地府間。黑水灣。早來到這奈河兩岸。兀的不是劍樹刀山。兩隻眼緊把冤魂來覷。一隻手輕將他鬼力揤。何處也蹣跚。

【倘秀才】摩弄的這玉帶上精光燦爛。拂綽了羅襴上衣紋可便直坦。我與你登澁道七林林過曲欄。我也曾坐觀十萬里。日赴九千壇。我沉吟了幾番。

【呆骨朵】我將這唾津兒潤破窗兒盼。〔小鬼報科云〕報的尊神得知。有東嶽太尉來到也。〔净云〕我接待尊神去。〔正末唱〕我探着手將小鬼揪翻。三弔脚捉腰。兩個指可便掐眼。只一拳直打的他天靈爛。這一回倒做的我渾身汗。〔净勸云〕上聖息怒。〔正末云〕放手。〔唱〕

【沉醉東風】若不是我失時落勢。怎生的便攬禍招危。我和他這搭兒纔相見。平日裏又不相識。剛道個一聲兒惡人迴避。早激的他惡哏哏鬧是非。那裏也見財起意。

〔做行科云〕這個所在是黑石頭店。你那賊。我既是躲着你走了。你苦死的趕我怎麼。〔唱〕

【喬牌兒】我既是抽身兒悄脱離。又何苦直趕上這田地。我和他又没甚殺爺娘搶道路深讎隙。可怎便捨殘生做到底。

〔云〕我想這一晚既然要躲那賊。只該悄悄的睡罷了。還要點着燈。數這硃砂顆兒做什麽。自古道出外做客。不要露白。可知被那賊瞧破了也。〔唱〕

【甜水令】我只合緊閉房門。吹殘燈火。且圖安睡。怎好去一顆顆數着這東西。早被他識咱行藏。聽咱聲響。見咱蹤跡。可不是自落的便宜。

〔做行科云〕這所在是東嶽太尉廟。那賊漢好狠也。我把一擔兒硃砂都送了你。只要留俺的性命。你怎麽還要將我殺了。我記的臨死時曾指滴水浮漚爲證。我如今冤魂不散。少不的和你索命。太尉爺爺。你是個掌生死的活神道。須與我屈死的王文用做主咱。〔做拜科〕〔唱〕

【折桂令】我忙合手頂禮神祇。現掌着死生文簿。何曾錯善惡毫釐。〔做再拜科云〕太尉爺爺。〔唱〕你怎不憐見我屈死的冤魂。放過了他行兇的潑賊。待强奪了俺無主的嬌妻。我親指着滴簷前浮漚爲記。難道你坐殿上神聖無知。〔做再拜科〕〔唱〕只願你檢驗輪迴。速顯靈威。將那厮直押送十八層地獄阿鼻。纔見的你百千年天性忠直。〔做行科云〕我來到家中。看我那父親去咱。元來冤魂幽滯。還在井底。父親。兀的不痛殺我也。〔做悲科〕〔唱〕

【落梅風】我只道你靈性歸天上。却元來幽魂沉井底。總便是鐵石人也見了心碎。我和他這冤讎結的來甚盡期。只除非各一家天地。

〔云〕我再看我那渾家。如今在那裏。元來他隨了那賊漢。正與他熬粥湯兒哩。〔唱〕

【沽美酒】並不曾見烈紙錢將咱祭。倒去熬粥湯送他吃。元來你個水性婆娘易轉移。乾着我生受了半世。眼睁睁看你做歹人妻。

【太平令】我癡心想望貞潔。你做事忒殺非爲。鐵旛竿滿懷得濟。王文用手稍兒着地。你這個潑賊。就裏。落可便下的。白佔了俺家緣家計。

〔正末做扯邦老科云〕鐵旛竿償我命來。〔邦老云〕你是什麽人。着我償你的命。〔正末云〕則我是王文用。你當日在太尉廟中。將我圖財致命。又將我父親渰死了。渾家也强佔了。你如何不償我命來。〔邦老云〕你説是我害你命來。可有何證見。〔正末云〕有有有。則滴水浮漚兒。便是證見。〔邦老云〕我平日是個吃齋把素。伸指頭不咬人的人。這樣勾當。我幾曾幹來。你説太尉廟中滴水浮漚兒是證見。你只叫那太尉來。我和他對證。〔太尉同鬼力上云〕人間私語。天聞若雷。暗室虧心。神目如電。兀那鐵旛竿白正。你還不認的我哩。你當日在我神廟中。滴水浮漚之下。將王文用圖財致命。又渰死了他父親。强奪了他妻室。你今日惡貫滿盈。有何理説。〔邦老做跪科云〕是是是。我殺了王文用來。望上聖可憐見。我與他看經禮懺。請高僧大德超度他生天。你則饒了我罷。〔正末云〕你那賊也有今日哩。從來一冤報。我怎麽還饒得你。〔唱〕

【收尾】死生難遏我心頭氣。冤讎有似簷間水。哎。你個圖財致命的狠心賊。也少不得做個落塹拖坑的没頭鬼。

〔太尉云〕鐵旛竿白正。你今對吾神招證明白。兀那鬼力。將這厮押赴酆都。受諸苦惱。永爲餓鬼。以報王文用之讎。你聽者。〔詞云〕則爲這鐵旛竿撒潑行兇。將王文用趕入廟中。既謀財又傷他命。結冤讎似海無窮。曾指定浮漚爲證。到今朝運數當終。遣鬼力將他拏下。直押赴地獄重重。其屈死一雙怨鬼。償還他來世亨通。纔見得冤冤相報。方信道天理難容。

〔音釋〕識傷以切　衹音其　阿音窩　鼻音毗　隙音豈　跡將洗切　懺叉鑑切　直征移切　喫音恥　潔饑上聲　賊則平聲　的音底　塹僉去聲

題目　鐵旛竿圖財致命賊

正名　硃砂擔滴水浮漚記

便宜行事虎頭牌雜劇

李直夫撰

第一折

〔旦扮茶茶引六兒上〕〔西江月詞云〕自小便能騎馬。何曾肯上粧臺。雖然脂粉不施來。別有天然嬌態。若問兒家夫壻。腰懸大將金牌。茶茶非比別裙釵。説起風流無賽。自家完顔女直人氏。名茶茶者是也。嫁的個夫主乃是山壽馬。現爲金牌上千户。今日千户打圍獵射去了。下次孩兒每安排下茶飯。則怕千户來也。〔冲末扮老千户同老旦上云〕老夫銀住馬的便是。從離渤海寨。行了數日。來到這夾山口子。這裏便是山壽馬的住宅。左右接了馬者。六兒。報復去。道叔叔嬸子來了也。〔六兒報科〕〔旦云〕道有請。〔見科云〕叔叔嬸子前廳上坐。茶茶穿了大衣服來相見。〔旦換衣拜科云〕叔叔嬸子。遠路風塵。〔老千户云〕茶茶。小千户那裏去了。〔旦云〕千户打圍射獵去了。〔老千户云〕便着六兒請小千户來。説道。有叔叔嬸子。特來看他哩。〔旦云〕六兒快去請千户家來。叔叔嬸子。且請後堂飲酒去。等千户家來也。〔同下〕〔正末扮千户引屬官踏馬上詩云〕腰横轆轤劍。身被鷫鸘裘。華夷圖上看。惟俺最風流。自家完顔女直人氏。姓王。小字山壽馬。現做着金牌上千户。鎮守着夾山口子。今日天晴日煖無甚事。引着幾個家將打圍射獵去咱。〔唱〕

【仙吕點絳脣】一來是祖父的家門。二來是自家的福分。懸牌印。掃蕩征塵。將勇力施呈盡。

【混江龍】幾回家開旗臨陣。戰番兵累次建功勳。怕不的貲財足備。孳畜成羣。長養着百十槽衝鋒的慣戰馬。掌管着一千户屯田的鎮番軍。我如今欲待去消愁悶。則除是飛鷹走犬。逐逝追奔。

〔六兒上云〕來到這圍場中。兀的不是。爺。家裏有親眷來看你哩。〔正末云〕六兒。你做甚來。〔六兒云〕有親眷來了也。〔正末唱〕

【油葫蘆】疑怪這靈鵲兒坐在枝上穩。暢好是有定准。〔云〕六兒。來的是什麼親眷。〔六兒云〕則説是親眷。不知是誰。〔正末唱〕則見他左來右去再説不出甚親人。爲甚麼叨叨絮絮占着是迷丢没鄧的混。爲甚麼獐獐狂狂便待要急張拒遂的裩。眼腦又剔抽禿揣的慌。口角又劈丢撲搭的噴。只見他踏踏忽忽身子兒無些分寸。覷不的那姦姦詐詐没精神。

〔六兒云〕待我想來。〔正末唱〕

【天下樂】只見他越尋思越着昏。敢三魂。失了二魂。〔帶云〕我試猜波。〔唱〕莫不是鐵哥鎮撫家遠探親。〔六兒云〕不是。〔正末唱〕莫不是達魯家老太君。〔六兒云〕也不是。〔正末唱〕莫不是普察家小舍人。〔六兒云〕也不是。〔正末唱〕莫不是叔叔嬸子兩口兒來訪問。

〔六兒云〕是了。是叔叔嬸子哩。〔正末云〕是叔叔嬸子。且收了斷場快家去來。〔下〕〔老千户同老旦上云〕怎麼這時候千户還不見來。〔旦云〕小的門首覷者。千户敢待來也。〔正末上云〕接了馬者。茶茶。叔叔嬸子在那裏。〔做拜見科〕〔老千户云〕孩兒。相別了數載。俺兩口兒好生的思想你哩。今日一徑的來望你也。〔正末云〕叔叔嬸子請坐。〔唱〕

【醉中天】叔叔你鞍馬上多勞困。嬸子你程途上受艱辛。一自別來五六春。數載家無音信。則這個山壽馬別無甚痛親。我一言難盡。來探你這歹孩兒索是遠路風塵。

〔老千户云〕孩兒。想從小間俺兩口兒怎生擡舉你來。你如今崢嶸發達呵。你可休忘了俺兩口的恩念。〔正末云〕叔叔嬸子。你孩兒有什麼不知處。〔唱〕

【金盞兒】我自小裏化了雙親。忒孤貧。謝叔叔嬸子把我來似親兒般訓。演習的武和文。我如今鎮邊關爲元帥。把隘口統三軍。我當初成人不自在。我若是自在不成人。

〔云〕小的一壁厢封羊宰猪。安排筵席者。〔外扮使命上云〕小官完顔女直人氏。是天朝一個使臣。爲因山壽馬千户。把守夾山口子。征伐賊兵。累著功績。聖人的命。差小官齎敕賜他。可早來到他家門首也。左右接了馬者。報復去。道有使命在於門首。〔六兒報科〕〔正末云〕粧香來。〔跪科〕〔使云〕山壽馬聽聖人的命。爲你守把夾山口子。累建奇功。加你爲天下兵馬大元帥。行樞密院事。敕賜雙虎符金牌帶者。許你便宜行事。先斬後聞。將你那素金牌子。但是手下有得用的人。就與他帶着。替你做金牌上千户。守把夾山口子。謝了恩者。〔正末謝恩科云〕相公鞍馬上勞神也。〔使云〕恭喜相公得此美除。〔正末云〕相公吃了筵席呵去。〔使云〕小官公家事忙。便索回去也。〔正末送科云〕相公穩登前路。〔使云〕請了。正是將軍不下馬。各自奔前程。〔下〕〔正末云〕小的。筵席完備未曾。〔六兒云〕已備下多時了也。〔老千户云〕夫人。恰纔天朝使命。加小千户爲天下兵馬大元帥。我聽的説道。將他那素金牌子。就着他手下得用的帶了。替做千户。我想起來我偌大年紀。也無些兒名分。甲首也不曾做一個。央及小姐和元帥説一聲。將那素金牌子。與我帶着。就守把夾山口子去呵。不强似與了别人。〔老旦云〕老相公。你平生好一杯酒。則怕你失誤了事。〔老千户云〕夫人。我若帶牌子做了千户呵。我一滴酒也不吃了。〔老旦云〕你道定者。〔老千户云〕我再也不吃了。〔老旦云〕既是這般呵。我對茶茶説去。〔老旦見旦云〕媳婦兒。我有一句話可是敢説麼。〔旦云〕嬸子説甚話來。〔老旦云〕恰纔那使臣言語。將雙虎符金牌。與小千户帶了。那素金牌子。着他手下有得用的人與他帶。比及與别人帶了。與叔叔帶了可不好那。〔旦云〕嬸子説的是。我就和元帥説。〔旦見正末云〕元帥。恰纔叔叔嬸子説來。你有雙虎符金牌帶了。那素金牌子。着你把與手下人帶。比及與别人帶時。不如與了叔叔可也好也。〔正末云〕誰這般説來。〔旦云〕嬸子説來。〔正末云〕叔叔平日好一盃酒。則怕他失誤了事。〔旦云〕叔叔説道。他若帶了牌子。做了千户呵。他一滴酒也不吃了。〔正末云〕既然如此。將那素金牌子來。叔叔。恰纔使臣説來。如今聖人的命。着你孩兒做了兵馬大元帥。敕賜與雙虎符金牌。先斬後奏。這素金牌子。着你孩兒手下有得用的人。就與他帶了。做金牌上千户。我想叔叔幼年。多曾與國家出力來。叔叔你帶了這牌。做了上千户。可不强似與別人。〔老千户云〕想你手下多有得用的人。我又無甚功勞。我怎生做的這千户。〔正末云〕叔叔休那般説。〔唱〕

【一半兒】則俺那祖公是開國舊功臣。叔父你從小裏一個敢戰軍。這金牌子與叔父帶呵也是本分。見嬸子那壁意欣欣。〔云〕叔父。你受了這牌子者。〔老千户云〕我可怎麼做的。〔正末唱〕我見他一半兒推辭一半兒肯。

〔老千户云〕元帥。難得你這一片好心。我受了這牌子者。〔正末云〕叔叔。你受了牌子。便與往日不同。索與國家出力。再休貪着那一杯兒酒也。〔老千户云〕你放心。我帶了這牌子呵。我一點酒也不吃了。〔正末云〕如此恰好。〔唱〕

【金盞兒】我爲甚麼語諄諄。單怕你醉醺醺。只看那斗來粗肘後黄金印。怎辜負的主人恩。但願你扶持今社稷。驅滅舊妖氛。常言道家貧顯孝子。國難識忠臣。

〔老千户云〕我則今日到渤海寨。搬了家小。便往夾山口鎮守去也。〔正末云〕叔叔。則今日你孩兒往大興府去。叔叔去取行李。路上小心在意者。〔唱〕

【賺煞】則今日過關津。度州郡。没揣的逢他敵人。陣面上相持賭的是狠。託賴着俺祖公是番宿家門。哎。你莫因循。便只待人急偎親。暢好道厮殺無過是嗗父子軍。誓將那鯨鯢來盡吞。只將這邊關守緊。你可便捨一腔熱血報明君。〔同旦兒六兒下〕

〔老千户云〕俺姪兒去了也。則今日往渤海寨搬取家小走一遭去。〔同老旦下〕

〔音釋〕轆音鹿　轤音盧　鷫音肅　鸘音霜　分去聲　累上聲　長音掌　刲音奎　便平聲　推退平聲

第二折

〔老千户同老旦上云〕老夫自到的渤海寨。搬取了家小。來到俺這庄頭。見了衆多親眷。聽的我做了千户。這個請我吃兩鉼。那個請我吃三鉼。每日則是醉。雖然吃酒。則怕悞了到任日期。有二哥哥金住馬在這庄兒上住坐。我辭了哥哥。便往夾山口子去也。〔老旦云〕老相公。喒在這裏等者。你去辭了伯伯。早些兒來。〔下〕〔老千户云〕遠遠的望着。敢是哥哥來也。〔正末扮金住馬上云〕自家金住馬的便是。我有個兄弟。是銀住馬。他如今做了金牌上千户。去鎮守夾山口子。聽的道往我這村兒前過。我無什麽。買了這一鉼酒。與兄弟餞行走一遭去。〔唱〕

【雙調五供養】愁冗冗。恨綿綿。争奈我赤手空拳。只得問别人借了幾文錢。可買的這一瓶兒村醪酒。待與我那第二個弟兄祖餞。想着他期限迫難留戀。可若是今番去也。知他是甚日個團圓。

〔云〕兀的不是我兄弟。〔老千户云〕兀的不是我哥哥。〔見科云〕哥哥。你兄弟做了金牌上千户。如今鎮守夾山口去。一徑的辭哥哥來。〔正末云〕兄弟。我知道你做了金牌上千户。鎮守夾山口子

去。我無甚麽。買這一缾兒酒。與兄弟餞行。〔老千户云〕看你這般艱難。你那裏得這錢來買酒。教哥哥費心。〔正末做遞酒科唱〕

【落梅風】我抹的這缾口兒浄。我斟的這盞面兒圓。〔老千户做接盞科〕〔正末云〕兄弟且休便吃。〔唱〕待我望着那碧天邊太陽澆奠。則俺這窮人家又不會别咒愿。則願的俺兄弟每可便早能勾相見。

〔做澆奠再遞酒科云〕兄弟滿飲一杯。〔老千户云〕哥哥先飲。〔正末云〕好波。我先吃了。兄弟飲。〔老千户云〕待你兄弟吃。〔正末云〕兄弟再飲一杯。〔老千户云〕只我今日見了哥哥。吃幾杯酒。到的夾山口子。我一點酒也不吃了。〔正末云〕兄弟。你哥哥無甚麽與你。〔老千户云〕我今日辭哥哥去。敢問哥哥要什麽。〔正末唱〕

【阿那忽】再得我往日家緣。可敢齎發與你些個盤纏。有他這鰾接來的兩根兒家竹箭。〔老千户云〕你兄弟收了者。〔正末云〕還有哩。〔唱〕更有條蠟打來的這弓弦。

〔老千户云〕這兩件。你兄弟正用的着哩。〔正末云〕兄弟。你酒要少吃。事要多知。〔老千户云〕請哥哥放心。我若到夾山口子去。整搠軍馬。隄備賊兵。我一點酒也不吃了。〔正末唱〕

【慢金盞】我着這苦口兒説些良言。勸你那酒莫貪。勸你那財休戀。你可便久鎮着南邊。夾山的那峪前。統領着軍健。相持的那地面。但要你用心兒把守得安然。你可便只愁陞。不愁貶。

〔老千户云〕哥哥。俺那山壽馬姪兒。做着兵馬大元帥。我便有些踈失。誰敢説我。〔正末云〕兄弟。你休那般説。〔唱〕

【石竹子】則俺那山壽馬姪兒是軟善。犯着的休想他便肯見憐。假若是罪當刑死而無怨。赤緊的元帥令更狠似帝王宣。

〔老千户云〕想哥哥那往日。也曾受用快活來。〔正末唱〕

【大拜門】我可也不想今朝。常記的往年。到處裏追陪下些親眷。我也曾吹彈那管絃。快活了萬千。可便是大拜門撒敦家的筵宴。

〔老千户云〕我想哥哥幼年間穿着那等様的衣服。今日便怎生這等窮暴了。〔正末唱〕

【山石榴】往常我便打扮的别。梳粧的善。乾皂靴鹿皮綿團也似軟。那一領家夾襖子是藍腰線。

【醉娘子】則我那珍珠豌豆也似圓。我尚兀自揀擇穿。頭巾上砌的粉花兒現。我繫的那一條玉兔鶻是金廂面。

〔老千户云〕哥哥。你那幼年間中注模様。如今便怎生老的這等了。〔正末唱〕

【相公愛】則我那銀盆也似龐兒膩粉鈿。墨錠也似髭鬚着絨繩兒纏。對着這官員。親將那籌筯傳。等的個安筵盞初巡徧。

【不拜門】則聽的這者刺古笛兒悠悠聒耳喧。那駝皮鼓鼕鼕的似春雷健。我向這筵前。筵前。我也曾舞蹁躚。舞罷呵誰不把咱來誇羨。

【也不囉】對着這衆官員。諸親眷。送路排筵宴。道是去也去也難留戀。甚日重相見。

（老千户悲科云）哥哥。不知此一别。俺兄弟每再幾時相見也。（正末唱）

【喜人心】今朝别後。再要相逢。則除是夢中來見。奈夢也未必肯做方便。只落的我兄弟行傒落。嬸子行熬煎。姪兒行埋怨。世事多更變。好弱難分辨。

（老千户云）哥哥。兀的不痛殺你兄弟也。（正末唱）

【醉也摩娑】則被你拋閃殺業人也波天。則被你拋閃殺業人也波天。我無賣也那無典。無吃也那無穿。一年不如一年。

（老千户云）我曾記的哥哥根前。有個孩兒。唤做狗皮。他如今在那裏。（正末云）我也久忘了。你又提將起來做甚的。（唱）

【月兒彎】則俺那生忿忤逆的醜生。有人向中都曾見。伴着火潑男也那潑女。茶房也那酒肆。在那瓦市裏穿。幾年間再没個信兒傳。有句話舌尖上挑着。我去那喉嚨裏嚥。

〔老千户云〕俺哥哥有一句話。待要説可又不説。〔正末背云〕我有心待問兄弟討一件兒衣服呵。則是難以開口。我且慢慢的説將去。兄弟。你哥哥這一年四季。春夏秋冬。煞是艱難也。〔唱〕

【風流體】我到那春來時。春來時和氣暄。若到那夏時節。夏時節薰風遍。我可便最怕的。最怕的是秋暮天。更休題臘月裏。臘月裏飛雪片。

【忽都白】兄弟哎我也曾有那往日的家緣。舊日的庄田。如今折罰的我無片瓦根椽。大針麻線。着甚做細米也那白麪。厚絹也那薄綿。兄弟哎你則看俺一雙父母的顔面。怕到那冷時節有甚麽替換下的舊襖子兒。你便與我一領兒穿也波穿。〔老千户云〕哥哥若不説呵。你兄弟怎生知道。我就着人打開駝垜。將一領綿團襖子來。與哥哥禦寒。〔正末唱〕不是我絮絮叨叨。咭咭煎煎。兩淚漣漣。霍不了我心頭怨。趁不了我平生願。

〔老千户云〕俺哥哥。你往常時香毬吊挂。幔幙紗幮。那等受用。今日都在那裏。〔正末唱〕

【唐兀歹】往常我幔幙紗幮在繡圍裏眠。到如今枕着一塊半頭磚。土炕上土炕上彎着片破席薦。暢好是恓惶也波天。

〔云〕兄弟。你到那裏。好生整搠軍馬者。少飲些酒。〔老千户云〕哥哥。你放心。如今太平天下。四海晏然。便吃幾杯酒兒。有什麽事。〔正末云〕兄弟。你休那般説。〔唱〕

【離亭宴煞】雖然是罷干戈絶士馬無征戰。你索與他演鎗刀輪劍戟習弓箭。則要你堅心兒向前。你去那寨栅内莫憂愁。營帳内休懼怯。陣面上休勞倦。〔老千户做拜辭科云〕則今日拜辭了哥哥。便索往夾山口子去也。〔正末云〕兄弟。你穩登前路。〔老千户云〕左右那裏。將馬來。〔做上馬科云〕哥哥。慢慢回去。〔正末唱〕則你那疋馬屹蹬蹬的踐路途。我獨自個氣丕丕歸庄院。〔老千户云〕俺哥哥你還健着哩。〔正末唱〕我可便强健殺者波活的到明年後年。〔老千户云〕待我到那裏。便來取哥哥。〔正末唱〕你待要重相見面皮難。〔帶云〕兄弟。〔唱〕喒兩個再團圓可兀的路兒遠。〔下〕

〔老千户云〕俺哥哥回去了也。則今日領着家小。便往夾山口子鎮守去來。〔詩云〕我如今把守去夾山寨口。打點着老精神時常抖擻。料番兵無一個擅敢窺邊。只管裏一家兒絮叨叨勸咱不要吃酒。〔下〕

〔音釋〕餞音賤　酪音澇　鰾邦妙切　峪于句切　豌烏官切　鶻音斛　厖音忙　纏去聲　躚音仙　行音杭

第三折

〔老千户同老旦上云〕歡來不似今朝。喜來那逢今日。自從到的這夾山口子呵。無甚事。正好吃酒。我着人去請金住馬哥哥到來。誰想他已亡化過了也。今日八月十五日。是中秋節令。夫人着下次孩兒每安排酒來。我和夫人玩月暢飲幾盃。〔動樂科〕〔雜當報云〕老相公。禍事也。失了夾山口子也。〔老千户慌科〕〔老旦云〕老相公。我説道你少吃幾鍾酒。如今怎麼好。〔老千户云〕既然這般。如今怎了。左右將披挂來。我趕賊兵去。〔下〕〔外扮經歷上云〕小官完顔女直人氏。自祖父以來。世握軍權。鎮守邊境。争奈遼兵不時侵擾。俺祖父累累與他厮殺。結成大怨。他倒駡俺女直人野奴無姓。祖父因此遂改其名。分爲七姓。乾坤宫商角徵羽。乾道那驢姓劉。坤道穩的罕姓張。宫音傲國氏姓周。商音完顔氏姓王。角音撲父氏姓李。徵音夾谷氏姓佟。羽音失米氏姓肖。除此七姓之外。有扒包包五骨倫等。各以小名爲姓。自前祖父本名竹里真。是女真回回禄真。後來收其小界。總成大功。遷此中都。改爲七處。想俺祖父捨死忘生。赤心報國。今日子孫承襲。也非是容易得來的。〔詩云〕祖父艱辛立業成。子孫世世襲簪纓。一心只願烽塵息。保佐皇朝享太平。某乃元帥府經歷是也。如今有這把守夾山口子老完顔。每日戀酒貪杯。透漏賊兵。失誤軍期。非是小目罪犯。三遍將文書勾去。倒將去的人累次毆打。他倚仗是元帥的叔父。相公甚是煩惱。今番又着人勾去。不來時。直着幾個關西曳剌。將元帥府印信文書勾去。也不怕他不來。左右。你可説與勾事的人。小心在意。疾去早回。待老完顔到時。報復某家知道。〔下〕〔老千户領左右上云〕只因八月十五夜。失了夾山口子。第二日我馬上許多頭目。復殺了一陣。將擄去的人口牛羊馬匹。都奪回來了。那頭目每與我賀喜再吃酒。〔又吃科〕〔老旦云〕小的每安排酒來。與老相公把個勞困盞兒。〔净扮勾事人上〕〔見科云〕元帥有勾。〔老千户喝云〕兀那厮。你是什麼人。〔勾事人云〕元帥將令。差我勾你來。〔老千户云〕我是元帥的叔父。你怎麼敢來勾我。左右。拿下去打着者。〔左右打科〕〔勾事人詩云〕老完顏見事不深。元帥令敢不遵欽。我來勾你你倒打我。我入你老婆的心。〔下〕〔净扮勾事人上云〕老千户有勾。〔老千户喝云〕兀那廝。是什麼人。〔勾事人云〕元帥將令。差我勾你來。〔老千户云〕哇。只我是元帥的叔父。你怎麼敢來勾我。左右。與我搶出去。〔左右打科〕〔勾事人詩云〕老完顏做事忒不才。倒着我濕肉伴乾柴。我今來勾你你不去。看後頭自有狠的來。〔下〕〔外扮曳剌上云〕洒家是個關西曳剌。奉元帥的將令。有老完顏失誤了夾山口子。差人勾去勾不來。差我勾去。可早來到也。〔做見科云〕老千户。元帥將令。差人來勾你。你怎麼不去。〔做拿鐵索套上科詩云〕老完顏心麄膽大。元帥令公然不怕。我這裏不和你折證。到元帥府慢慢的説話。〔老千户云〕老夫人。這事不中了也。如今元帥府裏勾將我去。我偌大年紀。那裏受的這般苦楚。老夫人。與我盪一壺熱酒趕的來。〔下〕〔老旦云〕似這般怎生是好。我直到元帥府裏望老相公走一遭去。〔下〕〔正末引經歷祗候排衙上正末唱〕

【雙調新水令】賀平安報偌可便似春雷。你把那明丢丢劍鋒與我准備。他誤了限次。失了軍期。差幾個曳剌勾追。〔云〕經歷。你去問鎮守夾山口子的。〔唱〕兀那老提控到來也未。

〔曳剌鎖老千户上云〕行動些。〔老千户云〕有什麼事。我是元帥的叔父。怕怎麼。〔曳剌見經歷云〕把夾山口子的老完顏勾將來了也。〔正末云〕勾到了麽。拿過來。〔經歷云〕拿過來者。〔正末

云〕開了他的鐵鎖。摘了他那牌子。〔老千户做不跪科〕〔正末云〕好無禮也呵。〔唱〕

【沉醉東風】只見他氣丕丕的庭階下立地。不由我不惡噷噷心下猜疑。〔帶云〕我歹殺者波。〔唱〕**我是奉着帝主宣。掌着元戎職。可怎生全没些大小尊卑。**〔帶云〕你是我所屬的官呵。〔唱〕**還待要詐耳佯聾做不知。到根前不下個跪膝。**

〔云〕你今日犯下正條劃的罪來。兀自這般崛强哩。經歷。你問他爲什麼不跪。他若是不跪呵。安排下大棒子。先攉折他兩臁骨者。〔經歷云〕理會的。〔老千户云〕經歷。我是他的叔父。那裏取這個道理來。要我跪着他。〔經歷云〕相公的言語道。你不跪着呵。大棒子先敲折你兩臁骨哩。〔老千户云〕我跪着便了。則着你折殺他也。〔正末云〕經歷。着他點紙畫字者。〔經歷云〕老完顔。着你點紙畫字哩。〔老千户云〕經歷。我那裏省得點紙畫字。〔經歷云〕這紙上點一點。着你吃一鍾酒。〔老千户云〕我點一點兒呵吃一鍾酒。將來將來。我直點到晚。〔經歷云〕你畫一個字者。〔老千户云〕畫字了。〔經歷云〕老完顔點了紙。畫了字也。〔正末云〕經歷。你高高的讀那狀子着他聽。〔經歷讀云〕責狀人完顔阿可阿可見年六十歲。無病疾。係京都路忽里打海世襲民安下女直人氏。承應勞校。見統領征南行樞密院先鋒都統領勾當。近蒙行院相公差遣。統領本官軍馬。把守夾山口子。防禦賊兵。自合常常整搠戈甲。隄備戰敵。却不合八月十五晚。以帶酒致彼有失。透漏賊兵過界。打破夾山口子。擄掠人民婦女牛羊馬匹。今蒙行院相公勾追。自合依准前來。却不合抗拒不行赴院。故違將令。又將差去公人。數次拷打。今具阿可合得罪犯。隨供招狀。如蒙依軍令施行。執結是實。伏取鈞旨。一主把邊將聞將令而不赴者。處死。一主把邊將帶酒不時操練三軍者。處死。一主把邊將透漏賊兵不迎敵者。處死。秋八月某日。完顔阿可狀。〔老千户云〕這等我該死了。〔做哭科〕〔正末唱〕

【攪箏琶】喒須是關親意。也索要顧兵機。官裏着你户列簪纓。着你門排畫戟。可怎生不交戰。不迎敵。喫的個醉如泥。情知你便是快行兵的姜太公齊管仲越范蠡漢張良可也管着些甚的。枉了你哭哭啼啼。

〔云〕經歷。將他那狀子來。〔經歷云〕有。〔正末云〕判個斬字。推出去斬訖報來。〔經歷云〕理會的。左右那裏。推出老完顔斬了者。〔做綁出科〕〔老千户云〕天那。如今要殺壞了我哩。怎的老夫人來與我告一告兒。〔老旦慌上云〕哥哥每。且住一住。我是元帥的親嬸子。待我過去告一告兒。〔做見正末跪叫科〕〔正末云〕嬸子請起。〔老旦云〕元帥。國家正廳上。不是老身來處。想你叔叔帶了素金牌子。因貪酒失了夾山口子。透漏賊兵。擄掠人民。元帥見罪。待要殺壞了。想着元帥自小裏父母雙亡。俺兩口兒擡舉的你長立成人。做偌大官位。俺兩口兒雖不曾十月懷躭。也曾三年乳哺。也曾煨乾就濕。嚥苦吐甘。可怎生免他項上一刀。看老身面皮。只用杖子裏戒飭他後來。可不好也。〔正末云〕你那知道那男子漢在外所行的勾當。〔唱〕

【胡十八】他則待殢酒食。可便戀聲妓。他那裏肯道把隘口退强賊。每日則是吹笛擂鼓做筵席。〔老旦云〕你叔叔老了也。〔正末云〕你道叔叔老了。他多大年紀也。〔老旦云〕他六十歲了。〔正末唱〕**他恰纔便六十。**〔云〕姜太公八十歲遇文王。戊午日兵臨孟水。甲子日血浸朝歌。扶立周朝八百年天下。〔唱〕**他比那伐紂的姜太公尚兀自還少他二十歲。**

〔云〕嬸子請起。這個是軍情事。饒不的。〔老旦出門科云〕老相公。他斷然不肯饒怎生好那。〔老千户云〕老夫人。請將茶茶小姐來。着他去勸一勸可不好。〔旦上云〕叔叔嬸子。怎生這般煩惱呀。〔老旦云〕茶茶。爲你叔叔帶酒失了夾山口子。元帥待要殺壞了你叔叔。你怎生過去勸一勸兒可也好。〔旦云〕叔叔嬸子。我過去説的呵。你休歡喜。説不的呵。你休煩惱。〔旦見正末科〕〔正末怒云〕茶茶。你來這裏有什麽勾當那。〔旦云〕這是訟廳上。不是茶茶來處。只想你幼年間父母雙亡。多虧了叔叔嬸子擡舉你長成。做着偌大的官位。你待要殺壞了叔叔。你好下的。怎生看着茶茶的面。饒了叔叔可也好。〔正末云〕茶茶。這三重門裏。是你婦人家管的。誰慣的你這般麄心大膽哩。〔唱〕

【慶宣和】則這斷事處誰教你可便來這裏。這訟廳上可便使不着你那家有賢妻。〔云〕着他那屬官每便道。叔叔犯下罪過來。可着媳婦兒來説。〔唱〕**你這個關節兒常好道來的疾。**〔云〕茶茶。你若不回去呵。〔唱〕**可都枉擘破咱這面皮。面皮。**

〔云〕快出去。〔旦云〕我回去則便了也。〔做出門見老千户云〕元帥斷然不肯饒你。可不道法正天須順。你甚的官清民自安。我可什麽妻賢夫禍少。呸。也做不得子孝父心寬。〔下〕〔老旦云〕似這般如之奈何。〔老千户云〕經歷相公。你衆官人每告一告兒可不好。〔經歷云〕且留人者。〔衆官跪科〕〔正末云〕你這衆屬官每做甚麽。〔經歷云〕相公。罰不擇骨肉。賞不避仇讎。小官每怎敢唐突。但老完顔倚恃年高。躭酒誤事。透漏賊兵。打破夾山口子。其罪非輕。相公幼亡父母。叔父撫育成人。此恩亦重。據小官每愚見。以爲老完顔若遂明正典刑。雖足見相公執法無私。然而于國盡忠。于家不能盡孝。賢者或不然矣。〔詩云〕告相公心中暗約。將法度也須斟酌。小官每豈敢自專。望從容尊鑑不錯。〔正末唱〕

【步步嬌】則你這大小屬官都在這廳堦下跪。暢好是一個個無廉耻。他是叔父我是姪。道底來火須不熱如灰。你是必再休提。〔云〕他是我的親人。犯下這般正條款的罪過來。我尚然殺壞了。你每若有些兒差錯呵。〔唱〕**你可便先看取他這個傍州例。**

〔云〕你每起去。饒不的。〔經歷出門科云〕相公不肯饒哩。〔老千户云〕似這般怎了也。〔經歷云〕老完顔。你既八月十五日失了夾山口子。怎生不追他去。〔老千户云〕我十六日上馬趕殺了一陣。人口牛羊馬匹。我都奪將回來了〔經歷云〕既是這等。你何不早説。〔見正末云〕相公。老完顔纔説他十六日上馬。復殺了一陣。將人口牛羊馬匹。都奪將回來了。做的個將功折罪。〔正末云〕既然他復殺了一陣。奪的人口牛羊馬匹回來了。這等呵將功折過。饒了他項上一刀。改過狀子。杖一百者。〔經歷云〕理會的。〔讀狀云〕責狀人完顔阿可。見年六十歲。無疾病。係京都路忽里打海世襲民安下女直人氏。見統征南行樞密院事先鋒都統領勾當。近蒙差遣。把守夾山口子。自合謹守。整搠軍士。却不合八月十五日晚。失於隄備。透漏賊兵過界。侵擄人口牛羊馬匹若干。就于本月十六日。阿可親率軍士。挺身赴敵。效力建功。復奪人口牛羊馬匹。于所侵之地。殺退賊兵。得勝回還。本合將功折過。但阿可不合帶酒拒院。不依前來。應得罪犯。隨狀招伏。如蒙准乞。執結是實。伏取鈞旨。完顏阿可狀。〔正末云〕准狀。杖一百者。〔經歷云〕老完顏。元帥將令免了你死罪。則杖一百。〔老千户云〕雖免了我死罪。打了一百。我也是個死的。相公且住一住兒。着誰救我這性命也。老夫人。喒家裏有個都管。喚做狗兒。如今他在這裏。央及他勸一勸兒。〔做叫科〕〔净扮狗兒上云〕自家狗兒的便是。伏侍着這行院相公。好生的愛我。若没我呵。他也不吃茶飯。若見了我呵。他便懽喜了。不問什麽勾當。但憑狗兒説的便罷了。正在竈窩裏燒火。不知是誰喚我。〔老千户云〕狗兒。我喚你來。〔做跪科云〕我央及你咱。〔狗兒云〕我道是誰。元來是叔叔。休拜。請起。〔做跌倒科云〕直當撲了臉。叔叔。你有什麽勾當。〔老千户云〕狗兒。元帥要打我一百哩。可憐見替我過去説一聲兒。〔狗兒云〕叔叔。你放心。投到你説呵。我昨日晚夕話頭兒去了也。〔老千户云〕如今你過去告一告兒。〔狗兒云〕叔叔放心。都在我身上。〔見正末科〕〔正末云〕你來做什麽。〔狗兒云〕我無事可也不來。想着叔叔他一時帶酒。失誤了軍情。你要打他一百。他不疼便好。可不道大能掩小。海納百川。看着狗兒面皮休打他。若打了他呵。我就惱也。饒了他罷。〔正末唱〕

【沽美酒】則見他懆懒懒的做樣勢。笑吟吟的强支對。他那裏口口聲聲道是饒過只。我這裏尋思了一會。這公事豈容易。

【太平令】我將他幾番家叱退。他苦央及兩次三回。則管裏指官畫吏。不住的叫天叮地。〔帶云〕狗兒。〔唱〕你可向這裏。問你。莫不待替吃。〔狗兒云〕我替吃。我替吃。〔正末云〕你替吃。令人。你安排下大棒子者。〔唱〕我先拷的你拷的你腰截粉碎。

〔云〕令人。拿下去打四十。〔做打科〕〔正末云〕打了搶出去。〔狗兒跌出科〕〔老千户云〕狗兒。説的如何。〔狗兒云〕我的話頭兒過去了也。〔老千户云〕你再過去勸一勸。〔狗兒云〕他叫我明日來。〔老千户推科云〕你再過去走一遭。〔見科〕〔正末云〕你又來做什麽。〔狗兒云〕我來吃第二頓。相公。叔叔老人家了也。看着你小時節。他怎麽擡舉你來。叔叔便罷了。那嬸子抱着你睡。你從小裏快尿。常是澆他一肚子。看着嬸子的面皮。饒了他罷。〔正末云〕你待替吃麽。〔狗兒云〕我替吃。我替吃。〔正末云〕再打二十。〔做打科〕〔正末云〕搶出去。〔狗兒跌出科〕〔老千户云〕狗兒。你説的如何。〔狗兒捧屁股科云〕我這遭過去不得了也。〔老千户再推科〕〔狗兒云〕相公。〔正末云〕拿下去。〔狗兒慌科云〕可憐見。我狗兒再吃不得了也。〔正末云〕將銅鍘來。切了你那驢頭。〔狗兒跌出科〕〔老千户云〕你再過去勸一勸。〔狗兒云〕老弟子孩兒。你自掙揣去。〔下〕〔正末云〕拿過來者。替吃了多少也。〔經歷云〕替吃了六十也。〔正末云〕打四十者。〔做打科正末唱〕

【雁兒落】你暢好是腕頭有氣力。我身上無些意。可不道厨中有熱人。我共他心下無讎氣。

【得勝令】打的來一棍子一刀錐。一下起一層皮。他去那血泊裏難禁忍。則着俺校椅上怎坐實。他失誤了軍期。難道他没罪誰擔罪。〔云〕打了多少也。〔經歷云〕打了三十也。〔正末唱〕纔打到三十。赤瓦不剌海你也忒官不威牙爪威。〔云〕再打者。經歷云斷訖也。扶出去。〔老千户云〕老夫人。打殺我也。誰想他不可憐見我。打了這一頓。我也無那活的人也。〔老旦哭云〕老相公。我説什麽來。我着你少吃一鍾兒酒。〔老千户云〕老夫人。打了我這一頓。我也無那活的人了也。老夫人。有熱酒篩一鍾兒我吃。〔下〕〔正末云〕經歷。到來日牽羊擔酒。與叔父煖痛去。〔唱〕

【鴛鴦煞】你則合眠霜卧雪驅兵隊。披星帶月排戈戟。你也曾對咱盟咒。再不貪杯。唱道索記前言。休貽後悔。誰着你旦暮朝夕嘗吃的來醺醺醉。到今日待怨他誰。這都是你那戀酒迷歌上落得的。〔衆隨下〕

〔音釋〕徵音止　佟音同　剌音辣　噉音去聲　職張恥切　膝喪擠切　劃音畫　戟巾以切　敵丁梨切　的音底　殢音膩　食繩知切　賊則平聲　笛丁梨切　席星西切　十繩知切　疾精妻切　約音杳　酌音沼　從音匆　錯音草　姪征移切　惱音炒　憋邦也切　力音利　禁平聲　實繩知切　夕星西切　得當美切

第四折

〔老千户同老旦上云〕誰想山壽馬做了元帥。則道怎生樣看覷我。誰想道着他打了一百。老夫人閉了門者。不問誰來。只不要開門。〔老旦云〕老相公打壞了也。我關上這門者。我如今閉門家裏坐。還怕甚禍從天上來。〔正末引旦經歷祇從上云〕經歷。今日同夫人牽羊擔酒。與叔叔煖痛去來。〔經歷云〕理會的。〔正末云〕可早來到叔叔門首。怎麼閉着門在這裏。令人。與我叫開門來。

〔祇從做叫門科〕〔正末唱〕

【正宮端正好】則爲他誤軍期。遭殘害。依國法斷的明白。尋思來這期親尊長多妨礙。俺今日謝罪也在宅門外。

【滾繡毬】疾去波。到第宅。休道是鎮南邊統軍元帥。則說是親眷家將羊酒安排。休道遲。莫見責。省可裏便大驚小怪。將宅門疾快忙開。報與俺那老提控叔叔先知道。則說我姪兒山壽馬和茶茶煖痛來。莫得疑猜。

〔云〕怎麼叫了這一會。還不開門。經歷。你與我叫門去。〔經歷云〕理會的。〔做叫門科云〕老完顔。你開門來。俺有說的話。〔老千户云〕我不開門。〔經歷云〕你真個不開門。〔老千户云〕我不開。〔經歷云〕你那舊狀子不曾改。還要問你罪哩。〔老千户云〕你要問我的罪。再打上一百罷了。我死也只不開門。隨你便怎麼樣來。〔經歷云〕相公。老完顔只不開門。怎生是好。〔正末唱〕

【伴讀書】他道你結下的冤讎大。傷了他舊叔姪美情懷。一任你昨日的供招依然在。休想他低頭做小心腸改。便死也只吃杯兒淡酒何傷害。到底個不伏燒埋。

〔云〕茶茶。你叫門去。〔旦做叫門科云〕叔叔嬸子。我茶茶在門外。你開門來。開門來。〔老旦云〕想茶茶昨日也曾爲你告來。是那山壽馬姪兒。執性不肯饒你。看茶茶面上。開了門罷。〔老千户云〕他既然今日到我家來。昨日便爲我再告一告兒不得。譬如我已打死了。只不要開門。〔正末唱〕

【笑和尚】他問我今日個一家兒爲甚來。昨日個打我的可是該也那不該。把臉皮都撇在青霄外。從今後拚着個貪杯的老不才。謝了個賢慧的女裙釵。休休休休想他便降階的忙迎待。

〔云〕待我自家去。叔叔。你姪兒山壽馬自在這裏。你開門來。〔老旦云〕既然元帥親身到此。須索開門。請他進來者。〔做開門〕〔正末同旦經歷跪科云〕這是姪兒不是了也。〔老千户云〕你昨日打我這一頓。虧你有甚麼面皮又來見我。〔正末云〕叔叔。這不干你姪兒事。〔老旦云〕你叔叔偌大年紀。你打他這一頓。兀的不打殺了也。〔正末唱〕

【川撥棹】你得要鬧咳咳鬧咳咳使性窄。我須是奉着官差。法令應該。豈不知你年華老邁。故意的打你這一百。

〔老千户云〕我老人家被你打了這一頓。還説不干你事。倒干我事。〔正末唱〕

【七弟兄】你也不索左猜。右猜。既帶了這素金牌。則合一心兒鎮守着夾山寨。誰着你賞中秋翫月暢開懷。敢前生少欠他幾盞黄湯債。

【梅花酒】呀。這一場事不諧。又不是相府中台。御史西臺。打的你肉綻也那皮開。

你心下自裁劃。招狀上没些歪。打你的請過來。將牌面快疾擡老官人覷明白。

〔老千户云〕依你説是誰打我這一百來。〔正末唱〕

【收江南】呀。這的是便宜行事的那虎頭牌。〔老千户云〕元來是軍令上該打我來。〔正末唱〕打的你哭啼啼濕肉伴乾柴。也是你老官人合受血光災。休道是做姪兒的忒歹。早忘了你和俺爺爺妳妳是一胞胎。

〔云〕茶茶。快與我殺羊盪酒來。與叔叔煖痛者。〔唱〕

【尾煞】將那煖痛的酒快釃。將那配酒的羔快宰。儘叔父再放出往日沉酣態。只留得你潦倒餘生便是大古裏保。

〔老千户云〕既是這般呵。我也不記讎恨了。只是吃酒。〔老旦云〕你也記的打時節這般苦惱。少吃些兒罷。〔正末云〕非是我全不念叔姪恩情。也只爲虎頭牌法度非輕。今日個將斷案從頭説破。方知道忠和孝元自相成。

〔音釋〕白巴埋切　宅池齋切　責齋上聲　咳音孩　窄齋上聲　百音擺　劃胡乖切　釃音篩　潦音老

題目　樞院相公大斷案

正名　便宜行事虎頭牌